官场如战场
做官就要守防线
做清官

民心如明镜
读况钟即读青天
正衣冠

太守况青天

严霞峰 / 著

江西人民出版社
Jiangxi People's Publishing House
全国百佳出版社

人物表

况　钟:与唐狄仁杰、宋包拯,被后世称颂为我国历史上有名的南北三“青天”。从靖安县衙一名小小的书办,到四品苏州知府。百姓有难他着急,百姓含冤他不安。

朱瞻基:宣德皇帝二十八岁登基,时承永乐之后,纲纪修明,仓庾充羡,闾阎乐业。即位初期,是个头脑清醒很有作为的皇帝。

杨士奇:内阁首辅,大学士。是提携、支持况钟的朝中大臣之一,与况钟是同乡。

周　忱:工部侍郎,江南巡抚,与况钟有桑梓之谊;平易随和,尊上睦下,左右逢源,素有“老好人”之称。

成　均:刑部左侍郎行江南治农巡抚,是况太守的上司。刚愎自用,固执自信,娶了赵丽娟后,大肆敛财。

胡　濙:礼部尚书。曾与成祖很投缘,深得朱瞻基尊重。

姚日新:刑部员外郎,成均力荐其为苏州知府,未果。

蹇　义:吏部尚书。

况　祥:况钟的老仆。

况夫人:况钟的妻子,生有五子二女。

冯信和张彪:况钟身边的班头。

刁镇东:父母于前年双双谢世,与弟弟刁镇西相依为命,被人害死。

刁镇西:穷秀才,在家排行第二,只知读书,百事不问。蒙冤入狱。

香　兰：刁镇东之妻，长得美貌，且性情温顺。

慧　空：翠竹庵师太。

张金瑞：姐夫是苏州府通判，是个出名的花花太岁。

赵　忱：苏州府通判，其妹即成均之妻，代行知府职权。是个飞扬跋扈，目空一切之人。

赵丽娟：赵忱的妹妹。

秦又春：吴县城杨柳湾村的村民，父亲亡故。

贞　娘：秦又春的媳妇。长得眼如秋水，眉似春山，桃腮樱嘴，柳腰纤足，倒也十分丰韵。

祁玉梅：秦又春姨娘的女儿，长得亭亭玉立，其父亲是端蚨祥绸缎店掌柜。

祁员外：端蚨祥绸缎店掌柜。

陈大员外：吴江县富人。

陈华堂：俊俏少年，其父亲是陈大员外。

金菊荪：陈华堂的表弟，相貌丑陋，赌场、风月场中的惯客。

周　八：无业无赖，好吃懒做。是祁家的端蚨祥绸缎店的房主，又是邻居。

汪二朝奉：江西景德镇大瓷店老板。

郗必正：吴江县知县，是个饱经世故的官场老手，与陈大员外还有些沾亲带故。

秦黑虎：小名金宝，周郎村一名安分守己的农民。武术高强，经常为当地乡人排忧解难。

王疤痢子：原名王大海，当地一霸，开香堂，当龙头，贩卖私盐。

张月娥：长得十分可人，与金宝青梅竹马，一双两好。

李高榜：偷贩卖私盐的另一个头子，外号恶狼狗，周郎村属李高榜的地盘。

玉　兰：李高榜之妻，曾是勾栏院中有名的粉头。

刘麻子：李高榜的管家，诡计多端。

胡　八：吴江县仵作，好赌。

张　肃：吴江县知县，糊涂虫，好财。

香　凤：张月娥的丫鬟。

尤葫芦：原名尤福，常州府无锡县东关镇尤记肉铺的掌柜，与小女相依为命，酷爱那杯中物。

苏戍娟：尤葫芦的妻子与前夫所生之女，长得明眸皓齿，桃腮雪颈，楚楚动人。

娄阿鼠：原名娄龙，长得獐头鼠目，专事钻洞跳墙。

熊友兰：江苏淮安人氏，商家伙计，年轻后生。

过于执：无锡县知县大人，骄矜放肆、刚愎自用。

来　福：原名朱来兴，太监提领，小人得志，假公济私，欺君害民。

范　琎：吴县知县，乖巧狡猾之人。

如夫人：范琎之妻，长得十分美貌，外号玉芙蓉。

吴　清：吴县主簿，家藏有珍画《绛丝梅花寒鹊图》。

陈翠莲：吴清之妻，是个会计算会管家的好主妇。

张元贵：吴清的同僚县丞，是个口蜜腹剑的小人。

钱大、赵二：轿夫。

薛孟真：长洲县典史，仗着姑夫成钧是两省巡抚，到处胡作非为。

王　琏：成均的表兄，官任浙江监察御史。

贾　氏：成均的继母。

薛孟珠：成均的甥女，薛孟真的妹妹，长得亭亭玉立，苗条婀娜，十分可爱。

史文华：与薛孟珠两心相印的书生。

高　鹏：苏州府推官，专管一府刑狱，俗称刑厅。是个刚强正直的人。

薛　逊：粮长，薛孟真的近亲。

况定观：又名况宁，况钟的长子，读书明理，隐居龙冈，代父行孝，不求名利，为乡里称道。

春　姑：年方十六，姿容秀丽。

范秉正：范少爷，其父范琎正是吴县知县。一掷千金，视金如土。

范阿狗：范秉正的家童。

莫金才：莫盛记糕饼店老板。

莫瑞凤：莫金才的女儿，长得千娇百媚，十分伶俐。

赛旋风：原名陈大刚，是个江湖好汉。单身一人，来无踪，去无影，行迹飘忽不定。

魏朝卿：绍兴府师爷，是个屡试不第的穷儒。

张老大：艄公。

琴　姑：原名周爱琴，父母双亡。长得清丽秀曼，十分可人。

绿妹、红娘：风月楼的粉头。

何澄、徐万镒、苏性初、邵怀义：诗人，经常与况定观一起吟诗。

张　洪：国史馆承务郎，有名的书法家，是况钟的世交好友。

尤文度：清誉的隐士，字安礼。进士出身。刚正不阿，不畏权贵。曾为贵州巡按御史。

田　氏：络丝巷的一个寡妇，靠替人做针凿度日。

田七娘：长得聪慧秀丽，刺绣高手。父亲亡故，家道中落，与母亲田氏相依为命。

杜　进：鳏夫，田氏的邻居。

杜为康：长得少年英俊，为人又热情忠厚。后当了道士，名清虚。

混水蛤蟆：原名田六，风流巷的一个无赖。

谭霜林：吴县知府，是个疾恶如仇，执法如山的清官。

包姨妈：田七娘的姨妈。

周心照：观前街端泰祥绣品铺掌柜，人称“周朝奉”。

周永年：阔少，周心照的独生儿子。经常外出游荡，全然不务生理。

青　凤：悦春楼妓院的粉头，长得甚是标致。

鸨　母：悦春楼妓院的老板娘。

禄　寿：周永年的家童。

周　猛：田七娘与杜为康的儿子，冒姓周。

四　六：络丝巷的小哥儿，年约十三四岁。家穷，长得像个猴子似的。

朱　勇：孩童，周猛的玩伴。

老　八：混水蛤蟆的朋友，无赖。

目　录

引 子

诗曰：

能力寻常见，公廉第一难。

——金·元好问

话说古往今来，历朝诸代，被史官秉笔直书称为忠臣良相的，多不胜计，朝朝都有；而被平民百姓众口赞颂誉之为“青天”的却屈指可数，寥寥无几。其见之于史书，传之于后世者，更是凤毛麟角，难能可贵了！

有句俗谚云：“做官难，官难做，难做官。”可见，当官并不易，想当清官更不易。《红楼梦》第一回中，那位落拓乡宦甄士隐，听罢疯道人的《好了歌》，触动灵性，大彻大悟，曾对当官食禄，迷恋功名的，有段绝妙解说：“……因嫌纱帽小，致使锁枷扛；昨怜破袄寒，今嫌紫蟒长：乱哄哄，你方唱罢我登场，反认他乡是故乡；甚荒唐，到头来都是为他人作嫁衣裳。”

这段话恰似画出了当官的真相。那些有官瘾的人，未必就会霍然而醒。君不见，官场中尔虞我诈，用尽手段；左倾右轧，使尽解数；溜须拍马，恬不知耻；谄笑胁肩，无所不至。究其因，无非是想把头上戴着的乌纱帽，圆翅变方翅，方翅换长翅。或是把帽顶的珠子，花银变花金，蓝宝石换成红宝石。步步高升，方遂心愿！

这就是当“官”的“难处”，当“官”的诀窍。

当官真“难”，难道当清官就不难？不！俗话说：“众醉独醒难为情，众浊独清难为人。”大家收受红包，独有你拒收红包，不成为众矢之的那才怪呢！大伙都得回扣，独有你不要回扣，不被人骂傻瓜，想必也是绝无仅有的！做人办事是这样，当官做事岂能例外？

要当一个好官、清官究竟难在哪里？难就难在：

一要清正廉明，真诚为老百姓办事；二要刚正不屈，顶住来自权贵上司们的压力；三要身直影正，不怕来自四面八方的攻击和诬陷。四要明察秋毫辩冤，铁面无私执法。还可写出第五、第六等等，如这般美德英才兼备齐全的"青天"当然就屈指可数了！

屈指可数决非绝无仅有。细细数来，历代也有名标青史的几位著名的"青天"。

唐代狄仁杰就是一个。狄仁杰，字怀英，太原人。高宗时，历任并州法曹参军、理丞、侍御史、宁州刺史等职。武则天执政时，还当过文昌右丞相。《旧唐书·狄仁杰传》中说："……稍迁大理丞，岁中断久狱一万七千人，时称平恕。"

这位管司法的狄仁杰，一年内断久狱如此之多，实为超人之举！怪不得百姓誉他为"青天"了。

宋代包拯也是一个！包拯字希仁，庐州合肥人。进士出身。他为官清廉明断，颇有政绩。后升监察御史，历任三司户部副使，天章阁待制、知谏院、龙图阁直学士，又知江宁、开封等府。在朝时，数论斥权幸大臣，在地方则执法严峻，平冤狱，抑豪强，故贵戚高官均惧惮，民间称他是包青天。

明代著名的"青天"属况钟和海瑞。

由商务印书馆出版，吴泽炎、黄秋耘、刘叶秋等人编纂的《辞源》修订本（1983年6月发）其中关于"青天"一词注释曰："（一）天空。……（二）喻称清官。明况钟官苏州知府，廉明正直，人称之为况青天。"（参阅明刘昌《悬笥琐探》摘抄、明都穆都公谭纂上。）

可见，况青天之名，是在明代已传遍遐迩，妇孺皆知；并非由于《十五贯》一剧传世而扬名天下者！

比况钟晚生了129年的海瑞，早为众所稔知。史无前例的"文化大革命"时《海瑞骂皇帝》一文却被诬为别有用心的攻击、煽动和影射了。这也算是"古为今用"的范例。

这位海瑞还有不少德政，如兴利除弊，惩贪剔奸，抑豪强，扶贫弱，均赋役，颁行"一条鞭法"等等。但他秉性耿直，为上层官僚们所忌，致谢病而归。后虽擢用，但并不得志。也在著名的"青天"之列。

本书着重介绍的况钟，就是清官中较为突出的一人！终其一生，流传的故事甚多，并具极为浓郁的传奇色彩。其中除几折断案事，为民申雪冤情外，其惠民之德政，读后亦使人屡屡拍案称奇！况钟初任苏州，一年中上奏疏凡十六章，奏事凡十九年；出禁令榜示凡八件。三任苏州共一十三年，是封建王朝出任地方官中时间最长的一位！苏州之田，有官田民田分别。官田税额几倍。经况钟一再上疏力争，减重额正赋田粮七十二万一千余石。募民开垦荒田起科，以免递年减粮一十四万五千余石。停征淹没田粮二十九万五千余石。免除旧欠粮草钞数百万锭。罢平江运漕民船五百艘，免买船米十五万一千八百石。请免诏买减调白三梭布七百匹，银数千两。奏革倭船征需无度，瀹浚水道淤塞。辨明平民诬入军籍者一千八百余家，招复逃亡三万六千七百户。又与周忱共商设济民仓，岁旱发赈，全活数十万人。

如此众多德政，无怪乎处于水深火热，民不聊生境地之苏州百姓要为他立祠供像，早晚祝祷并称颂他为况青天了！

笔者曾写过一首歌，以此来缅怀况钟，表达无限的敬仰与追思之情。现献此词作为本书引首之结：

沧浪亭畔仰前贤，
西美巷口溢清泉；
靖安城外峰峦翠，
高碑大冢万人瞻。
啊，况青天，况青天，
岁月悠悠六百年，
至今清廉美名传。

一担行李轻，
两袖清风满；
剪蒲扬鞭朝天日，
不带江南一寸绵。
为官廉，持家俭，律己严，
换来千家万户齐开颜！

几起几落千钧笔，
三留三任万众欢；
兴利除弊雪奇冤，
歌谣争唱爱民官。
啊，况青天，况青天，

岁月悠悠六百年，
至今德政留人间。

年年芳草绿，
处处杜鹃妍；
墓前松柏长相荫，
花丛时闻笑语喧。
笙歌颂，戏剧赞，百姓爱，
赢得千秋万代青天篇！

第一回
选郡守胡濙举贤臣　摆御宴况钟奉诏书

诗曰：

世间乐土是吴中，中有阊门又擅雄。
翠袖三千楼上下，黄金百万水西东。
五更市贾何曾绝，四远方言总不同。
若使画师描作画，画师应道画难工。

诸位看官，这首描绘苏州极其繁华热闹景象的诗作，原来出自明代大画家唐寅之手。唐寅是吴县人，他对家乡无比热爱，观察十分细微，因而给后人留下了当年姑苏城内人烟稠密，商贾云集；夜市喧闹，买卖兴隆；秦楼楚馆，鳞次栉比；丝竹管弦，轻歌曼舞；水陆畅通，舟车辐辏；石街水巷，别具格调的真实风貌。加上苏州这座建自春秋时代的古城，有数不清的名胜古迹，看不尽的园林奇景，吃不厌的美味佳肴，爱不释的古玩珍宝，还有行销全国，色彩缤纷，品种繁多的绫罗绸锦，丝绢纱纻等特产，遂使苏州誉满天下，名传遐迩，因而有“上有天堂，下有苏杭”之谚！

俗话说：“人怕出名猪怕壮。”这姑苏城一旦被看作锦绣江南的宝地，长江三角洲上的灿烂明珠，那偷宝的、盗宝的、夺宝的也就纷至沓来，日无宁日。其中压在苏州百姓背上最沉重的巨石就是皇粮和皇税。由于历史的原因，当时苏州七县交的税粮推全国之首，弄得民不聊生，弃家逃亡者比比皆是。当时的江南巡抚周忱有《与行在户部诸公书》，指出：“盖苏松之逃民，其始也皆因艰窘，不得已而逋逃。及其后也，见流寓者之胜于土著，故相煽成风，接踵而去，不复再怀乡土。”这段话正是当年苏州百姓流离失所，凄惶困苦，正处于水深火热之中的真实写照！

闲话表过，书归正传。话说宣德五年，这一日天交五更，月色朦胧，只听得“当当当当”一阵阵的景阳钟响，钟声立时传遍皇城内外。这时，乾清门前，人影憧憧，步履匆匆。那班象简乌纱、幞带金冠、锦袍乌靴的大臣，一个个精神抖擞，循着御道，踱着方步，朝宝华殿而来。须臾，奏事太监等出来列班，侍从内侍清殿。清殿完毕，钟声再鸣，鼓声继起。俟鼓声初罢，王公们先进殿列班，次及六部九卿，再次是侯伯武臣、御史大夫、主事郎中等。文东武西，排列有序。一品大臣在殿内，二品以下三品以上者，列于檐前丹陛；三品以下五品以上，一概排列阶下；五品至八品，挨次列在滴水檐前以外。

群臣排班已毕，就听得内殿传来了呵道之声，接着，四对红纱灯，一闪一闪自内庭御道上出现，照着那位才登皇座五年的宣宗皇帝朱瞻基乘坐的銮辇到了殿前，下辇上殿，由内监扶持登上了宝座。文武百官，按照班级朝见，三呼吾皇万岁万岁万万岁已毕，六部九卿，皆得赐茶。

此时，殿内外一片肃静，听不见一声咳嗽，连绣花针落地也能听得清清楚楚。忽听值日太监高叫一声："文武百官，有本启奏！"

殿内前排中闪出一位童颜鹤发的老臣，伏墀奏道："臣有本启奏万岁！"

宣宗皇帝举目一望，认得乃是吏部尚书蹇义，便道："爱卿平身，慢慢道来。"

蹇义起身，手捧牙笏奏道："启禀万岁，前因苏州、松江等九府有缺，经奏明圣上，奉谕：苏松等九府均为大郡，公务繁剧，急选廉公有才能者任之，贪暴厉民者不可用。除钦遵外，根据太祖举贤荐能旧制，命大臣在五六品京官中保荐拟确有才干者前往任职。如原兵部郎中赵豫，工部郎中莫愚，户部郎中罗以礼，御史何文渊、陈鼎等八名官员，经保荐拟分别赴松江、常州、西安、温州、建昌等地任职。唯苏州府知府一职，至今尚斟酌未定，伏请圣裁，谨具奏闻。"

朱瞻基听后深为诧异，问道："苏州系繁剧地，选拔郡守尤应慎重。千里之民，安危皆系于一身，因何至今尚犹豫不决？"

蹇义继续奏道："已有礼部尚书胡濙保荐本部仪制司郎中况钟出任苏州府知府，另有刑部侍郎成均力荐本部员外郎姚日新为苏州知府。因各据理力争，致斟酌不下，敬请圣裁！"

朱瞻基道："胡成两卿，可各陈己见，容朕定夺便了。"

礼部尚书胡濙出班先奏："臣闻举贤不避嫌。郎中况钟，虽出身吏曹，九年秩满，赴京考绩，经已故礼部尚书吕震保荐于先帝成祖之前。时先帝正出巡北京，特予召见，面试之下，破例擢升为礼部仪制司主事，此乃先帝知人善任之殊恩也。况钟到部后，勤勉谨慎，清廉秉公，九年秩满，又破格升任本部郎中。今圣谕命各大臣举荐贤能，充实郡守。臣不敢以私忘公，以小失大，特保荐况钟堪任苏州太守，仰陛下明察！"

朱瞻基听罢，不觉点头赞许，正要开言，忽见六部九卿中闪出一位大臣急急奏道："启奏万岁，臣刑部侍郎成均有言禀告。臣闻举贤不间亲。本部员外郎姚日新，与臣虽有同乡之谊，但系举人出身，学富五车，书通二酉，先帝当年曾称之曰：'能！'此人上识天文，下谙地理，乃百里之才也。今用人之际，试任雄剧地苏州，必能小试牛刀，大展宏图，苏州之大治，可指日而待也。臣亦不敢以私忘公，以小失大，故举荐姚日新为苏州知府，敬请陛下明鉴！”

朱瞻基听了颇觉踌躇起来，暗忖：“准了胡濙所荐，成均必然失望；同意姚日新赴任，胡濙面上须不好看！这正是‘公说公有理，婆说婆有理，’卖瓜的谁不夸自家的瓜儿甜？俗话说：‘不怕不识货，只怕货比货’。朕今下谕，命况钟和姚日新明日上朝，朕当面试过，谁贤谁愚，谁胜谁负，立见分晓。那时，择贤选拔，也就塞住胡成二人之嘴了。”想到这里，遂开言道：“两位爱卿为国选贤，朕心甚喜。明日早朝可宣况、姚两卿上殿，朕要当面试过，再作决定。退朝！”

当下百官各散。只有吏部尚书蹇义闷闷不乐回到府中。蹇夫人发现老爷神色有异，不免动问一番。蹇义叹口气说：“今日上朝，原想圣上一锤定音，选派况郎中出任苏州知府，谁想那侍郎成均，死死咬住姚日新不放，千方百计想把苏州知府这顶乌纱帽送给他的亲家，在圣驾前把姚日新夸了又夸，真不知人间有羞耻事！”

蹇夫人道：“莫非是那个在酒坛中装了银两前来送礼，被老爷大声训斥的姚日新不成？”

蹇尚书道：“正是他！发现坛中银两后，命他抬回去时，他还恬不知耻说：‘此事只有你知我知，何必峻拒？’老夫听后十分气愤，答道：‘此言差矣！此事天知地知，你知我知！神目如电，岂能亏心？况我一生耿介，清廉自守，绝不能因此坏了名节！’姚日新听后满脸羞红，这才把一坛银两抬了回去。”

夫人道：“如此行贿小人，如出任大郡知府，必然是个贪赃枉法之辈！老爷刚才在圣前因何不言？”

蹇义叹道：“夫人有所不知，姚日新自有一伙国戚内官为他张目，老夫不免有投鼠忌器之虑耳！”

夫人颔首道：“老爷虑得有理，不过……”

蹇义皱眉道：“此人博览群书，能言善辩，口蜜腹剑，最能蛊惑圣听，如其奸计得逞，则苏州百姓受害匪浅了！”

夫人着急道：“如此怎生是好？”

蹇义一时也一筹莫展，竟在室内来回踱步不止。忽地停步笑道：“有了！夫人快快备酒，速请况大人来此，老夫自有道理！保证明日廷试，不让况钟输于姚日新便了！”

夫人不知蹇义葫芦里装的什么药，只得照办不误。

次日早朝，百官鱼贯入朝，皇帝升上宝座，三声静鞭后，早有蹇义伏墀启奏：“今有礼部郎中况钟，刑部员外郎姚日新候旨叩见万岁！”

朱瞻基道：“宣二人上殿！”

值日太监立刻高声喊道：“万岁有旨，宣况钟、姚日新上殿！”

两边排列的侍从,一声传一声,直达殿外。早就等候在阶下的况姚二人,连忙整冠理袍,跟随领事太监,直到丹墀下俯伏见驾。

朱瞻基举目一看,只见前面那个姚日新长得瘦骨嶙峋。一张马脸上嵌一对鼠目,两撇细眉活像一个倒八字。鹰爪鼻弯如钩,四方嘴能含桃。看了这副模样,皇帝心中就老大不喜。再看后面那个况钟:方额大耳,白面黑须,身材魁梧,仪表堂堂,举止进退,十分稳重。心里就有些高兴,便开言道:"今有胡濙、成均保荐两卿出任苏州知府。朕面试后自有分晓。想两卿对苏州府治,必已胸有成竹,可当殿奏来。"

皇帝话音刚落,姚日新抢先启奏:"容臣先奏!"

朱瞻基道:"准奏!"

姚日新昨日一夜未睡,揣摸宣宗皇帝必定要问苏州的民情风俗,看了一夜的苏州府志及有关介绍苏州的书籍。今天皇帝所问,果然不出自己所料,不禁狂喜。怕况钟拈走头阄,忙抢先一步。心忖:只要凭自己的三寸不烂之舌,打动圣听,先入为主,这苏州知府的肥缺就到了手!于是就朗声奏道:"臣本不才,学薄识浅,孤陋寡闻,对古城姑苏,亦只略知一二。既蒙圣躬垂询,敢不据实奏闻!……"

皇帝听了半天,觉得全是咬文嚼字的废话,不禁皱了下眉头。

那姚日新却未留神,只顾往下说:"据《吴越春秋》等书记载,姑苏大城为春秋时吴王阖闾命大臣伍子胥所建,距今已有一千九百四十四载之久!当时称为阖闾大城。又据《越绝书》记载,大城周四十七里二百一十步二尺;外廓周六十八里六十步。城高二丈八尺,厚一丈七尺,作长方形。水陆门各有八座,其中二座城门建有高楼。西面为阊门、胥门;南面为盘门、蛇门;东面为匠门、娄门;北面为齐门、平门。吴王阖闾死后即葬于苏州虎丘,其陵墓规模宏大,穿土为山,积壤为丘,水银为灌,金银为坑。殉葬者千余人。虎丘今为游览胜地,人称吴中第一名胜。遗迹有试剑石、剑池,千人石,云岩寺塔、憨憨泉、断梁殿、虎丘寺等。相传秦始皇曾登虎丘览胜,楚霸王于此起兵……"

朱瞻基听得索然无味,不禁打了个呵欠。这下却被姚日新瞅见了。暗忖:该讲些有趣的轶事,才能引起圣上兴致。于是,话锋一转道:"当年卧薪尝胆,锐意灭吴雪耻的越王勾践,用大夫范蠡之计,献绝色美人西施于吴王夫差,而受殊宠嬖爱。为博西施欢心,夫差为筑《馆娃宫》于苏州灵岩山。此宫'铜勾玉槛,饰以珠玉'十分富丽壮观。二人日夕在此欢宴游乐,享尽了人间艳福!唐刘禹锡有咏《馆娃宫》诗,臣为圣上一诵:'宫馆贮娇娃,当时意大夸。艳倾吴国尽,笑入楚王家。月殿移椒壁,天花代舜华。惟余采香径,……'"

那姚日新正在摇头晃脑,卖弄才学;谁知诗未吟完,只听皇上一甩袍袖,打断话头说:“且住！朕问你治苏之策,尔可从速奏来!”

姚日新正为没有把最后一句诗念完而深感遗憾,忽听皇帝这一问,不禁呆愣了半晌,一时答不上来。那平时的巧嘴利舌,此刻竟像哑巴一样。原来,昨夜只拣了苏州的风物名胜进行背诵,对民情民瘼竟未顾及,不禁紫涨了脸皮,结结巴巴地说不出话来。

这时,况钟趁机奏道:“臣礼部郎中况钟愿以井蛙之见,管蠡之识,启奏于陛下之前”。

朱瞻基:“慢慢讲来!”

况钟道:“自圣上登基以来,孜孜夙夜,以安民为心。屡屡圣谕,以保养为务。此乃尧舜禹汤爱民之心也。臣闻:‘江南风景甲天下。’而江南赋税亦为天下之冠,尤以苏郡更甚。江南巡抚周忱曾言:‘天下之农民固劳矣,而苏松之农民比于天下,其劳又加倍焉！天下之农民固贫矣,而苏松之农民比于天下,其贫又加甚焉!’苏民嗷嗷终岁,罄南亩之所入,不足以供上。况苏郡素以富饶著名,凡官斯土者,轺车过于斯者,采办来于斯者,日接夜踵,人人思饱其囊橐而去。苏民何以堪此?不逋逃外地者将何以为生?……”

朱瞻基听罢不禁悚然而问:“然则,卿将何以治苏?”

况钟侃侃而言:“臣闻:国家之政,首在安民。安民之道,首在宽恤。必使其衣食有资,礼义有教。然后察其休戚,均其徭役,兴利除弊,一顺民情。臣以为奉公守法,乃律己之良谋,革弊除奸,实人臣之要道。盖民安,则事不劳;而身正,则法可行。有酷虐贪污害民者,擒之;阘茸不才误事者,黜之;事有便于民者,兴之;弊有害于民者,除之;徭役困苦者,苏之;词讼冤枉者,直之;生理不务者,禁之;狡猾不仁者,斥之;凶暴狠恶者,摧之;鳏寡孤独者,抚之。然后,苏州可治矣!”

朱瞻基听罢大悦,回顾侍郎成均道:“朕欲命况钟任苏州知府。卿意如何?”

成均局促不安,满脸羞愧,伏地道:“但凭圣裁,岂敢不遵旨!”

皇帝哈哈大笑道:“着尚膳司设宴,为况钟、赵豫等九人赴任饯行!”

皇帝亲设御宴为新任九名知府饯行,是何等荣耀,何等殊恩!

御宴上金樽斗光,酒泛流霞,烹龙炮凤,奇珍异果。桌上摆的全是八宝盘,玳瑁盏,琥珀杯,珊瑚碟,象牙筷。席下丝竹叮咚,仙音铿锵,一班宫娥彩女,舞姬歌伎,弄筝的弄筝,拂弦的拂弦,一个个轻舒广袖,款摆柳腰,裙飘香风,歌扬清韵。正是:“天上神仙府,人间帝王家。”说不尽的热闹繁华,道不完的穷奢极欲!

宴罢,皇帝又各赐诏书一道,钱钞千贯,驰驿赴任。有工部侍郎周忱《送况郎中任苏州太守》一诗为证:

擢自仪曹领郡符，朱轓熊轼向姑苏。
身驰驿传声华重，手捧天书宠渥殊。
政洽九江重渡处，时清合浦还尽珠。
故人尊酒遥相送，努力期君展壮图。

要知况钟如何治苏，且听下回分解。

第二回
访胜迹畅游金山寺　读题诗追踪冷泉桥

话说况钟奉诏驰驿，晓行夜宿，急急赶路，恨不得一夜之间就到苏州任上。一路上不停地催促赶马车的伕子："快些！再快些！"车夫知道：坐车的是新上任的苏州知府，哪敢违拗，只得让那两匹一红一黑的蒙古种高头大马吃些亏，把马鞭举得高高，手儿握得紧紧，一用劲，只听半空中"啪啪——"几声，赶得马儿四蹄腾空，飞跑起来。

老仆况祥，究竟上了年纪，禁受不住车子的剧烈颠动，那把老骨头差点散了架。他知道老爷的脾性：二尺长的吹火筒——只有一个心眼！此刻，他身在路上，那颗心早飞到苏州府去了！老仆心里叫着："咳，老爷呀老爷，你怎么也不晓得将息一下身子？在礼部当郎中的时候，忙得连上茅厕也得跑步。那些皇家的重大典礼，比如皇上登基啦，皇帝大婚啦，册立皇太子啦，还有朝贺，进贡，祭天，祭祖，巡狩，经筵等等仪式，哪样不要你亲自出马布置、料理、督促、检查？从早到晚，不敢懈怠，唯恐稍有疏忽，造成大错！由于你谨慎细心，从未使各种大典出过丝毫差错！真是兢兢业业，夙夜操心啊！如今，卸下了这千斤重担，在赴任之前这段时间里，也该宽松一下，散散心了！临离京城时，况夫人曾对我谆谆叮嘱：一路上有不少名胜古迹，你要设法让老爷宽松散心。日前经过扬州时，我就听老爷吟过'烟花三月下扬州'的诗句，还念过'二十四桥明月夜，玉人何处教吹箫'的诗句。我心中暗喜：这下好了，老爷一定要在扬州停车玩个痛快了！我还听车夫言讲：当年隋炀皇帝开运河，乘龙船，命宫娥彩女拉纤，曾三下扬州，并在扬州修筑华丽宫殿，乐而忘返。想来，这扬州如此繁华，老爷也该去见识一番。谁想那天黄昏时到达扬州，刚宿了一夜，第二天一早，老爷就命车夫上道赶路，弄得车夫哭笑不得，无可奈何。如今，眼看前面不远就是镇江府，听说镇江府有个金山寺，金山寺出过一个有道行的和尚——法海禅师，当年曾用一只黑漆钵盂，把化成美女的蛇精白娘子收在盂中，镇压在杭州府雷峰塔下。这段故事，十分动听，我不免和车夫故意讲述一遍，让老爷听得高兴，撺掇得他停下车来，在金山寺好好地游览一番便了。"

想到这里，况祥也不顾车子颠簸，开口对车夫道："赶车的老哥，前面可是镇江府?”车夫应道:“一点不错,过了前面那个山坡,再转过一片青松林,就是镇江府了!”况祥道:“敢问老哥,不知镇江府有什么胜迹?”车夫道:“镇江府胜迹甚多,而以金山寺闻名天下。”况祥道:“原来如此,不知这金山寺有甚名声?”车夫是个好攀谈的人,常年在外赶脚,到过不少地方,肚里早装下了无数掌故传说,听况祥动问,就滔滔不绝地说了起来:“这金山寺建在浮玉山麓,后来有一个名叫裴飞航的头陀僧人在浮玉山上掘到了不少金子,后人把这山改名为金山。”况祥道:“听说金山寺出过一个神通广大的法海和尚,可有这事?”车夫道:“怎么没有? 这法海和尚当年还镇压过一条白蛇哩! 如今,戏文中那出《水漫金山》说的就是这段故事!”况祥一听,正中心怀,忙问:“老汉最喜听戏文故事,老哥一面赶车一面说这段戏文,也可稍解途中寂寞。”车夫道:“就怕这位况老爷不爱听,嫌小人唠叨啰唆!”

况钟正在闭目养神,听车夫这一说,忙张目道:“但说不妨,我也正想听听故事,长长见识呢! 不过,许仙和白娘子的戏文,我也曾看过几遍;还有新的故事,不妨多讲几个!”况祥一听,心中就发了急:“糟了! 原来白娘子的故事,老爷早就知晓,看来,这游金山寺的事,怕又落空了!”正在着急,却听得车夫不慌不忙地说:“新故事有的是! 小人就讲一个‘张侯钓无鼋’的故事吧! 这故事也出在金山寺,老爷要是有兴去一游金山寺,在寺旁石矶上便可看见‘钓鼋矶’三个大字刻在石上。金山寺中还有一块石碑,石碑上也记着这件事哩!”况钟一听,果然被吸引住了,问道:“这头鼋有多大? 有多重? 是怎样被张侯钓起来的? 用的是钓竿呢? 还是铁钩?”

车夫让两匹马儿,稍稍放慢一些,等车子走得平稳了,这才不紧不慢地讲起来:“那还是唐朝天宝年间的事。有一位张侯携带眷属乘船路过金山,将船就停泊在金山脚下。这时刚交午刻,张侯命家人焚炊进食。船老大连忙禀告道:‘启禀侯爷,闻得此处江中有头大鼋,时时出没觅食。船泊此地,切忌烹烧肉物。免遭意外!’张侯一听觉得言之有理,便离船登山先去游览。张侯一走,他的眷属却不知此事,就在船上烧饭烹肉,那阵阵肉香四散开来,竟引起了一场灾难! 原来那大鼋早饿了一天,闻得肉香,忙不迭地从水下洞中窜了出来。一霎时,只见长江中波涛掀天,白浪如山,水波浪里,忽地钻出一只头如山丘,体似峻岭的大鼋来。船上眷属见了,个个吓得胆战心惊,人人惊得目瞪口呆。那双脚索索地抖个不住,想逃想跑,只是迈不动步子。说时迟,那时快,那头大鼋把巨口一张,连船带人全吞进肚中去了。等张侯游完山景回到原地,到处寻找那只大船。正在着急,一个逃得性命的船工,从江中游近岸边,一见张侯就哭着诉说了刚才那场劫难大祸。张侯一听,得知船上眷属全部遭难,立刻悲痛欲绝,决心要除鼋报仇雪恨……”

况祥听到此处,不禁为张侯伤感起来,忙问:“此仇可曾报得?”

车夫道："如何不报！那张侯在镇江打了一根大铁链，链上装了铁钩，又把铁钩放进一只肥猪肚里，将猪投入江中，然后在岸边烹起肉来。一会儿，那只大鼋闻了肉香，果然又兴风作浪钻出水面，竟将那头装有铁钩的猪一口吞进腹中。等猪肉化尽，那些铁钩就钩住了大鼋的五脏六腑，任凭它翻腾跳跃，铁钩却越钩越紧，加上铁钩连着铁链，铁链系在金山的石矶上，任那大鼋有天大的本领，再也脱不了身！"

况祥哈哈大笑："好好好！也亏张侯想出这等妙极毒极的办法来！"

况钟也笑道："这叫作'树怕剥皮，人怕伤心。'那张侯不是到伤心处，也想不出如此计谋来！"

车夫道："这话一点不错！那只大鼋也不知害了多少客商性命，如今天网恢恢，一头撞在张侯手中。它在水中折腾颠扑了七天七夜，终于死在江中！张侯当即命人七手八脚地把大鼋尸体拖到岸上，把肉割成碎块，亲自尝了鼋肉的味道，才解了心头之恨！那只鼋全身竟重三千余斤，可算是个庞然大物了！后来，人们为纪念张侯杀鼋除害之功，把系那条大铁链的石矶叫作'钓鼋矶'。嘿，说着说着就到了镇江了，此处有船直抵金山寺，老爷难得到此，可别错过了机会！"

况钟点头道："既然如此，我就'偷得浮生半日闲'且去金山寺一游。一则瞻仰寺容，二则可前往钓鼋矶一观。"况祥一听，高兴地说："我去雇船！"

当下主仆二人，弃车登舟，乘风破浪，向金山驶去。半晌，早到金山脚下，登陆后，二人步行上山，一路野花灿烂，绿树成荫，果然是个风景极佳的游览胜地。须臾，迤逦来到金山寺前。原来这寺建在山麓，抬头望去，只见殿宇恢宏，气派不凡，青砖黄瓦，斗拱飞檐，显得十分庄严巍峨！寺内香火鼎盛，经声不绝。十多名和尚，一面敲响铙钹木鱼，一面嘴里念念有词。况钟也不去惊动和尚，辗转来到寺后，才走不远，只见山顶上有亭翼然，便上去登高远眺。只见长江一脉，滚滚滔滔，若银练横空，向东流去；远处无边无际，水天一色，无比壮观。况钟看得心旷神怡，尘念顿消，不禁随口念出苏东坡的那首千古绝唱《赤壁怀古》：

"大江东去，浪淘尽、千古风流人物。故垒西边，人道是、三国周郎赤壁。乱石崩云，惊涛裂岸，卷起千堆雪。江山如画，一时多少豪杰！……"

从亭子下来，况钟刚要去寻那块记着张侯钓鼋的石碑，忽见在一排破旧的禅房墙上题有一首诗，便走过去细看起来。那诗是：

鬼蜮弥天障网罗，书生薄命足风波；
可怜负屈无门控，千古令人恨石磨！

诗后署名：姑苏刁镇西绝笔。

况钟读到这里，大喊一声："不好了！快去救人！"

况祥一听，顿时像个丈二金刚摸不到头脑，忙问："老爷要救何人?"

况钟边走边说："救的正是这个题诗人刁镇西!"

况祥道："此人现在何处?"

况钟猛醒道："是啊！不过看这壁上之诗，墨迹淋漓，尚未全干，想来走出未远。"

况祥道："这金山虽小，周围也有数里之遥，况均为山路，等我们找到时，他早就死去多时。不如先去找和尚打听一番，要是他们认识此人，就方便多了。"

况钟见说得有理，就急忙来到殿堂，向一老僧打听刁镇西来。

老僧恰是金山寺的方丈，答道："有有有！此人乃是一个穷秀才，潦倒在寺暂住。由于身无分文，常受众僧白眼。老衲见他可怜，才把他收留在客房供吃供住。自他来寺，半夜中常听他悲泣哽咽，问他却不肯说。前两天时，有个小和尚夜半小溲，忽见刁镇西房中还亮着灯火，便去窗前破洞窥看，不看犹可，一看之下吓得小和尚大声惊叫起来，原来那穷秀才竟在梁上自尽了。众人闻声赶来，才把他解救得活。想来此次他一定又去自尽了!"

况钟把看到的题诗一说，老方丈霍地从椅子上站了起来说："快快快！刚才他还向我打听去冷泉桥的路径，莫非到桥上投河了?"

况钟听说，忙转身就走。老方丈道："等一等，我叫小和尚引路，方万无一失!"说完叫过小和尚来叮嘱了一番。况钟这才告别了老方丈，急步快走，跟着小和尚向冷泉桥方向走去。

不到半晌，远远望见一条小溪，左盘右弯像条碧玉带般嵌镶在两座山岩之间。小和尚指着溪上一座石拱桥说："瞧，前面就是冷泉桥，那桥上站的正是那个吊颈未死的穷秀才!"

况钟一望，果见有个书生在桥上徘徊，忙高声喊道："兀那秀才，千万不能轻生啊!"谁知喊声未了，那书生跃身一跳，早从桥上跳进了滚滚的溪水中了。

这时，况祥"哎呀"一声，正想下水去救人，没料想况钟快步向前，边跑边脱衣服，只听"扑通"一声，一头跃进水中。

原来，况钟从小在农村长大，村前有条青溪河，河水清粼碧绿。村童们多在河中戏耍游玩。况钟小时候也跟村童一起，在河中洗澡，摸鱼捉虾，样样都来。今天为了救人，这浪里白条的本领正好用上了。

况祥原是排工出身，水性甚好，只是上了年纪，手脚慢了些。今见老爷亲自下水救人，哪再顾得年老年少，竟也脱了衣服，跳进了水中。

两人奋力游到秀才身边，总算把他救了上来。好在时间不长，那刁镇西只是喝了几口水，昏迷了过去，经急救慢慢地醒了过来。张目一看，竟瞪着况钟，责怪道："你为什么要救我？我自寻死，与你无关，何必多事？"

况祥一听，立刻气往上撞，大声道："天下竟有这样怪人怪事！难道我们救人性命，反倒有错不成？"

刁镇西叹口气道："不是我怪你救，其实你救了我，反而害了我！我今跳进河中一死，还落得个全尸，也不过是一时气闷而已；要是不死，被人当作逃犯追捕，送到州府大堂，那时，吊、打、拶、夹，求生不能，想死不得，岂不是比眼前一死更要痛苦十倍吗？"

况钟忙问："听你现在所言，读你壁上题诗，必然有冤屈在身，不妨说出来听听，说不定能为你想个办法，排忧解愁哩！"

谁知秀才听了，非但不喜，反把那头摇得像个拨浪鼓似的，说："休夸海口！我这冤屈像海洋般深，除非铁树开花，日出西方，才能出头！"

况祥道："眼前这位就是新上任的苏州府……"刚说到这里，只见那老方丈急急地赶来说："不好了！苏州府的捕快已到了寺中，他们手执朱批，口口声声说是来抓逃犯刁镇西。老衲想刁相公乃是被冤屈之人，万万不能落在捕快手中，故特急忙前来送信，速速逃离此处。俗话说：'留得青山在，不怕没柴烧。'望刁相公快快动身吧！"

那刁镇西听了，神色大变，也顾不得向老方丈道谢，一转身就朝那条通往山下的小路奔去，一会儿就不见踪影。正是："马走黑路藤绊脚，人走霉运鬼摸头"，未知刁镇西是否能逃脱捕快追踪，且待下回分解。

第三回
翠竹庵师太贪财帛　清净室金氏全贞节

话说穷秀才刁镇西满腹冤屈，当着救命恩人况钟之面，却不肯说出半点情况来，气得况祥立眉瞪眼，无可奈何；况钟却不心急，暗忖：水豆腐慢慢磨。我用真情相待，到时候自然水到渠成，春来花开。正在轻言慢语劝解与他，不料捕快已赶到了金山寺，弄得刁镇西拔腿就跑，把个闷葫芦留给了况爷，让他去猜这个谜儿。不说况爷心里痒痒的不是滋味，就是读者诸君也一定想马上知道这件冤案的头头尾尾根根叶叶。

先从刁镇西身上说起，原来刁镇西排行第二，同胞兄长名唤刁镇东，娶妻金氏。金氏小名香兰，真个是名如其人，长得十分可人。

有诗为证：雪肤香肌，淡妆素服，两弯眉画远山青，一双明眸秋水润。腮比香玉，唇似樱桃，万缕柔情千分娇，一点春含豆蔻梢。

这香兰长得美貌，且性情温顺。膝下只有一个孩儿，名唤虎儿，年方三岁，百伶百俐，嘴儿像涂着蜜糖一般，谁见谁爱。夫妻俩把他当作掌上明珠，舍不得离开一步。

这镇东父母于前年双双谢世，撇下兄弟两个相依为命。弟弟镇西只知读书，百事不问。幸喜嫂子香兰处处照料，十分周到。一家四口，倒也和睦称心。

这一日早起，刁镇东对浑家金氏言道："夜里得了一梦，梦见老娘问我讨要银子衣服，不知主何吉凶？"香兰笑道："这是你记挂婆婆，才有这梦。昨日听隔邻王妈妈说，东门外翠竹庵的观音菩萨很灵验。我们何不去那里给公公婆婆烧上一炷香，念上几卷经，超度两老在天之灵，祝他俩早日魂升天府，也是做小辈的一番心意！"镇东一听，一把抱住香兰，"叭"的一声在粉腮上亲了一口，说："我的可人儿！难为你想得周到，不知道该怎么谢你才是！"香兰摸着发烫的脸腮，羞答答地说："青天白日，门也未关，要是被你兄弟看见，看你羞也不羞？"正说着，只见兄弟镇西一头闯进来说："怪事，怪事！昨天夜里我得了一梦……"香兰笑道："莫非是婆婆她……"镇西道："不是，不是！我梦见一只斑斓猛虎，一直闯进这间卧室，一口吞了虎儿，又把嫂子咬了个大窟窿。吓得我魂飞魄散！那只吃人老虎从家中一直把我兄弟二人追到一处悬崖，我一失足跌下了万丈深渊，吓得我大叫一声，这才惊醒过来！正不知是吉是凶，特来告明兄嫂。”

香兰道：“你哥哥昨夜也做了一梦，梦见婆婆要银要衣，正商议去翠竹庵烧香还愿哩！”

镇东道：“这事兄弟你就别管，一切由你嫂子去办就是！”

镇西道：“如此多谢嫂子费神了！”

当下，镇西自去书房读书，香兰要镇东去雇了一顶轿子，带着虎儿，一径往城东翠竹庵而来。

翠竹庵坐落在城东郊外，庵堂虽小，却十分幽静。四周以竹围绕，门前种几丛夹竹桃，此时正值花开之时，碧绿丛中点点红，风景十分雅致。门上贴一副对联：

尘飞不到人长静，
一炉清烟两卷经。

轿夫把轿抬到庵前，接下脚力钱自去了。刁镇东见两扇庵门紧紧关闭，就过去敲响了门上的铁环。半晌，只听得里面响起了脚步声，一个年轻女子声音在门内问道：“是何人敲门？”

刁镇东忙答：“我们是特来烧香还愿的！”

话儿方落，那门‘吱扭’一声开了个缝儿，从门缝中探出个光脑壳的女尼来：“你们敢是赵通判家的人？”

镇东忙答：“不是，不是。我姓刁，那位是我浑家金氏……”

那小尼姑一听，便说：“请稍等！今天是赵通判家约下烧香还愿的，不知师父是不是接待你们！”说完，又把门关上了。

刁镇东心想：“今天来得不巧，要是老师太不肯接待，岂不是白跑一趟？”

正想时，那门‘呀’的一声打开了，一个年约半百的老师太，笑容满脸地迎了出来说：“欢迎施主前来烧香还愿！”

镇东心中这才一块石头掉下地，高兴地说：“我正怕师太没有空哩！这下好了！”

老尼双手合十道：“施主说哪里话来。小庵全仗八方施主照拂，你们来烧香还愿，怕请还请不到哩！刚才小徒说话多有冒犯，千万不要见怪！啊，这位就是……”

镇东道：“乃是小人娘子，那是小犬虎儿，虎儿，快过来叫声奶奶！”

虎儿冲老师太一笑，就脆生生地叫了声“奶奶！”喜得老师太眉开眼笑，连连夸奖：“小哥儿长得多俊！就像粉妆玉琢似的，瞧，他笑起来真甜！长得一表人才，长大后必然是个状元探花榜眼！”

香兰笑道："多谢师太金口，就怕他没福气消受！"

老尼笑道："光顾得说话了，让你们干站着，快进庵喝杯香茶！"

当时把香兰一家让进庵中，香兰先在观音大士金身雕像前拈了香，和镇东双双跪下，磕了几个头，又唤虎儿过来磕了头，这才随着老师太到禅房中。小尼姑早端上两盏香茶，就坐下边饮边谈。

香兰道："请问老师太法号。"

老尼道："先师剃度时赐名慧空。"

香兰道："原来就是慧空师太，我常听得隔壁的王妈妈讲起过，只是一直穷忙，未曾前来拜识！"

慧空道："王妈妈是小庵的老施主，是极其慈祥的好人！今天她怎么没有来？"

香兰道："她看外孙去了。要不，我会要她陪同前来的！"

慧空道："刚才听得小徒言讲，你们一家是特来烧香还愿的，不知是给何人烧香还愿？"

镇东插嘴道："是希望先父母能在阴世早日超度，特来菩萨面前烧香的！"

老师太趁机说："小庵的观音大士是极其灵验的：求子得子，求福得福。前些日子，赵通判夫人许下愿望要求个贵子，日前果然如愿以偿，生下一位小公子，就答应给观音大士妆金。瞧，这尊佛像的金身，就是赵夫人喜舍的！如今观音菩萨尊前一对金童玉女，一个叫善财童子，一个叫作龙女，尚未有好善乐施的施主来许愿妆金，不知施主可有此意？"

香兰一听，忙问："但不知妆金要多少银两？"

师太道："那悉听施主布施便了，多则一百两百，老尼也不嫌多；少则三十五十，老尼也不争论，多少都是施主一心向善的一番心意罢了。菩萨的心中是最有数的，多行善多得福嘛！那是丝毫也不会错的！"

镇东听了，早在心中盘算开了，观音大士是个大佛像，用的金箔多；善财和龙女乃是小佛像，两个加在一起也比不上一个观音！我看，就给善财舍个金身，这就要不了多少银两，给她十两银子也就够了，也好保佑我那虎儿长命百岁！想到这里，就偷偷地向浑家丢个眼色，香兰会意，推说净手，就跟镇东来到廊下，两个就悄悄商量起来，最后还是依了香兰，拿出二十两银子给善财童子妆金。

香兰再进方丈，跟师太说明此事。老师太老大不愿，磨了半天，最后又由香兰加了五两，总算说妥了。师太意外地得了一笔钱财，好不高兴，就格外殷勤客气，定要留香兰一家吃顿素斋。镇东心疼那后来又加上的五两银子，心想：不吃白不吃！等会放开裤腰带，吃它个碗底朝天，少说也要吃它二两五钱银子回来！

这顿素斋倒也丰盛，虽则只是豆腐、香菇、冬笋、蘑菇、豆腐皮、青菜苋、金针、黄花、豌豆、青豆等蔬菜，端上桌来的菜肴却名目别致，色彩斑斓，味道美妙，什么素鸡、素鸭、素什锦、狮子滚绣球、碧玉卷珠帘、五香佛手卷、开胃八宝汤等等。吃得虎儿舐嘴咂舌，香兰连声夸奖，镇东满头是汗。

那香兰因贪口腹，多喝了一碗开胃八宝汤，顿时觉得内急起来。记得进庵时大殿左边有一丛竹林，是一处极为隐蔽之所，正是方便的好地方。于是，她悄悄地走出膳房，三步并作两步，直奔竹林而去。

也是合当出事。这天正是赵通判夫人约定去翠竹庵烧香的日子。因身子不适，就命胞弟张金瑞去通知老师太另改日期。

这张金瑞仗着姐夫是苏州府通判，经常在外眠花宿柳，胡作非为，是个出名的花花太岁。因他长得也算五官端正，就自命为风流种子。因跟《西厢记》里面的张君瑞，只差一个字，就立志要找个跟崔莺莺一般美貌的女子作妻房。只是选来挑去，都未入他眼，直到如今他还是一个光棍。这天奉了姐姐之命，竟到翠竹庵来。只见庵门虚掩着，就不待通报，走了进去。刚刚来到大殿前面，四面一望，静悄悄地竟阒无一人。正要跨步走进大殿，忽听一阵窸窸窣窣的声音，侧耳细听，声音是从殿左竹林中传出。他转过身子，定睛一看，那颗心竟然'怦怦'直跳起来。啊，原来在竹林掩映处，有个绿衫素裙的女子正在那里整饬衫裙哩！刚才那窸窣之声，分明是这女子在……想到这里，感到十分懊悔，哎，要是早来一脚，那才叫有趣哩！但不知这个女子长得怎等模样，等她出来细看便了。

再说香兰解完小溲，束好衫裙，从竹林中钻了出来，蓦然望见一个年轻男子，正站在那里目不转睛地望着自己，顿时羞得满脸绯红，那心头仿佛钻进几头小鹿正在那里乱蹦乱跳。暗忖：不好！刚才解手，莫非被他偷觑了不成？看他年纪轻轻，却好不正经，无端干起这种事来，快快离开此地为是！正要举步前行，没想到那男子竟把双手一拦，唱了个肥喏道："娘子慢走，小生这厢有礼了！"

香兰吓得心头突突乱跳，不知此人想干什么，欲待不理，却被他缠住不放，只得还了个万福道："这位相公请让路，奴家还有事哩！"

那张金瑞见女子答了话，觉得有了一分光了，便涎着脸道："小生姓张名金瑞，山西大同府人氏，姐夫赵忱现任苏州府通判。不知娘子何处人氏，芳名怎样称呼？"

香兰本待不答不理，听得他是苏州府通判的小舅子，就不敢得罪于他，只好说："小女子夫家姓刁，娘家姓金，这名字嘛……"

张金瑞连忙接口道："既然不便相告芳名，小生就斗胆叫一声嫂嫂吧！嫂嫂在上，请受小弟张金瑞一拜！"说着就作了一个深揖。

那香兰哪里见过这样死乞白赖，胡搅蛮缠的人，逃又逃不掉，走又走不脱，正弄得进退两难，啼笑皆非时，忽见刁镇东急急地赶了过来，一见有个陌生青年男子，正朝着浑家在作揖打躬，那身子弯到了地，活像一只虾公似的，不禁一股醋意从头顶上钻入，从鼻孔中钻出，朝着那野男人，重重地哼了一声，猛地跨前几步，拉住了香兰的手说："到处寻你不见，竟跑到这里了！快走，虎儿吵着要回家呢！"

香兰顾不得解释，幸亏镇东来解了围，要不，那个无赖不知要缠到何时何刻才能放我走哩！

当下夫妻二人回到禅房，向老师太慧空告别，说好隔几天送银子过来，便拉着虎儿，出庵而去。那张金瑞一直送到庵外，站在门口，半晌不言不动，就像丢掉魂落了魄一般。正在这时，忽听身旁"扑哧"一笑，转头一看，笑的原来是老师太慧空。

只听慧空念道："美人已乘黄鹤去，此地空余翠竹庵！"

张金瑞一听，立刻向慧空作了个揖说："师太大发慈悲，救我一命，胜造七级浮屠！"

慧空双手合十道："阿弥陀佛！罪过，罪过！出家人只晓得诵经念佛，哪里救得相公性命！"

张金瑞忙在衫袖里一摸，摸出一锭五两重的小元宝来，双手高高擎起，死皮赖脸地说："这锭银子送与师太买杯茶吃，若能办得事成，再有三十两银子相送！"

慧空一见白花花的银子，那眼睛立时笑得只剩一线缝儿，忙说："这件事不能性急。俗话说，钱到百事办，火到猪头烂！等我慢慢想办法就是！"

张金瑞见慧空收了银子，顿时就像溺水的人捞到了根稻草，喜得满脸是笑，叮嘱道："我一日也等不得了，若是迟了送了我这条命，罚你来世还得当师姑！"慧空笑道："不消吩咐，且等好消息就是！"

看官，这三姑六婆，是世上第一等惹是生非的由头，谁要着了她的算计，很难摆脱她们的魔掌。也有诗为证：

千般难出虔婆口，万般难脱虔婆手；

饶君纵有万千般，牵住鼻子跟着走！

过了两天，刁镇东适值有事到外地去了。家中只剩镇西照应门户。香兰猛地想起许诺的二十五两妆金的银子至今尚未送去，也不见慧空师太来取，就央求隔壁王妈妈带个口信去庵里，要老师太抽空跑一趟。王妈妈回来告道："慧空师太捎话来说，四月初八是菩萨生辰，就在庵中启建道场，开佛光明。特请金家娘子前去随喜！"香兰却待不去，不料虎儿听见后就吵闹不休，定要去庵里游耍。吵得香兰没有了主意，只好答应下来。

时间迅速，不觉就是四月初八。一清早，香兰嘱咐了小叔镇西，雇了一顶轿子,就又上翠竹庵来。

香兰带着虎儿,看了一上晌法事,被慧空留在禅房里吃斋。幸喜这天再未见到上回纠缠不清的无赖,因此就放下了心。那慧空殷勤劝酒,香兰不知不觉就喝了三杯,只感到头晕神昏,昏昏欲睡。慧空道:“想是多喝了一杯空心酒,就在贫尼床上躺下,一会儿保证就好!”

就不由分说,师太把香兰扶进房中,在床上躺下。虎儿吵着要看龙女,早由小尼姑带走了。

于是慧空把房门一关,那房中账后藏身的张金瑞,悄声走了出来。看见躺在床上醉酒的金香兰,脸泛桃红,腮含春色,好一幅海棠春睡图!张金瑞这时色胆包天,先脱光衣服,上得床来,一把抱住了金氏,伸手就去解她的衣带。谁知金氏打的竟是个死结,七拉八扯竟把香兰弄醒。香兰睁眼一看,吓得立刻大声喊叫起来。张金瑞见功亏一篑,怕被人听见不妙,就伸出手来死死捂住了香兰之口。香兰恨极,张口狠狠一咬,竟咬断了张金瑞的一截指头!顿时鲜血淋漓,疼得他咬牙咧嘴,却不敢喊出声来。张金瑞见金氏死命相拼,不肯顺从,加上被咬断了手指,一时气愤,就用双手死死卡住了金氏的脖子。初时,金氏犹在挣扎恶骂,不久就双眼翻白,两脚一伸,竟呜呼哀哉了。

张金瑞见金氏已死,气犹未消,把断指上的血擦拭干净,下床拔去门闩正要走时,刚好被一个三岁孩儿绊了一跤。等他爬起身来,只见那孩童抱住金氏尸体放声大哭。张金瑞这时一不做二不休,竟丧尽天良,用同样的手段,把个活蹦乱跳的无辜孩童送上了西天!等师太慧空进来发现两具死尸时,杀人凶手早已逃之夭夭了!

要知这件凶杀命案如何了结,且看下回分解。

第四回

诉冤状原告反坐牢　捉逃犯捕快竞邀功

话说翠竹庵老师太慧空，猛见自己房里横陈着一大一小两具尸体，顿时吓得魂飞魄散，大惊失色。万万想不到那个人面兽心的张金瑞竟然如此心狠手毒！看死者的模样，那床上的美貌女子衣裙虽乱，但还穿得好好的，细看颈上有一道深深的血痕，还沾有不少紫血；双眼突出，口中也有血迹，；而倒在地上的童尸，除颈上有血痕外，别无他伤。猜想定是张金瑞企图强奸金香兰时遭到了抗拒，因恼羞成怒，就把人活活扼杀的！后来，这个孩童发现母亲被害，又遭凶手杀害的！张金瑞呀，张金瑞，你这个天杀的竟做出这样伤天害理的事来！就不怕下地狱得报应吗？你靠着当通判的姐夫做靠山，自然不怕吃官司，却把贫尼害苦了！庵堂佛殿乃是清净之地，凭空死了两个人，贫尼须脱不了干系！如若报官，三拷二掳，我这拉牵搭线之罪怎生隐瞒得住！抓去坐牢，谁来给我送饭？我这条命岂不是白白地送进牢里了？如今之计，只好悄悄把尸首掩埋了，就神不知鬼不觉地掩遮过去。等刁镇东找寻妻子时，我就来一个死不认账！只说金香兰从未到过庵中就是。怕只怕被小尼姑妙空声张出去事情就糟了！我得先把她的嘴巴封住才是！慧空师太想到这里，忙忙地来到妙空房中，只见妙空坐在床上正在伤心掉泪。慧空一问，方知妙空家中只有兄弟一人，近日被几个兵丁用一系绳索捆走，说是去充军籍的！这些天，姑苏城内这类事时有发生，一充军籍，再无生还之望。不是发往边关远镇，就是去到荒无人烟的沙漠地当兵。只要一入军籍，就世代继袭，永无翻身之日。妙空得知此事，故而痛哭。

慧空听后心中一喜，便对妙空说："此事包在为师身上！等这几天见了赵夫人，叫她在通判面前说上几句好话，只要通判高兴，下道命令，还怕不放你兄弟回家吗？"妙空一听，立刻收泪磕头，拜谢师父搭救兄弟之恩。这时，慧空见时机已到，便把妙空的手一拉说："跟我来，师父也有件急事，要你帮忙哩！"

妙空听得师父呼唤，立刻跟随身后来到师父卧室中。刚踏进门口，马上就"呀"的一声惊叫起来。

慧空急忙捂住妙空之口，小声说，"千万别嚷嚷，这件事只有你知我知，再不能让第三个知道,若是张扬出去,有谁还敢到翠竹庵烧香还愿?到那时,断了香火,你我岂不全得饿死吗?”“这……这尸首……”“我也不知是被哪个强盗所杀?看来定是见色起意,金氏不从才下毒手的!”“这虎儿……刚才我还带他去看龙女,可现在……”妙空说着,禁不住失声哭了起来。“现在不是哭的时候!这尸体要是被人发现,事情就糟了!”“那……怎么办?”“最要紧的是赶快把尸首埋了!”“埋到哪里去呢?”“就埋到后殿那口废井里!那里再无人去的!把尸首扔下井里,上面再盖些土,就万无一失了!”“这……”“别这个那个的,快!先把尸首背走!”于是,两人一齐动手,趁着四周无人之际,把两具尸体都丢进了后殿那口废井中,并在尸上盖上泥土,压了一块大青石,弄得再找不出一丝痕迹,这才各自回房净手休息。

再说刁镇西在家,左等嫂子没见回来,右等侄儿不见踪影。看看天色黑了下来,以为嫂子回娘家去了,只得怏怏不乐回到家中,自己热了热饭菜吃了。第二天一早就跑到十五里地外的金家去问,谁知又扑了个空。香兰家里只有一个八十岁的老奶奶,一问三不知,半天方知香兰并未回家。等从金家回来,已是未时申初,等到赶到翠竹庵,天色渐渐暗了下来。镇西前去敲门,敲了半天,门内才有人来问:“外面是谁?”“我是刁镇西!”“什么镇西镇南的,我不认得你!”“我是来寻嫂嫂的!”“庵里就是我跟师父两人,再无第三个人,哪来你家嫂子呢?”“请你打开门说话!”“那怎么成?天色已晚,你我孤男寡女,可要提防别人说闲话的!有事明天再说!”“不不不,我嫂子金香兰跟侄子虎儿,明明昨天到你庵中送银子来给善财童子妆金的!快开门来,再不开,我就把门打破了!”“你敢?”“看我敢不敢!”,“嘭嘭嘭!嘭嘭嘭嘭!”一阵紧一阵的打门声,惊动了老尼慧空。“妙空,是哪个打门呀!”“师父,他说叫刁镇西,是来找嫂子的!”“打开门叫他进来自己找!反正他嫂子是个大活人,我们能把她藏到哪里了!”“好吧!”这时,庵门“吱”的一声打开了,刁镇西一头闯了进去,险些跟小尼姑妙空撞在一起!“啊唷唷,倷迭个人,啊是瞎掉了眼睛?专往人家身上乱撞!”刁镇西也不答话,一进庵门,两眼就到处乱射,可是,庵里除了一老一少两个尼姑外,再没有第三个人。

刁镇西:“我嫂子金香兰呢?”

慧空:“哪个金香兰呀?”

妙空:“师父,你忘啦?就是那个许愿给善财童子妆金的!”

慧空:“噢,原来是她!哎,真是嘴上无毛,说话不牢。这位女施主前些日子说得好好的,情愿施舍二十五两银子给善财童子妆金的,可说话不算数,直到今天,连个影子都没看见过,说不定是心疼那几两银子吧?”

刁镇西:“不不不,我嫂子昨天一早就带着银子到宝庵来了,直到现在还未回家,我是专门到此来接她回家的!”

慧空："打什么乱话？你可是碰到鬼啦？你嫂子哪里来过？我哪里见过什么银子？"

妙空："你可是喝醉酒了？快走快走！我要关门了，别在这里撒酒疯！"

镇西："这就怪了！明明是一顶轿子抬来的，我嫂子还带着一个三岁的娃崽哩！"

妙空："你是白日做梦吧？句句说的是梦话！刚才说是找嫂子，一眨眼又添了个三岁娃崽，真叫人听了恶心！"

镇西："我不信嫂子会到别的地方去！她肯定是到这里来烧香的！"

慧空："好好好，说了半天，反正你也不信，让你里里外外都找一遍，找到了嫂子，你就接回家；要是找不到，你就赶快走，少来啰唆！"

妙空："师父，让他找什么？白白浪费我们的功夫！"

慧空："不叫他找他不死心的，算了算了，找不到时，也叫他死了这条心！"

妙空："好吧，快找呀，我们可要睡觉啦！"

刁镇西找遍了每个殿堂，每间禅房，最后连厨房、茅厕、柴间、糠屋都找了一遍，哪里有金香兰和虎儿的影踪！

慧空："没有吧？我早对你说过你嫂子没来过，现在相信了吧？"

镇西："哼！叫我相信，没那么容易！骑驴看唱本，走着瞧！等我哥哥回来，再跟你们算账！"

妙空："啊呀呀，你哥哥来了又怎么样？砻糠里还能榨出油来？没有来就是没有来！官司打到苏州府去，我们师徒两个就陪着，还怕你算账呀！"

"好好好！我就上苏州府去告你们！"刁镇西一面说，一面就出了庵门，只听"砰"的一声响，那两扇黑漆庵门早又紧紧地关住了。

刁镇西未曾找到嫂子和侄儿，等兄长回来一说，就写了一纸诉状，镇东就去苏州府击鼓喊冤。

苏州府知府已离任，就由通判赵忱代行知府职权。头堂官司先把慧空师徒传来审问。慧空师徒极力否认金香兰曾来过翠竹庵还银。不料，被镇西雇来抬轿的两名轿夫，当堂作证说："四月初八，小人亲自把金家娘子母子抬到翠竹庵的，当时，妙空小师父看我俩汗流满脸，还端来两碗凉茶给解渴哩！"

赵忱一听，心中大怒，正要发下朱签在尼姑身上用刑，一个小童送上一碗盖茶。赵忱正在口渴，揭盖欲饮时，谁知茶盅中放的不是香茶，却是一纸字条。上写："速速退堂，要事相商。"赵忱认得是夫人手迹，不敢违拗，装作腹痛，忙忙退入后堂。早见夫人迎了出来，小声说："这件官司老爷就不用追问了！"赵忱纳闷道："这是为何？"话刚说完，屏风后转出一个人来，朝着赵忱就伏地连连叩头不止。赵忱一看，原来是妻舅张金瑞，只听金瑞哭着求告道："姐夫！只求姐夫高抬贵手，饶我一命！"

赵忱正摸不到头脑，旁边夫人就一五一十地把兄弟所作所为一一说了出来。赵忱大惊道："你连害二命，按大明典律须凌迟处死的！"

张金瑞一听，把头磕得像捣蒜一般，口里苦苦哀求。夫人不忍心看，就发话道："老爷若见死不救，我活着有甚滋味？不如先碰死在老爷面前！"说着就一头向墙上撞去。吓得赵忱连忙抱住，不迭地答应道："我答应就是！万万不可如此！"

于是，赵忱昧了良心，叫张金瑞用银子买通了两名轿夫，要他们改口。俗话说，有钱能叫鬼推磨。两名轿夫得了银子，反一口咬出刁镇东来，说是他用酒肉请来二人作证的。如今经青天大老爷一番开导，幡然悔悟过来，再也不给人当枪使了。赵忱又用重刑逼供：吊、打、拶、夹，全都用上，把刁镇东折磨得奄奄一息，死去话来。趁他昏迷未醒，竟叫皂隶强按了镇东的手印，下了牢狱。镇西不服，也被关在牢中。牢中有个善心禁子，问知兄弟俩的冤情，十分同情，瞅个空子，竟把镇西放走了，并叮咛镇西快去巡抚衙门告状。谁料想新任巡抚就是那个成均。他和赵忱原是姻亲，见刁镇西越衙告状，告的竟是赵忱和张金瑞，就不问青红皂白，一顿乱棍把镇西赶出了巡抚衙门。这时，苏州府闻知消息，又对刁镇西行文追捕，画影图形捉拿逃犯归案，弄得镇西走投无路，决心上京告御状。不想来到金山寺一病不起，加上身无分文，无奈之下，寻了短见，幸亏被金山寺住持救活。这天夜里，镇西思前想后："四面均是绝路！就是上了京城，吃的住的都需花费，又听说告御状还得先滚钉板。想我是个文弱书生，又是有病之身，如何经受得住这般苦楚！不如一死了之，到九泉之下做个冤鬼，再找仇人算账便了。"想到这里，才在墙壁上题了一首绝命诗，打听得去冷泉桥的途径，决心投河了此残生。以后被况钟主仆救起之事，前已交代，就此打住。

花开两枝，单表况钟见两名一胖一瘦的捕快去追捕刁镇西，忙和况祥在其后紧紧跟踪。一则好保护刁镇西，二则想知镇西究竟有何冤屈之事。况钟是个最爱刨根问底之人，对人间不平之事，非要问个清楚，弄个明白，然后千方百计，相助一臂之力，直到把事办妥为止。这就是况钟从小养成的刚直不阿、好管闲事的性格！

况钟主仆二人，追呀追，眼看就把两个捕快追上了。忽地，前面那个胖子捕快，听见后面窸窸窣窣的脚步声，回头一看，立刻大喊一声："麻子哥，快！原来那逃犯正在我等背后呢！"

那麻子捕快一听，忙转过身子一看，吃了一惊说："一点不错，来的正是刁镇西！秃子老弟，快拿画像出来对照！"

那秃子捕快忙从腰带上取来一张通缉令，开卷一看，那画上的逃犯，衣着、脸容，活脱脱地跟况钟一个模样！看官，你道为何？原来，况钟从溪流中救起了镇西，两人衣衫尽湿，况祥是脱衣下水的，故外衣仍是干的。幸喜这天阳光极好，天气燠热，两人脱去湿衣，拧干了在日头下暴晒，刚刚晒得七八成干时，老和尚就来报信了。那刁镇西一听，慌里慌张地抢了件外袍就跑，谁知忙中有错，竟把况钟的衣袍抢在手中走了。等况钟发觉，留下的乃是镇西的衫袍。况钟只好暂且穿了，在后面追了上来，想不到被只看衣衫不看人的两个蠢呆捕快弄错了！至于长相，两个都是方面大耳，身材魁梧，猛然间很难分清；加上这两个捕快，只从画像上认识刁镇西，以未见过逃犯本人，因此阴错阳差，把况钟误当成了逃犯刁镇西。

况钟听得两个捕快之言，立刻成竹在胸，心忖：就让他们抓去吧，这一来，刁镇西就可以脱身了。刚才嘱咐他回苏州府去告状，他还有些害怕哩。只要他敢去，我一定要帮他打赢这场官司！

说时迟那时快。那个秃顶的胖子捕快，早快步来到况钟身边，大喝一声："刁镇西，看你还往哪里跑？"话完时那手中的铁链，早'咣啷'一声绕在况钟脖子上了。

况钟戴上了铁链，不但不急不慌，反而迎上前去说："两位捕快老哥，辛苦啦！我早在此等候多时了！"

那麻子脸一听，鼻子里哼了一声说："嗨，你说的比唱的还好听！等你个屁！你要老早在监牢里等候，也用不着我们两个千里迢迢来到金山寺抓你了！"

这时，况祥却早急不可耐，赶忙跑过来说："你们这算唱哪出戏？大水冲倒了龙王庙，连自己人都不认识啦？"

那秃子一见半路上杀出一个白发苍苍的程咬金，就先发制人说："你跟刁镇西可是一路的？一定也是柳条穿王八——一路货！快靠边站，不是看你一把白胡子，连你一起锁了送进苏州府大牢！"

况祥被这顿夹七夹八的抢白，一时竟气得说不出话来。况钟忙对况祥使着眼色说："老人家，你先去找人要紧；找到了就赶快到苏州府来，千万要记住！"

这番暗示，况祥听后终于明白过来：况大人是苏州知府，等他到了大堂上，还怕吃亏不成？想到这里，忙"诺诺"连声，一直向前跑着去追刁镇西了。

这里两个捕快都十分高兴。要知道：抓不住刁镇西，回去通判大人就会打板子的！抓住了刁镇西，不但通判大人有赏，他的舅老爷张金瑞说过，另外还要给一笔奖赏哩！

那个外号叫作铁胳膊的麻子捕快说："论功行赏，我该得头份哩！要不是我一眼认出来，逃犯会束手就擒呀？"

"嘀嘀嘀！你这是什么话？"那个秃子捕快不服气了："你好记性！没有我先指点你，你背后长眼睛呀？要论功，我该得头份！"

“哈！叫你一声麻子哥，别仗着你脸上尽是圈圈点点的，那在考场上才有用哩！要在平日，那是石榴皮、马蜂窝、羊肚子、绊脚石！我劝你还是到河边照一照去，别尽臭美啦！”

“放你妈的屁！我臭美？你就像掷果的潘安，劈棺的王孙！嘿，还是尿泡尿照照镜子去，你哪点比我强？你是葫芦插在脖子上，绣球灯儿少提梁。借光的好物事，一毛不拔的浪荡鬼！”

两个捕快，为了邀功争赏，竟各自揭短，寸步不让。要不是况钟劝解，差点打了起来。这正是：羊肉未吃先惹一身膻，赏钱未领早挨一顿骂。欲知后事如何，且看下回分解。

第五回
况知府巧计装昏庸　赵通判大意露马脚

且说况钟被两个捕快推推搡搡，一直走进了苏州府大堂。

况钟抬头一看，只见里面人声鼎沸，你来我往，忙得像穿梭一般。那些皂隶、差役、门子、书吏，挂灯的挂灯，结彩的结彩，抹灰的抹灰，扫地的扫地，一个个忙得像走马灯似的！正中有两个穿官袍的人，正在那里指手画脚。看来是今天这个盛典的提调官了。你道这两个人长得怎生模样？看一眼就会永铭不忘，有《西江月》为证：

身长头小脸黑，唇翘牙黄嘴阔。细眉细眼胜裙钗，可惜腹似悬锅。
额上纵横阡陌，腮间大坑小窝。下巴朝天称异相，一张马脸尺多！

另一个也有《西江月》为证：

面黑恰似锅底，眼圆却胜铜铃。尖尖脑壳善钻营，溜拍功夫真灵。
牙齿真金镀就，身躯顽铁敲成。生平最爱风流事，蜂蝶丛中首领。

原来，那个马脸就是苏州府通判赵忱，另一个是苏州府经历傅德。

今天，通判赵忱得知一个消息：新任知府况钟已从京中驰驿出发。算算日子，今天就能到达，因此亲自督促一府吏员挂灯结彩，好迎接新知府到来。

赵忱今天表面上强作欢笑，心中却在隐隐作痛。自从前任知府被赵忱设计暗害挤走以后，他就派人进京在六部九卿，内阁大臣中大肆进行活动，把搜刮来的民脂民膏作为买官鬻爵的资本。谁知空花一番心血，盼星望月，到头却成竹篮打水一场空。那些受下贿赂的京官，嘴甜得像涂蜜，把个肚皮拍得咚咚响说："这事我包了！你就在家眼望旌旗报，耳听好消息就是！到时候管保你坐上苏州府第一把交椅就是！"有的干脆说："天大的银子，地大的官！小小的知府算什么？你要是想当宰相，我也敢拍胸！"谁料想前几天看邸报，皇上竟任命了九个大府的知府。那苏州知府下面的名字竟不是赵忱两字，却换上了况钟两字！当时以为弄错了，或是眼花看错了，可是细看这下，白纸黑字，明明白白，清清楚楚，岂能有错？当时，赵忱只感到一阵耳鸣眼花发昏，差点从太师椅上跌倒在地。他一面心疼花掉的那笔可观的冤枉钱，一面在心里大骂这些光爱钱不办事的老爷官。他们简直就是骗子！就是强盗！就是吃人不吐骨的恶鬼！哎，真是碰到了鬼！不知这况钟是何许人？他花了多少银子？因何有如此神通当上了这人人垂涎、个个眼红的苏州府知府？此人是三头六臂，还是皇亲国戚？到此上任后，是个圆滑老练的老手，还是百事不谙的新雏？俗话说，“千里做官只为财”，管他老手也好，新雏也好，进了苏州这口大染缸，不管你是红是白是黄是蓝，我要叫你全身变黑，黑得如漆，黑得像墨，黑得像锅底！那时才晓得我赵某的厉害哩！

赵忱身旁那个黑脸大眼，尖脑壳的傅德，一直在那里鉴貌辨色。他完全了解赵忱此时此刻心中有什么道道，有什么算计。他看见赵忱紧锁眉尖，闷闷不乐，就赶紧搬过一把太师椅请他坐，又亲自端来一杯龙井茶请他喝，一面察言观色，一面点头哈腰说：“赵通判，你就歇着，这里全交给我好了！等况知府到门口，我马上派人来请你！”赵忱一听，眼儿一斜，心忖：“妈的！新知府还未到，你这个龟儿子精得很，竟然就转了舵！你安的是什么心？叫我去歇，你好在新知府面前邀功呀？真是，知人知面不知心，青蛇牙齿马蜂针！我可不上你的当！”于是，慢慢悠悠地回了一句道：“我不累，我要见见这新任知府究竟是怎等人物？”

刚说着话，那铁胳膊捕快带着系上铁链的况钟走了过来，一直走到赵忱面前，先屈一膝，行过了礼，说：“赵大人！逃犯抓到了！小人特来交差！”

赵忱刚好端碗喝茶，猛地听见铁胳膊的大嗓门，手儿一抖，竟把半杯茶泼到了新上身的衫袍上。要晓得这件衫袍做得十分精细，绣的花色彩斑斓，就像真花一样，就差嗅到香味了！一件袍子前后竟绣了三个月时间，花了一百六十两银子。

当时，赵忱见新袍被茶水弄污，顿时火冒三丈，伸手就朝铁胳膊左腮打了一个响亮的耳光：“混账东西！今天是什么日子？谁要你抓什么逃犯？还不给我赶快去挂灯结彩！”

铁胳膊摸着火辣辣的脸腮，望着正在发脾气的赵通判，心想：“怎么回事？吃了呛药啦？马掌钉在屁股上，怎么就乱来一气了？抓刁镇西不是你自己下的命令吗？我好心向你邀功，谁知马屁拍到马脚上，反挨了一巴掌！真叫晦气！你这是肉锅里煮元宵——混蛋！”正想骂出声来，幸亏旁边的经历傅德，一把拉走了铁胳膊，小声叮咛说：“新知府况钟况大人马上就到！赵大人的心里有事，正不痛快呢，你就少去捅马蜂窝吧！”“哈，原来为这个！我算是阎王放假——碰到鬼了！”

正说着，忽听苏州府前打锣放炮。大家拥到门口一看，那高高的旗杆上早升起了一面鲜红的旗帜，迎风哗哗地响着。啊，新知府这回真来啦！连坐在太师椅上的通判大人也霍地站起身来，腆着那个大腹便便的肚子，摇摇摆摆地来到府门口来看。

这时，傅德忙把赵忱一拉说：“赵通判，是不是要大开堂门，点上香烛？”

赵忱说:“好,好!”

于是,堂门大开,鼓乐齐鸣,加上“噼噼啪啪”的鞭炮声,显得十分热闹。

赵忱站在苏州府大小官吏的前面,目不斜视,拱手垂立。

这时,接连听得差役们吆喝:“况大人到!”

赵忱和一干官员全都一拱到地,迎接新知府。

赵通判偷眼朝新知府一瞅,立刻大失所望:来的却是一个手捧黄布包袱的白胡子老人!难道这就是新任知府况钟?圣上也忒英明啦,派来派去竟派个老头来当知府,这真是从哪里说起?正在迟疑不定之时,忽听一个大嗓门喊道:“他是个骗子!来的不是况大人!”

赵忱一看,又是那个挨耳光的铁胳膊!嘿,刚才他左腮挨了一下,如今想是右边也要挨上一下。不料那铁胳膊竟然穿过人丛,走上前去,一把抓住了那老人的衣领,正要大骂时,那老人大喝一声道:“苏州知府御赐印信在此,谁敢抗旨?立刻拿下!”说着,挣脱了铁胳膊,用双手将黄布包袱包着的那枚苏州知府大印高高举了起来。

“什么?什么?你就是况大人?”有人问了起来。

“你是开玩笑吧?皇帝陛下会派一个老头子来当知府大人呀?”

这时,况祥早在人丛中找到了况钟,他急急来到况钟身边,大声喊道:“这位就是况钟,况大人!小人是家仆况祥!”

经历傅德将信将疑,亲自上前,打开黄布包袱,验看了金印和吏部的檄文,立刻喜形于色,跪伏于地道:“卑职叩见况知府大人!”这时,大小官员一齐跪伏于地叩见新知府,连赵忱也身不由己地跪了下去。

况钟连忙说:“各位大人请起!下官来得鲁莽,还望各位海涵!”

这时,赵忱看到况知府身带铁链,不禁火又上升!正好,铁胳膊站在自己身旁,便飞起一脚,踢在他右边臀部,大喝道:“无法无天的奴才,谁叫你把知府大人锁来的?还不快快开锁!”

铁胳膊又挨了一脚,哑巴吃黄连,真是有苦说不出。连忙一瘸一拐地上前替况爷打开铁链。

况钟呵呵大笑道:“不知者不罪,这位老哥也是奉命办事而已。不过今后抓人,可得细心为要!”这句话说得铁胳膊流下了眼泪来。心忖:这位况爷,真是一句话胜似三春暖;而赵通判的一掌一脚却比严冬还要寒上十分呢!

赵忱听了却忖:原来他竟是个昏庸阘茸之辈!要是我,非把铁胳膊充军边地不可!

新知府上任后,合衙的人都在心中嘀咕:怎么回事呀?俗话说:“新官上任三把火！”这位况大人倒好，却是“新官上任不烧火！”一切还是冰古冰冷，一切还是萧规曹随！既不见新知府问事，也不见新知府升堂。他住的那间卧室，没有雕花床，没有太师椅，盖的是青布被，枕的是包袱皮，简直太寒酸了！他办事的那间小房，门上经常是一把锁，连那老家人况祥也很难找到；偶尔见到他，问起况大人的行踪，他总说：“大人刚来，听说苏州风光秀丽，山川壮观，想是学宋朝的苏东坡，唐朝的李太白，忙于观赏风景去了！”这话说得实在，连赵忱听了也深信不疑，自己刚调到苏州那会儿，不也是到处游逛吗？去玄妙观、宝带桥、寒山寺，北寺塔……哪一处胜迹不是令人流连忘返的？特别是寒山寺，自从唐代诗人张继写了脍炙人口的《枫桥夜泊》诗后，千百年来，引得多少诗人贵客到此一游呀！那“月落乌啼霜满天，江枫渔火对愁眠。姑苏城外寒山寺，夜半钟声到客船”一诗，也成了千古绝唱了！

虽然况钟很少露面，但赵忱总有办法抽空见到他。清早，傍黑，这两个时候，赵忱就特地守候在况钟的住处门口见他。这段时间，府中的大事小事，凡是来问况钟请示怎么处理的？况钟总是说：“我刚来，情况尚未熟谙，就请通判大人做主就是！”赵忱当然是求之不得！俗语说，有权万事易，无权寸步难；一旦权在手，鸡犬也升天！能使鬼推磨，是非反掌间；能叫神出没，生杀遂心愿。又说，掌了权，门若市，客常满，笑语声喧不夜天！丢了权，庭罗雀，身孤单，除了冷眼是白眼，身无分文讨人嫌！赵忱是个爱“权”若命的人。以前把知府挤走，是为了夺权；后来去京城行贿，是为了争权；如今对况钟冷眼相待，说穿了就是怕他独揽大权！况钟整天去游山玩水，把“权”依旧交给自己，岂不是天从人愿，大快人心之事！不过，他这样做，是欲擒故纵呢？还是别有用心呢？谚云：害人之心不可有，防人之心不可无。我可不能上当受骗！对，是真是假，一试便知。当下，赵忱趁况钟清早尚未出门之际，特地拿来了一纸催粮公文，站在门口等候。

果然，况钟盥洗后出来散步，赵忱立刻迎了上去说：“况大人！卑职有一事委决不下，故特来打扰！”

况钟今天气色特别好，未穿官服，穿一身极普通的衣袍，猛一看，就像个商贾模样。一听赵忱的话，立刻笑容满脸说：“赵大人言重了！有话尽说不妨，下官洗耳恭听！”

赵忱道：“今有常熟县里长陈正告称，该县刁民张三抗粮不交，圩长屡次催要，张三反破口骂人。经里正派兵丁前去强征，不料，张三已举家外逃。近闻，他已逃往无锡县舅父家躲身，不过尚未证实。为此，请大人示下，应如何处置？”

况钟心忖：赵忱是特地出个难题来试我！抗粮不交，理应惩办。可其中实情究竟如何？是情有可原呢？还是怙恶不悛呢？我若贸然下令，岂不被他牵了鼻子走路了？再者，张三举家外逃，说不定就有难言之隐。谁愿意背井离乡，抛弃故土呢？这样的人已到了山穷水尽之地，方走了这条路，还待怎样惩处呢？既然尚未弄清他已经到无锡其舅父家中，如派人前去，岂不会空跑一次，落个劳民伤财，这又何必呢？赵忱把球踢了过来，我不如再把球踢回去。是是非非由他处理，有何不可？于是，拱手笑道："此事依赵大人之见该如何处置？"

赵忱几乎想笑出声来，想："看他一脸聪明相，却是个颟顸无能之辈！连这样的小事，也不敢做主！"于是就呵呵干笑一声说："这事好办！这张三既是个刁民，却又故意抗粮不交，多次催要无效，就该严惩不贷！"

况钟道："对！凡是刁民，不加严惩，难儆效尤，养痈为患，古今一例！若另有隐情，那就另作别论了！"

赵忱光听了上半句话，认为自己意见已被况钟接受了，接着又说："张三既已抗命外逃，可见顽劣之至！要不严惩，国法何在？无锡近在咫尺，只要派铁胳膊前去，定能手到抓住，一个不漏！"

况钟道："好好！顽劣刁民，决不放过，不用重典，焉正法纪？若另有缘故，那就……"

赵忱这时不等况钟说完，直截了当地说："此事交给我就是！等抓回张三，非把他充军边地不可！"这赵忱动不动就要把人充军，可见其骄纵已到恣意妄为的地步，由此而不可收拾，自食恶果，这是后话。

况钟等赵忱走后，忙带着况祥又匆匆出门。你道况爷去到哪里？他一不逛园林，二不看山水，三不进寺院，四不访古迹。况钟足迹所至，无非是茶楼饭馆小屋茅舍，他眼、耳、手、脑，高速运转，把街谈巷语，一一记在心中；把善恶好坏，桩桩录在本上。那里长、老人、贩夫、走卒，他都诚心请教，虚心询问。遇到重大线索，就打破砂锅问到底，不查个水落石出不罢休！

况钟打扮也十分出奇。有时扮作道人，有时装成郎中，有时还给人看相测字，书写对联等等。

赵忱见况钟不理政事，便与傅德等一伙贪官污吏，日日饮宴，夜夜聚赌，好不自在，好不快活。这些事全被况钟了解得一清二楚，桩桩件件，记录在自制的善恶两簿上。

要知况钟怎样整饬苏州府治，且听下回分解。

第六回
抖老底震慑赛太岁　问冤屈方识活阎罗

话说况钟在苏州府为了弄清贪官污吏的不法行为，加紧进行察访。这一日在茶馆品茶，向同座一位老人询问民间冤情。不料老人守口如瓶，一言不发，只管喝茶。况钟问之再三，老人开口说了句："要知冤枉，去问牢房！"一句话，使况钟茅塞顿开！况钟心忖：我枉在靖安故乡当了九年书吏，险些把这么个去处忘了！那些被抓进牢房关禁的罪犯之中，他们有的是罪有应得，有的是屈打成招。俗话说，有理言自壮，负屈声必高。想那含冤之人，哪个不想把冤情诉说？就在这高墙之内，黑牢之中，知道他们冤情之人，无非就是提牢主事、禁子、禁婆、看守、厨子等人。我何不去苏州府大牢，向他们一一请教，必有所获！况钟想到这里，忙忙付了茶资，告别了那位老人，回到了苏州府。

况钟把自己要进牢房调查一事给况祥一说，况祥立刻点头，并献计道："此事万不可惊动通判、经历等人。白天不宜行事，不如晚间悄悄进行！"

况钟拊掌赞道："极是！极是！如今我们就睡上一觉，将息精神。然后问上一夜你看如何？"

况祥哪有不允之理，两人竟关上大门，大白天睡起觉来。一时鼾声直达门外，恰逢赵忱路过听得，心中不禁暗喜：如此昏庸之人，实属罕见。我见过几任知府，谁见有白天昏睡之事？这况钟进了苏州这口染缸，想不到黑得这样快，这样厉害！想他定是去了秦楼楚馆，被那些花柳巷中的美艳娇娘迷昏了头，夜间贪欢，辛苦了身子的缘故！等我查实后参上一本，也叫他尝尝厉害！

这天夜里，苏州府牢狱内，黑魆魆，阴惨惨，声寂寂，月朦朦。几个值班的禁子和看守，早就东倒西歪，昏昏而睡。忽地听得一阵"哐哐哐哐"的叩门声。这牢狱重地，平时是鬼也不愿来的地方！如今深更半夜，有甚急事？是哪个阴司鬼偏偏在这个时候来敲门？这时，值班房里那个年老的禁子被吵醒了，再也睡不着，却又不愿起身去开狱门；望望身边那个年轻看守，只见他口角流涎，睡得像头死猪。不要说是敲门声，就是霹雷打在他的脑袋上，也休想叫醒他！这时，那追魂的"哐哐哐哐"敲门声响得更加厉害了。没奈何，老禁子揉了下惺忪的睡眼，嘴里"咕噜咕噜”骂着，站起身打开门走出值班房来。

老禁子手提油灯，刚出了值班的房门，一阵冷风扑面吹来，“呼”的一下，把灯熄了。顿时，眼前一片漆黑。忽地，头顶树上响起了一声尖叫，直叫得老禁子毛骨悚然，细一辨，方知是猫头鹰在叫。这颗蹦蹦乱跳的心，这才又回到胸中。看官，这牢狱里禁子、看守，平时就是罪犯们的太上皇，对头星！凭你是英雄好汉，三头六臂，进了牢房就得低头服管！要是没钱孝敬他们，那就立见颜色！轻的皮鞭抽，竹板打；重的吊、夹、饿、渴，无所不为！在这些杀人不见血、吃人不吐骨的土皇上手中，不知屈死了多少冤魂！死一个囚犯，那是极平常的事！牢里死了人，卷上一个草席，推出去扔了就是！那提牢主事更是狠毒，临死时不等断气，就动手把囚犯身上的衣裤剥得精光，这叫作：赤条条来，赤条条去！一无挂葛，干净利索！送走死尸，他又假惺惺地去到正厅后面狱神庙内，朝着一个青面红发的泥塑雕像——狱神爷叩头上供，烧香点烛，祈求平安，保佑赐福。那个比鬼还要丑恶的狱神，受了供品——一只未曾煺毛的猪头，据说就会大发慈心，把福禄寿赐给他的徒孙们哩！

再说老禁子摸着黑来到门前，高声喝问：“是谁吃饱了撑的？没事上牢房里干吗？”

“快快开门！苏州府况大人前来查监！”

况祥这声喊，声音不大，可恰像“当”的一锤敲在老禁子的脑壳上，那瞌睡虫一下子全赶跑了。心里叫：“哎唷妈呀！况知府来查监了，这便如何是好？欲待打开牢门放他进去，这事干系太大！他要是三查两问，把狱中那见不得人的事抖了出来，提牢主事张三元责怪起来，我的饭碗就得砸破了！欲待不开，来的可是知府大人，他要一发怒，我也得滚蛋！”这真叫老母猪钻篱笆，进退两难！正在犹豫不决，外面况祥又叫：“况大人在此，为何不来开门？”

这声叫，直叫得老禁子冷汗直冒，头皮发麻！坏了，况知府在发怒了！我只能剃头挑子一头热，顾了这头再说！

当下，老禁子摸索了好一阵子，才用哆哆嗦嗦的手打开那把扣在布满护钉和铁叶的牢门上的牛头大锁！原来，牢门上雕着两只怪兽，名曰狴犴，形似老虎，十分威猛。这狴犴原是龙种。俗话说，龙生九子，不成龙，各有所好。哪九子？一曰蒲牢，好鸣，为钟上钮鼻；二曰囚牛，好音，为胡琴头刻兽；三曰睚眦，好杀，为刀剑上吞口；四即狴犴，好讼，为狱户首镇压；五曰狻猊，好坐，为佛坐骑象；六曰霸下，好负重，为碑碣石趺；七曰嘲风，好险，为殿阁走兽；八曰负屃，好文，为碑两旁蜿蜒；九曰螭吻，好吞，为殿脊兽头。

这虎形狴犴，也有高踞在牢门顶部的，也有虎视眈眈分列在左右两扇铁门中间的。那狴犴口中各系一个铁环,那把牛头大锁就紧紧扣在两只铁环中间。话休絮聒,老禁子刚要放人进去,只见门口一盏小小纱笼,纱笼上也无苏州府正堂的字样,心就一壮,立刻喝问道:“你是何人?竟敢斗胆冒充况知府,该办你一个站笼罪!”

况祥喝道:“休得胡言!况大人在此,快快带路!”

老禁子早在灯影里偷瞅了一眼,面前站的一老一少,哪有况知府的影子?说是来查监,却不用官府纱笼!又未穿着知府大人官服,想来定是假的!想到这里,立刻“咔嚓”一声,重新把门锁上了。

这时激怒了况祥,竟把铁门叩得山响,冲着老禁子说:“快叫提牢主事来见!”

正在这时,那个名叫张三元的主事,打着呵欠,来到狱门后面。

原来,他临睡前喝多了汤,半夜起来解手,忽听敲门声,深感诧异,特来察看的。人未到声先响:“谁在那里吵吵嚷嚷的?”

老禁子一听,忙说:“你来得正好,门口那个假充的况知府,正指名要找你哩!”

张三元有个诨名叫张三软!哪三软?见了上司骨头软,吃了酒肉嘴巴软,收了银子手儿软。一听来的是假充的况知府,火就不打一处来,伸手打开门上那个方形小洞,把嘴对准洞口就骂开了:“我操你个老祖宗,半夜三更吵得人死!这里是苏州府大牢,可不是暖香阁百花楼,任你们乱闯的?”

况祥一听,火苗呼呼蹿起,大声道:“张开你的狗眼看看清楚!别的可以假冒,这知府大人也能假冒的吗?你再不开门,就办你一个抗命违令的罪,叫你吃不了兜着走!”

这顿骂却把张三元骂醒了,心忖:照呀,要真是况大人夤夜查监,我可糟啦!想到这里,那骨头早软了,眼一瞪,朝老禁子就发火道:“站在那里发什么呆?还不快去开门!是真是假,怕我认不出来?”

那禁子不敢违命,当即去打开锁,况祥立刻推门而进,把纱灯高高擎起,喝道:“况大人到!”

张三元这才看得清,认得明,纱灯照着的那人,不是况知府是谁?那天在欢迎新知府上任的大堂里,张三元也参与了盛典,早就认清了况钟的模样!如今见况大人身穿便衣,来到监牢,心里就“咚咚咚咚”地打起鼓来,俗话说:“无事不登三宝殿。”知府大人深夜来此,必有要事!刚才又无端得罪了他,眼看大祸就要临头。要是查出根苗,我这条命就完了!想到这里,两腿一软,“扑通”跪在地上连连叩头说:“小人该死,刚才冒犯大人,务请多多恕罪!”况钟道:“是我打扰你了,快快请起!”

张三元原以为知府大人一定会大发雷霆,一阵呵斥是轻的!想不到况大人丝毫未曾责怪,反而和颜悦色,好言相慰。跟赵通判一比,真有天渊之别!一个像判官,一个是菩萨!嗨,算是我祖宗积德,才躲过了今夜的磨难!

于是,张三元亲自提灯在前带路,穿过一处铺着青石板的场院,走上一条填了鹅卵石的小径,向关押囚犯的两排低矮潮湿的牢房而来。

况钟边走边看,那纱灯照处,只见那一间间宽不过五步,长不过七步的牢房中,却横七竖八地关着十多名罪犯!有的蜷缩在墙旮旯,有的坐靠墙角,有几个躺倒的,竟像沙丁鱼似紧紧压在一起。那影下分明全是些龇牙咧嘴的鬼怪一般,哪里还有半点人形。在一间挂着"恶"字木牌的牢房里,竟发出一股令人作呕的霉臭味来。况钟在当书吏时,多次深入牢房,对牢中弊病,了如指掌。这股难以忍受的恶臭,是从罪犯身上的创口处散发的。罪犯挨了毒打,如有银钱上下使唤的,提牢主事就会送上一包棒创药。别小看这包黄色药粉,只要用它敷在伤处,三天就立竿见影,一个星期就皮肉完好。要是无银使唤,就任你创口化脓流血,那牢房内蝇蚊最是可恶,一闻腥臭,就成群飞来,挥之不去。于是,不上三天,创口越加严重,甚至生出无数蛆虫来。不少犯人,没有被打死,却被吮血的蝇蚊夺去了性命。眼看这些囚犯呻吟呼号,痛苦不堪,悲惨死去,真是铁石心肠也会流泪哩!

况钟当时指着牢房中躺在稻草上散发恶臭的人说:"这是什么人,犯的何罪?"

张三元一看,心里"咯噔"一下,暗忖:糟!忙随口掩饰道:"是个江洋大盗!"

况钟却一问到底:"姓甚名谁,在何地作案?怎样被抓获的?"

张三元这下被问住了。欲待哄骗到底,又怕况大人再问几个为什么;欲想实说,又怕赵通判面上不好看,正在支支吾吾,欲说不说之时,况祥早用纱灯照在罪犯脸上,顿时失声喊了出来:"老爷,他跟刁镇西极是相像,莫非就是刁镇东?"

况祥一说,况钟也看清了,便指着张三元喝道:"大胆张三元,竟敢当面哄骗本府,是何居心?"

张三元顿时软了下来,急急地解释:"是……是小人看错了号……此人正是刁镇东!"

况钟乘胜追击:"此人全身伤重,看来是你下的毒手?"

原来,况钟对牢中刑罚,桩桩清楚。那鞭扑捶笞,夹拶棍棒,三十六套刑法,七十二种刑具,以及杀人不见血的"扎布囊""贴加官"都曾听过见过。

当下张三元一听,立刻吓得心跳不住,赶紧说:"这不关小人事,是赵通判亲自吩咐,小人才动手的!"

况钟喝道:"你倒推得干净!我问你,凡故杀囚犯者,按律该当何罪?"

张三元这时额上早冒出了粒粒黄豆大的汗珠,两脚一软,跪倒在地,连连叩头说:"小人该死,小人知罪!"

况钟道:“既然知罪,你且把刁镇西一案从实说来,尚可将功折过!”

张三元怕况钟问罪,心想:此事与我无关,我把它全推在赵通判身上,先保住性命要紧!于是一五一十,将刁镇东如何告状,赵通判如何审问,张金瑞如何求情,两名轿夫如何反诬,刁镇东兄弟如何坐牢,后来,刁镇西又如何逃走等情都一一说了出来。

况钟边听边点头,当听到刁镇西逃走时,突然问道:“当日是谁看守?”

张三元道:“对,就是今夜值班的老禁子!”

况钟命张三元退下,立刻又传老禁子来问。

老禁子战战栗栗过来,心中不免忐忑不安,行过礼站在一旁。

况钟问道:“老哥姓甚名谁?哪里人氏?”

老禁子原以为刚才得罪了知府,这会儿定要遭到训斥,不料况大人竟叫起自己老哥来,这实在是稀罕事,不觉全身局促难安,连手脚都不知该放在哪里。

况祥说:“老人家,老爷在问你哩,快回话呀!”

老禁子望望况祥,心忖:刚才他还跟我吵架哩,这会儿也像慈眉善目的老寿星了,好,我说!

“我姓黄,名叫黄好仁,本地人。在牢里当了三年禁子,以前却是当厨子的。有一回赵通判请客,鸡汤里吃出了一只小蟑螂,就把我罚到牢里当禁子了。这不怪别人,只怪我年老眼花没看清!”

况钟心想:原来是半路出家当禁子的!便接着问:“刁镇西逃走那晚上,可是你值班?”

黄好仁心中一惊:糟了,这件事要是露馅了!怎么办?口里却说:“是小人值班!”

“如何让罪犯逃走的?”

“爬墙而逃!”

“哈哈哈,想刁镇西乃是一个文弱书生,如此高墙,焉能逾越?”

“这……是我忘了关门落锁!”

“住口!想牢狱重地,关门落锁全由提牢主事亲自动手,何劳你来代办?”

“这……”黄好仁这下傻了眼!这知府大人实在厉害,连谁关牢门他全清楚!还是实说了吧!“告禀大人!小人罪该万死,是我听信刁镇西之言,念他一家身遭横祸,嫂死侄亡兄弟入狱,无人为他们申冤,故趁黑夜偷开大锁放走了犯人。话已说明,要杀要剐,但凭大人处置!”

况钟忙用手扶起黄好仁,加以抚慰说:“老哥,你可做对了!刁镇西兄弟确有冤情,本府一定秉公审案!”

黄好仁以手加额道："这下老天开了眼啦！大人断明此案，是为民造福，替国除奸，将来一定公侯万代！"

况钟道："老哥，这牢中事你定知根知叶，还有哪些冤情，你可一一告知！"

黄好仁道："牢中尚有一名罪犯，姓钟名鼎山。其妻李氏饮恨投河而死，钟鼎山却被人控告虐妻致死而锒铛入狱，眼看秋后就要处决，岂不又是一条冤命！"

况钟道："李氏尸体是否验了？"黄好仁道："是本府仵作李四苟所验！大人欲知端详，问李四苟便知！不过此人嗜酒贪杯，性情暴躁，好与人斗，别人见了都让他三分，背后都叫他活阎罗。他与赛太岁最为投机，经常在一起喝酒的！"

况祥忍不住问："赛太岁是哪个？"

黄好仁："就是提牢主事张三元呀！"

况祥："原来是他！"

这时，况钟看看天色已晓，那提铃喝号，击柝鸣锣之声，也早静寂。就起身道："黄老哥，今夜所言，务守秘密，切勿张扬！以后，我还会再来请教的！告辞了！"

于是，况祥领路，主仆二人循着原路而去。要知后事如何，且看下回便知。

第七回
庆弥月赵通判请客　惩奸吏况知府升堂

且说况钟夜探苏州大牢，回来后对钟鼎山之妻李氏饮恨投河而死，钟鼎山又被控为虐妻致死一案，一直耿耿于怀。他调来此案卷宗，把有关笔录、证词，全都细看一遍，发现了不少疑点。特别是李四苟的尸检报告，更是疑窦重重。

当下又二次进监，提问了钟鼎山，并命况祥去钟家左邻右舍询问有关情况。

据钟鼎山诉说："小人与妻子结婚三载，平时相敬如宾，十分和睦。那日拙荆自通判大人家绣衣回来，一直哀哀啼哭，问之不答。第二天早起，我催她前往府中绣衣，她不肯动身。我怕通判责怪，再三劝说，她才拭泪出门。临走时悲痛欲绝对我说了句：'今生难报恩情，且等来世再做夫妻吧！'当时我并未在意，任她自去。谁知午牌时分，忽听邻人来告：'你家娘子已投河了，快去快去！'我听后如雷击顶，等赶到河边，果见我妻云鬓散乱，衣衫不整，躺在河边乱石之上。当时我就昏死过去了。等被人救醒，抚尸大哭。不久通判赵大人就带吏员来了。经作作李四苟验得李氏是失足落水而死。小人感到妻子死得蹊跷，便仔细观看尸体，只见李氏腹部鼓起，扪之似有硬块。头面有磕碰之痕，腿脚有指掐之纹。我曾请教邻里诸人，都说若是溺水而鼓腹者，扪之如棉絮；若自行落水而死，更无伤痕及指掐纹。据死者遗言及平时言谈，小人断定为被人奸骗后又杀人灭口。因小人患有不育之症，其腹中硬块——有了身孕，那是铁证。小人之妻在通判大人府中绣花已数月，每次回来都痛哭流涕。有几次抗拒不去，通判大人就派皂隶立催；有一天，他还自己来到我家，胁迫小人妻子，扬言如不去绣花，就将小人充军边地。经小人苦苦哀求，妻子才含泪而去。为此，小人央人写状，在巡抚衙门将通判告了一状。谁知官官相护，反把小人责打二十大板，指责小人无端诬陷大臣！不久，小人又因'虐妻致死'之罪被关进大牢，判成死刑，实是天大的冤枉啊！"

况祥回来声称："钟鼎山和李氏一贯和睦相处，死前那天夜里，邻人曾听见两人似有争吵之声，但未证实。赵大人却以此定罪，谁敢多嘴！"

况钟弄清以上情形，明知这是赵忱逼奸后致孕，后因李氏抗拒不从，恼怒了赵忱，遂下此毒手！此案与李四苟有密切关联，若是杀人后抛尸入水，仵作必然知晓！李四苟若作了伪证，就难以查清了！只要打开这个缺口，凶手就难逃法网！想到这里，况钟立刻胸有成竹，决心把真凶擒拿归案！

再说那通判赵忱，是个飞扬跋扈，目空一切之人。到任三年，盘剥百姓，欺压良善，收贿行贿，卖官鬻爵，无所不为。仗着堂兄赵春在朝中当太监总管，刑部侍郎行江南治农巡抚成均是他亲戚，更是有恃无恐，胡作非为起来。

他自任通判后，心犹不足，时刻觊觎着知府这个肥缺。前任知府被他用计挤走，他认为这下就可稳坐苏州府州正堂的宝座，谁想竟来了个况知府！今后凡事都要向他请示，实在难受！

想当初，赵忱大权独揽，何等快活！有一回，赵春奉诏来苏州采取一千个促织（蟋蟀），以供皇帝玩乐之用。赵忱立刻派了数百名人员，分赴各乡各村讨要催办。那伙人拿了鸡毛当令箭，狐假虎威，为非作歹，敲诈勒索，四处骚扰。老百姓被逼得走投无路，有的上吊，有的投河，弄得鬼哭神嚎，民不聊生。赵忱趁机也从中捞了不少昧心的银子。经历傅德也是一丘之貉，同流合污，把赵忱当作一把大红伞，上行下效，沆瀣一气。

况钟到任后，自傅德以下这班贪官污吏，人人心中都未免打通鼓，身上禁不住捏把汗。一个多月来，这位况大人深居简出，很少露面，有时还在大白天睡懒觉，真不知葫芦中卖的是什么药？说他装傻，故作昏庸？还是真的是个大草包？难道皇上真那么头脑糊涂吗？朝中那些三公（指太师、太保、太傅）三孤（指少师、少保、少傅）、阁老学士、六部九卿，难道个个都瞎了眼，哑了嘴，不识贤愚，不知好坏，派这般昏庸无能之人来当知府不成？想来想去想不出个子丑寅卯来，都想到赵忱府中来探探虚实，问个究竟。

正好，这天正逢赵忱新生小儿弥月之期，大家兴高采烈，带着礼物，亲自到通判府中庆贺一番。

赵忱笑容满面，喜气洋洋把大家迎入客厅。赵夫人由丫鬟打着油伞，抱着用红绸袍裹着的小孩儿，踏着莲步出来。傅德早抢先一步上前恭维道："好个宁馨儿，一脸福相！将来富贵定在我等之上！"

长洲县知县汪仕铭更不敢落后，从袍袖中掏出一个上面刻有"长命富贵"的金锁片，把它挂在小孩儿颈上说："祝小哥儿长命百岁，富贵荣华！"众官员一个个拥上前来，奉承的，讨好的，送礼的，就像走马灯般围着那才满一月的婴儿打转！

只乐得赵忱夫妻二人，张开嘴再也合不拢。

一会儿，家仆禀报："酒席摆就！"

大伙早饥肠辘辘如雷鸣，巴不得马上觥筹交错，大快朵颐！可是，半天未见主人请客入席。正在犯疑猜测，忽听赵忱怒气冲冲地说："岂有此理！实在气恼之极！”

这时，只有傅德上前，在赵忱面前小声地嘀咕了几句，方见赵忱脸色稍稍好转。傅德大声宣布道：“不等了！就请各位入席！”

大家一问，方知刚才是在等况大人。想不到况钟不但没有前来祝贺，连礼品也未送，因此惹得赵忱发了脾气。

大家入席后，酒过三巡，菜上五道。只见面色酡红的经历傅德首先开言：“我敬赵大人一杯酒！祝大人今年官运亨通，步步高升！”

赵忱听了大喜，把手中酒立刻一饮而尽。知县汪仕铭赶忙给赵忱斟满杯，大声道：“赵大人高升后可不要忘了大家啊！来！大家一起敬赵大人一杯！”

赵忱忙说：“承各位厚意相待，下官岂能忘怀？若果从人愿，定与众位休戚相共，富贵同享！”

这时，傅德乘机试探道：“赵大人，恕我酒后戏言。俗话说：‘新官上任三把火。’如今，况大人上任已一月有余，可这火……”

赵忱此时三杯入肚，况且正在气恼之下，一听此言，正中心怀，立刻接口说：“嘿嘿，我想这火，也非人人皆能放者！他久住京城，在礼部任仪制司郎中，管的无非是礼仪祭典之事，至于民情民瘼，钱粮农事，并非所长！且苏州乃雄剧繁复之地，下官在此三年，昼夜忧心，尚感力有不足之地，心有不及之处。新官上任就想放火，谈何容易？”

“对对对！”

“是极！是极！”

“此乃至理之言！”

“说得有理！说得有理！”

众客人一阵奉承，直捧得赵忱飘飘然起来。他接着说：“为一郡太守者，要识时务，知人情，通上下，连四方。威而不猛，仁而不宥，知人善任，宽严兼施；襟带三江，心存圣皇，尽忠报国，死而后已。此乃人中之豪杰，国朝之栋梁也！”

赵忱话未落音，汪仕铭抢先嚷道：“妙论！妙论！真是字字珠玑，句句锦绣，听君一席话，胜读十年书！”

傅德眼见被汪仕铭抢了头筹，赶紧站起来举杯说：“赵公不但是真知灼见，而是身体力行！我辈望尘莫及！卑职借花献佛，敬赵公一杯！”不等赵忱举杯，自己早一仰脖子，见了杯底。

这时，众人一迭声嚷道：“高见！高见！”

傅德摇头晃脑说：“听说况大人到任后，大事小事都要问及赵大人才敢点头，此事当真？”

赵忱不及回答，一个耳尖的吏员，听后立刻插嘴说："这还能假呀？那回，况大人连派谁下去催税粮之事也特来问起小人哩！真是一个……"

"草包！"赵忱多喝了几杯酒，竟然在宴席上肆无忌惮地骂了一句。

"哈哈哈哈……"大家一听，都忍俊不禁地笑起来。原来，赵忱是靠太监赵春之力，被任为通判的，其实是个胸无点墨的粗鲁之辈。背后大家给他一个外号，都叫他做"草包"。如今众人一听"草包"二字，就忍不住哄笑起来。

傅德再捧一句："如此说来，朝廷该把赵大人升为知府才是！"

赵忱得意忘形大笑说："有他当知府才好哩！有事他去顶，有好处下官与各位分享，岂不更妙！哈哈哈哈！"

这桌酒一直吃到酉牌时分，才尽欢而散。

第二天一早，不少人宿酒未醒，却意外地接到府吏的通知：况大人今天升堂！大小官员准时到堂，不得有误！

这事来得突然，谁都预想不到。有人去通判家中探风，谁知赵忱酒醉未醒，尚在高卧。

这会儿，早听得堂上云板"当当当"响了。这是准备升堂的信号，谁也不敢怠慢，慌忙忙，急匆匆，都朝堂上赶来。

这时，苏州府大堂上好不威严！堂口对着大影壁，上画潮水红日，色彩鲜艳，分外耀目。大堂正中用花砖砌了个三尺高台。高台三方护着朱漆低矮栏杆。高台正中摆着一张公案。公案上右边放一筒四楞四方动刑竹签，左边摆一块檀木板，上放一叠泥金卷宗。正中放一块惊堂木；惊堂木旁搁一条紫玉笔架，架上放一黑一红两支羊毫笔。黑笔判是非，红笔决生杀。公案背后放一把高背雕花太师椅。椅后是八扇画着梅、兰、竹、菊、松、柏、杨、柳的彩色屏风。屏风顶上挂着一块镏金黑底匾，四个"秦镜高悬"楷书乃是学的颜真卿字体，字字端庄雄伟，遒劲丰勃！大堂两旁，竖着"回避""肃静"木牌和"苏州府正堂"大木牌！

那些迟到的官吏，有的戴歪帽，有的穿错鞋。你看我，我看你，想笑又不敢笑。正在这时，忽听堂鼓"咚咚咚"敲了三通，值日吏高喊一声："升——堂——啰！"顿时，那抱卷宗的，录口供的，一齐各自归位。黑衣黑帽上插着雕翎的衙役，雁翅般排列两边。有的手执半红半黑的水火棍，有的手拿拶、板、棍、棒各种刑具。个个吹胡子瞪眼睛，活像凶神和恶煞！

堂口红漆柱上高挂的云板，再次响起了"当当当"声，衙役们齐声高喊堂威："恶无——"（意思是况大人升堂，恶人全完蛋！）那边喊："无恶——"（意思是湛湛青天在此，法堂上容不得坏蛋恶棍！）云板三响，堂威三震，只听一声咳嗽，步履响处，苏州知府况钟，双手轻托腰间围着的缀玉宝带，迈着四方步子，稳稳地走了出来，撩袍端带，正襟危坐于雕花靠背椅上。这威严，这气派，这姿态，竟和平时见了人就唯唯诺诺，笑呵呵，笑微微，笑哈哈，笑连连的况钟，截然不同，完全两样！堂下静得能听见自己的心跳声，假如墙角蹦出一声促织叫，也能吓人一大跳，还以为是打雷哩！

大家偷眼一看，你道况钟怎样打扮？也有《西江月》一首为证：

头戴乌纱官帽，身穿锦缎红袍。
腰围玉带彩靴高，胜似当年老包！
双目寒星耀耀，满脸正气浩浩。
奸吏猾胥魂魄消，腿软骨酥求饶。

要知况钟如何升堂问事，且听下回分解。

第八回

宣圣旨太守显威风　捶书办奸吏齐失色

话说苏州知府况钟首次坐堂,他举目四射,未见通判赵忱和经历傅德二人,立刻沉下脸来唤书吏来问:“本府今日升堂,何故未曾通知赵大人和傅大人?”

书吏连忙俯伏在地道:“卑职不敢,已教差役王金通知了!”

况爷双眉一竖,高喊:“王金可在?”

王金连忙出列叩首:“小人在!”

况钟一拍惊堂木:“本府升堂,人员不齐,定是你玩忽职守,办事不力!来呀,拉下去,重打二十板!”

“哗啦”一声,况钟从四方签筒中抽出打人的朱签,就要往下掷,吓得王金连连叩头。书吏一看,赶紧上来讨情说:“禀大人,王金确已通知了两回,卑职可以作证。望大人明察!”

况钟略一沉吟说:“既然如此,二十板暂且寄下,速请两位大人前来!再有迟缓,一并重责!”

“是,是!”那王金叩了头,立马飞奔而去。

这时,大堂上一片寂静,连咳嗽声都没有。这些大小官吏都被况钟刚才的气势镇住了!各人心里都未免嘀咕着:这位况大人可不能小看了他!前些天还是个弥勒佛、笑菩萨,见了人老远就笑着招呼;今日升堂,威势不小!要不是书吏讨饶,那差役王金早被竹板打得鲜血直流!看来,还得小心为上!闭口缄默,少惹是非,免致灾祸!

大家正在胡思乱想,只见经历傅德衣衫不整,哈欠连连地来了。看样子一夜未睡,一定在花酒巷中喝酒作乐去了。傅德一见堂上鸦雀无声,吏员们一个个屏气息声,肃然挺立。他觉得气氛有些不对,抬头朝高台正中一望,况钟目似电光,正直视自己,不由得身子发颤,两腿发抖。没奈何只得上前一拱到地说:“经历傅德,因事来迟,特来告罪!”

况钟本想狠狠地惩治一下傅德,不料傅德十分狡黠,先来告罪。只得将手一摆道:“傅大人,你身为经历,应作表率!下次切勿迟到!”

傅德忙点头哈腰说:“卑职不敢!”说着早退到一旁站立。

大家正站得腿酸,只见王金气喘吁吁跑来禀告:“赵大人马上就到!”

果然,不多久,赵忱来了。只见他醉态可掬,身子东倒西歪,被人扶着来到堂上。靠近赵忱的差役们,早就闻到一股浓烈的酒味正从赵忱身上散发出来。

赵忱见况钟高踞堂案,依然满不在乎,大大咧咧地说:“有甚要事? 等明天商议不迟,我……呃,我家里,呃,还……呃,还有客,呃呃……”说完,两条腿划着八字,一步三摇地想走。

只听况钟高叫一声:“且慢! 各位大人,本府奉皇上圣谕来到苏州府已有一月,离京前皇上亲授圣旨一道,前因故未宣,现当众宣诏,尔等大小官吏听宣!”

这时,况祥早把用黄布包裹的圣旨高高举起,大声喊道:“圣旨在此! 动乐! 烧香!”

这时,早就齐备的奏乐班,钟鼓齐鸣,笙箫共奏,铜磬叮当,管笛悠扬。

况钟起身,接过黄布包袱,当众把黄布打开,露出一个扁方的紫檀木匣来。木匣面上刻画着两条金龙,两龙对口处嵌着一个小圆镜,这叫作“二龙戏珠”。圆镜下两个端楷金字:“圣旨”。

这时,点燃的御赐龙涎檀香袅袅而升,大堂上顿时散发出一阵阵浓郁的檀香香味来。

况祥又喊道:“圣旨,下跪! 听宣!”

那赵忱刚才还满不在乎想走,这时见了皇帝御赐的圣旨,心中就不免打起鼓来。寻思道:“看样子况钟并非昏庸可欺,今天他做好套子要我来钻,我不该小看了他!”听到况祥一喊,心中就有些发怵,两条腿就不由自主地屈膝跪了下去。

通判带头跪下,那些推官、经历、典史、书办、皂隶、差役等人,都一齐跪倒在地。

况钟手捧圣旨,在鸦雀无声中,朗朗念道:

敕苏州府知府况钟:国家之政,首在安民。安民之方,先择守令。朕临御以来,孜孜夙夜,以安民为心。而比岁田里之民,鲜得其所,究其所自,盖守令匪人。或恣肆贪刻,剥削无厌,或阘茸庸懦,坐视民患,相为蒙蔽,默不以闻。致下情不得上通,上泽不得下施。

今慎简尔等,付以郡寄。夫千里之民,安危皆系于尔,宜体朕心,以保养为务。必使其衣食有资,礼义有教;而察其休戚,均其徭役,兴利除弊,一顺民情。

毋徒玩愒,毋事苟简,毋为权势所胁,毋为奸吏所欺;凡公差官员人等,有违法害民者,即具实奏闻。所属官员人等,或作奸害民,尔就提下差人解京。尔亦宜奉法循理,始终不渝,庶副朕之委任,钦哉故谕。

况钟念罢圣旨，赵忱等一伙贪官污吏，个个心中怀着鬼胎，人人脸上笼着阴霾。特别是通判赵忱，胸中就像揣了几只兔子，怦怦直跳。又像心里钻进了二十五只老鼠，正在百爪抓心！刚才最后那几句关于“尔就提下解京”的话儿，真比喝下一大碗醒酒的鲤鱼汤还灵验，一下子他的宿酒就被吓醒了！原来大大咧咧的神态，一下子变得战战栗栗，脸上变色了。越往下听，心里越在暗暗叫苦。那额头上、背脊里早急出了豌豆般大的汗珠来。哎，真想不到啊！这位新任知府！这道圣旨，是他的尚方宝剑；也是我的催命符箓！这一个多月，真不该处处与他为难作对，故意作弄。让他碰壁的是我，给他穿小鞋的也是我！他身为知府，可府中大事小事，皆由我一手包揽，独断专行。前些日子看见他大白天睡觉，我曾到处传扬，当面嘲讽，他却听后付之一笑。要是他锱铢必较，一一算起账来，这就碎碗砸锅了！哎，俗话说，搬起石头砸自己的脚，岂不是我今日的写照？又一想：幸亏他刚来不久，尚未抓到我的把柄；再说，这合府大小人等，哪个没得过我的好处？谁人不是我的心腹？要想抓我辫子，揭我老底，嘿嘿，恐怕没那么容易！对！从今往后，我需改弦易辙，重起炉灶，把硬顶换成软抗，把恶脸换成笑容，把明枪变成暗箭，把冷嘲变成热捧。台上跟他碰杯，台下跟他绊脚！要是这手不行，干脆就拉他下水！俗话说：千里做官只为财，世上哪只猫儿不偷腥？只要有好处，我给他留下一份，他吃了嘴软，拿了手软，还怕他乖乖地不被我牵着鼻儿走？对，这办法好！再说，我也不能太软！柿子捡软的挑嘛！要是向他低三下四，忍气吞声，他就会得寸进尺，飞扬跋扈了！想我堂兄赵春，可是圣驾面前的总管太监，他总得不看僧面看佛面吧？还有姻亲成均，现为江南治农巡抚，正是况太守的上司。俗话说，不怕官，只怕管。他也该鉴貌辨色，投鼠忌器吧？哼！只要赵春在皇帝面前说上一句话，你况钟就得头痛脑热发寒战。就凭这块金字招牌，你便怎奈我何？

赵忱想到这里，立刻胆气陡增，看况钟已读罢圣旨，便气昂昂站起身子，从旁搬过一把椅子，大大咧咧地坐了下来。

赵忱还未坐稳，只听况钟高声道：“我自到任后，订下两本记事之簿，一曰‘善簿’一曰‘恶簿’。凡行善者，事无大小，均录在‘善簿’之中；凡作恶者，事有巨细，亦记在‘恶簿’之内。凡本府一切官员吏属，所作所为，谁善谁恶，据各县各乡，里长老人反映，以及百姓首告，邻里揭发者，经查后也一一记录在簿，现容本府当众宣布！”

这时，气氛陡然紧张，人人屏声敛息，捏着一把冷汗，那些平时欺压良善、作践百姓之辈，更是心头小鹿乱撞，汗流浃背！

况钟打开那本“善簿”，头一名宣读的就是苏州府大牢的老禁子黄好仁，赞他忠于职守，恪尽职责。本府巡夜查监，因未穿官服，未打苏州府正堂纱灯，黄好仁拒不打开监门！接着，接连又宣读了平时一贯正直无私，洁身自好的官员吏属。如常熟县治农县丞王恂大，性资宽厚，政事公勤，提督农务深为得宜，民情利弊，用心兴革等。如本学教授陈孟浩，一贯训迪有方，科贡数多等。又如主簿郭南，持身廉谨，莅政公勤，听断刚明，词讼简息等。

这些被提到名字的官吏，内心无比激动。心想：况大人到任匝月，真是心清似水，眼明如镜！有这样的好太守，就如拨开乌云见青天，苏民有救了！

接着，况钟又将平时作奸害民，罪大恶极的六个吏胥、皂隶等人叫将出来，当场询问：某年某月某日某事，你受了多少贿赂？得了多少赃银？某县某乡某村某地，你霸占了多少田产？逼死了几条人命？六人听后不服，百般狡辩、抵赖。况钟早叫齐了人证物证，当场核实无误。其中一个叫贾震的书办，书罪难罄，民愤极大。经他手诉讼的，杀人凶手逍遥法外；被害良民反坐监牢。他不但从中勒索贿赂，看到罪犯眷属中有美艳女子，就千方百计使其就范，被他糟害污辱的妇女竟达二十余名，贾震竟死不认罪！况钟立时大怒曰："法不立，何以安民？奸不杀，何以服众？来啊！将贾震验明正身，当堂掼死！"

四个差役，从未办过这样的事，不禁有些迟疑不前。

况钟怒气冲冲叱道："尔等休得迟缓，立即执行！"说着将朱笔在贾震名下用力一勾，把处决死罪的木牌掷于地下。

四个差役，见况知府发怒，都面面相觑，不敢向前。

况钟一看，怒气直冲，大声喝道："我奉圣命为百姓杀贼，尔等竟敢如此玩忽职守，快快与我掼死贾震！不然，本府铁面无私，定不轻饶！"

四个差役听了此言，再也不敢违命，立刻二人举手，二人举脚，把贾震高举过头顶，然后齐声发一声喊："掼！"这天崩地裂一声轰雷响过，把那贾震从空中直掼在青石板上，早就脑浆迸裂，血流如注而死！

其余五名罪犯，吓得屁滚尿流，连裤子都尿湿了。只是叩头如捣蒜一般，全部承认了自己所犯罪行。况钟命令画押收监，判了死刑后立刻上报刑部。

这时，堂上一片肃静，官吏们个个悚然肃立，都被况钟雷厉风行、铁面无私的气势所震慑！心中忖着：下一个不知该轮到谁了？正在此时，忽听况钟大声问道："经历傅德何在？"

傅德听唤，早就腿软心怵，战栗不止，答道："卑职在！"

况钟道："你可知罪？"

傅德强作镇静说："卑职不知，不不，卑职该死……"

况钟把手中簿册一翻道："现据长洲等县粮长及皂隶徐璇等首告：本府经历傅德，节次以催并秋粮等项为由，非法用刑拷打、逼取银两五百七十三两。你可有此事？”

傅德料知抵赖不过，立刻叩头哀告道：“卑职知罪！愿立即交出赃银，务请大人从宽发落！”况钟道：“你能认罪，且听朝廷批复！来啊，将傅德剐去官戴收监，听候解京！”

况钟处置了傅德，接着又宣布了昆山县知县任豫，县丞吴仲郢滥施酷刑，贪赃枉法以及长洲县典史拷打粮长里老逼索赃银等情，经堂上对质，都一一作了处理。

那些作奸犯科之人，看到况钟又去翻弄那本“恶簿”时，无不心惊肉跳，坐立不安，唯恐自己的罪行被当场揭露。于是，不等况钟宣布，一个接一个自动说出了受贿及欺压百姓之事。

况钟对照了簿上所记，对认罪彻底者，当堂宣布了从宽处置。只要退赃，不作追究。

只有那赵忱，此时坐也不是，站也不是，就像椅上有千百根芒刺直刺臀底。但尚强作镇静，面带僵笑，心想：来吧！我有赵春、成均作靠山，谅你岂奈我何？

要知况钟如何处置赵忱，且听下回分解。

第九回
验女尸仵作吐真情　保姻亲巡抚要手段

且说况钟首次升堂,用善恶两簿,褒善贬恶,祛奸惩贪。当场捶杀罪大恶极的书办贾震,严惩了一批官吏,使巧媚吏胥莫不震慑而纷纷坦白。况钟采取了不同态度,去其奸而宥其过。于是,一府慑服。那赵忱这时如坐针毡,袍服里汗水淋淋,几乎湿透。正在胡思乱想,猛听况钟高声呼唤自己:"赵通判,你有什么话说?"

"没有,没有,况大人办得很对嘛!"赵忱还以为况钟在征询对处置各事的意见,忙装模作样,言不由衷地说。

"赵忱!本府是要你交代自己的罪行!"况钟声音高了起来。

"什么?要我交代?"赵忱心中惴惴不安,嘴里仍不肯让步,"笑话!赵某一生清白,天神共鉴,有口皆碑。你,你,你凭什么信口雌黄,无的放矢?要知道,污辱大臣,按大明律典,可办你一个戍边之罪哩!"

况钟一听,立刻哈哈大笑。这笑声直震得屋瓦动荡,大地摇晃。就在这时,只听得从苏州府大堂门外传来了一阵震撼人心的鼓声:"咚咚咚咚!咚咚咚咚!咚咚咚!"

原来,这是堂鼓在响!有人喊冤!看官,有明一代,不论县衙、府衙或是都堂,在门前廊下都置有一个高架,上面就竖着一面堂鼓。鼓约有圆桌面大小,将牛皮紧绷密钉制就。鼓帮用红漆涂得通红,鼓面彩绘二龙戏珠图画,架旁红柱上挂一柄头包红绸,尾系金穗的鼓槌。击堂鼓也有讲究:第一次击三响,第二次击六响,第三次击九响。如果不懂击鼓规矩,乱打乱击,就会把你当作疯子乱棒打出。

堂鼓三击才罢,早有两名差役,从府门口带进一个人来。此人衣衫褴褛,脸色黄瘦,边走边喊:"青天大老爷!小人有泼天冤屈,望大人申冤啊!"

况钟不动声色,喊道:"带上来!"

那喊冤的不是别人,原来就是刁镇西。

刁镇西跪伏在地,连连叩头,口中还不断喊冤。

况钟问道:"你姓甚名谁?有何冤情?状告何人?"

刁镇西道:"小人刁镇西,状告本府通判赵忱!"

话音刚落,皂隶们一齐又喊起堂威来:“无恶——”

赵忱原以为喊冤的与己无关,没想到竟是刁镇西！立刻用手一指镇西,恶声说:“大胆刁民,你乃本府追捕捉拿的逃犯！竟敢乱闯公堂,污蔑本官！来啊,把他捉拿回监！”

“且慢！”况钟朗声道,“就是逃犯,也该让他把话说完！刁镇西,你可将冤情始末从头道来！如有半句不实,本大人决不轻饶！”

“是！大人容禀！”镇西遂将冤情一一说了,当说到嫂死侄亡兄弟双双被诬入狱时,早已泣不成声。两旁官吏人等,听后有摇头叹气的,有同声一哭的,也有幸灾乐祸的……

这时,忽见况钟把惊堂木一拍说:“传王、胡两名轿夫！”

轿夫王大、胡二早就候在廊下,听传立被带到堂上跪下。

二轿夫:“小人王大、胡二叩见况大人！”

况钟:“你二人可是轿夫?”

二轿夫:“正是！”

况钟:“四月初八那天,你二人可曾把金香兰母子二人送到翠竹庵去?”

二轿夫:“这……”

况钟:“有话就直说！当时,庵中小尼妙空看你二人抬得汗流满脸,还端来两碗凉茶与你们解渴！可有此事?”

轿夫:“这个……”

况钟道:“这是你等当时供词笔录！还有何说?”说着叫书办把笔录叫二人过目。

王大看了哑口无言;胡二看后又抬头去看看坐在椅上的赵忱;只见赵忱把双眼一瞪,立刻吓得结结巴巴回答:“当时受刑不过,小人才胡编乱说的,其实并未有此事！”

刁镇西叫道:“大人！亡嫂去翠竹庵共有两回,均为王大、胡二抬轿,全系小人去雇轿的！”

王大道:“哪有此事?”

这时,况钟拍响惊堂木:“传里正！”

“里正何小毛叩见大人！”

“何小毛,本府问你:四月初八,你可见这两名轿夫抬了母子二人而去?”

“小人那天也去雇轿送母去烧香,不料王大、胡二之轿已被刁镇西所雇,亲眼看他二人抬了母子二人飞奔而去……”

况钟立刻大喝一声:“王大、胡二！老实交代！你得了多少贿银?竟作假证！”

二轿夫："冤枉！小人未曾得过贿银！"

况钟："况祥，把贿银呈上来！"

这时，况祥呈上白银两锭，每锭均有五两足秤。

况祥："王大、胡二，此乃你家娘子交来的银子！快快从实招认，也免皮肉之苦！"

况钟勃然大怒，伸手在签筒中抓出一根竹签，"啪"地掷于地上："不必多说，先打二十大板！"

二轿夫一见，连连求饶道："小人愿招！"

况钟："讲！"

王大说："这两锭银子是翠竹庵慧空师太买嘱我们一口咬定未曾抬过金香兰母子的。小人贪得银两，说了昧心之言，实在该死！"

况钟："传慧空、妙空！"

慧空、妙空也被带到堂上跪下。

况钟："二轿夫已经坦白了，你等从实招来可免一死，否则，休怪本府刑法无情！"

慧空尚在顽抗，妙空却早哭了起来说："此事系奉师父之命而为！凶手乃张金瑞！十两银子也是他亲手交给师父的！他还另外送了师父二十两银子……"

况钟："张金瑞为何要送银两与你师父？"

妙空："张金瑞因色起意，我师父骗得金香兰酒醉送进师父卧室，早躲进卧室中的凶手张金瑞却因逼奸未逞而被咬断手指，愤而扼杀了母子二人！"

况钟："香兰母子尸体埋在何地？"

妙空："埋于殿后枯井内，上覆黄土青石！"

况钟："慧空，你还有何话可说！"

慧空连连叩头："贫尼因念张金瑞乃通判大人舅爷，得罪不起；也是贪图钱财，铸成大错！只是张金瑞见色起意，因奸不从而杀人，此真禽兽不如，望大人严惩！"

况钟："传张金瑞！"

立刻，早候在走廊一头的张金瑞，被一条铁链带到堂前跪下。

况钟："张金瑞你可知罪？"

张金瑞："小人乃安分守已的良善，何罪之有？那金香兰因故暴亡，被慧空师徒埋于井中。要找凶手，只问她俩就是！"

慧空顿时火往上冒，指着张金瑞大骂："你这人面兽心的豺狼恶鬼！是我瞎了眼为你当了帮凶，你不但不招认，反而血口喷人，真正无耻之极！"

张金瑞："哈哈哈！你乃牵线搭桥的马泊六，送往迎来的老虔婆！还有脸在大堂上说三道四？你才是无耻的王八婆！”

况钟大怒，“哗啦”一声掷下刑签：“大胆张金瑞，人证物证俱在，你尚且抵赖，实在刁顽不化，来啊，上刑！”

这时，三班衙役一齐动手：前边按头，后边按腿，另一个干脆坐到他的后脊梁背上，先打了二十大板，打得张金瑞直喊叫。

打完板子，况钟问：“你招也不招？”

张金瑞紧闭着嘴，就是不招。

况钟把动夹棍的朱签一扔。那三班衙役早把张金瑞的两条腿套在夹棍中，拉绳的一用劲！两条腿，上有棍铺，下有棍垫，一声“动刑！”那绳索（套在夹棍棍腿中）猛紧，直痛得张金瑞只有出气没有进气，昏迷过去。

早有准备的行刑衙役，“噗”地一口冷水喷到脸上，张金瑞这才悠悠醒来了。

况钟：“张金瑞，你招不招？”

张金瑞：“小人……愿招……”

于是由书办把口供一一录下，并画了供。

这场惊心动魄的审案，前后不到两个时辰，宽严兼施，威恩并用，把一件错综复杂的冤案审得清清楚楚。当堂释放了关押的刁镇东，把慧空、张金瑞收监，把妙空训斥后释放回庵，二名轿夫各打二十板子，也放了回家。

赵忱眼睁睁望着妻舅挨打，心如刀割一般，正不知如何是好时，只听况钟说：“撤坐！”

赵忱那把靠背椅立刻被差役撤去。况钟把堂木一拍，凛然道：“赵忱，你还有什么话说？”

赵忱孤注一掷：“况钟！你太过分了！我要上告都府！”

况钟：“带钟鼎山！”

赵忱一听，立刻像巨雷轰顶，心想：这下完蛋了！

钟鼎山因伤势严重，是被抬着上堂的。他哭诉道：妻子李氏死得不明不白，根据李氏生前在赵忱家中绣花已有数月，每次回来都痛哭流涕，以及死后腹鼓，扪之有硬块等情，显系被人奸骗有孕后又被杀人灭口。遂去巡抚衙门告状。不料状未告准，反以诬告大臣为由，挨了二十大板。不久，又被指控“虐妻致死”而判成死刑，关在牢中。狱官张三元因索贿未成，用重刑把其打成伤残，若非况大人亲自查监，自己性命早就了结了！说罢痛哭不止……

况钟立命：“传张三元！”

张三元平时像凶神恶煞，这会儿早软成一堆，跪地叩头，不敢仰视。

况钟：“张三元！你身为狱官，可知大明律典？凡故杀囚犯者，该当何罪？”

张三元战栗回答:“卑职……知,知道,依律该凌迟处死!”

况钟:“凡故意致囚犯伤残者呢?”

张三元连连顿首:“该……该充军戍边!万望大人开恩!小人乃是迫不得已而为……”

况钟:“此话何意?”

张三元:“小人乃奉命而为!”

况钟:“奉谁之命?”

张三元:“小人不敢讲!”

况钟:“有本府做主,讲!”

张三元:“是赵通判……”

赵忱:“一派胡言!”

张三元:“小人所言句句是实。赵大人着张金瑞来吩咐小人,小人敢不遵命?这十两银子就是张金瑞要小人在监中结果钟鼎山之命而付予小人的,并许事成后再送二十两!小人怕凌迟之罪才未敢害钟鼎山一命!我曾问张金瑞关于李氏死因,他只露了两个字!”

况钟:“哪二字?”

张三元:“游湖!”

况钟:“何谓游湖?”

张三元:“我曾向好友活阎罗请教,他说之最详!”

况钟:“活阎罗是谁?”

张三元:“本府仵作李四苟!”

况钟:“传李四苟!”

李四苟:“小人在!”原来,李四苟一直在堂,况钟审案时他看得一清二楚,听得详详细细,知道再隐瞒下去,必将罪加一等!便不等用刑,一一招认说:“大人容禀:小人该死!当时发现李氏尸体,赵大人命小人前去验尸。验得死者口鼻内有血污,但指甲及鞋内均无泥沙。死尸脸上有擦痕,腿部有指掐痕,那是被人倒提塞进水缸或水桶中呛水而死。腹有硬块,乃身孕之兆。当时,我昧了良心,谎称李氏系失足落水而死,这是因为验尸前……”

况钟:“往下讲!”

李四苟说:“验尸前赵大人派张金瑞请我上一家春酒楼喝酒。他说赵大人……”

赵忱瞋目大喊:“胡说!一派胡言!况钟!你竟敢收买张三元、李四苟来诬陷本官,我与你上京面君,分个是非曲直!”

况钟一声冷笑:“赵忱!你死到临头还如此飞扬跋扈!来啊,把他官戴革了!”

众差役平时对赵忱所作所为都看在眼里恨在心中,此刻,听此命令,就早上去几个人,把乌纱帽,锦缎袍,全都除了下来!

况钟:“赵忱还不下跪?”

赵忱昂然不肯下跪。

况钟猛喝一声:“跪下!”

说也怪,这一声猛喝,赵忱竟双腿发抖,“噗”地跪倒在地。

况钟继续审道:“李四苟,你将酒楼之事速速从实讲来!”

李四苟:“是!喝酒之中,张金瑞说赵大人要提拔小人去巡抚衙门当验尸主管事!不过要我在验李氏尸体时,一口咬定系失足落水而死!也是小人一时糊涂,不该妄图升官发财,做了昧心之事!”

况钟:“好!人孰无过,能改就好!我问你:李氏既非落水而死,究竟因何而亡?”

李四苟:“小人听得爷爷说过:此乃‘游湖’所杀!”

况钟:“何谓游湖?”

李四苟:“害人者将被害人倒提放入盛满水之大木桶内,再压木盖,不需片刻即气憋而死。死后并无伤痕,只是面有病色而已!”

钟鼎山一听,就痛哭起来说:“亡妻身体素健,无病无伤,当时见尸时,我就感到奇怪!这是赵忱怕亡妻泄密,遂杀人灭口的,望大人申冤啊!”

况钟正要处置赵忱,不想差役王金高报:“巡抚大人到!”

原来,赵忱妻听得有人传报况钟审案情形,连忙派人飞速告知江南巡抚成均。赵忱之妹即成均之妻。成赵两人关系十分密切。成均之妻听到其兄受审,立刻大哭大闹,要成均相救。成均本来就因推荐姚日新任苏州知府一事未成而对况钟有隙,加上夫人哭闹,也就气上加气,因而气势汹汹亲自赶到苏州府大堂,企图以上压下,迫使况钟改弦易辙,平息此事。要知成均如何咆哮公堂,况钟如何不畏权贵,抗争到底,且看下回分解。

第十回
查真相皇帝派钦差　忿不平百姓闹公堂

且说这巡抚大人成均，十年寒窗，一举成名，由行人擢升给事中。后迁刑部郎中、右侍郎。他刚愎自用，固执自信，仗着腹中灌了几斗墨水，对出身吏员者，十分藐视。认为他们均属不学无术，只知奉迎之辈，羞与为伍！在刑部任事，以暴戾恣睢，滥用重刑著称。在他手下屈死的人命，少说也有几条！他自命清高，疾恶如仇，对公然行贿者，不分青红皂白，一概施以重刑。因此，在朝野中颇有虚名。自从娶妻亡过，续娶赵通判之妹后，这清廉自守之名，变为“清廉难守”。原来，赵忱之妹名唤赵丽娟，年方二八，比成均要小二十余岁。赵丽娟从小娇生惯养，在锦绣堆中长大。平时满头珠翠，一身绫罗。吃的是山珍海味，用的是金银铜锡，是个享受惯了娇滴滴的女裙衩！赵忱为了找个靠山，竟把自己妙龄亲妹许给了年近半百的成均。这真应了一句俗话：老夫伴少妻，白发映红颜！那丽娟原以为嫁了个巡抚大人，就能保住下半世荣华富贵了！谁知花轿进了巡抚府，拜罢了堂，在洞房内揭开红盖巾一看，新郎竟是个皤然老翁！当时就哭得一佛出世，二佛涅槃。当夜和衣而睡，不让成均近身。第三天，丽娟倦极睡熟，半夜里痛醒过来，方知已被成均突破了防线。当时就大哭大闹，寻死觅活，不肯罢休。成均不得已，赤身露体跪在床前苦苦哀求。从此，凡丽娟所命，件件依从；丽娟所求，桩桩应允。日长天久，竟似当年陈履常一般，患了严重的“惧内病”。一听河东狮子吼，成均立刻胆战心惊，手足无措！这丽娟哪里过得清苦日子？见成均只靠几石薪俸过活，要东没东，要西无西，忍不住就大吵大闹，日夕在成均耳边聒噪不止，不是怪成均不会敛财，就是怨成均不善钻营。成均吃吵闹不过，以后对有人前来送礼行贿之事，就眼开眼闭，任丽娟自便。丽娟尝了甜头，以后就熟门熟路，变本加厉。那些有求于巡抚大人的也就趋之若鹜，门庭若市。

话休絮烦，言归正书。当成均来到苏州府大堂，却未见况知府亲自出迎，心内早就不悦。又怕进去迟了，况钟审案已了，事情就更难办。于是，命差役先进堂禀报，自己随后而进。

再说况钟在堂上把刁镇东兄弟及钟鼎山两件案子审得一清二楚，正要处置罪大恶极的通判赵忱，忽听差役禀报："巡抚大人到！"便起身离座拱手相迎。

况钟："不知成大人亲临，有失远迎，当面恕罪！"

成均："岂敢！成某来得鲁莽，望况大人海涵！"

况钟："看座！端茶！"

成均也不推辞，一屁股坐在刚才赵忱坐过的那把靠背椅上，接过香茗喝了一口。

况钟："成大人亲临，不知有何教示？"

成均："前有刁民名唤刁镇东者，受奸宄教唆曾来本抚越衙上告。其弟镇西系越狱逃犯，经追捕在案。可见兄劣弟顽，实为一丘之貉！如此刁民，不惩不足以正法纪，以儆效尤，未知今日审案，可曾严惩不贷？"

况钟道："成大人，适才此案已结，现有判书在此，请大人过目！"

书办当即送上一纸判书。成均一目十行，迅疾读罢，立刻拍案道："况大人，如此顽劣刁民，定系受人教唆，挟隙诬告！为何偏听偏信，一意孤行？且王大、胡二，反复无常，胡言乱讲，岂可便信？赵通判系朝廷肱股之臣，一贯忠贞无二，刚直不阿。对治下刁民凡不遵法纪、放肆作乱者严惩不恤，遂致群小挟制排陷，无事生非，以逞报复！望大人详察！"

况钟正容而言："臣受圣恩，夙夜兢惧，万死莫报。今奉圣谕：'凡政令所出，必明必允，以求至当；耳目所及，必详必慎，以求至公。'钟奉钦谕，岂能纵私背公，废法违理？赵忱身为大臣，不思报国爱民，竟然知法犯法，作奸害民，此乃百姓切齿之元凶，天神共愤之蠹贼！今证据确凿，供认不讳，岂是挟私诬告者可比？望大人细察！"

成均勃然大怒，拂袖而起道："尔今擅拘大臣，不听良言，本抚主立即飞骑奏明皇上，请旨定夺！休怪本抚言之不预也！"

况钟亦朗声道："谨如所言，悉听尊便！送巡抚大人！"

众皂隶一齐喊道："送巡抚大人！"

此时，成均走也不是，留也不行，只得满脸通红，怒气冲冲，走了出去。

等巡抚成均一走，况钟提笔写了判词，把赵忱收押在监，张三元、李四苟等人，也一一作了处理。于是，值日班头冯信宣道："退堂！"

况钟上任后这头一把火，烧得红透了整个苏州府七县。第二天起，街头巷尾，茶楼酒馆，商镇摊贩，讲的议的说的道的，莫不是况大人惩贪除奸，褒善贬恶的新闻。一时人心大快，欢声雷动。百姓自动购买鞭炮燃放，聚众庆贺，举城若狂。有乌程人严遂成写诗记述此事，至今尚刻印在《况氏家谱》上。其诗曰：

　　九州雄踞地，命举贤能吏；

公乃知苏城，乘传其往莅。
赋重役苦繁，豪吏踞奸利；
衔尾请画诺，佯若不省视；
一月召庭诘，贯盈立捶毙。
审案胜包拯，廉明天下知；
搏击震虎威，噢咻慈乌志。

话分两头，这天皇帝早朝，接到江南治农巡抚成均奏本。皇帝朱瞻基看完表章，心中就犯疑道："苏州知府况钟，乃先皇旧臣。此人虽是书吏出身，但品行端方，才能敏捷。经胡濙、蹇义等大臣合力举荐，朕亲自多方考察，方任为苏州知府！今成均奏他偏信刁民诬告，擅拘大臣赵忱。这未免有些过分了！想况钟赴苏刚满匝月，对民情民瘼，尚未十分清楚，正应虚怀若谷，与同僚合作治苏，方不负朕命。如今如此妄为，大有好大喜功之嫌！"

那皇帝虽说对况钟有较多的了解，但他高踞皇座，久居皇宫，耳目闭塞，心胸欠广。平时接近的无非是太监、宫娥；亲昵的全都是妃嫔贵人；看的是奏本表章；听的是阿谀奉承。因此，看了成均捏造情由，歪曲事实的奏本，对况钟就产生了怀疑。

当时，皇帝召来内阁首辅杨士奇，将成均的奏本给他看了，说："爱卿对此事有何见解？"

杨士奇和况钟私交甚好，并对况钟为人有较深的了解。见皇帝所问，立刻猜到皇上在起疑了。这时，当面说况钟好处，就会被皇上怀疑徇私。于是略一沉吟，朗声奏道："此事易处。请皇上命工部侍郎周忱任江南巡抚，就近调查，便可立见端倪。所谓'清者自清，浊者自浊'，一旦弄清情况，泾渭立明！"

皇帝一听，觉得这个办法不错！最近就曾任命了九个大城的知府，在江南境内的就占了一大半！这些新任知府，是否按朕旨意办事？还是阳奉阴违，在那里滥施权力呢？有了江南巡抚，便可代朕考察各个郡守的政绩如何了！当下便同意了杨士奇建议，任命周忱为江南巡抚，同时也赐给圣旨，便宜行事。

旨意一下，周忱立刻克日启行，晓行夜宿，直奔苏州而来。

原来，这周忱，江西吉水人，与况钟有桑梓之谊；又系永乐进士，与成均曾共修《永乐大典》，常有诗酒唱和。其为人，平易随和，尊上睦下，左右逢源，素有"老好人"之称。今日接圣上密谕，着令调查成均奏折中所告有关况钟渎职情由，这下使他伤透了脑筋。若是依了成均之言，有乡谊之情的况钟就岌岌可危了；若是不按奏本办事，成均就有诬告大臣之罪！真是公要馄饨婆要面，左也难来右也难！这事不好办！欲待辞了这江南巡抚，可又舍不得这顶乌纱帽！无奈何，只得勉为其难,见机行事,看风使舵了!

周巡抚抱着如此打算,先来到南京巡抚府,然后立即赶赴苏州。

自金陵出发,一路俱是水路。官船上挂起黄缎锦旗,上面七个大字:“钦命江南巡抚周”,迎风飘扬,耀眼醒目。成均早闻得信息,自己不便出头露面,就派人先去通知了赵忱之妻,要她赶快打点礼物,去打通巡抚周忱的门路。

赵忱之妻救夫心切,备下一份厚礼,密嘱家仆赵禄,务必神不知鬼不觉送到周忱手中。

这天周忱刚来到苏州,船泊城外寒山寺,为的是想领略一下唐代诗人张继《枫桥夜泊》中的诗情画意。

月挂中天,寒星闪烁。周忱信步而行。只见前面张继诗碑,昂然挺立。月色朗朗,照得《枫桥夜泊》一诗铁画银钩,险劲刻厉。院内青松挺拔,曲径通幽。登上钟楼,提灯一照,寒山寺巨钟,赫然就在眼前。钟上刻有绳头文字,惜灯暗月昏,难以辨认。以手叩之,铿锵而响,实为不可多得的瑰宝!

周忱兴尽后返归船中。忽见舱中一陌生人,见了周忱便拜伏在地。然后高举双手,呈上书信一封,礼单一份。

周忱甚感意外。拆书阅之,不禁双眉紧蹙,连声说:“成大人乃周某挚友,不必如此!”

陌生人道:“成大人要小人多多拜上巡抚大人,区区礼品,只是赵通判夫人些微心意而已,务请大人笑纳!”

周忱展开礼单看时,只见上开:

汉锦十匹,蜀锦十匹。

金壶两把,玉盏十个。

如意一握,玉带两围。

明珠十颗,白银千两。

周忱变色道:“成大人欲陷本抚于不义耶?速速带回,断不敢领!”

陌生人把头叩得山响道:“大人如不收受,小人回去只有一死而已!”

周忱发怒道:“不必多言,来啊,将礼物给我抬了下去!”

陌生人欲待再言,早有周忱随身侍从连人带物一齐赶下了船。

周忱回到舱中,兀自生气。不久,一个贴身亲随悄悄进来,半晌不言。

周忱道:“你来何事?”

亲随说:“人去礼在,请大人定夺!”

周忱望着亲随道:“依你之见呢?”

亲随说:“他自送来,受之何妨?且系置于荒郊之物,我不取即为他人所得!

此暂且之计，如大人决意不受，以后当面交还也就是了！"

周忱见说得有理，就点头答应了。至于以后是否当面交还，姑且存疑而已！

翌日，周忱亲自拜会了成均；又见过了况钟。两人各执一词，互不相让，弄得周忱左右为难，不好决断。那赵忱在狱中忽然害起病来，且日见沉重。经周忱做主，让他出狱治病。谁知，经赵忱家童传出：赵忱毫无病痛，到家后照样摆酒设宴，夜夜欢乐。

消息传到百姓耳中，立刻阖城大哗。以刁镇东兄弟和钟鼎山为首的众平民百姓，身穿白衣衫，手执三角旗，自动聚集在周忱住所高声喊叫："不杀赵忱誓不休！"并唱着自编歌谣：

举起旗，揭起竿，

千人奋挺出，万人夹道看。

要公道！要清廉！

随我来！杀贪官！

人数越聚越多，呼声越喊越响，真是万头攒动，万旗飞舞，手臂如林，吼声如雷。吓得周忱胆战心惊，不敢露面，赶忙差亲随要况钟收拾局面。

况钟闻讯，立刻骑马赶到。差役们把况钟扶住，让他高高站立在马背上。

这时，苏州百姓一见况知府亲自来到，立刻欢声雷动，齐声同呼："况青天！"

况钟将百姓安抚一番，答应亲见巡抚周忱，重新拘捕赵忱入狱！

百姓肃立静听，数千人无一声咳嗽。这时，刁镇西提出：要巡抚周忱亲口答应将赵忱、傅德两人押解赴京送法司究办，明正其罪！

周忱无法，见了百姓后都答应了。

这时，鞭炮齐鸣，欢声如雷。

事后，周忱将此事奏明皇上，并自责失察之罪。

宣宗并无责备之意，反安抚了周忱一番说："朕几乎为成均所误！古人云：疑人不用，用人不疑。况钟不负朕心，此皆胡濙、蹇义举荐之功也！"

皇帝虽未惩处周忱，但周忱心存愧疚，今后办事就再不敢当老好人了！正是：

是非曲直谁无过？

何必见风去使舵！

且看况钟上任事，

万人争唱"青天"歌！

第十一回

清明踏青杨柳依依　茅舍喝茶含情脉脉

话说吴县城外八九里处有个村庄,村里家家插柳,户户垂杨;村前一条清澈见底的小河,弯弯曲曲,迤迤逦逦,绕村而流。因此大伙给它起名唤作杨柳湾。近几年有几家村民又在屋前房后栽上了几株桃树杏树李树。俗话说:桃三李四杏当年,春种秋收,果实累累,一家开头,全村响应。每逢春日,村前村后到处是繁花一片,红的是桃,白的是李,粉的是杏,加上绿柳成荫,碧杨成行,这杨柳湾村就成了花团锦簇的画中世界了!

吴俗素有清明"踏青"之举。每逢春暖花开,阳春三月之际,那些王孙公子,深闺娇娥,便如过江之鲫,三个一伙,五个一群,呼朋唤友,携童带婢,有的步行,有的乘车,都要到风景幽雅的地方去游赏一番。美其名曰:游春赏花,其实是醉翁之意不在酒,更不在山水之间,而是借此机会,会上一会五百年前早在姻缘簿上注定的俏冤家!男的想寻一位捧心含颦的西施,或是约绰丰腴的玉环;女的想找一个掷果盈车的潘安,或是俊俏飘逸的宋玉。自从杨柳湾村名传遐迩,声闻四方后,这儿就成了游春的佳地,赏花的胜迹。每逢春日,车马人群,来往不绝,犹如山阴道上一般。闲话表过,单说杨柳湾村一户人家姓秦名又春,家道原先还算殷实,自从父亲亡故,就渐渐式微下来。母亲陈氏,操劳家务;浑家贞娘,长得眼如秋水,眉似春山,桃腮樱嘴,柳腰纤足,倒也十分丰韵。夫妻俩结婚已及三年,只因两年前秦又春酒后贪欢受了风寒,竟辗转得了一场伤寒病症。这病足足拖了半年之久,病愈后,一头乌发脱得寸丝不留,成了牛山濯濯的不毛之地。更叫贞娘烦恼苦闷的是男人成了一个"银样镴枪头"!俗话说,少年夫妻,男欢女爱。欢的是夜夜于飞,爱的是夕夕销魂。眼见秦又春得了个阳痿不育之症,贞娘不知在暗地里哭过多少回!那陈氏婆婆不知就里,见贞娘过门三年,连个蛋也没生下半只,就唠唠叨叨,嚼个没完。起先,贞娘犹自忍着,天长日久,就拉破脸皮,索性不怕左右邻舍笑话,跟陈氏对骂起来。陈氏听话听音,不免大吃一惊。开头兀自不信,后来悄悄找儿子一问,方知事情端详,从此再不敢口出恶声了。而贞娘竟然占理不放,反客为主,指桑骂槐,恶言相侵。那陈氏反颠倒成了噤声的寒蝉,躲在房里连屁都不敢放一声。到后来,贞娘连男人也一起骂了起来,被秦又春拖进房里,闩上门栓,剥去衣裙,狠命地揍了一顿,这才老实得多。吴俗:女子离婚再嫁,最被人瞧不起的,因此,又春不怕贞娘变心,才敢采此对策。

那贞娘挨了打,一时的火性虽被压制下去,可是每当夜晚欲火中烧难以满足之时,难免生出些非分之想。邻居那伙浪荡子弟,了解贞娘隐痛的,就未免经常有事无事在秦家门前徜徉徘徊,妄想尝尝这天鹅肉的滋味。谁知那陈氏婆婆人老心细,早有觉察,贞娘上哪,她也上哪。真是形影相随,寸步不离。害得那伙浪荡鬼就像聋子看戏,只饱眼福;又像大年三十盼月光,没一点指望。只把那老太婆恨得牙痒痒的,巴不得她早死早清净!而贞娘呢,虽也像馋嘴猫儿想尝腥,只碍着婆婆的眼睛和男人的拳头,只得暂且把心事放下再说。

光阴荏苒,又到了春游佳期。这天风和日丽,春情如醉,远山叠翠,溪水潋滟,绿柳争妍,桃红吐艳,粉蝶飞舞,百鸟鸣啭,好一派明媚的春光!

面对撩人春光,诱人春情,贞娘正百无聊赖,无处排遣之际,忽听门前响起娇呼声:"表兄表嫂在家吗?"贞娘一听,立刻三步并作两步,喜滋滋地迎出门来说:"啊,是玉梅表妹呀!什么风把你吹来的?嫂子正闷得慌,表妹你来得真合适!"

原来,来的那位女客人正是秦又春姨娘的女儿祁玉梅。每次贞娘去县城盘桓,就借住在祁家跟玉梅同枕共被,无话不谈,两人极为相与的。今天玉梅来了,贞娘就显得格外殷勤。

玉梅见过大姨妈和表兄秦又春,就被贞娘一把拉进房中细语密谈起来。姑嫂两人又是调侃,又是戏谑,只听得一会儿格格格逗笑,一会儿嘿嘿嘿嬉笑,一会儿吃吃吃哂笑,一会儿呵呵呵憨笑。一时,房中好不热闹。俗话说:三个女人一台戏,两个女人一出戏。这话还真有点道理呢!到了晚上,贞娘把又春赶出了房,就跟玉梅抵足夜谈,直谈到鸡叫天明,两人才沉沉睡去。

第二天,贞娘特地梳妆打扮一番,陪同玉梅去村前游春赏花。果然,只见士女喧阗,游人如蚁,有诗为证:

桃红似锦,柳绿如烟。

枝头黄鹂双双,花间粉蝶翩翩。

踏青游人笑语喧,来来往往像梭穿。

两人正在玩赏,只见前面来了两个少年郎君。贞娘眼尖,瞅一眼,心上先是一喜,接着便是一惊。看官,你道贞娘为何先喜后惊?原来,来的二人,一先一后结伴而行。贞娘头一眼看见的是走在前面的少年,长得如何?也有诗道:

唇红齿白,目秀眉清。

风流倜傥超群,俊俏男子首领。

才比子建逊三分，貌似何郎傅脂粉！

那走在后面的少年，也有诗道：

皮厚腹空，嘴甜心狠。

花柳巷中常客，偷香窃玉首领。

疤痕满脸数不清，乍看惊呼蛤蟆精！

这二人一俊一丑，一妍一媸，如何不教贞娘一喜一惊呢！

当下，贞娘暗捏了一下玉梅的手，悄悄地笑着说："表妹，你瞧瞧，天下竟有这等趣事！这位俊俏少年，风度翩翩，真是百里挑一的人物，谁见谁爱！而后面那个丑貌男子，赛过罗刹鬼，胜似莽钟馗，也是难得一见的宝贝，谁见谁憎！偏偏他俩结伴而行，真是两两对照，俊的越显其俊，丑的越显其丑，岂不是有趣之极，稀罕之极吗？"

玉梅用目一瞄，果然觉得贞娘说得一点不错，不由地忍俊不禁笑了起来，为怕被人看见不雅，赶忙从腰间抽出一条绣花真丝罗帕，把脸儿半掩，可又忍不住笑。

贞娘道："你瞧，那俊俏少年目灼灼地盯着你不放，敢是一见钟情吧！"

玉梅羞得满脸通红，嗔道："你敢再乱嚼舌头，看我不收拾你！"

贞娘悄声说："真的，我说的全是实话！连那个丑八怪也对你瞅个不停！嗨，他是癞蛤蟆想吃天鹅肉哩！"

玉梅怕贞娘越说越不像话，立刻反守为攻道："哎呀，人家是看中了你呢！"

贞娘："谁？是谁看中我？不是那个小白脸吧？"

玉梅故意逗她："他两人都对你有意呢！你没看见，我可看得一清二楚呢！"

贞娘又惊又喜："真的呀！我怎么不知道呀！"

玉梅说："你看你看，他正在看你呢！"

贞娘回眸一看，正和那俊俏后生双目相交，不觉心头小鹿乱撞，脸上飞起一片红云，暗忖：若得与这个美貌男子相好一场，就是死了也不枉此一生！因此，不免又多看了他一眼。

俊俏少年原本心在玉梅身上，只因玉梅掩着一半粉脸，又频频与贞娘戏谑打趣，才偷空朝贞娘望去，谁知贞娘竟误以为少年瞩目于己了，就格外卖起俏来，一边乘机朝少年飞去一个媚眼，一边又朝少年送上一个甜笑，仿佛在说：你有情，我有意，真是天缘巧合！千载难逢！刚想到这里，不料，那个丑陋后生竟然恬不知耻地跑了过来，朝着两个女子就作了个深揖道："两位小姐请了！"

贞娘本不愿搭理，只因玉梅一见后生行礼，便早转过身子去了。自己受了别人一揖，若不回答，就会让人认为失礼，没奈何只得还了个万福，答道："请了！请问官人何事动问？"

那后生道:“我那契友一时口渴得紧,不知此地可有买茶水之处?”

贞娘欲待回答没有,却又怜惜俊俏少年口渴难忍;欲说自己就住村中,想喝莫说一杯,就是十杯也方便得很。可又不愿丑八怪打扰自家!因此就沉吟不语,光低头望着那双莲瓣出神。谁知,那后生见贞娘不肯搭理,竟转身朝玉梅道:“小娘子拜揖!”这下玉梅再也无法逃避,只得还了个万福,等他往下说。那丑陋后生道:“卑人别无甚事,只因走远口渴,敢求小娘子指个茶馆去处,多多拜谢了!”

玉梅是新来乍到,哪知此处茶馆,便用手一指贞娘道:“此事问她便知!”说完就红着脸再不作声。

这时,贞娘却娇声娇气地嚷了起来:“到底是他渴?还是你渴?若是他口渴难忍,因何站在那里一声不吭?难道还要人家送茶到口不成?”说着,那双眼就直朝俊俏少年睃了过去,直看得少年垂下头不好意思起来。

这时,那丑陋后生转身向少年招手道:“华堂表弟,来来来!别像个闺女似的一声不响,人家在问你究竟想不想喝茶哩!”

那名唤华堂的少年,这才腼腼腆腆地走了过来,未曾开口早双腮通红,那娇羞模样,真是胜似送入洞房的新嫁娘!

贞娘心中又爱又怜,口里却故意逗他:“说话呀!我又不是老虎,怕把你一口吞吃了不成?咯咯,咯咯咯——”说着就得意非凡地笑了起来。

华堂被逼,只是先作个揖说:“小生有礼了!”

贞娘道:“好啦,好啦,我家就在前面不远,要喝茶,就跟我来!”说完,竟拉住俊俏少年的衫袖就走。

这一突兀的举动,竟把少年吓慌了,他慌慌张张地说:“大姐先请!小生随后就到!”说着赶紧悄悄地把衫袖挣脱了。那丑陋后生见了嘿嘿一笑,趁机就把自己的衫袖暗暗递到正在前面带路的贞娘手中。

此情此景,早被一旁的玉梅看得一清二楚,不禁掩口而笑,贞娘却浑然不觉,只管往家中走去。须臾,就进了村子。只见灼灼桃红如火,依依柳绿如烟。桃柳掩映处露出了竹篱茅舍。

“到了!”贞娘一回头,这才发现手中拉着的衫袖竟换成是丑陋后生的了,不禁有些生气,正想抢白几句,那后生却甜甜地说:“大姐!你真是个菩萨心肠!救人一渴,胜造七级浮屠!卑人先当面谢过!”几句话说得贞娘的气早消了,便说:“两位请稍等。表妹,随我端茶去!”说着,拉了玉梅竟进了茅舍。须臾,两人各端一碗凉茶走了出来。玉梅正想将手中之茶递与俊俏少年,谁知那丑陋后生抢先一脚来到玉梅身前,伸出双手就把那碗茶接了过去,仰起脖子“咕嘟”一声,竟一口喝干了。那边贞娘见了大喜,就轻移莲步,把手中香茶捧到少年跟前,只等少年伸手来接。那叫华堂的少年,正在懊恼表哥不该接去玉梅递给自己的那碗茶。现在见贞娘送来香茶,便心不在焉地伸出手去接茶。刚碰到茶碗时,便觉得有双又软又嫩的纤手,竟有意无意地轻轻抓住了自己的双手。这一惊之下,就连忙把手缩了回来,心中兀自“怦怦”跳个不住!贞娘却以为少年已把茶碗接住,只顾去抓那双白得如玉,软得似絮的俊俏书生的手,早把茶碗放了。于是,只听“哗郎郎”一声响,那碗茶早掉落在地,顿时茶水四溅,碎片乱飞。

“啊!都怪我不小心!”少年慌乱地说。

“这不怪你,是我没留神!”贞娘说。

“这碗值多少?我赔!”少年说。

“谁要你赔呀!只要没把你吓着就好!”

“没——没有!”

正在这时,机灵的玉梅,早又从屋里端了一碗凉茶出来,把它一直捧到少年面前,羞人答答地说:“喝,请喝茶吧!”

少年道:“多谢小娘子!”说着把茶碗接过,呷在口中,直感到一阵透心也似的凉爽,比吃了六神丸、菊花散还要爽利凉快哩!真个是碗好茶!口不燥了,咽不干了,唇不焦了,鼻不热了,宛若六月炎夏喝了碗冰冻可口的酸梅汤一般!

两人四目相对,脉脉含情,只苦于旁边有人,满腹心事,不好诉说。

正在这时,那秦又春砍柴回来,后面跟着老娘陈氏。

贞娘一见丈夫和婆婆回家,怕惹是生非,早拉了玉梅,也不跟喝茶的二个男子打声招呼,就走进了茅舍。

那丑陋后生一见秦又春横眉立眼,虎视眈眈的模样,便知善者不来,来者不善。俗话说:强龙不斗地头蛇,光棍不吃眼前亏。三十六计走为上,忙急慌慌拉了陈华堂就走。

那陈华堂虽舍不得离开,还想再看上玉梅一眼,或是再想方设法跟她留下一句半句体己话儿,约个时间,好再会面。谁知金菊荪——丑陋后生却不容分说,把陈华堂拉得脚不点地一直跑出村来,方始放开了手。

要知陈华堂与祁玉梅是否还再见面,且等下回交代。

第十二回
悍悍强暴玉梅受侮　恹恹相思贞娘治病

且说陈华堂与金菊荪自杨柳湾邂逅祁玉梅后，回到吴江县城，分手后各自回家。

陈父课子甚严，每天要查问功课，若是这日功课未曾做完，轻则训斥，重则责打，因此，华堂不敢稍懈，径至书房读书。

可笑陈华堂，平时读书，一目十行，还能过目成诵，牢记不忘；可今天连念数遍，记住开头，就忘了结尾；记得结尾，却又把开头忘得一干二净。定睛细看，那行行白纸黑字中间，全是祁玉梅的婀娜身影：不是亭亭玉立，拈花含羞的笑；就是天真无邪，手握罗帕，掩面辗然而笑。这笑，笑得妩媚，笑得腼腆，笑得迷人，笑得诱惑，笑得恰似勾去了魂灵一般！

到了晚上，陈华堂更是一夜未曾合眼，眼前全是在杨柳湾喝茶的情景，就如皮影戏般一直在那里时隐时现，再也难以忘却。最后想道："如此美貌的小娘子，恨不曾动问她的姓名，若是知根知底，我就禀明父母，央媒说合，要是成就了这件婚事，也不枉我这一生的快活！"这夜翻来覆去，只想着这事，刚朦胧合眼，天早明亮。

陈华堂只得起身梳洗，忽听房外高叫："华堂表弟！日上三竿，尚未起身耶？想是夜来为杨柳湾美人折腾得难以成眠了吧？"

随着声音，金菊荪早手执折扇，摇摇摆摆地走了进来。原来，金菊荪昨日回家，半路上遇到赌友周八，被周八死拉活扯拖到赌场，整宿在那里吆五喝六。谁知手气欠佳，把身边银两输了个精光，还倒借了别人五十两银子，言明一早要还的。可家中早就被他典卖罄尽，哪里还有银两？无奈何只好一大早来找表弟陈华堂商借。

金菊荪平时告借，华堂都一口答应，如数借与。今天一听借银，华堂却推说手头不便，婉言拒绝了。看官，你道却是为何？原来，华堂对昨日金菊荪在柳杨湾抢先接过祁玉梅端来的香茶一事还耿耿于怀哩！

金菊荪碰了个软钉子，心中老大不高兴，正要发作，转念一想，计上心来，便说："既然手头不便，也就算了！只是昨天那个美丽的小娘子，你可愿意知道她姓甚名谁？家住何方？可曾婚配？……”

陈华堂一听，果然立刻转圜说：“刚才，弟是跟表哥闹着玩的！要借多少，尽管开口就是！”

金菊苏哈哈大笑道：“好说好说！多了不要少了不借，我只借一百两白银便了！”

陈华堂立刻要家人取来银子，放在桌上，然后说：“银子在此！表哥，现在你该告诉我那个小娘子的事了吧？”

“哪个小娘子？”金菊苏一面收拾银子，一面故意地说，“你是指的那个眉毛弯弯，眼睛圆圆，鼻子扁扁，嘴巴尖尖的那个小娘子？”

“不不不，是端茶给你的那个呀！”

“原来是她！嘿嘿，我可一点底细也不清楚！”

“什么？说了半天，你连一点底细都不知道哇？”

“一点不错，我不知道！”

“那好，这银子嘛……”

“知道！知道！我的小爷爷！你也太厉害啦！她姓祁，名唤祁玉梅！家住中大街，那家端蚨祥绸缎店，就是她爹爹新开的家业！”

“家中还有何人？”

“家中有父母，还有一个亲兄名叫祁一贵，目前是端蚨祥的掌柜！”

“表哥，你怎知道如此详细？”

“嘿嘿，我是特地为你打听的呀！你要真看中她，表哥愿为你当红娘哩！”

“此话当真？”

“岂能有假！”

“如此受小弟一拜！”

“拜什么？八字还没有一撇呢！”

“若能事成，弟当重金相酬！”

“只恐姑夫这一关难以通过！”

“不妨！有母亲做主，不怕父亲不同意！”

“如此最好！事不宜迟，为兄马上去走一次！成与不成，就看表弟的造化了！”

金菊苏喜滋滋地用包袱包了银子，告别了陈华堂，就去找周八去了。

看官，你道金菊苏为何不去祁家提亲，好为表弟办成这件亲事？原来，金菊苏在杨柳湾邂逅祁玉梅后，立刻惊为天仙美女。那些在秦楼楚馆看惯了的粉红黛绿，和玉梅天生丽质一比，就像乌鸦比孔雀，河马比花鹿！真是一个天上，一个地下！金菊苏虽然长得丑陋不堪，但爱美喜美羡美慕美却是天性，和普通的男子并无丝毫分别！那贞娘究竟是结过婚的女子，论婀娜苗条的纤纤细腰，当然首推玉梅；那挺拔诱人的盈盈双乳，还是首推玉梅名列榜首；那秀丽天真的娇美脸容，依旧首推玉梅独占花魁；那勾魂摄魄的尖尖莲足，仍然首推玉梅稳拿头筹！金菊荪本是风月场中的惯客，偷香窃玉的能手，见到了如花似玉的祁玉梅，哪有不心旌摇荡，跃跃欲试之理？只因，自己相貌丑陋，不能获得美人青睐，便早心生巧计，要借助表弟陈华堂的青春美貌，来达到自己难以实现的风流美梦。昨天，他在赌场里就向周八吐露了口风，向他打听在杨柳湾艳遇中的小娘子。周八可不是傻瓜蛋，早从金菊荪眼中猜到了他的心思，乘机向他借了五两银子，作为赌本，接着根据金菊荪提供的线索，猜出祁玉梅绝非杨柳湾人；然后，按照祁玉梅的相貌、穿戴等，立刻肯定此小娘子就是家中开绸缎铺的祁玉梅！

周八的猜测并非无中生有。原来，这周八本是无业无赖，好吃懒做，加上烟酒嫖赌，样样都来。没几年就把祖上传下来的一份产业，断送得干干净净。起先卖田产，后来就卖住房。端蚨祥绸缎店的大半铺面，就是周八卖出的房子！祁家搬来开店后，周八既是房主，又是邻居，因此，偶尔就跟祁玉梅打个照面。祁玉梅十二三岁时，就出落得十分标致。周八早对这个女孩垂涎欲滴，常在袖中笼些糕饼糖果等物，见了玉梅就给。玉梅年幼，还以为周八是好意，也就拿来吃了。一次，周八又用糕饼作饵，把玉梅哄到自己房中，先让玉梅吃了几块山楂糕，然后悄悄地靠近玉梅，把她抱坐在膝上，那只手渐渐地不老实起来，把玉梅全身都抚摸了一遍，眼看欲火越烧越旺，竟色胆包天，不顾一切地把玉梅抱到床上，用强去剥玉梅的衣裤。玉梅大惊失色，立刻大哭大叫起来，声音直传房外。正巧碰到玉梅哥哥祁一贵来交房租，听得玉梅的哭叫声，便不顾一切破门而入。周八见事不成，反诬玉梅偷糕吃，因而要打玉梅。玉梅幼小，怎敌得周八快嘴利舌？祁一贵因玉梅尚未受辱，此事也就不了了之，并严厉教诫玉梅，再不准去周八房中。玉梅受此惊吓，以后看见周八，就像小鸡看到鹰隼，早早就躲了起来。光阴迅速，不知不觉又过了三年，女孩儿家到了十四五岁，便一天变一个样！你看玉梅长得：嫩生生的脸庞，又红又白，就似吹弹得破一般；圆鼓鼓的胸脯，高高耸起了两座小山峰，就如挂在胸前的两只气球；细袅袅的腰肢，似风摆杨柳，恰如刚满一握。周八见了不觉心痒没处搔，恨不得一口水把玉梅吞进肚中。可玉梅一见周八就像见了瘟神一般，再也不肯搭理。

周八一直心里装着玉梅，想着玉梅，连晚上做梦也梦着玉梅。玉梅的身影和模样，早就深刻在周八的脑中，再也磨灭不了。因此，一听金菊荪提到如此这般的小娘子，早猜了个八九不离十。周八一猜就中，喜得金菊荪搔耳摸腮，好不高兴。特地跑到端蚨祥绸缎店门首想一睹玉梅芳容。一次，玉梅来和哥哥祁一贵说事，匆匆来急急去,这惊鸿一现,正好为金菊苏瞅见。于是,又把好消息"卖"了一百两银子!在买主陈华堂心中还觉得便宜哩!

话休啰唆,再说祁玉梅自那日见了俊俏书生陈华堂后,心里就再也丢弃不下,终日躲在闺房闷闷不乐。望着窗外红桃绿杨,就想着在杨柳湾见到陈华堂的情形,看到花间双双粉蝶追逐飞舞,就想到怎样才能见到心上人像粉蝶般成双作对,听见枝头黄鹂啼唱,又想到何日才能和他并肩在此倾听鸟儿歌唱。真个是触景生情,铭刻难忘!清早起来梳妆,就想此刻他在作什么?是否又在书房勤读文章;晚上停了针凿,就想此时他在干什么?是否又在灯下写诗作画?如此痴痴牵肠挂肚,竟把个玉梅小娘子弄得如痴似醉!这青年男女的相思情,实在难以用笔墨形容出来哩!唯有南宋的女词人李易安那首脍炙人口的《声声慢》尚能稍稍刻画出这段缠绵悱恻的相思情来:

寻寻觅觅,冷冷清清,凄凄惨惨戚戚。乍暖还寒时候,
最难将息。三杯两盏淡酒,怎敌他晚来风急?雁过也,
正伤心,却是旧时相识。
满地黄花堆积。憔悴损,如今有谁堪摘?守着窗儿,独自
怎生得黑!梧桐更兼细雨,到黄昏点点滴滴。这次第,
怎一个愁字了得!

玉梅难排难遣,难忘难舍,竟恹恹地害起相思病来。起初茶不思,饭不想,胸口闷,脑瓜疼,到后来全身发软,卧床不起。祁家男女老少,都着急非常,请来名医诊治,那药吃下去如石沉大海,毫无作用。祁夫人只得求神拜佛,在观音像前许愿,把香灰当灵药服下,也一样毫无应验。急得祁员外整天像热锅上的蚂蚁,从端蚨祥踱到家中,又从家中踱到绸缎店,来来往往,走个不停。仿佛只有这样才能找出治好宝贝女儿的良方来。

这天,恰巧贞娘上县城有事,顺便来看玉梅,一进门就听得玉梅病重,不觉吃了一惊。急忙来到玉梅房中坐在榻前,只见玉梅玉容惨淡,肌体消瘦,与清明踏青时竟判若两人!贞娘拉住玉梅瘦骨嶙峋的纤手,不禁流下泪来,轻声问道:"想不到几天不见,妹妹竟病得如此模样!到底是什病症?因何起病?这里只有你我二人,有什么疑难之事,尽管明言,嫂子定与你想个计较排难解困就是!"

玉梅听后,那行行珠泪,宛如断线的珍珠纷纷滚落下来,好容易等到气喘平定后,才低声告:"嫂子,我这条命,看来是没指望的了!只是今生今世再不能与他见上一面,我就是死也是不会瞑目的!"

贞娘是何等聪明之人,听见玉梅之言,早已猜到八九分,遂低低相问:"妹子心上放不下的,莫不是那个讨茶吃的少年郎君?"

玉梅默然不语,半晌才把头点了点。贞娘道:“傻妹子,这有何难!我来帮你打听就是!等有了实信,那时再设法和他通上款曲,要他请人前来说媒,岂不是手到擒来,十拿九稳的一桩美满良缘吗?现在,我劝你暂放下心来,把病养好,要不,你瘦成个捧心的西施,岂不叫心上人看了痛心吗?”

一席话说得玉梅频频颔首,头一次露出了喜色。俗话说,心病还需心药医。玉梅经贞娘一番开导,那病早好了三分,顿时觉得精神好多了,胃口也有了。贞娘忙吩咐丫鬟端来米粥、参汤等可口食品,玉梅竟都吃完。

隔了两天,贞娘便来告说:“好了,好了!我给你都打听清楚,他姓陈叫陈华堂,父亲陈员外,是吴江县的首富,连知县大人也得敬他三分哩!这样的人家,可是百里挑一的人家!等你病好,想法给他送个信儿,约他见上一面。他若有意,定然遣媒上门,那时,你们俩恩恩爱爱,卿卿我我,可不能把嫂子我给忘了!”

玉梅听得红晕满脸,两手抓住衣角,扭扭捏捏地说:“要是事情真如嫂子金口,妹子绝不会忘了你的恩德!”

贞娘:“说得倒怪甜甜的!我问你,将来成了亲,你怎样谢我?”

玉梅羞羞答答说:“我亲手给嫂子做两套绣花百褶裙子!”

贞娘道:“哎,谁稀罕裙子呀!真是小气鬼!”

玉梅怯怯地问:“那你要我谢什么呢?”

贞娘格格地笑道:“别的不要!只要你那个如意郎君新婚宴尔之后,抽个空儿,给你表哥下个种儿,叫你表哥不至绝了种儿,你看行吗?”

玉梅以为贞娘是故意逗乐,便打了她一下,用手指朝脸上一刮道:“好嫂子,看你羞也不羞?竟敢说这样的话儿!”

贞娘:“怎么,不肯答应呀?哎哎,好妹子,你可别过河拆桥呀!要真这样,嫂子就不管你的事了!”

不知贞娘的计划是否成功,且看下回便见分晓。

第十三回

浴佛重逢喜从天降　罗帕题诗暗藏密约

且说光阴荏苒，清明过后不久，就到了四月初八。这一天，吴俗为浴佛节。按照当地风俗，每到浴佛节，不论男女老少都要往名观古寺进香还愿。那些善男信女，都身背黄布袋，手执线香；志诚心虔的，还要走几步跪一跪，磕上个响头，口里念着佛号，一直走走跪跪来到寺观为止。这天，远近各地买卖，趁机都来赶集赴趁，真个是人山人海，云屯雾集。吴地小吃，名闻天下，这小小的吴江县，竟聚汇了苏州府各种小吃、点心、糕饼、糖果等。如雪糕、衣糕、生糖糕、糖松糕、焦热糕、核仁定胜糕、蜂糕、枣泥山药糕、桂花赤豆糕、甑儿糕、福禄寿喜糕、芝麻酥仁糕……名目繁多，数不胜数。那糕儿出笼时，阵阵香味扑鼻而来，包管惹得你垂涎欲滴，食指大动，少不得花上十文八文铜钱，往小摊上一坐，尝上一回，吃上一次，才恋恋不舍地离去。这苏式糕点的特色是：甜、松、糯、韧，香软肥润，细腻酥脆，并且注重色彩的调配，使人一看就觉得赏心悦目，爱不释手，而且物美价廉，因此，人人都要一快朵颐为乐。除糕饼外，苏式团子（俗称元宵）也是名闻遐迩的。有名的如双馅团子，豆沙团子，鲜肉团子、虾肉团子、京冬菜团子、青菜团子、白糖猪油团子等等，只要尝过一回，就回味无穷，永远难忘！吴地的各种炒货中，以西瓜子著称。这西瓜子也有多种多样，味道各异，品种齐全，如玫瑰瓜子、奶油瓜子、椒盐瓜子、桂花瓜子，五香瓜子，怪味瓜子等等。那吴地女子，嗑瓜子也有一手绝活：一面打牌（麻将），一面把瓜子朝口里扔，只听“呱吧”一声脆响，“扑”地吐出一个瓜子壳来。捡起看时，瓜仁早被舌尖舔走，瓜壳呢，尖端部分已被嗑开成花瓣状，圆端部分仍联结完好如初。据说，嗑瓜子能手，每分钟竟能嗑六十五个瓜子，即“的答”一秒钟，他就把瓜仁、咽下肚，把瓜壳吐出唇！这是说他嗑瓜子的速度，另一种嗑瓜子的功夫是说他的耐力。有人打完了十六圈麻将，从开始洗牌嗑吃瓜子起，一直到牌局结束，此人才停止往口里扔瓜子！这种功夫，实在叹为观止！笔者要不是亲眼看见，还真以为是海外奇谈哩！

苏州的糖果也是窗户里吹喇叭——名声在外。最为著名，独步全球的是粽子糖！据说，粽子糖还兼有化痰止咳健胃益脾补肾润肺的作用。当年还曾当作贡品献给皇帝食用，还得到过圣谕表彰哩！粽子糖品种也有几十种，如薄荷粽子糖、松子粽子糖、杏仁粽子糖、玫瑰粽子糖、花生仁粽子糖、核仁粽子、桂花粽子糖、山楂粽子糖等等。在浴佛节这天，这些吴地名产就像繁花怒放，争优斗胜，竞相招徕前来进香还愿的善男信女。

吴江县最灵验的庙宇，要算娘娘庙了。据说，娘娘庙里供着一位千娇百媚的送子娘娘，谁要是心诚意虔，乐善好施，送子娘娘就特别加以青睐：求子得子，求女得女，要福赐福，要寿赐寿。大殿上那些锦幡缎幔就是明证：这些全是靠了娘娘恩赐如愿以偿后来还愿道谢的！

浴佛节这天，到娘娘庙进香的人特别多，一进大殿，红男绿女莫不都拜倒在菩萨面前那几个蒲团上，因粥少僧多，大家抢着跪拜，有时就免不了出现在一个蒲团上竟有两人并肩叩头跪拜！此例一开，立刻使一些单身男子、纨绔子弟，光棍无赖，浪子狎客在心中暗暗喝彩道好！他们原来就是趁浴佛之机来此轧闹忙、吃豆腐、占便宜、餐秀色的。如今机会来了！一看到蒲团上有单身的年轻女子跪拜时，立刻有好几个男子趁机也跪了下去，挨着肩，贴着股，像拜堂似同步跪拜一番，直吓得那单身女子花容失色，惊魂不定，赶紧起身含羞而逃。

这天娘娘庙里的热闹确是空前，除了各种吃食摊子外，还有走江湖的武术，看病的游方郎中；耍猴的马戏，看相测字的铁口相士，降魔擒怪的法师，画符驱鬼的道士，念经拜佛的和尚……

这时，前面忽然金锣鸣响，鼓声骤起，间杂着鞭炮响亮。拥挤不堪的人群，突然像两股潮水向左右分开，中间空出一条窄窄通道来。通道里走在前面的是打扮成古装戏文的高跷队，如刘海戏金蟾，洞宾戏牡丹，牛郎会织女，董永会七仙女，全是男扮女装，一式的青壮汉子。那踩高跷的跳、腾、跃、翻，样样俱能，五尺来高的木跷，能排“一”字，能大劈叉，这些高难度的惊险动作，不时引起阵阵掌声。

高跷队过后是狮子队，那舞狮的有两个人，他们动作配合得十分默契：在架在几张高高方桌上的一条长凳上面，那只摇头摆尾的狮子，居然还能做出各种各样的姿势来。如搔痒，摸腮，起立，卧下等等，狮子前面一个武生打扮的耍狮人，红衣红裤，手执绣球，一边翻滚腾跃，一边逗引狮子做各种动作，引起了一阵阵的喝彩声。这时，有人拿着一根长竹竿，竿顶处吊着一串铜钱，由上垂下。竹竿约高三四丈，一直来到狮子面前。此时，锣鼓齐鸣，那头金毛狮子竟沿竹竿爬到顶部，用嘴叼住那串铜钱，又摇头晃脑舞弄一番，方始在万众欢呼声中下到地面。忽然，狮子毛一翻，大家才看清是两个舞狮人直立在地上。于是，立刻又爆发出雷一般的掌声来！

狮子后面是扮成戏文的儿童台阁。一般是用钢丝把一名或两名儿童固定好，然后把钢丝托棒安扎在举台阁的人肩部。儿童们扮的人物，不外乎是《西游记》中唐僧师徒，梅山七怪，八仙过海，嫦娥奔月等，颇受孩童们注目！那肩扛台阁的人，个个都是彪形大汉，孔武有力。他们肩扛数人，仍举步若定，十分稳健！

吴江县城有此盛会，自然惊动了四乡八里的百姓前来。那县城的，近水楼台先得月，岂有错过之理？于是，那满腹相思，病体初愈的祁玉梅在表嫂贞娘的陪同下也来娘娘庙随喜。那贞娘更有一层深意：烧上一炷香，保佑丈夫秦又春恢复生机，早得贵子！

她二人刚刚挤进庙门，就看到来进香的妇女千百成群，老少妍媸，各不相同，但都刻意装饰得袅袅婷婷，婀婀娜娜，脸上涂脂抹粉，身上穿红着绿，头上翠钿黄钗，耳旁碧玉金环，叫人目不暇接。玉梅正看之间，不料一阵人潮涌来，那表嫂贞娘竟随波逐浪而去，眨眼间早不知去了哪里？欲待叫唤，怎奈到处闹盈盈的声喧，全是母唤女，子喊爹，兄寻妹，夫找妻的叫嚷声，即使喊破嗓子，那贞娘也休想听见！

玉梅一时急得失了主意，只得挤在人丛中，任其漂流了。幸喜人流涌进了大庙，接着又进了大殿。玉梅心中暗喜：如此走路倒也省力，我是脚不点地就到了蒲团前面，不趁此时拜佛还待何时？别人求子祈福，我玉梅只有一个心愿：盼娘娘暂当一名手牵红丝的月下老人，把陈郎与小女子的姻缘牵在一起，若能如此，定来重塑金身，以表谢忱！

玉梅挤到蒲团前，一面祝祷，一面就叩下头去。就在这时，忽觉有个鲁莽男子，被人一挤，竟"扑通"一声也跪倒在自己身旁那个蒲团上了。玉梅羞得满脸通红，想走，那裙子被男子双膝紧紧跪住了；想站，那肩肘被男子牢牢挤靠着。玉梅这时，真叫进退两难，正要开口骂人，那男人忽地叫喊一声："啊呀！你可是祁玉梅姑娘！小可身不由己，被人挤到这里拜佛，万望姑娘原谅则个！"

祁玉梅一听这声音，心头就突突乱跳起来。哎呀，他不就是自己日思夜想的心上人陈华堂吗？真是踏破铁鞋无觅处，得来全不费功夫！那送子娘娘实在灵验，竟把陈郎鬼使神差地送到了自己面前。失去这个机会，将会终身后悔莫及哩！想到这里，就再也顾不得羞涩，抬起那双水灵灵晶莹莹的美丽眼睛深深地望了他一眼。啊，这一眼包含着多少柔情蜜意，流露出多少切盼想望！如秋水，似宝珠，像水晶，若电光，如同白水银里蘸着了两丸墨水银，如同清澈山泉中掉进了两颗黑葡萄！真个是如怨如诉如爱如恋！

这一眼直看得陈华堂魂儿出窍，身儿缥缈，心儿难熬，腿儿麻燥，手儿乱挠，脸儿发烧！他怕自己一时把握不住，会在这大庭广众之中出乖露丑，就赶紧伸手拉了一把玉梅说："此处不是说话处，快随我来！"说着忙忙地站起身子，拉着玉梅就走。

玉梅岂有不愿之理，羞答答地跟在后边，两人一前一后朝殿后走来。

原来这殿后却是一个冷落的处所：几间破屋，里面堆满了柴火和废置的杂物，除此以外，更无他物。那些游人香客，游览了大殿，拜罢了娘娘，大都朝偏殿那儿去拜弥勒菩萨和韦驮尊者去了；再过去就是文殊，普贤诸菩萨，也另有一番香火的盛况，因此，很少有人在殿后逗留的。

今天，陈华堂牵着祁玉梅衫袖却偏偏选中了这个静谧寂寥，无人窥视的所在！玉梅呢，心中既乐意又害怕。乐意的是：有了这个好去处，装在心坎中一个多月来的相思情愫，今日可以倾囊而出，让心上人知道自己的心意，这是何等幸福、快乐的事啊！害怕的是：这地方太偏僻了！万一他……想到这里，禁不住脸红心跳，胸中小鹿乱撞，再也不愿往下想了……

这时，二人已来到一间柴房门口。陈华堂用手一推柴房门，哈，竟应手而开了。华堂毫不犹豫，一拉玉梅，两人竟进了门内，他又随手把门掩上了。只留了一道小小隙缝，还有一线阳光射入，才不致啥也看不清。

这时，陈华堂朝着祁玉梅深深一躬道："玉梅姑娘，自那日在杨柳湾一别，小生无日不在思念之中，今日重逢，真及三生有幸！"

玉梅连忙还礼，说道："屈指算来不觉已有一月了，官人身体可好？"

华堂赶紧答应："尚可，尚可！只是这一月来，小生仿佛度日如年，读书不进，写诗无味，天可怜见，今日方得遂愿，又能重睹芳容！"

玉梅原想把满腹心事和盘托出，谁知被这眼前的酸秀才几句酸不溜秋的腐酸套话弄得也跟着酸了起来。正是：欢乐嫌夜短，烦闷怨日长。两人讲了些酸溜溜的套话，不知不觉就过了一个时辰。眼见得无色暗黑下来，玉梅又因跟贞娘走散，一人回家，甚是不便，就着急地催陈华堂说："今日相见，不知何时再逢？官人你多多保重，千万别以小女子为念。"说着低下头去，不禁泪盈眼眶了。

华堂看了心中老大不忍，大着胆走前一步，拉住了玉梅的手说："小娘子请放心！我早就托人打听你的消息，不日后定有佳音上门！"

玉梅一听，心中无比欣喜，那一块千斤重石才算落了地："官人毋忘此言！此身虽未奉君，此心早已属君！妾身从此以后，决不另嫁！此情此言，天神共鉴！"

华堂听此肺腑之言，大为感动，乘势一把搂住玉梅。玉梅一惊，忙道："官人千万别这样！这里人多眼杂，万一……后果就不堪设想！小女子有罗帕一条相赠，上题诗谜，你若解出，后会有期！"说着，果将一条绣花香帕送到了陈华堂手中，陈急忙置于袖中。两人正在难舍难分之际！忽听房外有声传出，细听似房檐滴水，又似秋虫唧唧，华堂怕有人推门进来看见不雅，忙探出头去望，不望犹可，一望之下,立刻失声喊了起来:“哎呀!”玉梅听了,还以为被人识破机关,就赶忙走出门来,一看之下,也“啊唷”喊了起来。两人这一喊,早惊动了房外那人!那人回头一看,立刻也失声大叫:“啊呀!短命鬼!你们看老娘撒尿呀!看了可要眼红的!”边说就边站起身来束好衣裙。

“嫂子!原来是你!叫我找得好苦!”玉梅这时方认出这解手的女子正是自己的表嫂贞娘!

这时,贞娘也认出了玉梅和陈华堂,立刻惊喜交加说:“好啊!你这不声不响惯会偷嘴的小馋猫!天天缠着要我帮你打听陈郎的消息,想不到你们二人早就勾搭上手了!咱们姑嫂俩有难同当,有福共享。你抽了头筹,尝到了甜头;也让嫂子我捡些残饭剩羹吃吃!”说着就上来拉住陈华堂的衫袖,就往刚才那间柴房拖去。

华堂那里经过这等阵势,早吓得骨酥腿软,汗出如浆,连连求饶道:“使不得,使不得!饶了鄙人吧!”

正在这时,一个大嗓门自天而降,声震屋宇地说:“哈哈哈,咱们是见者有份;各取所好!玉梅小娘子,来吧!”说着,竟像饿虎扑羊似的朝玉梅追了过来。

看官,来的不是别人,正是那个丑八怪金菊荪!他今天特地约了陈华堂到娘娘庙看热闹,刚才人挤,竟把两人挤散。他到处寻找不见,一直找到此处,正好遇到贞娘在施强暴,因此也来凑趣一番!

陈华堂见金菊荪要对玉梅无礼,不知从哪里来的力气,一甩衫袖就把贞娘丢在一边,随即迎身上前挡住了金菊荪的去路道:“休得无礼!”

金菊荪哈哈大笑:“瞧,还没有婚配成亲,你就如此心疼媳妇了!佩服!佩服!”

那边贞娘也咯咯地笑出声来:“陈小官人,刚才我乃跟你开个玩笑,当不得真哩!玉梅,你说对不对呀?”

玉梅此刻,只得勉强点头了。

眼见一轮红日已恹恹地下了山尖,四人遂结伴而回。欲知罗帕上写些什么,二人又怎样相会,下回便知端详。

第十四回
书房寻诗难吐心事　妓院喝酒有意阻约

陈华堂在娘娘庙重逢玉梅，蒙赠绣花香罗帕一条，当时喜不自胜，笼在袖中。回家后急步走入书房，把门扃上，忙掏出罗帕来看，只见上面题诗一首：

暗藏心曲诉英才，月移花影莫徘徊。

今夜香闺春不锁，蓬门待君亲来开。

华堂读之再三，满心欢喜。过去读过多少艳词香诗，那些"花好月圆""兴云布雨""芙蓉帐暖""鸳鸯枕香""飞红啼血""颠鸾倒凤"等诗句都一一涌上心来！眼看着"天台已近""巫山不远"却又不知该如何着手？少年书生陈华堂，虽已年过十八，已是吃十九年份的饭，但对这件神秘甜蜜的、人人都要经历、却从来没有师父传授的云雨情，依旧是个门外汉！俗话说"临阵磨枪"，这个呆秀才竟也如此作为起来。他把书架上、阁楼上、书案上的各种书籍全翻了出来，一本一本来找，试图能从中得到启迪，学到经验。从辰初找起，一直找到申末，翻得双手发酸，看得两眼发涩，却尚未找到一星半点有用之句。正在失望懊丧之时，忽地翻到一本，找到一句，竟像叫花子捡到一只金元宝那样欣喜若狂起来。你道是哪本书？哪几句词儿？一翻书皮，原来是册《西厢记》，书中说的正是崔莺莺私会张君瑞的故事！是哪几句词儿？妙文共赏之：

［元合令］绣鞋儿刚半折，柳腰儿勾一搦，羞答答不肯把头抬。只将鸳枕挃，雪环仿佛坠金钗，偏宜髻儿歪。

［上马娇］我将这纽扣儿松，把裤带儿解；兰麝散幽斋。不良会把人禁害，怎不肯回过脸儿来。

［胜葫芦］我这里暖玉温香抱满怀，呀，阮肇到天台。春至人间花弄色，将柳腰款摆。花心轻折，露滴牡丹开。

［幺篇］但蘸着些儿麻上来，鱼水得和谐，嫩蕊娇香蝶恣彩。半推半就，又惊又爱，檀口吻香腮。

那陈华堂越读越爱，越读越痴，越读越迷。口里不禁赞道："好词！好词！"由于读书翻书过于劳累，不觉倦甚伏案而寐，渐次睡意蒙眬，竟不知天黑。

这天，碰巧金菊荪又在赌场里失了意，一心想扳本，思来想去，只有来寻陈华堂告贷。

他是陈家常客，不用通报的。在卧室里遍找不见华堂，就迳至书房来寻。却见书房门关得紧紧的，推都推不开。从门缝里一张，只见华堂正在伏案打鼾，便蹑手蹑脚，绕过走廊，一直来到书案的窗子外面，幸喜那窗子未曾关死，一推就开，欲待与华堂开个玩笑，便伸手进窗从书案上拿起一张空白信笺，想做个纸捻来钻华堂的鼻孔，让他打个喷嚏，以博一笑。

刚伸手进去时，目光就被桌上那本《西厢记》吸引住了，就随手将书拿在手中，就折叠处读了起来。才读几句，也禁不住拍腿称赞："妙！妙！妙！原来'书中自有颜如玉'这话倒是真的！正应了一句老话：'读了《西厢记》，不想嫖妓女！'今日方知此言不假了！"

正想继续读下去，忽见华堂口中咕噜了一句，身子动了一下，便连忙把书送还原处。不想原先放书之处，竟有一块色彩鲜艳的绣花香罗帕在！看样乃是闺阁中的物品，因何来到华堂手中？心里猜着，手就把那罗帕从华堂的肘下抽了出来。细看时，上面除了绣了一朵牡丹花外，还有一首诗哩！

那金菊荪原是个偷花的老手，窃玉的专家，这首诗谜，他如何看不出来？心想：俗话说，偷荤的猫儿不叫。想不到表弟这老实人也会这一手儿！这罗帕是谁相赠的？不用猜，不是那个天仙般的祁玉梅，还有谁？可惜，一朵牡丹刚刚开放，马上就要凋零了！我曾想过她十遍百遍，她对我根本不理不睬，连眼梢儿也不瞄我一眼！嘿嘿，常说"桶掉在井里"，偏偏今天也有"井掉在桶里"的时候！这样的天赐良机，被我知道后，怎能轻易放过？我，我该怎么办？忽地一拍大腿说："有啦！今夜把华堂拉进赌场妓院，一则要他帮我扳本，二则阻他前去幽会，然后，我就……嘿嘿嘿，美哉！美哉！我就是这个主意！"

那金菊荪一肚子坏水，便把罗帕放还原处，上面再用《西厢记》盖严，然后，又轻轻关上窗户，从走廊上踅回书房门口，举手敲响了房门。

"笃！笃！笃！"

房内陈华堂正在做个甜梦。梦见自己穿戴华丽，打扮风流，来到玉梅香闺门口。那玉梅含情脉脉，娇羞满脸，迎了进去。两人正要学《西厢记》中故事，一个半推半就，一个又惊又爱之际。忽听一阵敲门声，吓得陈华堂猛然惊醒过来。侧耳一听，房门外有人在喊："华堂表弟，快开门来。"

陈华堂一听声音，知道是金菊荪来了，只好忙忙将罗帕藏起，把《西厢记》放好，才款款地跑去开门。

"表弟好自在，独自在书房里，不知看的是什么经？读的是什么文？瞧，这一桌子书!"

"嘿嘿,我随意翻翻而已,读的无非是周易、春秋、论语、孟子!"

"啃!怪不得表弟学富五车,书通二酉!听说光是易经就有十卷,春秋左传有六十卷;论语有二十卷;孟子也有十四卷!加起来么,一共有……一百多卷!随便翻翻,竟读了这么多!真个是三国时的张松,读书一目十行,倒背如流。害得曹操烧掉了'孟德新书'哩!"

"休要取笑!小弟怎比得上古人张松呀!"

"哈哈哈,虽比不上张松,却也比得上张氏门中的一位古人!"

"是哪位古人?"

"就是那位'待月西厢下,迎风户半开'的张生张君瑞呀!"

陈华堂见他触中痒处,脸早腾地红了起来。心想,他刚进来,怎知我在翻阅《西厢记》呢?正想时,金菊荪一拉陈华堂说:"跟我走吧,光读不用,把《西厢记》翻烂了也是白搭!今天我请你吃酒,顺便见识一下那风花雪月,云情雨意,等你去会崔莺莺时也熟门稔路,不费吹灰之力了!"

陈华堂今夜有约会,欲待不去,怎禁得住金菊荪那张利嘴快舌,甜言蜜语?心中自思:反正在夜半幽会,我先跟他走上一遭,且看情况如何?

看官,说话的若与陈华堂同年生,共月长,便可一把将他抱住,劝他千万不要随金菊荪前去,也可免得后来这场官司!也是陈华堂注定有此磨难,此是后话不提。

当下,陈华堂换了一身衣服,跟着金菊荪出门而去,穿街过巷,未几来到一处地方。陈华堂抬头看时,只见:

绣阁朱楼,室贮金钗十二,惯会品竹弹丝;暖房香闺,门迎朱履三千,偏爱调脂弄粉。红袖邀欢,爱的无非是黄金白银;海誓山盟,说的全都是勾魄迷魂。密爱幽欢情袅袅,朝云暮雨梦难成。奇葩艳卉转眼空,锦被鸳枕且相逢。

陈华堂正看得眼花缭乱,只听上面吊楼上一阵莺语燕叱,朝着金菊荪叫了起来:"金爷,你怎么晚来了!没得说,罚酒三杯!快快上楼来娘!"原来吴语尾音都要拖一个"娘"字,如去娘,走娘,吃娘,喝娘……听起来又脆又糯,煞是好听的娘!

华堂见说话的女子长得甚是标致,忍不住问道:"这是哪个?"金菊荪一拉华堂就进了院门,接着就'噔噔噔'先登上楼梯。华堂是头一回来,正不知由头,只好紧随在后。

一上绣楼,只见前厢房中早摆下一桌酒菜,四个粉头陪着三个少年正在打情骂俏,吃醋撚酸。见金菊荪领着陈华堂进来,都一齐站起来让座。金菊荪一把拉过一个长得十分丰腴的女子,把她推到陈华堂身边,笑着说:"月娇,你的造化来了！他就是陈公子！家里有的是金山银山，只要你侍候得他高兴，包管你吃用不尽！”

月娇只笑不语，放作媚态，斜睃了华堂一眼。正要开口，不料站在身旁那个略瘦些的女子却‘嗤’的一声笑了出来，说：“好呀，月娇妹子你见了新人丢旧好，过得河去就拆桥，也不怕金家妹夫吃陈年醋呀！”

“不不不，我不爱吃醋，我爱吃糖！”金菊荪赶忙插浑打趣说。

陈华堂听出话音，原来这月娇却是金菊荪的相好，便连连摇手说：“使不得，使不得，君子不夺人好！我是来看看罢了……”

金菊荪正要回言，房外进来一个年纪五十左右的妇人。只见她满脸涂脂抹粉，把额上道道皱纹盖得严严实实；一身珠光宝气，让早逝的年华留得牢牢靠靠。她望着陈华堂说：“今天公子来得不巧，我这五个女儿，在家的四人乃是花月娇、花月容、花月楼、花月仙。她四人俱已见过了，唯独三姐花月红被王巡抚的公子请去陪酒，这会儿也该回来了。就请公子稍待，我还有个机灵透顶，小巧玲珑，十分美貌的干女儿，暂且陪伴公子吃上几杯酒如何？”

四个男子一听，都齐口同声地喊起来：“妙极，妙极！还是妈妈棋高一着，省得有人吃醋了！”

这时，那妈妈把手一招，门外就跑进一个十三四岁的女孩儿来。你看她长得怎生模样？有诗为证：

天真烂漫，黄毛小丫。
弯弯秀眉，丝丝乌发。
明眸皓齿娇模样，含苞未放一朵花。
分明豆蔻尚含香，疑是夭桃初蕊发。

那小女孩一进门就“姐夫姐夫”的叫得山响，喜得那几个男子都抢着来搂抱来抚摸来亲吻来热络。小女孩灵活得像一条小黄鳅，一会儿东，一会儿西，一会儿前，一会儿后，哪个都抓不住她，气得这伙男子一齐骂她：“小娘匹”“小鬼头”“小娼根”“小妖精”。那小女孩不气不恼，嘻嘻地笑着抬起头来：“姐夫坏，姐夫歹，放着姐姐你不爱，动手动脚胡乱来！你的毛病要不改，姐姐姐姐把你甩！”

唱罢，早像一匹小马驹似的蹦跳着来到陈华堂身边，转眼间就爬上了凳子，噘起小小的嘴唇，“叭”的一声在陈华堂的腮帮上响亮地亲了一下，顿时引得大家一阵怪叫，一阵欢呼，羞得陈华堂一点红从鼻尖开始，一直红到两只耳根！

这时，金菊荪拍手大笑道：“妙妙妙！别看花月美年纪小，她是有志不在高，在妈妈的调教下，她还当真能当得陈公子的启蒙老师呢！”一句话立刻逗得大伙哄堂大笑。花月美却不笑，用口凑近华堂耳旁，悄悄说：“小哥哥，别听他们嚷嚷，这儿全没有一个好东西！我呀，只爱你一个！”说着就在酒怀中喝了满满一口酒，两条雪白粉嫩的小手臂，紧紧搂住了陈华堂的脖子，冷不防把口中的酒，嘴对嘴地送进陈华堂口中。陈华堂哪里经过这般阵势，早慌得手脚无措，赶紧挣脱了花月美的双手，那口酒，一半灌进嘴里，一半流到那件刚上身的鹦哥绿绣着大红牡丹的新袍上了！这时，陈华堂的窘状，立刻又引起了大伙一阵哄笑。

陈华堂心里记着夜半的幽会，乘机要走。谁知金菊荪早有防备，哪肯让他去见祁玉梅，立刻提议道：“陈表弟新来乍到，按照旧例，今日要行个令，就请他当个令官如何？”

大家一哄而起：“极是极是！这行酒令的令官，就要肚里有学问的人来当不可！快！陈公子快来行令吧！

陈华堂脱身不得，寻思道：“等我行个诗令，把他们一个个灌醉就是！”于是便开口道：“既蒙大家抬举，我当令官可要令出如山的！”

“那当然喽！”一个叫赵文的少年说。

“谁要不服从令官，就罚酒三杯！”一个叫张武的后生说。

“陈公子，我可不懂之乎者也，千万不要行诗令啊！”一个叫李斌的少年说。

“表弟，我对平上去入一窍不通，你可要包涵些！”金菊荪说。

陈华堂笑道：“一旦权在手，便把令来行！行什么令，该我说了算！你要不依，先罚酒三大杯！来啊，斟酒！”

一语未了，那机灵的花月美，早递过一杯满斟的酒来，一手拉住金菊荪的耳朵，一手就往金菊荪口中灌下了一杯。吓得他连连吐舌道：“厉害！厉害！令官下面还有一名执法女兵，真正是强将手中无弱兵！我算服了！”

要知陈华堂行酒令是否把大伙灌醉？是否脱身前去和玉梅姑娘幽会，且听下回分解。

第十五回
令官行令执法如山　酒鬼醉酒耍滑似水

且说陈华堂被众人拖住,不能脱身前去赴约,便心生一计,利用行酒令当令官之机,欲把众人一一灌醉,好中途逃席去会祁玉梅,故开言道:"酒令似军令,昔孙武子执法如山,当场斩杀了吴王两名不遵军令的爱姬。今日我做令官,唯我是主,谁要违令,定罚不饶!"

金菊荪双手抱头说:"我的妈呀,光罚酒还不行,还要杀头呀!我不干了,让我走!"众人都笑道:"这可使不得!"陈华堂喝道:"快把他拖上席来!"说犹未了,那花家五姐妹笑着一齐上来,拖的拖,拉的拉,推的推,扯的扯,早把金菊荪揪耳朵抓头发捏鼻子架胳臂,横拉竖拖地拉入席上按在椅中坐下。金菊荪叫:"我的姑奶奶,轻些个,快饶了我吧!"逗得大家都乐不可支。

陈华堂忍住笑,便叫拿过十二月花名的酒令来。须臾,花月美便拿了一个青瓷描金双耳敞口的签瓶来。里面装着象牙花名签子,摇一摇,"哗郎郎"的脆响,就把它递到陈华堂手中。

陈华堂说:"今天这令名叫'击筷传酒'。就叫花月美小妹子当击筷人,筷声停时酒到谁手,谁就去瓶中掣一签……"

话犹未了,金菊荪就喊起来:"不妥不妥!这月美小鬼头专爱跟我作对!她要是回回挑中我时,我岂不要醉死了!"

华堂笑道:"叫小妹子背过身子去击筷就是!"

金菊荪道:"这还差不多!"

华堂道:"传酒时不准把酒泼出,谁泼了酒谁就先罚饮这杯!"

金菊荪又嚷道:"妈呀,这令实在厉害,连一点弊也不能作的了!"

华堂道:"别啰唆!月美妹子开始吧!"

那花月美果然一手拿筷,一手拿只空碗,背过席去,只听"叮叮当当"一阵乱敲,那满满的一盅酒,就在席上传了起来。筷声骤停,酒杯正传到花月娇手中。

金菊荪拍着心口说:"阿弥陀佛,头一关总算找到了替死鬼!"

花月娇却揭发道:"刚才金大官人早泼了酒,该罚!"

花月容说:“该罚！该罚！我也看到的!”

金菊荪不依:“令官没罚,你们嚷什么?”

陈华堂一验金菊荪衫袖,上面果然湿了一块,就说:“如今人证物证俱在,不罚不行!”

金菊荪连忙喝了一盅酒,说:“嘿嘿,只要不杀头就好!”

花月娇看金菊荪罚了酒,这才笑吟吟地将瓷瓶摇了摇,伸手掣出一根象牙签来,大家一看,只见签上画着一朵海棠,花下镌有一句诗,道是:

海棠着雨胭脂透。

下面注着:说一句带海棠的成语、俚语,然后再唱个曲子。

大家一看却叫起好来！花月娇没法只好说道:

“新纫初试日,海棠泣红时。”

金菊荪立刻拍手叫道:“好个‘新纫初试日’,快老实道来,初试的那人是谁?你疼也不疼?”

一句话说得花月娇涨红了脸,扭捏了半天,没再理他,便顿开嗓子,唱了曲《长相思》

花深深,柳阴阴,
度柳穿花觅信音,君心负妾心!
怨鸣琴,恨孤衾,钿誓钗盟何处寻,当初谁料今!

花月娇刚唱罢,大家一齐赞好。便饮了一杯,由花月美续令。

在花月美击筷时,金菊荪不断嘀咕:“菩萨保佑！菩萨保佑！千万莫传到我手中!”谁知无巧不巧,他祝祷刚毕,那筷声也刚停,那盅酒恰恰刚传到金菊荪手中。害得他连呼:“晦气！晦气！连菩萨也捉弄我啦!”大家都忍笑不住,催着他快去掣签。

金菊荪战战栗栗伸出手去,口里说:“这下可遭罪了！我还是罚盅酒免了吧!”

众人都不依:“破了令规,罚酒三杯!”

金菊荪伸伸舌头:“好好好,我掣就是!”说着掣签看时,签上画了一朵牡丹。

金菊荪哈哈大笑:“这下可好了！牡丹是花中之王,你们姓花的姐姐妹妹,全得听我的!”

花月楼道:“且莫说嘴,看上面的诗句。”便朗声念出:

“‘牡丹含露真珠颗’。金大官人,下面该你说句成语、俚语了!”

金菊荪顿时抓耳挠腮,折腾了半晌,终于一拍大腿说:“有了!”

大家忙催道:“快说娘!”

金菊荪念道:“牡丹花下死,做鬼也风流!”

众人拍手大笑："好好，这可是你的本色！"

花月楼说："金大官人还得唱个曲儿才行！"

金菊荪连连向花月楼作揖道："我的娘！你就替我唱一个吧！"

陈华堂说："要人代唱须先罚酒三杯！"

金菊荪道："罚！罚！罚！"说着就一连喝了三盅。

花月楼便弹起琵琶唱了一曲《点绛唇》：

寂寞深闺，柔肠一寸愁千缕。惜春春去，几点催花雨。倚遍栏干，只是无情绪。人何处？连天芳草，望断归来路。

花月楼刚唱完，金菊荪便把她搂在怀里，乱叫道："我的儿！你的心上人就在这里，用不着'愁千缕'，更不用'无情绪'。今夜我就陪你一夜好了！"

这时，陈华堂道："别乱了令！乱令者罚！"

金菊荪一听，赶紧放开了花月楼，老老实实坐在一旁，再不敢打闹了。

于是击筷又开始。这回恰好传到令官手中。陈华堂伸手掣出签来看时，牙签上画的是一朵荷花，那诗是：

菡萏香销翠叶残。

华堂便念道："荷花灯点腊，心里亮堂堂。"

正想唱时，那花月美抢着说："小哥哥，我来替你唱一个吧！"说着便唱了一曲《卜算子》：

我住长江头，君住长江尾。日日思君不见君，共饮长江水。此水几时休？此恨何时已？只愿君心似我心，定不负相思意。

这时，那个叫赵文的少年嚷道："小鬼头春心已动，看中陈大官人了！"

赵文身边的张武也说："陈兄不要辜负了小妹子这番'相思意'啊！只是如今还年小，要梳栊还得耐心等上几年！"

金菊荪瞋目大叫："等什么？人家十三岁还生娃娃呢！合适，正合适！择日不如撞日，我替表弟做主，就选在今夜！"

一句话早把花月美羞得满脸通红，追上来要打金菊荪，却被金菊荪捉住了双手，趁机在香腮上亲了一下。花月美吃了亏，便唾了金菊荪一脸，方始挣手跑了。

筷子又击了起来，那酒盅传到金菊荪手中时，想不到慌张中又泼出了些酒来。金菊荪正想遮掩，早被陈华堂发觉，又罚了酒。筷声停处，酒到李斌手中，掣签看时，画的是枝石榴。上写：

断无消息石榴红。

李斌略一思忖，念道："翻转石榴皮，满脸坑坎多。"

一语未了，金菊荪就大嚷起来："罚酒！罚酒！"说着便拿起酒盅来灌李斌。

李斌大叫："我又没有违令，罚什么？"

金菊荪道："你这不是指着和尚骂贼秃吗？"

李斌一听，立刻"哎呀"一声道："该罚！该罚！"

原来，座上的花月仙，脸上恰恰有几点麻子，被金菊荪一提，那脸由白转红，由红转紫，臊得恨不得地下有个洞好钻进去躲一躲！

李斌赶忙先一口干了杯酒，然后朝着花月仙连连打躬说："月仙妹子，你要少了这几点，赵大官人还说不定看不中你哩！要知道，你这是天地间秀气钟就的灵窟，宇宙中罡星凝成的宝穴，多几个不行，少几个不可，任何稀世珍宝也难换得来呢！"一句话说得大家都大笑起来。

金菊荪道："笑管笑，唱管唱，可不能饶了他！"

李斌道："就是你专门找碴！今天不把你灌醉，我就把李字颠倒写。"于是，扯起嗓子唱了一曲《寄生草》：

你好似，橡皮龟。你好似，催命鬼。

你好似，汤罐里煨鸡一张嘴。

你好似，沙漠里鸵鸟不顾尾。

你好似，中了张天师的轰天雷。

你好似，挨了阎王爷的一棒槌。

你好似，喝了臭婆娘的洗脚水！

李斌唱罢，花月仙就拍手赞好。金菊荪笑道："嘿嘿，我是马屁拍到马脚上了！真是吃力不讨好，黄浆做年糕！"

下面筷停杯到，接杯的正是花月仙。金菊荪大笑道："菩萨有灵，丝毫不爽！这真正可称是现世报了！"

花月仙也笑道："我早馋出酒虫来了，巴不得多喝几盅呢！"

金菊荪赶紧把门前的酒送过去说："好姐姐，你就帮我吃完这杯吧！"

花月仙笑着把杯一推说："要喝还怕壶里没有酒呀？谁稀罕你喝过的？"

金菊荪："啧啧啧，我一天要漱三回口，满嘴的兰香味，不信，口对口来闻一闻！"

花月仙赶紧躲过一旁说："令官！快罚他酒！再吵我就不掣签了！"

于是，花月仙从青瓷瓶中掣出签来看，只见签上是一朵梅花，下面也刻着一句诗：

一枝春雪冻梅花。

花月仙笑着指金菊荪说："金爷，你不是爱画梅花吗？"

金菊荪道："爱画不爱画，关你什么事？"

花月仙笑道："我有了一句俚语了！"

大家忙催："什么俚语？快讲出来听听娘！"

花月仙："狗在雪上画，朵朵是梅花！"

大家一听，都禁不住哈哈大笑起来。笑得花月美掉了筷子，一头钻进陈华堂的怀里。笑得花月楼把口中的酒喷了赵文一身。笑得花月容直揉肚子，连声喊叫："哎呀哎呀，笑死我了！"笑得花月娇伏在张武身上喘不过气来。那四个男的——金菊荪除外，无一不笑得前仰后合，弯腰屈背的。

这时，金菊荪把签瓶抢过来往床上一摔道："不来这个！这令是专门用来整我的！还是来豁拳爽快！"

大家都说："对对对，豁拳豁拳！"

陈华堂原想乘机溜走，谁知却被月美小妮子紧紧缠住不放。他酒量本浅，刚才行令时喝了几杯，已是微醺，如今一豁拳，连输三局，被灌了三大杯，不知不觉就醉倒了，被扶到床上睡下。月美也喝了不少，早蒙蒙眬眬，身不由己，两腮红得像胭脂一般，被人扶到陈华堂身边，由她沉沉睡去。

那金菊荪原想阻止陈华堂去和祁玉梅幽会密约，以便自己李代桃僵，去尝尝甜头。谁知自己也醉了！这正是："世少百岁人，枉作千年算！"

不提陈华堂、金菊荪均在这"万花楼"妓院内沉沉睡去；再说祁玉梅姑娘那天刚吃罢晚餐，便装肚疼，早早回到楼上绣房内点灯坐等。这楼上窗口，正对着一条巷子，巷子里只要有脚步声响，人在窗口旁就可听得清清楚楚。可直等到鼓打三更，不但不见陈华堂身影，连个咳嗽声也没听见！起初，还以为他弄错了约期，后来又以为是被人缠住不得早来，可一直等到敲了四更敲五更，雄鸡报晓天发曙，还未见陈华堂一点踪影，心中就有说不出来的失意，幽怨，气恼，愤怒。一会儿自怨自艾，一会儿自嗟自叹，一会儿怨三怪四，一会儿咬牙切齿。真正是：挨一刻似三秋，盼一时如半夏。眼见天色已明，好事难成，那眼泪扑簌簌地早滚了一身，发誓道："冤家！我再不想见你！即使见了也再不想理你！随你说得天花乱坠，也难消我今夕之气！"

陈华堂是否向祁玉梅赔礼道歉？祁玉梅是否回心转意？且听下回分解。

第十六回
姑娘作态爱理不睬　公子着忙欲走又停

且说祁玉梅这天睡到日上三竿方起，心中不胜空虚寂寥，更增添了不少闲愁深怨。对镜自照，镜中人盈盈欲涕，无限心酸，不觉指着她说："梅呀梅，自古多情空余恨，想不到你今日也似春蚕一般，作茧自缚了！"于是长叹一声，头也懒得梳，脸也懒得洗，随手从梳妆台上捡起一本宋词来消愁解闷，一翻恰又翻到李易安的那首《凤凰台上忆吹箫》原词：

香冷金猊，被翻红浪，起来慵自梳头。任宝奁尘满，日上帘钩。生怕离怀别苦，多少事，欲说还休。新来瘦，非干病酒，不是悲秋。　　休休！这回去也，千万遍阳关，也则难留。念武陵人远，烟锁秦楼。惟有楼前流水，应念我、终日凝眸。凝眸处，从今又添，一段新愁。

玉梅读罢，不觉如痴似醉。那李清照思念丈夫赵明诚，何等深情，何等真挚！而自己对待陈华堂也决不输给那位古代的女人，可说是一往情深，先后媲美。可是，正像俗话说的：落花有意随流水，流水无情恋落花。这话，一点没有冤屈他！他若有情，读了罗帕诗就不该无动于衷，害奴空等一夜；这回要是他再来纠缠不清，我再不愿理他了！

刚想到这里，忽听窗外响起了脚步声和咳嗽声。起初，还以为小巷中行人过往偶尔发出的声响，可细听却又不像：这声音仿佛固定在窗下一般，既不前进，又不后退，不觉就忍不住隐住身子往下一望。这一望直望得玉梅芳心突突乱跳起来。下面不是别人，正是那千思万想，有爱有恨的俏冤家陈华堂！只见他徘徊踯躅，时而长吁短叹，时而捶胸顿足。那股酸不溜秋，傻不拉儿的书呆子模样，真叫人又气又恨又怜又爱。玉梅几次忍不住想推窗唤住他，问问他为何昨夜失约，害自己空等一宿！可一生气时，又忍住不想搭理。心里说："昨天你让我受罪，今天，我也要让你尝尝空等一场的滋味！"

玉梅故意折磨陈华堂，便不再去看他，管自调脂弄粉，对镜梳妆起来。心想："好吧，等我打扮好了，再来和你理论！"

一会儿，玉梅梳理毕，侧耳听窗外时，那脚步声早就不响了，就窗纸缝隙朝下望时,哪里还有半个人影？又等了一会儿,仍未见脚步声,连咳嗽声也不再响了。心知不妙,忙忙推开窗户看时,只叫得一声苦:俏冤家定是生气了失望了以致等不得走了！哎！都怨我！我这是做什么呀？好端端地把他气走了！要是他一气之下再不理我,那时可就追悔莫及了！

玉梅正在自怨自艾,忽听楼梯响,心里不觉惊喜万分！哟！这小冤家真正大胆！竟敢闯上楼来找我呀！她顾不得再故作矜持,赶快站起身,踩着碎步,急急地打开门迎上前去……

“玉梅妹子！什么时候啦,还不下楼呀！”

人未上楼,那脆生生的嗓音已传进玉梅的耳中了。啊,来的不是陈华堂,而是嫂子贞娘呀！玉梅立时大失所望,转身正要走时,却被贞娘唤回,只好淡淡地回答道:“管它什么时候,人家身子不爽哩！”

“唷！小妮子上了心事啦,说出来给嫂子听听,说不定嫂子会帮上一些忙哩！”

“没……没有啥心事……”

“还说没有！连眼圈都青了！这可瞒不了我！夜间可未曾睡好吧！”

“这……”

“嘿嘿嘿,你的心事嘛,嫂子要不猜,猜时保证八九不离十！”

“好吧,你就猜吧！”

“你在想一个人！”

“想……瞎说……”

“嫂子从来不会瞎说呢！他不是别人,就是在嫂子家门口讨茶吃的那个俊俏书生陈……”

“快别说了,当心给人听见！”

“听见就听见好了！俗话说,男大当婚,女大当嫁。你爹你哥,还能一辈子把你留在家里呀！嫂子我问你,你心中想的,是也不是他？……”

“唉！”

唷,小小年纪也学会了叹气,有什么为难之处？说给嫂子听,嫂子我……

“他刚才还在下面！可我……”

“你怎么样？”

“我没有理他！”

“哎,玉梅妹子,不是嫂子说你！像陈公子这样的家世、人品、相貌、才能,样样俱是第一流的人物,你要是让他飞了跑了,另去找一个娇滴滴的千金小姐拜堂成亲,成双作对,恩恩爱爱,快快活活,那才叫冤哩！到那时,你就后悔莫及啦！”

“那……”

“别发愁，事情还是有办法的！他能主动来找你，说明他心中有你！你赶快再写张书柬，约他来见，这回保险成功！”

“这……我，不行！……”

“嗨，傻妹子！这事你知我知，鬼不知神不知。只要陈公子见到请柬，他如约而来，你们一见面，这大事嘛，还怕不成吗？”

“怪羞人的，我……”

“好了好了，又想他，又要他，还有什么不好意思的！来来来，嫂子帮你磨墨、铺纸、拿笔，你快快写吧！”

说完，不由分说，早磨得墨浓，拂得纸净，备得笔齐，把祁玉梅一直推到桌前坐下。

那玉梅羞羞答答地执笔写了封书柬：

华堂知己如览：

杨柳湾一别，无时不在思念。两情缠绵，愿缔鸾凤之好；红线缱绻，欲定鸳鸯之谱。遂有罗帕赠约，互通款曲；俾得促膝密谈，相共爱怜。讵料好事多磨，空守竟夕，久伫不至。是吾之命薄，抑君之忍心哉！如不然，请公子今夕再践前约，务使妹再不作望郎之石可也！

妹祁玉梅敛妆拜

玉梅写毕，贞娘将书柬叠成方胜，笑着说：“妹妹，今夜鸾凤和鸣，别忘了我这个送柬的红娘呀！”说完，姗姗而去。

贞娘走不多时，忽见母亲叫丫鬟来唤玉梅，说是刚接口信：外婆病重。要母女两人速去一见。轿子已在门口等候。

玉梅从小由外婆亲自抚养长大，骨肉至亲，一听凶信，那眼泪早簌簌地流了下来。这时方寸已乱，赶紧来见母亲。只见父母和哥哥祁一贵正哭成一团，见玉梅到来，便催着上轿而去。玉梅此时心中全是外婆，哪里还顾得上去想陈华堂。坐在轿中，追思儿时外婆对待自己的种种情景，不禁悲痛不已，只有暗暗祷告，但愿菩萨保护，使外婆病情好转，早早康复。

再说贞娘去送书柬，路上恰遇金菊荪这个丑八怪。原想不去理睬，可金菊荪却嬉皮笑脸，拦住不放。

金菊荪笑道：“嫂子，想是找我的吗？”

贞娘道：“嗨，谁来找你的！你也不去撒泡尿照照镜子去！”

金菊荪：“别看我脸丑，吹了灯，那话儿可是不差分毫的娘！”

贞娘“呸”了一声：“狗嘴里吐不出象牙！让我过去娘！”

金菊荪：“让你过去不难！可要唤我一声哥哥，再让哥哥我亲一口……”

贞娘：“好呀，老娘在这里，来亲呀！”

金菊荪这时色胆如天，真个上来拉扯贞娘，刚想凑脸上去，不想被贞娘一伸手，"啪"的一记耳光，打在脸颊上，打完后立刻转身就跑。

金菊荪猝不及防，被打了一掌，气得一用手劲，只听"嘶"的一声响，那贞娘右手衫袖竟被撕下半块来。贞娘怕被金菊荪捉住不得脱身，连衫袖也不顾，赶紧逃走了。

贞娘走后，金菊荪气得把扯下的半截衫袖往地上一丢，不想从衫袖中掉出一个叠成方胜的纸柬，忙拾起来一看，立刻喜出望外。心想：这是天助我成功也！祁玉梅约华堂今夜再见，我便如此如此，这般这般，此事包可成功了！想到得意处，不禁哈哈大笑起来。

"金大官人，何事在此发笑，莫非捡到了金元宝不成？"

金菊荪一抬头，说话的乃是赌友周八。立刻高兴地说："周八老弟，我正要找你告诉你一宗财路呢！"

周八道："那敢情好，周八要是得了利市，少不得与你三七分成！"

金菊荪道："分成好说，不过你先得请我喝上一杯，我才能相告哩！"

周八："这有何难，我们就上时鲜楼去，听说近日河豚已上市，我请你吃河豚如何？"

金菊荪："俗话说：'拼死吃河豚，做鬼也甘心！'只要能一快朵颐，其余就什么也顾不得了！"

两人来到时鲜楼坐下，跑堂抹了桌子，放好杯箸，便问："两位饮什么酒，叫什么菜，尽管吩咐！"

金菊荪眼望窗外，只见前面是一片汪洋。原来，这时鲜楼建在江边，居高临下，景致极好。这时，江边停着许多渔船，真正是桅杆如林，舟船如丛，一派繁荣景象。当时听跑堂一问，便信口答道："闻得此处烧得好鱼，你便拣鲈鱼、鲑鱼、鲟鱼、鲤鱼、鲥鱼、鲳鱼、鳊鱼、鳜鱼、鲫鱼都做上一样，再炖一碗醒酒的鱼羹来！"

"好咪！"跑堂答应一声自去。

周八心内暗忖："这丑八怪今天莫非想敲我的竹杠吗？且看他吃了这鱼宴，若是诳了我，我可不是省油的灯，再与他理论不迟！"

须臾，各色鱼菜鱼肴一一端来，果然名不虚传，每一种鱼都烧出不同的色彩、香味来。那桌上花团锦簇，红黄绿白，摆了一桌的鱼。金菊荪更不客气，一面饮酒，一面便大吃起来。一会儿就似风卷残叶，一扫而光。

直到金菊荪把鱼羹也一齐喝净吃完，这才剔着牙喝着茶慢慢地开口说了起来："周老弟，这宗财路就应在一位本县最大的财主身上！他家富比邓通，财如石崇，你要有本事把他拉进赌场，包管你下半生吃用不尽！"

几句话说得周八搔耳摸腮，心痒得没处挠，笑着问："办法有的是！你只说这财主是谁？"

金菊荪道："此人不是别人，乃是我表弟陈华堂！"

周八失声嚷道："那有名的陈大员外，莫非就是他的父亲？"

金菊荪："正是正是！陈公子名叫陈华堂，这几天正在愁闷难解之时，你有何法叫他上钩？"

周八道："只要金大官人先带我去见上见他，其余都有我安排就是！"

金菊荪大喜道："你有办法留他在赌场消遣一夜吗？"

周八拍胸说："慢说一夜，就是十夜八夜，我也敢与你打赌！你没听过'一听骨牌响，忘了爹和娘'，'一见骰子红，妻儿也敢送'吗？凡是一和'赌'字沾上亲，任你聪明伶俐、玲珑剔透的人物，一个个就像喝了迷魂汤，吃了迷魂药，任人摆布，再不执拗的了！"

"好！好！好！这下就看你了！走，我带你去见陈华堂！"

二人从时鲜楼出来，直向陈家大院走去。

话分两头，暂表一枝。那陈华堂一早来到祁玉梅家窗下徘徊，始终未见心上人露面。情知玉梅在怨怪自己，故而不肯见上一面。等候多时，只觉得风冷露寒，禁不住打了两个寒噤，仍未见玉梅出现，只得怏怏而回。他在街上转了两圈，走进一家带卖点心的茶楼，喝了一壶热茶，吃了几块猪油八宝定胜糕，顿时身上暖和起来，便付了茶资和点心钱，离了茶楼。因不死心，走着走着，不知不觉竟又来到了端蚨祥绸缎铺前。只见店门口停着两乘轿子，心里想：不知是谁大清早就出门？刚想着，忽见一位姑娘扶着一位老夫人，娉娉婷婷从门口走了出来，后面相送的人却有一伙。定睛看时，那姑娘不是别人，正是玉梅姑娘！

玉梅姑娘却未看到华堂，先扶母亲进了轿门，放下轿帘后，才姗姗地进入另一顶便轿之中。四名轿夫喝声"起"！同时把轿杠搁在肩上，一起步，就"哼呀！""哈唷！""嗨咗！"走了。

华堂等轿子走得不见了影子，才来到店前找个老成些的店伙计问："刚才那老夫人是去哪里呢？"

那人一边朝鼻孔里嗅着鼻烟，一面随口答："老夫人的母亲生病，特地捎信来叫的！"

"噢，原来如此！"陈华堂听了，这才放下心来。暗忖："惭愧，原来玉梅他心中有事，并非故意不理于我！"

欲知后事，下回再说。

第十七回
你虞我诈改头换面　男骗女诳以假乱真

且说陈华堂刚回到书房，一见那部《西厢记》便忍不住想起心上人祁玉梅来。刚才，他自己安慰自己，把玉梅不理不睬看作是心中有事；可一看到那块香罗帕与帕上的诗句，心里又想：我负了她的约，害她空等一夜，她该多么难受多么心酸！她会怎样地骂我咒我呢！要是见了面，我纵然有十张嘴也难解释得清了；何况，要是说了在‘万花楼’的事，她肯定不再理我。从此以后，我俩就如参商，永不相见，这便如何是好？想到这里，心里憋闷得不知该怎样排遣才好！就在这时，忽听金菊荪边喊边走了进来：“表弟，你又在关门读四书了？这样怕会把你闷死哩！来来来，我带来了一位极其有趣的朋友，包你一见就喜呢！”

陈华堂正在烦闷之时，巴不得有人来跟他消愁解闷，于是开门让金菊荪和周八进了书房，书童棋儿端上香茗。

周八开言道：“听金爷说，陈公子终日不是子曰，就是诗云，日长天久岂不成书迷书痴？听说有个叫颜如玉的美貌狐仙专爱书迷书痴的，公子可要小心娘！”

金菊荪说：“周老弟肚子里故事倒不少，这狐仙爱书迷的故事是从哪里听来的？”

周八说：“别看我是个粗人，有空时我却爱翻翻那些坊间买来的弹词开篇，大鼓书等唱本，什么赵五娘琵琶记啦，赵匡胤千里送京娘啦，杜十娘怒沉百宝箱啦，金玉奴棒打薄情郎啦，卖油郎独占花魁女啦，秦香莲怒斥陈世美啦。这些故事可好看呢，常常一看就是一宿！我那婆娘扯我去干那事儿，我也不再理会呢！”

陈华堂之父课子甚严，绝不许翻阅坊间印刻之书，称这些书是诲淫害人之物，因此今日乍听周八说起，华堂甚觉新鲜，便饶有兴趣地问：“还有更好些的书没有？”

周八一听，立刻道：“怎么没有！近日新出一部名叫《玉屏风》的书，价贵得惊人，听说写的是……嘿嘿，不说也罢，反正，反正挺好看的……书一摆出，立刻就一抢而空！”

陈华堂“哎”了一声道：“都卖完了，还提它作甚！”

周八笑道："也是我运气好，早去了一脚，被我捷足先得，抢到了一部！"

金菊荪道："你真交了好运！一共花了多少银子？"

周八道："五两！十足成色的五两银子哩！"

金菊荪道："不贵不贵，要是有人要，你卖不卖？"

周八道："怎么不卖！"

金菊荪道："你要卖多少？"

周八道："五十两！少一两不卖！"

金菊荪："乖乖，也忒狠心了！"

周八道："这叫作姜太公钓鱼，愿者上钩嘛！不过，陈公子若要时，我便拱手相送！连一两银子也不要！"

金菊荪："此话当真？"

周八："那还有假！"

金菊荪："君子一言……"

周八："驷马难追！"

金菊荪："快拿书来吧！"

周八："还是请陈公子到舍下一叙，酒醉饭饱再看此书时，才其味无穷哩！"

金菊荪："如此，表弟我们就去他家一走如何？"

陈华堂被他二人一吹一唱，心中也有些活动，便点头答应了。

他们来到周八家中，早见房里已有几个人在那里呼幺喝六，那"哗郎郎"的骰子声，大呼小叫的吆喝声，正响作一团。陈华堂本想抽身离去，却又舍不得那本《玉屏风》，只得暂时站在桌旁观望，等候周八取书来。

陈华堂看了一会儿，渐渐地看出些门道来了。原来这骰子赌起来极易：三颗骰子，往碗中掷时，只等骰子停稳后，便以点子多少来决定输赢。三粒骰子中必须有两粒点数相同，单独那一粒点数便是决定胜负的数字。如六六幺，就以"幺"为准；幺幺六，就以"六"为准。依此类推。掷出"幺二三"时即作"幺"算，掷出"四五六"时即作"六"算。点数大的就胜点数小的。做庄的庄家，若掷了"幺"就全赔，下注的就不必再掷；庄家若掷了"六"就全吃，下注的也不用再掷。

华堂正看出兴趣，周八悄悄过来说："这是代替银子用的筹码，公子先玩一会儿，酒席马上就好！"

华堂说："要玩，我就做个庄主！"

众人说："最好最好！这庄主非陈公子不可！"

于是，华堂居中坐下，把骰子一抓，就朝大碗中掷了下去。

"哗郎郎郎……"

那三粒骰子也真怪，转着转着，两粒骰子转出六来，都停住不动；尚有一粒骰子，转出来的隐隐约约是个“幺”！

这时，大家一齐喊叫起来：“幺！幺！幺！”

金菊荪和周八却使劲帮着华堂一起喊道：“六！六！六！”

眨眼间，那正在转动的“幺”忽地把边上那粒“六”撞了一下，撞得那“六”“卟”地翻了个身，竟变成了“幺”，而那个转动的“幺”这时也停止再不转动。大家瞪眼一看，碗中三粒骰子，赫然成了“幺幺六”！

华堂大喜！只听金菊荪大叫：“幺幺六统吃哉！”那周八早就伸手把桌上下注的筹码全捧了过来，把它放在陈华堂身前桌上了。

华堂尝到了甜头，好不高兴。又掷了几把，赢多输少。正在这时，酒席已备，大家就停止掷骰入座饮酒。

酒后，金菊荪借故先走。华堂也要走，众人一齐挽留。周八也再三劝说。华堂也玩出了兴致，就又掷了起来。

这里华堂赌性正浓，祁家的那位表嫂贞娘，此刻恰似热锅上的蚂蚁，已等得来不及了！

原来，贞娘被玉梅纠缠不过，自告奋勇去送书柬，约陈华堂再作入幕之宾。谁知半路上碰到了丑八怪金菊荪纠缠了半天，等脱身后方始发觉藏着书柬的衫袖竟被丑鬼扯了半截，书柬也不知失落在何处了。她无计可施，只好亲自来找陈华堂当面相约。不料，陈华堂已被人拉走，扑了个空。左思右想，竟不知怎么办才好！就在陈府门前转来转去，正巧，跟随陈华堂的书童棋儿外出购物，贞娘曾见过一面，就过去招呼说：“棋儿，我有事找你家公子。”

棋儿说：“公子出去了，有话就告诉我好了，等公子回来，我再转告就是！”

贞娘道：“如此最好！你就对他说，上回事他没办成，人家在生气哩！今夜如再不去办，以后就别去了！”

棋儿说：“你的话就像打哑谜似的，我怎么一点都不懂呢？”

贞娘说：“你知道什么！只要你家公子懂就行啦！记下了没有？”

棋儿说：“记下了，不就是两句话吗？‘上回事没办成，今夜快去办！要不以后就别去！’”

贞娘：“对对对！小鬼头，还挺机灵的，下回再来，我带西瓜子给你吃！”

棋儿：“真的？别诳人呀！”

贞娘：“你等着就是！”

贞娘替玉梅办完了事，立刻就赶回来，兴冲冲上楼来告诉她。一进绣房，只见人去楼空。一问丫鬟，方知是外婆病重，派人捎信把玉梅和她娘二人叫走了。

贞娘呆了半晌,不知如何是好了！刚才捎了信,童儿肯定会告明陈公子的！要是陈公子今夜赴约,玉梅又不在,那该怎么办?

继而一想,不禁失笑,嗨！这真是一粒芝麻掉进油瓶里,太巧了！今天想陈公子,明天想陈公子,眼见得陈公子上门时,却不敢见了！贞娘呀贞娘,你平时的机灵聪明劲跑到哪里去了？哈哈,这到口的甜香蕉,难道还让它烂了不成！不是我贞娘故意抢玉梅的宝贝儿,而是玉梅她无福享受！也不是我贞娘爱偷野食,而是为了秦家传宗接代！又春啊又春,只要陈公子替你留下个种儿,你秦家列祖列宗还得好好感谢我贞娘这个好计谋哩！

那贞娘想到这里,果然变得心安理得起来,仿佛今夜将要发生的事,是合情合理的正经事,再也不用顾虑别人议论！

看官,这世界上的事往往都是如此;有歪理也有正理。歪理占了上风时,正理就显得软弱无力了;而正理占了上风时,歪理也就处处孤立翻不起浪来。

那贞娘一来县城,就住在玉梅处。今天玉梅走了,贞娘就独占一室。平时服侍玉梅的丫鬟,落得自己空闲,谁也不来管贞娘的事。

这天晚上,贞娘哪里睡得着,屋里灯也不敢点,早早就关了房门,却把窗子都打开了。只等陈公子在窗下咳嗽,就想方设法把他弄上楼来就是。

这天又是月晦日,二更天气时,外面一片漆黑,天上倒像反扣了一只大锅似的,睁大眼也啥都看不清。

望着这个好天气,贞娘蹦蹦乱跳的心才稍稍平静了些。她有些害怕！害怕光亮,害怕被陈公子看出了破绽！这可不是玩的！要是事情戳穿了,叫我贞娘以后怎么见他呀！即使让他知道真情,也得隔一些日子,慢慢地把话挑明才行！今夜嘛,无论如何不能让他知道我是假装的祁玉梅！

贞娘在房里真是心焦万分,她一会儿把簪环卸了,把裙带解了,把衣服脱了,把睡鞋换了,把锦被铺了……可一会儿又觉得不妥,忙忙地又起身,叠好锦被,换上绣鞋,穿好衣服,系上裙带,戴好簪环……就在这时,忽听窗下一阵脚步声响,接着便是轻轻地一声咳嗽。贞娘大喜:陈公子来矣！立刻三步两步来到窗边,低低地问:“来了吗?”那人也轻轻地答:“来了!”

贞娘哪里顾得来的是不是陈华堂,便把事先早准备好的一根酒盅般粗细的棕绳在房柱上打个结,将另一头从窗口丢了下去。

贞娘又轻声问:“接住绳子了吗?”

下面那人也低声答:“接住了!”

好在楼不甚高,爬上来十分容易,没多久,人便沿着墙,踏着砖缝,早来到窗外。贞娘伸手拉住,那人稍一用力,早从前窗台上翻了进房。他既不张嘴,也不开口，只一抱，便将贞娘抱离了地板。贞娘哪敢出声，甚至连大气也不敢透一口，生怕露出马脚来，只是趁机用双手紧紧搂住那人脖子，把搽了不少香粉的腮帮偎贴了过去。那人更不谦让，把脑袋一低，便去寻找那香喷喷的樱口，一面肆情恣意地咂舌亲嘴，一面就急不可耐地去解贞娘小衣。

须臾，二人就在黑暗中成就了好事。有《枉凝眉》曲为证：

> 一个是陈仓暗度，一个是窃玉偷香。说什么真和假，癞蛤蟆巧遇中山狼；论什么假与真，放荡鬼恰逢风流娘。一个蜂恣蝶狂，一个迎剑送枪。一个是惯战女，一个是能征将。想世上演出无数欢娱情，有多少你哄我骗，男欺女诳！

一霎时云散雨收，两情缱绻。贞娘舍不得放开枕在身旁那人颈下之手，可那人却急急起身穿衣下床。然后，又在贞娘脸上亲了半晌，没说一句体己话，便匆匆从原来之处缒绳而下。贞娘赤身追到窗前，轻声问："明天可来？"下面地上也低声应："来！"这以后，只听脚步声"噔噔噔"远去，再也听不到别的声响了。贞娘这才把棕绳收了上来，解下房柱上的死结，将绳收好，钻进被内，一觉睡到天光。

第二天夜间，两人又相会。这一夜欢娱更胜前夕，只是二人各怀鬼胎，光干不说话。直到临走，贞娘才恋恋不舍地从枕下抽出一块自己随身带着的罗帕，送与情人作表记。那人也不说声谢，穿好衣服，把罗帕藏于袖中。又像前回那样，亲热了一会儿，才又缒绳而下。

贞娘靠在窗口，低声又问："明夜呢？"下面答："照旧！"

一宿无话。

再说金菊荪一连两夜都忙得没有露面，害得周八到处找他。见面后，周八不由分说，便把金菊荪拖进了家中。

俗话说，"情场得意，赌场失意"。谁知，今天金菊荪却红运高照，吆喝什么，就来什么，那副骰子仿佛跟他结了亲，投了缘，眼见身前的筹码越来越高，乐得丑八怪心花怒放！

周八早把金菊荪的举止行动瞧在眼里，见无外人便乘机挑他道："金爷今天手气真好，想必有什么喜事在身吧？"

金菊荪尝到了甜头，正想在别人面前夸耀一番，一听此言，立刻笑眯眯说："嘿嘿，这几天中了彩了！"

周八吃惊道："稀罕！又未见有买彩票的，金爷中的是什么彩？"

金菊荪哈哈大笑："这彩与众不同，不是彩票之彩，乃采花之彩也！"

周八道："不知是那家媳妇？"

金菊荪将鼻子"哼"了一声："那是的的确确的，全县首屈一指的黄花闺女哩!”

周八道:“莫不是李掌柜的妹子?”

金菊荪摇头道:“不是!”

周八道:“想是姜屠户的女儿!”

金菊荪:“更不是!”

周八道:“这不是那不是,难道是祁员外家的美娇娥不成?”

金菊荪:“好眼力!真被你一猜就中!”

周八撇撇嘴说:“你哄人!”

金菊荪:“我为什么要哄你?”

周八:“那祁玉梅是天仙般的美女,她……她会看上了你?”

金菊荪哈哈笑道:“这你就不知道了!别看我脸儿丑,可我除了‘潘’不沾边外,其他四字全部齐全,还会知情识趣,逢其所喜,避其所讳。因而占尽了风月场中便宜!”

周八还是不信:“若是真的,你就拿出个娘们用的物件来让我见识见识!”

金菊荪一听,便从裤带上解下一块绣帕来说:“只此便是!它是祁姑娘亲手送给我的!”

这下不由得周八不信了。此时,周八又妒又恨又气又忿。心想:妈的!我想祁玉梅直想了好几年,从十二三岁时直到现在未曾忘怀,想不到却被这只癞蛤蟆占了便宜去!嘿嘿,祁玉梅呀祁玉梅,你见了我时,犹如见了仇人恶魔一般,不是躲就是逃,想不到偷嘴的猫儿不叫,连如此不堪入目的丑八怪也做了你入幕之宾,真正气死我也!没说的,你我这笔相思债今夜就清算清算,我周八再差也差不到丑八怪之下吧?!

要知周八怎样去清算这笔相思债,且听下回分解。

第十八回
逾墙爬窗枉杀无辜　消灾弭祸喜煞事主

且说祁玉梅与母亲二人乘轿急匆匆赶回外婆家，一进门只见外婆正在厅堂里和家人谈笑风生，丝毫没有生病迹象，更遑论病重了，不觉有些诧异起来。

外婆一见玉梅二人却高兴地说："来得正好！他们谁也不肯跟我玩牌呢，都嫌我老了，眼花了，会出错牌！玉梅你就帮我看牌，你娘就陪我打牌，等玩上两天才放你们走！怎么，瞪着眼看我干嘛！是我特地叫人捎信来接你们的，怕你们不愿意陪我老太婆打牌，才说我生病的！"

玉梅一听，心就凉了半截："哎，外婆呀外婆，早知要陪你打牌，我就不来了！"

外婆今天特别高兴，一面吩咐准备酒菜，一面说："等吃完饭，就陪我玩牌！哪儿都不准去！"

母女俩没法推托，陪外婆整整玩了两天的叶子戏，哄得外婆十分高兴，才放她俩回家。

玉梅刚下轿，只见表姐夫秦又春也到了门口。一问，方知是来接贞娘回家的。原来，贞娘来县城买衣物用品，说好当天就回杨柳湾的。没想到一走两天不见人影。又春怕出事，家中也有不少杂务事要做。贞娘不在，老娘年老，一双手哪里忙得过来，因此，就亲自来接贞娘回家。

贞娘一见又春，心中又愧又气。愧的是瞒着丈夫偷吃了"野味"；气的是这个银样镴枪头，石头里挤不出一点水来，却像糯米粑粑似的，一粘上手，扯都扯不脱！便冷着脸说："你来做什么？""我来接你回家！""回家？怕我不认得路呀！""你……两天没回家了……""两天算什么！老娘爱在外面玩多久就多久！你管得着吗？""别……别这样，让人家看了笑话……""有什么笑话的！你先回去好了，老娘还没有玩够哩！""妈的！你讲理不讲理？""你……你想干什么？""嘿，给你脸你不要，老子今天……""你敢！你敢！"

眼看夫妻俩剑拔弩张地争吵起来。玉梅娘忙过来劝贞娘道："我说贞娘呀，他侄来接你也是一番好意！有空，下次再来我家玩，玉梅也盼你来做伴呢。你们两个就吃了饭走吧！刚好有轿子在这里，你就坐轿去家吧！"

秦又春气呼呼说："姨娘，快别惯了她！她又不是千金小姐，才十里地，点点脚就到了家，还用坐什么轿呀！"

贞娘故意气他："我偏要坐！你管得着吗？这是姨娘说了的，又不要你掏钱！"

又春："好好好，你爱坐就坐！轿夫，只要一个就够了，还有一个我来抬！"

贞娘："你听你听，世上哪有这样的吝啬鬼！谁听说雇轿子只请一个轿夫的？也不怕别人笑掉牙？"

玉梅娘说："好了好了，再不要争了！抬轿的钱都归我出！你两个都坐轿回去吧！"

又春说："我不用！生了两条腿就是用来走路的！你不要我抬，我还落得轻快呢！我的姑奶奶，快上轿吧！"

"忙什么，吃了饭再走！"

"不吃了！气都给他气饱了！姨娘，我走了！玉梅，你……你……"

"嫂子，你怎么啦？"

"没什么，反正，反正……以后再跟你说……"

"哎，还有完没完？人家轿子等着你呢！你是蚊子挨人打，全怪那张嘴厉害！"

"你呢，你是老母猪打架，光使嘴咬！"

"好了好了，少说几句吧，到家再说也来得及！"

这里不说贞娘和丈夫拌嘴，十分不愿地回家去。其实，她心里却藏着一个小九九："我已约好了陈公子在夜里再见面的，要是来了，这件事肯定会露馅呢！玉梅会不会放他进房？进了房会不会答应他……他要是察觉'狸猫换了太子'，事情会怎么样呢？哎！她不敢再往下想了！早知今日，悔不当初！如今，生米已经煮成熟饭，愁也没用！这好比门缝里夹卵蛋——出进都完蛋了！只盼那菩萨有灵，留下一粒种，那时还能一床锦被遮百丑！否则，后果就不堪设想了！"贞娘想一阵，怕一阵，悔一阵，那轿夫一路唱着号子打飞脚，累得又春扶着轿杠紧追慢赶，走出一身臭汗。按下不提。

上回提到周八把金菊荪灌得烂醉，金酒后吐出真言，把自己如何与祁玉梅相好之事，添枝加叶地卖弄一番；见周八不信，又特地解下贞娘赠予的罗帕作证。

周八见了，气往上冲，又狠狠灌了丑八怪几杯，然后叫另外两名赌友，架着丑八怪回家。周八早把罗帕抽了下来，藏于身边。是夜，换了一身衣服，装作金菊荪，径来找祁玉梅讨债。

这天夜里，玉梅因白天坐轿劳累，便早早回房歇息。半夜里听得窗下不断发出口哨声，正不知是什么人！欲待不理不睬，又怕是陈公子前来赴约，总是思前想后，再也睡不安生。那颗心老是七上八下的，像十五只吊桶下井打水一般。听了半天，最后还是穿了衣服，下了床，来到窗前。

窗外漆黑一片，想问又不敢问，便顾不得羞涩，"吱呀"一声，把窗户打开了。

下面来的正是周八，听得窗响，心里就又恨又喜。恨的是丑八怪果然未曾扯谎，那祁玉梅果然被他勾引上手了，要不，一个闺女家，深更半夜，听见窗外有人吹口哨，能打开窗户呀？喜的是机会来了！天台有路，我这个刘阮也有福气去会会神女啦！

当下，周八把早已准备下的一张梯子，往墙上一竖，便爬了上去。

玉梅正在窗前探望，便听见一阵声音，正不知是什么，眨眼间有团黑影从窗上跳进房来，自己那颗心，立即蹦蹦乱跳，颤声问："你是谁？"

那人更不答话，伸手就搂住了玉梅，那张胡子巴扎的脸，就紧贴过来。玉梅大惊，失声喊道："有贼！有贼！快来人呀！"一头喊，一头拼命挣扎起来。

周八心中大怒，暗道："妈的，你跟丑八怪何等亲热？对我竟如此无情！嘿，莫怪我周八心狠啦！今天，你肯也得从了我，不肯也得从了我！想到这里，便一手去捂玉梅的嘴，一手便去扯玉梅的衣裙。"

玉梅是个烈性姑娘，她从来人行止上，早就辨明此人决非陈公子！我乃清白女子，岂能一旦毁在贼人之手？只有一死相拼，以报公子相爱之心！想到此，陡增胆力，横下一条心，张开口便狠狠咬了一口。

"哎呀！"周八失声喊了起来。手一松，玉梅就趁机摸黑逃至门边，赶紧去拔门闩。谁知慌忙中，那手再不听使唤，平日极容易开的门闩，今天却拔不开来了！

这时，周八循声追了过来，从后一把又抱住了玉梅，两只手极不老实地在玉梅身上抚摸起来。玉梅情急智生，用力将头往后一磕，那后脑勺就重重地磕在周八的额头上，周八顿时眼前一黑，手又松了。

玉梅总算脱了身，打开门闩，边跑边喊："来人啊！快来抓贼啊！"

玉梅隔壁房中就住着哥哥祁一贵。刚才，蒙眬中听得妹妹在叫唤，便穿衣起来了。点灯开门后，正好玉梅大声喊着从房中逃出，便知情况不妙，不是有贼，就是失盗，便将灯交给玉梅，自己便进房捉贼。

祁一贵刚伸脚进房，不料房中飞出一人，就想夺路逃跑。

此刻，玉梅心慌意乱，怕贼来纠缠不清，早提着灯逃进了哥哥房中，返身就把门关紧了。

祁一贵见贼人逃跑，便立刻伸手一把抓住贼人衣袖。那贼见袖子被人扯住，仍不顾一切往楼梯口走去。见有人紧拉不放，顺手一推，正好把祁一贵从楼梯口直推下去；自己也不敢停留，急急奔下楼梯，开了门，逃走了。谁知匆忙中，却把从金菊荪那里取来的罗帕，遗落在地了。

再说玉梅躲进一贵房中，起先听得门外扯拉厮打之声；以后又听见楼梯声响，仿佛有人从楼梯上掉了下去；以后，又听得一阵楼梯响；再以后就并无声响了。

玉梅又等了半晌，侧耳听时，门外一片寂静，心中不知哥哥可曾抓到贼人？因何不相告？忍不住就提着灯下楼来看。

当玉梅发现哥哥一贵时，一贵因倒栽葱跌下，头破血流，早已气绝身亡。此事立刻惊动了全家。痛哭之余，立刻报官验尸。

祁员外自出事后，便与夫人细细询问玉梅：贼人因何能从窗口进入房中？玉梅多方支吾，结果漏洞百出。夫人要员外出去，自己亲自盘问玉梅。玉梅知瞒不住了，便将如何在杨柳湾踏青；如何遇到陈华堂讨茶吃，以后又如何在娘娘庙重逢，自己如何罗帕题诗相约，陈公子又如何失约在先，今天听得窗外有人，故开窗相迎等情况交代了，却把托贞娘送柬一事悄悄瞒过了。

祁夫人一听，立即怒不可遏，责骂女儿行止不端，不该轻信于人，致贼人乘机前来行骗杀人！最后断言：杀你哥者即陈华堂也！玉梅辩之再三，不但毫无作用，反被母亲又是一顿斥责，骂她毫无心肝，为了那个丧尽天良的贼子，竟忘却了杀兄大仇！

此时，玉梅才后悔莫及：悔不该说出陈公子来，眼看这场官司，必然要把陈公子牵在里面，不禁忧心如焚，十分内疚。

当下，祁夫人将情况对祁员外一说，员外十分震怒。他替子报仇心切，顾不得玉梅会在公堂之上抛头露面，便写了一张诉状，立刻来到吴江县县衙之前告陈华堂奸骗杀人罪。

吴江县知县郗必正，是个饱经世故的官场老手，与陈大员外还有些沾亲带故。看了状纸后，便先透个消息与陈大员外处。陈大员外大惊，立刻命管家先封了三百两银子装在两个酒坛里，装作送酒给知县大人。郗知县心照不宣照数收纳，一面叫陈华堂谎称有病，便把这件案一拖就拖了两个月。

祁员外却不肯甘休，三天五天就去衙前探问，始终未见郗知县有什么动静。趁知县放告之日，又去击鼓鸣冤。

郗知县无法推托，只得传来陈华堂，与祁玉梅对质。

在公堂之上，两个冤家竟反目为仇，各自振振有理，斥责对方。

俗话说，清官难断家务事。何况郗知县并非公正廉明的清官，便多方设法袒护陈华堂。祁员外气愤难平，便高声告说："当时里正会同仵作验尸时，曾在尸旁拾得罗帕一条。此系我女祁玉梅相赠陈公子之物。如今证据确凿，看他还有何说？"

里正被传作证，当场呈上罗帕一条。知县无法掩饰，只得问陈华堂："此帕可是祁玉梅相赠予你的？”说着便拿起罗帕，朝陈华堂扬了扬。陈华堂一见顿时呆住了。心忖：奇怪！这块绣着牡丹的真丝罗帕，正是玉梅相赠之信物，因何落在尸旁？实在令人费解？

这时，郗知县又问：“陈华堂，本县问你！你要从实回答。这块罗帕，正是祁玉梅赠予你的信物吗？”

陈华堂不敢隐瞒，只好实说道：“正是这块罗帕！其实我……”

郗知县一听，心里说：“陈华堂呀陈华堂，你真是一个扶不起的刘阿斗！本县本想成全你，只要你一口否认罗帕是祁玉梅赠予之物，此案就可平安无事了！可是，你却一口招认，本县纵有回天之力，怕也无济于事了！”

祁员外见陈华堂已经承认，立刻紧追不放：“青天大人！陈华堂已供认不讳。此帕乃凶手所遗。他纵然百口狡辩，也难逃法网了！望大人速速将陈华堂判处杀人罪，以正法典！吾儿虽在九泉之下，必将感恩戴德！”

郗知县只得说：“尔不必多言，本县自有明断。陈华堂当夜未曾外出，其家人均可作证。本人对杀人一事，也未承认，其中必有隐情。一块罗帕，未可遽作杀人之证。本案尚有察访之必要！退堂！”

寥寥几句话，就把陈华堂杀人罪名轻轻开脱。气得祁员外目瞪口呆，一时气愤不过，竟当场昏死过去。幸得有两个懂得医道的差役，赶紧急救，才缓过气来。可是，当家人把祁员外抬到家中时，他已再不会说话，只是白瞪着两只吓人的眼，呆呆地望着人。且口唇歪斜，语涩流涎，那半边身子包括手脚，竟再不能进退自如，落了个半身不遂之症。请来名医诊治，医生蹙眉说：“此乃中风！目前只能绝对静卧，千万不能时时搬动！卧时头稍抬高，可多加几个枕头。待病情稳定后，方可变换体位。”

祁夫人哭得双眼通红，再三恳求医生开方。医生提笔开出一张方来。但见上写：

归尾三钱；川芎二钱；黄芪二钱；杜红花一钱；地龙三钱；赤芍药二钱。

按下祁员外在家养病不提。

那陈大员外得知郗知县开脱华堂之事，大喜过望，立刻又备下五百两银子，在晚间差人悄悄送进县衙。郗必正也不推辞，都一一收了。

究竟这场官司如何了结，且看下回分解。

第十九回
隔墙有耳典行告发　受贿无脸成均办案

俗话说:“世上没有不透风的墙。”那郗知县收下陈大员外两笔贿赂,自以为神不知鬼不觉,严丝合缝,瞒天过海,谁都不会知道。岂知“隔墙须有耳,窗外岂无人”。无巧不巧,给一个人看破了秘密。此人姓典名行,原是三国时典韦的后代。传到典行身上,早就家徒四壁,坐吃山空了。无奈何,向本县的典史送了一笔厚礼,被安排在县衙刑房当了一名行刑的皂隶。莫小看了这个小小的皂隶,它却是一个日进斗金的肥缺!原来,皂隶们在行刑中有许多讲究。只要送足了银子,板子落在身上,夹棍夹在腿上,都能化险为夷,化重为轻。或是光伤皮肉,不动筋骨;或是高起轻落,装装幌子。打完后只要贴上一张狗皮膏,三天后立见效果。还你一个皮肉无损,连个疤痕都不会留下。那些吃官司的人,谁都怕挨板子,夹棍子,要是吝惜银子,一顿打后落个终身残疾可能就后悔莫及了。因此,都要先用银子去买通行刑的皂隶。那皂隶的腰包也就渐渐满了起来。

典行的作为慢慢地传到郗知县耳中。起初,郗知县睁一只眼闭一只眼,认为只要逢年过节,典行能送一份礼来,也就算了。天下乌鸦一般黑,在县衙里混饭吃,谁不想趁机捞一把?有歌谣为证:

你捞我也捞,到处都在捞。
不捞白不捞,捞了也白捞。
谁要不去捞,定是痴白鸟!
就是痴白鸟,不教也会捞!

谁知,那典行却不领知县的情,一年三节,从未跨进知县的房门。气得知县太太到处指和尚骂贼秃。典行听了,更加不上门了。

郗知县听了枕头风,就借口要下乡催粮,竟把典行抽调去了。下乡催粮可是个苦差,不但风里走雨里去,吃千家饭睡百家坑,催不上粮时还要挨知县的板子。比起当刑房皂隶要差多了!典行知道是知县给自己穿的小鞋。可是,在人屋檐下,不得不低头。捧人家的饭碗,就得由人家来管。虽是怨恨满腹,却暂时只好忍下这口气。

也是天缘凑巧。那天夜里，典行起来解手，路过知县卧房的窗前，见窗内灯火明亮，里面人影憧憧，还不时发出“笃笃”的声响。典行出于好奇，便去窗口舔破一点窗纸，凑上一只眼朝里望去。不望犹可，一望之下，眼内出火冒烟了：原来，郗知县夫妇正在房内从酒坛中搬出银两在数数哩！

典行在心中骂道：“好个贪官！我还以为你是清似水、明如镜的青天大老爷哩！原来比我更加厉害！这两坛酒不是陈大员外送来的？嘿，里面竟藏着这许多宝贝！你做得初一，我为啥就不能做十五呢？今天，把柄捏在我手里，我也要你吃不了兜着走！”

典行回房后算计了一夜，连夜写了一张无头状，把郗知县如何收受陈大员外的贿赂，把一件证据确凿的奸骗杀人案的元凶，轻描淡写地放过一边，害得事主当堂中风，至今生死未卜。此外还加油添醋，把郗知县平时作为，小事化大大事化巨，然后就投到江南巡抚成均的衙门内。

江南巡抚成均，原是个贪心不足的人，手脚并不干净，却偏偏装出一副清正廉明，铁面无私的清官面目。这叫作阴一套阳一套；里一套外一套。这是当官的门道，做官的诀窍！今天一早，见衙役送上一张无头禀帖，仔细一看，不禁赫然震怒，一拍书案道：“可恨郗必正！竟敢如此妄为！我成均要不为民申冤做主，不如回家去卖红薯！来呀，备轿！去吴江县衙一行！”

众差役哪敢怠慢，立刻准备成行，但见：

“当当当”鸣锣喝道声音响，八抬官轿摇又晃。“肃静”“回避”红牌亮，青罗圆伞遮日光。板子刑棍左右挡，对子马荡尘土扬。衙皂的锁链提手上，户房的书办抖丝缰。人役两边扶轿扛，百里侯的威严镇四方。“恶无”亮高嗓，旗罗伞牌执事仪仗威威武武，赫赫扬扬，直奔那吴江！红顶马快如飞箭往前闯。

郗知县听报巡抚大人亲临，不由得心惊肉跳起来，心忖：无事不登三宝殿。这位巡抚大人来此何为呢？

当下见过礼，端过茶。郗知县刚动问来意，成均就翻下脸皮，把无头禀帖朝桌上“啪”地一放说：“你……你干得好事！”

郗知县一听，头顶犹如浇下一盆冷水，等看完字条，竟像身落冰窖一般了。战战栗栗地说：“下官哪敢作此等亏心事，想是小人诬陷……”

“哼！是不是诬陷？我教你立见分晓！来啊！速速传陈华堂父子到案，我要亲自审问！”

郗必正一听，那额上身上的汗珠竟像济南府有名的珍珠泉一样，滚滚不绝地从十万个毛孔中冒出来。想给陈大员外送个信，竟抽不出身来。

这时，只听成巡抚冷笑一声说：“郗大人，此时不讲，悔之晚矣！”郗必正咬咬牙说:“实无其事！何从讲起!”

须臾,差役空手回来禀报道:“禀大人,小人奉命传人,只见陈大员外卧病不起,现有医生药方为证;陈华堂日前赴杭探亲,数日后才能回来。特此禀告。”

成均一听,把惊堂木重重一拍,喝道:“胡说！尔等收了陈家多少银两？胆敢来愚弄本官！来啊,给我拉下去先打二十大板!”

两个差役连连叩头哀告:“小的不敢！小人说的句句都是实话,若有半句谎言,情愿立毙杖下!”

“哼！退下!”成均喝退了差役,心里寻思:这陈其美仗着几个臭钱,竟敢如此作为！实在可恶至极！那差役要不是得了陈家的银子,怎肯如此周全！此案必定有鬼！我成均今天就要当一回钟馗,来捉鬼打鬼,看看是我厉害还是鬼厉害？

成均退堂后就被安排在县衙花厅歇息。刚坐下,便见一个管家模样的人,满脸都是谦恭的笑容,手捧一个黑漆拜盒,身后随着四名家人,二人一伙,各抬着一个放酒菜用的食盒担子,一直来到厅前。那管家模样的人,先笑着向成大人的亲随招呼道:“老哥,请来见礼!”亲随说:“有什么话就说吧!”管家说:“我家老爷特地命小人准备了饭菜一桌,前来孝敬成大人的!”亲随道:“你家老爷是谁?”管家说:“我家老爷姓陈。名字都写在拜帖上了,就烦老哥代呈成大人吧！这桌酒菜也烦老哥代劳了!”说完,取出一锭银子道:“这是送给老哥买茶吃的,请笑纳!”亲随见了银子哪有不要之理？那只手早伸过接了,笑道:“好说好说,一切有我哩!”管家谢了又谢,从拜匣中取出拜帖送上便告辞走了。

成均一早赶到吴江县,又折腾了一个上昼,腹中早就饥肠辘辘;忽见亲随摆上酒菜,全是上等时新名菜,有的玲珑剔透,有的花团锦簇,有的色彩斑斓,有的巧夺天工。

那成均原是有名的饕餮,在京当侍郎时,几乎天天都有饭局。六部九卿请赴宴时,哪回都少不了他！还有三公,即太师、太保、太傅;以及三孤,即少师、少保、少傅;还有内阁各殿大学士,如中极殿大学士、建极殿大学士、文华殿大学士、武英殿大学、文渊阁大学士、东阁大学士等人请酒,成均也总是叨陪末座。因此,他对所谓八珍:龙肝、凤髓、豹胎、鲤尾、鸮炙、猩唇、熊掌、酥酪蝉等稀世美味都曾亲口尝过;至于鱼翅、海参、鲍鱼、燕窝,那简直就不足为奇了。

今天,成均见桌上摆的菜肴,不但色、香、味俱佳,还从中可以看出那位掌刀掌勺的厨司真正是位大手笔！无论是烹、炒、煎、炸、炖、炆、焗、焖、烩、烤、熘、爆,都达到了炉火纯青,出神入化的地步!

成均看着看着,不禁食指大动,垂涎欲滴。心想:这位郗知县倒是个可人儿！要不是犯了这个“贪”字,却是个可造之才！他要是如此款待于我,我还要设法提携他呢！不过，如今……且看他行动了！

正要举箸时，亲随笑嘻嘻地呈上那张接下来的拜帖，低声禀道："大人！这是刚才有人送来的，这桌酒菜……也是他孝敬大人的！"

成均一听，心里顿时一愣：我在吴江县并无一个熟人，是谁送这桌丰盛的酒菜来的？嘿！原来这不是郗必正这厮准备的！我看他长得尖头猴腮，也不像个会办事的正派人，差点还把他当作好人呢！一头想一头就打开拜帖来看，只见上写：

草民陈其美再拜顿首，敬启江南巡抚成大人之前。前偶婴小疾，贱躯欠安。荷蒙不责，宽宥时日，深为感谢！谨具美酒两坛，菜肴一桌，少申微情。伏乞笑纳。

陈其美再拜

且说成均阅后，再望望桌上满桌菜肴，忽然大怒道："可恨陈其美，本抚传尔不到，如今又来使这鬼蜮伎俩！区区一桌酒菜，便想买通本抚吗？真是岂有此理！来啊！把菜泼了，把酒倒了，把帖烧了！可恼！可恼！"

亲随见老爷正在盛怒之下，不敢出头来劝，只得忍着快流下的口水，把一桌上等菜肴统通倒进泔水桶内；当他去搬那坛佳酿时，却怎么也搬不动，只得上来禀告道："老爷，这坛酒重得稀罕，小人搬它不动！"

成均道："打开封口！"

亲随过去把封坛的黄泥打掉，忽地露出黄澄澄亮闪闪的一坛银元宝来。当打开另一坛时也是如此。

成均一见，顿时呆了。这两坛银子，少说也有一千两哩！

当时成均脸色忽地由青转白，由白转红，由红转紫。他心中在这刹那到底想些什么？谁也没法猜透！可这时却勃然大怒道："这陈其美果然是个十恶不赦的刁民！仗着有几个臭钱，竟然不顾王法，贿赂县令，妄图其不肖子逃脱奸骗杀人大罪！如今本抚亲临勘察，他不思悔改，改辕易辙；反而变本加厉，进行顽抗！传人不到，又用巨银贿赂本抚。如此刁民，务必严惩！"

于是，在成均的严刑逼供之下，陈其美父子两人屈打成招。那祁玉梅原先对陈华堂是否是杀人凶手，还心存疑虑；但一想到：兄长惨死，老父中风，至今生死未卜，母亲哭得死去话来，也成了奄奄一息。于是由爱生恨，铁了一条心，一口咬定陈华堂就是爬窗进来杀害兄长的凶手！

当日夜里，陈华堂并未离家一步。这本是有力的证据。可成均认为：作证的全是陈家人。谁家不是胳膊肘朝里弯的？因而不能据以为证。

金菊荪和贞娘，两人各怀鬼胎。原以为陈家有的是金山银山。俗话说，天大的案子，地大的银子。有钱能使鬼推磨，陈公子虽然一时受到委屈，过些时候就可云收雾散,包管无事了！心才稍安。

那周八心里,起先是七上八下,很不落实。妄想暂时逃离他乡,等风声过去,再作打算。后一想:不妥！此时外出,正好被人猜议。万一追查起来,反而弄巧成拙,有口难辩了！

后来,他打听到来了个巡抚大人,把陈华堂当作奸骗玉梅、杀死祁一贵的凶手,于是就放下心来。

前些天,他连骰子都懒得摸掷;如今,他又呼朋唤友,聚在家中,大赌起来。只是见到了金菊荪,就远远地躲藏起来,怕他前来讨要那块暗中偷取的罗帕。而金菊荪呢,他见了周八,也连忙绕道而走,生怕周八说出自己跟玉梅私会的事。

正是:临崖立马收缰晚,船到江心补漏迟。欲知后事如何,且看下回分解。

第二十回

扑朔迷离难找真凶　抽丝剥茧独具慧眼

歌谣：

众人齐说使君贤，只剪轻蒲为做鞭。

兵仗不烦森画戟，歌谣争唱是青天！

且说苏州知府况钟，自到任以后，严惩贪吏，抑制豪强，裁罢庸官，举荐贤才，兴修水利，招抚流亡，减轻赋役，清理冤狱，深受百姓爱戴。遂有人编了上面这首歌谣。一人唱，万人和。歌谣如插上翅膀，飞遍苏州府各县。不一日，竟传到了吴江县的死囚牢中。

死囚牢中关着陈其美父子。此时，陈其美身患重病，已奄奄一息。幸喜管家买通狱卒，日夕以参汤补养陈其美身子，才能暂时苟延残喘。陈华堂被成均数次严刑拷打，身负重伤。幸亏用银子买通了刑房皂隶，并得到及时治疗，加上平时体质强壮，伤势恢复迅速，幸免一死。二人均被判成死罪，只等刑部批复，秋后就要处决。

这天，陈华堂听得传唱歌谣，不禁喜形于色，以手加额道："天可怜见，有况青天知苏，我冤可申了！"遂将此事告禀老父知道。陈其美听后惨然一笑道："吾只知：世上无官不贪，没有银子难申冤情！谁知碰上了个成巡抚，他不问案件冤不冤？却因送银一事成了我致命的缘由。他岂不也算个不爱财的'清官'？如今又来一个'清官'，他们官官相护，哪有我们出头之日？儿啊，你想得倒好，只怕事与愿违啊！"

陈华堂细细一忖，感到父亲之言也有道理，心中一线希望，顿时成为泡影，不觉又长吁短叹起来。

不说父子二人在狱中嗟叹，且说苏州知府况钟，为察访民情，申雪民冤，日夕到各县查勘案件。这天，正该轮到吴江县，就带了老仆况祥，骑着一匹瘦马，用蒲作鞭，直奔县城而来。

直到况钟进了县衙大门，那衙中的书办、吏目、主事、班头等人还不知道是知府大人亲临！幸亏有个郭主簿，曾在府中见过况钟一面，这才急急去向郗知县报告。等郗知县整衣戴帽前来迎接况知府时,况钟已在翻阅刑房书办送上的一大沓案卷了。

郗知县正要上前行礼,想不到知府大人却挥挥手道:"郗大人不必多礼,等本府阅卷完毕,再向大人请教!"

郗必正深感意外:这个堂堂四品知府,与上回来的那位从三品的江南巡抚成均,官阶仅只相差半级,而举止言行、待人接物,却大不相同。一个是气势显赫,先声夺人;一个是轻车简从,不露声色;一个是颐指气使,事事挑剔;一个是和颜悦色,平易近人。心中忖道:俗话说,知人知面难知心,打断骨头折了筋。如今当官的道道多弯弯多,一个伺候不周,就得罪了人。我还是小心为是。便退了出来,找到老家人况祥问道:"大人平日爱吃哪几样菜肴?也好吩咐厨下准备!"

况祥拱手回答:"回大人话:此事不劳大人操心,小人已跟衙内厨下黄师傅说了。"

知县听了一愣:好呀,原来况大人自己不出头,早吩咐况祥安排一切。看来,这笔招待银子是省不下了!但不知准备了些什么山珍海味?想况大人在礼部任职十余载,名菜佳肴哪样没尝过,可不能怠慢了他!想到这里,觉得心里很不踏实,急忙把黄厨师叫来嘱咐一番,免得出了差错。

须臾黄厨师来见。一进门就嘟着嘴,似有无限委屈一般,不等知县动问,便诉起苦来:"郗大人!我在本衙当了二十多年厨师,今天恰似新开剃头店碰到了癞痢头一般!"

郗知县像丈二金刚,一时摸不到头脑,便问:"此话何意?"

黄厨师道:"大人有所不知!以往凡是有四品以上官员,不论亲临还是路过,衙内一概要准备一席上等筵席:少说也要八碟十碗十二盘,合计三十品,外加糕点果品!如今这苏州知府况大人来了……"

郗知县道:"这有何难?你就按例准备就是!"

黄师傅一听,立刻把头摇成拨浪鼓一般,说道:"不行,不行!"

郗知县:"难道这还不合况大人口味?听说他是江西靖安人,这个地方有些什么特产?你去问过大人随从也就是了!"

黄师傅道:"嗨,不用问,那位况管家早就吩咐于我了!"

郗知县:"他说些什么?"

黄师傅:"他说况大人最爱吃辣,要小人准备一小碟辣椒在饭锅里焖熟后再捣烂,然后用盐一拌,这是况大人最喜爱之物!"

知县笑道:"我以为是什么凤髓龙肝呢,这样极其普通之物,你还有何难呢?"

黄师傅:"其实,大人正好说反了,我不是怕难,而是太平常太容易了!那况管家说,‘老爷最讨厌的是吃上等宴席,不但枉自花费了银两,动用了国库,而且不合他的脾胃！老爷平时用膳,有极为严格的规定:一蔬一荤一汤就足够了,最多加一小碟辣椒而已！’请问大人,如此简朴粗陋的菜肴,怎样来招待堂堂的知府大人呢？这岂不是难为我老黄吗？这样的大人,实是我二十多年来头一回亲见呢！”

郗知县听了,半晌开口不得,最后挥挥手道:“既然如此,还是照老管家的话去办就是！”

等黄师傅一走,郗知县才感到脸上火辣辣的,发起烧来。比比况钟,想想自己,不禁羞愧难当！有心将接受陈其美贿银一事如实坦白出来,可又怕这个一清如水的况知府认真追究起来,不但乌纱难保,还得革职查办,事情就糟透了！

不说郗知县心中忐忑难安,再说况钟查阅案卷,头一个案子,恰好就是陈其美父子骗奸杀人及公然行贿,纵容包庇儿子行凶一案。

况钟仔细阅看了全部笔录、供词、证言以及证件罗帕,不觉心中疑窦重重,难以置信,便命先传陈华堂来问。

须臾,陈华堂被带了进来。况钟一看,来人虽然容貌憔悴,但掩饰不住眉清目秀的书生本质。

况钟问道:“你可是陈华堂？”

陈华堂答:“正是小人。”

况钟道:“奸骗祁玉梅,杀死其兄祁一贵可是事实？”

华堂:“小人早就招供了！”

况钟:“你尚有什么话要说？”

华堂:“行贿一事,实乃小人所为,不干老父之事。小人奸骗祁玉梅,也是一直瞒着老父的,我父并不知情;直到一贵身死,老父询问不肖儿子,方知一切！”

“如此说来,你父是冤枉的？”

“正是,万望大人详察！”

“尔先下去,等问过你父,再作定论！”

“多谢大人！”

况钟等陈华堂出房,又传陈其美来问。今天陈其美刚喝了参汤,精神尚佳,被人用竹架抬着进来。

况钟:“你是何人？”

陈其美:“小人姓陈名其美,乃本县人氏。”

况钟:“你可将公然行贿,包庇纵子奸骗杀人一事从实招来！”

陈其美:“大人容禀:吾儿华堂,乃一介书生,手无缚鸡之力,又无凶器在身;且当夜并未外出,怎能杀死祁一贵,骗奸祁玉梅？行贿一事虽非素愿,实出无奈。况此事乃老朽一手操办，与小犬无涉，要杀要剐，由老朽一人担当！万望大人怜老朽年迈，膝下只此遗子，高悬明镜，脱吾儿不白之冤，老朽纵死九泉之下，结草衔环也要报答大人恩典！”

况钟道：“如此说来，你子陈华堂确是无辜的？”

陈其美：“望大人明察。”

况钟：“可刚才他全都招认了！”

陈其美：“况大人！昔日岳武穆也曾以‘莫须有’三字死于风波亭畔。重刑之下能不招认？”

况钟道：“尔且下去，容本府再定。”

陈其美被抬了出去。况钟自思：看他父子，俱把死罪揽己，把活路让人，其中定有隐情。他拿过案卷又细读一遍，并察看了那块香罗帕。猛然记起祁玉梅供词中有“题诗罗帕，密约幽会”之句。便重新检看了那块香罗帕。罗帕系真丝为料，上绣一朵大红牡丹，旁边绿叶簇拥。红花绿叶，相衬相辉，更觉鲜艳十分。但翻来覆去细看，未见有题诗字样，不觉大疑。便传祁玉梅来问。

少顷，玉梅进来跪下。

况钟问：“祁玉梅，当夜陈华堂前来奸骗于你，你可曾认清了人？”

玉梅一听，心里一惊：若说未曾认清，凶手定会抵赖，于是一口咬定说：“小女子认清是陈华堂！”

况钟道：“你曾题诗约他相会，为何又力拒喊叫呢？”

玉梅道：“小女子虽出身蓬门，也知羞耻二字。约会公子，为的是要他禀告双亲明谋正娶；可华堂这厮，强要求欢，不顾廉耻，此非小女子所愿，故而喊叫！”

况钟道：“我来问你，陈华堂是怎样上楼的？”

玉梅道：“黑夜之中未曾看清，不是爬梯，便是缒绳。”

况钟道：“陈华堂所穿何衣？头戴何帽？”

玉梅道：“这个……小女子实未看清！”

况钟道：“陈华堂进房后与你说了什么话？”

玉梅道：“他一言未发，就扯衣解带，企图非礼。小女子见不是头，就抗拒喊叫……”

况钟道：“陈华堂他又怎样？”

玉梅：“他得寸进尺，步步进逼……”

况钟：“你又怎样抗拒？”

玉梅：“小女子情愿一死，不甘受辱，就拼却性命不要，狠狠咬他一口……”

况钟：“咬在哪里？”

玉梅:“这……”

况钟:“嗯!讲!”

玉梅:“咬在陈华堂手指上……”

况钟:“以后呢?”

玉梅:“陈华堂痛极松手,小女子才得抽开门闩逃了出去,以后我兄长闻声而来,被陈华堂猛推坠楼而亡。”

况钟:“这块罗帕到底是不是你送给陈华堂的?”

玉梅将心一横:“正是我送的罗帕!”

况钟:“那上面因何未见题诗?”

玉梅嗫嚅道:“谅系陈华堂怕事情泄露,把诗句洗掉了也未可知!”

况钟大喝道:“咄!小小女子,如此利口刁舌,实在可恶!你与陈华堂既然一见钟情,两相爱好;你又主动题诗赠帕,约期幽会。那夜见面后岂无一句体己之言,爱抚之情?即使他一时按捺不住,拥抱求欢,岂无一点惜玉怜香之心?而必欲施暴行强以图一快?此人究竟是谁?你可老实招认!”

玉梅大惊:“小女子未曾约过第二个男子,实不知此人是谁?”

况钟:“既然如此,因何一口咬定是陈华堂?”

玉梅:“除他之外,再无他人!”

况钟:“你约他在哪天见面?”

玉梅:“杀死兄长前三天……”

况钟:“当夜可见陈华堂前来赴约?”

玉梅:“等了一夜未见到来。”

况钟:“以后是否又约他见面?”

玉梅:“这……”

况钟:“讲!”

玉梅:“未曾再约……”

况钟:“为何不再约期见面?”

玉梅:“第二天小女子即和母亲去了外婆家……”

况钟:“你走后,何人在你房中住宿?”

玉梅:“表嫂贞娘……不不,我不知道……我是说,表嫂来时,曾跟我同房住宿……”

况钟:“你表嫂家住何处?”

玉梅:“离城十里杨柳湾居住。”

“家中尚有何人?”

“表哥秦又春，还有大姨娘……”

况钟：“今日就问到这里，尔且下去！”

接着，况钟又传来陈华堂，细看其手，并无伤痕，十指完好无损，心中早已明亮。便道：“陈华堂，这里有罗帕一块，尔可仔细看来，是否祁玉梅相赠之物？”

陈华堂熟视良久，禀道：“此帕质地、颜色及所绣花样，果然与玉梅所赠一模一样，只是上面并无题诗，决非玉梅赠帕！”

况钟道：“当时赠帕，今在何处？”

华堂道：“现在小人书房，小人因视同珍宝，不敢示人，故密藏于《西厢记》书册中！”

况钟立命差役去华堂书房取帕。顷刻，果然连同《西厢记》一齐带到况钟手中。况钟取帕展开看时，那四句密约诗赫然仍在。又将两块手帕置于一处，竟如出一手，毫无差异之处。况钟道：“接帕后，尚有何人知晓此事？”华堂思忖良久，方才说：“表兄金菊荪曾来书房相找，当时，我在翻看《西厢记》，表兄虽未提及罗帕密约之事，但曾动问我观看《西厢记》之事，曾引起小人惊诧！”

况钟道：“当时，书房门曾关紧否？”

华堂道：“为恐闲人进内，我把门闩紧了的！”

况钟：“罗帕置于何处？”

华堂：“书案上面，不过罗帕上覆盖了《西厢记》一书的！”

况钟：“书案放置何处？”

华堂：“靠窗置放！”

况钟：“窗门可曾关死？”

华堂：“事隔已久，难以记清了。”

况钟：“窗外是何地？”

华堂：“乃是走廊。”

况钟：“尔且退下！”

华堂：“谢大人！”

至此，况钟从审问中抽丝剥茧，层层深入，理出了两个线头。要知况钟如何从两个线头中理清主次，分清脉络，终于使本案水落石出，抓获真凶，且看下回分解。

第二十一回
迂回作战旁敲侧击　现场调查洞微察幽

这天,杨柳湾来了位卜卦算命,看相测字的江湖先生。那相面先生头戴青布儒巾,身穿灰色儒服,腰系黄丝双穗绦,足蹬一双布鞋,左手提一枝竹竿,竿上缚一块长条布招牌,上写“麻衣相法六壬神课”,右手执两块薄薄铜片,稍一转动,便发出清脆的“叮当”声响来。再看他的相貌:长得方额大耳,白面黑须,身材高大,姿容端正。

相面先生,一面摆动铜片,一面口中吆喝着:“善观气色,专卜休咎,测字相面,卜卦算命,如若不灵,分文不取!”随着吆喝声,一直走进村来。

这时,有座村边的竹篱茅舍,那扇木栅门“吱”的一声开处,走出一位中等姿色的少妇来。

她一面用竹签剔着牙齿,一面身子倚着栅门,那双水汪汪的眼睛,朝着正经过门前的算命先生一瞄,便娇声娇气地说:“喂,算命的,我记不准是哪个时辰出生的也能算吗?”

算命先生笑道:“算倒可算,只是少了时辰,八字就少了二字,算来未必准确灵验了。这位娘子,算命不如测字,不妨一试便知!”

少妇道:“测字不要时辰吗?”

先生道:“不用!这位娘子,你只要随便报个什么字来,便能从字中断出祸福吉凶来!”

少妇道:“随便报个字,你教我报什么字呢?”

先生道:“你见到什么,就报什么字好了!”

这时,恰巧有几个孩童围上来看热闹,少妇瞧见为首的那个梳双髻的孩童,乃是邻舍段家的小子,便问:“我先报个‘段’字!”

先生道:“娘子问祸还是问福?”

少妇道:“君子问祸不问福!”

先生道:“‘段’字加人旁,便是‘假’字。看来,娘子近日干了件以假作真,或假冒他人之事!”

少妇吃了一惊，心忖：这先生竟像亲眼看见一般，真个灵验哩！便问："此事前途如何？"

先生道："'假'字加王旁，便是'瑕'字。幸好，此事关系不大，只是玉中微瑕，无关紧要的。"

少妇一听，才稍觉放心。

先生接着说："虽是微瑕，可那'叚'字加走旁，便是'遐'字。臭名却会传遍遐迩，不可不防！"

少妇连连点头："正是，正是！"

先生道："不过，也用不着十分担心！'叚'字上面加个'雨'字，便是'霞'字。雨后彩霞，为时短暂，不久就会风平浪静的！"

少妇道："你测的字灵倒是灵，不过，尚未测到实处！"

先生道："这有何难？请娘子再报一字，管教你满意就是！"

少妇偶一抬头，望见自己新粉白的茅厕，便信口报了个"白"字。

先生道："这事与失落的一条真丝罗帕有关！"

少妇大吃一惊："怎见得？"

先生笑道："'白'字有了巾便是'帕'字，把'巾'移到下首，便是'帛'字，故而可以断定乃是失落了一条真丝罗帕。娘子可有此事？"

少妇："这……不过，这不是失落，而是……"

先生接口道："是赠送予人了？可目前这条罗帕已出了事！"

少妇："你怎么知道的？"

先生："哈哈哈，我是就字论事！若非出事，因何提心吊胆，心中害怕？"

少妇大惊："谁害怕了？"

先生："这是说这字！那'白'加个竖心旁，岂不是个'怕'字？加上'鬼'字，是个'魄'字，正是'失魂落魄'之'魄'！"

少妇："此事可说得清吗？"

先生："目前尚是'白'字下加个'匕'字，成了'皂白难分'；不过，不出'百'日——'白'字加一画，就能'水落石出，一清二白'了！"

少妇总算放下心来："多谢先生！"

先生："我说得可灵吗？"

少妇："灵，灵！真灵！"

先生："灵是灵，可娘子还得说句实话：这罗帕可是别人赠予的？还是自家买来的？"

少妇："是别人赠予的。"

先生:“赠帕的是男是女?”

少妇:“是个女的!”

先生:“这罗帕又赠予别人了?”

少妇:“正是。”

先生:“赠予谁人了? 是女是男?”

少妇:“是个男的!”

先生:“好! 事从罗帕起,也从罗帕终。娘子只要访到了这块罗帕,也就太平无事了?”

少妇:“罗帕倒已有了下落,只是目前心中却不太平……”

先生:“只要躲过百日之灾,包你平平安安!”

少妇:“多谢先生金口!”

先生:“好说,谢倒不必,润资五钱!”

少妇:“请稍待!”

少妇进了茅舍,拿了五钱银子,先生收下,告别出村。

这天,金菊荪在家闲坐无聊,忽听门口有铜片“叮当”声响,又听连连吆喝声:“看相测字,不灵不取分文!”因心中有事,难以放下,便信步走出门来。只见一位相面先生,正在吆喝,便叫住他道:“看相的屋里请坐!”那先生正合心意,便提了那幅一人高,尺把宽,写着“麻衣相法六壬神课”的白布黑字招牌,抬步走进厅来。

金菊荪献过茶,待先生坐下,便道:“这赌钱能算得出来吗?”

先生笑道:“不要说赌钱,就是祸福休咎,疑难心事,小可也能一一算出,不灵分文不取!”

金菊荪:“先别吹牛! 你要先把昨天我赌钱之事算得分毫不差,我便请你正正经经算上一命! 就是多花上几两银子我也舍得!”

先生道:“这有何难,请先报个八字吧!”

金菊:“我又不是算命,报八字作甚?”

先生道:“没有时辰八字,就难保很准的!”

金菊荪:“好吧,就是甲子年乙丑月丙寅日丁卯时。”

先生道:“赌者运也。运舛则输,运通则赢。小赢是偏财,大胜乃正财;小输是折财,大败乃破财。子丑寅卯辰巳午未申酉戌亥,甲乙丙丁戊己庚辛壬癸。按尊造之命,甲子年乙丑月丙寅日丁卯时,应为先小胜后大败,不知是也不是?”

金菊荪连连点头:“对对对! 你真是鬼谷再生,管辂转世了,算得一点不错! 昨夜这场牌九,输得我一佛出世,二佛涅槃,差点连裤子都被剥掉了! 要不是我苦苦哀求,就得光着屁股在大街上出乖露丑了!”

先生道："从贵造命中看，尚有贵人相助，不日便能反败为胜！"

金菊荪道："贵人相助？哪个贵人？我那肯帮忙的贵人，如今正在坐牢呢！"

先生："不妨，所谓贵人，总能逢凶化吉，遇难成祥的，但不知那位贵人犯了何罪坐牢？"

金菊荪："听说是奸骗杀人……"

先生："那奸骗的女子，可是为了一块罗帕而起？"

金菊荪："不不不，这个吗，我不清楚！"

先生："罗帕上有人题诗……"

金菊荪："这……"

先生："你可见到这首诗？"

金菊荪："你……你是何人？"

先生："我是相面的！"

金菊荪："噢，吓了我一跳！"

先生："祸福无门，唯人自召。为人不做亏心事，半夜敲门心不惊！"

金菊荪："你这是什么意思？"

先生："我是就事论事。"

金菊荪："嘿，你不会是衙门里的坐探吧？怎么越说越玄了？"

先生："不不，是你疑心生暗鬼罢了！还是给你算上一命如何？"

"我不想算了！"

"不算白不算，不给银子一样算，我不妨送你一命！"

"什么？你要送我的命？"

"不不，我是白白给你算上一命！"

"这还差不多！"

"看贵人这命，百日内必有牢狱之灾！"

"啊，此话当真？"

"从不谎言骗钱！"

"还请先生教我趋吉避凶之法！"

"办法倒有一个！"

"快快请讲！"

"不过，你要如实相告：罗帕题诗可曾亲见？"

"这……"

"祸从帕起，灾以帕终。要是真的看过此帕，事情就有挽救……"

"我……我确实见过……"

“在何处见到？”

“在窗外……”

“既然见过，你定知道罗帕藏于何处？你只要把它拿到手中，一切灾祸都可烟消云散！”

“多谢先生！”

“好说，谢倒不必，润资一两！”

“啊，不是算一个命五钱银子吗？”

“不错，刚才我给你算了两个命。”

“说好后一个命是白送的！”

“你要是真想白送一命，就给五钱银子吧！”

“不不不，谁想送命呀！给！”

“告辞！”

那先生取了银子，出门而去。

看官，不用说话的啰嗦，谅大家都早已明白：那位走江湖的相面先生就是私行察访的苏州知府况钟。先前那位少妇，乃是贞娘无疑了。

况钟于第二日，马不停蹄又来到祁玉梅家察看。他先看了房子格局：前面是一排五间平房，已有四间成为端蚨祥绸缎店的铺面，靠左那间是住家。一问之下，方知是原来房主周八在此居住。平房后面盖起的五间楼房，均由祁家买下了。五间楼房从左至右，分别为祁玉梅、祁一贵、祁员外夫妻以及乳母、丫鬟、店内单身伙计等人居住。楼下五间则为仓库。平房与楼房之间，有一条走廊。

况钟先看了祁玉梅卧房，在窗台上发现了鞋印，说明凶手确是从此进房的，经细心观察，又发现窗台上有绳擦痕迹，但未发现绳子。证据不足！为了证实凶手是否由梯子登上窗台，况钟又第二次来到玉梅房中。经细心勘察，果然从窗台外粉墙上发现有一处剥落了白灰的痕迹。显而易见，凶手确是从木梯上来无疑！这次，况钟看得更加仔细，忽地在床上挂的夏布帐子上发现了血迹。况钟立刻记起玉梅供词：“小女子情愿一死，不甘受辱，就拼却性命不要，狠狠咬他一口！”看来，玉梅并未说谎。这是凶手被咬后手指流血，匆忙中用帐布擦拭而留下的血迹！再细看地板上，果然也有几点血斑，上面已沾了不少尘灰，不是细看，很难辨明。况钟索性不顾尘灰蛛网，一头钻进了床下，不一会儿，竟从床角落取出一条约有酒盅般粗细的双股棕绳来。况钟倒反纳闷起来：凶手既然由木梯上楼，何必又用棕绳呢？难道果真有两名凶手吗？却于情于理都不能成立！俗话说，偷汉的婆娘怕碰头！哪有让两个野老公同时上楼的道理？若是真有两人同时上楼，岂不要火并吗？如是先后上楼，其中一个就无疑是凶手！看来，这个杀人罪犯，不是沿梯爬上,定是缒绳而上——二者必居其一。只要抓住手指上有伤痕的人,其结不解自开矣！况钟想到这里,心中就踏实得多。从楼上下来,况钟又来到玉梅窗下走廊处,经反复察看,木梯痕迹更加明显起来。心想:扛着木梯去偷情,这位风流汉未免太大胆太招摇了。他就不怕被人看到吗？除非是住在近处之人！突然,况钟一拍大腿说:"有了！凶手一定不是外人,就藏在端蚨祥绸缎铺中……"

况钟勘察已毕,要况祥把绸缎店所有伙计、工友等人聚在一处。况钟亲自检看了每个人的双手,结果未曾发现有受伤者。经况祥询问,其中有两名伙计,请假回家了。况钟立命差役赶至二人家中察看,结果回报说:"并未有人伤指。"至此,一线希望又告断绝。

要知况钟如何抓住真凶,且看下回分解。

第二十二回
汪二朝奉呼幺喝六　金大官人将功补过

且说苏州知府况钟，为了弄清陈华堂骗奸杀人一案，连日来勘查现场，察访有关人员，并去杨柳湾及金菊荪住处，用测字、算命为由，对知情人作了不露声色的盘问、查勘，发现了不少疑点，弄清了一些疑问。他回到吴江县衙，立即派本府刑房班头冯信和张彪分别去办两件至关重要的查证工作。

不久二人俱来回报。

冯信说："禀大人！小人奉命在县城查找卖棕绳的店铺。东西南北门都有棕绳店，最后在北门一家名叫兴隆棕绳店查到了棕绳的下落。据店主说，前来买绳的乃是一位二十多岁的妇人，说话带有杨柳湾一带口音。当时情形他还记得。他愿意作证！"

况钟道："如此甚好！速备快轿一顶，立刻去杨柳湾接贞娘来衙！"

冯信："遵命！"说完自去准备了。

这时，张彪上前禀告："禀大人，小人奉命在县城查问巡夜打更的更夫，据一名姓李的更夫说：'他于上月二十七、二十八日，负责在中大街一带巡夜打更。这两夜中，都见到住于筷子巷十三号门牌的金大官人在三更至四更时分匆匆回家。他曾招呼了他，可他并未理睬。小人问他是否会看错人？他说：'他是全县出名的丑八怪！烧了灰他也认得出来！'"

况钟道："此事办得甚妥。可速去筷子巷传金菊荪来衙！"

张彪："是！"说完退了下去。

这时，况祥端来了早餐。况钟一看，见是半甑糯米香粥，一小碟酱瓜，一小碟油余花生，便笑着说："江西老表快变成苏州人啦！"

况祥也笑道："老奴忘了拿辣椒来了，就去拿来！"

况钟道："不必了！俗话说，'入乡随俗'，到什么地方，说什么话嘛！何况，苏菜也别有风味呢！记得当年苏东坡，他原是四川眉山人。照理应是嗜辣成癖之人。可他来到杭州任通判，爱上了西湖的山水和竹林，曾吟诗曰：'宁可食无肉，不可居无竹；无肉令人瘦，无竹令人俗。欲思不瘦又不俗，天天吃碗笋炒肉！"

况祥笑道："这位老前辈，想来也成了杭州人！不过，老奴想来，这碗笋炒肉中定放了不少辣椒的！哈哈哈！"况钟一听，不禁把粥喷了出来，也失声笑了起来。

等况钟用完早餐，稍作歇息，那金菊荪已传到了。况钟立刻传他进来问。

况钟："你可是金菊荪？"

金菊荪："小人正是！"

况钟："金菊荪，你可知罪？"

金菊荪："小人无罪之有？"

况钟："咄！昨日深夜，你干了什么好事？快讲？"

金菊荪："我……"

况钟："如不招认，莫怪本府刑法无情！"

金菊荪："小人实在未干违法之事！"

况钟："你深夜潜入陈府，难道也是奉公守法的好人吗？"

金菊荪："这个……"

况钟："讲！"

金菊荪："我……我是去找一块罗帕的。"

况钟："找寻罗帕，为何不在白天去，而是深夜趁人不备潜进呢？"

金菊荪："这……我是怕……"

况钟："怕被人发觉，泄露了机关！"

金菊荪："这……"

况钟："金菊荪，你抬头一看，可认得本府吗？"

金菊荪抬头一看，立刻惊呆了："这位知府大人，不就是昨天替我算命测字的江湖先生吗？"

况钟："你想盗取的罗帕上有一首密约幽会的题诗，你可记得这几句诗句吗？"

金菊荪："我……我不，不记得了！"

况钟道："你不记得了，我却记得！要不要念一遍给你听？"

金菊荪："不，不用，不用！"

况钟："如此甚好！你是记得的！"

金菊荪："我记得，记得！"

况钟："金菊荪！你是见诗起意，遂设法阻约，是也不是？"

金菊荪："大人真个如亲睹目见一般，我全说了！那日在窗外，偶见桌上有《西厢记》一部，遂取来观看，后又发现书下压着一块罗帕，拿来看时方知是陈家表弟和祁玉梅密约幽会的题诗。我对玉梅早有觊觎之心，见此良机，岂肯错过？遂在此日将表弟华堂拉进万花楼喝酒行令，原想把表弟灌醉，我便可从中取事，不想，我也喝得烂醉如泥，鼾然而睡。第二天路遇贞娘，与她戏耍时扯下她半截衫袖，等贞娘离去，又在袖中发现了玉梅责怪表弟失约，以及相约在夜间重新相见的一封书柬。于是，我乔装改扮，冒充表弟华堂，在黑夜中和玉梅共效鱼水之欢，未几即离去。次夜又重续鸾凤，蒙玉梅赠罗帕一方，不料被人窃走了。小人所说，句句都是实言，如有欺骗，听凭大人重责！”

况钟：“你是怎样上楼的？”

金菊荪：“玉梅早准备下棕绳一根，自窗口垂下，我抓住绳子爬墙而上，玉梅从窗口接应的！”

况钟：“你和玉梅可曾倾心相谈？”

金菊荪：“小人乃是个西贝货，怕露马脚，引起意外，故不敢放怀倾谈！”

况钟：“如此说来，你就缄口不言了？”

金菊荪：“正是！恰像哑巴一般，实是无趣！”

“那玉梅呢？”

“也是如此！”

“你不觉得奇怪吗？”

“是感到有些奇怪！而且，而且……”

“不必顾虑，但说无妨！”

“照说，玉梅乃是一位闺女，可迎送之间颇为老到……”

“就讲到这里，你且下去！”

金菊荪退下，出门时恰和贞娘相遇。二人俱感意外。房里听况知府声唤：“带贞娘！”

贞娘在家，见有人抬轿来接，动问之下，竟是苏州知府况大人来请的，心中就像揣了只兔子似的怦怦乱跳，正不知是何吉凶。如今听唤，便大着胆子，走进厅堂，只见正中坐的那位况大人有些面善，好像在哪里见过似的！

只听况大人道：“来的可是秦氏贞娘吗？”

贞娘忙跪下叩头说：“小女子正是贞娘。”

“贞娘，上月二十七、二十八日，你在哪里住宿的？”

“小女子在杨柳湾家中住宿？”

“咄！你在本府面前，竟敢胡言乱语，哄骗说谎吗？”

“小女子不敢。”

“你夫秦又春，于上月二十九日，从杨柳湾家中，亲自赶到县城祁员外家接你回去，可有此事？”

“这……小女子记不清了！”

“今有秦又春证词笔录在此，何书办，你可对她一念！”

何书办念道：“我叫秦又春，我老婆贞娘去祁玉梅家已有两天未归。我怕出事，才于第三天，即上月二十九日，从杨柳湾家中，亲自赶到县城玉梅家，把老婆接回家来。当时贞娘不愿回家，还跟我吵了架，看我要动手，才不敢不回……”

况钟：“贞娘，你可听见了？”

贞娘：“是！听见的了？”

况钟：“你丈夫说的可是实情？”

贞娘：“这……他都说了，我也就认了！”

况钟：“我来问你，这二十七、二十八两夜，你在哪里住宿？”

贞娘：“在……反正在县城住宿？”

况钟：“住店吗？”

贞娘：“没有！”

况钟：“除了玉梅家，县城尚有亲戚没有？”

贞娘：“没有亲戚！”

况钟：“如此说来，你是借住在祁家了！”

贞娘：“你说在祁家住，就算在祁家好了？”

“住在祁家何处？”

“客房里！”

“胡说？”

“是在客房里嘛？难道叫我去跟大姨父一起睡？”

“咳——！”

“这……”

“何书办，你把祁家丫鬟翠香的证词笔录念一遍贞娘听！”

何书办又念：“我叫翠香，是祁家的丫鬟，专门服侍玉梅小姐的！二十七日，玉梅小姐的外婆托人捎口信要太太、小姐去探看病情，小姐本不愿去，被太太催得没法，只好去了。秦家少奶奶是常来常往的亲戚，每次来都跟玉梅小姐在一个房里一张床上睡的，小姐不在家她仍在原处睡，一共睡了两夜；第三天秦家少爷来接他回去，少奶奶还不肯走哩，还跟她男人吵了架，后来少爷凶了起来，少奶奶才跟他走的。”

况钟：“贞娘，你可听清了？”

贞娘：“听清了！”

况钟：“还有何辩？”

贞娘：“没有！我就睡在玉梅房中，又不犯法，能把我吃了？”

况钟:“你还想负隅顽抗?贞娘,你可认得这根棕绳吗?”

贞娘:“啊……这……这……”

“究竟认不认得!”

“小女子不认得!.”

“传店主!”

立刻,棕绳店店主来到房中。

店主:“叩见大人!”

况钟:“你可认识这个妇人?”

店主:“怎么不认得?是她亲自到小店买这根棕绳的?”

贞娘:“打乱话,你是喝醉酒啦!满口放屁!”

店主:“当时,你想讨些便宜,便与我攀亲戚。恰好我有个远房侄子住于杨柳湾,你便说他是你的姨妈的干儿子,我只得少收了你十文钱。你才走出几步,回身又来说,多付了我一文钱。我说没有多付,你不依,为此与我大吵大闹一场,我怕了你,只得又找你一文钱!你走后,店中伙计都背后骂你吝啬鬼哩!故此,我再也不会忘记你了?”

贞娘见店主揭了她的短,满脸通红,再无话说了。

店主走后,况钟又问:“贞娘,你买绳何用?”

贞娘低头不语。

况钟:“传金菊荪?”

金菊荪又被带到厅堂。

况钟:“金菊荪,你把二十七日夜里之事再说一遍?”

于是,金菊荪把当夜如何在窗下咳嗽,如何听得开窗声,如何听得窗口女子问话声,自己如何答应,窗上如何垂下绳子,自己如何爬绳而上,窗口女子如何拉自己进房,自己如何抱住女子,以后又如何交欢……

贞娘越听越不是滋味,那脸色一会儿白,一会儿红,恰似进了染坊一般。心里又羞又臊又气又恨!原来,自己千思万想的俊公子,缱绻缠绵了两夜的野老公,竟然是身旁这个丑八怪!这时,她恨不得找个地洞,能钻进去躲一躲;又巴不得打个天雷,把那金菊荪当头一劈炸成两半,一消心中之气!

况钟命将贞娘先带了下去。然后问金菊荪道:“金菊荪?你尝了两夜甜头,因何就未再去?”

金菊荪叩头道:“不是小人不想去,而是被人灌醉了酒?”

况钟道:“被谁灌醉了?”

金菊荪:“乃是一名赌友。”

况钟:“姓甚名谁?家住哪里?”

“他叫周八,就在端蚨祥店隔壁居住!”

况钟一听,心里不觉一动,立刻自责道:“况钟呀况钟,原来这真凶远在天边,近在眼前。你却视而不见,听而不闻,费了许多周折,险些被他漏网!可见,你还是‘智者千虑,必有一失’啊!”

当下又问道:“当时灌醉后,你曾失落了东西没有?”

金菊荪:“有,有?”

“失落何物?”

“罗帕一块!”

“何人所赠?”

“玉梅所赠!”

“是贞娘所赠吧?”

“不不,确系玉梅所赠!”

“刚才贞娘俱已招认,绳子是她从窗口扔下来的,他冒名顶替了祁玉梅?”

“啊!原来是贞娘!怪不得在床上时……”

“不必多言?我来问你,你失落了罗帕,为何不敢声张?”

“我……我怕……”

“怕什么?”

“我在剃头时,听得剃头匠说,杀人现场留下罗帕一块,上面绣一朵牡丹花……要是我一声张,我岂不就成了杀人凶犯……”

“可你不说,那真正凶犯,岂不逍遥法外了吗?”

“这……大人!小人愿将功折罪,等把周八抓来,小人愿意当堂做证!”

“好!你且下去!”

这天下昼,周八走在街上,只见金菊荪从对面急急走来,一把扯住说:“我到处找你,原来你在这里!”

周八道:“有什么事寻我?”

金菊荪:“眼前有宗大财,你想不想要?”

周八道:“银子就是我的性命!我与它从来无仇,怎么不要?”

金菊荪:“有个外地大客商,手头带有几千两银子,想在此地娶个标致的媳妇,你能为他物色一个吗?”

周八:“我的爷!我家老婆长得跟你差不多少,女儿还小才七岁,这标致媳妇哪里去找?”

金菊荪:“不如把他哄到你家,只说与他说媒,乘机诱他入局,你我二人当个对手，怕不赢他几百两银子！”

周八：“此计最妙，我马上回家准备，你便请他来家！”

当下各散。

周八赶紧回家，将放了铅的骰子找了出来，一面又忙忙地去典当首饰钗钿，以便做赌本好骗取大客商的银子。

万事俱备，果见金菊荪和一位穿戴华丽，举止阔绰的白面黑须客商走将进来。

金菊荪道：“这位是江西景德镇大瓷店的汪二朝奉！这位是小人好友周八，是个最讲义气最有办法之人。你有什么难处，他定能两肋插刀，迎刃而解？”

汪二朝奉拱手道：“久仰久仰！”

周八连忙还礼：“请坐，请喝茶！”

当下谈了些客套话，金菊荪将话题一转，说道：“清坐无聊，何不玩几下骰子如何？”

汪二朝奉道：“不知如何玩法？”

周八暗想：听他口气，倒是个老手！便说：“依你之见呢？”

汪二朝奉道：“要玩就玩个痛快、有趣，我最喜干净利索，最不喜拖泥带水！”

周八：“怎样讲？”

汪二朝奉道：“就是说，要玩就玩现银。大家先各拿二百两银子，放于桌上，输完后再拿银子来玩？”

金菊荪道：“此法最公平合理！”说罢就从身边拿出二百两银子放于桌上。汪二朝奉解开褡裢，露出足足上千两银子来，把周八的眼睛都看红了。于是，周八也取了刚才典来的二百两银子放在桌上。

三人便呼幺喝六起来。才玩了几下，那客商便一把抓过骰子道：“你这是灌了铅的吧？”

周八脸一红：“笑话，你这是冤屈了人？”

汪二朝奉不信，取来柴刀一砍，果然里面做了手脚，立刻变色而起：“岂有此理？不玩了！”

金菊荪忙道：“朝奉息怒，我带了一副骰子，玩我的总可放心了吧？”

朝奉道：“要不是看你的脸面，我是决不肯罢休的！”

于是，接着又玩了起来。

说也怪，换了副骰子，才掷了半顿饭时，那汪二朝奉竟似赌神跟他攀了亲似的，要六就六，要红就红。周八却十分晦气，别人才两点，他偏偏掷了个‘幺二三’来！顷刻间二百两银子就输了个干净！还欠了汪二朝奉三十两银子。金菊荪虽也输了些，但尚有一百七八十两。

汪二朝奉将骰子一放说："眼见你没有了银子，就到此为止吧！要不，拿银子来再玩一会。"

周八恨不得把汪二朝奉活活扼死，可又无法可施，便涎着脸道："银子不是没有，只是钥匙在老婆手中，等她回来给你就是！"

汪二朝奉道："最好你取了钥匙来赌，我就在此等候！"

此时，金菊荪便急了，要去茅厕解手。屋里只剩下周八和汪二朝奉二人。

汪二朝奉望着周八的手道："你这手指伤痕未愈，莫非是被人咬的？"

周八道："乃是被狗咬的！"

汪二朝奉笑道："这你瞒不过我！不但是被人口所咬，咬你的还是个女子吧？"

周八大惊："哪有此事？"

汪二朝奉："你被咬后流了不少血吧？"

周八："……"

汪二朝奉："就在夏布帐上擦净了……"

周八："你……你是何人？"

汪二朝奉："我是江西景德镇大瓷店的汪二朝奉！"

周八："哈哈哈！你等一等，我去取钥匙来。"

周八复又进房后，果然取来一把钥匙。他搬来一把木梯，把它架在阁楼上，说："汪二朝奉，银子就在阁楼上箱子里，你跟我上楼去取！"

汪二朝奉："好！这有何难？"

汪二朝奉先上了阁楼，周八随后跟上。

阁楼上果然放着一只樟木箱子。周八用钥匙打开箱锁，掀起箱盖，汪二朝奉伸头去看时，没料到周八照准朝奉脑袋就是一拳，来不及说声"啊哟"就倒在箱旁了。

周八一不做二不休，抢起边上一把柴刀，正要朝着朝奉头上砍将下去，忽地右臂被人抱住了，回头一看，乃是金菊荪！

周八道："你滚开！等我结果了这厮性命，包内一千两银子就与你对分！"

金菊荪却似充耳不闻，早奋身把刀夺下，随手丢到阁楼下去了。

周八见金菊荪变了脸，杀心陡起，大吼一声："今天不是我，就是你！"两人就在阁楼上厮打起来。

金菊荪哪里敌得过周八，渐渐气力不支，便高声喊叫起来。

周八如同发狂一般，抓住金菊荪衣领，猛地用力一推，金菊荪一时站脚不住，一个倒栽葱从阁楼上跌下地来，顿时气绝身亡。

周八转身，正想恶狠狠对汪二朝奉下手之时，况祥带着冯信、张彪及众多差役赶到。

张彪看情况危急，一个纵跳，飞身上了阁楼，不用几个回合，就制服了这名杀人恶徒！

况钟被救醒过来。他望着金菊荪尸体，不觉连连叹息道："过则勿惮改。如金菊荪者，可谓善能补过者也！应旌其功而厚葬焉！"

于是，况钟再次升堂，周八一鞫而服。陈其美、陈华堂父子沉冤大白，当堂释放。行贿银两入官。祁玉梅、贞娘被训斥后也释放回家。

知县郗必正被参革职，巡抚成均虽心中不乐，但对况钟断案如神，公正廉明，不由不心服口服。

正是：

机关算尽太聪明，反误了卿卿性命。

且看周八凌迟日，是非曲直水般清！

第二十三回
况知府奏本拿盐贩　王疤瘌使计赚金宝

话说宣德八年八月二十二日，况钟在苏州府内署左旁一间题为“退思斋”的小阁内，给皇帝朱瞻基上了一个奏本。奏本主要内容是拿解军官贩卖私盐一事。

原来，当时盐价昂贵，一些利欲熏心之人，见贩卖私盐获利可观，就成群结伙，利用一切手段进行走私活动。起初是一群无业流民，雇用船户装运私盐，乘黑夜闯过巡检司设立的关卡，后来就有当地的流氓头子，利用帮会组织，雇用打手，贿赂巡检司官兵，公然进行走私活动。再后来，那些卫所的百户、千户，甚至指挥等也眼红起来，他们凭借手中权势，用缉私官船装运私盐，明目张胆地进行走私活动。况钟奏本上说的，就是卫所军官公然走私一事。

这伙走私军官，并不属苏州府管辖，而是浙江海宁卫乍浦千户所的军官和士兵，其中一个叫叶俊，一个叫陶义，自称是百户。他们驾驶大小边船二只，内装私盐三百余包，竖黄旗、立哨棒、置黑竹篦，率领兵丁二十余名，企图闯过吴江县平望巡检司关所。吴江县属苏州府治，对盘查私盐走私活动一贯认真，绝不徇私。见船就进行盘诘，该船不听，强行闯关，关所立即派兵赶到关北截拦，双方进行了一场战斗。走私官兵见情况不妙，纷纷跳水逃遁，未及逃脱的约有一十二名被活捉。这伙罪犯，在被押往浙江按察司时，被埋伏在途中的同伙劫走，并打伤了押解的兵丁，气势甚为嚣张。况钟还查清了这伙人更为严重的害民行径：原来，他们依仗权力，在七月间把私盐运到吴江县后，便遍历乡村，将私盐分俵到各农户头上：大户一包，计盐一百斤；小户半包，计盐五十斤。到九月间便上门逼取盐款。一百斤盐，要白米五石。如农户无力偿付，他们便搬取家什农具，抢走妻女等，种种不法行为，令人发指！故此，况钟对此十分震怒，写了奏本，要求降旨查办。

这里单说走私盐贩中，一个外号叫作秦黑虎的故事。

秦黑虎小名金宝，原是一名安分守己的农户。父亲早亡，和老母沈氏相依为命。金宝从小就爱弄棍使棒，习武强身。曾拜当地一名智善和尚为师，学习武当拳术。智善和尚曾在武当山天齐庙内当过住持和尚，庙内也有二三十名年轻和尚。诵经念佛之余，闲暇无事，就教和尚们练习武当拳术。谁想有一天，忽地来了个游方僧人，要在天齐庙内挂褡。智善和尚见他面貌凶恶，举止不善，就没有答应，只是送了他五两银子作路费，要他另找别处挂褡。那游方僧人立时翻了脸皮，指着智善和尚大骂起来，并把供桌上的香炉、熏炉、海灯、宝瓶、法器、木鱼等全都打翻在地。智善和尚见他蛮不讲理，也生起气来，两人在大殿上较量起来。谁知游方和尚武术高强，二十回合之后，智善和尚毕竟已过花甲之年，气力不佳，连连失手，败下阵来。那游方僧人便反客为主，当了天齐庙的住持，分派智善当了一名火伕。智善受不了这份窝囊气，便在一个深夜里，不告而别，离开了武当山。从此云游四海，到处为家，来到金宝家乡后，暂在一座关公庙里安身。他见金宝身强力壮，为人爽直，就主动收他为徒，教他练习武当拳术。金宝读书不成，习武似有夙慧，一指就明，一点就通，不到半年，七八个人休想近得他身。智善和尚临走时告诫金宝道："练武之人，武德为先。济困救贫，人神共敬；嗔贪奸杀，人神共诛。慎之慎之！"金宝指天起誓，智善方含笑点头告别而去。

自此，金宝牢记智善师父教诲，经常为当地乡人排忧解难，加上他武术高强，那名声就不胫而起，一直传到了一个名叫王疤瘌子的耳中。

王疤瘌子原是当地一霸，年轻时曾在江湖上靠卖狗皮膏药哄骗愚弄百姓为生。他为了这门生计，也学了一些花拳绣腿和气功之类。每逢庙会及赶集，便带几名徒弟在闹市中摆开场子，大声吆喝："有钱的帮个钱忙，没钱的帮个腿忙！嗨！兄弟叫王大海，人称王疤瘌子！今天来到宝地，特地来班门弄斧，献丑一番。嗨！四海之内皆兄弟！兄弟要得好，请大家呱唧呱唧，捧一捧场；兄弟要得不好，请大家也呱唧呱唧，也好脸上添光。好，徒弟们，打起锣来，我给大伙先来一套醉拳！嗨，兄弟学的这套醉拳，来自当年水泊梁山第十四把交椅天伤星行者武松的后裔之手。当年武松打蒋门神用的就是这套醉拳，这醉拳有六六三十六套拳法，第一套名叫……嗨，有人会说，你光会吹，说了半天，连一路拳术还没见使出来哩！说得好！说得对！如今就长话短说，有话等会儿再说，我给大家先练起来。嗨，徒弟们，打起锣来……"王疤瘌子练完了醉拳，接着就卖狗皮膏药，他吹了又吹，把狗皮膏药说得像神丹仙药一般，任它跌打损伤，七痨八伤，只要贴一张王疤瘌子的狗皮膏药，三天内就立见功效，七天内就药到病除……可惜，等卖光了膏药，王疤瘌子早收拾摊子走路了。三天内不见功效要找他算账的人，上哪儿去找他去！

王疤瘌子就这样在江湖上混了多年，等回到家乡，腰包里有了一笔可观的银子，说话声也粗了，走路胸也挺了。便正式恢复了王大海这个名字，开香堂，当龙头，收起徒弟来。可别人却不买账，当面喊他王大官人，王大员外，背后依旧叫他王疤瘌子。

王疤瘌子眼看贩卖私盐是件极为赚钱的买卖，就买下了几条船，做起了走私的勾当。他见官府盘查甚严，光靠贿赂，开支太大，盈利太少；也不甘心把能赚的钱财去塞狗洞，便决心要物色几个武艺高强之人来作帮手，以便应付万一。

他物色了几个自称武当高手及少林门人的人物，谁知竟是一些光会哄人的酒囊饭袋。真正动起手来，连王疤瘌子的几个徒弟都不如。王疤瘌子气得把他们臭骂一顿，赶出大门了事。这天，王疤瘌子的一个徒弟，头上扎了白布，眼青鼻肿地跑回来哭诉道："师父！快快到周郎村去为徒弟报仇！"

王疤瘌子问："妈的，把话说清楚！是谁把你打成如此模样？"

徒弟说："是个浑身像黑漆似的一个汉子！交手才几个回合，那厮实在厉害，就把徒弟打得只有招架之功，并无还手之力！"

王疤瘌子："混蛋！你就该把你师父的名字提出来，怕不叫他吓得屁滚尿流吗？"

徒弟道："我早提了！谁知刚提师父的名字，那厮大怒道：原来你就是王疤瘌子的徒弟？好，今天非好好教训你不可，我打你，就是打你的师父一般！哎，就这样，我又挨了几下拳脚。后来……"

"后来怎么样？"

"后来，我看没法可想，就跪下给他磕头求饶，才逃回了这条命！"

"没用的东西，他到底为何打你？又为何一听我的名字就如此恼怒？"

"报告师父！要不是我去周郎村替师父收取私盐钱，也就不至于挨这顿打了！据那个黑汉子说：'这周郎村百十户人家，家家受过师父你的荼毒祸害，有的被你害得妻离子散，有的被你害得家破人亡，稍好一点的也被你害得难以糊口活命。黑汉说，要是见到了你，非把你剥层皮下来不可哩！"

王疤瘌子一听大怒道："胡说！"

徒弟战战栗栗地道："师父息怒，这不是我说的，是黑大汉的原话罢了？"

王疤瘌子道："快把人集合，我倒要去会会这个黑汉子，看看他是不是长了三头六臂之人？"

徒弟忙摇手道："师父，去不得，这厮实在厉害得很，他把我打了一顿，顺手就把身旁的一棵垂杨树用双手一抱，一用力就倒拔起来了。就像梁山上那位坐第十三把交椅的天孤星花和尚鲁智深那样？"

王疤瘌子听了徒弟一番言语，不觉沉吟了半晌，知道这个黑汉子不是好惹的。俗话说，力敌不如智取？当下便心生一计道："如此说来，等我略施小计，把他赚来做个帮手如何？"徒弟说："好是好，只怕他不肯来？"王疤瘌子笑道："不怕他奸似鬼，也要吃老娘的洗脚水！我自有道理！"便叫徒弟如此如此，这般这般。徒弟拍手道："蒜苗嫩的香，生姜老的辣！还是师父你有办法！"当时商议已定，就按计行事。

不久，金宝家中又断炊了，老母正愁无米下锅。忽地，清早起来开门时，发现门口有一袋白米，约有六七十斤光景，也不知是谁送来放于门口的。金宝砍柴回来，老母一说，金宝起初还不信，见了白米后，不觉就疑惑起来。去问左邻右舍，都说这几天自己都束紧裤腰带在发愁，哪来多余的白米借给别人。金宝越发疑心了。这时，邻舍们听说金宝家有米，都来商借，有的半斗，有的一升。金宝原是十分爽气的人，但有吃的，哪有推辞之理？于是，来者不拒，一下子借去了大半包。余下的小半包就留下吃了。原想这笔米债暂时记在心中，等收了秋再设法打听送米之人，再来还清的。

隔不多日，傍晚关门时，又发现窗台上有一锭银子，足有十两左右，也不知是谁的？恰值母亲生了疖子，痛得转辗难眠，因无钱请医买药，正在发急。金宝有了银子，便去请医治病。正要出门，只见门口来了个江湖郎中，左手拿一幅白布招牌，上写："疑难杂症，药到病除。"右手套个铁圈，圈中灌几个小铁珠，一摇就"沙郎郎"地响。

此时，金宝喜出望外，就像瞌睡碰到枕头，饿汉看到了馒头，一把拽住那游方郎中就往家里拖。

郎中先看了看金宝娘生在背上的疖疮，皱着眉头说："幸好今天遇到了安某，否则，令堂就没救了！"

金宝一听，心里说："哪有如此严重？莫非这江湖郎中想乘人之危敲笔竹杠吗？"

那郎中一见情形，便笑着说："令堂所患乃是疖疮中最厉害的一种，名曰：'背痈'，俗称'发背'，初起时为粟粒样白头，继则红肿范围扩大，正中形成多个脓头，似蜂窝状，周围有红肿硬结，疼痛剧烈，夜不安眠。严重的有高热、寒战、头痛、头昏等症状。"

金宝告道："一点不错。娘初发病时，只觉背上好生热疼，看时，只见鳌子般红肿起来。是我弄来些绿豆粉喂娘吃了，以抗毒气。近来痈疮愈大，我娘神思昏迷，不想饮食，肌肤也日益憔悴，终夜叫唤，疼痛不止。娘如有三长两短，我也只有一死而已！万望医生相救，如若治愈，小人感激不尽！"

那郎中道："某乃当年水泊梁山第五十六把交椅地灵星神医安道全后代。昔时梁山首领及时雨宋江二打大名府时曾生过此症，看看性命垂危，急派浪里白条张顺来建康府特请我祖安道全。只十日之内，用艾焙引出毒气，然后用药：外使敷贴之饵，内用长托之剂，便叫宋江痈除痈平，饮食如旧，肉体滋润。令堂病情尚轻，只需用清热解毒的中草药内服，外涂小可自制牛黄药膏，三天内即可复原。"

金宝听了,连声称谢不止。

当下,江湖郎中开了药方,无非是连翘、大青叶、板蓝根、白鲜皮、生地、元参、丹皮之类。那药膏打开时一股异臭,扑鼻而来,也不知用何药熬成。内服外涂后,至晚果有奇效,金宝娘竟不喊不叫,睡了个安生觉。第二天,背痈四周红肿渐消,并开口要吃粥。第三天晚上,便见皮肤渐渐红白,虽然疮口未完,却得饮食如旧。喜得金宝笑口常开,不知怎样感谢郎中才好!

金宝娘病情好转,那郎中告辞欲行。金宝从房中取出那锭银子,跪送郎中收下。郎中执意不收,金宝执意要送,两人争执不下。这时郎中开口道:“实对你说,你不用谢我,我叫你去谢一个人?是他专程把我从建康府接来替令堂治病的!”金宝吃惊道:“竟有这等事?如此热心的恩人,容我前去拜谢!”“用不着谢,他只要你帮他办一件事,也就是了!”“莫说办一件事,就是十件八件,我金宝也要为他出力!”“此话当真?”“大丈夫一言既出,岂有反悔之理?”

正说着,门口忽地进来一伙人。为首的额上有一个铜钱般大小的疤瘌。一见金宝就纳头便拜,金宝连忙扶起,问道:“阁下何人?”江湖郎中拍手大笑:“他便是亲自接我来此治病的王员外!”

王大疤瘌拱手道:“前日小徒多有冒犯,尚祈老弟多多见谅?”

金宝这时才如梦初觉,原来站在面前的就是王疤瘌子,乃私盐贩子的首领,欺侮农户的吸血鬼!一时百感交集,不知如何是好?

那挨过打的徒弟,这时笑嘻嘻地上前作揖道:“不打不成相识,从今后便是一家人了,万望秦哥多加提携!日前弟送米送银,俱是师父之意……”

这时,王疤瘌子笑道:“我素知金宝哥是个人人皆敬的孝子;且为人正直,肝胆照人;平时急公好义,济困救贫。深受王某敬慕。为表寸心,此区区小事,无足挂齿。王某不敢亵渎老弟,只望老弟能屈就教头一职,当每月以百金相酬,以三月为期。届时,去留悉听尊便,未知意下如何?”

事到如此,不由金宝不依。

正是:

聪明不过混子,狡猾不过贩子。算定计谋害他人,天诛地灭为自己。

要知金宝怎样当了帮凶,且看下回便知。

第二十四回
摆酒宴王大海夸口　设圈套秦黑虎上当

话说秦金宝为报答替娘治愈背痈之恩，答应给王疤瘌子当三个月的教头，替他训练一批徒弟。三个月后便各奔前程。你赴你的阳关道，我走我的独木桥，依旧井水不犯河水。金宝这次答应当教头，出于无奈，是明知山有虎，偏向虎山行。那些名为徒弟的，实际上就是王疤瘌子用来欺侮农户，剥削百姓的走狗和打手罢了！

金宝秉性善良，正直，素为乡亲们夸赞和器重。如今一当上教头，那些乡亲们远远看见他，就像看见了瘟神一般，不是绕道而行，就是低头疾走。有几次，金宝碰到熟人，主动上前打招呼，对方一见，立刻支支吾吾溜走了。

金宝三番两次碰到这种情形，不由得恨起自己来。暗说：金宝呀金宝，当时要是咬咬牙，不答应替王疤瘌子卖命，乡亲们也不会这样对待自己了。哎，如今……白布掉在染缸里，洗也洗不清了！一会儿又想：横竖我只答应干三个月，一晃眼，时间就到了。那时洗手不干就是！再说，在这三个月内，我只管教武练拳，又不去乡下催逼私盐款。乡亲们会原谅我的？这样一想，才稍稍放了心！

谁料想树欲静而风不止。那王疤瘌子见三个月时间快到，早又暗生一计。

金宝当教头的第一天，王疤瘌子就把他叫到跟前说："老弟，从今天起，你就是教头了。我把三十名徒弟交给了你，人人都要服你的管。要是有谁不听从你的命令，该打该骂全由你！这条牛筋做的皮鞭，是我随身带着寸步不离的伙计，如今交给了你。见鞭如见人，谁要胡搞乱干，你就用它抽上二十皮鞭！老弟，你这金宝的名字太俗气，就像个乳臭未干的孩童，一点威风也没有？我给你改个名字：你生得黑，可长得虎头虎脑，很有些虎威，就叫秦黑虎吧！"

金宝听了也没作声。心想：黑虎就黑虎，反正只三个月。三个月后，我还是叫金宝。从此，大伙就叫他为秦黑虎了。

黑虎当教头十分用心。早晨起来练功，数九寒天，滴水成冰，徒弟们在热被窝内睡得正香正暖，一听吹哨，都巴不得挨一刻是一刻。而秦黑虎却早已起床，练过了一套武当拳，然后从井里提来两桶水，一手拿着一只桶，手举着一直提到徒弟们住房前面。等徒弟们听到哨音，三三两两起来上厕所回来，秦教头已把每个徒弟的洗脸木盆内装满了水。夜里，徒弟们都进入了梦乡，秦教头房中的油灯还亮着，他正在聚精会神准备明天的训练项目！每次，王疤瘌子来视察，都感到十分满意。遗憾的是：日子过得太快了，眨眼间，二个月已过去了。这天，正是关饷的日子。秦黑虎从账房先生那里领来一百两银子。几个平时较熟悉的徒弟都围了上来。一个说："嗨，秦教头，这么多银子呀，该用它来娶个媳妇吧？"那个说："秦教头，今天关了饷，该请客了吧？"原来，上回大伙曾合伙请过秦教头一次酒。秦黑虎说："没说的，走！上利美居去！那儿的香酥鸡特别好吃！"

正议论时，只听见一阵"哈哈哈哈"的笑声，王疤瘌子走了进来，他指着金宝说："秦教头！怎么，你要请客呀？上利美居吃香酥鸡呀？有没有我的份呀？""那还用说，请还请不到哩！""好好好，我一定奉陪！"

这天，果然在利美居美美地吃了一顿，一算账，共计三十两！金宝不免有些心痛银子，但看到大伙兴致很高，也就罢了。

酒醉饭饱，众人正要散去，王疤瘌子开口道："今天时间还早，不如上寒舍去喝杯茶！前天有人特地给我送来两斤碧螺春茶叶，是真正太湖洞庭东山所产。色香味形，均高一等，确是茶中极品。你们有谁知道：这'碧螺春'的名字有什么来历吗？"

众人都知道，王疤瘌子素来喜欢卖弄学问，于是一齐凑趣道："何谓'碧螺春'？乞道其详。"王疤瘌子一面用竹签剔牙，一边说："'碧'乃是状其颜色，好似碧玉；'螺'乃是说其形状，卷曲如螺；'春'，因采摘此茶总在清明前后的早春时际。喝上一杯'碧螺春'茶，清香扑鼻，回味无穷，沁人心脾，更添雅兴！"

"去，去，去！"众人一齐喊道，都被那"碧螺春"勾了魂去。

秦黑虎已有微醺，经众徒弟一怂恿，也便身不由己跟着来到王疤瘌子家中。

这王疤瘌子虽只是一个土霸王，可家中房屋及摆设却十分考究。

秦黑虎一进院门，只见外层院正房三间，东西厦房又各三间。北厅房三间，楼门一座。正房东边还有一间，西边小门楼一座，通向内院。踏进内院，只见也是正房三间，东西边各有一个小院，东边小院却连着一座小花园，此时梅花正含苞吐蕊，暗香流动，红艳照人。房间布置更不必说。四壁裱糊得如雪洞一般。到处摆设起琴棋书画、古董珍玩。卧房中是床帐桌椅，箱橱柜奁。铺的全是锦绣花茵，绫罗绸缎。可称得上珠光宝气，美不胜收了。

大家在花厅中坐下，早有小童端上茶来。秦黑虎把茶杯捧在手中看时，那"碧螺春"茶果然名不虚传；把茶杯移近鼻端时，立刻闻到一阵阵特别的香气。就口小饮，只觉清心爽口，与众不同！确是驰誉中外的名茶！

这时,仆人们川流不息地从门口进来,有的捧盘,有的捧盆,有的捧碟,有的捧碗。里面装的都是苏地有名的糕点、水果等物。

大家都不讲客气,放开肚子往里装。这时,一个徒弟提出:"干坐无聊,不如来玩纸牌消遣消遣如何?"大家都一致赞成。黑虎本不想玩,只是不好意思扫大家的兴,就默不作声。

一会儿拿来了纸牌,大家就玩了起来。黑虎起先只看不动手,后来,禁不住别人的撺掇,也坐了下来玩了起来。黑虎虽技艺不怎么样,但今天手气特好,只赢不输,一会儿工夫,竟赢了三十两银子。心忖:"惭愧,今天这场酒钱,全出在这副纸牌上了!"

等到散了局,已是子牌时分,各人告辞各散。临走时,王疤瘌子说:"今天是秦教头做东,明天就由我做东。全班人马都要到齐,缺一不可!地点就在这里,明天我要刘四保做几样宫里皇帝老倌吃的菜给大家尝尝新!刘四保当年曾在皇宫中当过尚膳司的首席掌勺师傅,是极有名声的人,他做的鱼翅螃蟹羹,蘑菇煨鸡,辘轳锤鱼肚煨火腿,鲨鱼皮鸡汁汤,可说是天下一绝!再没有第二个能胜过他的!可惜天寒地冻,抓不到一只螃蟹,要不,诸位尝了鱼翅螃蟹羹以后,怕都舍不得走了!"

王疤瘌子这席话,早把大家的口水都勾了出来,有的赶紧用袖子去擦,有的连忙咽下肚去。连声喊道:"好好好,明天保证都来!"当下各散。

金宝很晚才回到家中,他娘沈氏还在灯下补衣等候。见金宝喝得满脸通红,便问,"你在哪里喝酒?"金宝不敢说自己请客,更不敢说去了王疤瘌子家中赌纸牌,便把一百两银子往娘手中一放道:"娘,今天关了饷,这是一百两银子,你收好了!"娘说:"儿啊,王疤瘌子花这么多银子请你当教头,会不会安什么坏心!他是个心狠手辣,专门欺压百姓的豺狼,你千万可要小心啊!"

金宝说:"娘,你尽管放心!我会注意的!我知道该怎么做才不至于对不起乡亲们的!"

娘点点头说:"儿啊,俗话说,'害人之心不可有,防人之心不可无。'王疤瘌子家是个马蜂窝,你千万去不得啊,免得惹出是非来!"

"我知道,娘!"

当下一宿无话。第二天晚上,秦黑虎本想找个借口,辞去今晚的饭局。可几个徒弟早早就来邀秦黑虎同去赴宴。黑虎又不善于撒谎,没奈何又被拉扯着来到王疤瘌子家中。

酒宴摆上桌,大家看时,果然那刘厨师的手艺名不虚传。那几道名菜一端上桌,大家都不约而同地"啊"了出来!一齐望着它,谁也舍不得动箸了。看官,你道为何？原来，那菜亚赛过一件件精雕细刻的工艺美术品：有的像一只展翅欲飞的彩色凤凰；有的像一盘盛开的洛阳牡丹；有的像一座苏州的著名园林：小桥流水，亭台楼阁，惟妙惟肖，细看却是萝卜、青菜之类的佐料。真可说是巧夺天工！

这时，王疤瘌子又口若悬河地说了起来："这佳肴名菜，最要紧的是色、香、味俱佳！无论是粤菜、川菜、湘菜，还是苏菜，都逃不出这个范围。色，一讲本菜本色，变色的就是下等；二讲颜色搭配，搭配不当还是下等。香，是讲气味。鸡鸭鱼蛋，猪狗牛羊，均有不同香气。未见色先闻香，香入鼻则食指动。味，是指味觉。甜酸苦辣咸为五味，另加臭怪两味。臭豆腐、霉千张均为浙人所嗜，豆汁、怪味豆、怪味橄榄，怪味杨梅均为粤人所好。山西人吃醋，上海人吃甜，山东人吃葱、蒜，湖南人，四川人，江西人吃辣……"

王疤瘌子正在滔滔不绝，众人早就垂涎欲滴，不等他讲完，早就箸如雨下，狼吞虎咽起来。等王疤瘌子发觉，桌上已是风卷残云，盘碟皆空了！

酒醉饭饱后，照例又是牌局。金宝推说没带银子不愿入局。王疤瘌子搬出两封银子放于金宝面前说："这是二百两，赢了还我，输了就算我的！"

金宝不好推辞，便又入了局。今天说也奇怪：一开始手气特别好，不到一个时辰就赢了二百多两。心里暗忖：好运气，这笔钱给我娘百年之后置棺椁，请僧道，追斋理七，修设好事，超度升天，全都有了！正在暗暗高兴。谁想，那牌风忽然转了向，起先全是赢，如今全是输！又是一个时辰，刚才赢的二百两输光大吉，连王疤瘌子借的二百两也一起光了。

王疤瘌子见金宝输了，心中好不快活，不露声色又拿出二百两放在他面前说："不用担心，有赢就有输，输了再扳本。我就不信一直输到底！"

金宝这时赌红了眼，一心想把欠下的银子赌回来。可是手气欠佳，一会儿又输了个精光，便说："王员外，你便多借些钱，我一并还你！"

王疤瘌子真个捧出了六封银子，共计六百两，叫黑虎点数，另外拿出一纸借据来说："黑虎，这是一千两银子借据，你签个字，也好做个凭证！"

秦黑虎拿起笔来就签了字。这时，脑子懵了，什么也不想，只想扳本！

这一夜一直赌到天光，黑虎一共输了九百九十九两银子，剩下一两算是运气哩！

黑虎这时方才清醒过来，当他想到已欠下王疤瘌子一千两银子的欠款时，不禁不寒而栗了。为啥？因他亲身经历，亲眼看见过王疤瘌子派打手到四乡八里收取盐款的悲惨情景！

众人呵欠连连，正要散去时，王疤瘌子发话道："大家等一等，我有话说？"

众人都重新坐下，只听他说："今天秦教头输了钱，这只能怪他手气不好！其实，千把两银子也算不了什么，有人一掷万金的也有。当年西晋的贵戚王恺曾与石崇比富赌胜，一夜之中王恺就输了无数珍宝哩！不过，我这银子也不是容易赚来的，有借有还，再借不难！不知秦教头何时能还银子？大家都在这里，也好当个中人！”

黑虎一听，那黑脸竟变成了猪肝色，一时哪敢答应！

王疤瘌子见黑虎不答，便说：“这样吧，看在我们相好一场，有两条路任你挑选。一条是秦教头三个月期满后仍在这里相帮于我，我绝不会亏待于你。你的每月百金的酬劳不变。三年后我就无偿退还借据。就是说，这一千两欠银不要你偿还了。另一条是：限期十天。十天不还，那王某就不客气了！这是一纸合约书，要是你愿意走第一条路，就在上面签字吧！”

王疤瘌子一番话，如同一个炸雷在黑虎头上轰响。他自忖：这字绝对不能签！签了字我就跳进黄河也洗刷不清了！不，我不能让乡亲们咒骂，我不能让老娘伤心！我更不能违背良知去干那伤天良害百姓的坏事！黑虎呀黑虎！你一步错步步错，一着输着着输！这不是明摆着是王疤瘌子设下的一个恶毒的圈套吗？你偏偏瞎了眼低着头往里钻！现在我该怎么办？哎，先答应第二个条件再说？活人着难道会给一泡尿憋死不成！办法是人想出来的嘛！

秦黑虎想到这里，便猛地一拍桌子，朗声回答：“好！我答应十天后还钱！”

这话好像晴天霹雳，把在座的人全震懵了！怎么？这秦黑虎莫非疯了？夸什么海口？十天之内到哪里去弄一千两银子来？想翻本？嘿嘿嘿，只剩一两本钱了，能赢回一千两来？他家里最多能拿出二百两银子来，那是他关的饷，还有八百两哪里去借呢？除非他是想要无赖，不想还了，准备打飞脚走路了！可是，走得了和尚走不了庙，家里还有个老娘哩！他又是出名的孝子，总不会扔了老娘不管吧？

不说众人议论纷纷，大惑不解，连王疤瘌子也感到莫名其妙了！不过，他是极有算计的人。就不露痕迹地说：“好！十天后我等你送钱来！”

于是，大家才陆续散走。等秦黑虎离开了王府，王疤瘌子立刻派出几名亲信徒弟，暗中监视他的行动，时刻把情况报告上来，看他葫芦里究竟卖的什么药？

第二十五回
还欠债夜闯狼狗穴　报宿仇忽睹心上人

秦黑虎回到家中，一夜没有睡好。思前想后，唉声叹气，对欠王疤瘌子一千两银子的赌债，竟不知该如何去还清才好。直到打罢三更打四更时，他才想出一条办法来。什么办法？去偷！偷那个？偷贩卖私盐的另一个头子李高榜。这李高榜，外号恶狼狗，原是一个泼皮出身，靠帮闲和代人写诉讼状糊口。后来，连骗带诈，积攒了一笔银子，就与人合伙做私盐买卖。私盐生意越做越大，他的心也越做越黑。一天深夜，他请同伙在船上饮酒，把他灌得烂醉，一板刀砍了，抛尸江心，诳称失足落水而死，把对方的资财独吞了，就此发迹起来。

李高榜与王疤瘌子曾是换过帖的好友。有一次为了争夺贩卖私盐的地盘，打了一次生死架，双方都死伤了几个人。从此结下深仇，两人再不来往。那恶狼狗的行径跟王疤瘌子相比，一个半斤，一个八两，都不相上下。过去，秦黑虎居住的周郎村，原属李高榜的地盘。每年七月间，他就派打手送盐来挨户分俵，到九、十月就上门收款。秦黑虎的紧邻住着一对老人，大伙都叫他们张老爹和张大妈。膝下一个女儿，名唤月娥。虽然身居竹篱茅舍，小月娥却长得十分可人。有《西江月》为证：

眉舒弯弯柳叶，唇点小小樱桃。
偶尔回眸微微笑，管教魄散魂销！
身材婀娜苗条，肌肤白嫩玉雕。
拂眉掠鬓对镜照，更胜天女俊俏！

且说月娥从小就与金宝青梅竹马，一双两好。砍柴，两个一起上山。月娥力小挑不动，金宝就把她的柴分一些在自己的柴担里；下山碰到山路崎岖难行，金宝就先走一脚下山，然后再上去接担子。挑水，两人一起下河。周郎村水源远，要到二三里地外的溪涧里挑水，金宝也一样帮月娥。到月娥长到十三四岁，情窦渐开，金宝却还是一个啥事也不懂的孩童。一次玩过家家，做拜堂的游戏。当金宝用一根小竹竿把遮盖在月娥脸上的一块红绸帕挑去时，月娥忽地上前把金宝抱了个满怀。那时，正是六月炎夏，月娥身上穿得甚是单薄，两个微微突起的乳房，紧紧地贴在打着赤膊的金宝的胸前,吓得金宝心里“扑扑”乱跳,转身就飞也似的逃走了。

第二天,金宝羞得不敢看月娥的胸部,月娥却大大方方地过来,轻声说:“金宝哥,今天陪我砍柴去好吗?”金宝有些怕跟月娥单独在一起,可又舍不得放弃跟月娥在一起的机会。这天砍好了柴,月娥找了块大青石,要金宝过来坐在身边。金宝忸怩了半天,才用半个屁股坐到青石上,心里竟像揣了只兔子似的跳个不停,生怕月娥又会做出吓人的事来。谁知,月娥见金宝如此模样,竟掩着面抽抽搭搭地哭了起来。金宝一时不知该怎么办了。后来,才解下腰里的围布递给月娥拭泪。月娥不理他,并且说:“你赶快走远点,当心沾了我的晦气!”说到这委屈处,那眼泪竟像屋檐水滴滴答答地流个没完。金宝看了不免又心痛又惭愧,只得将身靠近月娥,亲手去给她擦掉满脸的泪水。月娥乘机伏在金宝怀里,双手紧紧地把他抱住了。金宝的心狂跳着,又想逃又不想逃,那软玉温香抱满怀的滋味竟那样甜蜜那样温馨那样刺激那样迷人!眼前此情此景又像做梦又像幻景。突然,一声怪叫,把两人惊醒过来。定睛一看,原来是一只猫头鹰在叫!金哥满脸羞红,赶紧站起来去整理柴担,准备下山;月娥却恨恨地在地上捡起一块石头,猛地向枝梢上那只猫头鹰扔去。猫头鹰拍着翅膀飞走了,那怪叫声却似乎预示着一个不祥之兆。

果然,月娥刚把柴挑回家中,忽见门口来了三个陌生人。为首的长得尖头猴腮,瘦骨嶙峋,两个同伙却都是人高马大,孔武有力的男子。等月娥收拾好柴房,回到茅屋时,只见那瘦个子正气势汹汹地在骂老爹,老爹则又打躬又作揖,哀求来人宽限时日。

月娥听了一会儿,弄清这伙人是来收盐款的!半包盐,竟要价二石半白米,这不明摆着欺压百姓吗?

老爹苦苦哀求,瘦猴不但不听,反恶声相骂,并扬言要搬走种子!庄户人家要是没有了种子,就被推入了火坑!老爹说什么也不让搬!可不搬种子,哪里有二石半白米去缴私盐钱呢?

就在这时,瘦猴一眼看见了月娥,立刻鼠眼变成了狼眼,把月娥从头到脚看了个够饱,然后狠狠地咽下了一口唾沫说:“没有银子不要紧,我家老爷正想物色一位姨太太呢!这妹子长得蛮讨人喜欢。只要嫁给我家老爷,这笔欠债立刻一笔勾销。要是我家老爷喜欢上了,以后就够你享福的!吃的是油、穿的是绸,住的是楼,用的全有!好日子就在后头呢!”不管张老爹哭哭啼啼哀求,那伙人竟嘻嘻哈哈笑着出门扬长而去。

张老爹急得如同热锅上的蚂蚁,对土霸王李高榜惹不起,躲不了,眼看一场大祸就要临头,竟不知如何是好。

月娥急得也没有了主见,就悄悄地过来找金宝商量。两人厮跟着来到挑水的小溪旁，月娥把刚才的情况一说，便哭成一团。金宝竟束手无策，呆若木鸡，一言不发。

月娥哭了半天，最后把泪拭干，一把拉着金宝来到两人常来玩耍的阒无一人的偏僻山洞中。

金宝正想问月娥来此何事？忽见月娥双手飞速地把上衣解开，露出了雪也似的肌肤来。金宝吃了一惊，颤声动问："你，你这是干什么？"月娥流着泪说："原想与你结成夫妻。如今再也不能如愿了！趁着恶狼狗还未派人来抢人，你就先跟我好上一场吧！从今往后，我的身子被别人霸占糟蹋了，可我的心永远是洁净无瑕的，永远是属于你的！"边说边去解裙子。金宝大惊失色，连忙抢上去抓住她的双手道："月娥妹妹，你千万不能这样！恶狼狗派来收账的人不过说说罢了，事情不会像你说的那么严重！我们再想想办法，把欠的银子凑齐，不就太平无事了？"

月娥听后，觉得也有道理，这才羞赧地把衣裙重新穿好，红着脸说："哥！我这身子你都看到了，以后，我就是你的人了！"金宝一把把月娥搂在胸前，激动地说："我的好妹妹，你的心我都知道了！只要你活着，我决不再娶别人！"

谁知，事情竟大出金宝意料之外。第二天，那恶狼狗李高榜就带了十多名打手，抬着彩礼，吹吹打打地进了周郎村。不管张老爹怎样哭喊，不管月娥寻死觅活，竟用绳子把月娥双手捆扎，丢进轿里，一直抬进了李家。当天晚上就拜堂成亲。

这天夜里，月娥暗藏一把利剪，企图在恶狼狗行凶施暴时，与他同归于尽。谁知，剪刀仅仅刺伤了李高榜的手臂和颈脖，就被他用强夺走。月娥哪里敌得过四十上下的大男人，当晚被他奸污了。以后，生米煮成了熟饭，月娥也只得含羞忍辱，得过且过。只是心中一直记挂金宝这个心上人。

自月娥被强行娶走，金宝不胜悲痛。初时，他把一把柴刀磨得锋利无比，一心想找李高榜报仇雪恨。

一个月黑夜，他找到李家后门，正要翻墙进去，却被一条恶狗扑上来咬伤了腿。等腿伤痊愈，他带上了放了毒的馒头，二次又去李家报仇。在后门，那条恶狗闻声果然又冲了过来。金宝忙把馒头抛出。那狗吃后，须臾倒毙于地。金宝翻墙进去，却不知李高榜睡在哪里？正在逐屋寻找，却被两名巡夜的打手发现，那两个巡夜便吆喝一声扑了上来。金宝在智善和尚那里学过拳脚，力敌二人，毫无惧色。不料，经那二人喊叫，随后又来了不少人。金宝不敢恋战，虚晃一刀，夺路而走。刚刚翻上了墙，忽听脑后一阵风声，肩膀上早中了一件暗器，用手一摸，黏糊糊的竟是血！金宝咬着牙忍着疼跳下地，连蹿带跳跑回了周郎村。一直养了三月的伤，伤处才渐渐愈合。从此，他才暂时息了这报仇的念头。

今天，金宝改名为秦黑虎，被王疤瘌子算计得无路可走，这才又勾起了新仇旧恨。他想："我不如去到恶狼狗家中，偷一笔银子，也好来还赌债；如冤家路窄，碰到仇人，我一刀砍了他，然后把月娥从虎口救出。从此和月娥二人远走他乡，隐名改姓，有何不可！只是老娘年迈，无人照料，叫人愁肠千结，无法排遣！"秦黑虎思虑万千，事无两全，只好走一步看一步，吃一节剥一节了。当下主意已定，便在这天夜间，换上一身夜行衣服，带了一把柴刀，一把匕首。一切结束停当，见娘在房中打鼾，便开了门，轻手轻脚地走了出来。

这回去李高榜家已是第三次了。熟门熟路，并无阻挡，翻墙进院后，避开了巡夜的打手，直奔李高榜住房所在而来。李高榜住所一排三间。中间那间稍大，却黑灯瞎火，阒无一人。靠左靠右两间都亮着灯。黑虎先去左首厢房舐破窗纸张看，只见一个妇人正在灯下摸牌。身旁一个丫鬟怯生生地端来一碗不知是燕窝还是莲子羹。那妇人就在丫鬟手中碗内拿起银匙一尝，劈脸就吐了丫鬟一脸面，骂道："你这死蹄子，想谋财害命呀？这么烫的莲子羹也拿给我吃！你不是存心想害我吗？等我死了，让隔壁那个狐狸精当了家，看有你的好日子过！"

黑虎心忖：这悍妇定是恶狼狗的婆娘了！听她言语，就不是一个良善之辈，本当进去一刀宰了她，怎奈我还有事待办，先放她多活几天再说！

于是，黑虎从左厢房，经过中间，来到右厢房窗前，只听得房内一个男子正在压低声音威胁着一个女子说："你别不吃敬酒吃罚酒！我把你的书信交给老爷，那时，你就吃不了兜着走！嘻嘻嘻，小宝贝儿，只要你顺从了我，我心里只有你了！你想跟那个情人通信也好，会面也好，我都不管不问，还保证给你保密哩！小乖乖，上床吧！这会儿老爷不在家，良宵一刻值千金，千万别错过机会呀！"

"滚出去！你这个不要廉耻的猪狗！你去告发好了，我不怕！大不了是个死！这日子我都活够了！我早不想活了！"

啊，这声音好熟，不是月娥还是谁？秦黑虎那颗心狂跳着，伸出手去一用力便把窗户推开了。房里两人听到窗响都一齐回过头来。那男子立刻喊起来："有刺客！快来人啊！"那女子一抬头时，立刻"啊"了一声，紧走几步来到窗前，正想伸出手去拉住黑虎的手时，那巡夜的打手已闻声赶来，接着院子里就响起了告警的锣声，随即从四面八方跑来了许多护院的打手，任是秦黑虎有三头六臂，也难对付这越来越多的打手！

正在这时，人群发声喊，齐叫："老爷来了！"

秦黑虎抬眼一看，只见李高榜穿一身绸衣，摇一把折扇，踏一双乌靴，迈着八字步，颠颠偃偃，歪歪斜斜地走进来。眼看着是在外面喝得酒醉回来的。

当时，有几个徒弟争来告知："这个贼人在窗前探头探脑，被刘管家一眼瞅见，喊起众弟兄来,正要动手捉拿,正好老爷回来了。”

李高榜道:“好!老爷我打了一辈子的雁,想不到这雁竟送上门来了!闪开!等我亲手把他捉了,方显出老爷的手段!”说完,把绸衣一脱,扔于地下,露出里面宝蓝暗花紧身衫裤,说声:“照打!”跨前一步,一个黑虎偷心就朝秦黑虎心窝打去。“来得好!”黑虎将身迅疾向左一闪,“唰”地腾空跃起一人多高,大叫一声:“着!”飞脚就直蹬李高榜的右肩。李高榜吃了一惊,把酒都吓醒了三分,急忙侧身闪过,旋以迅雷不及掩耳之势回击一掌。这一掌叫作老龙探爪,极为厉害;黑虎早有提防,立刻施出武当绝技,用凤凰点头让过。接着收拳换式,脚下一个古树盘根扫了过去,李高榜一个旱地拔葱,高高跳起,就势凌空飞来,勾起脚尖朝黑虎脑袋上踢来。这一招十分厉害,如若踢中太阳穴,不死即伤。黑虎哪敢怠慢,立刻双手交叉,封住顶门。两个你来我往,斗了十几个回合,看看恶狼狗气力不支,只有招架之功,并无还手之力。刘麻子在旁看够多时,发声喊:“弟兄们,快上!谁个活捉贼人,老爷重重有赏!”

众打手先前都看得呆了,经刘管家一句提醒,就大吼一声,四面围了上来。其中一个打手,忽地扔出一条棍子,正好打中黑虎踝骨,黑虎“扑通”地跌倒于地。众人一哄而上,绑的绑,捆的捆,把秦黑虎五花大绑捆了起来。

李高榜本待亲自审问,刚才争斗流了不少汗,觉得身子疲乏不堪,早被大妇玉兰扶到房中洗澡安息去了。

这里,秦黑虎就被关进一间空房里,只等天明再来审问。有分教:黑牢房重会旧情人,白绸巾难偿相思债。究竟秦黑虎性命如何?且听下回分解。

第二十六回
刘麻子使奸赚玉兰　大奶奶吃醋打月娥

恶狼狗李高榜被玉兰扶进房中,洗澡后就鼾然睡熟,立刻鼾声如雷,吵得玉兰再也睡不着,索性披衣起来。玉兰原是勾栏院中有名的粉头。弹拉说唱,样样俱精;床上功夫更是高人一筹。因此,她所在的桃花坊,大有宾至如归,门庭若市的盛况。李高榜的管家刘麻子,当年就是挥金如土的嫖客。不到半年工夫,被玉兰弄得万贯家财都送进了无底洞中了。那龟儿和鸨母全是势利眼,目中只认银子不认人的。有银子使用时,把你当作祖宗般供养着,每天早早叩头请安也不嫌肉麻;没有银子使用时,就把你当作仇人般看待,担心你会白吃白住白嫖,恨不得把你一脚踢出门去。刘麻子一旦床头金尽,立刻遭到妓院里外众人的白眼,连平常设誓道盟的玉兰也躲了起来,再不露面。

刘麻子投奔了李高榜,被安排当了管家,这是天大的恩典。刘麻子当然感激不尽,亟思报答。思前想后,忽地想出了一条计谋来:怂恿撺掇李高榜去桃花坊一游。果然,李高榜对玉兰一见钟情,当夜就用一百两银子当作留夜钱,和玉兰缱绻了一夜。玉兰使出了浑身解数,侍候得李高榜欢喜无限。从此后,就夜夜都离不开玉兰了。看看过了一个月,李高榜在玉兰身上已花费了上千两银子。这时,刘麻子就献计道:“老爷!玉兰乃鸨母的摇钱树,她们一摇玉兰这棵树时,老爷的银子全会飞进他家去了!慢说是一千两,就是一万两,十万两也绝不会嫌多的!不如设法把玉兰娶进门来,岂不省却一大笔花费!”

李高榜夸奖道:“刘管家,难得你一片真心,句句都说到我的肺腑中去了。不过,赎身玉兰,这笔钱少说也得好几千两呢!”

刘麻子笑道:“你要听我之言,管教你不花一两银子,玉兰就是你的!”

李高榜一听,喜得心痒没搔处,忙说:“快请讲吧,要是不花钱娶了玉兰,我便好生谢你!”

刘麻子便去李高榜耳边如此这般地说了一番,喜得李高榜眉开眼笑,连连点头。于是就照计而行。

这天,桃花坊来了两伙人,都指名要玉兰陪酒陪夜。这种情形,历来就有,老鸨不以为奇。心想:只要鼓动如簧之舌,把双方安排好,让大家都满意,事情就了结了。

谁想,今天两帮客人都是榆木疙瘩做就的脑袋,一个个只认死理,又一个个不听劝说。双方都要玉兰立刻过去陪酒。弄得玉兰像老母猪钻篱笆,进退两难了。那鸨母刚上来说嘴,却被一个为首的客人,一巴掌打歪了嘴,气呼呼地骂:"你这条老母狗,快快交出玉兰来万事全休,要不,老子叫你脚生鸡眼臀生疮,坐也不是立也不安!"说完,"哗啦啦"一声便把一桌酒菜掀了个稀巴烂!这边吵得不可开交,另一边也闹得难以收拾:那龟儿过去陪话道:"玉兰姑娘马上就过来。嘻嘻嘻,请大家先多喝一杯酒!"说着,拿起酒壶就去斟酒。不料想手中的酒壶竟被一个中年汉劈手夺走,他把壶盖打开,将壶中烫得滚热的上等花雕,夹头夹脑地在龟儿脸上倒了下来,烫得龟儿高喊救命。这时,只听'轰隆'一声巨响,席面掀翻了,那些盆盆盘盘全跌了个粉碎!要不是龟儿跑得快,差点挨了打!

鸨母和龟儿吓得缩在房中不敢出头,耳中只听得"乒乒乓乓"打碎器皿、家什的声音。就在这时,刘麻子闯进门来了。一问情况,便把胸脯拍得山响说:"这事好办!只要把李员外请来,保险平安无事!""那就有劳刘爷去请了!""好说好说,我是个热心人,最爱帮别人的忙了!"说完转身就走。不到一顿饭工夫,果然只见李高榜带了一伙人赶来了。说也怪,眨眨眼睛,用不着三言两语,那两伙人一齐住了手,还特地把鸨母和龟儿分别找来,对他们说:"今天要不是李大官人亲来,我们非把桃花坊砸烂不可!"这时,李高榜开口道:"好了好了,今天我摆酒请众位一醉,就叫玉兰给大家唱个曲子,斟上一杯酒赔罪!打坏的东西都算在我账上好了!"

"不不,算我的!怎能让李老爷破费!"

"不不,这是十两银子,砸坏的东西我赔!"

鸨儿和龟儿两个都看呆了,想不到李高榜竟有如此权势!把他敬重得像老八代祖宗那样,再不敢在他面前提一个"不"字了!

过了几天,李高榜和玉兰商议娶亲的事。玉兰无可无不可,见说就答应了。刘麻子又去找到鸨母把事挑明。老鸨原指望在玉兰身上捞上几千两银子,就装作舍不得的样子,后来被逼不过,就提出了一笔可观的赎身银数来。谁知,第二天起,李高榜再不进桃花坊的门了。一连四五天,桃花坊竟变成门可罗雀了!到第十天上,先前那两伙人又来了。这回比上回闹得更凶更厉害!一顿拳脚竟把龟子打折了一条左腿!鸨母见不是头,连派三个人去请李高榜,就是不肯来!最后,刘麻子来了。他发话道:"哎,这该怪谁呀?平时不烧香,急来抱佛脚!如今,连我也不好去说了!"

老鸨跪在地上连连叩头说:"请刘管家多多美言,只要了结此事,玉兰从良的事我再不阻拦了!”话音刚落,刘麻子就笑起来说:“你呀,真正是不见棺材不掉泪!早知今日,何必当初!好吧,我给你请老爷来!”

刘麻子的诡计终于实现了。李高榜不花一两银子把玉兰娶到了手,当然十分高兴。以后就越发看重了刘麻子,样样事情都放心交给他办了。

刘麻子自恃对玉兰有功,又是过去的老交情,并且近水楼台,咫尺相望。只等李高榜外出饮宴欢乐,玉兰独守空房之际,他便来鹊巢鸠占。玉兰本是水性杨花,朝秦暮楚之人,有人来陪他解寂寥,开心窍,何乐而不为!? 自此,二人时时欢会,只瞒着李高榜一人。

玉兰虽是妓女出身,但生性奇妒,自和刘麻子重修旧好后,便再不许他越雷池一步。只要看到刘麻子跟丫鬟使女说上几句话,她就把那个丫鬟叫进房来,把门一关,便要丫鬟老实交代。那丫鬟原本无事无心,可吃她一问倒吓得支支吾吾说不出话来。玉兰大疑,非问个水落石出不可!见丫鬟不说,便喝令丫鬟剥光衣服,用竹片抽打,直打得鬼哭神嚎,遍体鳞伤,方始罢休。这天晚上,刘麻子也不得过关,罚他跪三炷香以示惩罚!

那刘麻子却是个馋嘴的猫儿,见不得一丝荤腥,他见了那些稍有姿色的丫鬟,就要动手动脚,捏一下,摸一把,亲个腮,吻个嘴,也是好的!

自从李高榜娶了张月娥后,月娥长得标致,又比玉兰年轻,于是,刘麻子又在转打月娥的主意了。只是玉兰防范太严,而且月娥爱理不理,无从下手,只好暂时咽下这口唾沫。这天刘麻子经过月娥房门,从窗户外向里窥视时,发现月娥正在给金宝写信。于是,心中大喜,认为这是百年难逢的好机会来了!他便蹑手蹑脚去推门。那门竟未关死,一推就开了。刘麻子喜不自胜,心想:这真是天赐良缘了!只要把信抢到手中,就不怕你不乖乖地听我的命令!

那月娥一心在写信,写到伤心处,那珠泪就成串地掉了下来,把信笺都湿了一大片。正想往下写时,身后忽地伸过一只手来,眨眨眼,那铺在桌上写了一半的信,竟被那只手拿走了。

月娥大惊,赶忙回头一看,灯影里见是一张大麻脸。你看它长得如何?

大圈圈里套着小圈圈,小圈圈里套着细圈圈,细圈圈里还有芝麻样的微圈圈!圆圈圈中箍着长圈圈,长圈圈中箍着扁圈圈,扁圈圈中还有芥子般的些圈圈!

月娥见来的是管家刘麻子,心里就有些慌乱。此人是出名的奸猾之徒!听说,当年自己被恶狼狗强娶,就是刘麻子出的阴谋!

果然,只见刘麻子把那封抢来的信高高举起,以此来要挟月娥就范,好达到他卑鄙无耻的目的!

月娥执意不从,正在争执抗拒之时,适逢秦金宝夤夜来李府窃盗银子。月娥望见了日思夜想的心上人，情不自禁跑近窗口喊叫，并伸出手去想拉住金宝。这时被刘麻子一阵喊叫，引来众多打手，把金宝团团围住。月娥不觉惊慌失措起来。正不知怎么办才好？适值李高榜回家，一场恶斗。在人多势众，双拳难敌四手之下，眼睁睁地望着金宝被捆绑押了下去。

就在刘麻子叫喊之际，玉兰耳尖，听见刘麻子在隔壁高叫；细辨之下，才知叫声竟从月娥房中传出。玉兰立刻妒意大发；好呀刘麻子，你深更半夜不来陪伴我，却去月娥房中鬼混！想来二人早就有了勾搭，我却被他甜言蜜语瞒过了。怪不得前些日子，我叫老爷去买几样时新珠花，老爷却要刘麻子去办。后来，我亲眼看见月娥鬓上戴的几支珠花，不但花样新颖，而且做工精细。那只凤凰三点头珠花，更是十分逼真。真个是一步三摇，光闪闪，金烁烁，令人爱煞，叫人羡煞，更使人妒煞！当下，玉兰口中极力赞美，心里却在暗骂刘麻子：死麻子，瘟麻子，断子绝孙的臭麻子！要你去献什么殷勤？拍什么马屁？你不把凤凰三点头送到我手里，却去给那个骚狐狸！真不知你存了什么心？难道老娘错待了你不成？你那颗黑心难道被狗吃了吗？如今回想起来，真相大白了！原来，你早跟狐狸精好上了，怪不得留着时新珠花先送给她！哼！实在可恶至极！

玉兰越想，越咽不下这口气，趁李高榜熟睡之时，竟爬起身来找月娥算账。

月娥经刚才这场惊吓，兀自呆呆地在灯下发愣。心想：金宝被抓，定然凶多吉少。我不救他，还有谁来救他？但不知把他关在何处？有谁在那里看守。有心想叫丫鬟香凤去打听消息，谁知香凤睡得像头死猪似的，叫几遍都不醒，没奈何正想自己前去查看，忽听门口响起“笃笃笃”的敲门声。

月娥一听敲门，以为是刘麻子又来纠缠，心中顿时十分气愤，便厉声说：“你快走吧！我是不会开门的！要是让老爷知道，大家都不得干净！”

谁知，玉兰一听，却错会了意思，以为月娥见老爷回来才拒绝的！可见，老爷没在家时，他俩早就打得火一般热了！于是高声骂道：“小娼妇！你干得好事！开门！快快开门！”

月娥听得是玉兰声音，不知她来何事？就把门打开。玉兰一进房，就指着月娥大骂道：“哼！今天你要老实交代！刚才在房中干了什么勾当？”

月娥心里“咯噔”一下，不由得满脸通红，心也怦怦乱跳起来：不好，一定是刘麻子出首告发了我……于是，结结巴巴地辩解道：“刘管家他……是胡来乱搞……你，你别相信他……”

“好呀，原来你们早在一起胡搞了！刚才我亲眼看到：趁老爷不在家，深更半夜关上了房门，你们两人在干什么好事？”

“冤枉！实在是冤屈人了！我……我没有惹他，是他闯进房来的！”

“哼，母狗不撅腚，公狗能上来呀？你这狐狸精！打从你进门来，我就知道你不是个正经货！成天涂脂抹粉，穿红着绿，不是想勾引野男人是什么？如今竟做将出来了！我要你当众去出出丑露露乖，看你以后还敢不敢偷汉子！”说着就把自己屋里的两个丫鬟，一个粗使大妈都叫将起来，喝令她们一起动手，把月娥外衣剥去，只剩一条抹胸，一条内裤，叫两名丫鬟一人抓住一只手，自己拿了一根鸡毛掸子就夹头夹脑打了下来。只打得月娥身上红一条紫一条，起先还极力申辩，后来，渐渐没有了声音。粗使老妈过去一看，忙报：“姨太太没气了！”

玉兰气犹未消，恨恨地说：“这只骚狐狸在装死！你们谁也不许理她！我们走！”说完，竟带着人扬长而去。

这时，香凤早已惊醒，听见大奶奶在打月娥，吓得不敢出头。一直等到人走光了，香凤才赶紧过来把月娥抱上床，又给月娥灌了一杯凉茶。半晌，月娥才悠悠醒来。香凤又找来伤药之类东西，内服外涂忙了一阵，替月娥换了一身干净衣服，才服侍月娥在床上躺下，自己接连打了几个呵欠，瞌睡又上来了，就又去睡了。

月娥此时全身疼痛虽已渐止，可心中不由悲痛万分！她想起和金宝青梅竹马，两心相印的种种甜蜜日子。谁知好景不长，竟被恶狼狗行使奸计，身落狼窝，受到他的百般摧残！这种日子，活着真不如死！今天，刚刚看见昔日的情人，却被刘麻子一手破坏！情人被抓，生死未卜；自己竟横遭羞辱。眼看等到天亮，那大奶奶定还加油添酱，造谣污蔑，在李高榜跟前谎告，等待自己的命运将是什么，已是不言而喻。与其被李高榜当众羞辱而死，我不如自寻一条死路罢了！

月娥想到这里，就去找来一根白绸带，搬来一条小凳，准备悬梁自尽，一死百了！可转念一想：香凤睡在里房，她一听到凳子倒地的声响，定会惊醒过来，把我救活。那时，我求死不得，想活不成，岂不自找苦吃！罢罢罢，我还是到一间没人住的空房里去自尽，等到发现我时，我已死去多时，岂不干脆利索吗？

月娥记得后天井的一排柴房中间，有一所空屋。只要搬堆柴垫垫脚就一了百了啦！想到这里，手拿白绫，悲悲切切朝后天井那间空屋走去。要知月娥性命如何，且看下回分解。

第二十七回
路遥遥幽冥寻归程　夜漫漫空房叙旧情

张月娥一路行来，幸喜没有碰到什么人。就向后天井那间空屋走去。是夜，月色明朗。一轮月华，把后天井照得雪亮，空屋门却关得铁紧，门上一把牛头大锁锁着，且喜那把钥匙却在锁孔里插着。

月娥把白绫往颈上一挂，腾出手来便把锁打开了。推门进去，月光下却未见有人，便转身去隔壁柴房寻找填脚的东西。正巧，柴房门前放着一条长凳，便顺手搬到空房中，取下颈上那条白绫，正要向房梁上抛掷过去时，一抬头猛地吓了一跳：靠里壁处已有一个人吊死在梁上了！月娥这一吓，吓得三十六个牙齿，捉对儿厮打，那两条腿一似发了癫抖个不住。心想：找替身找到我的头上了！横竖是死，我倒要看看究竟是男鬼还是女鬼？月娥定睛一看，一声“啊呀”就急急奔了过去，是月娥不怕鬼吗？不是！是月娥不怕死吗？也不是。那她为何忽变得胆大起来？原来，那吊死在梁上的不是别人，正是月娥日思夜想的秦金宝！

当下月娥过去一摸金宝鼻息，还微微有些气息；再摸心口，也在轻轻跳动着。赶紧打开绳结，把金宝解了下来。然后，松了绳子，把金宝抱在怀里。

金宝刚才被众打手一顿拳脚，打得浑身是伤；后来又被绳子缚紧，吊在空屋的梁上。起初嘴里还能詈骂，身子还有知觉；一个时辰后，四肢就麻木；再后来，昏昏沉沉就什么都不知道了。等被月娥从梁上解下，松了捆绑，才渐渐地苏醒过来。他仿佛正做一个噩梦，梦中被一只恶狼追逼，逃呀逃，一直逃到悬崖旁，恶狼紧追不舍，两只尖牙快咬到脚踝骨了，忙用力一闪，一个跟斗竟从悬崖上掉了下去。那个深渊好深好深，半天都到不了底。好不容易落到地上，幸喜那地竟是棉絮似的柔软，不但不觉得一点儿疼痛，反感到软得舒适，软得温馨，仿佛小时候睡在母亲怀中！忽然间，自己真正成了一个小小的孩童，有一只温柔的手正在轻轻地拍着自己的背脊，就像当年母亲哄自己睡眠时那样……

月娥把金宝哥抱在怀里，心里说不出是什么滋味：是甜蜜？像这样相依相偎，紧紧搂抱在一起，那已是很遥远很遥远的事了！其实，即使有过这样甜蜜的时刻，也不过只有两回：这仅有的两回，如今已成了月娥最珍贵的回忆！记得一次是在阒无一人的山洞里，一次是在童年做拜堂游戏时。这样的甜蜜时刻太短暂了，也太稀少了！更多的却是辛酸，却是痛苦，却是悲伤，却是斑斑泪痕！有多少次，月娥曾在梦中和金宝相见，每次相见都是诉说离别的痛苦，分手的辛酸。醒来后枕头上早已洇湿半边。那时，月娥还要忍受恶狼狗的兽性发泄，只有没人来打扰她时，她才有时间来回忆过去，瞻望未来。可是，过去和未来仿佛全是黑暗一片，等待自己的命运，绝对不是欢乐而是无限的惨痛和怨怼！就在这时，月娥爱上了读书。仿佛书中有个知心人会对她絮絮而谈，使她懂得了更多的人生。在这些书中，她最爱读的是李清照和陆放翁的诗词，有几首她几乎能背诵出来。例如那首陆游的《钗头凤》：

红酥手，黄滕酒，满城春色宫墙柳。东风恶，欢情薄，一怀愁绪，几年离索。错、错、错！　　春如旧，人空瘦，泪痕红浥鲛绡透。桃花落，闲池阁。山盟虽在，锦书难托。莫、莫、莫！

每当月娥读到"东风恶，欢情薄，一怀愁绪，几年离索"时，便把恶狼狗恨得牙痒痒的，恨不得一刀把他宰了，方消心头之恨！当读到"山盟虽在，锦书难托"时，那泪水就忍不住滚落下来。

给金宝写信，这已成了月娥的一个心病了。她曾写了又撕，撕了又写。总是没有勇气把信送金宝手中！金宝哥能原谅我吗？我现在已成为恶狼狗的姨太太了，天天跟狗睡在一起，金宝哥还会像过去那样爱我想我吗？正像陆游前妻唐婉那首《钗头凤》中说的话：

世情薄，人情恶，雨送黄昏花易落。晓风干，泪痕残。欲笺心事，独语斜阑。难、难、难！

唐婉词中话，正是我月娥心中话。啊，做人难，做人难，最可畏，闲人言！怕人寻问，咽泪装欢。瞒、瞒、瞒！这正是我的目前处境啊！

月娥一想起这些，就忍不住涕泪交加。这时，有几滴热泪正好滴落在金宝的脸颊上。金宝觉得脸上一热，终于睁开了眼睛。

"啊！"他喊了一声。这才发觉自己真的被一个女子抱在怀里了！自己的半边腮帮正贴在女子那软柔的、富有弹性的乳房上！这一吓，吓得秦黑虎立刻想挣脱身子逃走了。可是，他的身子，他的四肢还有些麻木，还不能自如地动弹。加上那女子把自己紧紧地搂着，就怕自己会从她的双臂中溜跑似的总不肯松手。就在这时，忽听那女子轻声在唤：

"宝哥，宝哥，你不认识我了吗？你再睁开眼来看看我，我是你的月娥妹妹呀！"

金宝果然又张开了眼睛，而且睁得很大很大，一眨不眨地望着抱着他的那个女子。忽地，这个昂昂七尺的大男子，竟像孩童一般，“哇”的一声哭了起来……

“别哭！别哭！我的好哥哥……”

月娥劝金宝不要哭，可自己的眼泪却流成了两条小溪水……她没去用手擦金宝的泪，也没有用手去拭自己的泪，而是低下头去，用湿透的脸颊去抚摸擦拭金宝那也已湿透的脸颊……俗话说，伤心人对伤心人，流泪眼望流泪眼。此时此刻的金宝和月娥正应了这句话。

不知过了多少时间，两张湿透的脸颊终于被摩擦得干了，月娥才低低地问起金宝怎样会夜闯狼穴的？黑虎就将中了王疤瘌子圈套，欠下了一大笔赌债，被逼得走投无路，才到李高榜家来偷盗银子和报仇雪恨之事一一说了。月娥也把被恶狼狗强娶后的情况告诉了金宝，说到伤心处又哭了起来。这回，倒是黑虎站起身来，顺势一抱就把月娥抱在怀里，也用脸给她擦干了泪痕说：“如今什么也别说了，趁这黑夜里，我们逃出狼窝再说！”月娥却摇着头说：“李高榜早派了人在院子内外巡夜，一发现情况，就鸣锣报警，那时就休想逃出他们的手掌！”黑虎道：“就是被抓住了，死在一起也比目前要强上十倍！”月娥道：“我这身子反正被糟蹋了，死不足惜！哥哥你是个顶天立地的男子，万万不能死！留着身子，将来总有机会给妹子我报仇呢！趁这黑夜，让妹子把巡夜的引开，你就从西边墙根爬树出去！”“不，我绝不能让你一个人留在狼窝！”

两人商量了半夜，也没有议出一个办法来。不是你反对，就是我不同意。说了半宿的话，两颗心贴得紧紧的，再没有任何东西能把他们分开了！

月光如水，夜凉似冰。为了取暖，两人紧紧地搂抱着……

一对情人，身处空房，四周危机暗伏，时时会有人突然闯进门来。可是，那压抑了多时的相思，那克制多年的情欲，此时此刻就在两个身体紧紧接触中，像决堤的洪水，像迸发的岩浆，不可阻挡地，毫无顾忌地暴发了泛滥了！这回，始作俑者，竟不是张月娥，而是秦黑虎！

起先，他伸出一只手来，轻轻地抚摸着月娥的白嫩的脸腮，月娥的滑腻的颈脖，月娥的柔软的肩膀，慢慢地把手向下移，慢慢地抚摸着月娥纤纤的细腰。当他的手刚刚接触到她那一对挺立的乳峰时，却被月娥笑着打了一下，说：“不许你这样！”

秦黑虎的脸蓦然红了起来，赶紧缩回了手，心里突突地跳着，仿佛有十五只吊桶，在七上八下地响。

“嘻嘻！”月娥笑起来：“原来你看起来像只虎，胆子却跟老鼠一样啊！”

秦黑虎立刻把胆放大了十倍。一伸手就满满地握住了那人间最神秘、最诱人的东西！就在这时，那扇关死了的门，“嘭”的一声被推开了。月光下照见来的是个大麻子！

且说刘麻子刚巧抓住了月娥的把柄，妄想学刘阮去赴云台会，谁料想竟被秦黑虎惊破了美梦！他一发急喊来众多打手，又值李高榜喝酒回来，四面围攻总算制服了秦黑虎。事情了结后，他吩咐两名打手押了黑虎关进空房。打手却把黑虎吊于梁上，以为万无一失，就放心自己去睡觉，临走时匆忙间竟忘记抽出锁匙。

刘麻子睡下后却一直没有合眼。眼前月娥的倩影时隐时现，仿佛在微笑，在招手；又仿佛在含嗔，在气恼。无论是微笑是勾引是含嗔是恼怒，在刘麻子看来都是无比娇艳无限风韵无上秀丽无穷迷人！他痴痴地想：这时候她在干什么？老爷早被玉兰扶进她的房中去了。月娥一人独守孤灯，不会怀春伤春思春想春吗？俗话说，“曾经沧海难为水，除却巫山不是云”。她是过来人，岂不爱这风流勾当？趁这良宵一刻千金之时，错过这个村，再无这个店了！于是，他霍地从床上跃了起来，穿上衣服，开了房门，就朝月娥房中而来。

刘麻子这次做得十分小心谨慎。他先去玉兰窗下偷听。只听得老爷正在床上打鼾，玉兰却在喃喃地说梦话。知道时机来了，便一溜烟摸到月娥门前。抬头一看，门开着；进去看时房中更无一人。刘麻子顿时大失所望：人呢？难道逃跑了？不可能。到处都是巡夜人，她又是一个女流之辈能跑到哪里去？再一想：月娥跟秦黑虎是一对旧情人，当了姨太太还念念不忘跟他写信。刚才在房中见了秦黑虎，不是赶忙奔到窗前喊他叫他吗？后来，大伙齐心合心把黑虎捆绑起来押送到空房，她岂能熟视无睹？这会儿不用猜，月娥一定去空房救黑虎了！想到这里，他立刻脚不点地朝后天井那间关押秦黑虎的空房奔去。等他跑到门口时，正好听见月娥轻声地在制止黑虎不准胡来。刘麻子心里就像打翻了醋坛子，一股酸味直扑鼻孔里。刚想冲进门去，又听得月娥笑一声，说了一句使刘麻子听得酸上加酸的话，便再也忍受不住，“嘭”的一声推门进去，立刻大吼一声道：“好啊！死在眼前，你俩干得好事?!”

黑虎一见大麻子，立刻气不打一处来！刚才在月娥窗外，就看到这个禽兽不如的东西，用月娥写给自己的信作把柄，妄想一逞兽欲！如今正在两情即将款洽之时，他又大煞风景来充当癞蛤蟆！正是仇人相见，分外眼红！不等刘麻子近前，把月娥往身后一推，朝对方就飞起一脚。刘麻子急让时，谁知黑虎这是虚晃一招，第二招仙人指路早把手伸到刘麻子的双眼前。刘麻子吓出一头冷汗，赶紧又一闪。好个秦黑虎，那左脚一扫，就像秋风迅疾，早把刘麻子撂倒在地；正想爬起身时，黑虎的右脚又到，猛的一脚踏住刘麻子的颈项，立刻提起醋钵大的拳头一顿捶，有一下正捶在刘麻子的鼻尖上，酸不溜儿的刘麻子像喝了正宗的山西陈醋！

刘麻子连连讨饶：“好汉饶命！好汉饶命！”

秦黑虎道:“要我饶命不难,你须依我三件事!”

刘麻子:“好汉,不要说三件,就是三十件,三百件,我都依你!”

黑虎道:“好!第一,立刻准备一千两银子!若有半点迟缓,就结果你的狗命!”

刘麻子:“有有有!我马上就去拿来!”

黑虎:“不用你去,你把房门和箱笼钥匙交出,我自和你去取!”

刘麻子:“行!那第二件……”

黑虎:“第二,遇到巡夜的,你命他们都去睡了,休管我的闲事!”

刘麻子:“这好办,我依你就是!”

黑虎:“第三,打开大门送我出去!”

刘麻子:“这个……”

黑虎立刻又举拳就打。打得刘麻子大叫:“依你,都依你!”

于是刘麻子在前,秦黑虎居中,月娥殿后,三人厮跟着朝刘麻子住房走去。

一路上果然碰到两起巡夜打手。刘麻子身后有把匕首威胁着生死,不得不把巡夜的打发回家去睡。

等到刘麻子打开房门来到房中时,他忽然变起卦来。原来,箱笼里只是几件衣服,并无一两银子。

刘麻子撒赖道:“委实房中无有银子,银子全都存在账房里去生息了!”

秦黑虎却不肯甘休,逼着刘麻子连夜去叫醒账房先生取银。刘麻子竟一口答应了。此一去,有分数:劳燕又分东和西,清官难断是与非。要知秦黑虎是否取得银两,且听下回分解。

第二十八回
憨直婢劝主反受辱　浪荡妇见风忙使舵

秦黑虎一心想弄一千两银子到手，好了结王疤瘌子那笔欠债，便逼着刘麻子去叫醒账房先生提取银两。谁知刘麻子早有算计，转弯抹角把黑虎带到一排平房前面就先去敲门喊人。

黑虎不知是计，就在门边等候。门刚开一条缝，刘麻子就大喊起来："快点抓贼啊！"一头喊一头就向房里奔去。

原来，这一排房均为李高榜的徒弟所住之处，一听喊声，纷纷从床上跳起来捉黑虎。黑虎方知中了刘麻子的诡计，正没做理会处，月娥急忙把黑虎一推说："快朝北走！不要管我！"黑虎却舍不得月娥。正在难以割舍之时，左右平房里的打手们也一齐开了门跑了出来，嘴里都高声喊叫："休叫贼人跑了！"

月娥见情况危急，便回身向南逃走，把一群打手引走。

黑虎隐身树后，未为打手发现；只好眼睁睁望着月娥遭难；自己直奔北墙，那儿正好有棵三人合抱的大樟树，便爬树跳出墙外落荒而逃。

且说李高榜一觉醒来，早已红日高照。叫了半天，不但没见玉兰前来，连玉兰房中两个丫鬟也不知到哪里去了。李高榜十分气恼，便要发作，忽见月娥的使唤丫头香凤，两眼哭成胡桃般样，匆匆从窗前经过，便唤住她道："香凤，姨太太可在房中？"香凤见问，那眼泪就像抛珠撒豆一般，哽咽着说："老爷，你快去救救姨太太吧！她快被大奶奶打死了！"

李高榜吃了一惊，厉声说："你胆敢胡乱放屁！大奶奶须是通情达理之人，难道会无缘无故打人？"

香凤哭道："姨太太并无半点差错。都是刘总管在大奶奶面前说三道四，调唆得大奶奶发了火。昨天深夜，老爷睡后，大奶奶就曾打了姨太太！今天一早，又不知为了何事，竟把姨太太一根索子绑了，如今正在厅堂里拷打呢！"

李高榜一听，立刻唾了香凤一脸："放你娘个郎当屁！你敢把大奶奶说坏！当心我撕烂你的皮！"

香凤哭着跪下道："老爷只知一不知二，大奶奶跟刘总管早就算计要害姨太太，只瞒着老爷一人！”

李高榜大怒，喝骂香凤道：“我只知道大奶奶是个贤惠的好人。定是你平时偷奸耍巧，被大奶奶责打过，今天却来这里告状！等我把事情弄个清楚，再来和你算账！”

香凤哭倒在地：“老爷，你千万休听大奶奶和刘总管二人的挑拨，姨太太实实是个好人！老爷，求求你快去解救姨太太吧，去晚了姨太太这条命就完了！”说着就在地上连连叩头，那额上早已青了一块。谁知李高榜非但不信，反一脚踢倒了香凤，悻悻地说：“谁好谁歹，我就没有眼珠呀？倒要你来调唆？滚！快滚开！”说着就大踏步向花厅而来。

李高榜一径来到花厅，只见刘麻子慌忙迎了出来道：“老爷起得好早，小人正想来请安哩！”

李高榜用眼在房里一扫，只见除了几名童仆外，别无他人，便问：“大奶奶呢？”

刘麻子忙说：“老爷有所不知，昨天夜里，姨太太趁黑夜无人，私进后天井空房，竟将那个秦黑虎放走了。大奶奶怕惊醒了老爷，不让小人喊醒，此刻，大奶奶正在处理此事哩！”

李高榜一听，立刻肚里冒火，鼻中生烟，大怒道：“这小贱人真正不识抬举，如今果然做将出来了！叵耐香凤这厮，反来告恶状。不是我眼清耳亮，险些听信了她的谗言！”

刘麻子吃了一惊，又不知香凤究竟说了些什么，不由得忐忑不安，试探着问：“这香凤是个快嘴利舌，专爱搬是弄非。大奶奶几次要把她发送出去，是我给她求情才饶恕了她。香凤定是偷听了此事，故对大奶奶恨入骨髓，到处进行诽谤，老爷千万不可听信！”

李高榜一听，犹如火上加油一般，说：“好啊，这死丫头就交给你了！先拷问她有关姨太太和秦黑虎的暧昧勾当，不是她牵线搭桥还有谁？等她招认后再把她卖给妓院，叫她一世不得翻身！”

刘麻子巴不得如此，立刻一口答应了。

这时，一个家人送来一封请柬。李高榜接来看时，是本县赵主簿请他赴宴，就吩咐了刘麻子几句，回房东盥洗、换衣后匆匆走了。

李高榜一走，刘麻子急忙来到关押秦黑虎的空房里。这时，大奶奶玉兰已把月娥折磨得奄奄一息。刘麻子见了不由得起了怜香惜玉之心，便假意上前对玉兰说：“刚才老爷正找姨太太呢，要是把她一顿打死，一则老爷会责怪于你，二则也便宜了她！你先回房歇着，别闪了腰！这里就交给我好了！”

玉兰一听，立刻变了脸，“呸”的一声，唾了一脸口水道：“你肚子里有几根花花肠子我都知道！你是贼心不死，癞蛤蟆想吃天鹅肉吧？没那么容易！”

刘麻子一听，立刻双膝一屈，“扑通”一声，跪在地上，指着楼板诅咒道：“可冤屈死我了！我心中只有你一个人，要是有什么三心二意，罚我来生还是满脸的马蜂窝、石榴皮！”

“屁！你这个人我还不知道哇，发誓赌咒就跟小孩子过家家似的！上回你不也发了誓吗？你不是也说心中只有我一个人吗？不也说要是去偷鸡摸狗，就罚你来生的脸变成擦脚的浮石，变成缺断的藕根头吗？后来怎么样？你那根只有一个麻点的玩意儿就老实了吗？哼！全是哄骗老娘的话头？”

“不不不！这回我句句都是真话，没有半句虚言，要是我说到做不到，你就罚我永远不上你的床！”

“好啊，你成心想甩掉老娘呀！告诉你，这办不到！要是你敢！我立敢把我俩的事到老爷那里捅出来，管教你吃不了兜着走！”

“行啦行啦，一切你说了算！反正我就是你手掌心中的一个面团团，爱长就长，爱短就短，想方就方，想圆就圆！”

“那好，快跟我回房去！”

“回房？这时候回房去作什么？”

“服侍我睡觉呀？昨天夜里折腾了半夜，今天又累了一上昼，还不该去养养精神呀！”

“别忙！老爷刚才接到县里赵主簿的请帖，去喝酒去了。没有半天时间是不会回来的！等吃中饭时，我就到你房里去，你多准备些酒菜，等我吃饱喝足，养好了精神，保险叫你满意！”

“那好，我走了！”

“我不送了！”

玉兰刚走了几步，蓦然又回转身来，她过去把空房的门一拽，“咔嚓”一声关上了那把牛头锁，把钥匙抽出，往腰带上一掖，然后朝刘麻子嫣然一笑，摆动着腰肢，一扭一扭地走了。

刘麻子眼望远去的玉兰背影，忍不住“噗”地往地下吐了一口浓痰，心里骂道：“该死的骚货，连大白天都不放过我！哎，都怪我不该招惹她……”

骂归骂，怨归怨，到了约好的时间，刘麻子却丝毫不敢违约。他按时来到玉兰房中，只见桌上早摆好几样下酒的菜肴，无非是卤鸭、烧鸡、酱鹅以及牛羊肉之类。桌上的酒具却分外精致：一把金福字壶，两只银雕葵花高脚酒盅，桌旁几上放着一只烫酒的铜甑儿，那阵阵木樨荷花酒的酒香直冲刘麻子鼻孔扑来，不由得他频频地咽下口水。酒盅旁搁两对精细象牙箸，几个小碟子里装的是山西的醋，四川的辣，山东的葱……那玉兰打扮得粉红黛白，妖妖娆娆，系一条粉红色的百褶裙儿，上身穿一件白纱衫儿，望得见里面那条红纱抹胸儿……

那婆娘把丫鬟，使女都指使出去，就关起房门和刘麻子对饮起来。三杯木樨荷花酒下肚，脸庞就红得像朵盛放的荷花一般。她斜着眼，两只眼珠子一错不错涎瞪瞪的，只顾在刘麻子的脸面上睃个不住，看得刘麻子那张麻脸也禁不住腾地红了起来。便搭讪着笑道："大奶奶看我则甚？难道还认不得我这张丑脸麻脸？"

那婆娘笑眯眯地说："不丑，不丑，你这脸麻得实在有趣实在花俏实在可爱实在迷人哩！"

刘麻子的脸越发红了，越发像个熟透的西红柿子，讪讪地说："大奶奶不要取笑我！"

那婆娘吃吃地笑将起来，伸过手去，把那张麻红脸轻轻一捏，指着那斑斑点点密密麻麻的大小圆圈说："你这是世上少有，人间罕见的天书上的文字，只有碰到我才识货哩！这宝贝疙瘩，连你还不知道它的身价作用哩！"

刘麻子今天也多喝了几杯，便忍不住问道："你就说说看！也叫我长长见识！"

那婆娘掩着口笑道："你那些宝贝，就跟玉有血斑，月有清阴一般，是天地间至灵至秀的邪气刻铸而成，数一数三千六百颗，正合上天三十六周天之数！古时有个女娲炼石补天，因天倾一角，有了隙窟之故也！如今，即使女娲再生，炼成玉石金石磁石宝石沙石铁石陨石顽石化石岩石，恐怕都补不满你这宝窟，即使把三千六百个宝窟全添补齐全了，我敢打赌：决比不上目前这碎窟小窝儿的俊俏哩！还不止这些呢，那平平坦坦滑滑溜溜的脸，光好看却不实用？有一回我正好伤心流泪，你把脸靠着我的脸，擦一会儿，脸上的泪珠儿都吸到你的小窟窟里去了。这叫作'拭泪窟'！还有一回，我背上痒得要命，搔又搔不到，你把脸贴在我的背上一摩，一会儿，背上再不痒了，还感到挺舒畅之极哩！这叫作'搔痒窝'！你看，它的身价作用岂能等闲相看呢？"

这番话，说得刘麻子心花怒放，把婆娘一把抱在怀里，用脸在妇人脸上颈上肩上胸上到处摩擦，一头说，"叫你再尝尝这灵窟秀窝的滋味！"

两人正在得趣，不料想那扇关上的房门，忽地"轰隆"一声巨响，上下两个门轴全被推断，门开处，一个杀气腾腾的恶狼狗李高榜，叉开双腿，山一样站在门前，指着两人骂道："狗男女！干得好事！"

刘麻子一见，立刻吓得呆了。双脚像生了根似的，再也迈不动步子。

那婆娘却笑着从刘麻子怀里挣扎出来，顺手打了他一个刮辣松脆响的大耳光，恨恨地骂道："烂麻子，臭麻子，瘟麻子，死麻子！也不撒泡尿去照照镜子！我好意备下酒菜酬谢你捉拿刺客有功，你竟敢趁老爷不在家调戏我！我待要叫人，他竟敢拦住不放！老天有眼！要不是老爷赶到，今天我就吃你奸污了！”一头说一头大哭，拉住李高榜的袖子，非要李高榜惩办刘麻子不可！

李高榜原是个优柔寡断之人。刚才又没有抓住真凭实据，吃婆娘一哭二诈三撒娇，那心早就软了，只把怒气泼到刘麻子身上。当即取过挂在壁上的鞭子，先到刘麻子身上用力抽了十多鞭，抽得刘麻子在地上乱翻乱滚，大喊救命。打完后，就叫打手把刘麻子押到空房里吊起来，等晚上再来发落！

这时，丫鬟香凤进来告说：“姨太太被刘总管至今还关在空房里呢！这全是刘总管调戏姨太太，姨太太坚决不肯，才谎骗老爷和奶奶而关起来的！”

李高榜挥挥手说：“把姨太太放了出来！这贼麻子！是我看他落魄无依把他收留下来的，想不到他竟然恩将仇报！传我的禀帖，明日一早将他押送到知县相公那里治罪，为恩将仇报者戒！”

原来，李高榜刚才在赵主簿家中喝酒，酒后说好去宝带桥泛舟赏月，尽半夜之游。因怕夜凉露重，特地回家换衣的。不想正好碰到这件丑事。

当时，李高榜处理此事后，便换了衫袍去宝带桥游玩了。

原来，宝带桥乃苏州著名风景胜地。它建自唐代元和年间。当时苏州刺史王仲舒因建桥费用浩大，难以筹措。便把身上的宝带捐助变卖作为费用，当地士绅也纷纷捐献，历三年之久，终于造成这座宛如“长虹卧波”的五十三孔的连孔长桥。桥长有三百一十六点八米，远看就像飘动在绿波上的一条玉带，故名宝带桥。

据传，每逢八月中秋，当一轮明月高挂碧空，在朗朗月光的照射下，水面上就会显出一幅串月的奇妙景象：远望宝带桥的每一孔桥洞中，都有一轮月亮在那里闪亮荡漾，就像一串用一条长长的丝带把一个个月亮穿成一长串瑰丽无比的珠宝一样，在碧绿的水波中发出璀璨耀眼的光波来！

要知李高榜一走，刘麻子的命运如何，且看下回分解。

第二十九回
恶狼狗丧命归地府　秦黑虎探监遭横祸

李高榜一走，大奶奶玉兰立刻赶到空房，亲手把刘麻子从屋里梁上放了下来，解去捆绑的绳子，然后把他扶到住处，帮他洗了头面，换了衣服，拉他并肩坐在床沿上，柔声娇气地说："你可别多心！要不是把你狠骂一顿，我俩全得完蛋！恶狼狗的手段，你不是不知道！趁他还没有怀疑到我头上，我才能设法救你。懂吗？"

刘麻子沉默了半天，这时才狠狠地横了她一眼："哼！你倒推得干净，把一桶泔水全扣在我头上！明天怎么办？眼看着叫我上公堂去挨板子呀？"

玉兰用手指一戳他的脑袋："你呀！真是个糊涂蛋！你这个活蹦乱跳的大男人，还能给尿生生地憋死呀！"

刘麻子心里一动，忙问："我的好人！快说出办法来娘，人家都快急疯了！"

玉兰便去刘麻子耳边说了半晌的话，直听得刘麻子一会儿惊起一身粟粒疙瘩，一会儿吓出一头豆大汗滴，一会儿麻得通体动弹不成，一会儿喜成一脸菊花瓣儿。

那妇人说定之后，圆睁着两只杏眼，恶狠狠说："怕什么！量小非君子，无毒不丈夫。亏你还是个男子汉哩！你要是胆小怕事，明天一早在公堂上挨板子的可不是我！"

"不不不，不是我怕，而是细细商量一下，万一出了一点纰漏，有了一丝疏忽，你我都得死！"

"哼！死便算什么！五年前老娘就死过一回了！可这回，还说不定谁死在谁手里呢！"

"轻声些！"

"你又怕了！杀人不过碗大的疤！老娘在家时虽未拿刀杀过人，却也曾拿刀宰过猪杀过羊！一刀捅一个血窟窿，白刀子进去红刀子出来，那时，老娘也没有吓死！"

"行啦，行啦！我的姑奶奶！你没听过：'隔墙须有耳，窗外岂无人？'像你这样，还没有磨好刀，自己的脑袋早被人砍掉了！"

“嘻嘻，倒是你老奸巨猾，脸上笑眯眯，可心里长牙齿。就像倒瓤的冬瓜，一肚子的坏水！”

“好了，好了，事不宜迟，照计行事。恶狼狗要是今天回不来，事就糟了！”

“你放心！他要不回来，我派个无常鬼把他找回来，今夜五更，非叫他去见阎王不可！”

当下两人密议已定，各自分头去作准备。

这天夜里，李高榜在宝带桥畔泛舟赏月，喝酒听歌，甚为欢洽。

赵主簿的如夫人，不但长得十分美貌，还善唱曲子。一时丝竹悠扬，笙歌盈耳，满舱宾客，无不乐而忘返！只听她莺声呖呖地喝了一曲《浣溪沙》：

满目江山忆旧游。汀洲花草弄清柔。长亭舣住木兰舟。　好梦易随流水去，芳心空逐晓云愁。行人莫上望京楼。

如夫人唱罢，又亲自下座来，纤手执一把金壶，袅袅婷婷给大家斟酒。当她来到李高榜跟前，只见她裙舞香风，如花弄影，一面斟上满杯，一面朝着李高榜嫣然一笑，当那秋波一转时，李高榜便全身酥软，赶忙把酒一饮而尽。

是夜，李高榜吃得醉醺醺的被人扶着回到家中。只见房里红烛高烧，照亮了一桌佳肴美酒。桌旁坐着一个浓妆艳抹的女子——玉兰。

今夜的玉兰，经过精心的梳妆打扮，更比平时要美艳妖致数倍。

李高榜刚才在船上碍着赵主簿的脸面，对他的如夫人不敢放肆，可那双贼眼早把她从头到脚摸了个遍。有一次如夫人来劝酒时，他借酒盖脸，伸手接盏时故意摸了一下她的纤指，害得如夫人赶紧缩回手去，那杯中之酒竟溅了李高榜一身。李高榜却毫不在意，反而沾沾自喜，以为占了便宜。一直到席散，他还未能对如夫人忘情哩！

回到家中，一见灯下的玉兰，不禁又想起了那位唱曲的可人儿。便权当如夫人在陪他饮酒作乐，倒也别有一番趣味。那玉兰有心将他灌得烂醉，好从中下手。于是左一杯，右一杯地灌了起来。一会儿，早把李高榜灌得连说话也含糊不清了。

“我……我没，……没醉！再……再干……呃，呃，呃……一杯……”

当李高榜喝得烂醉如泥，动弹不得时，那刘麻子便蹑手蹑脚地走进门来。一回身又把房门关死了。

刘麻子：“行了？”

玉兰：“行了！”

刘麻子：“全准备好了？”

玉兰：“好了！”

刘麻子：“在床上干？”

玉兰:“不,那会弄脏被褥呢!”

“好,抬下来,在地上干!”

“他会叫呢!”

“先塞块布在嘴里!”

“对,我来抬头!”

“不,还是我来抬头!”

“那就快些!”

“没事,离天亮还早哩!”

等两人将李高榜放倒,收拾完毕,一切弄得干干净净,恢复原状时,天色已渐渐明亮起来。

刘麻子叮嘱道:“现在就看你了!你要哭得像真的那样伤心!”

玉兰道:“不消你吩咐,我自会理会!就怕验尸……”

刘麻子道:“县里验尸的胡八,乃是个赌迷?等我寻到他时,我自会见机行事!不过先得用些银子来上上下下使用,省得有人啰唣!”

玉兰道:“这容易!这条恶狼狗,做多了恶,连个后嗣都没有!前几年死了老婆,娘家的人都说是他把老婆毒死的,准备打官司。只因他结交官府,怕吃亏,才忍了这口气。从此,再无人上他的门。如今,恶狼狗一死,连个灵前捧牌位的也没有,这是活报应!那田产、屋宅、店铺、船只,全归我们两个了,就是花上一半产业打官司,也是值得哩!你要银子时尽管说,我叫账房给你就是!”

不说两人商量停当,五更天时,玉兰就哭将起来,说是老爷夜来喝醉酒回来,又多贪了两杯,竟然醉死了!当时,家里尚有主管、账房、打手、徒弟、仆人、家童、丫鬟、使女等人,也有暗中怀疑李高榜死得蹊跷的,却没有一人站出来质疑的。只有月娥的丫鬟香凤却哭得十分伤心,不断在月娥面前唠唠叨叨,说好端端的一个老爷,竟无缘无故死了,这里面一定有鬼把戏!

月娥因怀恨李高榜,巴不得他早死。如今真的暴死,也觉死得可疑。那大奶奶和刘麻子的暧昧行动,她也耳有所闻,目有所见。只是没有真凭实据,只得暂且放过一边。听香兰一说,也觉此事可疑,便留心起来……

那玉兰天明时分便大哭起来。那哭声倒也有些惊人。原来,世上妇人哭夫,共有三种不同哭法:第一种:有声有泪,边说边哭,涕泗纵横,悲恸万分。这是真情流露,没掺一点假!第二种:有泪无声,不说光泣,泪如撒豆,痛彻心扉。这也有大半真情,不过较之第一种就稍逊一步。第三种:无泪无声,光号不悲,哀而不伤,啼而不痛。这样的妇人,口中在哭丈夫,心中却在思想野老公。这是打幌子骗人的。玉兰正是这种妇人!

且说刘麻子为掩人耳目，把丧事办得格外辉煌体面，仿佛与银子有仇一般，泼水似的花用。

当下就在大厅里办起丧事来。先把字画古玩都收了，用巨卷白布做围屏，中间是一个桌面大的“奠”字，两边挂两副挽联，上联是“从来未存私心只存公心心心能指地为誓”，下联是“生平不做歹事专做好事事事可对天设盟。”然后把李高榜的死尸用板门抬出，停于正中。下铺锦被，上覆白布，并排安放了两张八仙桌，桌上胡乱放些果品糕点，点燃了香烛，供起了灵牌，上写：“亡夫李高榜之灵位。”尸体脚后小杌上点燃起一盏随身长明灯，叫两个小厮专门在旁击磬烧纸。一面请来阴阳先生来看时批书，择准停灵日子。又请几个师姑、和尚来念经，念的无非是《密多心经》《药师经》《解冤经》《楞严经》《枉死经》《投生三界经》《大悲中道神咒》《普度众生神咒》等，请引路三菩萨接引冥途，早升天界！

接着又请来僧道众人，在大厅上设坛做功德，拜《大悲忏》，超度前亡后死冤魂。几天后，众道士又来打《解冤洗孽醮》，一时厅上厅下鼓钹之声不绝，吊唁者接踵而来。

出殡那天，棚阁毗连，旛幢蔽日，看者拥塞，路为之阻。出殡队伍以纸扎巨人方弼、方相为前导，随后一对对纸人、纸马、纸轿、纸船，浩浩荡荡达数里之遥。

李高榜没有子息，丫鬟香凤甘愿为义女，请任摔丧驾灵事。何谓摔丧？原来，在灵柩出殡时，做子女的要摔一瓦盆在地，然后灵柩方能“起扛”。这就叫“摔盆”，也叫“摔丧”。“驾灵”则是：主丧的孝子或孝女在柩前领路之谓。

这李高榜干了几十年坏事歹事，死后还有这样一位“忠心耿耿”的义女，也算他死后一点安慰了！

等李高榜一死，刘麻子和大奶奶玉兰俨然一对夫妻。起初还遮遮盖盖，掩人耳目，只敢在深夜时分幽会。后来，竟然明目张胆，双宿双飞。

月娥实在看不入眼，索性与香凤两人，终日关了房门，寸步不出。

谁知，俗话说，“慈悲生祸害，良善被人欺”。那玉兰早就提防刘麻子会对月娥起觊觎之心。便心生一计，把一套僧衣僧帽僧鞋，趁月娥和香凤在李高榜做五七正五日之际，正当众僧开方破狱，传灯照亡，参阎君、拘都鬼，延请地藏王，开金桥、引幢幡；那道士们正伏章申表，朝三清、叩玉帝；禅僧们行香、放焰口、拜水忏；十二众青年尼僧，搭绣衣，靸红鞋、在灵前默诵接引诅咒，主婢两个叩头礼拜的当时，偷偷地把来藏在月娥房中。

月娥做梦也没想到玉兰会下此毒手。

等法事刚完，玉兰房中就叫起贼来，说是看见一个光头和尚从月娥屋里跑出，一会儿就翻墙走了。

刘麻子不知是计，一听月娥房里走出个和尚，心中立刻就像打翻了醋缸一般。头一个冲进了月娥房中乱找乱翻，不一会竟从橱柜中找出一套崭新的灰布直裰道袍来。玉兰的丫头也从床垫下找到了一顶僧帽，床底下找到了一双布鞋。

刘麻子气得脸上三千六百颗麻子颗颗都膨胀了，变红了。立刻把香凤一顿好打，逼她说出姨太太怎样和和尚来往？怎样幽会通奸的？

可怜香凤被鞭子抽得遍体鳞伤，也说不出一点可疑的线索。只是反复说："冤枉啊，姨太太是正经人，绝不会干出这等事来的！"

刘麻子舍不得打月娥，只是用双目看玉兰眼色行事。谁知，玉兰这次却未动手打人，而是立刻要账房先生写下一张状纸，告到县里。不久，刘麻子眼睁睁地望着月娥被皂隶们一把铁链锁了，押进了牢房，只等知县放告之日审问了。

那香凤见姨太太一走，哭得死去活来。当夜，一根绳子甩到梁上，打个死结，踏上小凳，将脖颈伸进绳套，两脚一蹬，双腿悬空，一心想跟随主人李高榜而去。

谁知被路过的一个丫鬟发现，急忙破门而入，把香凤解了下来。香凤灾星未脱，终于悠悠醒来，立刻又放声大哭起来。

玉兰对香凤十分厌恶，又怕她再次寻死，就要刘麻子当天把她以八十两身价银子卖给了群芳楼的老鸨了。

花开两枝，书表一头。那秦黑虎自从在李家被月娥引开巡夜打手，从北墙爬树逃生后，一直念念不忘月娥的深情厚爱。只是李家人多势众，把守严密；自己独自一人，孤掌难鸣。不想，没隔几天，在篦头铺子里听得待诏言讲：那私盐贩子恶狼狗李高榜竟然无缘无故地死了。秦黑虎听后，以手加额道："皇天有眼！恶人自有恶报！天网恢恢，疏而不漏！"有心想趁出殡之日，和月娥偷偷见上一面，设法把她从狼窝里救出来。谁知，在殡葬队伍里，只见香凤，不见月娥。他又不好找人询问，心里揣了个闷葫芦，无法排遣。之后，他又日日去李家门口徘徊，企图见上香凤一面也好。谁知过了一个月，连个影子也未见到，月娥更是影踪全无！正在疑虑时，忽听说月娥与僧人私通，已被送官法办。……

这一惊，直惊得秦黑虎茶饭无心，夜不成眠。就东借西挪，准备了一些银两，提了一竹篮饭菜，前来探监。此一去，有分教：探监正逢黑道日，诉衷恰遇讨命鬼。要知秦黑虎与张月娥命运如何，下回自有分晓。

第三十回

装疯癫月娥拒情人　受贿赂仵作坏良心

话说秦黑虎提着一篮饭菜，去县监狱探望被关押在女牢中的张月娥。秦黑虎从李家院逃出后，一直没敢回王疤瘌子那里。一怕脱不了身，又去当帮凶，干坏事；二怕讨要一千两银子的赌债。他又不敢回家去见母亲和周围邻居。母亲身边已有二百两安家银子，足够她慢慢花用度日。他就成了个无家可归的浪子，暂时借住在县郊一座破败的东岳庙中。庙里仅有两个和尚：一个叫惠觉，一个叫普清。这两个和尚日日在外化缘，想重修东岳庙；只在黄昏时方回庙歇息。因此，对秦黑虎也不来过问。秦黑虎也落得独来独往，自由自在，互不干涉。

秦黑虎虽未尝过坐牢的滋味，却也听说过坐牢的苦处！有句俗语："监牢卡房，气死霸王。"任你是英雄好汉，一踏进这大门顶上雕着狴犴的监牢，也得脱几层皮！牢房里的主事，禁子、禁婆、看守，哪个不是红眉毛，绿眼睛？张着血盆大口要喝要吃；伸着鸡爪子要金要银。稍不满足他们的私欲，不是骂就是打！牢里的私刑名堂众多，听了也会让你吓得胆破！什么"开加官"啦，"挨孝棒"啦，"坐高楼"啦，"跪蒺藜"啦，"滚刀山"啦等等。就是那故意的折磨，也叫人难以忍受：如叫犯人睡在臭气熏天的尿桶边的地上；草席下面不但臭虫、虱虮、蛐蜒多得没法计算，有时还有蜈蚣、蝎子、蜥蜴之类的虫豸前来偷袭！一想起这些，黑虎周身都起了鸡皮疙瘩！想到一贯爱干净，肌肤白嫩的月娥要去受这些苦时，心中就特别难受！月娥呀月娥，要是坐牢能够叫人替代的话，我甘心情愿代你去坐牢，但愿你早日脱离苦海，得申沉冤！

秦黑虎边走边想，不觉已来到牢狱门前。一抬头就看见两扇钉满铁钉的黑漆牢门，门顶上那个张着血红大口的狴犴样子有点吓人！可传说它只吃坏人，不吃好人。好人进监遭冤枉官司，必定被放出来；坏人作恶多端，进了监就再也不放出来！可传说归传说，世上有多少坏人，只要有银子上下使用，不多时就能放出来逍遥自在，狴犴也只能张口结舌瞪大眼干生气；要是没有银子使用，天大的冤枉也只能戴着一面七斤半铁叶盘头枷去坐牢！

牢门边上有扇小门，小门上安了一个小窗，黑虎就去窗口问讯。也是黑虎运气好:提牢主事不在,一个老禁子在值班,听了黑虎央告,又接了二两碎银,就开了小门让黑虎进去探监。

黑虎在一名看守的带引下,走过一座大天井,就来到关押犯人的两排牢房正中一条狭长的走廊里。这些牢房,按天、地、纲、纪、儆、恶、改、过等字样作为牢房的号名。每间房长不过七尺,宽不到五尺。却各关着五六个,七八个不等的囚犯。囚犯们个个都蓬头垢面,鹑衣百结。乍一看,活像是一群鬼怪!看见黑虎提一篮饭菜经过,都嗷嗷地喊着拥到栏栅边伸出手来向他讨吃要喝。被看守喝一声,方才老实地缩了回去。

牢狱内的男女犯都分别关押。管女犯的是禁婆。其手段狠毒,绝不比男牢禁子略逊;其奸刁恶毒,还有过之无不及!

秦黑虎来到专门会见囚犯的一间小房,由看守通知禁婆,然后由禁婆开了枷,把月娥带进房里。当女禁婆牵着月娥走进门来,就这一个多月功夫,月娥已仿佛变了一个人:原先那细嫩白皙的鹅蛋圆脸,竟成了苍白的瓜子脸;原来丰腴红润的两腮,竟成了颧骨高耸瘦骨嶙峋;原先两只水汪汪的大黑眼睛,如今呆呆地显得没精没神。秦黑虎一见,口未开,眼已酸,一眶泪水夺门而出,哽咽着说:"月娥妹妹,你受苦了!"

"你是谁?"

"我是金宝啊!"

"我不认识什么金宝银宝!哈哈哈哈!好笑哇!真好笑哇!金宝,银宝,哈哈哈!太好啦,拿一个来我用吧!"

"月娥!月娥你难道气疯了?连我都不认识啦?"

"我……我认得!认得你!"

"对对,你一定认得的!你不会忘记我的!"

"你是金宝,你是银宝,你是天下最值钱的宝贝吧?"

"不不,我是你的金宝哥呀!"

"哈哈哈哈!哈哈哈哈!好笑啊好笑!"

"不不不,月娥,你不会忘记我的!你还记得我们一起上山砍柴的事吗?"

"砍柴?我们一起上山砍柴?"

"对对,那时,我们一路上山你还一路唱着……"

"我唱,我唱!哈哈哈哈!哈哈哈哈!'一从混沌开天地,二郎担山赶太阳,三气周瑜芦花荡,四郎失落在番邦,五子去把赵关闯,把守三关杨六郎,七星归位诸葛亮,八仙过海闹荡荡,九里山前摆战场,十面埋伏楚霸王,十一征东薛仁贵,十二甘罗为丞相,十三太保李存孝,十四大刀王彦章,十五月圆嫦娥守空房,夜夜想念丈夫暗自伤!'哈哈哈哈……"

黑虎听了,心里像刀割剑剜,百感交集。那一旁的禁婆却发话道:"这个女犯,关进牢中不久,就疯疯癫癫,问东答西,问黑答白,实叫人头疼!时间已到,有东西就留下,我可没工夫和你纠缠不清!"

黑虎赶紧赔上笑脸,抓把碎银,送与禁婆道:"可怜我这月娥妹妹,好端端一个人,落得如此模样,说来叫人痛断肝肠!我带来一篮饭菜,烦你拿回牢中与她吃了!我……我下次再来探望与她……"

禁婆道:"饭菜权且留下,我劝你下次不必再来,来了徒自伤心。有银子可多送些来,我自会买些糕点水果服侍她吃!"

黑虎道:"多谢婆婆!今日身边带银不多,下次一定多带!"

禁婆一听便变了脸说:"你也是个不识礼数的人!哪有探监不带足银子的!下次没带银子,休来啰唣!"说着就把铁链一牵,悻悻地带过月娥,头也不回地走了。

一直到看不见月娥的身影,秦黑虎才长长地叹口气,垂头丧气地跟着原先那个看守,回身出监而去。

话说这张月娥,压抑着内心无限痛苦,故竟装出疯疯癫癫的样子,一心想让心上人绝了相思念头。同时,也免得他因自己吃官司而受到牵连。在她的心里,巴不得能够和金宝哥诉说衷肠,把这一个多月来李家院发生的种种事情都告诉他。只要能听到金宝哥一句半句的安慰,她那颗受伤的心,便能变冷为暖,止痛化冻!可这样做,就会使金宝哥越陷越深!她知道他的脾性:只要自己的冤屈一天不申雪,他一天也不得安宁!如今,她硬起心肠,用装疯把金宝哥支走气跑,内心痛苦更不是常人所能承受!当她一回到牢房,那眼泪就像下雨一般滴滴答答流个不住!唉,正是哑子漫尝黄檗味,难将苦口对人言!

按下月娥不表。且说吴江县知县张肃,这日听得治下有个盐贩头子李高榜新近亡故,出殡时千人空巷去看,人多拥挤,竟有个待产的产妇将孩儿生在围观的人丛之中;出殡队伍过去后,有人在地上捡了一箩担被挤轧而失落的各种鞋子。李高榜仅仅是一名私盐贩子,死后如此排场,大出知县意料之外,暗忖:生前他和我虽也相识,曾一起喝过几次酒,可却未曾在他身上发过一注横财。如今人已死去,倒白白地便宜了他!再一想:人死了,那田产、房屋、店铺、船只以及成千上万的银子还在,他家又没有兄弟姐妹,白白地糟蹋了。我何不在他身上做做文章,弄它几千两银子花花,岂不妙哉?想到得意处,不禁暗自笑了起来。

那知县正要着人去叫当时验尸的仵作胡八来问,好从蛛丝马迹中发现线索,打开缺口,从中追逼取利;不想书办却匆匆地送上一纸状告来。那知县展纸一看,只见上写：

为替夫申雪奇冤事：

妾身林玉兰，嫁夫李高榜。夫妻和睦，家事兴达。不料自夫娶小妾张月娥进门后，家门不幸，勃豀时起。只因月娥一贯品行不端，风流成性。不是倚门卖笑，勾引浪子；就是偷鸡摸狗，败坏门声。先夫在日，曾多次规劝，非但不听，反撒泼行凶，形同疯癫！日前，先夫自赵主簿处饮宴回家，止是半醺。月娥见有机可乘，使出狐媚手段，用酒灌醉先夫，以致当场暴亡。死后人言凿凿，均谓先夫死得不明不白！以后又从月娥房中走出和尚一人，搜出僧衣等物。显系与僧人通奸后，怕丑事败露而共同谋杀先夫！今逢明镜高悬，小妇人敢陈微忱如上，希先夫沉冤得雪，荡妇之毒能除！沥血叩首，乞能昭鉴！

未亡人林玉兰跪呈。

吴江县知县看罢诉状，不禁哈哈大笑，自语道："我正要钓鱼，谁想鱼自来咬钩了！"便命人立即传仵作胡八。

差役奉命去传胡八。不想这胡八却不在家里。原来，胡八原是个见竹牌就忘记八代祖宗的人！上回，他受了刘麻子一条蒜条金，便把李高榜尸体验尸一事走了个过场，就当面填就了一张正常死亡的尸格。俗话说，赌场里的银子，来得快去得也快！一条蒜条金眨眨眼便换了姓氏。今天，他又在赌窟里输得光光大吉，一步懒似一步在街上行走，忽然肩上被一只手轻轻一拍，回头看时，原来就是刘麻子！

刘麻子笑嘻嘻说："胡大哥去哪里？"

胡八胡乱应道："去吃饭。"

刘麻子满面堆笑说："正好我也肚子饥了，走，上杏花楼喝两杯去，兄弟我请客！"

胡八生平除了爱赌，还跟酒也结下了不共戴天之仇。一见这酒儿，便拼命地喝他个一醉方休！当下就厮跟着上杏花楼来。

两人上得楼来，早有小二接着，引到边街阁儿里雅座。小二擦了桌子，掸了椅子，放了杯箸，便问："刘大官人要些什么酒菜，但管吩咐就是！"

刘麻子说："将时新好菜尽管上来，还用得着我说？"

小二忙不迭地说："是，是！"

须臾，那香气四溢的菜肴都陆续搬上桌来。二人对坐，就一杯又一杯地喝起酒来。

少顷，酒过三巡，菜上五道，刘麻子见胡八吃得连脖子都红得像烤鸭似的，知道时机已到，便从搭膊内掏出二条金子把来桌上道："胡大哥，有件小事情请你帮忙则个!”

胡八正输得没出气处,思量着去找个去处弄几两银子来扳本。如今,半天云里掉下个金元宝来,如何不喜,一时看得眼都红了,忙说:“我俩是谁跟谁呀?你的事就是我的事!除了老婆不能借你使用外,其余只要你开口,无有不能办到之事!兄弟,尽管吩咐就是!火里水里我都敢去!”

刘麻子把金条攥在手里,翻来覆去地拨弄,直逗得胡八心痒难搔,恨不得伸出几只手来,一把就抢将过来。只见刘麻子又端起酒杯,向自己举了举,笑着说:“大哥,你要依了,先喝下这杯酒再作理会!”

胡八实在被折磨不过,忙忙抢过酒杯一饮而尽说:“快说!”

当下,刘麻子就去胡八耳边悄悄地说了一会,那胡八眉也不皱,眼也不眨,把胸口拍得山响,可着喉咙嚷道:“我道是什么泼天撒地的大事,直如此费心!不是我胡八吹牛,最大的买卖我也做过!这事全包在我身上就是!只是我担着一条性命在身上,这金子嘛,嘿嘿,嘿嘿……”说完一阵干笑,活像鸱鸮夜鸣,叫人听了毛骨悚然!

刘麻子说:“大哥,事成之后,再送你两条金子!”说着就把亮闪闪黄澄澄的金子递上。

胡八顺手接过金子,那颗心早飞到牌桌上去了,哪里还有心思喝酒,便抹抹嘴巴说:“好吧,吃了你的嘴软,拿了你的手短。胡八说话算话,你就‘眼望旌节至,专等好消息’吧!”说完拱拱手,把金子掖在腰带里,一头下楼去了。

胡八刚在中街转角处疾走,对面一个差役急匆匆赶来,迎面一把拖住他说:“老弟!知县相公到处找你不见,这会儿正在拍案骂人哩!原来你好自在,把脸喳得关云长似的,又是谁家有人死了要你验尸?”

胡八一听知县传他,不由把酒吓醒了三分,肚内寻思道:“不知是哪件事犯了?我这副嘴脸,如何见得他?要是说话有些闪失,那就悔之晚矣!不如找个理由,不去为是!”当下说:“老兄,适才是表弟做生日,多喝了几杯,想不到他那老爹酒吃多了中了风,我赶着去请郎中!知县相公那里你就美言几句,只说没找到人就是!”说完要走。那差役却紧抓不放道:“我知道你有事!老大的板子我须顶不住!不管怎么说,就是你死了亲爷亲娘,也只得跟我去走一遭再说!”

那仵作胡八吃差役纠缠不放,没奈何只得厮跟着向县衙走去。有分教:山中豺狼,露出尖齿噬好人;林下蛇蝎,喷射毒汁害良善。正是:安排地网天罗计,专等落坑堕堑人。要知吴江县知县叫胡八何事,且听下回分解。

第三十一回
设阴谋胡八作假证　用重刑知县显威风

话说仵作胡八见了知县张肃，心中不免忐忑不安。只听知县问道："胡八，北门外李员外尸格是你填写的吗？"

胡八一惊，只好回答道："是小人填写。"

知县："死尸可有异状？"

胡八："小人并未发现异状！"

知县："咄！今有死者之妇状告：死者生前并无病痛，酒醉后为小妾张月娥谋害暴亡，验尸时为何未见异状呢？"

胡八："这……"

知县："想必你得了张月娥的贿赂，故此为之遮掩开脱吗？"

胡八："小人不敢！"

知县："哼！你这些勾当，瞒得过别人，却休想瞒得过我！你可知道本县的出身吗？"

胡八："小人……不，不知……"

知县："本县乃县衙书吏出身，九年考满才升任县丞，如今又是九年矣？尔等些微雕虫小技，焉能逃过我的眼睛？你还是从实说来，尚有一线宽宥之望；否则，莫怪本县翻脸无情！"

胡八心忖：他明明是个糊涂虫，却要装作聪明人，真是打肿脸面充胖子！若是不顺他，弄不好还得吃顿冤枉板子哩！罢罢罢，那刘麻子正要我把贼赃栽到张月娥身上，我就将计就计把粪桶往她头上倒就是！当下，故作害怕，结结巴巴地说："大人明镜高悬，察事如神。小人不敢再隐瞒了！是得了张月娥的银两……"

知县："得了多少？"

胡八："五两银子。"

知县："何人送银？"

胡八："张月娥亲自送的！"

知县："何人所见？"

胡八："她知我知。"

知县："当时你可验出尸体异状？"

胡八："尸体早已擦拭干净，并无其他疑点。只是死者面部暗紫，口鼻内有些许血痕……"

知县："系何物致死？"

胡八："似服砒毒而亡！"

知县："胡八，你敢当堂对证吗？"

胡八："这……"

知县："只要你照实而讲，本县自会设法开脱于你！"

胡八："小人愿意对证！"

知县："好！你先下去听传。"

胡八回家后，立刻把这一消息告诉刘麻子。刘麻子大喜，当即封了五百两银子，托县衙书办连夜送给知县太太收下，要知县太太吹枕头风，务必把张月娥判成谋杀亲夫的凶手！

这枕头风果然厉害，第二天，知县张肃就坐堂审问。

这天，只听县衙大堂上响了一声："升堂！"众皂隶暴雷似应了一声："升堂喽！"那挂在庭柱上的云板就"当！当！当！"打了三响，震得梁上燕子乱飞，屋瓦上雀儿惊噪。屏风后转出身穿七品官服的知县大人张肃，在正中公案后面高背靠椅上坐定；随即从签筒中掣出一根红头朱签，高叫一声："带主犯张氏！"众皂隶一式方顶漆纱帽，青袍、铜扣紫皮腰带，短腰子迎脚面一道纹的软牛皮皂靴。有的手执红黑两色水火棍，有的手拿夹棍，有的拿拶子，有的拿板子，有的拿铁链。两排皂隶，个个横眉瞪目，活像东岳庙内泥塑的鬼卒！听知县大人叫一声，众人立刻应一声："带主犯张月娥上堂喽！"

这声喊就像半空中响了个霹雳，壁角里几只胆小的老鼠，吓得在皂隶们的脚下到处乱窜。一个掌刑的皂隶用脚去踏，正踏中了鼠尾；老鼠一惊，拼命一跳，恰好跳到另一个堂卫的皂隶脚背上，惊得那皂隶跳将起来，用脚一踢，老鼠一个筋斗正好落在知县大人的公案上，把签筒都打翻了。一时堂上堂下乱成一片，气得知县大人把惊堂木拍得山响，连声喝道："成何体统？成何体统！"

可两排皂隶却撑不住想笑出声来，只好紧紧咬住下嘴唇强忍住了。

这时，一阵"沙啷啷，沙啷啷"的铁链声响处，禁婆牵着张月娥走进堂来。

张月娥一进来就嘻嘻嘻嘻地笑着，还朝着两边堂卫的、掌刑的、捕拿的、制囚的、架膀的、踩扛的、拉拶绳的、上站笼的、提辣椒水准备灌红的皂隶们，挤眉弄眼，装疯卖傻，引得皂隶们有的目瞪口呆，有的直流口水……

张月娥来在堂下公案前面,却站而不跪,抬起头来冲着公案上那个穿红袍戴乌纱的知县大人竟前仰后合地笑了起来:“哈哈,哈哈哈,哈哈哈哈……”

“嗬!”知县张肃立刻扮起脸来喝了一声:“跪下!”

张月娥仿佛没听见一样,还是嬉皮笑脸地笑成一团。

“还不跪下!”

这时,制囚的皂隶过来用脚尖朝张月娥后腿弯这一点,月娥立刻觉得像用刀猛割一般,叫了一声“啊呀”,立刻“扑通”一声跪倒在地了。那恶狠狠的皂隶又伸出手,将月娥头发一把抓住,往后猛地一扯,月娥疼得仰头往后,眼泪直冒。

这时,只听知县开口审问:“你可是张氏?”

月娥吃了苦头,怕再挨打,只好点了点头。

知县:“张月娥,你可知罪?”

月娥默不作声,只是用眼呆呆地望着知县,心里说:“你这个贪官,看你怎样昧着良心说瞎话!”

知县:“为何不答?”

禁婆跪告道:“启禀大人,张月娥乃是个疯子!”

知县:“胡说,早不疯晚不疯,偏偏犯下杀人死罪时才疯,这分明是妄想逃脱罪责,故意装疯骗人!本县洞幽烛微,岂能受她欺骗!来呀,先拶她一拶,看她是真疯假疯!”说着,“啪”的一声,一根刑签摔在地下。掌刑的皂隶立刻用拶子板将月娥五指分开套住。只听知县又问一句:“张月娥,你把谋害丈夫一事,老实招来,本县免你皮肉受苦!”

张月娥听罢,又无端地笑了起来。气得知县喝一声:“动刑!”

掌刑的衙役早把绳子用力一收,众皂隶喊声:“恶无——”堂威,看那张月娥时,早痛得昏了过去。

掌水的差役立即过来,用凉水喷醒。

知县又问:“张氏!你有招无招?”

谁知月娥悠悠醒转后,对着知县大人竟“嘿嘿嘿嘿”轻蔑地笑了几声。仿佛在说:“你有什么本领全都拿出来吧!”

知县被这一笑,更加气上又气,他把竹签往地上一摔,狠狠地说:“这刁妇装疯卖傻,实在可恶!夹棍伺候!”

掌刑皂隶过来,立刻把月娥的两条腿套在夹棍中,那拉绳的早把绳拿在手中。

原来这夹棍上下两根,棍眼儿里还套着松紧的绳子。

等一声“动刑”令下,上下两根夹棍一紧,中间那两条腿一直痛入骨髓,痛彻心扉,痛断肝肠。

知县:“咄,大胆刁妇,你私通僧人,谋杀亲夫,有招无招?”

“冤枉!”月娥终于喊出了声。

“冤枉?嘿嘿嘿,僧衣僧鞋僧帽现在,难道本县冤屈于你不成?紧绳!”

皂隶一紧绳,月娥一命尽。眼看又昏死过去。一口冷水,又悠悠醒转。

“你有招无招?”

“…………”

“来啊,传仵作胡八!”

“传仵作胡八——”

“小人胡八叩头!”

“胡八,你可认得此人?”

“认得,认得!就是把她烧成灰,小人也认得!”

“胡八,你将张月娥如何央你验尸,如何送你银两,一一从实招来!如有半句谎言,这夹棍的滋味可想尝尝吗?”

“不敢不敢!小人愿招!上月初八日,小人正要去县衙值日,忽遇张月娥单身一人,说有事相告。小人与她素不相识,又是一个单身女人,本不愿招是惹非,不料张月娥紧追不放,跟至僻静无人之处,取出五两一锭银子,要我去李家院验尸时,行个方便,按正常死亡填写尸格。小人本当不想接受银子,只因老母生病,正缺钱买药,只得权且依允。当日,果有李家总管来找我验尸。我验尸后……”

“且住!我来问你,验尸时可发现异状否?”

“大人!小人验得死尸,脸面等处早已擦拭干净,并无其他异状;只是死者面部暗紫,口鼻内尚有一些血茵之痕……”

“当时你便如何?”

“哎,都怪小人一时糊涂,得人钱财,与人消灾。就信手填写了正常死亡的尸格!”

“胡八,你所供是实吗?”

“小人句句都是实话,若有半句虚言,愿受大人严惩!”

“好,下去!”

“谢大人!”

“张氏!你可听清了?”

“……”

“哼,你这个刁妇,真正是不碰南墙不回头,不见棺材不流泪!来啊,呈物证!”

“是,大人!”

值日班头随即把从月娥房中搜出的僧帽僧衣僧鞋呈上,放于公案。

知县:“张氏,可认识它吗?”

月娥:“……”

知县:“你与哪个僧人通奸密谋杀害亲夫的?如若不招,刑具伺候!”

众皂隶:“无恶——”

知县见月娥默不作声,气得把刑签抓一把摔在地上。

众皂隶正要上前行刑,早有禁婆抢先一步走近月娥,在她耳边说:“留得青山在,不怕没柴烧,先胡乱应了,以后再说!”

且说掌刑皂隶正要拶手时,月娥突然喊:“小女子愿招了!”

知县:“哼!谅你不敢不招!松刑!”

皂隶除了拶具,退立一旁。

知县:“张氏,奸夫姓甚名谁?”

“……他……他……”

“他叫什么?讲!”

“无——!”堂威又响。

“他叫秦金宝。”

“家住何处?”

“本县周郎村?”

“怎样相识的?”

“他是小女子的邻居……”

“哦,原来是青梅竹马,两小无猜,从小就相好的了!”

“这……”

“怎样勾引成奸的?”

“这……”

“讲!”

“无——!”堂威再次响起。月娥咬咬牙说:“在李家院空屋之内——”

“那秦金宝怎样能进得李家院的?”

“这——”

“快讲!”

“是小女子约他前来的!”

“这就是了!一共奸宿几回?”

“小女子与金哥确实并无奸情!”

“咄!大胆刁妇,竟敢当堂戏弄本县!来啊,给我掌嘴!”

“嘣嘣嘣!”制囚的皂隶立刻上前把月娥脸上打得顺嘴角流血……

知县："物证俱在，岂容你利口刁舌，出尔反尔！快快从实讲来！一共有几次苟且之事？"

月娥："只有一回！"

知县："胡说！想你正是青春妙年，难守寂寞之时：岂不闻，一不过二，二不过三。有了初一，便有十五。哪有浅尝即止之理？"

一句话，引得堂下都成了掩口葫芦。那书办乐得拿倒了笔；录事喜得反置了纸。有几个实在忍不住笑的，借口上厕，赶紧溜到影壁外去放声大笑。

正在这时，县衙门口忽地传来阵阵吵嚷之声；正要去问，几个差役扭住了一个脸膛乌黑的年轻男子，一直闯了进来，大声嚷道："我是秦黑虎！杀死李高榜这厮的是老子我！此事与张月娥毫无瓜葛！快快把她放了！"

知县一拍惊堂木，发怒道："你是何人，竟敢咆哮公堂，扰乱问案！"

秦黑虎："老子坐不改姓，行不更名，姓秦名金宝，人称秦黑虎！"

知县："原来你就是奸夫秦金宝！你可住在周郎村吗？"

黑虎："周郎村系老娘住地，老子如今在东岳庙居住！"

知县："你住在东岳庙？"

黑虎："正是！"

知县："庙内可有和尚？"

黑虎："有！一个名叫惠觉，一个名叫普清。这两个和尚，白天在外化缘，想重修东岳庙；只在黄昏方回来歇息。"

知县："说得对！你正好趁和尚外出之际，偷取这僧帽僧衣僧鞋，扮成和尚黄夜进入李家院去和过去的旧情人幽会，并进行苟且之事的！"

黑虎："随你怎么说好了！反正老子告诉你，我是杀人凶手，要杀要剐听你的便！此事与张月娥无关，快快放了她！"

知县一阵冷笑："好好好！你可算是条好汉！敢作敢为敢自承杀人！叫他画押！"

当时，录事取来口供，秦黑虎提笔在名字下面画了押。

月娥见金宝竟然为了自己，不惜身陷囹圄，冒死前来自首。不禁一时急火攻心，一口鲜血喷将出来，身子往后一倒，便昏死在当堂。有分教：公堂上，洒一掬伤心泪；牢房内，诉满腹酸楚言。正是：好梦从来最易醒，多情自古空余恨。要知月娥性命如何，且听下回分解。

第三十二回
察幽微弱女诉衷肠　验尸体恶狼露真形

县说吴江县知县张肃把秦黑虎和张月娥判为杀害李高榜的奸夫淫妇。申报赴府后，只待批复在秋后处决。暂且按下不表。

书分两头。单说月娥身边的丫鬟香凤，自被大奶奶林玉兰叫刘麻子卖入群芳妓院后，因不愿接客，受尽老鸨和龟儿鞭挞捶楚。被迫卖笑后，又不堪忍受狎客的摧残侮辱，连夜逃出了群芳楼。

香凤记得自己有个姨母高氏，见在苏州府衙当乳母，就辗转询问，前来投奔高氏。

原来，况钟续娶的夫人生下一女，请来乳母高氏哺乳。这天，高氏正抱着女婴在戏耍，忽见甥女香凤满脸啼痕而来，一见高氏就哭倒在地。高氏忙问其缘故。香凤道将自己悲惨遭遇从头到尾诉说一番；说到伤心处，那眼泪就像抛珠撒豆一般滚个不住。当说到自己服侍的姨太太被冤入狱之事，恰值况夫人进来听到。

这天，况钟在家用膳。况夫人特地做了几个靖安家乡菜，况钟吃得特别有味。吃饭中间，况夫人笑着对况钟说："老爷，妾身听了个新闻在此，说起来还挺奇怪呢！"况钟停箸问："什么新闻？说出来也让下官一新耳目。"夫人辗然笑道："此事出在大人治下吴江县知县身上，听说知县大人一顿夹棍，把个疯女子的疯癫病治好了！"况钟道："有这等奇事？除非这女子的疯癫乃是假装的。"夫人道："还有更奇的哩！这疯女子受刑后，即招认是谋杀亲夫的凶手；知县大人正要定罪时，想不到这女子的旧日情人赶到公堂也自认是杀人凶手！如今二人俱定为死罪，老爷你说奇也不奇？"况钟一听立刻把箸一放道："夫人所言，莫非指盐贩李高榜暴死一事否？"夫人道："我只知死者乃是一个害民的私盐贩子。那个招认的男凶倒是一名孝子，那个女凶也是一名良善女子！"

况钟道："此案经吴江县审问，案卷已经报府待勘。下官近日为治水一事奔波于昆山、长洲等地，未曾得暇勘问。等晚间阅卷后，定知分晓了！不知夫人听何人传言？"

夫人道："适才乳母高氏之甥女来探亲，此女正是凶犯张月娥的贴身丫鬟。听她边哭边诉，似有莫大冤屈。老爷何不先问她一问？”

况钟道：“此意甚好。只是待下官阅卷后再来询问，以避免先入为主之嫌！”

夫人道：“老爷所虑极是！香凤乃高氏甥女，就让她暂住一时，以便随时询问。”

况钟道：“悉听夫人安排就是！”

上灯后，“退思斋”小阁内况钟一直到深更半夜尚未歇息。一会儿掩卷沉思，一会儿起立踱步，一会儿又持烛细读。读着读着，忽然拍案叫道：“草菅人命！草菅人命！吴江知县张肃，其视杀人，岂非若艾草菅然乎！”

这时，况夫人亲自送来红枣糯米甜粥，给况钟宵夜充饥。况钟正在饥肠辘辘，就狼吞虎咽吃完，望着夫人道：“香凤可曾睡了？”夫人答：“香凤年纪虽小，却是个忠义之人。此刻尚未安睡，正为女主人负冤含屈在伤心流泪呢！”

况钟：“快快唤她来见！”

突然，一个瘦小的女子身影从门口闪进，朝着况钟就连连叩头道：“小女子香凤在门口等候多时了！”

况钟大喜道：“来得正好！有几点疑虑，正要向你请教哩。”急忙扶起香凤。

香凤道：“大人但问无妨，何言请教二字，岂非折杀小女子了！”

况钟道：“你小小年纪能替主人申冤，就不怕刑法无情吗？”

香凤泣告道：“小女子早把生死置之度外，如能替主申冤，情愿死于杖下！”

况钟肃然起敬道：“礼失而求诸野！原来是个侠胆义肠女子，实属难得！”

香凤：“大人过奖了！”

况钟：“你那主人张月娥，以前曾有疯癫之症否？”

香凤：“从未有此病症！”

况钟：“哦，原来果然如此！他与金宝在空房内幽会，可是你牵线搭桥的？”

香凤：“姨太太虽曾思念儿时伴侣，自嫁老爷后，从未与金宝见面。那次姨太太被大奶奶羞辱鞭打，去空房自尽，巧遇因偷盗被吊在空屋梁上的金宝。当时就被刘总管发现，实在并无苟且之事！”

况钟：“仵作胡八是否认识你家主人？”

香凤：“不但姨太太素不相识，小女子也从未见过此人！”

况钟：“验尸那天，姨太太可在一旁？”

香凤：“那天，姨太太腹痛难忍、卧床不起。小女子在旁服侍，故此均未到场。”

况钟：“原来如此！看来这行贿一事，其中另有文章了！”

香凤：“有一次我上街买药，曾见刘总管与一生人同去桃花楼喝酒。听得路人议论道：‘胡八醉倒，定有蹊跷。银子一送，官司糟糕！’因这话顺口好记，故至今仍然记得。不知这叫胡八的陌生人,是否即是那验尸的仵作胡八?"

况钟一听,心中一动,自念道:"若要人不知,除非己莫为。这话一点不错!看来,这胡八在李高榜身上做了不少文章!头回验尸,填具的是正常死亡尸格,以后却改了口,把月娥推了出来问成死罪,其中难道有诈?先不必妄断,免得打草惊蛇。等我亲临墓地开棺验尸,方见分晓!"当下况钟道:"这有何难?明日传询胡八时,你在屏后一观即明!不过,我尚有一事不明:你家主人当天暴亡之前在何处饮宴?"

香凤:"听大奶奶说,老爷是应吴江县赵大人邀请去上方山看串月的。当日记得正是八月十八。苏州习俗:这天夜半,游人画船箫鼓,游遍石湖,登望湖亭,就可见宝带桥西波面一环一月,如有弦串连一般。老爷就在画舫上饮宴的!"

况钟:"回家后可又饮酒?"

香凤:"那天老爷已经微醺,大奶奶又备了酒菜,说是要和老爷赏月!老爷好像很高兴,还要大奶奶唱曲子呢?"

"唱了什么曲子?"

"是苏学士那阕:明月几时有?把酒问青天。……此曲姨太太也会唱几句,小女子故而记得。"

"如此说来,你家姨太太未曾陪老爷饮酒了?"

"没有!我家大奶奶霸道得很。要是老爷在姨太太房中多待一会儿,大奶奶便会骂人哩!姨太太哪里敢去房中陪酒!"

"天都快亮了。香凤,你先回去睡吧!"

"大人!老爷死得不明不白,务请大人为他申雪冤情!小女子愿来生变牛做马报答大人大德大恩!"

"好,你且放心,本府自会秉公而断!"

翌日,仵作胡八正要出门,忽有苏州府班头冯信、张彪特来唤他去见况大人。胡八吃了一惊。自况钟来苏州任知府,谁人不敬,谁人不惧!宣德五年七月上任后诛猾吏,劾贪官,减浮粮,共写奏本一十七事,出榜禁示一十六条。翌年,继母亡故,丁忧回靖安,耆民三万余人乞夺情。是年共写奏本二十四事,出榜禁示五条。又明年;公复任,共奏本一十六事,出榜禁示一十六条。百姓均称况钟为青天,立生祠,供画像,立石碑。有块碑上刻:"或称之曰青天,言其大无不覆,且明无弗烛。或颂之曰包龙图,言其鞫狱无循情,且如包公之清而严肃也。"吴民歌云:"况太守,民父母。众怀恩,因去后。愿复来,养田叟。"又歌曰:"吴山高兮江水长,我侯之泽与相当。怀寿考兮不忘,登斯堂兮荐馨香,愿我侯兮乐未央。他日霖雨天下兮,惟吾苏其相乡。"

仵作胡八在吴江县是出名的长尾巴蝎子——满肚子坏水。百姓都在背后骂他是破开墨鱼见黑心的人。碰到张肃这样的官,他根本不放在眼里。为啥？因他知道他的老底:他是大贪,我是小贪,我俩是五十步笑一百步！可对况大人况青天,一听到名字就会发怵！为啥？这叫作邪不胜正,就像青竹蛇遇到了蛇郎中——一物降一物！因此,胡八听到况知府有请,那魂灵儿"嗤"的一声就出了窍！等神色稍清后,只得硬着头皮去走一遭了。一头走一头口中祝告道:"南无救苦救难观世音菩萨！保佑我胡八消灾脱难,我一定上普陀山叩头还愿,朝山进香！"

等胡八踏进府衙的花厅,只见苏州知府况大人正襟而坐,不语自威;旁边椅子上还坐着一个人,正是府中的仵作姜立库！

胡八心中暗叫一声"不好",仵作的班头在这里,我干的那些见不得人的勾当,瞒得过况大人,却瞒不过这个姜老头儿！俗话说,姜还是老的辣！他当仵作时,我爹还在他手下当名帮手呢？这……这叫我怎么办？正当胡八心中七上八下乱成一团麻时,只听张彪上去禀告:"况大人,胡八带到！""好,唤他进来！"

冯信一推胡八:"进去吧,大人在唤你呢！"

胡八脑子里像倒进了一盆糨糊,就稀里糊涂地进去跪下叩头,竟忘了自报姓名？

况钟:"你就是胡八吗？"

胡八:"对对,胡八正是小人,小人就是胡八！"

况钟指着姜立库道:"此老你可认得吗？"

胡八忙答:"他是干我们这一行的祖师爷！认得认得！"

况钟:"如此甚好！胡八,你可将盐贩李高榜验尸一事,为何前后大不相同,从实说来！"

胡八:"这个……"

姜立库道:"胡八！我已将本行中种种弊端都向况大人说了。况大人断事如神,你只有实说,方可宽容;如执迷不悟,况大人亲临墓地,开棺验尸,那时真相大白,你就悔之晚矣！"

胡八心忖:"谅你们未必知道事情真相,故而用程咬金三斧头朦哄我,好上你们的钩！我在填具尸格时早做了善后之事,即使被你们抓住了辫子,至多不过充军发配,并无死罪！我只要咬定牙关,守口如瓶,那刘麻子未必就会承认！"

看官,作恶多端者,大半都存侥幸心理。总以为事情不会败露,天机不会泄漏！都是不到黄河心不死,不见棺材不掉泪的顽固之辈！胡八正是这种人物。

当下胡八仍然照先前在县堂上的供词一样,把张月娥死死咬住不放。

况钟见胡八十分狡猾,便冷笑一声道:"胡八,明日本府前往吴江县验尸,你要随时伺候!”

胡八:“小人一早就到墓地就是!”

等胡八一走,况夫人带着香凤从屏风后转出。

况钟问香凤:“刚才胡八来此,你可看清了?”

香凤:“正是此人!分毫不差!记得那天他跟刘总管去杏花楼喝酒时,穿的也是这套皂衣!”

况钟:“好!况祥何在?”

况祥:“老奴在此!”

况钟:“命你去吴江县张大人处传言,可曾办妥了?”

况祥:“张大人恭迎老爷去问案!”

况钟;“谅他不敢不如此说!立刻备马去吴江县!”

况祥:“老奴早就备下了!”

况钟:“如此更好,出发!”

“是!”

况钟乘马来到吴江县,立刻提审秦黑虎和张月娥。不想二人都抢着招认是杀害李高榜的凶手。

秦黑虎更是气势汹汹说:“不用问了!李高榜是我亲手杀的!此事与张月娥毫无相干!要杀要剐,我决不皱一皱眉头!”

张月娥却哭着说:“是我放了砒霜在酒中毒死丈夫的!此事与金哥无关!小女子情愿一死!”

况钟却不肯善罢甘休,分别询问为何要杀人?用什么凶器?从哪里购买得来?一时问得二人目瞪口呆,难以回答。不是漏洞百出,就是前后矛盾。秦黑虎不胜其烦,干脆说:“反正杀人抵命,何必多问!”张月娥只顾啼哭,一问三不知,最后竟缄口不言了。

况钟此时腹中早就饿了,便叫差役把秦黑虎和张月娥分别锁在堂上,自己却进内用膳去了。

这时,堂上只剩黑虎与月娥二人。他俩相对而坐,四目相视,不觉泪水盈眶,悲从中来。

黑虎先开口道:“月娥妹妹,想不到我俩竟在公堂见面!”

月娥哭道:“哥啊,你何必要来送死?一切罪行,由我一人承当就是!”

黑虎:“不不,我知道你也是冤枉的!可恨那刘麻子与林玉兰串通一气,暗中嫁祸与你!那知县张肃,必定受了刘麻子贿赂,买通了仵作!如此暗无天日,实在叫人心寒!妹子一死,我活着不如死去强,故此宁愿和妹子同死!”

月娥："不不，哥哥千万不能白白送死！俗话说：善有善报，恶有恶报。不是不报，时候未到。时候一到，什么都报！想那害人者，总有恶贯满盈之日！到那时，哥哥可在妹子坟上烧一陌纸钱，洒一杯水酒，告诉妹子一声。妹子纵在九泉之下，定会瞑目含笑的！"说到这里，月娥早已泣不成声，那眼泪再也禁不住滚落下来，把衣襟都打湿了一大片！

黑虎听到这里竟然放声悲哭。就是铁石人听了也会心酸哩！

正在这时，从屏风后转出苏州知府况钟，不禁哈哈大笑道："原来你二人是抢生死牌的？要死还不容易！却为何偏偏要作成本府当一名草菅人命的糊涂官呢？要是见了阎王老子问起这件案子来，叫本府如何答对呢？"

二人一听，面面相觑，一时不知说什么才好！方知"况青天"三字，名不虚传，都跪下磕头。

况钟道："你等可暂时耐心等候，验尸后自有分晓！"

且说吴江县知县张肃，得知况钟要亲赴墓地开棺验尸，心中不由打起鼓来。自思道："自从接受了刘总管送来五百两银子，把疯妇人张月娥一顿棍拶打成了无病无灾之人，后衙之内无不赞我是张龙图张青天。想不到张月娥刚刚认罪，忽又钻出个秦黑虎也来自认凶手。这真假曾子舆，莫说是我，就是曾参之母也吓得断织而遁呢！我只好将错就错，把二人统通判罪！如今这况知府决定开棺验尸，未知虚实。若是仵作胡八有什差错，我这顶乌纱帽怕要被五百两银子害了！哎！做官难，难做官，官难做！当清官不易，当个贪官何尝容易呢？整天提心吊胆，七上八下！真是狗娘养的才想来当这个七品芝麻官！"

且说张知县心事重重，陪同况知府来到李高榜的墓地。早见墓地上有两个男女，头戴孝帽，身穿孝衣，正在墓前号哭。一见张知县来到，那妇人立刻奔到跟前跪求哭诉道："张大人，自古道：'先人之丧，入土为安。'想亡夫李高榜已入土安葬，如今为何又要开棺，使亡夫虽在九泉之下也不得安眠！"

那脸上全是麻圈的男子，也抢前告道："旧年二月，苏州知府况大人曾有'谕民相助婚葬'的榜示。小人记得内中有关条文说，'有父母死丧因年月不利不曾安葬，并兄弟夫妇继亡，毕世不能葬者，皆为父、为子者之过也……现数再三叮咛，从宜相助，定限完婚毕葬。及有无主尸骨暴露者，一体埋厝，先将不违。依准取勘姓名开报施行，特此榜示。'况大人榜上之言犹在耳中，因何竟将已埋尸骨加以暴露？岂不是对况大人禁令故意违拗不成？此实刘某所不解者！乞张大人明察！"

张知县一听，心里说："这刘麻子好一张利口！他分明是指着和尚骂贼秃；以子之矛，攻子之盾。看况大人怎样对付你！"

这时，况钟听了，不觉莞尔一笑道："你可是刘总管？"

"小人正是!"

"你家老爷是否受害而亡?"

"正是受害暴亡的!"

"此事是否需要查勘？真凶是否需要法办?"

"要！要!"

"如今本府特地前来开棺查勘死因,追拿真凶,你为何阻挡？莫非你与李高榜之暴亡有什么牵连瓜葛不成?"

"这……小人不敢,我……"

"还不退下,如再阻拦,休怪本府执法无情!"

"是！是!"

刘麻子吓得屁滚尿流,才识得况钟的厉害,连忙退下了。那玉兰一见,早失去了主心骨,也退立一旁,眼睁睁望着掘墓的动起手来。

墓地周围种有几株木樨树,此时正在开花,四周弥漫花香。张知县命人烧苍术、皂角,以便祛除尸臭;况钟却阻止了,命人在坟前空地燃起炭盆,在盆上搁一大盆醋。须更,盆中散发出浓重的醋味,那尸臭味自然减弱。老仵作姜立库看后,不由深深赞服。心里说,这况知府不愧是县衙书吏出身,怎能瞒得过他？于是,转身去望了胡八一眼,正和胡八惶惶不安的眼神打了个照面。

不多时,墓就掘开,里面那口黑漆上等棺木仍然黑得发亮。况钟朝姜立库双手一拱道:"姜老前辈,几条性命,系于一身,全仗你了!"

姜立库一听,不禁浑身一热,赶紧跪下叩头道:"大人言重,折杀老儿了！如有偏私,天神共鉴!"

只见姜立库起去棺钉,几个差役一起动手,揭起了棺盖。

棺内李高榜尸体,因天气寒冷,尚未腐烂。只听姜立库道:"胡八过来!"

胡八赶紧战战栗栗地去站在老姜头身边。这时,他三十六颗牙齿早就捉对儿厮打,想咬住不动,也早无能为力了。

姜立库:"我来问你,你曾验得死者面部暗紫,口鼻内有血荫之痕,乃生前为砒毒所害！你且与我一一对证!"

这时,胡八在老姜头面前活像一个被当场抓住赃证的小偷,顿时脸红耳赤,语无伦次,张口结舌。只好辩道:"小人只说似服砒毒而亡,未敢遽下结论!"

"咳！你身为仵作,可知仵作的行规吗?"

"我……我……"

"我来跟你说说！凡验毒者,须洞幽察微,鉴肌肤而观其色……"

胡八再也不敢听下去,"扑通"一声跪倒在地,连声叩求道:"老祖师,你饶恕了我胡八吧！我该死！我把一切都说了！是刘总管送我二锭金子，要我嫁祸于张月娥的！”

这番话，立刻惊呆了在墓场的一切人！只有况钟端立不动。他对胡八所作所为，以及幕后凶手，早就心知肚明。只是李高榜的死因，却还是个谜。

“禀大人！尸体是否还需再验？”姜立库向前几步禀道。

“继续查验！”

“是！”

经过反复检验，虽经验丰富的老姜头，仍未验出任何死因来。

况钟一直在留心李高榜之妻林玉兰之一举一动。在验尸时，她惊恐不安，脸色苍白。验尸后竟然安定如常，脸色也转酡了。况钟还瞅见她曾与刘麻子交换了一个眼色。刘麻子竟然嘴角上还露出一丝笑意来。这些都瞒不过况钟的炯炯双眼。

这时，墓场上许多双眼睛都在望着况知府，有的在为况钟担心，有的在为况钟惋惜，有的在为况钟发急，有的却对况钟哂笑。

墓场上连风都停息了。时间在分分秒秒过去，却未见况知府有所表示。

况钟此时的思维正在高速运转。他在搜索读过的那一本本关于洗冤验尸折狱审案的书籍！

忽地，从博大的脑海里迸出了一条信息：

庄遵为扬州刺史，曾巡行部内，

忽闻哭声，惧而不哀。驻车问之，

答曰：“夫遭火烧死。”遵令吏守其尸。

乃有蝇集于首。披髻视之，得铁钉焉。

因知此妇与人共杀其夫也。

况钟大喜：“此郑克《折狱龟鉴》上所记一例，何不一试！”于是立刻唤姜立库过来，轻声嘱咐道：“你可细察头顶，是否有蝇集之异？”

一句话提醒了姜老头。原来，他虽未亲自遇到头顶铁钉之事，却曾听先祖们说过此事。马上去尸体前检看，果见有不少青蝇集于死尸头顶，挥之飞去，未几又来。披髻一看，果然发现一枚大铁钉直贯脑中！

姜立库不用禀告，在场众人连况钟在内均已目睹！

此时，忽地一声哭号，那林玉兰披头散发扑到棺中说：“夫啊！你死得好惨啊！此必为狐狸精月娥所为！”

与此同时，刘麻子也急急跪在况钟面前说：“青天老爷！望速速处斩张月娥秦黑虎，替主人雪冤啊！”

此刻却恼怒了胡八，他不顾一切跑到刘麻子跟前，像抓死狗般劈胸把他抓离了地面，恨恨地说："刘麻子，害死李高榜的凶手正是你和你那姘妇！铁证在此，还敢狡辩吗？"说着把两锭金子"当"的一声掷到刘麻子身前。

那香凤也壮起胆指着大奶奶玉兰道："那天深夜老爷从上方山看串月回来还是好端端的，他是喝醉了你的酒才被你和奸夫谋杀的！你还想害人呀！"

至此，真相大白。

况知府命差役们重新盖棺入土。将一干人犯带回吴江县衙，待明日一早审决。正是：

色胆如天不自由，
情深意密两绸缪。
只思当日同欢爱，
岂想萧墙有后忧！

第三十三回
尤葫芦戏女惹祸根　苏戌娟怨父酿苦果

诗云：

有银笑微微，有酒日日醉；
笑骂管他娘，好官我自为。

看官，写这首诗的，虽然大言不惭，缺廉少耻，但也有一点可取之处：老实，不虚假。在那些坐公堂当官之人当中，还有两种人最可恶。一种是：明明是贪酷成性，砻糠里也要榨出油来的人，却偏偏假装正经，把自已吹成清廉无比，一尘不染；一种是：故作矫情，自命清高，为了沽名钓誉，竟然视人命如儿戏，主观臆断，捕风捉影，以致棍棒搒挞之下，怨声载道，威迫利诱结果，冤情难伸。

闲话叙罢，如今就来说一个屈打成招、险些害死两条人命的故事。

且说在常州府无锡县，有个东关镇。这个东关镇人烟辐辏，市街繁华，那三百六十行，行行俱全。什么绸缎店、南货庄、中药铺、卖书坊、酒楼、茶馆、饭店等等应有尽有。如今单说在石拱桥堍左首，开着的一家尤记肉铺。掌柜的主人名叫尤福。因他长得脑满肠肥，身胖肚圆，活像个装酒的大葫芦，众人便送他一个绰号，叫他尤葫芦，大家顺口叫惯了，原先的名字，反倒被人遗忘了。

尤葫芦祖上原是有根基的人家。在老宅门口，还有几块石牌坊的残迹就是见证。到了尤葫芦手中，却是时乖运蹇；加上他酷爱那杯中物，一天三餐，无酒不欢，那祖传的产业，渐渐有去无来，花费罄尽。无奈何，凑集些本钱去做生意，便是半路上出家一般，哪里懂得买卖行中的诀窍？三腾四折，被骗带哄，便把本钱都消折去了。幸喜有些力气，跟人学会了杀猪，便开了这家尤记肉铺，勉强糊口。前年，祸不单行，续娶的浑家又一病不起，弄得尤葫芦成了鳏居之身。幸喜浑家生前还带来了一个前夫所生之女，名叫苏戌娟，帮着操持家务，父女二人，相依为命，苦度时光。

尤葫芦坐吃山空。几件衣物，都被他当卖一光，换了“酒儿”，送进肠中。这天，眼看着无人上门请他杀猪，不但没钱买酒，连锅盖都揭不开了。尤葫芦左思右想，被他想起一个人来：离此二十里地，有个村子叫作皋桥。村里住着苏戌娟的姨妈一家。这姨妈嫁了个土财主，光景很是不错。尤葫芦因妻子亡故，很少前去走动。今日实在走投无路，才想起这门亲戚来。

尤葫芦清早喝了一碗稀粥，来到皋桥姨妈家里时，肚子里早饿得"咕咕"直叫。一叫门，开门出来的正是姨妈。

姨妈一见尤葫芦，想起妹妹往日的许多好处，那眼泪早簌簌掉了下来；问起苏戍娟时，更为孤苦伶仃的甥女一掬同情之泪。

当时，姨妈杀鸡沽酒，请尤葫芦饱餐一顿。尤葫芦许久没有大嚼痛饮，也不客气，就狼吞虎咽，喝了个痛快。酒醉饭饱，尤葫芦红着脸向姨妈诉说了当前的窘境。姨妈也不推辞，一口答应借些本钱给他去买猪，也好支撑这个家业，免得甥女受苦。

尤葫芦喜出望外，谢了又谢，把资助的十五贯本钱装在带去的钱褡里，驮在肩上，一径回家。

这时，天色渐渐晚了，尤葫芦因心中高兴，全不在意，醉意醺然，步履蹒跚，高一脚，低一步，口里唱着自编的歌谣：

"人人都说神仙好，神仙哪有我逍遥？有钱买得日日醉，一杯在手万愁消。五花马，千金裘，换来美酒乐陶陶。人生得意须尽欢，皇帝老倌比不了！"

唱着走着，前面那石拱桥已遥遥在望。快近肉铺时，尤葫芦睁开醉眼一看：哈，正好来到好友秦古心油铺门首。这秦古心，平日稳稳重重，不苟言笑；待人接物，却十分忠实可靠。尤葫芦有什么为难之处，常来找他帮忙，因此，二人是极相好的朋友。

今晚，尤葫芦多吃了几杯，肩上褡裢里又有了钱，心里乐滋滋的，就想跟老朋友开个玩笑，逗个乐子。于是，就伸手去门上"笃笃笃"地敲了几下，等听得里面"窸窸窣窣"有了动静，便捏着鼻子，尖着嗓子，学个女声女腔，开口道："秦老伯可在家么？秦老伯快开门来——"

秦古心本已睡下，听见敲门声才爬起身来的。这时，听见是个女子声音，不觉一愣，心想：日间听得尤葫芦家的闺女说，她爹去了皋桥，未见回家，莫非出了什么事不成？忙忙答应道："来了，来了！"就点起油灯来开门。

秦老汉开了门，一手遮着风，一手提着灯，东瞧瞧，西望望，却未见苏戍娟的身影。正在犯疑，忽听一阵"吃吃"的笑声，在门外角落里发出。秦老汉吃了一惊，以为是碰到了歹人，转身正要进门，却听见尤葫芦的声音说："秦哥，是我呀，哈哈哈……""尤哥，这么晚了，我还以为碰到了贼，想不到却是你！哎，敲着空米缸唱戏，你就爱穷开心！"

"哈哈哈"，尤葫芦一阵大笑，摸着腆出的大肚子说，"秦哥，今天你这话，可是瞎子拉二胡——没谱了！瞧，这是什么？嘿嘿嘿，我尤葫芦可不是拉长了脖子吹喇叭，有了这些钱，我特来请你去喝几杯的！”

秦老汉用灯一照，果然看到尤葫芦肩上那个褡裢里全是钱，吃惊地问；“尤哥，你这钱……”

“是我碰到了财神爷了，在路上捡的！”

“捡的？捡了多少？”

“十五贯！”

“哼，尤哥，你吃醉了，又来哄人！”

“哎，谁哄你了？我这是笠帽穿孔，要出头了！”

“这钱是从皋桥姨娘那里借来的对不对？嘿嘿，你呀，半天云里跑马，马脚早露出来了！”

“嘿嘿，一定是戌娟这丫头跟你嚼的嘴！给你实打实话：这是借来做本钱的。秦哥，明天一早，我要买猪，你来帮忙！”

“好，好，我一早来叫你！”

尤葫芦讨了实信，这才摇摇晃晃，趔趔趄趄，跨过了石拱桥，来到自家肉铺门口。

“戌娟！开门来！”

尤葫芦敲着门喊。苏戌娟还在灯下绣花，一听见爹的声音，忙去开门。尤葫芦歪斜着脚步，走进门来，一股浓重的酒味，直向苏戌娟鼻子里扑来。

“爹，你又喝醉了？”

“没……没醉，我没醉……”

“啊，这钱？爹，是姨娘借给我们的？”

“姨娘？她，她会借钱给我？咳，你是下井捞月，想得倒美！”

“那……这钱是……是捡的？”

“捡的？你给我去捡一文钱来看看！”

“那，那是偷的？”

“哈哈，偷？你爹还没学会哩！”

“那这钱是……”

“是卖来的钱！”

“卖猪钱？”

“哪来的猪？”

“那……”

“给你实打实话吧，这是卖身钱！”

“卖身钱？爹，你卖了谁？”

“不是你，难道还是我？”

“爹，你莫是作耍我？”

尤葫芦见女儿苏戌娟变了脸色，心中暗自发笑，自忖：她有三分信了，待我再吓她一吓，且看如何？便道：“儿啊，说出来，又恐你见怪；不说时，又须叫你得知，只是我一时无奈，没计可施。家中长着两张嘴巴，天天都是填不满的窟窿，眼见只有出，没有进。常言：‘坐吃山空。’只得把你典与一个客官，又因舍不得你，只典得十五贯钱。若是用这笔钱得了利，我就把你赎回来；若是照前那样命蹇，只有罢了！且喜那个客官年岁不大，又是并无妻孥的单身光棍，此去强似在家挨一顿少一餐的，你也好转转运气，得些便宜！”

苏戌娟听了，半晌作声不得。欲待不信，褡裢里十五贯钱，明明放在桌上；欲待信实，这爹爹也忒煞狠心，平白无故就把我卖了。我哪样事情忤了你的意，逆了你的心？噢噢，是了，想我是被母亲带到尤家，不是爹的亲生骨肉，故而下得这等狠心辣手！想到这里，两行珠泪再也留不住，“唰唰”地流满了腮边，嘤嘤地哭泣起来。

尤葫芦见女儿已信以为真，暗地里忍不住掩着嘴笑，也不再管，衣也不解，鞋也不脱，转身把褡裢放于枕头下面，一头睡到床上，要不多时，就鼾声大作，呼呼睡去了。

苏戌娟哭了多时，不见爹爹动静。抬头看时，尤葫芦早已睡熟。此时，她思绪万千，悲从中来，好生摆脱不下：“爹爹说把我卖给了一个单身客商，究竟是好人，还是歹徒？设若嫁个歹徒，成天喝酒、赌钱、嫖妓、趁闲，岂不把我推进了火炕？我……万万不能依从的！”她想了又哭，哭了又想，猛然想起：现有姨妈住在皋桥，离此不远，我不如连夜赶去，要姨妈替我做主！设若那客官是个不良之徒，我便拼了命也决不嫁他便了！想到这里，看看爹爹鼾声不息，就轻手轻脚地收拾了随身衣服，款款地开了门出去，翻身拽上了门就走。刚出门，又想：不好，我一个女孩儿家，独自走夜路，若是碰到贼人，岂非吃亏？左思右想，却到左边一个相熟的邻舍朱妈妈家，敲开了门，哭诉说：“爹爹要把我卖了，我今要去皋桥姨妈家，在这里暂住一住，天明就走。”那朱妈妈是个慈祥的老妪，听说后就一口答应道：“说得有理。这终身大事，却是要从长计议的！你爹整天只晓得吃得酒醉，如今竟做出这等事来，叫人听了心寒！你就安心住上一宿无妨！”苏戌娟听了，千恩万谢，就跟着朱妈妈过了一宵，天未明就作别而去不提。正是：纵身跳出是非地，谁想走进牢狱门。

要知苏戌娟此去如何，且看下回分解。

第三十四回
谋财害命血染肉铺　金蝉脱壳故布迷阵

且说东关镇上，有一个游手好闲的无赖，此人姓娄名龙。其母村居，一次路上遇雨，见路旁有座破败的庙宇，便进去暂避一避。不想庙中已有一个男子在里面躲雨。一个孤男，一个寡女，三言两语，已自合意，遂在庙中有了苟且之事。

其母归来，竟然有妊，怕其夫追问，便诳言是梦与神交进行掩饰，其夫也深信不疑。满了十月，生下这个娄龙来。娄龙生得身材瘦小，胆气却壮，十多岁时，但能扪墙摸壁，偷鸡盗狗，成了为人不齿的三只手。这娄龙虽是无锡县人，他却学会了几个省的乡谈，夜间可以连宵不睡，日间可以连睡几日不醒。吃则斗饭不饱，升酒不醉；饿则三天不吃不喝，仍谈笑风生，毫不在意。他慕苏州神偷"刺毛鹰"的手段，有一次宿于梁壁上酣然入睡，谁知半夜里一个翻身，忘记身在梁上，竟跌落下来，成了个瘸腿。从此，走起路来，一瘸一拐，甚为狼狈。由于他长得獐头鼠目，又专事钻洞跳墙，大家便顺口叫他娄阿鼠。

这天，娄阿鼠登屋跳梁，翻身跳进一家财主家偷了一宗银子，喜滋滋来到一所赌场里。谁知赌神不帮忙，半个时辰便输得两手空空，分文不存。

娄阿鼠输了还想扳本，怎奈那伙赌徒，个个刁钻奸猾，见娄阿鼠折了赌本，一个个报以白眼，摇头而去。娄阿鼠气恼难忍，只得一瘸一拐地离了赌场。来到街上，冷风一吹，一个寒战。这时，忽见前面那肉铺里还露出一丝光亮，顿时一喜，想再去讨个利市，也好扳回赌本来。

来到肉铺门前，用手一扪，见大门虚掩，只道尤葫芦起半夜宰猪，就想进去瞅机会暖暖肚子，赶走寒气。

娄阿鼠把门轻轻一推，顺口喊一声："尤二叔，我来帮你杀猪！"

半晌，却听不见一声回音。就大着胆，摸进门来。这时，一阵打雷似的鼾声就传了过来。

"嗨，睡熟了！"娄阿鼠暗暗说。灯光下，只见屋里空落落的，案板上却放着一把明晃晃的肉斧，"咦，他家的姑娘也不在！好机缘，溜进去看看再说！"

娄阿鼠东看看，西瞅瞅，见房里除了那把肉斧，再无值钱的东西，不觉连说了两声“晦气”。摸到床前，见尤葫芦朝着里床睡着，枕头下面却露出一个装钱的褡裢来。那褡裢鼓鼓囊囊，沉甸甸，里面装着十多贯钱。喜得娄阿鼠顿时忘记自己在别人家里做贼，只当在自己枕下取钱。这一拉，就把褡裢拖了出来。谁知娄阿鼠用力过猛，早把尤葫芦惊醒过来了。

尤葫芦一觉睡得好香，梦里和秦老汉前去买猪，迎面碰到一个卖猪的赶着一群猪上街。尤葫芦上去一问，恰巧货好，便把猪都买将下来。那人向尤葫芦讨钱，尤葫芦去褡裢里取钱时，猛然发觉褡裢被人偷走，这一惊把尤葫芦惊醒了，睁眼一看，嘿，果然有个贼，把自己枕下的褡裢拿在手中了。

尤葫芦忙一骨碌爬将起来，喝道：“你这该死的贼，甚是不讲道理！我好不容易借来几贯钱，养身活命，不争你把它全偷了去，也不给我留下一贯半贯，叫我以后指甚度日？快快与我放下，如若不然，等我喊叫起来，左邻右舍一齐过来，看你怎么脱身？”

尤葫芦大喊大叫，娄阿鼠见不是头，便照他头上一拳打去，可惜稍偏了点，却惹恼了尤葫芦，喝叫道：“你那贼好没分晓，偷了钱还打人呀？”立刻赶上前来和娄阿鼠相扑。娄阿鼠见尤葫芦紧缠不放，便连退几步，拔脚就走。尤葫芦得了上风，哪肯轻放，便抢过来抓人。娄阿鼠急得走投无路，心慌意乱，正没出豁，一眼瞧见肉案上那把明晃晃砍肉的斧头。

尤葫芦平时宰惯了猪，有一把力气。他把娄阿鼠一直赶到房角落里，正好按倒在案板上。谁想娄阿鼠伸手乱摸，一把抓住了那柄肉斧，顿时杀心陡起，用力一推，趁尤葫芦往后一闪时，右手的肉斧就举将起来，朝着尤葫芦面门砍了过去。

尤葫芦冷不防被砍了一斧，叫了一声，倒在地上；却被娄阿鼠又复一斧，结果了性命。眼看着血流如注，再不动弹，呜呼哀哉，伏维尚飨了。

娄阿鼠见尤葫芦已死，把肉斧一丢，便在尤葫芦身上揩干了一双血手，在地上摸到了那个钱褡裢。不想，刚才从枕头下抽褡裢时，用力过猛，褡裢松动，掉了不少铜钱在地。娄阿鼠舍不得，就跪在地上去捡。捡着捡着，只听“扑”的一声，有个物事从身上掉落在地。娄阿鼠正要找时，忽听房外有脚步声自远而近，立时吃了一惊，心想：莫非尤家姑娘回来了？此时不走，更待何时？于是，站起身来，趁着黑暗，出门就走。

娄阿鼠慌慌张张跑回家里，赶紧关上大门，脱下沾着血迹的衣服、鞋袜，泡在水里，连夜洗得干干净净。心中喜道：不妨事了，就是等发现了尤葫芦的尸体，也不会追查到我娄阿鼠的头上来。正在高兴，伸手一摸怀里，才发觉刚才“扑”的一声掉的，乃是自己的心爱之宝——骰子。原来，娄阿鼠这副骰子，里面是灌了铅的，用它做手脚。曾骗了不少赌徒的钱财。后来，被别人发觉，引起了公愤，要收缴他的骰子，经娄阿鼠指天设誓，保证再不作弊，才没有收去。如今，这骰子落在尤葫芦家中。只要被那老练的捕快发现，到赌馆里一打听，那时必然露馅不可！须知，那些老公事，随你怎样的巧贼，须瞒不过他的眼耳，他占用望气，鉴物追源，定然会弄个水落石出！

娄阿鼠想到这里，不禁心胆碎裂，刚才那种轻松得意，早就烟消云散了。他思前想后，在家再待不住，一心想去尤家取回骰子来。可又怕弄虎不成反类犬，被人发觉又如何是好？这时的娄阿鼠，正像被掐掉翅膀的苍蝇，在地上乱转乱碰，不知该怎么办！

须臾，天色已明；远处雄鸡高唱，此啼彼应。忽听外面有人叫嚷说：

"杀了人哪！尤葫芦被人杀死啦！"

娄阿鼠一听，顿时全身发抖，脸色煞白；稍停，他安了安神，决心出门去看个究竟，好借机取回那副赌具——骰子回来。

刚才叫嚷的不是别人，乃是开油铺的秦古心。他清早醒来，就记起昨天晚上尤葫芦来约他去买猪的事。秦老汉办事干活，处处讲个"信用"二字，答应了的事，就是天塌下来半边，他还要冒着性命的危险去办的！

秦老汉心想：买猪非得趁赶早市不可。去晚了，价格不地道，吃亏不说，连好猪都会被人捷足先得，剩下的不是瘟猪，就是瘦得皮包骨的猪婆。因此，特地起个早，脸也顾不得洗，披件衣服，就来敲肉铺的门。谁知，那门不敲自开。此时天色未明，里面还是黑咕隆咚看不清。秦古心便咳嗽一声，接着喊道："尤二哥，尤二哥——"

可也怪，喊了两声，却不见有人答应，就走了进去，边走边又喊起来。突然，脚下被件东西一绊，"扑"的跌了一跤，伸手一摸，湿漉漉甚是黏手，还闻到了一股腥味，不觉大吃一惊："啊，莫非是个死人不成？"秦古心想到这里，心里突突乱跳，定睛一看，果然是尤葫芦仰天睡在地上，一摸手脚，早已僵硬了。

秦古心吓得半死，连滚带爬出了大门，两条腿仿佛是别人长的，一点也不听使唤，只顾像弹棉花似的簌簌地抖个不住，好不容易才挪动身子，边跑边喊道："杀死人了！不好了！尤葫芦被人杀死了——！"

这一喊，立刻惊动了左邻右舍，一齐跑来问："出什么事了？到底谁杀了谁了？"

秦老汉话不成声，用手一指说："杀死了！就在肉铺里！"

"哎，看你大惊小怪的！一定是尤二哥杀死了一头猪了！"有个邻居说。

"秦老汉，你别吓人呀！青天白日，吓坏了找你算账啊！"另一个邻居说。

"真的，我亲眼看见的！"秦古心结结巴巴地辩白："是尤葫芦，他，他被人……

杀死了……”

“啊，真有这事？快告诉里正去！”

“对，还得去县里报案去！人命关天，我们都是左邻右舍，死了尤葫芦，大家都要担待干系哩！”

于是，有人去找里正，有人去县衙报案，一伙人都聚在肉铺门口，只等里正到来。

一时里正夏守法到来，众人拥着进了肉铺。此时天已大亮，只见尤葫芦倒在血泊里，身边有柄肉斧，斧上沾满了血。

这时，一个邻居道：“尤葫芦被杀，说不定是谋财害命！”

“不对，尤葫芦穷得叮当响，家里连老鼠都养不住，哪有钱财可谋呀？依我看，一定是仇人所为！”另一个邻居反驳说。

“不会吧，”第三个邻居道，“尤二叔好开玩笑，却是个好人！从来不和人红脸的，哪里来的仇人呀？”

里正夏守法蹙着眉头，一声不响。众人把秦老汉推到前面，说：“秦老汉，这件事是你发现的，你就跟里长说个清楚！”

秦老汉哭丧着脸，就把昨天晚上尤葫芦从皋桥姨娘家吃了酒，借了钱回来的事一一说了，最后道：“尤二哥夜里来约我，今天帮他同去买猪的；我怕误了早市，挑不到好猪，故而趁早来唤他起身，谁知，他……他竟为人家所害，成了永诀……”说到这里，那泪水就“刷”地淌了下来。

这时，有人说：“尤葫芦家还有个闺女，因何未见人影？”

“对对，”立刻有人附和道，“尤二叔的女儿叫苏戍娟。人呢？是跟人跑啦？”

“啊，尤葫芦不是借了十五贯钱来了，这钱呢？”

这时，有个人说道：“嘿嘿，这还有什么难猜的！一定是苏戍娟见财起意，杀了尤葫芦，跟人跑了！”

大家一看，说话的是娄阿鼠。他随着里正，也跟了进来。刚才他东张西望在找一样东西，可始终没有找到。怕被人发现形迹，就加入了议论，趁机把杀人的由头往苏戍娟身上推去。

“不会，不会！”先前那邻居道，“苏戍娟是个纤弱女子，怎能用斧伤人！”

另一个邻居却反驳道：“这有什么！她们二人并非亲生父女么！”

刚才说话的仍坚持己见：“虽不是亲生女儿，但杀人总有原因。苏戍娟为何杀父？仇从何来？”

娄阿鼠冷笑道：“仇从何来？嘿嘿，俗话说，‘女大不中留，久留是祸根’。这苏戍娟虽名为闺女，其实，她身子丰腴，早破了身了。这一回，她定是早有预谋，和奸夫商量妥帖，趁尤葫芦喝醉酒熟睡之机，便起了谋财害命之心，由奸夫用这柄肉斧劈死尤葫芦，然后，双双携钱逃走……”

娄阿鼠这篇谎言，编得漏洞百出，不经一驳。可当时，大家急于摆脱干系，澄清牵连，巴不得早早将凶手抓获，送官究办，于是众口一致，都同意了娄阿鼠的谰言。那里正夏守法一时正想不出他法，觉得娄阿鼠所言也有一定道理，又被大家一催，就说：“既然如此，我想这奸夫淫妇携款潜逃，定是走不多远，不如分头前去追截，把人赃抓获，问题就迎刃而解了！”

娄阿鼠一听，正中下怀，便道：“苏戌娟的姨娘，家住皋桥，我们就分一路从这里去追！”说着，就和几位邻居沿着小路直奔皋桥而去。

里正把肉铺关门落锁，以便等县衙派人来验尸；又分派人从另一条岔路去追苏戌娟，有了消息，立时报告。

要知苏戌娟性命如何，且看下回分解。

第三十五回
纵横捭阖无恶不为　是非功过有口皆碑

且说苏戍娟昨夜在朱妈妈家借宿一宵，天未明，怕爹爹找来啰嗦，便三步并作两步，急急朝皋桥姨娘家中走去。

走了不过二里地，早是脚疼走不动了。那苏戍娟平时从不出远门，路又不熟。这时，想走走不动，想歇歇不得——怕尤葫芦来追，正急得嘤嘤啼哭之时，后面来了一个后生：头戴万字头巾，身穿直缝宽衫，手中挟把雨伞，肩上驮个搭膊——里面鼓囊囊、沉甸甸的是十五贯钱。

看官，俗话说，一滴水滴进油瓶嘴，真是无巧不成书：这个后生早不走，晚不走，偏偏这个时候走到这里；他多不带，少不带，偏偏褡裢里也带着十五贯钱！真是：老鼠跑到猫背上拉屎——活找死！兔子跳进滚水锅——有死无活！

闲话不提，只说那个后生，听得有个小娘子坐在路旁嘤嘤哭泣，不觉起了恻隐之心，款款地走上前来，作了一个揖说："小娘子，大清早因何一人在此啼哭？"

苏戍娟正哭得伤心，听得有人动问，只得抬头来看。只见那后生生得眉清目秀，一表人才；却彬彬有礼，淳厚老实，不像轻薄之人，便启口答道："我是迷了路的，但不知客官贵姓大名，前往何地？"

那后生见苏戍娟似雨打梨花，楚楚动人；虽无十二分颜色，却也生得明眸皓齿，桃腮雪颈，兼之说话时秋波一转，妩媚非常，不觉动了怜悯之心，便放下褡裢，对着苏戍娟深深作揖道："小娘子独行迷路，但不知去往何处？"

苏戍娟见他多礼，忙还了万福，含羞答道："奴家往姨娘家去，因来到这岔路口，不知该走那条路。脚又生疼，故此发愁！"

后生道："小娘子姨娘家在何处，可与小人同路吗？"

苏戍娟道："就在前面十多里路的皋桥！"

后生道："既是皋桥，正好同路！"

苏戍娟问："不知客官贵姓大名，从何处来，今又往何方去？"

后生道："小人免贵姓熊，小字友兰，乃是商家伙计。今奉店主之命，往常州购货；昨夜宿于苏州悦来客栈，因急于赶路，一早来到此地，巧遇小娘子在此哭泣……”

苏戍娟一听，就放了心道：“原来是熊客官。既是同路，若能带了奴家同行，感谢不尽了！”

熊友兰慨然道：“何言感谢二字！反正同路，并不要多费周折；就是要弯路，那也无妨！俗话道：‘与人方便，自己方便。’谁也有个困难之时！来来来，小娘子把手中包裹给我，你走路不便，就拿着这柄伞，权作拄杖，也好省些脚力！”

苏戍娟感激不尽，将包裹与熊友兰背了，接过那把雨伞，把它当作拄杖，站起身来，二人相随而行。

两人边说边走，越加投机，不觉都有相见恨晚之感。

这苏戍娟心里暗思：“昨夜爹爹说把我买与客商，若是与熊客官这般的人物，只是罢了。”转念又想，“天下哪有这样的好事！自古红颜多薄命，多半是个麻脸、瘸腿，也未可知。要是不走，岂不自钻牢笼！”

那熊友兰心中暗想：“俗话说：‘有缘千里来相会，无缘对面不相逢。’今日恁地凑巧，碰到这个俊俏女子！但不知她可曾受聘？哎，胡想怎的！少顷到了皋桥，便自分手，各走各的道，转眼就成陌路了！”

二人各自想着心事，不觉已行了二三里地。忽听后面有人高声喊叫，二人回头看时，只见有几个人脚不点地，快步赶来，一会儿就越走越近。前面那人，赶得汗流气喘，拽开衣襟，连声喊叫：“前面慢走！我有话说！”

苏戍娟原是心虚胆怯的人，只道是爹爹尤葫芦与人来追自己，可听声音却不像，就立定脚，看看来的究是何人。

那走在前面的就是娄阿鼠。他和另一个年轻的邻居跑在前面；秦老汉年迈走不动，慢步在后跟来。

当下，娄阿鼠先揪住了那个后生——熊友兰，另一个年轻的邻居却扯住了苏戍娟。

二人挣不脱，都叫起来说：“平白无故，又不曾犯了王法，扯扯拉拉做什么？”

娄阿鼠道：“还要嘴硬！我说么，‘女大不中留，久留生祸端’。今天果然做将出来了！你们二人犯不犯王法，见了县太爷亲自去说！”

那年轻的邻居也说：“苏戍娟，真是知人知面不知心！你们干得好事！却走往哪里去？”

苏戍娟叫起屈来：“我自往皋桥姨娘家中，关你什么事？我又没有干什么见不得人的事，你莫要血口喷人！”

这时，秦老汉气喘吁吁地也赶到了，见抓到了苏戍娟，就喘着气道：“告诉姑娘得知，你爹昨夜被人一斧砍死了！”

苏戍娟一听，失声大哭道："我那冤屈而死的爹爹！你死得不明不白，女儿定要替你申冤，抓住那杀人凶手！"

娄阿鼠连连冷笑道："嘿，猫哭老鼠假慈悲！凶手就在眼前！"

苏戍娟道："谁？"

娄阿鼠道："是你！还有……你的奸夫！"

一句话听得苏戍娟脸红耳赤，目瞪口呆，顿时呆若木鸡，作声不出。那熊友兰却大声叫起屈来："休得胡说！我与这位小娘子素不相识，只是今早在路上萍水相逢。小娘子迷了去皋桥之路，向我打听；我因与她同路，故此结伴而行。谁晓得她爹爹被杀的事？既然众位要找她对理，却与小人并无牵连，那奸夫的话，可不是凭空捏造得来！俗话说，'捉贼捉赃，捉奸捉双'！如此武断，煞是可恶！不过，出门人以和为贵，好歹我不计较，请这位放开手，我还有事，要去赶路，就此告辞了！"说完，掰开了娄阿鼠的手，就要走路。

正在这时，只见里正同两个差役，紧赶慢追，须臾之间就来到面前。

娄阿鼠见来了差役，更自气壮如牛，便首告道："此人和苏戍娟相伴同行，眼见就是奸夫了！快快把他锁了，免得吃他走脱！"

那差役果然依言，上去一抖铁索，锁住了熊友兰。熊友兰大声喊起冤来道："我与小娘子并不相识，是我见她可怜，才帮她背了包裹，将雨伞借与她作拄杖的！偶然伴她行一程，路途上有甚皂丝麻线，偏要勒措我同去；就是见了官，也得讲个理字！我还是刚才认得这个小娘子，哪得就有奸情？如何就是奸夫？岂不是让人笑掉牙齿么！"

娄阿鼠"呸"的啐他一脸道："亏你说出这等话来！现有死尸在家，你怎赖得脱？眼见苏戍娟的包裹在你背上，谅必早作了一路。你的伞也忒作怪，好端端便送给别人？怎么就不送给我？若无牵连，除非死人才会相信！各位，他褡裢里鼓囊囊，沉甸甸，必定装着铜钱；尤家正好丢了钱，何不搜它一搜！"

一句话提醒了里正夏守法，他立刻上去从熊友兰背上拿过褡裢，把钱抖出来一数，一个不多，半文不少，恰巧是十五贯！

众人一见，发声喊，一齐叫了起来："人赃俱获，还有何说？"

夏里正也生起气来："年纪轻轻，竟干出如此伤天害理之事，还要赖账！把他送到县衙再说！"

熊友兰急急分辩道："这十五贯钱不是我的，乃是我家店主陶复朱交给我买丝用的。你们不信，找他一问便知！可不要冤枉好人！"

娄阿鼠眨着一双鼠目，恶狠狠地说："什么好人？分明是个谋财害命、拐骗女子的罪犯！不要听他胡说，到了公堂，不怕他不招！"

众人也一齐叫道:“对对,有话到县衙去说。”

于是,两个差役,一人锁一个,带着苏戌娟和熊友兰,直奔无锡县衙而来。这时,知县过于执却不在县衙,他带了一名仵作,坐着暖轿,差役们前呼后拥,来到尤记肉铺进行勘察。

且说这位知县大人,出身在荒山僻村。那里数十个山村,从未出过一个官员,而过于执却破天荒做了此地的开山秀才,不久就补廪食粮。过于执当了秀才,就像中了状元一般;亲友奉承,戚朋吹嘘,自不待言。从此,渐渐养成了他那种骄矜放肆、刚愎自用的脾性。自从荣任无锡县知县,过于执更是沾沾自喜,一心想在百姓的心目中树起一个人人敬,个个惧的偶像。谁知事与愿违,百姓们却并不买账。常言:“钟在寺里,声在外边。”又道:“路上行人口是碑。”是好是歹,全在众人口里,所谓“坛口封得紧,人口封不住”。他们对过于执来到无锡,残害无辜,搒挞良善的种种恶行,竟编成歌谣,在孩童中传唱起来。这首歌谣编得倒也有趣:

“你说有天理,我说没天理。有理变没理,无理成有理。谁要来说理,公理成歪理。谁要不说理,歪理变公理。”

过于执又不是眼花耳聋,自有那耳报神,把传唱的歌谣告诉了他,气得他暴跳如雷,下了密令,务要抓到那个教歌谣的人!岂知茫茫人海,哪里去寻?就像大海里捞针那样,出动了无锡县的全体捕快,闹得城乡各地鸡飞狗叫,也未找到半点影踪。只过了几日,一个新的歌谣又传遍了四乡八里,听得百姓扬眉吐气,拍手称快;而那伙骚扰百姓的捕快们,却个个目瞪口呆,作声不得!看官,你道这歌谣说些什么?原来,是这几句歌词:

“你也笑,我也笑,鸡飞狗叫真热闹。这里跑,那里跑,半根稻草没捞到。东边找,西边找,钻进粪缸仔细瞧,一身恶臭一身骚,颠着屁股快找老爷去回报!”

那伙差役听了,只得忍气吞声,再不敢去对过于执讲,一则怕过于执怪罪下来吃不消,二则怕惹怒了百姓,不知还要编出什么叫人惊骇的歌谣来,故而来一个眼开眼闭,只当耳聋。可是,过于执的名声却越传越响了。

这回,他听得尤记肉铺出了命案,店主尤福被人黑夜杀死。女儿苏戌娟不知下落,借来的十五贯钱被贼人抢走。人命关天,过于执不敢怠慢,听报后立刻赶到了现场。

要知过于执怎样查勘审问,且看下回分解。

第三十六回
独断专行知县逞威　屈打成招百姓遭难

且说无锡县知县过于执在尤记肉铺内看了杀人现场,听了四周邻居的证词,叫仵作验了尸,并验看了丢弃在尸旁沾着血迹的杀人凶器——肉斧,回到县衙,当即有皂隶前来禀报:

"大人,杀害尤葫芦的凶手已被抓获,听候大人示下!"

"好,好,好!"过于执听了连说三个"好"字,心中十分高兴,就命:"把凶手带上堂来,本县要立即审问!"

原来,过于执曾以办案迅疾果断著称,受到过上司的嘉奖。这一回,他要把这件案子用最快的速度审理完毕,创造出一个奇迹来好让上司吃一大惊,达到飞黄腾达的目的。因此,就迫不及待,立即命令升堂理事。

过于执坐定之后,便叫一干人犯,逐一从头说来。先是里正夏守法上去,告说:"老爷,小人夏守法,是本县东关镇的里正。今日晨起,有本里开油铺的秦古心老汉前来报信说,尤记肉铺的店主尤福倒在地上,业已被人杀死等语。我见秦老汉双手沾有血迹,谅非虚言,当即随同到达肉铺,果见尤葫芦倒毙地上,身旁有凶器肉斧一柄,尸体被砍二刀,早已僵硬。众邻里纷纷相告,尤葫芦平时并无仇人,身边只有亡妻前夫所生之女苏戌娟相依为命,可苏戌娟已在逃,当即派人分头追赶,在离皋桥十二三里地方,抓获了苏戌娟以及同行男子一名,不敢隐瞒,特此据实告闻。"

秦古心也上去告道:"小人秦古心,开油铺为业,平日与尤二叔是极相好的。昨晚已交子时,忽听有人敲门,开门一看,方知是尤二哥来相邀于我,要明晨陪伴他前去买猪,并指着褡裢相告:这是十五贯钱,系妻妹借与的买猪本钱。当即就回去了。今日一早,我去叫尤二叔买猪,只见大门洞开,喊之不应,进门却被尸体绊倒,故双手沾着血迹,当时就惊呼四邻,报告里正,捉拿凶手。老汉所供是实,望乞老爷明断。"

过于执道:"秦老儿,你说见到买猪的十五贯钱,现在何处?"

秦老汉未及回答,有个人却抢着代说:"老爷,这十五贯钱已经查获,就在苏戌娟的奸夫熊友兰的身上背着哩！”

这时，差役也上前跪禀道：“启禀大人：小人奉命办案，抓获凶手奸夫淫妇二名，抢去的十五贯钱一文不少，当堂呈验！”说着，把褡裢连同十五贯钱一齐呈上公案。

过于执看了心中自忖：“这件案子好办了！人赃俱获，物证齐全，当堂即可结案了！”当即一点朱笔道：“传苏戍娟——”

苏戍娟连忙磕头道：“小女子苏戍娟在！”

过于执道：“苏戍娟，你却如何串通奸夫，杀死继父，劫了钱财，二人一同逃走？好好从实招认，本县有好生之德，免你用刑；如若不然，必定自讨苦吃，悔之晚矣！”

苏戍娟一听，知道大事不妙，战战兢兢回答道：“小女子情愿从实相告，愿大人万代为侯！尤福虽是小女子继父，却是亲生一般；家境虽然贫穷，却一向和睦相处，平安无事。昨晚爹爹回来，吃得半酣，驮了十五贯钱进门，小女子问起来历，爹爹却说，这是女儿的卖身钱，明日就要领我出门。小女子左思右想，不愿嫁与无根无襻之人，就连夜出门，在朱妈妈家中借宿一宵。今早急急忙忙去皋桥姨娘家中讨个主意，才走到半路，却见街坊等人前来拉住不放，说我杀了爹爹，委实不知爹爹被杀的根由。”

过于执喝道：“胡说！这十五贯钱，分明是从皋桥姨娘家借来买猪的本钱，你却说是卖身的价银，眼见是说的假话了！何况，你既是一人前往皋桥，缘何与这男子同行？若非夜里约好，哪会如此巧合？那肉斧又沉重快利，谅你一个纤弱女子，怎敢动刀动斧？须有人与你同谋。你不必为奸夫隐瞒，只管实说了吧！”苏戍娟正要分辩，只见几个左邻右舍一齐开言道：“相公所言，句句像是亲见，委实是个青天老爷！这位大姐，昨夜确实宿在朱妈妈家里，今早她自去了。小的们见她爹爹被人杀死，就分路去赶，才把她抓回。当时，与大姐一路走的就是这个后生，他背着大姐的包裹，手里那把伞却送给大姐作手杖用了。那十五贯钱就背在肩上，被我们取下查明，其实分文不少，确是尤二叔被劫之物。不是大姐与后生通同谋杀，还有谁？老爷只有问这后生，保证就能分明了！”

过于执听他们说得十分有理，就唤那后生上来问道：“你叫什么名字？哪里人氏？”

“小人熊友兰。江苏淮安人氏。”

“今年多大岁数，可曾婚娶？”

“虚度二十，尚未娶亲。”

“咄！大胆熊友兰！帝辇之下，怎容你这等胡来？你却如何与苏戍娟通奸，劫了十五贯钱，杀死尤福的？今日又如何与她相约，欲往何地，速速从实招来！”

熊友兰大惊道："老爷！这真是'闭门家里坐，祸从天上来'！小人熊友兰，昨日奉店主陶复朱之命，携带十五贯钱往城中购货。在路偶遇这位小娘子问去皋桥的路途。我出于好心，和她结伴而行，委实不知她姓甚名谁，那杀人之事更与小人无关。叵耐众位公人不听小人分说，生扯活拉说小人谋害人命，劫夺十五贯钱，岂不是血口喷人吗？望大人明镜高悬，查清事由，释放小人回去仍谋生理……"

过于执不等熊友兰说完，大怒道："胡说！不信世间有如此巧合之事！尤福被人劫去十五贯钱，你身上恰好也背着十五贯钱！分明是巧语花言，妄想哄骗本县！自古道：'野花莫攀，野猪莫赶。'你如何奸诱人家黄花闺女离家远行？这分明是流氓地痞的行为！你说与小女子并无皂丝麻线牵攀，却如何与她同行同宿？她的包裹又如何在你身上背着，你的伞又怎的舍与她当作拄杖使用？像你这等泼皮赖骨的无赖，不严刑拷打，如何肯招？来啊，先与我重打二十大板，看你还嘴硬不！"

当下，众皂役把熊友兰按倒在地，褪了裤子，高报"一五！一十！十五！二十"，重重打了二十板。可怜那熊友兰白嫩的皮肤，被打得鲜血直流，痛苦难言，顿时昏了过去。

熊友兰悠悠醒来，只是不招，惹得过于执暴跳如雷，喝教："与我夹起来！"

皂隶一声答应，向前拖翻，套上夹棍，两边尽力一收，熊友兰立即双眼向上一翻，眼前立刻金星乱转，一时竟昏厥过去。皂隶过来，一把揪起头发，一使劲，痛彻心肝，那熊友兰又痛醒过来了。

过于执道："招不招？"

熊友兰道："小人委实冤枉！今有陶复朱店主在家，请大人一问便知小人乃是真正的冤屈了！"

过于执冷笑道："那陶复朱与你是一路的人，哪有不给你说话的？是真是假，谁能定论？如今还需你自己说出才行！"

熊友兰说："你诬陷平民做贼，无话可招！"

过于执怒骂道："这厮如此嘴硬，我便饶你不成！来啊，给我敲一百棒头！"

皂隶们依令，一五一十打罢，直打得熊友兰三魂渺渺满天飞，七魄悠悠着地滚。死去又醒，反复数次。

过于执仍不肯罢休，尚想一堂定案，好去上司面前邀功，就又喝问道："如今可招了？"

熊友兰拼却一死，嚷道："就夹死了，我也只是一句话：我没有杀人！我是冤枉啊！"

过于执冷笑连声："这厮定是个惯贼，且看他如此熬得刑起！等问了那个女子，只要那女子都招认了，看他还嘴硬不嘴硬！把他暂且押了下去！"

皂隶这才把熊友兰拖了下去，可怜那后生被折磨得左腿骨折，寸步难行，犹自高嚷："冤枉！我是冤枉啊——！"

"传苏戌娟——"

苏戌娟又被带到堂上。

过于执刚才未曾看清小女子的模样，心想：这女子定然有些姿色，才能勾引那个后生为她杀人，倒要看上一眼，究是如何美貌。就道：

"苏戌娟！"

"小女子在！"

"抬起头来！"

"有罪不敢抬头。"

过于执眼前倏地一亮，心里叫道："好个美貌女子！真个是艳如昭君，丽若西施，赛过飞燕，胜于太真。像这样如花似玉的少女，谁个见了不爱？哪个看了不喜？莫要说那后生，就是老爷我……"想到此，过于执不禁脸红心跳，赶紧镇一镇心神，咳嗽一声，便道：

"苏戌娟，那后生已经招认了。你可将如何与他私通，如何商量谋财害命，如何双双出逃，一一从实招来！"

苏戌娟道："老爷，小女子平日足不出户，委实并不认识这个后生，哪里有此苟且之事？"

过于执道："你说足不出户，因何黑夜之间，去与邻居朱妈妈同宿？又因何天色未明，即与奸夫同行？分明是狡辩！来啊，给我掌嘴！"

皂隶上来，照着苏戌娟的粉脸，"噼噼啪啪"打了几个巴掌，直打得她满嘴流血，嘴唇都打肿了。

"苏戌娟，你招不招？"

"我是冤枉……"

"给我上拶子！"

苏戌娟哪里吃过这般苦楚，被拶得昏死又醒，只听过于执说："哼！我就不信她不怕夹棍，叫她也尝尝夹棍的滋味！"

苏戌娟受刑不住，只得叫道："小女子愿招！"

过于执一听，心里一宽：有门了，只要她肯开口，这案子就好办了。

"尤葫芦可是你亲手所杀？"

"是。"

"用的是何凶器？"

"是砍肉的案斧。"

“把凶器带上来!”

众皂隶应一声,呈上那把案斧。过于执命皂隶将斧拿给苏戍娟,问道:“你是怎样砍杀尤葫芦的?可在公堂上一试。”

苏戍娟没料这一问,顿时傻了。她战战兢兢地站起身子,使出全身力气,方用双手拿住那把肉斧,可是刚刚举到肩部,那手不听使唤,“哐”的一声,肉斧失手掉落在地,差点把脚趾都砍掉半边,吓得堂上众人俱大惊失色。只见过于执哈哈大笑道:“苏戍娟,我早说了,谅你纤纤女子,怎会动斧砍人?”

苏戍娟泪流满脸说:“大人明察秋毫,小女子实在未曾杀人!”

过于执道:“你未杀人,却是杀人者同谋!到底是也不是?快讲!”

苏戍娟知道自己再辩,只有皮肉受苦,只得胡乱招供道:“是!小女子委实是同谋杀人!”

“十五贯钱是你所盗了?”

“是!”

“盗了钱跟那后生同行,可有此事?”

“是!是与那后生同行。”

“你还有何话要说?”

“小女子……没有了……”

“好,叫女子画供!”

皂隶过来,接过书办写下的记录,交到苏戍娟面前。苏戍娟伸出被拶伤的手,抖抖簌簌地画了字,被押了下去。

过于执得了苏戍娟口供,又提审了熊友兰,当堂给他念了苏戍娟的供词。熊友兰叹了口气,终于也被迫画了供。

过于执回到花厅,不禁哈哈大笑,对夫人道:“痛快!好不痛快!”

夫人忙问缘由,过于执便把断案之事一一讲了。夫人谄笑道:“大人清廉明断,就是包龙图再生,谅也不过如此了!如今那些盗贼,全是钢筋铁骨,软的不吃,硬的不怕,要从他们嘴巴里掏出口供来,比挖掘金窖银窖还难上十倍百倍!只有老爷你不费吹灰之力,半天之内,就把他们一个个收拾得像糯米糍粑那样!真该为老爷庆功哩!”

一席话说得过于执哈哈大笑,忙道:“夫人过奖了!快快备酒,下官与夫人同饮!”

正是:只闻朱门酒肉香,不管百姓哭断肠。

第三十七回
命系一发背水而战　笔重千钧以民为天

且说苏戍娟和熊友兰，碰到了刚愎自用、暴戾恣睢的过于执，经不起夹棍和拶子，二人被定下了死罪。

初审完事，由刑房书办写成文书，命两名解差，押解人犯送往直接管辖无锡的常州府复审。

一路秋风落叶，倍增萧瑟；鸦噪雀鸣，触目惊心。苏戍娟和熊友兰，走一步，挨一步，挡不住两名解差在后催促，只得迤逦而行。

苏戍娟遭此冤屈，又死了继父，心中十分伤悲；但抬头看到熊友兰这个后生，与自己无亲非故，萍水相逢，好心指路，竟也遭受不白之冤，被判处死罪，觉得于心十分不忍，真是“我虽不杀伯仁，伯仁因我而死”！这天，趁解差走到前面去了，就含羞低声道：“相公，你身遭不幸，都怪我带累了你啊！”

熊友兰叹口气说：“大姐说哪里话来，这是小人命该如此！冤孽缠身，无法摆脱。”

苏戍娟道：“今生我害了你，只有来世变牛作马报答相公了！”

熊友兰道：“你也是冤枉的呀！但愿常州府有位青天老爷，替我们昭雪才好！”

苏戍娟听了此言，心里不由一颤。自从被冤以后，从未听过一句替自己辩白冤情的知心话。整天在耳边响的，不是漫骂，就是训斥。那回，连自己最亲昵的姨娘来探监，不知听了谁人的胡言乱语，对自己不但没有安慰宽解，反而也是夹头夹脑一顿埋怨，仿佛自己就是普天下最无耻的女子！苏戍娟几次想一死了之，但想到爹爹横死，仇未报，冤未申，才咬着牙勉强挨了下来。如今听到熊友兰这句话，真比久旱遇到及时雨一样，心里一热，那两行珠泪，早纷纷滴落下来，心想：他真是个好人！自己身陷缧绁，生死未卜，不但不责怪我害了他，反来同情我的遭遇！像这样通情达理的后生，真是天下少有，人间罕见的人！想到这里，不由得斜眼去朝熊友兰偷偷一瞥，只见他虽遭磨难，面黄肌瘦，衣衫不整，但脸上那英俊模样，仍令人钦慕。不禁脸泛桃红，心打鼙鼓，暗暗自责道：“戍娟呀戍娟，你冤沉海底，生死未定，还胡思乱想什么！”立刻又强自抑制，镇定下来。

这时，差役见二人越走越慢，过来喝道："像这样怕踏死蚂蚁般的走路，要到何时方到常州府交差？"

苏戌娟赶紧求情："两位公公，看在我二人含冤受屈的份上，见谅则个！"

解差中年纪大一些的叹口气说："唉，人心都是肉长的，谁没个儿女？只是上命差遣所致，只要你们心中明白就是。闲话少说，赶路要紧！"说着，便催二人加快步伐，向常州府而去。

不日来到常州府。那知府看了文书，照着原来问过的话又问了一遍，苏熊二人，害怕堂威刑具，不敢翻供，仍照原供说了一遍。

二审就草草完事，又由府里写了申详文书，把人犯送到设在苏州的江南巡抚衙门进行三审。

当时的江南巡抚乃是周忱，他又兼任了都御史，故此，要由他三审定案。此时，适值苏州府常熟县一带地方发生洪水泛滥，周忱亲自去常熟地方勘察水害去了，未阅文案。因审案期限已到，事出意外，那代理的官员便叫刑房师爷按照初审的案由，备下文书，呈报了刑部，听候处决。苏戌娟和熊友兰二人，此时也就被押进了苏州府的大牢里。

百日后，刑部批文由驿乘飞马送到。周忱已经回来，看了批文，问了情况，想到如仍押到无锡县行刑，往返徒费周折，就决定就地处决，并派苏州知府况钟前去监斩。苏州府原本管不到常州府的事，此是权宜行事罢了。

再说，关在牢里的苏戌娟，度日如年，终天以泪洗面。这天，禁婆突然笑嘻嘻地跑来说："恭喜大姐！"说着，端进两碗荤菜和一大碗水酒。苏戌娟知道大事不好，哪里还有心思吃喝，早哭成一团。

那边熊友兰见了饭菜，也失声痛哭，喊叫道："苍天啊苍天！难道你真瞎了眼了不成？小人蒙受如此奇冤，你的灵验何在？"

那禁子禁婆十分同情二人的遭遇，就悄悄对二人说道："今天的监斩官，是苏州府赫赫有名的青天大老爷！他姓况名钟，一贯爱民如子，他曾为无数的蒙冤百姓，千方百计加以申雪沉冤，得以死里逃生！是有口皆碑的好官。你们的案子，当初要是落在他的手里，恐怕就不至于落到今天这个地步了！不过，你们二人要是有泼天大胆，可在行刑之前，问话之时，当面喊冤。要是况大人听后，笔下超生，重新定谳，也未可知！此事非同小可，但为了两条性命，也就顾不得了，成与不成，还要看你二人的造化才行呢！"

苏戌娟和熊友兰听了连声道谢，牢记在心。于是，二人勉强吃了半碗饭，就被插上斩标，五花大绑，送往法场。当时路上，看斩的人山人海，拥挤不堪，那说好说歹的莫衷一是。正是：

是非曲直身后事，俱在人口纷纭中。

这天酉牌时分，法场上已安排停当。等前面擎旗的、执枪的、筛铜锣的、吹长号的一排排过来时，囚车前面露出四名身材高大、满腮胡子的刽子手来。这四名刽子手，一个个宽板带扎腰，穿一身大红布号褂子，不扣胸前扣，敞着胸前满身的肥肉，露出心口黑油油的、足有寸把长的护胸毛；几条用绳子拴着，等着吮血的凶狗，朝着刽子手“汪汪汪”地直叫。

看官，大凡罪犯秋后处决时，其亲属要事先备办衣棺，预先买嘱刽子手等，只求一刀结果，免受凌迟痛苦。行刑之后，家属亲人还要花费银两买得尸首，方才免得被狗乱噬，保得尸全。然后把砍下的首级缝合整齐，亲自设祭盛殓，择日筑圹埋葬。苏戌娟的姨娘、熊友兰的父亲只能忍着悲痛，依例一一照办，只等收尸盛殓了。

且说况钟奉了周都堂之命，担任了主刑官，身穿大红蟒袍，头上顶冠束带，来到席棚。早有老仆况祥在椅子上铺上大红绣垫，让况钟坐下。两旁执事、衙役，齐齐喊了一声，就像晴天起了一个霹雳。

这时，苏戌娟和熊友兰被四个刽子手，每两人押一个犯人，来到况钟面前跪下。只听堂下报一声：

“犯人当面喽——”

况钟把双眼一瞪，望了望跪在前面早已吓得魂飞魄散，骨软身瘫的一对年轻男女死囚，不由得在心中叹一声：“年轻轻的不愿学好，辜负了父兄的教诲，师长的栽培，可叹可嗟！”

况钟想罢，从桌上拿起那份文书，朗声念道：“要犯熊友兰、苏戌娟各一名，因奸起意，劫夺银钱，谋杀亲人，罪大恶极。刑用方能保善，杀正所以止杀。按大明律令，决不待时。钦命我便宜行事。左右，斩标伺候。”书办立即将两根三尺长、已经开列姓名的斩标呈上。况钟就从书案上的笔筒里拿起那支红朱笔来正要执笔点朱，便按例问道：

“咄！死犯熊友兰、苏戌娟，你二人还有话要说么？”

苏戌娟和熊友兰二人，受禁婆指点，只等况大人说出此话，立刻双口齐喊：

“大人，小民冤深似海，屈高如山，实在冤枉啊——！”

这一声，犹如天崩地裂，石破岩碎，听得满场人等，个个摇头咋舌，议论不绝。

况钟凛然喝道：“你二人休得胡言乱语！自古杀人者理当偿命，律典上字字分明。你二人杀人盗财，才落得身受极刑。早知今日，悔不当初！”

二人听了怎肯罢休，又一齐喊道：“青天爷爷，我们实在冤枉呀！我等俱是文弱之身，从来不敢杀生的，何况是杀人呢！只是屈打成招，身受刑讯逼供，才无奈供认的！望青天爷爷救我等一命，胜造七级浮屠！”

况钟听后，心中正在沉思：想这个年轻女子，面貌秀丽，举止端正，正是在父母跟前撒娇作态之时，就像我女莲香一般年轻一般心胸，小小年纪却犯下了滔天之罪，马上就要身首异处，可叹可惜啊！可她口口声声喊冤，不知是真是假？如是真的冤屈，我虽是奉都堂之命监斩，可不能草菅人命不闻不问啊！正在沉思时，那熊友兰又乘机高喊：“青天大老爷啊！我与苏戍娟只是那天在路上萍水相逢，先前从未相见过，何来奸情？小人确是冤沉海底，万望老爷明察秋毫，笔下超生啊！否则你就枉称一位爱民亲民救民为民的青天大人啦——”

这接连数声石破天惊的喊冤之声，引起了况太守的满腹狐疑来了。他想：既然是三谳定案，焉能出错？如是真有冤屈，其中定有隐情！此事落在我的手中，我岂能不管不问？可是，若是有错，这周都堂难免就有一个不察之罪！他是我的同僚好友，又是老乡上司，这便如何是好？不不不，我怎么能有此私念一闪啊！不行！即使是阎王老子，有错必纠，有过必劾，绝对不能徇情的！

可转念又思：这二人一再喊冤，可条条罪状白纸黑字在此！况且又有人证物证呢！定是狡辩，不去管它！何况三谳已定，谅是罪证确凿无疑了！于是，喝一声：

“呈上斩标来——”

皂隶们立刻呈上斩标，况钟举笔千钧，正要在二人姓名上圈将下去时，只听犯人又一声高叫：

“青天大人，你今错杀了我，我只得到阴曹地府去告冤了啊！”

况钟一听这话，句句凄厉，声声惨痛，不觉心中一震，那手中的朱笔再也圈不下去，慢慢地搁下了。

只听那个男犯哭道：“爷爷，人人都说你爱民如子，难道你也这样不分青红皂白，眼看小人含冤而死吗？”

那个女犯也哭着诉说：“青天大人，你要是屈斩良民，还算什么为官清正、秦镜高悬呢？”

况钟把眼一沉，厉声道：“此案经过三审六问，详情勘察，有人证物证，方才定案。你二人却口口声声叫喊冤枉，本府未获凭证，也难轻信。既是冤枉，你们又有何词申辩？”

熊友兰见问，如见了一线生机，立刻振作精神答道：“小人被判与这个女子通奸谋杀，罪证不实。小人家住淮安，她家住无锡，我和她素不相识，远隔千里，只因于路偶遇，她迷途问讯，我给她指路同行，青天白日，朗朗乾坤，哪有什么奸情？她家自被人抢了十五贯钱，与小人身上携带买货之银，不过巧合相符而已，怎能说她家的钱是我所劫？其实，我连死者姓甚名谁，家住何地，均不清楚，怎么前去劫财？所携十五贯钱，乃是主人陶复朱叫我前往常州购货的，有凭有据，一问就知。用以装钱之褡裢，上写小人姓名、地点，焉能是苏戍娟继父之物。大人只要一验就知，一问即明。可无锡县、常州府却不肯查勘，把小人打得死去活来，故而屈打成招，判成死罪！还望青天爷爷明察！”

况钟听罢又问：“你主陶复朱现在何处？”

熊友兰哭道：“他听说小人今天处决，必定前来收尸，大人只要一问就会答应的！”

况钟点头，立命冯信和张彪两个得力班头，一个速去取熊友兰装钱的褡裢验看，一个即传陶复朱来问。

陶复朱果然就在刑场准备为熊友兰收尸，一听传唤立刻答应前来叩见况钟。

况钟问：“陶复朱，熊友兰是你什么人？你要如实说来，若有半句虚言，律法无情！”

陶复朱叩头道：“熊友兰是小人的伙计。日前我和他在苏州卖掉一批真丝，得了十五贯钱，是我命他前去常州购货的，不想半路上出了事，所供是实，乞大人明察！”

况钟道：“你在苏州卖丝，住于何处？”

陶复朱道：“和熊友兰同住于观前悦来客栈。我准备去福建办货，约他购货后即来福建会面，不想他出了此事，故未曾前往福建。大人如不信，可派人前往悦来客栈查看循环簿！”

况钟立命张彪快马到悦来客栈取循环薄来看。少顷，张彪和冯信各自取物来到。

况钟先验看了熊友兰的褡裢，果然上面用黑线绣了“淮安熊友兰”五个正楷字。

况钟又验看了悦来客栈循环簿，上面有住客登记的姓名。在某年某月下面，赫然写着陶复朱和熊友兰的姓名。算算日期，合适是熊友兰离店之时。

况钟暗忖：此桩案情，其实可疑！分明是初审时就错了！他和苏戍娟，一个家在淮安，一个身住无锡，确是素不相识，怎有奸情可结？一个去常州，一个去皋桥，既同路自可同行，想来苏戍娟所说是确实的了。再说这十五贯钱，来龙去脉，甚是清楚；装钱的褡裢也确是熊友兰自己之物，难道他会预见尤葫芦去借钱，故带了空褡裢去装钱吗？不会，看来，此案确是冤枉。

此时，苏戍娟又叩头诉说道：“爷爷已经查明这位客官实情，可知私通一事纯属屈打成招的了！小女子现在仍是处女之身，哪来通奸之说？如若有半句虚言，可由禁婆查实便知实情！小女子手无缚鸡之力，无锡县过大人曾在堂上要小女子用杀人凶斧一试，小女子用双手才勉强举平肩头，一时失手掉于地上，还险些砍掉了脚趾，这杀人一节实在也是冤枉的！死者虽是小女子继父，但自生母亡故，我和继父相依为命，形影不离，众邻居自可作证。小女子怎忍下此毒手，砍杀亲人！还望大人三思！这砍杀继父的恶徒至今逍遥法外，我虽死可不甘心啊！”

况钟沉吟不语，暗忖：是啊，若说她确曾杀人，必要找到真凭实据；若说她不曾杀人，就要捉到真正的杀人凶手！为官的必须为民申冤，怎能捕风捉影、轻率判罪呢？想到这里，他连连摇头道：“斩不得！斩不得！”

此刻，谯楼鼓敲二更三点。刽子手们见况爷迟迟不划朱圈，便一齐禀道：“大人，五更斩囚，迟延不得；倘误了时刻，小的们吃罪不起啊！”

况钟心急如焚：不知冤情，也就罢了；既知冤情，理当昭雪！于是，对刽子手们说道：“将囚犯暂时押起，你等在此等候，本府自有决断！”

说完，况钟来不及换衣，叫老仆况祥牵过快马，猛抽一鞭，连夜去到都堂找周忱商量此事。

欲知后事如何，且看下回分解。

第三十八回
申冤平屈敢击堂鼓　寻证找据愿丢乌纱

且说况钟骑上快马，只带冯信一人，连夜来到都堂衙门来见江南巡抚周忱。这周忱本是明代任期最长的封疆大员之一，进士出身，在刑部做过二十多年的员外郎，经大学士杨荣推荐，被皇帝提拔为江南巡抚，并身兼都御史之职，人称周都堂。他与况钟是江西同乡，平时交往较多，感情不错。周忱是个理财专家，很为朝廷倚重，在办学等方面舍得花钱，曾为办苏州学塾出了不少力，对况钟为人也是十分敬重，况钟有什么公事要办，他认为可行的总是大力支持，积极相助。故这次就近监斩苏熊二人的任务，放心地交给了况钟来办。

周忱虽官高爵尊，却是个少有的好官。他虚怀若谷，表里如一；与人交能推心置腹，从不妄自尊大，颐指气使。谁知“智者千虑，必有一失”，这宗案件，经无锡县初审，常州府二审，申详文书送到周都堂处，适值周忱去常熟县巡视水情；等他回署，那代理判官已据常州府申文，转详刑事；刑部据了招文，遂上札子，奏闻朝廷。待圣旨下来，定熊友兰、苏戌娟等秋后处决，再由刑部详转，由常州府转文无锡县，终于了结此案。其间转辗申详，少说也有大半年时间，而周忱却一直蒙在鼓里，岂不是也有失察之罪？

所以说，冤假错案，古今一例，难以幸免。像况钟这样的清官，闻冤即申，遇屈就辨，确是少闻罕见的！而那些袖手不问，将错就错，唯恐受牵连的官员，却不在少数哩！闲话表过，暂且不提。

再说况钟来到都堂衙前，此时夜阑更深，万籁俱寂，只见两扇黑漆大门，紧紧关闭，门前阒无一人。

况钟暗思：太平盛世，连个守卫也不用了！这是社稷之福。却谁知帝辇之下，尚有屈死的冤魂！今番前来，定要向周都堂陈说利害，动之以心，喻之以理，不达目的，决不罢休！也不枉我夜闯都堂，为民请命了！想至此，正要命冯信去叩门，冯信指着门房内传出的一星灯光说：“大人，此房有人值班。”况钟就命冯信去唤醒门官。

门官提灯出门一照，认得是苏州知府况钟的灯笼，暗想况爷夤夜到此，必有要事！他不敢怠慢，忙上前问安说："况爷今夜监斩，因何单身驾临？"

况钟道："本府正为监斩一事，特来面见都爷，相烦通报。"

那门官见已夜深，便推说都堂已经睡下，不好打扰为由，让况钟碰了个软钉子。况钟心中顿时焦躁起来。

俗话说，宰相门子七品官。门子挡驾，有气也发不出来。况钟不便和门官冲突，就用好言再三陈说，那门官无法阻拦，只好通报去了。须臾，门官出来道："都爷睡得十分香甜，小人怎敢把他唤醒？况爷有事，何不明日早堂相见？"况钟再来央求，那门官却说："既然况爷有人命关天大事，何不亲自去见都爷就是，省得我们左右为难。"看官，原来这门官平时收惯大小官员的门包，见况钟是个毫无油水的穷知府，故意刁难。

况钟见此情况，顿时心急如焚。猛一抬头，见门前架着一面堂鼓，心中立刻有了主意。原来，有明一代，根据太祖规定，县、府衙门前，都有堂鼓，是备作应急或鸣冤之用。若是百姓鸣冤，敲了此鼓，先须受笞四十，然后审案。无论是知县、知府，都要闻鼓升堂，刻不容缓。

此时，况钟听见更鼓频催，时辰紧迫，火烧眉睫，顾不得有失知府体统，就学那平民百姓，拿起鼓槌，"咚咚咚咚"地敲了起来。

鼓声一响，那门官惊得瞠目咋舌，摇头叹气；冯信暗赞况爷当机立断，不惧权贵责难。

那深夜的鼓声，如雷轰鸣，震得合衙的人都醒了，不知出了什么事？纷纷前来打听。

周都堂此时好梦正酣，忽然惊觉。侧耳一听，却是堂鼓响亮，不知哪方人氏，深夜前来喊冤。他是个忧国爱民的好官，就披衣而起，急命中军到衙前问清情况。

中军奉命，立刻赶到门前，怒冲冲地正要喝问，一眼瞅见手执鼓槌的不是平民百姓，却是时常来跟都堂谈天说地、吟诗下棋的苏州知府况钟，不觉呆了。

况钟见中军出来，把鼓槌一放，上前带笑而言："是本府求见都爷，仓促之间才击了鼓的。望转告都爷，就说况钟有急事，要立即当面禀告！"

中军不敢怠慢，转身进内禀明了周忱。

周忱一听击鼓的是况钟，不觉失笑道："知府击鼓，旷古所无。想必有急紧之事，快快请见！"

须臾，周忱在书房会见了况钟，见况钟满面焦急之状，就故意说："况兄奉命斩囚，因何得空到本署门口击鼓？莫非想来告状吗？"

周忱本想说说笑话，缓和一下气氛，不料况钟把手一拱，正色而言："周大人，下官正是来告状的！"

周忱摸不着头脑，就随口问道："况兄夤夜求见，所告何人？如若罪证确凿，本都堂定要替你做主！"

况钟道："多谢大人！下官告的就是大人！"

周忱吃了一惊："况兄此言，还是当真，还是作耍？"

况钟道："下官夤夜击鼓，岂有作耍之理？我告大人有失察之罪！"接着就将监斩时，苏熊二人鸣冤叫屈，以及当即查核了熊友兰褡裢和悦来客栈循环簿，审问了陶复朱等情一一告禀了周忱。

周忱起初还有些不信，可越听越觉心中有愧，他再也坐不住了，心想：此事确是我有失察之罪！立即传讯了判官，方知判官并未认真勘问，只据州县申详，转批刑部，事后，也未将此案细末详情报告周忱。周忱听后，连连跌足道："人命关天，非同儿戏；本官失察之罪，岂能推诿耶！"

那判官还有些不服，在旁辩道：

"此案三审六问，岂是捕风捉影？而且人证物证俱在，岂是儿戏？卑职按原判申详，错在哪里？"

周忱怒道："错就错在随波逐流，无所用心耳！如若事事照抄照转，还要这个都堂衙门做什么！"一句话说得判官满脸羞惭，嗒然而退。

周忱斥退判官，动问况钟道："此事关系两条人命，但圣旨已下，如何是好？"

况钟道："明知奇冤，就要复审！"

这时，谯楼鼓敲四更。周忱在房中来回踱步，自言自语道："五更斩囚，何人敢违？"

况钟急步上前，大声道："都堂大人！根据大明律典，凡死囚临刑叫屈者，可再勘问陈奏。"

周忱猛地转身道："好！就依此律办！一切责任，由老夫担待！"

况钟大喜："都堂一诺，珍若千金，苏戍娟熊友兰有救，皆大人之所赐也！"

周忱以袖掩面，连连摆手道："况兄之言，愧杀老夫了！你夜闯都堂，为民击鼓，才是千古少有的事！此案若能申雪，老夫要为你请功！"

况钟把手一拱道："为官者上报社稷，下安黎民，乃克尽厥职而已，何功之有！"

当时，周忱答应由况钟复勘，限期一月，务要查出真凶，然后奏明朝廷，再来定案。因无锡县不是苏州府治属，周忱又亲赐令箭一支，况钟就可便宜行事。

况钟这才心中一宽。此时，天色熹微，五更将至，当即命冯信先回去传令，将苏戍娟和熊友兰重新收监。于是，况钟急如星火，他带着况祥和张彪等人，不顾一夜未睡，不待天明就乘船赶赴无锡县而来。

无锡县知县过于执，这天一早犹高卧未起，忽报苏州府知府况钟来到，心中不觉狐疑起来。心忖:他管苏州七县,我属常州府治。我们是井水不犯河水,到此做甚?

夫人道:“管他况钟况鼓,老爷,趁着天色尚早,快快再陪我共枕同眠睡个回笼觉吧!”

过于执说:“这可不行了,听说这况钟,身正脚不歪,是个响当当的铜豌豆,当年连皇帝老子也要忌惮他三分呢!他这次特地前来,必有要事,我若怠慢了他,他要是奏上一本,下官可就吃罪不起了!”

那娇柔美貌的夫人,还想纠缠不休时,过于执却拂袖而起,连忙穿戴整齐来见况大人。

等把况钟迎进花厅,见了令箭,心中就有些不快,便冷脸相待,爱理不理。

况钟并不在意,当即说道:“本府奉周都堂之命,前来复勘尤福被杀一案。”

过于执慢吞吞地回答:“此案已奉圣命处决,何用复勘?”

况钟道:“过大人所言极是。只是律有明文:‘凡死囚临刑叫冤者,可再勘问陈奏。’太祖圣命,谁敢违拗?故不避毁誉,奉都堂亲命,特来复勘,谅过大人不会介意吧?”

过于执一听,知道况钟并不是好吃的果子;要是惹恼了他,吃不了就得兜着走!何况,他来复勘,万一被他抓住把柄,把脸一翻,向皇上奏一本,我这七品前程,岂不要断送在他手上?因此,暂时只得把冷脸收起,装出笑容,忙说:“况大人夤夜不辞辛苦前来鄙县,谅未吃早餐,请先吃了后,再来商议如何?”

况钟笑道:“公事在身,不敢以私废公。不如先看了杀人现场再说!”

过于执心想:我是好意相邀,叵耐此人不识抬举,也罢,你就饿上一天与我无关。便笑着说:“也好,现场就在县衙前面不远,大人请——”

于是,过于执在前带路,陪同况钟前往尤记肉铺实地查勘。一面吩咐捕快通知有关干证,在肉铺门口齐集,好对付况钟的鞫问。

这事立刻轰动了东关镇。镇上的饭铺、茶馆、商行、集市,到处都在议论纷纷。有的说此案早已定谳,何用再来勘察?还不是当官的九两棉线织匹布——想得稀奇!有的说熊友兰的财东发了善心,卖掉了家产,在周都堂那里花了山一般高的银子,才派况钟来复查此案,这可是梦里娶媳妇——想得美,到头空;也有的说苏戍娟和熊友兰告准了御状,皇帝老倌才叫况钟来给他们翻案的!谣言越传越奇,闲人说闲话,听了就算了;可有个人,却整天心惊肉跳,坐立不安。谁?就是娄龙娄阿鼠!

这个绰号叫阿鼠的娄龙,越想越怕,心想:三十六计,走为上策。此时不走,更待何时?等到况钟来找我,我须得吃官司!不如到乡下堂弟家中躲上十天半月,等风平浪静之后，再回来不迟。于是，不等天晚，就提了一个包袱，赶紧溜之大吉。

话说过于执陪同况钟，来到尤记肉铺门口下了轿。里正夏守法已传集街坊邻里，在此等候多时。

夏里正揭了门上封条，叫两名差役把守门口，不让闲人进去，自己陪着县、府两位大人进内察看。

夏守法指点了尤葫芦遭杀弃尸的地点。况钟蹲下身去细看，见地板上还有紫黑血迹。此时，过于执嫌房内霉气忒重，用衣袖掩着鼻孔，远远地站在一旁。

况钟看罢地上血迹，又仔细地查看了门窗，对房中桌、椅、肉案、床铺和墙壁，都仔细看了一遍，然后问里正道："尤福平时家境如何？"

里正道："贫困窘迫，以典物借贷为生。"

况钟指着散落在边角地上的几枚铜钱道："既然家无隔宿之粮，全靠借贷典当度日，因何把钱撒在地上？"里正一时竟答对不上。过于执听了，冷笑道："这有何难猜？想是尤葫芦也有手头宽裕时。那时喝得酒醉，把钱无意中撒落在此，也未可知？"

里正听了，忙补充道："不错，尤二哥最好杯中物，有钱就买醉，此钱定是酒后所撒！"

况钟心中终是疑惑，他俯身捡了一枚铜钱，见前面还有一枚铜钱；一直来到床前时，手中已捡了约莫十多枚铜钱了。况钟低头钻到床下去望，不想把头上的乌纱帽碰落在地。过于执忙过来帮况钟拾起帽子，用手掸去尘灰，递给况钟说："大人也未免太认真了！区区几枚铜钱，捡它何用？险些丢了这顶乌纱了！"

况钟哈哈大笑："只要查清事实，把乌纱丢了何妨！"说完，把乌纱帽往床铺上一放，竟不顾床下蜘网密布，尘灰挂脸，一头钻了进去。

况钟这一举动，大出过于执意外，站在那里，进也不是，退也不好。正没做理会处，那夏守法也跟着趴在床下捡起铜钱来了。

况钟一直把撒落在床下的所有铜钱全部捡完才站起身子。那夏守法也捡了十多个铜钱，还在床脚背阴处摸到了一个小方匣，一齐交到况钟手里。

况钟打开匣子一看，问道："这不是赌钱用的骰子么？"原来，里正摸到的是个骰子匣，里面装着四粒骰子；木匣子上还刻了一只小小的老鼠。

过于执过来了，他摇摇头说："这不是稀罕之物。本县赌风甚盛，有此赌具的比比皆是！想尤葫芦酷爱喝酒，必然好赌无疑，此骰就是明证！"

况钟听了正在不悦，里长却插嘴道："过大人，据小人所知，尤二哥生前爱喝酒是有的，却从未见他赌过钱。"

过于执冷笑道："你是里正，尤葫芦赌钱哪会让你知晓？"

此时,站在门口的秦老汉,忍不住接口道:“大人,小人和尤二哥相交二十多年,确实未见他有赌博行为!有一回,他听见隔邻呼幺喝六之声,他忙把门窗关起,连声音都不愿听哩!”

“哼,多口!”过于执瞪了秦老汉一眼,悻悻地站到一边去了。

况钟算了算钱,总共约有半贯之多,心中大疑。里正道:“依小人愚见,尤二哥生计艰难,常常缺米断炊。这半贯钱,定是那十五贯中的钱,当时他发现盗贼,和他争夺才散落在地。”过于执忙厉声驳斥道:“休得胡说!那熊友兰偷盗的十五贯钱,一文不少,已交库作证。要是依你所言,那真凶又是谁?现又在何处呢?如若胡言乱语,把水搅浑,你须脱不了干系!”里正一听,吓得不敢再言了。

况钟心中越加清楚了,也不与过于执争辩,随口问了苏戌娟的为人。

里正道:“苏姑娘平时尊敬继父,操持家务,不顾辛劳;有空就绣花织布,补贴家用。长得虽然美貌,但为人稳重,从未听说有不端行止。”

过于执听了又连连冷笑道:“此言差矣!苏戌娟长得美貌,必然引得蜂狂蝶乱,那与人私奔即是例证!她举止稳重,乃是假象,以此来掩人耳目,好干那苟且之事!”

秦老汉听了,立刻气愤填膺,又在门口插言道:“大人所言,使人难以置信!苏姑娘……”

“好了,好了,”过于执立刻摆手阻止道,“你年老身迈,耳聋眼花,看不清,听不见,哪里知晓她的事情!不用多说了!”

况钟见天色近午,急于想弄清骰子的下落,就悄悄嘱咐了冯信几句,随过于执乘轿回到了无锡县衙。欲知后事如何,且看下回分解。

第三十九回

木匣露馅猛追穷寇　东岳显灵急煞贼徒

且说况钟回到县衙住处，刚刚坐下，冯信带着里正夏守法和街坊秦老汉来见。

况钟叫况祥端上茶来，请二人同坐，然后柔声问道：“今天勘察，你二人有何见地？”

夏守法道：“况大人，小人有话实说，说错了，请大人莫怪！”

况钟笑道：“我请二位来，就是要听真话。今天，暂把那些假话、空话、废话全都收起。说错了，决不责怪；说对了，我还有赏呢！”

夏守法道：“如此，小人就放肆了！依我看，上回过大人虽也到现场勘察，却是胸有成竹，走走过场而已；今日是毫无先入之见，点滴不漏！故此，情况大不相同了！”

况钟道：“倒要请教：二次勘察，有何不同？”

夏守法道：“上回，过大人早就认定熊友兰和苏戍娟二人是因奸谋财害命的凶手。来到肉铺，只是查看了凶器上有无血迹，尤葫芦有几处致命伤痕，后来又验看了熊友兰所携是否是十五贯钱，就草草收场而去。这岂不是胸有成竹，走走过场么！”

秦老波连连点头说：“就是，就是！当时，我就提出苏姑娘为人稳重，并无轻佻嬉戏举止，却遭到过大人的训斥。唉，可怜苏姑娘遭此大难！”

况钟道：“今日勘察，又是如何呢？”

夏守法道：“老爷，我斗胆说一句，不知可使得吗？”

况钟道：“尽说何妨！”

夏守法道：“这熊友兰可是冤枉的啊！”

况钟：“愿闻其详！”

夏守法：“刚才老爷地下所捡半贯钱，定系尤葫芦在皋桥姨娘家所借之物，并非平时所遗。当晚，他去秦老汉家约他买猪，回家遇见盗贼，想是二人争夺，遗钱于地；后来尤被杀死，盗贼抢钱仓皇而逃……”

秦老汉猛地一拍大腿说：“不错！里长就像亲见一般！其时，苏姑娘正在邻居朱妈妈家借宿，一早才去姨妈家，走在半路，恰逢熊友兰，而熊友兰身上也带着十五贯钱，才被错拿下监。要是熊友兰真是凶手，他身上绝不是十五满贯钱才对哩！”

况钟笑道：“说得有理！但地上的骰子，大家都说不是尤福之物，又作何解说？”

秦老汉说：“这有何难！想这骰子，定是那杀人凶手慌乱中遗丢之物。此人想必是个嗜赌成性之人！输了钱，情急之下，见财起意，动了杀机也有可能啊！”

况钟点头说：“说得有理！可这杀人的凶手，究竟会是哪个呢？附近人家可有爱赌之人？”

夏守法道：“东关镇有一伙赌徒，经常聚在关帝庙内呼卢喝雉，何不叫几个来一认这匣骰子！”

况钟道：“此事要秘密进行，免得打草惊蛇！”

夏守法道：“我去去就来，不消吩咐。”说完就快步出门而去。

况钟又和秦老汉说些闲话，问起尤葫芦和苏戌娟平时为人。正在摆谈，不到一顿饭工夫，夏守法就匆匆回来了。一进门，就掩不住内心喜悦道：“大人，此匣灌了铅的骰子主人姓娄名龙，人称娄阿鼠，是个惯偷！出事那天晚上，据赌徒反映：他输光了赌本，身上不留一文钱走的。从关帝庙回家，尤记肉铺是他必经之地。出事那天，娄阿鼠曾上堂对证，一口咬定苏戌娟和熊友兰早有奸情，十五贯就是谋财害命的见证，过大人还曾当堂夸奖于他。”

况钟急问：“此人现在何处？”

里正道：“我问过娄阿鼠左右邻里，都说他昨日还在街上喝酒赌钱。大人一来，他却避往乡下去了。”

秦老汉插言道：“要去乡下，他只有一个堂弟尚有来往。就在惠山脚下东岳庙附近就是。”

况钟大喜，谢了二人，忙叫冯信和里正二人先去东岳庙探听消息，决不要惊动娄龙；自己带着张彪和几个捕快随后就到。

冯信奉命，化装成一个货郎模样，肩挑百货筐，手摇拨浪鼓，“咚咚”地敲着，在东岳庙一带来回走动，引来几个孩童和妇女前来买物。

前面墙角有个人影一闪，冯信举目一看，是夏里正在那里招手，便挑着担子过去。近身时，只听夏守法悄声相告：“娄阿鼠果然在此。前面那棵合抱的大槐树旁有座破旧茅屋，就是他堂弟的住所，刚才我在窗口窥望，他正在里面鼾睡未醒哩！”

冯信听说，不敢怠慢，就把货郎担子歇在大槐树下，自己面对茅屋门口蹲坐下来，以防娄阿鼠突然逃遁。

须臾,娄阿鼠在门口一晃。他长得鼠目獐头,面黄肌瘦,两边太阳穴上贴着二块小膏药,就像大病初愈的模样。那娄阿鼠一伸头,就看见大槐树下坐着一个生人。两眼炯炯,亮如闪电,直视自己,吓得心里“扑通扑通”乱跳,连忙折身回来,赶紧把门扃上了。

这时,冯信一抬头,见村口走来了一个人。他手执白布旗幡,旗招上写着四个大字:“观眉测字”。冯信一见,立刻脸露笑容,站起身子,挑起货担,摇得鼓响,跟况爷打个照面,向村外走去了。

这时,房内娄阿鼠心中一宽。他把耳朵贴在门上,只听声音渐远,就放下心来,骂一声:“吓我半死!原来是个真货郎!”边说边开了门,趿着鞋,向东岳庙走来。后面,那个头戴万字方巾,身穿粗布青袍,腰系双股丝绦,手执叮咚铜片,脚踏薄底黑鞋的测字先生,也亦步亦趋地跟在娄阿鼠后面,向东岳庙走去。

娄阿鼠自从作案之后,发觉身边丢失了赌具——骰子匣,心里着实惊慌了一阵。这匣子上面,他曾请木匠刻了一只小老鼠,便于记认。如今,丢失了木匣,如果查询起来,事情就不妙了。那天回来换衣,一发现丢了骰子匣,就坐立不安,立意要把它找回来,免留后患,就是这个道理。谁想:出门碰到财神爷,时来运转,半路上杀出个熊友兰。无巧不成书,他不但与苏戌娟同行,还背着十五贯钱。于是,娄阿鼠干脆来了个“移花接木”之计,轻轻巧巧地把杀人之罪推给了这两个晦气星!也是菩萨保佑,刚好碰到了知县过于执,自己说一句,他就信一句,拿着鸡毛当令箭,把二人屈打成招,问成死罪。

当下,娄阿鼠高兴得忘记了生辰八字,赶忙沽酒买菜,美美地醉了几日。有了钱,赎了几件体面衣服,穿戴着又去窑子里会了会旧相好,着实风流快活了几夜。谁想乐极生悲,娄阿鼠竟染上了“杨梅疮”,弄得痛苦不堪,坐卧不安。请医上药,折腾了半个来月,才慢慢痊愈,那笔钱竟也用得差不多了。

后来,听说苏戌娟和熊友兰的处决文书被刑部转了下来,立时就要绑赴法场正法了。娄阿鼠听后,不觉又惊又喜。惊的是:无端害了二命,不知将来会不会遭报应?如果真有报应的话,自己死后,尸魂就要被尤葫芦等三个鬼魂平分,弄得头归头,手归手,脚归脚,这可有些触目惊心!喜的是:此案再也无人追究,自己从此可以高枕无忧,逍遥自在,不用再夜夜担心了。

前不久,风传苏戌娟和熊友兰临刑翻案告准了状,从法场上弄了回来。为他们重新审勘的却是赫赫有名的苏州知府况青天!无锡靠近苏州,况钟的名声是家喻户晓的。有人还说得况钟跟包龙图一样,能白日审阳,黑夜审阴。包龙图有张龙、赵虎、王朝、马汉;况青天左有冯信,右有张彪。包龙图有个捧尚方宝剑的包兴,可以先斩后奏;况青天身边有个老家人况祥,他捧的是当今皇帝赐的敕书,虽不能先斩后奏，却可以将贪官污吏、奸夫贼子提解进京。包龙图有三把铡刀厉害非凡，况青天曾当堂捶杀过数名猾吏奸胥！包龙图铁面无私，不畏权贵；况青天执法如山，绝不徇情！这些传闻，言者凿凿，听者藐藐，在娄阿鼠心里像压上了一块千斤大石，虽然躲身在惠山脚下的穷乡僻壤，却仿佛四周都有千百双眼睛在望他……

那天，娄阿鼠亲眼看见况钟到达无锡县的场面，可真热闹。有诗为证：

“当当当”鸣锣喝道官轿到。“肃静”“回避”红牌亮，青罗圆伞遮日光。板子刑棍左右挡，对子马荡尘土扬。衙皂的锁链提手上，户房的书办抖丝缰。人役两边扶轿杠，知府威严镇四方。恶无亮高嗓，旗罗伞牌执事仪仗，威威武武，赫赫扬扬，直奔正前方！红顶马快如飞箭往前闯。

当时，娄阿鼠像一团烈火身后烧，茶不思饭不想，思前想后心焦躁。整日里心惊肉跳，一听“娄阿鼠”三个字有人叫，三魂悠悠六魄销，爬上阁楼把身藏，再不敢人前人后把舌饶。就这样，翌日一早，来到了东岳庙，过了这关再来瞧。

来到堂弟家中，娄阿鼠的日子并不好过。晚上，他吃罢饭，早早上了床，大睁着双眼就是睡不着。蒙眬间忽见走来一个美姣娘，定睛细看，却是戌娟姑娘她来到，竖着眉，瞪着眼，手指鼻尖骂声高：“娄阿鼠！你这没心肝的恶强盗！我在况爷面前把状告，我爹是你杀，铜钱是你盗，想赖也赖不掉！”

娄阿鼠，心直跳，头发毛，要辩无言脸发烧，转身下床就要逃。

苏戌娟，变脸了，杏眼一翻尖声笑：“快快随我跑，休得惹人恼！况爷面前来对质，有话当面去聒噪！”

娄阿鼠，像水浇，似火燎，进退两难无法逃。自种苦果自己尝，天网恢恢现世报！他东面瞅，西面瞧，找个地洞躲烦恼！忽见来了熊友兰，张开大口声音高：“娄阿鼠，往哪逃？双手沾满血，低头仔细瞧！”

娄阿鼠，举手瞧，鲜血淋漓吓一跳！忽地闪出一个人，手提头颅真蹊跷，一面上前一面叫：“今天我来把命讨！还我命来把你饶！”

娄阿鼠，还我的命来！还我的命来——喊声似海涛，一浪更比一浪高。吓得娄阿鼠拼命跑。

一跑跑到山岩上，悬崖峭壁无路逃！后面来了尤葫芦，手提脑袋喊声高。

娄阿鼠，无路跑，闭着眼睛往下跳，却是南柯一梦示先兆！

夜已过，天破晓。娄阿鼠一心要去东岳庙，叩头念佛把香烧，但求冤魂休来缠，重修金身造新庙！

娄阿鼠，进了庙，跪在地上忙祝告。要知是凶还是吉，且看下回见分晓！

第四十回

理屈词穷罪恶昭彰　起死回生馨香祝祷

且说惠山脚下这座东岳庙，如今早已破烂不堪：到处是荒草古榛，断墙残垣。帐幔上布满灰尘，神像上挂着蜘蛛网，泥塑金身的东岳帝君，塌了半个鼻子，失了一只耳朵，那斑斑驳驳的金身，仿佛是一件千疮百孔的百衲衣。两旁的判官，执笔的早已没有笔，没有手，只剩半截臂肘；拿簿的早已没有簿，没有指，只留残缺身架。笑容可掬的无常，怒目而视的鬼卒，变为东倒西歪的半截泥胎。两旁木柱上的对联，也只剩下左边的那一副字迹尚依稀可辨，写着"世事无常古往今来放过谁"，右边的却要人费神去猜了。

这座东岳庙，始建于唐代，元时毁于兵燹，后有杭州普济寺高僧云游至此，发愿重建，经十年募化，十年准备，又经十年营建，才又重建起来。殿宇深广高大，神像端庄伟岸。两廊鬼判姿态各异，栩栩如生。有的横眉怒目，有的龇牙咧嘴，有的嬉笑顽皮，有的痛哭流涕。喜怒哀乐，各尽其态，表情迥异，无一雷同。直到如今，由于僧人星散，无人管理，倒成了顽童嬉游之地，狐鼠出没之所。

娄阿鼠昨晚做了一场噩梦，醒来满身冷汗，越想越怕。后来想到东岳帝君十分灵验，何不到庙里去求上一签，一问祸福休咎，也好做个避灾趋福的准备！

娄阿鼠打定主意，才趁门前无人注意，独自一人，踅进了东岳庙内。他左右一看，见阒无一人，就来到神像面前跪拜一番，口里喃喃地祝告道：

"东岳大帝啊，弟子娄龙，特来叩告，如若保佑弟子太平无事，就请赐个上上签！"说完，正要去供桌上取签筒时，忽听背后有人说话："这位仁兄，求签不如起数！"娄阿鼠猛地一惊，回头看时，来的却是一位测字先生，便用手扪着心口道："吓死人了！"

那测字先生笑道："人吓人，吓死人！不知仁兄有何心事难以决断？在下浪迹江湖，云游四海，得过鬼谷子亲自传授和神算管辂的衣钵，能知吉凶祸福，灾难休咎。如若不灵，分文不取！"

娄阿鼠一听，两只贼眼骨碌碌地一转，心想："这个测字先生，说得死人也会变活，不知他的能耐到底如何？"心中正在盘算，那先生却笑道："这位仁兄，你此时心中正在盘算:看他说得天花乱坠,不知是真是假?不妨不妨,只要起个数,一试便知!”

娄阿鼠吃了一惊:“果真厉害!我心里想的,他早算到了!可见是个有真本领的!”就问道:“这位先生,不知怎么个起数法?”

测字先生道:“只要你信口说出一个字来,便可算出吉凶祝福!”

娄阿鼠道:“随便报一个字,哪里便有准呢?这不是拿着竹竿去量天——乱碰么!”

测字先生道:“既然如此,你就从名字中报个字,这就瓮中捉鳖——十拿九稳了!”

娄阿鼠心忖:“我叫娄龙,就报个龙字吧!”转念又想:“不可,不可!我在这里躲灾避祸,就得隐姓匿名。倘若被他知晓了真姓实名,岂不是自找麻烦!噢,对了,别人都叫我阿鼠,我的生肖也是属鼠,就报个‘鼠’字吧!”于是,就报了一个“鼠”字。

那测字先生找来一条破板凳,坐了下来,问道:“这位仁兄,你报这个‘鼠’字,想问何事?”

娄阿鼠左顾右盼,望了好一会,才凑近测字先生,用嘴在他耳边轻轻地说出了两个字来:“官司。”

测字先生微微一笑道:“若问官司么,就眼前来看,却还是一场糊涂官司!”

娄阿鼠忙说:“测得准!测得准!确实是一场糊涂官司!不过,以后呢?”

测字先生又搬起指头,掐指算了一遍道:“以后么……不过,我想打问,你是自测,还是代测?”

娄阿鼠道:“自测怎样?代测又如何呢?”

测字先生道:“要是自测,我怕说了实话,叫你担惊受怕;要是代测,那就不妨了!”

“我是代测,尽管说,我不怕!”

“好!这个鼠字,一定是偷了人家的钱财,才惹出了这场官司!”

“啊!你……你怎么知,知道的?”

“这有何难!老鼠不就是喜爱偷吗?”

“噢,原来如此!我也听说过:老鼠最爱偷大米!有人还把它编成歌谣来唱呢!”

“真的吗?这个歌谣倒是有趣呢,能唱几句听听吗?”

“反正今天闲着没事,我就学唱几句你听:我爱你,爱死你,好比老鼠爱大米!我爱你,爱死你,好比老鼠爱大米!”

“什么乱七八糟的！想那老鼠什么都偷，偷米偷油……噢，对啦，这被偷的那家，可是姓尤么？”

“啊！”娄阿鼠一听，吓得从凳子上翻落在地。他怕被测字先生看出破绽，赶紧一个鲤鱼打挺，从地上跳将起来说：“这地上好滑，害我跌了一跤！”轻轻地掩饰过去了。

测字先生佯装不见，却在嘻嘻哂笑。

娄阿鼠定了定神，问：“咳，你真神啊，你怎么测出这个‘尤’字来的？”

测字先生笑道：“我先问你，这打官司的首告，是否姓尤呢？”

“不错，是姓尤，是姓尤……可你怎么测出来的？”

“测字都有个道理，绝非在下信口胡说！那老鼠不但爱大米，它最喜欢的还是去偷油啊！也有人把它编成歌谣来唱呢！”

“真的吗？我怎么没有听见过呢？这位测字先生，也请你唱几句来听听娘！”

“反正闲着也是闲着，我就学唱几句你听：老鼠去偷油，老鼠去偷油，菜油味虽香，好吃数猪油。桥边有家杀猪铺，想吃猪油就到尤家肉铺偷！”

“你是说我？”

“莫要多心啥，我说的是老鼠呀！”

“对对，是老鼠，是老鼠……可这尤字是怎样测出来的？”

“‘油’与‘尤’同音，因而知道被偷的那家姓尤！”

“神！真神！”

“嘿嘿，这又算什么！想我祖师鬼谷子，能算过去三千年，未来三千年，句句中的，绝无妄言，那才是‘神算子’哩！”

“失敬，失敬！像先生这般的测字，已够神了！请问先生，那官司日后可有是非连累？”

测字先生正色而言：“怎么没有连累？眼下就有败露的危险了！”

娄阿鼠顿时瘫坐在地，神色沮丧，半晌无言。

测字先生道：“不要急慌！你要对我实说，这字是你自测，还是代测？俗话说：‘诚则灵’。你不愿实说，毫无诚意，我就无法指引你趋福避祸了！”

此时，娄阿鼠早已深信不疑，身不由己地说：“不瞒你说，我是自测，自测！你看，这场祸事我能躲得过去么？”

测字先生道：“你既然是自测，此事就不会落空了！‘鼠’字头上加‘穴’字，岂不是个‘窜’字？”

“窜？”娄阿鼠鼠眼乱转，嘿嘿地笑道：“有意思，有意思，我从县城‘窜’到这里，大概可以平安无事了吧？”

“不不,从字上看,福星未至,灾星未退。还要赶快‘窜’!”

“能窜得出去么?”

“一定窜得出去！不过要早早动身,迟了恐怕那抓鼠的猫儿已快到了!”

“先生,你救人救彻！如今天色已晚,叫我往哪里跑？是走水路还是陆路？朝何方向呢?”

“朝东南方向大吉,走水路有贵人相助!”

“哎,要是有条船,捎带把我搭了去,那就万事大吉了!”

“这有何难？刚才我打听得有条船要在今晚开往苏杭一带;你要是想走,我可以领你前去!”

娄阿鼠一听,连忙跪下叩头道:“你真是我的救命菩萨,跟着你我这条命就保险了!”

测字先生呵呵大笑:“你放心就是了。这船老大与我有一面之缘,刚才我给他测过字,他绝不会不看我的面子的！只要上得船去,保你脱了灾祸,一路平安,后福无穷,那时千万不要忘记了我。”

“我要忘记了你的大恩大德,我就是王八蛋!”

娄阿鼠喜滋滋地出了东岳庙,正等测字先生带他去搭乘便船。谁知,门口遇到了先前那个挑货郎担的汉子。他一见娄阿鼠,就丢了拨浪响鼓,取出铁索,上来就往娄阿鼠颈上一套,说了声:“娄阿鼠,我已等你多时了!”

娄阿鼠大惊,正想挣扎,两旁又上来几名彪形大汉,又拖又拉,把娄阿鼠送到了船上。

那测字先生不是别人,正是况钟。那彪形大汉俱是无锡县的公差。当下况钟吩咐张彪速去娄阿鼠住处搜查。张彪回来报告说:“搜到了一个钱褡裢,褡裢里还剩下半贯钱。此外,在壁洞里还搜得各种开锁的钥匙和骗人的赌具。”后来,在公审时,被苏戌娟认出:褡裢上有她亲手绣的花,它原是尤葫芦家之物。正是铁证如山,无法抵赖了。

况钟连夜赶回苏州,传齐了一干人证,知会了都堂周忱、无锡县知县过于执和常州府知府,决定重新审理苏戌娟和熊友兰一案。

这事立刻轰动了邻近各县百姓。重审那天,苏州府大堂被挤得水泄不通,人满为患。

娄阿鼠被带上堂跪下。

况钟问:“娄阿鼠,你可知罪吗?”

娄阿鼠道:“冤枉啊冤枉！青天大老爷积积德啊！我是无辜的啊！这尤葫芦自被凶手熊友兰砍死,他与苏戌娟私通合谋,罪有应得,与小人无涉。”

况钟冷笑道:“你倒推得干净!”叫差役拿出那个赌钱的骰子来。

娄阿鼠看了一惊,仍然强辩道:“这骰子赌场里有的是,何故赖在小人头上?”

况钟叫:“传干证!”

一名赌徒上来作证:“这是娄阿鼠的!骰子里灌了铅,上回赌博,他用此骰作弊,被我发现,故而认得!”

一个木匠作证道:“这骰子是我替娄阿鼠特地制作的!木匣上有鼠为记,是他要我刻的!”

况钟一拍惊堂木:“娄阿鼠,你还有何说?”

娄阿鼠叩头道:“此骰子就算是我的,但我早已丢失,定是被人捡去来陷害于我的!”

况钟冷笑道:“好个利嘴!死到临头,还要强辩!来人,把尤葫芦的钱褡裢呈上来!”

况钟问:“娄阿鼠,这是在东岳庙你的住处搜到的,可是你的东西啊?”

娄阿鼠道:“大人明鉴。不错,这是我的钱褡裢,我已用了多年!”

况钟道:“既然是你的,上面可有记认?”

娄阿鼠:“上面绣了花。”

况钟:“什么花?一共几条?”

娄阿鼠:“好像是菊花,一共……两朵!”

况钟:“传苏戌娟——”

苏戌娟:“小女子苏戌娟叩见大人!”

况钟:“苏戌娟,你爹装钱的褡裢有何记认?可细细讲来!”

苏戌娟道:“爹爹的褡裢系小女子亲手缝做!去年爹爹酒醉,把褡裢烧了一个小洞,是小女子把它补好,在缝补处绣了大红牡丹一朵!”

况钟命差役验看,果然一点不错。

况钟怒道:“大胆娄阿鼠!几件证物俱在,你还敢胡言乱语强辩,就不怕本府用刑吗?你做贼心虚!在东岳庙测字之事,难道都忘记了吗?”

娄阿鼠一听测字,立刻想到:“这个况知府大人,说话声气跟测字先生一模一样,莫非他是……”想到这里,偷偷抬头一望,顿时两眼金星直冒,腿软骨酥,跌坐在地。原来,堂上那位问官,正是那位测字先生!

到此,娄阿鼠自知无法抵赖,连连叩头说:“小人招供就是!”于是,将那晚之事一一如实招了。

况钟命书办把笔录拿给娄阿鼠看过,并当场画了押,盖了手印,然后钉上枷锁,押入死囚牢内。

况钟审清此案，当堂释放了苏戍娟和熊友兰二人，并将库存的十五贯钱交还了熊友兰。况钟怜苏戍娟惨遭横祸，又成了孤身一人，便当堂赠送一笔银子，叫她自去皋桥姨娘处投亲。

苏戍娟十分感激况钟的再生之德，又念熊友兰为自己遭受不白之冤，以后就以身相许，两人成了眷属，并把况钟的长生牌位供在家中，日夕叩头，以表感念。这是后话不提。

周忱将此事奏明宣宗皇帝，并自责失察之罪，情愿罚俸认罪。

宣宗览表大喜，特地赏赐了况钟，并把草菅人命的过于执撤了职。从此，这《十五贯》的故事也就传遍了江南各地。

第四十一回
陈翠莲状告来钦差　况伯律亲查夺宝案

诗曰：

巧取豪夺，天理难容。
贪赃枉法，玩火自焚。

距今一千七百余年前的西晋时代，曾出了个大名鼎鼎的文学家左思。他用十年工夫构思写成了传世名著《三都赋》，一时士人竞相传写，致使洛阳为之纸贵。从此，“洛阳纸贵”成为后人沿用至今的一句成语，形容作品风行一时，为众人喜爱。左思的《三都赋》，颂扬赞美的是在三国时代的魏、蜀、吴三个都城。即魏都邺（今河南安阳市北），蜀都成都（今四川成都市），吴都建业（今江苏南京市）。在左思的《吴都赋》中，他对苏州的金银珠宝饰品，以及绫罗绸缎，缂丝刺绣等工艺产品更是推崇备至，赞不绝口。可以说，左思的《吴都赋》是一千一百余年前为苏州传统工艺品撰写的我国最早的广告词！

其实，驰名中外的苏州工艺品，早已具有悠久的历史。苏州工艺美术之花，远在晋代之前就已破土而出。唐代时，苏州就有土贡八蚕绯绫。到了五代，苏州的虎丘塔、瑞光塔出土文物中，人们就曾发现有不少的织锦残片，类属云方如意锦。苏州的坊巷很多，这些坊巷就聚居着不少同类的艺人，如制帽的有巾子巷，络丝的有络丝巷，制作筷子的有筷子巷，制作乐器的有乐鼓巷，织罗的有新罗巷，金银匠作的有金银坊，绣线有的绣线坊、滚绣坊、锦绣坊、绣花弄等。由于苏州的刺绣工艺特别发达，制作刺绣的妇女也越来越多。自宋代以后，苏州刺绣之技十分兴盛，工艺也日臻成熟。农村“家家养蚕，户户刺绣”，城内不仅有以刺绣谋生的，而且富家闺秀也往往以此消遣时光，陶冶性情。于是就产生了“民间绣”“闺阁绣”“宫廷绣”等名称。苏州也被人称为“绣城”而名扬四海，誉满全国！

苏州的刺绣工人，更不负所望，将山水、亭台、花鸟、虫鱼、禽兽、人物等都一一栩栩如生地再现在锦缎上，几乎达到了无所不能，无所不工的地步。其中最著名的有两件为“宫廷”制作的“龙袍”与“凤裙”，堪称苏州刺绣女工的代表作品。哪两件？一件名为“织金缎龙袍”，呈现微黄色，身长 130 厘米，袖长 110 厘米。交领，窄袖。袍内衬有一件缀有小金花和金扣的素面中衣。袍上以龙为主要纹饰，袍面缎地织金，两肩及胸背上各绣一朵盘龙图案，盘龙外以云纹作围。龙形矫健，遍体鳞甲，五趾金爪，回曲腾挪，驾云欲飞。这件龙袍制作精细，是一件珍贵工艺品。出土于山东邹县九龙山鲁荒王朱檀墓茔（朱元璋第十子），此袍现归山东省博物馆收藏。

另一件名为“云龙八宝纹缎裙”，它长90厘米，宽厚40厘米。其组织是正反五枚缎，经丝银灰色，纬丝褐色。图案上织有朵云、团龙及杂宝纹样。这些杂宝是莲花、宝伞、双鱼、盘长。另外佛家常用的四宝：法螺、法轮、华盖、宝瓶，则被省略了，但仍称为“云龙八宝纹缎裙”。此裙系在元末明初动乱时代的农民起义军首领张士诚之母曹氏的墓穴中发掘出土的，现藏苏州博物馆内，为中国纺织艺术在世界上独树一帜、领先一步的见证！

由于苏州拥有这些金银珠宝饰品和著名的绫罗绸缎，刺绣缂丝等工艺珍品，那些崇奢侈、爱贪欲的达官富豪，无不对此垂涎欲滴，神魂颠倒。其中有人朝思暮想，贪得无厌，一心想去苏州大捞一把的。今天我要特地向读者诸君作重点介绍的却是一名宦官。

此人姓朱，未入宫前，名唤来兴，相熟的四邻友朋，均呼他为来兴哥；入宫当了小太监后，敬事房的管事太监就给他改名叫作来福。这来兴哥祖籍直隶，从小就是个游手好闲，爱吃懒做的浪荡子；整天无所事事，东游西逛，无事生非，打架滋事，成为街坊邻舍人人摇头，个个躲避的角色。他更有一个难改的恶习：迷恋赌博。从清晨可以一直赌到深夜。有一回，竟接连赌了三天三夜，等他输得精光，从牌桌上站起身子时，竟一个趔趄晕倒在地。经人抢救，才悠悠醒来，可第二天，从老娘手中骗来几两银子，他又把这些银子送到牌桌上了。没有了赌本，他就去哄去骗去诈去偷……实在无处可偷了，他竟丧心病狂地把老娘藏在灰缸内的二十两买棺送终的银钱也偷去作了赌本，结果仍落得个秀才搬家——全是输（书）！老娘发现棺材本钱被不肖的儿子偷走输光，当晚一把眼泪一把鼻涕哭到三更天，用一根绳索悬梁自尽了。老娘一死，再无人在他耳边聒噪，来兴哥乐得耳根清净，从此变本加厉，放荡不羁了！

那一回，他把父母留结他的唯一遗产——两间房屋，典卖了几十两银子，除还了赌债，又去呼幺喝六，孤注一掷，结果又是输，还倒欠了一屁股债。第二天，一个胸前全是黑黑的茸毛、膀圆腰粗、身高马大的赌场老大来找来兴哥讨债了，来兴哥刚要撒赖，被赌场老大叉开蒲扇大的右掌，噼噼啪啪地连打三个响巴掌，直打得来兴哥鼻青眼肿，唇裂嘴歪，鲜血直淌！来兴哥脱不了身，被逼着自卖为奴，才还清了赌债。还了债，来兴哥还剩下七两银子，他仍不死心，又去一博，这次仍是有去无回，输得精光。他害怕为奴，就连夜逃到了河北昌平。正在无计可施、沿门乞讨时，偶见一户大户人家，门厚墙高，有骡有马，便厚着脸皮前去要口饭吃。

也是来兴哥时来运转，恰好这家主人从里面走出，见这年轻乞丐，说话乖巧，举止机灵，便叫下人唤兴哥到厨房赏了他一碗饭吃。原来这家主人却是朝中一个太监，是返乡探亲的。他见来兴哥长得还算白净，对人礼数周到，就动了恻隐之心，便极力撺掇他进宫侍候皇室显贵，图个下半世快活。

来兴哥正在走投无路，无法生存之时，听了主人一番吹嘘，方晓得做太监有如此千载难寻的好处，不禁心痒难搔，跃跃欲试。他原来是个机灵鬼，鬼精灵，于是赶忙跪在地上连连磕头，叩求主人给予引见。

这叫赵公公的太监当下把来兴哥带回京中，先把他安顿在一家专门给当太监的人阉割净身的王麻子家中，等净了身再引荐进宫。

来兴哥明知当上太监之后，就要不了闺女，成不了亲，并要一辈子断子绝孙，过着孤独困苦，伶仃无靠的生活。可他利欲熏心，又无退路，与其饿死道旁，不如一搏命运！就咬了咬牙，拼却一刀之苦，等待王麻子来给自己净身。

那天，王麻子把来兴哥带进一间小房，门口挂着厚实的棉布门帘，此处鸦雀无声，透着无限神秘色彩。来兴哥一进门就觉得胸内那颗悬着的心就怦怦乱跳，头上冷汗直冒，就像一头羊被推进了屠宰场那样！

王麻子在房中先烧起了一盆炭火，把室内的寒气统通赶走，然后又取来一大钵冷水，命令来兴哥一口气喝了下去，说是涤肠清胃的，然后又叫兴哥洗了澡，出了恭，待周身轻松，要他在一尊泥塑的佛像面前跪下磕头、祝祷，然后就让兴哥躺倒在一张专给当太监的人净身用的木炕上。

来兴哥在向佛像祝祷时就不断地念叨：保佑我当上太监，像赵公公那样一呼十诺，吃香喝辣，改换门庭，重振家声……可一想到从此就被人叫作“阉人”“秃驴”，又不禁悲从中来，洒下了一串伤心的泪水。

这时，赵公公进来了，他走到炕边后，小声地安慰兴哥说：“别怕，这疼劲儿很快就会过去的！当太监的有句流行话：忍得疼，吃得苦，发了回家开当铺；不怕短，不怕无，有了银钱照样娶媳妇！”来兴哥却一句也听不进去，他猛地从炕上爬起来，颤声地说：“赵公公，我不……不当太监了……”

赵公公哈哈大笑：“你这不是戏弄咱家吗？事到如今，你愿意也得挨一刀，不愿意也得挨一刀！想想将来的好日子吧，我保证你就再不觉得疼啦！”说完，回头向身旁的王麻子一努嘴说：“快，动手呀！”

来兴哥抬眼一望，只见王麻子手握一把锋利的剃刀，在布褡上“刷刷刷”地刮了几下，笑嘻嘻地来到来兴哥面前，轻轻把他按倒在炕上，细声软语地说：“你不用害怕,皇宫里的那些大小公公,找我净身的少说也有百十口人,哪个不夸我王麻子手段利索！要是你喊疼,我不要你半文钱,你尽管砸我招牌,找我算账！”说着话,早有两个助手上前,把来兴哥的两只手紧紧绑牢在炕头上,两脚悬空吊在从梁上缒下来的绳子上。

来兴哥见了这个阵势,知道难免一刀了,胸中像钻进几只兔子,“扑扑扑”地在不停地乱蹦乱跳,那颗心陡然被提到了嗓子眼上,像要跳将出来,吓得上下两排牙齿格格相碰,再也说不出话来。

说时迟,那时快,王麻子饱含一口凉水在嘴,将剃刀在火上一炙,“噗”,将含在嘴里的那口水直向兴哥喷去,然后就在兴哥的胯部中间,不偏不倚地一刀割去！只听兴哥惨叫一声,就直挺挺地躺在被血水染红的木炕上,早昏死过去。

等到来兴哥悠悠醒来,只觉胯下一阵钻心的疼痛。正想叫喊,却见赵公公笑眯眯地过来道喜:“好了,好了,还不谢过王大叔！”

来兴哥这才察觉自己的四肢已获自由,抬身向胯下细细一瞧,不觉又哭啼不止。原来那用来生儿育女传宗接代的孽根儿已被连根割断,并且还将产生精子的睾丸也一起阉了。来兴哥看后觉得纳闷不解,在阉割后的地方,竟插有一根鹅毛管,正想问个明白,只听王麻子说:“这鹅翎管子,是用来排尿的,此刻若是不插上它,等伤口长好了,没得缝儿,那时非把你给尿憋死不可！等伤口痊愈后,再把它拔掉就是！”

净身后将息了半个月,伤势逐渐好了。赵公公果不食言,把来兴哥引荐进了皇宫,通过管事太监摸裆察看,验明正身,顺利地当了一名小太监。皇宫里讲究吉利,也讲究避讳。兴哥的名字,其中一个字跟一位皇太子之名声音相同,管事太监就给他改了名,叫作来福。也是来福合该发迹,一天,轮到来福当值,正遇到皇帝朱高炽醉后要吐。来福来不及去找铜唾壶,就机灵地撩起衣兜跪在朱高炽床前,任凭皇帝吐了自己一脸一身,他直挺挺地跪地一动不动。等皇帝吐完了,来福把衣一脱,又急忙端水给皇上漱口,端茶醒酒,擦脸洗脚,一直服侍了半宿。

朱高炽酒醒了,望了来福一眼,见这个小太监十分机灵,分外勤快,便随意问道:“你是新来的？叫什么名字?”来福赶紧跪下磕头说:“奴才名叫来福。”“来福？来福？哈哈哈,来福！”皇帝一连喊了三声,来福忙不迭地答应,却不知为何？其实,朱高炽今日十分高兴,因白天听报又生了一位小皇子,因此多喝了几杯酒。他不知新生儿将来命运如何,就想去求课卜筮,问个休泰祸福。醉后醒来,忽听到“来福”二字,触动心事,不禁大喜:来福者,福至泰来,富贵非凡也！立刻命来福到敬事房首领太监处领赏,并破格提升来福为御前太监,当了专司服侍皇太子“膳事”的尚膳监小头目。从此,来福一跤跌进青云里,他拿出当二流子时学来的吃喝玩乐的各种本领，在东宫皇太子朱瞻基跟前尽情地施展出浑身解数，把朱瞻基太子哄得晕头转向，书也懒得读，字也懒得写，整天跟来福泡在一起，斗蟋蟀，踢彩球，赌叶子，玩游戏，闹得不亦乐乎，把皇太子乐得离不开来福。

皇宫里规矩十分严厉，稍一触犯，便会受到违犯宫禁的惩处。

根据明朝开国皇帝朱元璋立下的规矩，皇宫里严禁一切赌博。

来福原是个赌徒，一见赌具就手痒难熬，来到宫中后已有很久不玩这个玩意儿，可心里却总是念念不忘。

有一次，皇太子朱瞻基玩厌了踢彩球和斗蟋蟀，忽地问来福还有什么好玩的东西？来福一心想博取太子的欢心，便把玩叶子戏的事一说。朱瞻基听了大喜，就要来福立刻去弄来叶子牌陪他一玩。

来福早有准备，回房将牌取来，两个就在养心殿的一侧悄悄地玩了起来。

这样一来二去，朱瞻基竟玩上了瘾，再不肯罢手。除和来福玩牌外，有时还招呼其他太监、宫娥一起来玩。

此事惊动了敬事房管事太监，他见事情越闹越大，就去皇后那里告了状。

皇后听了大吃一惊，便亲自审问了来福，看在皇太子面上，把来福定了个杖责四十大板之罪。

命令一下，来福被打得皮开肉绽，鲜血直流，昏了过去。

谁知，来福挨了重打，皇太子未免心疼内疚，常去看来福，还赏赐了不少东西。不久，朱高炽驾崩，朱瞻基即位当了皇帝，把来福又提升了一级。

来福小人得志，立刻对告密之人进行报复，在皇帝跟前进谗，设法把敬事房首领管事太监排挤出宫。

皇帝登基大典日益临近，新的龙袍凤裙还未办就。来福瞅中这个机会，向皇帝讨要了赴苏州采办冠袍衣裙的美差。朱瞻基自然恩准了。

那来福名为采办袍裙，实则想到苏州好好地大捞一把！

于是，他捧着《遣赐采办物料玺书》，竖黄旗，乘官船，带着十几名跟从，浩浩荡荡，吆吆喝喝，沿着大运河，一路兴师动众，要吃要拿，直奔繁荣华丽的苏州城而来。

老百姓对这伙身穿黄衣的太监，无不畏如蛇蝎，恨得切齿。但他们敢怒不敢言，只好暗中咒骂他们是“黄老虎”“阉驴儿”，以解心中气忿！

那些地方官，见到采办玺书，就如见到了“拘魂票”，个个神不守舍，魂不附体。这又为何？原来，这些“黄公公”，打着替皇家办事的旗子，干着敲诈勒索的勾当！圣旨一念，任务一分，就今日催，明日要，要是没能按时交货，就三日一比，五天一捞，稍有不合心意，不管是什么官职，伸手就打，举鞭就抽。那些无钱贿赂的，便加上“违抗旨意”的罪名，被送进牢狱去吃苦受罪！

来福访知苏州府下属吴县是制作龙袍凤裙的绛绣工最好最多的地方，便直接找到了吴县知县范琎，把采办二十件龙袍凤裙的绛绣任务交给了他，并限期完成，以赶上新皇帝登基急需。

范琎是个十分乖巧狡猾之人，一听此言，立刻脸色变白，他知道这件事的分量：要是在限期内完成不了任务，耽误了登基大事，那是要杀头掉脑袋的啊！他眼珠骨碌一转，一个诡计涌上心头，连忙胁肩谄笑道：“钦差大人辛苦了！卑职已备下美酒佳肴，请大人赴宴！至于二十件袍裙事，本县主簿吴清熟谙此事，他办事干练可靠，要他办理此事，可说是万无一失！”

来福听后也不置可否，既不点头同意，也未摇头否定。弄得范琎不免心神不定了。

范琎请来福赴宴，把吴县能够办的佳肴好酒，都拿来孝敬了来福，吃得来福频频称赞范琎会只事。那范琎暗中又送了一笔可观的银子和几件精巧的珠宝给来福，于是，主簿吴清就做了范琎的替死鬼啦！

就在来福来到苏州不到一个月，苏州知府况钟接到了一张状子。

写状子的是个三十多岁的妇人，姓陈名翠莲。她的丈夫，就是半个月前饮恨而亡的吴县主簿吴清。好端端的一个朝廷命官，年纪轻轻的怎么就忽地死亡了呢？说起此事倒也十分蹊跷。主簿吴清的妻子陈翠莲在状子上诉告道：

“为状告钦差内官来福假公济私，掠夺家传宝画，欺君害民，逼死命官事……”

原来主簿吴清是为了一幅传家之画被来福逼死的！他怎样被逼而死？且看下回分解。

第四十二回
沈子蕃巧织梅鹊图 张元贵暗算同僚人

话说吴县主簿吴清的死,起因却在一幅家藏的珍画《缂丝梅花寒鹊图》上!

读者会问:什么叫作“缂丝”?缂丝是苏州地区特有的一种织造工艺技法。“缂”是织纬的意思,织纬而成图形,叫作“缂丝”。缂丝技法早在汉代就有记载,实物资料目前最早的出现于唐代,盛行于两宋,它是我国将绘画移植于丝织品的特种工艺。织造时,以生丝为经,色彩丰富的熟丝作纬,各色纬丝仅于图案花纹需要处与经线交织,故纬丝不贯穿全幅,即所谓的“通经断纬”。它不同于刺绣,刺绣用针引彩线把图案绣制在丝织物的面上;它也有别于织锦,织锦花纹的纬线必须通过全部的经线方能一面织成图案。北宋时,缂丝工艺进入极盛时期,而尤以苏州各地为最具代表性!

吴清祖传珍藏的《缂丝梅花寒鹊图》,就是南宋时苏州著名的缂丝工艺家沈子蕃的代表作。

沈子蕃系吴郡(今江苏省苏州市)人,他所处的时代,正是中国花鸟画的成熟风行一时的年代。宋朝徽宗皇帝赵佶,本身就是一个爱画花鸟,而且颇有成就的著名画家。在他的倡导下,画花鸟就成了时髦的技艺。沈子蕃所在的江南地区,就聚集了一批花鸟画的名家高手,在周围众多画家绘作的水墨花鸟画的艺术熏陶下,这位缂丝工艺能手巧匠,忽发奇想,以彩线代替笔墨,开始了他的缂丝绘画的创作实践。沈子蕃偏爱北宋花鸟画家崔白一派的江南水墨野逸的画风,崇尚他们孤傲而幽静的笔调,故他的缂丝画作品常以萧瑟的秋冬,雄奇的山水和孤傲不羁的禽鸟为特点。

展开这幅《缂丝梅花寒鹊图》,画面上有一枝苍劲的老梅,梅枝挺拔,梅花簇簇,四周万籁俱寂,两只孤零的寒鹊,相偎相依地伫立枝头,其中一只寒鹊似乎不胜寒冷,将头埋在翅下;在春寒料峭中,那朵朵含苞欲放的梅花,预示着春的盎然生机和蓬勃向上的意境。这幅缂丝图的珍贵之处,更在于沈子蕃用灵巧的双手,熟练的技艺,在缂丝机上,以线代笔,画出了水墨画的淋漓酣尽,逼真洒脱的无限韵味和独特风格,他把画中遒劲的笔锋用丝线织出,又是那么潇洒自如,无比逼真,可称为缂画中的极品！更可贵的是:这幅画几经宋、元两代和明初的离乱,而未毁于炮火,也未遭抢劫,被吴清的祖辈小心谨慎地藏匿在夹墙中,至今仍保存完好,确是十分不易!

主簿吴清曾听祖父说过:此图为吴家传家之宝。原系太祖母的嫁妆。太祖母娘家姓沈,正是沈子蕃的后代。沈子蕃传世之作不多,这幅缂丝图就越加显得珍贵了。宝画传到吴清手里,轻易不以示人,故知道吴清藏有此图的人不多。

有一次,吴清的同僚县丞张元贵来访。张元贵是个口蜜腹剑的小人,一番甜言蜜语,哄得吴清十分高兴,就多喝了几杯酒,有些醺醺然了,被张元贵几句话一恭维,竟把这幅珍藏的宝画拿将出来给张元贵欣赏。张元贵看了,口中啧啧称赞,心里却打起了恶念:把它弄到手中那该多么称心如意啊……从这天起,就埋下了祸根,致吴清断送了性命。

却说吴清接受了给皇家采办缂丝袍裙 20 件的重任之后,接连几天都吃不好睡不着,盘算着如何在 20 天的限期内,如数交货。

吴清从未办过这种事,他回到家中就与夫人陈翠莲商议。

陈翠莲虽是妇道人家,却是持家的一把好手,平时安排家务,井井有条,纹丝不乱,是个会计算会管家的好主妇,当她听吴清一说此事,立刻大惊失色道:“相公,你可知道,绣这 20 件袍裙要多少工?”吴清说:“我又没做过袍服,确是不知,你说说到底需多少工?”

翠莲答道:“平时请人替你做一件普通缂绣衫袍,少说也要请三个缂绣工做上半个月方能完工,如今这是皇帝陛下和皇后娘娘穿的龙袍凤裙,袍上要绣出龙飞凤舞来,少说也要加上十倍的功夫,那就是一件袍需要 450 个工了,20 件就是 9000 个工！你就是把县里的全部缂绣工都请来做龙袍,这 20 天的限期内如何能完成任务？这件事你实在不该揽下呀!”

吴清听完,立刻面如土色,冷汗直冒,一时瞠目结舌,竟说不出话来。可心里却十分清楚:要是过了限期,那就是抗旨的大罪,不但要杀头,还要满门抄斩呢!不知如何是好了!

见相公十分惊慌、焦急,翠莲便安慰吴清说:“急也没用,如今先把县城的缂丝工全部集中在一起使用,然后,再通过他们请来外地的缂丝工匠来应急了。俗话说,钱多好造屋,人多好办事,多请些工人来,八仙过海,各显神通,说不定把事情办成了!”

吴清心乱如麻,权将死马当成活马医,只好派人去请全县的缂丝工人前来救急了。

一晃眼,10 天过去了,经过日夜加班赶做,才做成了一件龙袍和一袭凤裙。限期已过一半，任务才完成十分之一，吴清顿时仿佛热锅上的蚂蚁一样急得团团乱转，却想不出一个办法来。

正在这时，县丞张元贵登门来了。张元贵是夜猫子进宅——凶神登门。原来，张元贵自从见了那幅《缂丝梅花寒鹊图》后，一直念念不忘。他曾向吴清提出想借用一天，以便细细欣赏，却被吴清一口拒绝说："此系祖传宝画，根据祖训，不准外借，尚祈见谅！"张元贵碰了个钉子，心中十分恼怒，脸上仍笑嘻嘻说："我本想观赏一番，既然不便，也就算了。"心里却在咒骂："一幅画有什么了不起！私藏国宝，有你好果子吃哩！到时候你就去哭天嚎地吧！"

原来，张元贵观赏是假，掠夺是真。他想把画借到手，然后请来几名缂丝工匠，依样画葫芦，做一幅以假乱真的《缂丝梅花寒鹊图》，然后，将假画还给吴清，自己就唾手得了真迹！谁知被吴清一口回绝，使奸计未逞，十分恼怒！

今天来找吴清，则另有所图。当下，吴清把张元贵请入书房，丫头送来茶果就退了出去。

只听张元贵咳嗽一声，笑着开言道："下官听说吴主簿得了一个美差，正要上门恭喜，可今日相见，却见你愁容满面，却是为何？"

吴清道："唉，什么美差？而是祸起萧墙，恐怕性命难保了！"

张元贵故作吃惊道："大人何出此言？下官愿闻其详，也好出个主意，为大人分忧啊！"

吴清是个直肠人，便一五一十把知县范琎如何把做20件龙袍凤裙的任务交给自己，自己如何设法请来工人日夜赶做，如今10天限期已过，只完成了一袍一裙之事，向张元贵和盘托出，立刻又叹息连声，紧锁愁眉了。

张元贵听了哈哈大笑道："原来大人为此事发愁，我有一个好主意，保你转忧为喜，变哭为笑！"

吴清连忙问道："快说快说，究竟是什么主意？"

张元贵呷了一口茶，咂着嘴说："限期只有10天了，你就是有天大的本领也休想按期交出20件龙袍凤裙来！如今我指你一条路，就看你愿不愿走了！"他又咳嗽一声，继续说："来内官最爱名画古玩，你家中不是藏有沈子蕃的《缂丝梅花寒鹊图》吗？只要你舍得把画交给我，然后由我亲自去送给钦差大人，事情必定有转圜余地，等他拿到了画，心里一高兴，你再央求他宽限十天半月，到那时，你再派人去外省多请些能工巧匠，日夜加班，到时完工，岂不过了这个难关了？再不然，你就装作得了重病，卧床不起，请来内官高抬贵手，另请高明，把千斤重担，轻轻卸下，岂不一劳永逸，让那个范知县自己去背黑锅！我这计谋，全是为你着想，要不是看在知己分上，我决不会献此良策的！怎么样？快快去取画来，我今天就去找来内官!"

县丞张元贵肚子里打的是如意算盘,他想:只要把宝画骗到手中,来福那里,只要凭我三寸不烂之舌,就能把他哄住,等我做成了假货,那时把画送去不迟!

谁知,那吴清却像个木脑壳,听罢张元贵的话,竟连连摇头说:"不可!不可!此画乃我家祖传,至今已历十世,岂能由我之手而失,我吴清殉职,也不做辱羞祖宗之事!"

张元贵暗骂一声"不识好歹的东西!"嘴上却说:"吴主簿你可要三思啊,俗话说,留得青山在,不怕没柴烧。寒鹊图虽珍宝,究竟是身外之物。如今用它保全性命,先救急吧!若不剜肉补疮,当机立断,到时玉石俱焚,悔之晚矣!"

"不,决不!"吴清斩钉截铁说,"超过限期,至多充军发配而已,我决不能做愧对列祖列宗之事!"

张元贵好话说尽,吴清置若罔闻,只好拂袖悻悻而去。他是个翻手为云、覆手为雨之小人,竟暗中把吴清家藏宝画之事,悄悄地向来福跟随前透露了风声。

这一招果然厉害!原来来福到苏州的目的,就是想趁机弄些价值不菲的古玩珠宝回去,一是献给主子朱瞻基,好得到他的宠爱,巩固自己的地位;二是趁机捞上一笔,充实箱箧,积累财富,为将来告老回乡留条后路。他从随从口中得知吴清藏有《缂丝梅花寒鹊图》,立刻想起一件往事来:记得自己还是在皇太子朱瞻基眼前当"尚膳"太监时,就知道皇太子爱画如癖。为了讨好太子,来福曾偷了朱高炽御览的《天王送子图》给皇太子玩赏,得到朱瞻基的赏赐。不久,自己就从尚膳太监升为太监提领。这次要是弄到了沈子蕃的传世宝画,把它献给当今陛下朱瞻基,岂非又立一功?皇帝一高兴,把自己提升为敬事房副首领,那就是五品官衔了!那时,山珍海味随我吃,狐裘丝绸任我穿!那些小黄门,不用说全得听我摆布,凭我训斥!而满朝趋势附炎的官员,谁都得见了我打躬作揖,俯首帖耳,一口一声来内官!来公公!拍咱家的马屁,看咱家的眼色!来福想到这里,不觉如痴似醉,手舞足蹈起来。当听到吴清爱画如命,不愿献出此画时,来福立刻怒气横生,满脸现朱。但他不露声色,暗生毒计,一心要夺此宝!

不久,20天期限转瞬已到。来福命人把吴清叫来,要他交货。

吴清手捧一个蓝布包袱,奉命而至。他叩见来福后说:"来公公,这是做好的龙袍凤裙,请当面验看!"

来福一愣,这个吴清神色自若,莫非真有神助不成?

自来苏州后,来福对缂绣袍服一事曾问过几个跟随,弄清了底细,知道了根苗。他知道苏州的缂绣,闻名天下,不但绣工精细,颜色鲜艳,构图新颖,而且绣出的花卉禽兽,无不栩栩如生。交给吴清缂绣20件龙凤袍裙,其中四分之一是登基大典时穿用,其余为平时穿戴需用。其中如黄缎平金绣袍,缂丝五彩龙袍,都要做得十分精致;而皇后穿用的凤裙,如绛色纳纱凤裙,宝蓝缂丝五彩凤袍,更是要求十分严格,来不得半点差错。每一件需用缂丝工匠九百九十六个工,花银三百一十七两整。如发现偷工减料,不合要求的,就犯了欺君大罪,轻则流放充军,重则斩首示众!行使这个生杀大权的,并不用地方官吏,奉旨采办的钦差太监就可以权宜行事,先斩后奏!

来福因手中有这把“尚方宝剑”,就有恃无恐,肆意妄为起来。

他见吴清奉着包袱,叫自己当面验看,因此不免心中一愣。待打开包袱看时,来福立刻双眼一瞪,大声斥责道:“大胆吴清,胆敢违抗圣旨,戏弄咱家!咱家命你绣的袍裙共是几件?”

吴清答道:“二十件!”

来福道:“你交来的是多少件?”

吴清道:“一共是六件!”

来福拍案大吼:“大胆吴清,难道你吃了老虎肉、豹子胆,不怕误了当今圣上登基日期?”

吴清叩道:“下官纵有天大的胆子,也不敢误了圣上大典,只是下官已尽了全力,请公公先以这六件龙袍凤裙作为登基急用,其余再请工匠日夜赶制,只要再宽限一月,下官保证按期亲自送到京城!”

“呸!咱家已限期二十天,一天做一件,也该全部做齐了!如今你只送六件袍裙前来搪塞,你到底安的什么心肠?”

吴清叫屈道:“来公公息怒,非是下官故意拖欠,实因缂丝袍裙费时费工。我除了请来全县所有缂丝工匠外,还从杭州请来二百名熟练工人,日夜加班,才做成这六件袍裙的!”

来福怒道:“你既能从杭州请来匠工,为何不从别州他县多请工人来做?可见你是刁猾之徒,故意违抗旨意!来啊,把吴清绑在桩上,我要亲自鞭打,以儆效尤!”

那一班跟随立刻一拥而上,把吴清在门口一根旗杆上绑了个结结实实。来福捋起衫袖,手执皮鞭,狠狠地朝吴清夹头夹脑地抽打起来。吴清是条硬汉,被打得鞭痕累累,血迹斑斑,可没有喊叫一声。直打得来福手酸腰疼,才丢下鞭子,扬长而去。吴清早已寸步难行,奄奄一息,被人抬回了家。

当天夜里,县丞张元贵假惺惺地来探望伤情,见了吴清又劝道:“哎,你早听了我的话,也不会遭这份罪哩!吴主簿,你还是听我一言吧,看来,这画不送是不行了!千万别为此画丢了性命,要知道这个来内官,不但心狠,而且手毒!他想要的东西,非得到不可！这回撞在他的手中,他以违抗圣旨为名,先把你斩首示众,然后把嫂夫人发卖为奴为妓,最后来抄家,到那时,你的寒鹊图还不是为他所有？不如趁现在先把画交我保管,躲过了这场灾祸再作计较!"

吴清听后,立刻明白了张元贵的恶毒企图,他忍痛抬起身子怒叫:"滚！滚出去！我再不想看到你这个卖友求荣的小人!"

张元贵被骂得满脸通红,连忙跑了出去,立刻转身去找来福的亲信献计夺画了。

就在吴清在家养伤之时,一天,忽然门口抬来一顶轿子,催着吴清上轿,说绣袍的缂绣匠工听说吴清为他们挨了鞭子,都过意不去,特地想法托亲问友从各地请来了几百名匠工,准备日夜赶制袍服,克日完工,因此来请吴主簿前去见面。吴清一听,十分欣喜,连身上的伤痛都忘记了。他挣扎着起了床,嘱咐了妻子陈翠莲一声,就被人扶到轿中,尚未等他坐定身子,那抬轿的轿夫早高喊一场:"起轿"！立刻抬着吴清飞似的走了。

吴清走后,不到一个时辰,刚才报信的那个脸色蜡黄的人,又急匆匆地跑来对吴夫人陈翠莲说:"夫人,不好了,吴主簿的伤又发了!"

"啊,他现在何处!"

"就在前面镇龙桥!"

"他伤情怎样?"

"十分严重！看样子只有出气,没有进气,危险之极!"

"啊,他……他还会说话吗?"

"还能说几句……"

"他说了些什么?"

"他说,请夫人速速带着那幅宝画前去,他要最后看一眼祖传的宝贝才肯瞑目哩!"

吴夫人翠莲听了此言,犹如雷轰头顶,立刻方寸大乱,哪顾得真假,一面嘤嘤啼哭,一面从箱中取出那幅寒鹊图,带着丫头小梅,上了门口一顶轿子,飞快地奔向镇龙桥来。

还未抬到镇龙桥,前面飞来一骑,骑马的见了轿子,立刻滚鞍下马拦轿言道:"吴夫人,速速将画交我,我快马加鞭,吴主簿尚能见它一面,稍迟恐就晚了!"吴夫人听到凶信,不禁放声大哭,急忙把画交给来人,并叮嘱说:"快快送去,我随后就来……"

正是:机关算尽要聪明,又害自己又害人。要知来福是否得到宝画,请看下回分解。

第四十三回
况知府不吃丰盛宴　老厨师细说不平事

话说苏州知府况钟，字伯律号守愚，系江西靖安人，书吏出身。九年后赴京考绩时，因成绩卓异，熟谙礼仪，受到当时朝中大臣礼部尚书吕震的赏识，特地向皇帝朱棣推荐，经殿试后被破格提升为礼部六品主事。这在当年是一件殊荣，多少人为之艳羡，也有多少人为之嫉妒。九年后，况钟在位，事必躬亲，克尽厥职，成绩显著，又被新皇帝朱高炽提拔为礼部四品郎中。不久皇帝驾崩，新君朱瞻基即位，他十分赏识这三朝大臣的况钟，认为他是一个尽心尽职的好官，忠心耿耿的良臣。于是信任倍增。宣德五年，正好苏州知府有缺，于是钦点况钟为苏州府知府。这次破格擢升，朝中百官均纷纷前来贺喜，连首辅杨士奇也特地写诗一首向他祝贺。这首诗的真迹，至今尚存，现由江西省博物馆作为一级文物收藏。诗曰：

还捧天书辞玉陛，双旌五马去悠悠，
十年不愧赵清献，七县重迎张益州。
杨柳翠迷湖上岸，杏花红映水滨柳，
到官正及劭农日，郊郭歌谣拥道周。

况钟的同乡好友，他的顶头上司，江南巡抚周忱，得知况钟被皇帝特地下旨任命为苏州知府，并将即日捧旨赴苏州上任，派人送来一诗，以表祝贺。诗云：

受命同承宠渥优，江湖岁月叹悠悠，
旬宣愧我行千里，抚宇劳君镇一州。
露冕昨闻趋魏阙，朱轮今喜驻江楼，
重来要比黄丞相，岂独芳名继马周。

况钟接到贺诗，也有答诗一首，以表心意：

万里苍生荷相君，微材深沐拂披勤。
奖余当作箴规看，要把忧劳益几分。

原来那些嫉妒况钟连升几级的官员，这次也改变了态度，都来向况钟祝贺。

况钟赴任之前，皇帝亲自为他设宴饯行，并赐敕书（即圣旨）一道，命他便宜行事，奏章可直送御览；害民官吏，证据确凿者，可即提人解京。

明宣德五年，况钟上任一月。他佯装昏庸，暗行察访，将苏州府许多主要官吏的善恶功过，作了深入的调查，并一一记录下来。一月后，况钟见时机成熟，便聚会各官，请出敕书，当堂宣读，把罪大恶极，民愤极大的吏胥，当场审问，立时定案。由于铁证如山，都一一伏法。这次惩办了通判赵忱、经历傅德，罢免了长洲知县等十余名贪赃枉法以及庸碌无能的官吏。于是一府震悚，奉法唯谨，作奸犯科自取罪戾者，日见减少。

况钟雷厉风行的作风，秉公执法的胆识，使苏州百姓弹冠相庆，齐声欢呼。街议巷谈，都把况钟叫作“况青天”，把况钟与唐代的狄仁杰，北宋的包拯相提并论，称之为南北古今三青天！

况钟从小长在农村，深知百姓疾苦和痛痒，在靖安县当书办时，亲眼看见老百姓为了生存，胼手胝足，日夜辛勤，面朝黄土背朝天，仍不得温饱，深受苛捐杂税的盘剥和压榨，为了交税粮，如狼似虎的差役们动辄打骂，不得不卖儿鬻女抵税，到头来只有抛妻别子，背井离家，远走他乡逃亡，从此再也不能回来……况钟的外公就是一个地道的耕田人。那年为了交税交租，家里的值钱东西全都卖光了，还是不够。眼看着差役上门，外公心一横就一根绳子吊梁而死，外婆发现后也服下了一包砒霜后七孔流血而亡。一日之间，夫妻二人双双死去。况钟跟随母亲前去外公家吊唁时，亲睹了这个悲惨场景，幼小的心灵受到了极大的刺激。他发誓要改变这个吃人的社会，要替穷人百姓做主。当况钟从当靖安县一名小小的书办开始，他就立下重誓要为老百姓分忧排难，要为老百姓申冤解屈。终况钟一生，他在数十年的仕途生涯中，都是按这个誓言做的！

当况钟来到苏州经过深入的调查了解后，发现苏州百姓逃亡在外的要占全部的三分之一！这些老百姓们为什么要背井离乡远走他地呢？主要症结在于苏州各县的赋税太重太不合理了。原来，太祖皇帝朱元璋当年开国之时曾在苏州与当时的另一支军队——由张士诚率领的叛军——进行过数次浴血苦战，死亡十分惨重。后来，张士诚战死，朱元璋统一了国家，建成了明代十六朝的基业。朱元璋当了太祖皇帝后，对苏地百姓十分恼怒，恨他们支持张士诚抗击明军，因此，攻下苏州后，对苏州的田赋粮税课征得特别严重，以示惩罚。本来，支持谁不支持谁，这是由于形势所逼而成，是不能怪罪于老百姓的，要怪只怪张士诚头上才对呀！时过境迁，明朝建立。可是几十年后，一直到朱瞻基当了皇帝后，苏州的税赋仍按太祖时候的老规矩办理，以致苏地百姓叫苦连天，纷纷外逃以避灾祸。

况钟了解情况以后，他不图虚名，不怕因此触怒了皇帝丢了乌纱帽，而是一心扑在为苏州百姓减免超负荷的赋税、征粮，以及削减各种名目的摊派费用上。他不怕得罪上级各部的责难、阻碍，多次把要求减免税粮的奏章直接派人送给皇帝御览。一次没有得到答复,他再一次上本。这样一而再,再而三,终于让朱瞻基重视起来。由于奏明的减免粮税的理由合理合法合情,把减免粮税后的利弊说得十分透彻,不得不使朱瞻基动容了。同时况钟的奏章上又把往年征敛的种种弊端,用大量的事实进行说明,终于说动了皇帝,获得了恩准。

皇帝恩准了,可是具体办理此事的户部大臣却大加反对。理由当然是冠冕堂皇的:苏州一地减了粮税,国库收入势必大幅度减少了,这于国于民于皇室十分不利;其次,苏地一减,他州他县纷纷效尤起来,怎么办?这个先例可开不得,要慎重考虑呀!朱瞻基一听认为有理,因此就装聋作哑不再过问了。

况钟得到了皇帝的批复,心中十分高兴,就日夜等候佳音。可是只听楼梯响,不见人下来。等了数月,希望变成了失望。况钟反复思考得到了一个结论:擒贼先擒王。只要抓住了皇帝已经恩准这条批示,我要当面见君面质!于是他风尘仆仆赶到了京城,径直来见皇帝朱瞻基。朱瞻基是个爱玩乐的人,正和太监副总管来福在御花园内斗蟋蟀哩!一听况钟求见,他吓得把斗蟋蟀的那根茇茇草往地上一丢,由来总管扶着赶紧到一座偏殿里躲藏起来了。众官,皇帝为什么害怕一位知府呢?哈,这就叫邪不胜正!皇帝平时就讨厌况钟经常在身边管头管脚唠唠叨叨像个爱管事的老太婆一样!老幸喜把他调离身边远到苏地,耳旁顿时清净多了。如今忽听况钟来见,自己又正在干这些见不得大臣的玩意儿,要是被他看到,少不得又要噜苏半天,同时朱瞻基又不傻,他知道况钟的来意肯定是来兴师问罪来了:陛下你不是恩准了减免苏州的粮税吗?现有御批为证,可又为什么准而不行呢?究竟是万岁不想减免呢?还是户部顶着一办?如是后者,请下诏办户部尚书抗旨之罪!瞧,这不是将朕一军吗?朱瞻基想到这里才急急地躲藏起来的!想不到皇帝刚刚前脚跨进偏殿,后面那个铁面无私刚正不阿的况钟也接踵而到了。朱瞻基还想躲起来,不料况钟眼快腿疾,快步上前就拉住了皇帝的龙袍衫袖说:"陛下,听臣说一句话就走。"皇帝只好停住了脚步道:"况爱卿,何事急成这样?有话就说何妨!"况钟从袍袖里拿出御批的那本奏章道:"请陛下再在上面批几个字!"朱瞻基道:"朕早已恩准减免苏州粮税了,还要批什么字呀?不批也罢!"况钟大声奏道:"不批,则各部均照户部先例可以抗旨不办!这不是乱套了吗?"朱瞻基无法可施,接连问了几遍:"一定要批?非批不行吗?"况钟毫不妥协地答:"要是陛下不批,我就为苏州七县三万七千户百姓跪在此处再不起来了!"朱瞻基只想摆脱况钟的纠缠,回头再和来总管去斗蟋蟀呢,于是就从来福手中拿过朱笔来在那张奏章上写了下面这几个字:着户部尚书速速照旨办理此事,否则以抗旨处置。钦此!况钟这才谢恩叩头,起来走出了偏殿,心满意足出宫而去。

苏州七县的粮税获得减免后,外逃谋生的百姓数万人都纷纷回到家乡,苏州的经济也就一天天地繁荣起来。

当苏州获得整治，欣欣向荣之时，况钟又把目光转向为民申冤上。

况钟未来苏州前，由于贪污横行，豪绅官吏相互勾结，想方设法祸害百姓，暴敛财物，致冤狱遍地，牢满为患，七县的各种案件堆积如山，百姓沉冤难以昭雪，弄得民怨沸腾，人心离散。

况钟决心扭转这个局面。为了弄清案情，为民申冤，他每天轮流勘问一个县的案件，排好日子，周而复始。在不到一年的时间里，把涉及一千五百二十多人的案子都一一处理完毕，该办罪的就办罪，该伏法的伏法。那些大多数被人诬告、陷害和受到牵连的人，经过调查审理，都释放回家。

这天，他按照安排的审案日程，来到吴县会见知县范琎时，正好发现了陈翠莲上告来钦差的这张状子。

知县范琎是个十分圆滑狡诈的人，他接到了陈翠莲的状子后，心里就在嘀咕：状告别人犹可，这回告的却是钦差太监来福，真是胆大妄为！想来公公是奉圣上之命，奉着玺书，扛着黄旗，趁着官船来吴县采办龙袍凤裙的！听说他是朱瞻基身边的红人，圣上当皇太子时候，来内官就是太子的心腹太监，每天陪着太子吃喝玩乐，无话不说。如今太子成了皇帝，来内官也得到更多恩宠，由御前尚膳太监提拔为副首领太监！这样炙手可热的人是万万得罪不起的！想那陈翠莲，竟敢老虎头上拍苍蝇，一纸诉状竟把钦差大人告了，此事该如何是好？后来，听说苏州知府况钟马上来县里勘查案件，心里顿生一计：我若是把陈翠莲的状子压下，被况知府知道，就会办一个包庇钦差的罪名；我何不将状子交到况知府手中，让他来处理这件棘手案子。百姓们都称他为况青天，我要看看他对待状告钦差大臣的案子，是秉公执法，还是畏缩不前？看看他究竟是真青天，还是假青天！

主意一定，范琎这才把陈翠莲的状子原封不动地递到了况知府的手上。

况钟接到这张状子，仔细看后，脸色立刻大变：由白到红到青又到白。你道为何？骤看状子，里面写的钦差鞭打朝廷命官吴清一事，况钟立刻怒气勃发，恼怒异常，脸色马上变得煞白；后来知道这个钦差不是别人，就是皇帝身边的宠宦来福，也是自己熟稔的，曾有过交往的来公公时，仿佛自己做了亏心事一样，不觉为他感到羞惭，脸色就“刷”的一下红了；再往下看，见状子上写着来福为了夺取一幅沈子蕃的宝画《缂丝梅花寒鹊图》而暗使毒计，不择手段，把主簿吴清置于死地，谋害而亡时，立刻拍案而起，那脸色马上就由红转青继而变白了！

范琎把况钟脸上变化的情形一一看在眼里，却依然摸不透知府大人的葫芦里究竟卖的是什么药？他是要彻底清查下去，弄个水落石出，然后法办钦差来福呢？还是念在来福是皇帝身边的红人，投鼠忌器，打狗看主人，从此息事宁人，大事化小，小事化了，把此案搁起，不了了之，轻轻把来内官放回京城呢？从况大人脸上颜色的变化看，好像想办，好像又不想办。

于是范琎忍不住就用话挑之："况大人，今天天色不早，你看日头已在头顶。下官备得有酒，请到花厅饮宴后再接着看状吧！"

不想况钟微微一笑道："原来已到午时，范大人就请便回府用膳吧！我还得把状子再看一遍呢！"

范琎："这……酒宴早已齐备，还是吃后再看不迟！"

况钟："不必破费了。老仆况祥，带有饭菜，足够应用了！"

范琎正要再请，况钟身边的老仆况祥躬身说："这是况大人定下的规矩：到各县办案，自带饭菜，不劳招待！时间尚早，小人自会安排，范大人请便吧！"

范琎讨了个没趣，心忖：今天真是晦气，马屁拍到马脚上哉！你不肯赏光，我就和夫人畅饮一番了！

不说范琎回去喝酒，再说等人一走，况祥就拿着食盒提篮，到县衙厨房去热一热饭菜。

一进厨房，只见厨师等人正忙得手脚不停，汗珠直淌。在一块巨大的长方形的案板上，早摆出了各种美味佳肴：有水晶虾丸、番茄汁炸鱼、烤鸭三吃、冬笋海参、红烧蹄膀、洋澄大蟹、清炖全鸡、醋熘鱼翅……此外，还有八盘下酒菜、四盆甜点心，那一大盆用瓜菜刻成一帆风顺形状的珍珠八宝汤，正在一位年过半百的老厨师手中一点点地显现出来。

况祥找个空灶正想去热菜时，却被一个年轻人推到一边，嗔道："你这个老头，从哪里钻出来的？莫要在此碍手碍脚！你不看见，大家正忙着给况知府准备开席哩！"

况祥一见这个阵势，立刻说："不必了！况大人不爱吃这种菜呢！"

此话立刻引起那位年过半百的老厨师注意，他回过脸来，看了况祥一眼，见也是一位老头，就和气地说："你是谁呀？你可别乱说，况大人为什么不爱吃这些菜？"

这时，那个年轻人却不客气了，他冲到况祥面前，凶里凶气地责问道："老头！你吃饱了撑的！关你什么事？这是县衙，你竟然乱闯！快走！不是看在你一把年纪分上，我早就把你推出去了！"

老厨师立刻阻止年轻人："阿三，说话客气点，人家年纪一大把，当你爹都绰绰有余了。老头，你来干啥？"

况祥："我是来热菜的。"

老厨师："替谁热菜呀？"

况祥:“我替我家老爷热菜!”

老厨师:“你家老爷是谁?为啥要到衙门里来热菜?”

况祥:“不瞒老哥说,我家老爷就是知府况大人,他今天到贵县来查案,是我带来饭菜,因此特借宝地,热一下饭菜的!”

年轻人一听,立刻大叫道:“别诳人了!今天这桌菜,就是范大人特地吩咐为况大人备下的,你——”

况祥道:“小兄弟,你说得不错,可况大人早就立下一个规矩:到各县办案,一概自带饭菜,回绝吃请,违犯了还要处罚小人哩!”

年轻人:“真有此事?我却不信!”

正说着,只见一个十六七岁的小丫头,跑着进厨来传:“范大人说,今天这桌酒席,不摆在县衙花厅,改在大人厅堂里了!”

众人一听,立刻面面相觑,方知这件事是真的!等况祥打开盒篮,搬出一碗菠菜,一碗豆腐肉末,一碟辣椒,一大碗米饭来热时,大家立刻都呆了愣了!啊!难道这就是官居四品的苏州府正堂况大人平时食用的物品吗?面对着即将搬到范琎厅堂里饮用吃喝的那桌丰盛无比的山珍海味,美菜佳肴时,那种巨大的对比差距,把厨房里所有人的心都震撼了,感动了,老厨师激动得眼眶中泪水涌动,那年轻人则满脸通红低下了头。他们不由分说,一拥上前,争着帮况祥去热菜,有人还想往菜里加佐料添鸡汤,都被况祥及时阻止了。况祥说:“大伙好意,我领了!要是被老爷发现菜肴变味,他是断然不吃,宁可饿一餐的!”大家听了这才罢手。

饭后,况钟略事休息,又继续看状子。这时,那个年轻人和老厨师都悄悄地来休息处所偷看,想一睹这位令人尊敬的知府大人,究竟是怎样模样?正在探头探脑时,谁知被况钟一眼瞧见,便笑着说:“是哪个在门口,快请进来坐!”

老厨师知道走不脱了,就拉着年轻人,索性大大方方地走进房来。他笑着说:“我们就想来看看况大人的。”那个愣头青年轻人却冲口而出:“我就想问问:范大人备下的一桌山珍海味你不吃,为啥偏偏吃菠菜和豆腐?”

况钟哈哈大笑答道:“菠菜豆腐,营养丰富,百吃不厌!你们不也爱吃的吗?山珍海味味道虽好,可是你们不也听说过有这两句诗:‘朱门酒肉臭,路有冻死骨’,‘富人一桌酒,穷人半年粮’。多数的苏州百姓还过着清苦的日子,我天天去县里查案,要是天天去吃酒宴,不要一个月,我这个肚子就变成弥勒佛的大肚肚,连路都走不动了,这怎么行呢!”

一句话说得大家都笑了起来,刚来时的拘谨一下子就消失得无影无踪了。于是,大家你一言我一语地谈了起来。都忘记了跟前这人是苏州府大堂坐第一把椅子的知府大人啦!

谈着谈着，况钟话锋一转就转到了来福身上了。

况钟问："这位来采办袍服的钦差大人，你们认为他是怎样的人？"

老厨师道："那还用问，他是皇帝跟前的红人，要不，也不会叫他当钦差了！"

况钟道："我问的是他的为人。"

年轻人愤愤答道："他是个头上长疮脚底流脓的混蛋！"

老厨师连连递眼色："别瞎说……"

年轻人："我说的是实话！"

况钟鼓励他："对！我最爱听的就是实话实说！"

老厨师："况大人，我们说了实话，你不会生气，不会怪我吧？"

况钟笑道："怎么会呢！说老实话，办老实事，做老实人，这是为人处世，待人接物最要紧的！我们是朋友，就要以诚相待嘛，我不但不会怪你，还要奖你哩！"

老厨师这才放心地开言道："不瞒你说，这个来内官，是范大人最最头疼最最不敢得罪的人！"

年轻人忙插了一句："对对对，范大人当面对他说奉承话，把这个阉驴子捧上了天；等他一走，马上就在背后骂娘，说自己花了银子当孙子，真不知前世欠了太监什么债，要今世来还！"

老厨师："一点不错！那回来太监初来乍到，范大人办了一桌丰盛的酒席招待他，可他吃饱喝足，竖挑鼻子横挑眼，不是说这个菜咸了，就是说那个菜淡了，好好的一碗甲鱼汤，他喝了几口就不喝了，说是汤里有异味！害得范大人把我叫了去，狠狠地斥责了一顿，连连向来内官赔礼，才算息了他的恼怒。吃完了，喝足了，还送了苏州的许多特产给他，可他连眼也没看一下，鼻子哼一声，照样把做龙袍的任务强加在范大人头上……"

年轻人接上说："范大人可不是木头脑壳，他知道这件事的分量，试想：这龙袍是好做的？要在20天的期限内赶出20件袍服来，完不成任务，就以'违抗圣旨'办罪！"

况钟问道："苏州不是有几百个绣袍工匠吗？做20件龙袍还会费那么大的劲吗？"

年轻人："况大人，这个你就不懂啦！看人挑担不吃力，你没做过龙袍，哪会知道做龙袍的艰难辛苦呀？"

老厨师连忙向年轻人做眼色，告诫他说话不要走火。年轻人却不管不顾，依旧口无遮拦地说："况大人，一件龙袍上，前面中间要绣一条大盘龙，盘龙四周还要绣九条小龙，少一条也不行！"

况钟道："原来如此！那绣一条龙得花多少工？"

老厨师："我有个表弟就是个绛绣工，我看过他绣袍：每绣一条小龙，就要费50个工！就是说，5个工人一起绣，也得10天才能绣得完！至于中间那条盘龙，光用彩线就要比绣小龙多10倍，花工当然也要近10倍了！听说，绣一件龙袍，共用工996个，花银317两哩！"

况钟听了咋舌道："这样费时费工的活，20天能完成吗？"

老厨师："就是把天上的织女娘娘请下来，恐怕也不能按期交货哩！"

况钟："这不明摆着要抗旨领罪吗？"

年轻人："我们范大人可不是傻子！他早知道这是一件杀头的任务，就把它轻轻地推到主簿吴清头上了！"

况钟："吴清难道不知此事厉害？"

老厨师："知道又怎么样？俗话说，官大一级压死人！又说，不怕官，只怕管！范大人是吴主簿的顶头上司，能不听？况且，范大人当着钦差大人的面，把吴清吹捧了一番，说他办事能干，做事细心，遇事灵活，处事果断，几顶高帽子往吴清头上一戴，弄得吴清晕头转向，再也推脱不了，光着屁股往火炕中跳，中了范大人金蝉脱壳之计，最后当了一头替罪羊！"

况钟道："原来是这么回事！可我听说吴清之死与一幅《绛丝梅花寒鹊图》有直接关系，这又是怎么回事呢？"

"好吧，我全跟你说了吧！"

欲知老厨师说了些什么，下回再见分晓。

第四十四回
骗宝画阉竖生奸计　查冤情夫人献妙策

当下，老厨师慷慨陈词说："听人说，这来内官是个大字不识，目不辨丁的人，却爱附庸风雅，装出爱好书画古玩的幌子，说穿了，他就是想把这些弄来的不花钱的宝贝，作为升迁的资本。这次来苏州采办袍裙，名为皇家办事，实则看中了苏州著名的各种珍宝。吴主簿家中祖传珍藏的那幅宝画不知是谁透露了消息，传到了来钦差的耳中……"

年轻人插嘴道："这泄漏消息的人就是县丞张元贵呀！"

老厨师："阿三，你可不要乱说啊！"

阿三："我没乱说，我二姐在张县丞家中当奶娘，是她亲口告诉我的！"

况钟："噢！那你就说说这事的起因吧！"

阿三："我二姐给张县丞带孩子，就可以随便出入他家卧房，那天孩子发烧，二姐抱着孩子特地去见张夫人要她去请郎中看病，刚走到房门口，却听见了张县丞在对夫人说吴清家有幅宝画的事，并因吴清不肯外借此画十分恼怒，还咬牙切齿说：'他不仁，我不义！'我要叫他为了此画落一个家破人亡方消心头之恨！张夫人倒是个良善之辈，极力劝他别干伤天害理之事，为孩子积点阴骘，别乱来。张县丞却骂夫人头发长见识短懂得个屁！并发誓说，我要得不到的东西，他也休想保得住！后来，果然出了夺画的事，吴清不但被来福鞭打受了重伤，不久就发生了他在镇龙桥下被水淹死之事！我二姐告诉我：吴清死的那天，张元贵显得十分高兴，要夫人烧了几个菜，独自喝得酩酊大醉。醉后曾说：早就借画给我，也就不会落得这样下场！吴清啊吴清，你是自作自受！变了鬼可别怪我张某心狠手辣呀！二姐听得毛骨悚然，告诉我时说：'吴主簿肯定是被他出卖致死的！这样狠毒狡诈之人，我再不敢在他家做下去了！'就找了个借口，辞去奶娘回家了。"

况钟紧皱双眉又问："吴清不是重伤在家吗？怎么会死在镇龙桥下呢？"

阿三："这个……我也说不清……"

况钟还想问下去，只听门外走廊里响起了"踏踏踏"的声音，老厨师立刻变了脸色告辞说："况大人，我们还有事，就此告辞了！"说完，就急急地拉着阿三走了。

不一会儿，就见知县范琎走了进来，躬身问候道："况大人休息得好吗？"

况钟起身相迎，请范琎坐下，早有况祥端茶伺候。

况钟："范大人来得正好，本府正有事请教！"

范琎："大人何言'请教'二字，所问何事？下官一定掬诚相告！"

况钟道："你以为陈翠莲所告之事是否属实？"

范琎心里一动，暗想，这况钟是从京城礼部郎中职位被皇帝亲下敕书出任苏州知府的，难道他不知道来内官的来头吗？难道他不知道来内官是当今圣上身边炙手可热的亲信吗？不可能不知道啊！既然如此，他会冒得罪皇帝的风险来彻查这件夺画命案？当官者最爱惜的就是头上那顶乌纱帽！他绝不会轻易因小不忍而把乌纱帽丢弃的！何况，"官官相护"自古已然，于今为烈。俗话说，与人方便，自己方便，想况大人也不会不明白这个道理！如今他这样不耻下问，莫非要替钦差大人找个台阶寻个借口进行开脱不成？我若说陈翠莲诉状全是实情，岂非自讨没趣？想到这里，立刻顺水推舟笑着答道："据下官所知：陈翠莲乃吴主簿的夫人，平时就极不安分，在县衙是出了名的。听说吴主簿在镇龙桥投了河，其实当场并未淹死，而是被人发现救起抬到家中的。后来听说突然在家猝然死去。因无证据，吴清之死，尚属疑案。外面传言：陈翠莲有外遇，因此不排除趁机谋害吴清的可能！现在她反而上告来钦差杀人夺画，其中隐情，难以猜测！下官接状后正拟派人查清陈翠莲的不轨行为，恰逢大人前来查案，才将她的状子递给大人过目。刚才大人谅已看完，下一步该如何处置？下官当立刻奉命彻查！"

况钟心中一动，暗想：幸亏我亲自前来，不然，又是一件冤案！这范琎不查夺画杀人的来福，却想去查陈翠莲的私情，这不是转移目标，暗害良善，包庇恶人吗？于是，不动声色地说："陈翠莲是否有不轨行为，只要一问她身边丫头使女便知；可吴主簿因何去镇龙桥投河，倒是个需要弄清的问题！范大人，就请你派人把这两件事都问个清楚明白，然后再作道理！"

范琎原以为况钟跟自己一样想讨好钦差，才特地提起陈翠莲行为不轨的事，企图把况钟引入歧途。其实，他对陈翠莲的美貌早就有觊觎之心，曾在一次酒席上，借醉挑逗，被翠莲严词拒绝，弄得他羞愧难当，没趣而回。从此就怀恨在心。今天在况钟面前，故作谎言，陷害翠莲，没想到况钟要派人去问翠莲身边的丫头，这一问就会露出马脚，显出丑脸，岂不是搬起石头砸了自己的脚？幸好况钟是让我派人去调查，要不就露馅啦！于是连声答应立刻派人去调查这两件事。

范琎心怀忐忑，辞别况钟回到后厅，家人忽报："县丞张元贵求见！"未及点头，张元贵已大步走了进来，一见范琎就满面笑容双手一拱道："范大人，恭喜！恭喜！"

范琎一惊："啊，喜从何来？"

张元贵笑道："大人指日就要高升，岂可不贺？"

范琎莫名其妙："此话从何说起？愿闻其详！"

张元贵哈哈大笑："听说来公公要向吏部保举你，难道大人真的一点不知？"

"此话当真？"

"刚才来公公亲口对我言讲，岂会有假？"

"啊，如此真是多谢来公公提携了！"

张元贵见范琎中了圈套，话锋一转，压低嗓音道："听说有人在大人面前状告来公公，可有此事？"

"你的鼻子真灵！告状的乃主簿吴清之妻陈翠莲。"

"大人准备如何发落？"

"这……"

"嘿嘿嘿，要是大人听了陈翠莲一面之词，岂不有负来公公一片好心？"

"这个……"

"嘿嘿，如何处置此案，由大人自决！不过，识时务者为俊杰，顺潮流者方英雄。想大人正在红运当头，飞黄腾达之时，可不要错失良机啊！"

"只是此案已由况知府接手，他要亲自处理案情！"

"啊！真有这事？这样一来，范大人的锦绣前程可就要一笔勾销了！可惜，可惜！"

"张县丞，都说你是赛诸葛、胜陈平，你要教教我呀！"

"好说好说，你如有意，只要如此如此，这般这般，保你稳坐钓鱼船，即可指日高升了！"

范琎听了张元贵一席话，立刻愁颜变笑容，烦恼转高兴，一心要投靠在来福的身边，做一场升官发财的黄粱美梦。

张元贵今天为何如此卖力？原来吴清出事前，他就与来福勾结在一起了，这个夺画害人的诡计，就是他奉献给来钦差的一份厚礼。来福不过照计行事而已。

那天，来福按计派了一个化装后的小黄门和两个轿夫前往吴清家中，谎言已由绛绣工托亲问友从各地请来了几百名匠工，准备日夜赶制袍服，克日完成任务，要吴清前去见面。吴清正为绣袍之事伤透脑筋，得到此信，如何不喜？于是不辨真假，轻易地中套，被轿夫抬着就走。前脚刚走，后面又由那人来诳吴夫人，推说吴清在镇龙桥旧伤复发，情况严重，嘱翠莲带画即速前去见上最后一面，陈翠莲一听凶信，立刻乱了方寸，急忙赶去，中途遇到快骑将画诳走。等翠莲赶到镇龙桥，哪里有吴清的影子？一直等到晌午，仍未见丈夫踪迹。翠莲焦灼万分，正要叫丫头小梅去打听消息，忽听前面人声喧嚷，几个乡亲抬着水淋淋的吴清来了。翠莲惊疑不止，可救人要紧，顾不得细问情由，忙叫乡亲们把吴清抬回家中歇息。

经过急救，吴清才慢慢苏醒，说他被骗，并未看到半个缂绣工人。于是命轿夫将轿抬回，可在过一座窄桥时，底下桥板突然松动，吴清从轿中跌出，当即就掉进河中，不是几名乡亲拼死相救，自己早就成了落水鬼！

吴清说到这里，突然想到这事发生得十分蹊跷，莫非有人故意设计陷害于我？那么，他们的目的肯定是冲着那幅沈子蕃的《缂丝梅花寒鹊图》宝画而来！想到这里，便颤巍巍地勉强抬起身子对夫人说："快把画给我，我要看一看那幅画……"

吴夫人情知自己也受了骗，一时失口而言："那画已被人骗……骗走了！"

吴清一听，立刻大叫一声："来福！我饶不了你！"口中鲜血直迸，两眼一瞪，双腿一伸，竟含恨而死。

吴夫人哭得死去活来，家中立刻乱成一锅粥，正乱时，那县丞张元贵来了。一进门，就连连点头叹息："好端端一个人，因何就撒手西归？可惜！可惜！如早听我言，把画献给了来公公，也不致如此啊！"

吴夫人心中一动，立时想起张元贵几次要吴清献画，吴清坚决拒绝之事，早明白了几分。她细细回想：从吴清被骗出门，到自己受诳失画，前后似有一线牵连！那牵线之人，莫非就是那个一心想夺走宝画之人？

吴夫人外柔内刚，立志替夫申冤雪恨。为了寻找杀害丈夫的蛛丝马迹，她暗中进行探询，却没有很确凿的证据，只听得传言：梅鹊图已落到来钦差手中，不日即将送京御览哩！

翠莲一听大吃一惊，才知来福的真正企图！如他的诡计得逞，宝画为皇帝所得，不但再也要不回来，来福还会因此得宠获赏，而吴清的死，将永远冤沉海底，再不能翻案了！想到这里，珠泪簌簌掉落，思前想后，别无他法，就连夜写了状子，出头状告钦差来福，一心想把来福扳倒，为丈夫报仇！

谁知状子送进县衙，恰如石沉大海，毫无动静。后来有个吴清生前好友，得知张元贵去见范知县，两人如何密商，如何要算计翠莲为来福开脱之事，便悄悄地来见吴夫人，讲述了这件令人恼怒气忿的事。翠莲听罢，气得杏眼圆睁，蛾眉倒竖，大骂张元贵卖友求荣和范珽见风使舵的卑鄙行径。就在此时，她听到外面传诵"况青天"的名声，心中就十分后悔，不该把状子送到范珽那里，而是应该去苏州府衙击鼓鸣冤。正在自怨自责之时，忽见胞弟陈三元兴冲冲地跑来说：

"姐！新任苏州知府况大人出了布告啦！"

"快说说，告示上讲了些什么？"

"我已把布告上写的抄了一遍，让我念给你听！"

"太好了,快念快念!"

"尝谓除奸革弊,乃居官之先务;劝善惩恶,诚职任所当为,切照。当职叨蒙圣恩,夺情起复,虽无牧民之才,常有公道之心。自宣德五年七月到任以来,各县人民赴府告状者,道途接踵,不止百数。有告人命强劫、搬抢财物、侵欺税粮、科诈害民、户婚田土、斗殴打架等项。本府所辖七县,地广人稠,事繁粮重,所告情词不能尽究其实。……凡为善及作恶之人,取其优者,照式填写,就令粮里老人书名画字,置立善恶文簿……使之行善者得以安业,作恶者省悟改过。如有不遵,徇私作弊隐瞒及妄报不实者,事发,一体拿问不恕……"

陈三元读罢,对翠莲说:"姐,况大人张贴榜示,定能秉公执法,为民做主!看来姐夫的冤情定能见到天日了!"

陈翠莲方知外面所传不讹,姐弟商定,再写一份状纸,亲自上知府衙门去告状。她却不知况钟早已来到吴县,并正在过问自己状告来福夺画害人的这件冤案!

再说况钟听了老厨师和阿三所讲的各种情况,又弄清了知县范琎对此案的态度,觉得情况十分严重,加上来福的特殊身份,要查清此事,必定十分艰难!回到府衙卧室,脸色就十分难看。

况夫人迎接况钟坐定,要丫头菊香端来茶水,便柔声问道:"老爷脸露不悦之色,想是遇到了不平之事?"

况钟连说:"可恼!可恼!"

况夫人接着说:"你不说我也略知其中缘由!"

况钟道:"你知道什么?"

况夫人答:"贱妾听得合府都在议论吴县主簿冤死一事,老爷莫非为此烦恼?"

况钟道:"夫人一猜就中!下官正因钦差来福势大权重,又得皇上恩宠,难以将他绳之以法,故而愤懑恼怒,踌躇不安!"

况夫人笑道:"老爷平时遇事果断多谋,何以今天一反常态!"

况钟听了不觉心中稍宽,也笑了笑说:"夫人承奖了,我正想有人替我分忧解愁哩,你对此事,有何见教?"

况夫人莞尔一笑道:"妾身乃女流之辈,只会侍巾拂匮,要是说错,岂不误了相公大事!"

况钟说:"不妨,平时你言都必中,颇有见地,我很想听听你的意见哩!"

况夫人:"相公要我说,我就献丑了!古人云:'言者无罪',说得不当,你就当我没说好了。"

况钟道:"快说快说,如再谦让,下官可要罚你呢!"

况夫人见况钟诚心请教，也就把早就憋在心中的话，和盘托了出来。原来，况夫人自从听说来福夺画害人一事，就觉得此事十分棘手难办，可照况钟耿直无畏，刚正不阿的性格，必然不会放过来福，这场较量甚至关系到他今后的政途，因此就深思熟虑，早想就了一个办法，想对况钟进言，可又怕况钟对“女人参政”会心中不乐，因而举棋不定。今天况钟竟一反平时态度，反再三不耻下问起来，正是极好的进言机会！于是就侃侃而谈：“妾身以为来内官乃当今圣上亲信，古云：‘投鼠忌器’，若无凭证，千万不可轻举妄动，走漏风声。”

“说得极是！夫人要我谨慎小心，不动声色，掌握证据，出其不意。此乃声东击西之计，妙极，妙极！”

“其次，先去查实前来哄骗吴清之人，此人抓获，则幕后操纵的，就可拔出萝卜带出泥，让他显露原形！”

“妙！夫人要我顺藤摸瓜，擒贼擒王，捉贼捉赃。如此就能抓住要害，一追到底！”

“再则，大人还要收起疾恶如仇的性格，学一下川剧‘变脸’的技艺，把怒容收在心中，将笑脸装在外面，在来福面前要不动声色，‘王顾左右而言他’，叫他猜不透大人的计谋，松懈他提防的那根弦！”

“这……我却办不到！下官要是依了夫人，去当面巴结那厮，岂不遭苏州百姓耻笑吗？”

“老爷此言差矣！想你刚来苏州时，为了迷惑那些贪官污吏，不也是故作昏庸，装聋作哑吗？一旦时机成熟，就一举出击！这才是高招哩！”

况钟笑道：“夫人实在厉害，哪壶不开提哪壶，我只好重走老路了！”

“这就对了！事成之后真相大白！流言自然平息，不会有损老爷清誉呢！”

况钟点头叹道：“依你就是了，俗话说，‘为官不与民做主，枉掌纯金印一颗！’这身后是非，任凭评说吧，来福若能俯首认罪，多亏夫人你这条妙计啦！”

“老爷，适才贱妾之言，还望你从长计较，莫要坏了大事！”

正说之间，况祥忽报：“范知县前来求见！”

况钟眉头一锁：“他又来干什么？”

况夫人：“况祥，快把范大人请到花厅，就说况大人马上就来！”

况祥：“是！”

正是：临崖勒马犹未晚，船到江心补漏迟。

可惜普天下为非作歹之徒，总是不见棺材不掉泪，不到黄河心不死！那来福岂能例外，而范琎和张元贵眼看着也一步步滑向深渊，此是后话不提。

不知范琎又来何事，且看下回分解。

第四十五回

唇枪舌剑岿然不动　利诱威胁惊惶失措

吴县知县范琎，今年正好五十岁。他自幼家贫，受尽邻里欺凌、嘲笑。范母寡居，日夜操作，十分辛苦。几次因无银钱交纳束修（古代入学敬师的礼物）而面临范琎辍学之虞，均由范母告亲求友借贷得以继续学业。故范琎发奋读书，谋求功名，可考了数次，都名落孙山，回来受到亲朋们的种种奚落，范琎羞愧难当，一度萌生死念，被范母发觉大怒，厉声斥责："大丈夫生在世间，就该扬名天下，为后人楷模！如今小小挫折，就失魂丧志，愧煞老娘了！"范琎长跪不起，发誓继续苦读，决心不负娘亲教诲！从此学业日进，终于在几年后考入黉门，并在三十八岁那年，交上了"文曲"运，被"魁星"那支朱砂笔轻轻点中，考中了二甲第二十一名进士。恰遇苏州府吴县知县升调，才被吏部补了这个缺。

范琎三十年寒窗，半辈子落拓，好不容易才当上了这个七品知县。因此，他事事谨小慎微，唯恐得罪上司官吏，受到同僚排挤，导致丢掉头上这顶梦寐以求来之不易的乌纱帽！

十二年的知县生涯，他但求无过，不求有功。对上唯唯诺诺，即使明知不对，也不敢公然反驳；对同僚一味迁就，就是有错，也不愿公开批评，每次总是不了了之。因此，大家都送他一个外号"东郭先生"。

主簿吴清，跟他同事两载，也算是他的心腹之交，可他明知吴清含冤而亡，却不敢为他伸张正义。特别是接受制作龙袍任务时，把艰难重担推给别人，自己却逍遥自在，让吴清去当替死鬼！现在，来福得寸进尺，夺走宝画，又活活地逼死了吴清，他却缄默不言，拖延了事。

当吴夫人来呈血手印诉状时，他读后也曾天良未泯，想为死者申冤；可禁不住县丞张元贵一番游说和那顶已在向他招手的即将戴在头上的大官帽，他拒绝不了那番软硬兼施，威胁利诱，掂掂利害关系，马上又改弦易辙，更变初衷。

那天，他特地试探况知府，听况钟口气，就像是替来福说话，于是他立刻把矛头转向了受害的陈翠莲，以公报私愤，同时又将清查杀害吴清凶手一事揽了下来，目的只是想讨好知府，显示自己。

回到家中以后，左思右想，总觉不妥。一是况钟秉公执法，刚正不阿的种种事迹，早就耳熟能详，自己要是为了那顶尚未兑现的官帽而走错了路，岂不是别人砍头我陪斩，自投罗网吗？不可！绝对不可！陈翠莲虽然不识抬举，她却是个正派人，只怪当初自己喝多了酒一时糊涂；如今人家家破人亡，悲愤填膺之际，自己不去帮她，竟然投井下石，我还算是个人吗？当年老娘教诲之言，犹声声在耳；如今老娘去世，我岂能违背慈训，做一个不孝之子？可话已出口，怎样去向况知府交代呢？范琎思前想后，夜不能寐了！

今天，范琎特地起了个早，来见知府，一见面况钟就问："陈翠莲行为不轨之事可曾查清？"

"卑职已经查实，此系小人陷害，吴夫人玉洁冰清，并无不端行为！"

况钟点头道："如此甚好！流言杀人，十分可畏。范大人能深入调查，弄清是非，本府深感慰藉！至于杀害吴清之凶手，不知查得怎样了？"

范琎脸上一红：况知府果然厉害，一点也不肯放松，我该如何回复呢？正在进退两难，不觉捧茶发愣了。

况钟道："范兄，茶凉了，换杯热茶如何？"

"不用，不用，"范琎边说边仰起脖子一口喝干，说，"况大人，卑职才疏学浅，吴清身亡一事，众说纷纭，各有说法，都不足信，至于夺画之事，至今未曾查到证据！只是宝画下落不明，如能发现线索，事情也就好办了……"

况钟微微冷笑，望着范琎道："昨日本府就命你去查实暗害吴清之人，而你——"

范琎一听，额上立刻冒出冷汗，心忖：糟！想通判赵忱，一贯骄横烜赫，恣睢暴戾，竟被他一撤到底，押解送京法办！我……这下完了！

只听况钟又道："范大人！难道办理此案，你有什么顾虑吗？"

范琎内心甚是感激，忙用手擦去额上汗珠答道："我……确实感到此案非同小可，怕将来……"

况钟道："你若真正为国为民，就不用太多顾虑！"

范琎连连点头："大人金玉良言，下官决心一查到底，决无顾虑！"

况钟："好！愿听佳音！送客！"

范琎刚走，况祥又禀："吴县县丞张元贵求见！"

况钟闻报，不觉一愣："今天实在蹊跷，吴县官吏川流不息前来见我，究是何故？"

"老爷，你见不见客？"况祥正问，张元贵早已满脸笑容走进厅来，连连作揖道："况大人，恕卑职无礼潜进了！"

况钟有些不快，只得说："张兄惠临，必有赐教，请讲！"

"大人何言'赐教'二字，愧杀卑职了！论齿排辈，我张元贵也该叫你一声年伯大人哩！不过，今天不请自到，实因此事与大人休戚相关，不得不急急趋前一竭愚忠耳！"

况钟一听，肃立而言道："果真如此，我愿洗耳恭听！"

张元贵心中大喜：第一步已有端倪，且等我以三寸不烂之舌，说得他顽石点头，悚然就范！于是鼓动如簧之舌，侃侃而言：

"况大人！我闻：'正己安民，乃为官之先务；见恶不惩，则有容奸失道之弊。'卑职不才，访得本县有积年罢闲吏典，以及游手好闲刁民，不务生理，出入衙门，交结吏胥，捏为词状，诬陷良善。若彼刁诈之徒不加严惩，则姑息养奸，为害匪浅！今有内官来公公，功高德重，有目皆睹，有口皆碑。即唐之高力士，宋之陈琳，均能与之比美，不为过也！然树大招风，根粗生虫，那些无聊之辈，不法之徒，往往无事生非，兴风起浪。于是，那毁谤之词，诬陷之语，也随风相传，飘忽而至……"

况钟原以为"三人行必有吾师"，因此肃立恭听。良久，只觉得越听越不像话，越听越不耐烦，就忙打断他道："张兄所言，掷地可闻金石声！但不知此事与本官休戚有何关联？"

张元贵把脸笑成一尊弥勒佛："况大人！灯不拨不亮，话不说不明。想大人对前任知府卸职一事曾听说否？"

况钟说："愿闻其详！"

张元贵见况钟中套，故意端杯喝了口茶，不慌不忙地说："前些年从京城来了个赵内官，他是奉旨前来采办供皇家戏斗的蟋蟀的。旨意紧急，期限短促，那经办吏胥叫苦连天，惴惴不安。不久限期已到，所交蟋蟀不是羸弱无用，就是细小不堪。赵内官当即大发雷霆，叫来经办官员，亲用烧红的烙铁炙烫皮肉。烙铁行处，手脚皮肤，均被腐焦。被炙之人，满地打滚，求生不得，求死不能！那赵内官意犹不足，责怪前任知府包庇属官，办事不力。回京面圣时当即动本弹劾！圣旨下来，那知府就被革职了。"张元贵说到这里，偷偷去瞅况钟的脸色，以为如此一来，况钟定会心领神会，改弦易辙，亲自下座来向自己讨教妙计了。谁知，况钟却神色自若，毫无所动地说："那是这位知府不识时务，自讨苦吃！若是换了张兄，嘿嘿，此事定然迎刃而解！不但无革职之虞，抑且有升迁之喜！当时张兄理应助他一臂之力，渡此难关，实在可惜呀可惜！"

况钟这番话，指东击西，热嘲冷讽，说得张元贵脸上红一阵，白一阵，屁股下钻出无数枚锋利的尖针，刺得他再也坐不住了，连忙起身，可仍不死心，还想开言，却被况钟一声"送客"，赶了出来！只得像个泄了气的皮球，骨碌碌地滚出门来。

况钟驱走了张元贵，吩咐况祥道："凡属吴县官绅来替来福做说客的，一律给我挡驾，就说我身体不适，需要休息！"况祥答应一声，未几又进来禀报：

"大人前命班头冯信和张彪去吴县公干，他俩现在门外回话，见是不见？"

"快！当然要见！快快唤他们进来！"

"是！"

冯信、张彪立即进门，向况钟行过礼，恭谨而立，半晌未见开口。

况钟感到有些蹊跷，忍不住问道："你二位去吴县打听吴清一案，究竟如何？"

身材高大的冯信，望了望个子瘦小的张彪，眨了眨眼仍不开口。个子瘦小的张彪瞅了瞅身材高大的冯信，耸了耸肩，也依然是个扎嘴葫芦。

况钟发怒道："你二人均一言不发，莫非都成了哑巴？"

冯信见况钟动怒，只得先叩头说："禀老爷，此乃一件无头案，不问也罢！"

张彪也叩禀道："老爷，这是块啃不动的骨头，还是保住牙齿要紧！"

况钟听了这些无头少脑之言，不觉气恼起来，大声责备二人："吴清被逼致死，乃众目所见；宝画被骗遭劫，系有凭有据，怎说是'无头案'？本府奉敕来苏，秉公办案，执法如山，令行禁止，谁敢违拗！何言骨头难啃，牙齿要紧？想你二人，平时敲诈勒索已惯，见此案一无油水，二又棘手，故而前来搪塞敷衍，玩忽职守！来啊，拉出去，各自重打四十，以儆效尤！"

"老爷息怒！莫打！莫打！小人有下情禀告！"冯信连连叩头说。

"快讲！"

"并非小人蓄意搪塞，实因来公公权高势大，耳目众多。那吴县全衙上下，均被他用银买通。自古道，'有钱能使鬼推磨'。何况他是皇上身前亲信，谁敢得罪？我去县衙，一进门就被人监视：上茅厕，隔墙有耳；进客寓，掷石破窗！小人被扰得一夜未睡，天未亮就逃了出来。老爷，如再追问，后果将不堪设想！岂不是不问也罢！"

那张彪也跪告道："老爷，实不相瞒。我们刚进吴县，就有人拉我去街上有名的醉仙居酒楼喝酒。我说：'小人和你素昧平生！'他说：'有缘千里来相会，四海之内皆朋友！'不容我分说谦让，他就点了一桌丰盛的酒菜。三杯下肚，他就拿出一锭十两的银子，硬塞在我手里，说：'张大哥，明人不说暗话，你是奉命而来，十分辛苦，万分无奈。请先收下银子再说话。'我一看情况不对，不敢再喝酒吃菜，忙把银子放在桌上说：'无功不受禄，有话快直说'！他把衣襟一拉，威胁我讲：'你到底要不要吃饭家伙了？'我吃了一惊，忙问其故。他说：'你的来意，我都知道了！收了此银，来公公之事就不必再问。如此，你银也有了，命也保了！如若不听劝告，今夜三更，就要借你这脑袋使用！'当时，我听后全身发颤，酒不喝，菜不吃，拿了这锭银子,头也不回就离开了是非之地!老爷,这就是我拿来的十两银子!如今把它交公啦,我该死,实在无法啃动这块骨头,该责该打,毫无怨言!"

况钟听了冯信和张彪所言,不禁呆了半晌。心想:在京时也曾耳闻赵春、安儿、吉祥、来福等一些内官的丑行秽事,想不到竟在我的辖地如此恣意妄为,咄咄逼人!想到这里,忍不住气冲牛斗,怒上眉梢,拍案而起!把两个差役吓得冷汗直流,手足无措。正在这时,忽听屏风后传出一阵咳嗽声。其声呖呖,如莺啭柳林,雀鸣枝头,况钟聆听之下,说也怪,那刚才的怒气顿时渐渐地平定下来,把手一挥,令二人退出。两个差役见况大人未加责备,均喜出望外,喏喏而去。

原来,况钟是个生性耿直,疾恶如仇的人,眼睛里容不得卑躬屈膝,寡廉鲜耻的奴才相,耳朵里听不得阿谀逢迎,沽名钓誉的混账话。在仕宦途中,常常为此而得罪人。每逢这等情形时,况钟就变得十分恼怒:双眼圆睁,炯炯然如雷电之将发;鼻翼翕动,施施然如暴雨之来临;牙齿咬响,橐橐然似猛虎欲噬物;双拳握紧,格格然似遇仇将出击。这时,他忽然变成一头怒气勃发的雄狮,声高气粗,吼叫连连,叫人不寒而栗,浑身起一层鸡皮疙瘩!

为了这事,况夫人没少说他,可况钟却说,"江山易改,秉性难易!父母生下来我就这样,改不了啦!"况夫人以柔克刚,经常用古往今来因不忍一时之愤而误了大事的例证,细细地讲述给况钟听,况钟听多了,明知自己这个缺点,会在处世办事上带来众多麻烦,造成不必要的损失,也就默认夫人的话颇有见地,下决心要改。为了表示改过的决心,他找来一张宣纸,用擘窠巨笔写了一个"忍"字,贴在墙上,日夕相对来示警提醒自己。有一次,一个下属,因有求于况钟,特地来拜谒他,况钟认为这是举手之劳,能够相帮,就应允下来。谁知,对方临走时,忽从袍袖中取出一封银子置于茶几上,躬身笑着说:"况年兄,这区区之物,聊作不腆之敬,务乞笑纳吧!"况钟一听,立刻怒不可遏,双手拿过银子,"啪"地掷在地上,厉声吼道:"拿回去!休要污了这清白之地!"说完头也不回地径自走了。弄得那人满脸愧色,狼狈不堪。

况钟回到卧室,夫人就劝道:"老爷何必如此恼怒,人家也是一片好心,只是他小觑了相公罢了。他以为天下人都爱银子,相公也不例外,才来馈送银子的。你只要婉言相拒,好语相劝,他就会把银子收回,事情也就了结,一样显出老爷两袖清风,一尘不染,也免了这人羞愧难当,惶悚不安哩!"

况钟觉得夫人说得很对,笑道:"哎,我是旧病复发。看来墙上的'忍'字也起不了制怒之用哩!"夫人笑道:"妾身倒有一个好办法,只要相公同意,我就说与你听。"况钟急不可待说:"别卖关子,快说快说!"于是,况夫人就和他商定用咳嗽为号,来遏止况钟发怒。

因此，当况钟正要怒责冯信张彪二人时，忽听屏后传来夫人的咳嗽声声，他就很快地克制了怒气。

当下，况夫人从屏风后出来劝道："老爷，怒则伤肝害肺，要惩办来福，不能操之过急啊！"

况钟点头道："夫人言之有理，有劳夫人相劝了！"

况夫人道："老爷连日辛劳，不如到玄妙观前走走，也能一解烦恼！"

一句话提醒了况钟：冯信张彪难办之事，何不我自去探听一番！于是叫况祥进来，对他如此这般吩咐一番。况祥心领神会，立刻去准备就绪。

须臾，他手捧包袱一个，来见况钟道："老爷所需之衣物，均已备齐，可以起身吧！"

况钟立即换了衣帽，况祥也改变打扮，两人相视而笑，兴冲冲地从府衙边门踱了出去。

第四十六回

暗送赤兔使尽手段　明告御状枉费心机

且说苏州是个美丽又古老的城市,城里郊外的名胜古迹,园林佳景,你要是扳着指头算,保证谁也数不过来呢?光是园林寻趣,就有沧浪亭、拙政园、狮子林、留园、网师园、怡园。这六个园比较大,可算是苏州园林的代表,还有不少小一点的园林,要是有幸去游,也是别有风味和特色的,如环秀山庄、鹤园、耦园、城东公园等,除了园林外,去虎丘一游,就会看到当年吴王和西施眷恋的众多遗迹,令人徘徊流连,发思古之幽想!而苏州的名山寺观,更是骚人墨客,必到之处。如邓尉看梅花,灵岩登琴台,天平爬龙门等等;而想去观赏寺观,参拜佛祖的,就有玄妙观、西园寺、寒山寺、保圣寺、紫金庵、开元寺无梁殿等等。其中玄妙观因在城中热闹场所,到苏州游览之人,都会前去参观游赏的!

今天,况钟特地选中玄妙观,并乔装改扮前往,目的绝不是去散心解闷,而是想从中得到吴清被害一案的线索!

况夫人为什么指点况钟去玄妙观?原因有二:一是去妙观的人多。俗话说,人多嘴杂,特别是茶馆酒肆里,是消息汇集之地,大家互不相识,就会信口开河,无所顾忌。要想听老百姓的真心话,牢骚话,这种场合是绝妙处所!二是玄妙观内东首有个机房殿,那些丝织缂绣工人,平时都在这里集会议事。吴清是为缂绣龙袍凤服,以及为了珍藏那幅缂绣宝画被人陷害的,在那班缂绣工人中必定会引起一番风浪,去找他们了解案情,必会事半功倍!因此,她特地要况钟去玄妙观一行。

况钟对玄妙观也有深厚感情。自他担任知府后,常常到此散心,可是玄妙观因为屡次遭到兵燹,不少殿宇被毁坏殆尽。况钟看在眼里,痛在心中,有一次江南巡抚、况钟的好友周忱和况钟一起出游来到玄妙观,况钟指着三清殿后被毁坏的弥罗阁说,“我想把它重修,只是力不从心!”周忱立刻应声道:“这是一件好事!我要尽力帮你促成此事!”后来,在周忱的资助下,况钟发动了苏州士绅捐物捐银,果然把弥罗宝阁重建了。重建后的宝阁,十分雄伟壮丽,有三层九开间,建筑规模与三清殿相同,有六十根大青石柱支撑着,每根柱有六面,共有三百六十面,上面凿雕三百六十天尊像。可惜后来于民国元年又毁于兵乱。现今新建的孙中山纪念堂,就是弥罗宝阁原址。

如今,况钟主仆二人,径直来到玄妙观前。

看官,你看况钟怎生打扮?只见他:

头戴五梁道冠,上镶翠绿宝玉一块;身穿紫色道袍,绣着日月太极八卦。腰系丝绦,脚踏云鞋。摇摇摆摆,宛似朝天宫主持道长;散散漫漫,恰是武当山游方行脚。

况钟打扮成道士,来到玄妙观。抬头一看,只见行人密密麻麻,真是摩肩接踵,拥挤不堪。今天正是农历十月初一,乃是真武大帝祖师爷诞辰之日。那求神还愿的,进香祝福的络绎不绝。

正面殿内供着三清、四帝、罗天诸宰。那高坐黄箓醮坛的法师,正在朗声高诵《灵宝道经》和《紫宵秘箓》。在香烟缭绕中,各种法器震耳欲聋;那伙拜倒在拜垫上的善男信女,个个合掌叩头,虔诚祝祷。

况钟正看之时,忽见一个少年,白衣素帽,神色凄惨,脚步踉跄,迎面而来,擦肩而过。旁边有位老者,见了叹道:"可怜,可怜!他姐夫死于非命,至今冤沉海底;他姐姐一病不起,眼看又是一条性命!"

况钟心中一动,忙上前打个稽首道:"老丈请了,贫道这厢有礼!"老者见是一位道长,也忙还礼道:"不知道长有何见教?"况钟道:"适才那位少年是谁?有何隐忧?老丈定知道底细!"老者见问,自悔失言,就说:"道长乃出家之人,此事不问也罢!"况钟正色道:"贫道云游四海,慈悲为怀。曾发下誓愿:要为人间不平之事,尽心尽力,以满功德!如老丈因此地人多口杂,不便明言,前面找个僻静之所,细细相告,你意如何?"那老者皱了皱眉,正要回答,忽听前面人声喧哗,行人纷纷避让,一时秩序大乱。有几匹高头大马,扬起尘灰烟雾,马蹄得得,飞驰而来。况钟急忙拉着老人,躲到一家店铺旁。那前面骑者,舞动手中响鞭,高声叫嚷:"让开,黄公公来啦!"

况钟寻思:哪个黄公公如此飞扬跋扈?抬头一看,认得后面那个在马上扬武耀威、不可一世的所谓黄公公,原来就是来福身边端茶拿饭,捧盂提盒的小黄门!

况钟曾经请钦差太监来福吃过饭,那是来福奉旨刚来苏州的时候。因为况钟在礼部任职十余年,经常操办皇室各种庆典,因此出入宫廷频繁,与宫中那些管事的太监也有不少交往。这来福原是御前小太监,后升为尚膳太监,是个专管皇帝膳食的,由于皇太子朱瞻基继了帝位,才把他升了太监提领。来福有了权势,便附庸风雅起来,常拿一些书画来请况钟鉴别真伪。因此,两人交往又进了一步。况钟调任苏州知府,据来福亲口告诉况钟,他曾在皇帝面前极力保荐过。况钟听后,只付之一笑，并未在意。

这次来福奉旨莅苏，况钟也只是一尽地主之谊，摆酒为之洗尘而已。席上，不离来福左右的有两个小黄门，俱是稚齿少年。可万万想不到刚才在马上为非作歹的黄公公，就是那天捧壶酌酒的小黄门！

况钟正想着，行步稍一迟缓，脊背上竟然着了那小黄门一鞭，接着还挨他臭骂："瞎眼道士！挡了黄公公之道，叫你尝尝皮鞭的厉害！"

况钟觉得背上火辣辣的疼痛，身旁况祥立刻上前要去理论，却被刚才那个老头一把扯住："快走！别惹事了！好汉不吃眼前亏，这伙黄老虎，可惹不得啊！"

况钟低头看自己打扮，叹口气，只好悻悻地眼看着那小黄门打马绝尘而去。

况钟回头想谢老人，不料他已转身离去，见前面有家茶馆，无奈进去喝茶。

况钟主仆坐下刚喝了口茶，外面进来了两个人：一个四十开外，一个二十出头。他俩径自来到况钟身边落了座。

茶博士提着长嘴铜茶壶过来，冲了茶。况钟主动搭讪道："两位请了，听口音不像本地人！"

那个中年男子说："好眼力！我们是来此找个朋友的。"

那少年说："哎，腿都跑酸了，至今尚无眉目，真像大海捞针了！"

况钟："不知所找何人？"

中年男子道："找前来绣龙袍的绰绣工王茂生，道长可认识他吗？"

这时，恰好茶博士来冲茶，听了说："你找王茂生？昨天也有人来打听过他，是不是长一脸络腮胡，讲一口常熟话的王茂生？"中年男子道："对对，就是他！是他叫人带信来找我们，我们才特地赶来寻他的！"

茶博士："噢，你们是来绣龙袍的？""正是！"

茶博士："不用找他了，他走了！""走了？去了哪里了？"

茶博士："到酆都城阎罗王那里去了！""什么？"

茶博士："嘿嘿，他死了！""啊！有这等事？他是怎么死的？如今，他的尸体在哪？可曾入土为安？"

"这……"茶博士吞吞吐吐不愿再说，提壶正想走开，那少年急不可耐走过来，一把抓住茶博士手腕说："王茂生究竟因何而死？我是他的亲戚，快快告诉我！"

听了此话，茶客们一齐前来劝止，他们怕茶博士说出真情，惹出祸来，有的赶紧付了茶资走人。偌大一个茶馆，刹那间变成冷冷清清，空空荡荡，只剩下了几个人。

况钟正觉得奇怪，旁边一个即将离去的茶客轻轻地拉了况钟一把说："道长，还不快走！莫要在此招祸惹灾呀！"说完就匆匆出门而去。

况钟原想问个清楚明白,可被眼前情景弄呆了。他想,这小黄门的飞扬跋扈与王茂生的猝死难道有什么牵连不成?否则,茶客们为何谈虎色变,个个心悸胆战,四散而走。务必把它查清才是!

正思忖间,忽见张彪和冯信急匆匆赶来,一见况钟主仆,忙禀告说:"老爷,快回去吧,家中有事!"

况钟无奈,只好把查案事暂且搁起,一路回来。

走到路上时,冯信才说道:"来公公给你送礼来了!"

况钟问:"送的什么礼?"张彪答:"是匹高头大马!"

况钟:"收下了吗?"冯信:"况夫人说等你回去再作计较呢!"

况钟笑道:"狗不咬丢包子的,官不打送礼的。他这一着可将了我一军啦!"

他们边说边回到府衙,进去一看,果见廊厩里拴着来福特地派人送来的礼品——一匹红鬃马。这马又高又大,毛如火炭,色似重枣,四蹄瘦长,体形健壮。见了况钟,长嘶一声,仿佛遇见故主一般。

三国时,关云长有匹坐骑,此马身如火炭,状甚雄伟。原是吕布所骑赤兔马。曹操杀吕布,得了此马。后来为了笼络关羽为己所用,就将此马赠予关公。关公得马下拜而谢道:"吾知此马日行千里,夜行八百。今幸得之,若知兄长刘备下落,可朝发而夕至矣!"曹操愕然而悔。

来福所赠之马,即是此马后裔。他为了笼络况钟,重金求得此马,献于府第。

况钟心想:昔日关羽收下此马,为的是千里寻兄。我若推却不受,他必疑虑;夫人曾要我迷惑此竖,不如姑且收下,乘马往来于吴县苏州之间,加速审案,岂不为便!遂收下不提。

这时,况夫人在旁说:"老爷可知来公公赠马之意?"

况钟笑道:"古人云:'投我以夭桃兮,报之以琼瑶。'下官得此名马,自当竭驽钝之力,鼎力相报了!哈哈哈——"

况夫人听后,也禁不住会心地笑了起来。

当下,况钟写了谢帖,命况祥送到来福府第致谢。

那来福正在卧房里抱着一头小狮子狗,一面逗弄着,一边和身边两个小黄门说笑。见了况钟谢帖,却似醍醐灌顶,甘露洒身,满心得意地笑着对小黄门说:"行啦,况钟收下了咱家送的红鬃宝马了!叫吴清家那个寡妇告去吧!"

小黄门颠着屁股奉承道:"来公公洪福齐天,处处有贵人相助,事事会逢凶化吉!这都是来公公智胜孔明,谋过吴用,料事如神,手段高明所致,凡人是万万不能及的!"

来福听了,仿佛全身骨头都酥软酣畅,一巴掌打在小黄门嘴巴上,笑骂道:"就你利嘴巧舌,倒学会拍马溜须了!讨厌!”小黄门缠在来福身上说:“嘿嘿,这还不是天天在来公公身边,跟着学来的本领嘛!来公公,你就少夸我几句吧,还是多赏我才好呢!”

来福笑着说:“好,好,就再赏你一个耳光!”

那小黄门不依,一把抓住来福的手,就从他那手腕上捋下一只翡翠玉镯说:“我不要耳光,我要这个!”

另一小黄门不甘落后,上去抓起来福另一只手,从指上取下一只雕嵌精细的宝石戒指,笑着说:“我要这个!”

来福哈哈大笑。两个小黄门趁他高兴时,赶紧跪下叩头道谢。

来福笑骂着:“你们两个小兔崽子,越发没有规矩了,看我不扯烂你们的手才怪!”

小黄门根本不怕,一齐上前滚到来福跟前撒起娇来:“你扯呀!你扯呀!”

来福趁机把他们一边一个揽在怀里,捏着两人的脸蛋说:“我还舍不得哩!哈哈哈——”

自此,来福放宽了心,每日和小黄门们打闹戏耍,吃喝玩乐,再不把吴清枉死之事放在心上了。

况钟收下马匹,原是使的“骄兵”之计,想麻痹来福,放松警惕,这样就可加紧调查,收集证据。不料,此举马上引起了况钟身边的老仆况祥的十分不满。他认为况钟一贯廉洁奉公,一尘不染。可今天竟然收下一个太监的厚礼,便气冲冲地来见况钟进谏道:“老爷今天如何收起厚礼来了,就不怕人言凿凿可畏有损清誉吗?”况钟心中有数,但不便说明缘由,便用‘王顾左右而言他’的办法来对待老仆的进谏。可是况祥是个直性子,他一条胡同走到底,是不肯转弯的,见况钟装聋作哑,更为气愤了,他还想继续进谏,可又怕耽误了他处理大事,便悻悻地走了出去,找况夫人告状去了。从这天开始,他对况钟态度大变。平时指东走东,指西走西,从来不敢违拗的。现在却事事与况爷相左,处处和主人作梗。叫茶不应,喊饭不给。让况钟吃足了苦头!况钟心领神会,倒反而暗暗称赞况祥的耿直可爱之处,丝毫没有责怪之意。可是这收下来福赠马之事,却惹起一个人的蓄意报复,差点酿成苦果。

原来,长洲县典史薛孟真,原是个管收钱粮的胥吏,他仗着姑父成钧是两省巡抚,权大势高,便到处胡作非为起来。他借口下乡催粮,竟带着年轻貌美的小妾,雇了一只船,沿河顺流而下。在船上一边喝酒,一边叫小妾唱曲,自己拉琴,招摇而行,惹得两岸乡民指指戳戳,议论纷纷。薛孟真听了,恬不知耻,竟对乡民吆喝骂詈,引起乡民不满。

薛孟真却毫不收敛,每日游山玩水,住于富宦之家,要吃要用,诈取财物。稍不如意,动辄打骂。事情揭发后,况钟毫不容情,写成公文,准备处理。

薛孟真怀恨在心,就抓住来福送马一事,写信报告了姑父成钧。成钧本与况钟有隙,看信大喜,就向皇帝朱瞻基奏了一本,说况钟收受贿赂,借公济私,添枝加叶,大事渲染,欲置况钟于死地。

朱瞻基看了奏章,果然心里不乐,就把奏折发给况钟,责令况钟将成钧所举各事逐一答复。

况钟看后,自知问心无愧,就连夜写了一张奏状,辩明事实真相。朝中首辅杨士奇,江南巡抚周忱也一齐出班奏道:"况钟一贯为官刚正忠直,决无徇私废公之事!"周忱还委婉地向皇帝说明况钟收马的本意。朱瞻基听了,觉得况钟办事不错,他是自己一手提拔去苏州上任的人,值得信赖,不但没有加罪于他,反而抚慰有加。上谕下来后,况钟望阙谢恩,更坚定了把吴清一案审个水落石出的决心。

可是,当时苏州府却流言四起。那些曾被况钟弹劾查办过的贪官污吏,个个弹冠相庆,馨香祷祝,巴不得薛孟真官司打赢,况钟快快下台。于是一天之内,谣言频传,胡说什么况钟看中了吴清的寡妇陈翠莲了,故而为她出死力;又说京中已任命成钧来任苏州知府,官船已到运河码头了;有的还说况钟受贿之事已经查清,皇帝龙颜震怒,刑部等三司即将会审况钟……

风声传到况钟耳边,他只付之一笑,毫不理会。仍然我行我素,稳如泰山。可况夫人却坐立不安,焦灼万分。一天,夫人屏退了使女,惴惴不安地问道:"老爷,外面传闻日增,你可知晓否?"

况钟微微一笑道:"夫人,不必担心!俗话说:'是非自有公论,功过后人评说。'风声鹤唳岂能动我一分一毫乎!"

况夫人急道:"老爷,话虽如此,可曾参杀人,其母逾垣而走;阳货作乱,孔圣险蒙冤屈!所谓'众口铄金',不得不防呀!与来福虚与委蛇之举,乃妾身出的主意,如今因此引出祸端,我心难安……"

况钟正色而言:"夫人差矣!俗话说:'清者自清,浊者自浊',区区谰言,何足挂齿!等吴清一案水落石出,抓获元凶,那流言蜚语,造谣中伤,自然成了无源之水,无本之木,偃旗息鼓,卷席而逃,再也没有市场了!夫人,平时你聪明过人,今日为何也顿失常态呢?"

况夫人听后,心中这才释然,笑答:"相公,多蒙见教,妾身方如梦初醒,憬然而悟,多谢了!"

从此,况夫人对况钟更加信赖,更加钦敬了!

第四十七回

满腔悲愤同病相怜　一波三折雪上加霜

话说况钟不顾毁谤,决心把吴清一案追查到底。但日前去玄妙观私行察访,虽遇老者欲言又止,究竟是条线索;后在茶馆又遇问讯缂丝工王茂生下落的两个外地人,喝茶的客人怕惹祸上身而各作鸟兽散,这其中根由,不也是一条线索吗?两次扑空,皆因百姓们惧怕来福势大权高,噤若寒蝉,钳口不言,因此,空走一次,毫无所得!这次如再去玄妙观,情况也绝不会改变;况且,近来因赤兔马事,外面传得沸沸扬扬,有谁能知我心?而认为我与来福同流合污,相互勾结的人却比比皆是。在此期间,那些寻常百姓,怕引火上身,采取明哲保身,三缄其口者更加众多了,这便从何下手才好?况钟想到这里,闷闷不乐,忧虑难安。

况夫人看在眼里,急在心中,却想不出一个办法来宽慰况钟的焦虑,见他长吁短叹,郁郁寡欢,十分焦急不安了。

况钟平时十分节俭,每餐菜肴一荤一素,加上一小碟常年必备的自制辣椒。这是江西人的习惯!有句传言:江西人辣不怕,四川人不怕辣,湖南人怕不辣。况钟原籍江西靖安,从小吃辣椒长大,随着年龄增长,吃辣的本领也与日俱增,辣椒品种众多,最辣的以一种名叫“朝天椒”的小红辣椒为佳品,况钟每饭可以无菜,而不能无辣椒,他一口气能连续吞下十个朝天椒而不皱一下眉头!可惜明代尚无吉尼斯纪录,否则况钟吃辣必得冠军无疑。由于况钟规矩甚严,只有客来才允许添上一二个荤菜,但也仅限红烧肉,红烧鱼之类家常菜,像现今菜馆的菜单上写的那些令人眼花缭乱的菜肴,那是绝对不准上桌的。况钟虽能喝酒,但平时半两都不喝,只有来了客,才破例陪客人喝上一二杯。夫人知道况钟脾气,故轻易不敢越规。可今天见况钟为案件难破,恹恹郁闷,怕弄出病来。为宽慰况钟,这晚破例备了一壶水酒,亲自做了况钟最喜爱的靖安家乡菜:一碗粉丝豆芽,一碗腊肉炒菜帮,不用说,两碗菜都加了辣椒佐料的。她把酒菜在院子里摆好,方请况钟过来。

况钟见后,深知夫人心意,不忍再责怪于她,就坐下身子来。夫人为他斟满了酒说:“今晚月色甚好,权当提前为妾身庆贺生辰吧!”

况钟猛然想起:况夫人的生日快到了,而自己因心系案情,竟把此事忘怀了。

忙举杯向夫人祝贺，一连饮了几杯，不觉微醺，想起吴清案情未破，不觉喟然叹道："想我况钟，身受厚恩，上任以来，誓竭心力，以报天恩。常谓奉公守法，乃律己之良谋；革弊除奸，实人臣之要道。盖民安，则事不劳；而身正，则法不令而行。对于酷虐贪污害民者，应擒之；阘茸不才误事者，要黜之；事有便于民者，应兴之；弊有害民于者，要除之；狡猾不仁者，应斥之；凶暴狠恶者，要摧之。不想来贼猖獗，难以定谳。如此迁延日月？何时才使蒙冤申雪，元凶就首！"

况夫人劝道："自古道'车到山前必有路'，此路不通，再寻蹊径就是！"

况钟一拍大腿，猛醒道："夫人言之有理！"

况夫人笑道："老爷又想到什么妙计了？"

况钟道："上回因百姓惧悚，不敢直说，如今——"

况夫人接口道："如今就变个法子，比如与知情人建立了感情，打消了他的顾虑，然后再——"

况钟呵呵笑道："知我者夫人也！"

两人说得投机，连饮数杯，才回房歇息。

一宿无话。第二天，况钟换了一身便衣，不要况祥跟随（况祥有气也不想跟随），独自一人出了城，迤逦而行。

这时，正是秋末冬初，一路但见草垛上、瓦砾碎砖上、麦苗叶片上、村庄的木栅篱笆上、溪岸的各种树梢上，都覆盖着一层白霜，阳光一照，白霜闪出一片光亮，踏在路边草叶尖的白霜上，就会听见一阵"咯吱"的响声。四周空无一人，只有几只寒鸦停在枝头，半晌才张口"哇"的叫一声。

刚出城郊，况钟忽见在一处荒野里，一个老人和一个少妇正在一座新垒的土坟前烧纸哭奠。

况钟觉得奇怪：此刻已是冬日，他们上的是什么坟啊？

那少妇烧完纸钱，把酒浇在坟前地上，就跪在地下栖栖惶惶地哭了起来，边哭边说："官人，你死得不明不白啊！你抛下我就撒手西归，为何连一句话也不留？如今我寡居一人，叫我怎么过活？想那害人蟊贼，心狠手辣，天理不容，你若有灵，定叫他立见报应！"

那老者也拭泪痛哭道："儿啊儿，你来时是好端端的一个人，想不到转眼就是黄泉陌路了！你已一死，你兄弟至今下落不明，不知吉凶如何？俗话说，最伤心的莫过于白发人送黑发人，想不到我前世作了什么孽，来给你俩黑发人送终！痛哉，好不痛煞人也！"

这二人哀哀号哭，悲恸欲绝。况钟在旁听了，不觉也心酸泪落。心忖：又是一个屈死冤魂！但不知坟中是谁？被何人所害，因何而亡？死者弟弟去了哪里？是否也遭人暗害？我不免问个明白，为他们申冤……

正欲上前，突然想到上回在玄妙观的事，不由停了脚步：不可造次，等我暗暗相随，然后见机行事。

这二人哭祭后，随后收拾了祭品，转身而行。况钟暗随于后，不紧不慢地远远跟踪。只见那老人和少妇来到一家挂着“悦来客栈”招牌的客店门前，慢慢地走了进去。

况钟心想：原来他们是外乡人，竟遭此覆盆之冤，我不免也在此处住上一宿，正好就近探个究竟。

早有店小二殷勤迎入，领着况钟来到一间干净向阳的耳房门口，开了门，请况钟歇息。隔壁正好是那位老者所住。

吃罢饭，店小二掌上灯来。恰好那老者拿着灯盏来向况钟接火，况钟帮他点着灯，趁机问道：“看老丈满面愁容，难道有伤心事不成？”老者急忙转身要走，掩饰道：“我……没有什么伤心事……”况钟故作伤感，长叹一声道：“实不相瞒，小可跟老丈一样，也是个外乡人，到此投亲无着，寻人不到，明天正不知如何是好哩……”

谁知老者毫不理会，也不搭腔，拿着灯，匆匆而去。

况钟无法接近，只好罢手，脱衣就寝。

半夜里，况钟起来解手，忽听有个妇女正在哭泣、呻吟……

况钟细辨，正是白天哭坟的那个女子，哭泣和呻吟是从对面那个单间耳房内传出的。况钟正在逡巡不前时，对面房门打开了，那老者一步走出时正好与况钟碰了个照面。况钟迎上前问：“老丈，想是令亲病了不成？”

老者点头道：“正是小媳忽染疾病，全身发烧，满口胡话！此刻深夜，人地两疏，不知何处去请医生，为此焦急难安！”

况钟道：“小可年轻时看过医书，切脉开方，略知一二，若蒙不弃，容我一试！”

老者道：“深夜相扰，深感不安，就请一看病情！”说着，领了况钟走进妇人住房中。

老人挂起蚊帐，况钟一看，只见那女子双颊微红，两眼蒙眬，喘息微微，嘴唇干裂；再一切脉，脉悬而短促，便道：“尊媳乃偶染风寒，加之伤心过度，忧郁不解，才突发此症！然来势虽凶，只要救治及时，并无大碍。等小可开方，一剂即可痊愈！”

老者千恩万谢，取来笔砚纸墨，况钟略一思忖，开了一个治风寒的药方，无非是：前胡、桔梗、川芎、三棱、甘草等。

老者等天色刚明，就把药买来，煎好后让媳妇服用，果然，药到病除，立竿见影。喜得老者特地到况钟房中拜谢，称况钟是华佗再生，扁鹊转世，十分钦佩。况钟知道自己对医道是个三脚猫，幸喜那媳妇只是小恙，才霍然而愈，若属大病，那是万万试不得哩！

当下况钟谦让一番，留老者坐下喝茶。老者把况钟看作救命恩人，就打消顾虑，问道："客官，昨日曾听你说到此投亲不遇，寻人不到，难道你和我一样，要找的亲人也遭了不幸？"

况钟故意哽咽道："不提也罢！"说着就伤感不已。老者忙劝："客官且莫伤心，还要保重身体！你独自一人，身住客寓，若有个三病四灾，岂不雪上加霜！"况钟："哎，如此人间惨事，虽生犹死啊！"老者一把扯住况钟衣袖问："听你口音，不像是苏州人，到底为了何事如此伤悲？"况钟见时机成熟，便生个法引出老者的话头来："实不相瞒，小可姓康名忠，字伯律，乃江西人氏……"

"啊，原来是江西老表！为何千里迢迢，前来此地？莫非你也是个缂丝工人……"

"嗯……"况钟顺水推舟应道："老丈好眼力！"

"嗨，实话相告，我那死去的苦命儿子王茂生，也是个缂绣匠工呀！"

"啊，你是王茂生令尊，失敬！失敬！"

"怎么，莫非你与亡儿相熟？"

"倒也不是。不过，在此地缂绣工中，令郎名声倒是不小呀，大家都夸他待人和气，工艺精湛，且乐于助人！可惜他日前忽然失踪，至今音讯全无！"

老者听了此话，忙忙出房，把那刚愈的少妇领到房中，指着况钟说："这位康爷，不但治好了你的病，还知道茂生情形，你有话尽可向他打听！"

少妇听了，立时拜了万福，盈盈站起，坐在老者身旁，正要开言，况钟却先开口问道："这位就是嫂子！听说茂生已死，你定知他的死因！我和他萍水相逢，却肝胆相照，有什么话，你就直说了吧！"

况钟用的是"反客为主"的办法，不由得茂生媳妇不开口了。

少妇见问，早又触动心事，边拭泪边诉说起来："我那丈夫，乃常熟城里数一数二的缂绣能手。他绣的龙袍凤服，龙睛会转，龙须会飘，龙鳞会动，龙爪会颤；他绣的凤裙，凤眼会闪，凤嘴会张，凤翅会展，凤尾会翘。有一年，皇帝登基，指定要茂生绣一件九龙缂绣袍。时间只剩下半个月，还要快马送到京城。圣令急如火，忙坏急煞了常熟合县官吏，川流不息上我家求茂生。我丈夫却不慌不忙，找了一帮亲友，齐心合力，互相协作，三天三夜时间就把那件九龙袍绣成了。展开看时，只见金光闪闪，耀目照眼。四面八条小金龙，团团围着中间那条大金龙，张牙舞爪，活脱活现。常熟知县喜得念佛拜神，连夜叫快马飞驰送京。各地驿站见是皇帝御用的龙袍，谁敢怠慢，一律快马换送，就是这样，一路也飞驰了十多天，终于赶在皇帝登基的庆贺大典前送到。皇帝龙颜大悦，特地赏了我丈夫许多银子和一块写着

‘妙手无双’的金匾。谁料想，‘人怕出名猪怕壮’，前些时候，皇上又要绣龙袍了。有一个叫来什么的钦差大臣，听说我丈夫的名字，就点名要他绣袍。我丈夫从常熟赶来苏州，还不到半个月，哎，这意外的大祸，竟临到他的头上！不但我丈夫死于非命，连二叔王茂礼也至今下落不明……”说到这里，那少妇肠断肝裂，泣不成声，再也说不下去了。

况钟忙劝慰一番，倒了一杯热茶，搁在少妇面前。那老者在旁陪着流泪，见媳妇哭个不住，就接下去说：

“哎，这是冤孽，在劫难逃啊！那天，我儿子绣完了龙袍，一个小太监来说，来公公要亲自过目。我儿子茂生就把龙袍包了，独自一人朝来公公住的府第而去。刚进府门，就听门房中有人在问：‘吴清可曾到了镇龙桥？’这时，门口停下一顶轿子，两名轿夫进来说，‘吴清已到镇龙桥！我们让他下了轿就回来复命的！’‘好，干得不错，去前厅领赏！阿四呢，叫他骑上快马速去吴家！’那个叫阿四的赶忙答应：‘公公，我马上就去！’‘等一等，要陈翠莲带着那幅梅花寒鹊宝画。你就说，吴主簿伤又复发，十分严重，马上眼看会气绝，就等着想最后一看此画！阿四，你要把此画弄到手，我重重赏你！’‘谢公公！我一定办到！’

我儿子在一旁偷听了这番机密言语，心中不免惴惴不安，怕被人发现，慌忙去树后躲避，不想此时来福恰从房里出来，躲避不及，被来福喝住，我儿只得从树后出来，打开包袱，把龙袍呈上，一心想躲过这场是非。谁知那来福先不接龙袍，而是瞪圆双目，两股凶光直射我儿脸上，声色俱厉地问：‘你何时进来？听到了什么？’我儿茂生吓得脸色由青转白，慌慌张张回答：‘我……刚进来，什么也没有听到……’旁边一个小黄门却过来禀报道：‘他早就来了，一直在门外偷听！’来福顿时大怒：‘原来你想坏我大事，饶你不得！’我儿子知道闯下大祸，大事不好，连连求饶说：‘我是无意的，我发誓决不外传，要是多说一句话，泄漏了秘密，任你千刀万剐好了！’那来福听了嘿嘿冷笑：‘我要饶了你，就怕你嘴巴不牢，坏我大事！’他嘴一歪，喝一声：‘把他绑了等候处置！’立刻有人上前，把我儿子绑在大树上了。正在这时，那个叫阿四的人，骑着快马来到，他擦着汗水进来，手里举着一幅画，兴冲冲地对来福说：‘来公公，宝画我已拿到手了，请你看看是否就是那幅沈子蕃的《缂丝梅花寒鹊图》？’来福听了此言，高兴得眼睛眯成了一条线，抢先接过画打开来看，边看边晃头晃脑说：‘一点不错，正是沈子蕃的原作真迹！我听人说过：这沈子蕃一生留下的佳作不多，并且大部分都毁于战乱，这是他唯一的珍品！想不到此画自南宋至今，已历时二百余年，而缂丝的五彩颜色仍鲜艳如新！你看，这画中的两只寒鹊相互偎依着伫立在梅枝上，其中一只将头埋在枝下，春寒料峭，而朵朵梅花却又预示着早春的盎然生机，冬去春来的意境用几束梅枝和两只寒鹊便栩栩如生地刻画出来，真是惟妙惟肖，十分传神！再看，画幅的左下方缂有两方印章，一为"子蕃制"，一为'沈氏'。可以肯定，这是完完全全的原作，绝非赝品！'来福大概是得意忘形了，竟说得口沫四溅，滔滔不绝。

那来福得了宝画，只顾得细细玩赏，无暇顾他。我儿茂生见脱身机会来了，便趁人不备，偷偷地弄松了绳子，一下子钻进假山洞里躲了起来。

那来福看够了画，这才想起处置我儿的事，却发现人已不见，立时下令说，'决不能让他泄露消息！活要见人，死要见尸！给我搜！'那伙人忙乱了半天，始终未找到我儿藏身的那个山洞。直到天黑人静，他方才摸黑翻墙逃出虎口。他找到也在此地绣袍的弟弟王茂礼，把一切都告诉了他。可第二天，茂生仍未逃脱魔掌！

傍黑时，他的尸体被人从运河中打捞上来，说他喝醉了酒，失足落水而亡。我儿从不喝酒，而且收尸时茂礼亲眼看到他的脸上有几处伤痕，背上有多处鞭痕，分明是被来福打死的！不久，王茂礼托人带信回家。等我和茂生之妻赶来，连老二也不知去向。有人说，他也被人所害，成了哑巴，不知流落何处？后经几位好心的缂丝工人指点，才找到了我儿的埋葬坟地，这都是那伙缂丝工人凑钱做的坟……"

老头说到伤心处，不禁老泪纵横；那少妇哭得更为悲痛。况钟拿着一块汗巾，边拭泪边听，不知不觉这汗巾已湿透了。

正是：男儿有泪不轻弹，只因未到伤心处。要知况钟下一步怎生行动，下回自有分晓。

第四十八回

柳暗花明绝处峰回　嘴硬骨软黔驴技穷

况钟听完王老汉哭诉，心中愤愤不平："又是两条人命！"接着，况钟问起老汉和少妇意欲何往。王老汉伤心地说："如今我别无他法了……"那少妇却哭着说："活着无益，不如一死！"况钟忙取出一锭银子道："小可跟苏州府知府况大人乃是同乡。我代你写个诉词，他见了如此冤情，必能为你做主！这锭银子，就请老丈笑纳，权作诉讼费用吧！"

二人一听，连忙跪地叩谢。

况钟此番访得确实，回到府中，立命冯信和张彪分头去寻哑巴王茂生和来福身边的阿四，如若相遇，就神不知鬼不觉弄到府衙，再作处置。

况钟为使来福心安理得，高枕无忧，特地换了官服，骑上那匹来福馈赠的红鬃骏马，亲自去拜会来内官。

来内官听说况钟来访，倒屣相迎。两人携手同进，欢洽异常！在前厅坐下，早有小黄门恭恭敬敬端上香茗，两人相互恭维，仿佛是一对推心置腹的故人。况钟谈兴正浓，忽听来福道："况大人乃当今数一数二的书法大家，除首辅杨士奇大人外，学二王与怀素达到神似形备的就当首推况大人了！"

况钟连忙说："承蒙谬奖，惶悚之至！"

来福道："况大人道德文章盖世，京城对你无人不夸！欲求墨宝的摩肩接踵！不知今日可有雅兴，当场泼墨，为我写上一副楹联否？"

原来，况钟虽是书吏出身，可从小练字不辍，师承二王，又学米张，真是刚中带柔，另辟蹊径。听来福一说，不禁技痒，便点心应允。

当下，忙坏了那两个小黄门，一个磨墨，一个铺纸，服侍况钟写字。

况钟略一思忖，便龙飞凤舞地写下一副对联：

上联：识遍天下字，下联：读尽人间书。

来福哪晓得联中暗藏讽刺，只是一味叫绝，高嚷："好！好！好！"

原来，况钟巧妙地借用宋代著名大文学家苏轼苏东坡青年时期自书的对联，来暗中讥讽来福不识一字、从不读书的不学无术，颟顸愚昧、附庸风雅的丑态！

况钟索性再写一联相赠予他。来福喜得搔耳摸腮，丑态百出；但见况钟手拿紫毫，在雪白的宣纸上挥洒自如，快速迅疾地书写着，正是笔走龙蛇，字字相连，疏密结合，相得益彰，把个来福简直看呆了！特别是，他虽识字不多，但况钟所写这副对联，那上联七个字，他竟全部识得！

原来，况钟是这样写的：

上联：一二三四五六七，下联：忠孝仁爱礼义廉。

来福连连鼓掌，夸赞况钟写得好。况钟把笔一掷，哈哈大笑，再不言语。

读者诸君一定知道了：这副对联是骂人的藏尾联！上联骂的是"忘八"，下联骂的是"无耻"！来福原是个胸无点墨之人，怎识得联中之意，竟沾沾自喜，毫无察觉。当下为了酬谢况钟，命小黄门摆宴，况钟却推辞衙中有事匆匆告辞要去。

来福苦留不放，说："且慢说走，我有一事相托，未知能俯允否？"

况钟道："来公公见外了！想我况钟身受皇恩，多蒙来公公在皇上跟前美言。公公有事，敢不尽心而为？"

来福哈哈大笑："言重了！其实，况公英才，有口皆碑；当个首辅，定必胜任，岂囿于苏州弹丸之地耶！我承皇上圣宠，日夕侍奉左右，大人功绩，回京后必当据实奏闻圣上，只要万岁龙心大悦，保管大人指日高升！"

况钟连忙故意称谢，并问："不知公公何事劳神，但说不妨！"

来福想了想说："其实，此乃小事一桩，想大人也已略知一二的！"

况钟笑道："莫非指陈翠莲上告公公一事？"

"大人一猜就中！这陈翠莲乃是一个刁妇，平时一贯偷鸡摸狗，惹是生非！她丈夫吐血而亡，邻里皆知；她却胆大妄为，嫁祸于人！如此刁泼，实在可恼！"

"这是她自不量力！前几天，下官才看了诉词，正要给公公送信，只是……"

"噢噢，"来福瞅着况钟道，"依你之见，这个刁妇应如何发落？"

况钟嘿嘿一笑："查实情况，决不宽宥！来公公，你尽可放心，难道对此事还有疑虑不成？"

"不不不，我完全放心！完全放心！来啊，拿白银三百两，相送况大人！"

"嘿嘿，下官无功不受禄！"

"哈哈哈，刚才你为我写了两副屏条，这银两，是我相送的润笔啊！"

"噢噢，这是润笔？"

"是润笔！哈哈哈——"

"如此，下官就愧领了！"

当下，况钟命况祥收下来福相赠之银，况祥郁郁不乐，认为老爷变了！当下心里就想告辞回家乡靖安务农。况钟骑马回到府中，刚进后堂，况夫人道："冯信和张彪早在此相候大人多时！”

“快快叫他们进来回话！”

冯信先禀：“小人到处寻访哑巴王茂礼不着，有人曾见他沿途乞讨，以后就失踪了！”

况钟听后，不禁皱眉不语。

张彪叩告：“阿四日前暴病而亡，他家正在操办丧事。听说来内官十分关心，特地送去一笔厚礼，却被阿四之妻拒收……”

况钟忙接着问：“是如何生病的，请了哪个医生看病？”

张彪：“只听说，阿四回家时尚是兴高采烈的，还对老婆说，这番有了一笔银子，先把房子整修一下再说。他老婆反对整修，定要买地盖新房，两人为此争吵起来。谁知半夜里阿四突然肚疼难忍，他老婆急忙去请来医生，才到门口，阿四已气绝而亡！”

况钟：“尸体是否验过？”

张彪：“验过！说是中了毒……”

况钟恼怒无比：“可恶！可恶！这是杀人灭口之举！”

且说况钟因哑巴王茂礼失踪，诈画首犯阿四中毒而亡。两条线索俱断，一时束手无策，加上气愤恼怒，急火攻心，竟病倒了。

况夫人十分着急，忙请来郎中，切脉开方，亲自煎药服侍况钟喝下，况钟方悠悠睡去。

第二天，况钟自觉好多了，只是尚有些头昏脑涨，全身发软感觉，况夫人就削了个梨子，用刀切成小片，用牙签签了喂给况钟食用。

正在这时，况钟忽见老仆在卧房门口探头探脑，就招呼道：“况祥，你进来，有事就说吧！”

况祥心想：老爷果然料事如神！就禀道：“老奴日前跟随老爷前往来府，在门厅歇息。忽因内急，误入后园。解手后正欲寻路而回，忽听一阵呻吟之声从林中一间破旧小屋中传出。老奴出于好奇，过去仔细一看，只见小屋的窗棂露出一个蓬头垢面的少年。他见了我也不言语，眼光呆滞如同疯癫，双手乱舞形似狂人。问他话，他摇头；给他水，他晃脑，却从窗棂中丢出一张草纸来，我连忙拾起藏在身上，不敢久留，从原路速速返回。时过境迁，本早忘却，适才听冯信和张彪告知，老爷的病，是因找不到哑巴和阿四引发的。我思前想后，这小屋中关闭的少年，莫非就是老爷要寻找的哑巴不成，故赶紧去寻找那天拾来的草纸，老奴目不识丁，草纸虽找到了，可上面歪歪扭扭，血迹斑斑的不晓得写了些什么？今天见老爷身体渐安，想来报告此事，又怕老爷为此又着急发怒，因此才在门口张望。”

况钟一听大喜，霍然起身道："快拿草纸来我看！"

况祥忙从身上取出草纸呈上。况钟一看，惊喜交加道："一点不错，正是王茂礼手笔！不过，他被禁来府，怎能把他搭救出险？"

况夫人笑道："这有何难，包在妾身身上！"

况钟笑问："夫人又有何计？"

况夫人道："老爷，岂不闻古人云'即以其人之道，还治其人之身'么？那来福用计赚走了宝画，老爷何不也用此法把王茂礼接到府中，岂不手到擒来，马到成功！"

况钟听了，连声赞道："妙计！妙计！"

正说着，家童来报："有两名轿夫求见老爷！"

况钟暗想：此次前往吴县，未曾结识轿夫，不知来的是谁？

这时，家童已带进两个人来。一个五大三粗，身材魁梧；一个挺着肚子，肥胖臃肿。两人一见况钟，立即跪地不起，连连叩头。

况钟道："不必如此多礼，起来说话。"

那个身材魁梧的轿夫先开口道："我叫赵二，他是钱大，俱是吴县集镇上的轿夫。况大人，我俩都是有罪之人，今天特来投案，该关该打，按律论罪！省得我们天天提心吊胆，夜不成眠！"

那肥胖的钱大也流着泪说："都怪我们财迷心窍，为虎作伥。只是我上有八十岁老母，下有三岁孩儿，我死不足惜，可怜他们……"说到这里，早已泪流满腮，泣不成声了。

况钟听了二人所说，脱口问道："莫非你二人是去抬吴主簿的轿夫？"

钱大赵二忙叩头说："正是小人！"

况钟一拍案桌："你二人来此，是怕来福拿你们开刀，特来本府躲过杀身之祸么？"

二人一听，立刻张口结舌，面面相觑，无言可答。

况钟道："既如此，只要你们从此洗心革面，将功折罪，本府定会从轻发落！"

二人连连叩头："愿听大人吩咐！"

况钟叫家童带人下去，听候审问。并立命况祥："拿本府名帖，速去来福府中，就说明日审理陈翠莲诬告一案，要来公公亲临作证。"

况祥一走，况钟唤来冯信和张彪，吩咐道："明日只等来福启程，尔等就如此如此，这般这般，不可有误！"两人答应自去。

况钟又命备轿，嘱咐银屏丫头亲去吴清家接陈翠莲到府，由况夫人亲自接待，帮她做好明日当堂对质的准备。

万事俱备，只欠东风。如何把那幅宝画——《缂丝梅花寒鹊图》弄到手？这是吴清传家之宝，也是致来福于死地的铁证！况钟踌躇再三，忽地笑逐颜开，一个妙计在他胸中成熟了。

话分两头，单表一枝。那来福自况钟来访，更是洋洋自得，有恃无恐。这天早晨，正在调弄宠养的一只会讲话的红嘴鹦鹉，忽见况祥捧着黑漆拜盒，前来请来福赴苏州府衙作证。来福好不得意，命小黄门替他换上新衣，戴上新帽，穿上新靴，对着那面雕花铜镜，左顾右盼打量一番：铜镜中显现出一张长长的驴脸，两只死鱼般眼睛，一个葫芦似脑袋，光下巴并无半根胡须，高颧骨缺少十分血色。这时，旁边的小黄门却逗趣道："来公公，你老长得天庭满，地角方，眼似电，眉如刀，加上这新衣新帽一穿戴，真是神气十足，后福无穷啊！"

"放你妈的朗朗屁！你把狗嘴闭紧些，休污了我的耳朵！"

原来，来福最忌晦别人说他名讳，小黄门无意中把来福说成后福，听起来就像说他无福一样，因此气往上撞，给了小太监一脚。

小黄门马屁拍到马脚上，摸着火辣辣的臀部，半晌不敢吱声，只得战战兢兢地服侍他上了门口那顶黑漆大轿。

那八名轿夫，吆喝一声："起轿啰！"立刻飞似的直向苏州府大堂奔去，累得后面紧跟的两个小黄门气喘吁吁，汗流浃背。

轿子在府衙前停下，来福心中猛地一沉：怎么？咱家驾到，为何如此冰清水冷，鸦雀无声？那知趣的况知府何在？为何不来门口迎接？鼓乐手何在？为何不来奏乐？

来福正纳闷，府门里出来一个白发白须的老家人况祥，见了来福，满脸是笑，恭敬而言："况大人正在审案，请来公公进堂作证！两位小公公请在门口暂候！"

来福憋着一肚子气，装着满脑袋疑团，只得随着况祥转过影壁，进入大堂。

就在此时，他猛听得两旁衙役威赫赫，齐崭崭喊起了堂威："恶无——"

这来福虽然出入皇宫大院，却从未到过这庄严肃穆的大堂，身不由己地打了个寒噤。抬头一看，只见苏州府大堂确实不凡：面阔进深，阴森可畏。那朱漆大门如血口，绿纱窗户似凶目，众衙役黑压压两边分排，就像站立着两排吃人血嚼人骨的凶神恶煞！中间高高的堂案前，分明站着牛头马面，冷气逼人；那左右面目狰狞的书吏，恰似执笔拿簿的黑脸判官，堂案中间那个正襟危坐，双眼炯炯犹如雷电的那人，恰似高踞酆都大殿上的阎罗天子！

来福顿时汗毛直竖，冷汗直冒，惊魂未定，转身想走时，早被两个凶如虎，狠似狼的皂隶班头左右挟住，半拉半拖地来到堂前。况祥一见方知况钟以前所为均是为了麻痹来福而施的计谋，想不到连自己也被瞒在鼓里，不由得脸红耳赤起来，从此再不提回乡之事了。

来福眼睁睁地望着威风凛凛的况钟。那昨天还是笑容满面的况大人，怎么说变就变呢？正在不解，欲待上前寒暄时，只见他猛地一拍惊堂木，大喝一声："来福！你逼死吴清，夺走宝画，杀人灭口，残害无辜，胆大包天，贿赂本府，可知罪否？"

来福一听，吓出一身冷汗，强作镇静道："本内官奉旨采办袍服，你一无人证，二无赃物，竟擅拿钦差！等我奏明圣上，定把你严惩不贷！"

况钟哈哈大笑："传原告！"

这时，差役带进三名身穿缟素的妇人，一个个竖眉瞪目，捋袖扯裙，走上前来要与来福拼命。这三个寡妇不是别人，乃吴清、王茂生和来福亲信阿四的寡妻。

来福被围在中间，跑不脱，躲不掉，帽子脱落，头发扯散，弄得狼狈不堪。

"还我丈夫吴清！"

"杀害我丈夫王茂生的凶手就是你！"

"你这被狗吃了心肝的坏蛋！还我阿四的命来！"

来福至此，哪有话说！

这时轿夫钱大、赵二上前将来福所作所为全都抖了出来，还揭露来福命人抽去桥板，致吴清落水被淹，险遭灭顶的恶行！

来福越听越慌，心想：王茂生死无对证，宝画未见赃证，况钟能把我怎样……正心存侥幸，忽见冯信带着哑巴王茂礼来到堂上，立刻吓得呆若木鸡了。

那王茂礼边打手势边哭，堂上堂下莫不为之动容。来福却大叫："况钟！你做成了圈套妄想害我，我到金殿和你评理！"

"好！"况钟叫人端出那三百两银子，牵来那匹赤兔马说，"这是你贿赂本府的证据！况祥，快叫小黄门把骗取的宝画呈上来！"

来福耳旁嗡嗡直响，眼前金星直冒，顿时发懵啦！等他抬眼看时，只见自己最亲信的两个小黄门，高举那幅自己费尽心血夺来的沈子蕃珍品宝画《缂丝梅花寒鹊图》，战战栗栗来到堂上对来福说："不怪我事！是况祥奉公公之命来要宝画，我们不敢违拗呀！"

来福一屁股瘫坐在地，全身软成一团，再也爬不起来。

至此，吴清一案真相大白，来福被押解赴京处置。赶制的十套袍服，也由况钟派员飞骑送京。有诗为证：

巧计奸谋总枉然，劳神费心亦可怜；
赚得人亡家破日，还成南柯梦一番！

第四十九回

歌舞升平皇帝风流　冠冕堂皇巡抚捣鬼

话说明朝自太祖皇帝朱元璋开基，在位三十年。因太子朱标死，立标子朱允炆为皇太孙。太祖驾崩，朱允炆即皇帝位，改元建文。他为加强中央集权，定策削藩，废周王、齐王等为庶人，次及燕王。于是其叔燕王朱棣起兵“靖难”。转战四年，攻破京都，建文帝出逃不知所终。朱棣遂即帝位，改年号永乐。庙号成祖。成祖在位二十二年，北征返师崩于途中。长子朱高炽即位，庙号仁宗。仁宗在位仅一年，长子朱瞻基即皇帝位，建年号宣德。宣德皇帝二十八岁登基，时承永乐之后，纲纪修明，仓庾充羡，闾阎乐业。虽有强藩汉王朱高煦之叛，宣德元年皇帝御驾亲征，大破叛军，朱高煦被迫投降。先废为庶人，未几杀之。

宣德皇帝朱瞻基登基后，内阁大臣中有三杨辅政。哪三杨？杨士奇、杨荣、杨溥。均为历事四朝的名臣。朱瞻基即位初期，是个头脑清醒很有作为的皇帝。他厌恶歌功颂德，粉饰太平；他雷厉风行，严惩贪官污吏；他任用良吏，孜孜以安民为心。宣德五年，他下旨任命况钟等九名贤达干练、清廉正直之臣为苏州、松江、常州、西安、吉安、武昌、杭州、温州、建昌等九个府为知府。执行以保养为务的有力措施，使当时百姓得到一定的休养生息、安居乐业。可是，时隔数年，宣德皇帝看到天下承平已久，就做起太平皇帝来。闲来无事，不是歌舞饮宴，笙箫管弦；就是吟诗作赋，赏景游乐。宣德皇帝的诗并不算好，却喜卖弄，还往往以诗赐给大臣们。苏州知府况钟就收到宣德皇帝遣中官宣赐御制诗歌三次。其中二首如下：

《御制过史官有作》（宣德四年十月十五日诗）：

荡荡尧光四表，巍巍舜德重华。

祖考万年垂统，乾坤六合为家。

《御制上林春色诗》（宣德六年三月初二日题）：

山际云开晓色，林间鸟弄新音。

物意皆含春意，天心允合人心。

看官，大凡位极爵显之君，口里虽说不喜阿谀奉承之言，拍马溜须之举。但那围绕四周的百官，谁不想博得君王欢心？那过誉之语，歌颂之声，总比逆耳之言要好听得多！久而久之，自己也就沾沾自喜，得意非凡，忘乎所以了！于是，原是肚中半瓶醋的皇帝，偏偏来上一首“御制诗”赠某某爱卿！受者无不受宠若惊，视同拱璧，把它用香烛宝花供起来！还要传之后世！此风一开，群起效尤。那些大臣们也纷纷赠诗唱和，把本来不堪入目、歪歪斜斜、如同童稚涂鸦的习作，当作传世的墨宝！欲与王羲之、王献之、张旭、怀素之辈争一日之长！岂不令人喷饭！这叫作不愿藏拙！结果必然是贻笑大方！

那宣德皇帝留下的诗词很多，有一首咏莲的是其中翘楚。这首词曲，可以窥见宣德皇帝那时是如何快乐逍遥了。其词曰：

美人家住沧州道，翠尽红装似莲好。
旧岁花开与郎别，郎不归兮花颜老。
十里清香日过午，采莲桨荡过南浦。
采着莫并莲子摘，莲子丝牵妾心苦。
花谢花开总是空，妾情一片水流中。
从今抛却伤心事，一任芙蕖扬晚风。
秋日花儿娇，墙外杜鹃红，采莲采莲扁舟入莲丛。

可惜，就是这首做得较堪入目的诗词，却是当时诗名最噪的大理寺卿叶春捉刀的！

当时，适值宣宗之母张太后寿诞。这位皇帝替太后庆寿，其奢侈铺张，可谓令人咋舌瞠目！文人学士知道宣宗附庸风雅，便献了不少寿文寿序、诗词歌赋。什么寿比南山呀，福如东海呀，极尽阿谀逢迎之能事。那外邦各国使臣也来贡献珍玩，讨好皇帝；各州县送的却是土特产品，其中如四川的黄芩参，江西的香狸，塞外的雁菌，福建的乌龙茶，安徽的云雾茶，山东的阿胶，吉林的人参，湖州的细绵，青州的银毫，苏州的刺绣……真是琳琅满目，美不胜收。

宣宗皇帝闲着无事，常带着内监微服出宫游耍。一日私行时忽见有一美貌妙龄女子，命内监打听到是那锦衣卫王成的女儿，便强纳为妃，宠爱异常。真个是“回眸一笑百媚生，六宫粉黛无颜色”，“后宫佳丽三千人，三千宠爱在一身”。为博爱妃欢心，宣宗特命工部大兴土木，在西苑的南院，造一座宫殿，名曰：花房。这花房造得画栋雕梁，富丽堂皇，有胜景二十四处，楼台亭阁轩榭矶坞池样样俱全，花去国帑达七百五十余万两！

宣宗在花房中沉湎酒色，荒废朝政。御史徐弼冒死上本劝谏，竟被驱逐出宫。

这事被太后知道了，亲自到花房训斥皇帝。宣宗被逼，只好来到宝华殿上朝。

内阁大学士杨士奇等率领文武百官三呼万岁既毕，把积压的外省奏牍一齐捧呈御案上面，堆了约有二尺多高了。

宣宗皇帝哪有心思上朝？心里一直在挂念花房中那位爱妃：自己走后，不知太后对她如何处置？会不会把她赶出宫去？会不会把她废去封号？这会儿她受了太后的斥责是否在伤心流泪？还是赶紧回去看看才好！可不行啊！眼前那么多的奏本，不看几本，不批上几句，那些大臣们会放过我吗？要是再来几个像徐弼这样不识趣的御史，就更让人头疼了！没奈何，伸出手去，在那堆奏牍中抽一本来看。皇帝不看则已，一看竟大吃一惊了。原来，这是告的御状！状告的却是苏州知府况钟！

宣宗皇帝还是当太子时就知道况钟这个人了。祖父成祖对况钟很赏识，在礼部尚书吕震的推荐下，破格提升他为正六品礼部主事。成祖还先后三十一次嘉奖他。父皇朱高炽即位，又越级提升况钟为正四品礼部郎中。成祖迁都北京，但太祖朱元璋墓园孝陵在旧都南京。朱瞻基当太子那年，就被父皇派赴孝陵祭祀。在随行人员中就有况钟！到南京不久，便得到父皇病危的凶讯。朱瞻基急忙又赶回北京。这时天气炎热，朱瞻基坐在轿中见况钟却满头大汗，随轿而行。于驿站歇息时，又见况钟忙前忙后料理食宿等事，十分辛苦。因此，他对况钟的印象特别深刻。

朱瞻基即位后，宣德三年春，知苏州知府缺额，曾关照吏部说："苏州大郡，公务繁剧，急选廉公有才能者任之，贪暴厉民者不可用。"直到宣德五年，经礼部尚书胡濙推荐，宣宗立刻同意派况钟出任苏州府知府。这是朱瞻基对况钟的信任和重用！这种信任和重用，还表现在为况钟他们赴任前，朱瞻基特地亲自举行了一次饯行的宴会，并分别赐给了一道圣旨。

可是，时隔一年，皇帝最信任的况钟竟被人告了御状，而且，告御状的人不止一个，而是好几个人！这就使宣宗皇帝大吃一惊了！宣宗最厌恶的就是贪暴厉民的官吏！如今，他挑选的，畀以重任的苏州知府况钟，竟是一个贪官！朱瞻基如何不气？如何不恨？哎，况钟啊况钟，你太不像话了！你太辜负朕的一片心意了！你实实在在是一个扶不起的刘阿斗！是我被你的假象哄骗了！

宣宗今天本来就为着张太后训斥自己和爱妃之事感到不快，偏偏又碰到状告况钟这件案子，于是，就气上加气了！

还好，朱瞻基没有立刻发作，心想：先看完状纸再说。

头一张告况钟的状纸是四起事。第一起：为首的是吴县在城军民顾忠等状首：苏州府皂隶顾信带领况知府家人范某寻找铺户金震面议：红曲时价每石六钱，顾信传知府吩咐要价二两，不敢计算，散与铺户王思信等一十九名，通该二十二石五斗，其银四十五两，陆续付与顾信、范某转送况钟手中。这是一宗仗势高于市价强卖的违法事件。第二起：是医户张琳状首：苏州府皂隶顾信带领况知府家人姚某找到本人，着令称建独话六百斤，每百斤值银七钱半。因是况知府药材，共将银六两付给了皂隶，按时价多付了一两半。这是一宗依势多收价款的违法事件。第三件：粮长沈恒吉状首：况知府于本年二月丁忧起程回靖安，共馈青白罗二匹、蓝青纱四匹、画二轴、花席三十条、白米六石，送与了况知府。这是一宗公然受贿的违法事件。第四起：据吏金升、皂隶朱阿佛等状首：况知府将常熟县发卖私盐官船一只，取姚枢杉木三十根修整完备，假奉新县客人谌孟礼出面买下，卖钞一千八十贯，使皂隶驾船回家留用。这是一宗仗依权势，假借他人，低价买船私用的违法事件。

朱瞻基看完状纸后越想越气，心里说："好啊！你这个况钟！实在太混蛋了！那么多人告你状，一桩桩，一件件，事实分明，证据确凿！你好大的胆呀！有的是依仗权势，低价买进，高价卖出；有的是公然受贿，贪赃枉法。你不过刚当了一年知府就这样贪婪无耻，当上十年八年，怕不要把苏州府的地皮都要刮掉一层吗？"

这时，刑部左侍郎成均正在班列中偷窥皇帝的颜色。见宣宗看了状纸，怒形于色，知道时机成熟了，忙又递上一个奏本道："现有苏州长洲县典史薛孟真被知府况钟诬陷后押解进京。他有冤情上诉，并状告况知府枉法徇私四件大事！"

朱瞻基一听，就像火上加了油一般，那心中的无名烈火，顿时冒高了三丈，立刻说道："快快把薛孟真的状纸拿来朕看！"

按照大明典律：薛孟真已是押解提京，关在刑部大牢里的罪囚。他不能越级上告，更不能去告御状。可是，薛孟真是成均的外甥。外甥坐牢，娘舅岂能袖手旁观！今天圣上发怒，成均冒险递状，为的是让皇帝火上加油，况钟雪上加霜！

果然，朱瞻基看了薛孟真所告四件事。虽然都是一些鸡毛蒜皮，拼拼凑凑，张冠李戴，凭空捏造的琐事，可朱瞻基正在气头上，琐事就变成了大事！

成均一直在观察皇帝的脸部变化，只见皇帝的两只眼中，像马上要冒出火来；那紧蹙双眉的脸，如同一场雷电风雨立刻暴发；那嘴唇失去了颜色，苍白得可怕，还在微微颤抖；那两排牙齿紧紧咬在一起，随时都可以把一切生物咬得粉碎！

宣宗皇帝从来没有像今天这样恼怒、气愤过！要是况钟这时站在皇帝身前，皇帝一定会唾他一脸的唾沫！

成均高兴得差点笑出声来。他想：时机已经成熟了！响鼓尚需重锤敲！我就来再捶上一锤吧！于是，成均又伏地奏道："臣身为江南治农巡抚，对况钟一切不法行为，未能及时查清上报圣听，是臣有失察之罪！现臣愿就所知关于况钟不尊大典，有违孝道之事，据实奏明，以赎前愆！"

朱瞻基一听，立刻把御案一拍道："速速奏来！赦你无罪！"

成均："遵旨！臣闻国朝以孝治天下。圣上天性纯孝，全国臣民莫不敬仰效尤，奉为圭臬！"

皇帝一听，自然十分高兴！这叫马屁拍到家了！其实，皇帝刚才还在心中咒骂张太后，怪她多管闲事：朕不过在花房中陪爱妃多看了几天歌舞，多游了几天胜景，多吃了几天酒宴，多做了几首诗赋罢了，就值得这样兴师动众亲自到花房中来训斥人？朕贵为天子，乃一国之君，你就如此不顾朕的颜面？当着那么多的太监、内侍、宫娥、妃嫔以及锦衣卫的面，当众对朕横加指责、训斥，是可忍，孰不可忍！朕当时真想反唇相讥一番，后来总算强制克忍住了。要不，就叫你难堪，叫你骑虎难下哩！

这都是皇帝当时的心里话。可现在听得成均一番恭维，立刻把那时对太后的腹诽忘得一干二净，把那些牢骚直抛到九霄云外去了！仿佛他从未这样想过，他一贯是个对太后俯首帖耳，百依百顺的孝子！

如今听成均说况钟有违孝道，立刻认为这是大逆不道的行为。这样的不孝的人还能叫他当知府吗？只此一件缺德事就该撤职查办了，何况还有那么多的人来告状呢！

朱瞻基听了成均的奉承，心里很高兴，面上却不露喜色，说："国朝自太祖开基，历代先祖，孝行卓著，使天下赖以长治久安！然朕因孝思有阙，致臣下效尤，闻之足为鉴戒！成卿可将况钟不尊孝道之事据实奏闻，朕决不宽宥，定当严惩，为不孝者戒！"

成均要的正是这句话！忙忙地奏道："臣访得况知府之母何氏，于宣德五年十二月内在家病故，次年二月闻讣，一向不举。至三月初九日，方才关府回籍守制。如此不孝，闻之惊愕！窃思臣身为朝廷巡抚，故不敢隐匿，特此告闻！上述顾忠、张琳、沈恒吉、金升、朱阿佛，以及薛孟真等人状首之事，臣均已一一查对属实，故特一并奏明！臣又闻人言：况知府审案勘鞠时不辨是非，禁死囚犯等。臣不敢隐瞒，一体上闻！愿陛下开聪圣听，拿解罪臣况钟赴京交由刑部、都察院勘合，则百姓幸甚！朝廷幸甚！"成均确实不愧是个好演员，说到最后竟放声痛哭起来，仿佛不解拿况钟，百姓就处在水火之中，朝廷就处在岌岌可危之中了！借以打动皇帝，下达严惩况钟之决心！

果然，皇帝被激怒了！他立即传旨："将况钟拿解赴京，交由都察院、刑部查办！"

刑部侍郎成均心中好不得意！这下况钟纵有三头六臂，七十二变，也逃脱不了审问惩办的下场了！我是刑部侍郎，又兼任江南巡抚，这勘鞫况钟的差使必然落到我的手里！看你还敢与我作对否？

这正是：吃腥的猫儿不吐骨，咬人的狗儿不露齿。

成均为何对况钟恨之入骨？况钟此番究竟是凶是吉？且听下回分解。

第五十回
煞费苦心功亏一篑　做成圈套请女入瓮

且说宣宗皇帝听罢刑部侍郎成均的一番攻击况钟违背孝道的话，果然十分震怒，立即传旨要锦衣卫去苏州府将况钟拿解来京。成均听了好不高兴，立刻喜形于色，趾高气扬起来。

这时，班部中转出三个人来：一个是瘦高个儿杨士奇，一个是中等身材杨荣，一个是肥胖臃肿的杨溥。这三人就是被称为“三阳开泰”的内阁辅臣。其中杨士奇和况钟同是江西人，是老乡。况钟离开京都赴苏上任时，杨士奇特地赠诗送别，诗中把况钟推崇备至。诗中提及的赵清献和张益州，均是前朝的贤臣！杨士奇对况钟如此推崇，两人的情谊也就可以想见了。其余二杨与况钟也相知甚稔，相交甚笃。

三人见皇帝听了成均一面之词就要拿问况钟，于是，一齐跪地叩奏。

杨士奇首先启奏：“臣启万岁！想况钟为三朝大臣，乃正直狷介之士，故蒙圣上亲选为苏州大府知府。上任八月，上疏达二十余事。事事以圣上敕书为准绳：兴利革弊，安民养民，未闻有失德之事。乞陛下暂息雷霆大怒，若侍郎成均所奏是实，查清后再拿解况钟，亦未为迟！”

杨荣接着奏道：“臣闻苏州七县百姓好讼，冤情比比皆是。况钟赴任八月，鞫案一千二百余人，为民雪冤者数百余人，故吴民称颂况钟为包龙图再世！夫况钟者乃国朝之祥瑞，万岁之肱股也。愿万岁三思：一旦拿解，贪贤未辨，转使大臣寒心，百姓怨恚！”

杨溥趴在地上半天，觉得挺累的，就言简意赅，一针见血奏道：“近闻况钟丧母，丁忧在籍守制。国朝以孝治天下，万岁纯孝，百姓口碑载道，奉为圭臬。今拿解守孝之况钟，恐惹天下耻笑耳！”

三杨所奏，以杨溥之言，击中了朱瞻基的要害！为啥？因朱瞻基一贯以“孝”标榜自己。如今，在况钟守“孝”期间，把他拿解赴京再查清事实，这不是不让况钟守孝吗？老百姓会怎样看待你这个孝顺皇帝呢？这是以子之矛，攻子之盾的战术手段，使这个孝顺皇帝不得不改变初衷了。

朱瞻基听罢三杨之奏，正在沉吟如何下这个台阶，既不失面子，又能不让成均失望。忽见工部侍郎周忱伏地奏道："万岁，容臣一言！"

朱瞻基看看周忱，心想，嗨，台阶来了！他跟况钟也是江西老乡，一定是想替况钟说话的！说得有理，我就听你的！于是，将手一摆道："讲！"

周忱道："臣闻况钟于三月初八日接继母何氏丧事讣告，当月十二日即回原籍靖安县守制。天下大孝者也不过如此！望万岁体念况钟一片孝思，使其克尽人子之礼，准其将侍郎成均所奏各事，以及囚犯成侍郎之甥薛孟真所告各项，无业流民顾忠等所告等项，写成奏疏差专使送至御前。陛下一览后，泾渭立明，是非立辨，岂不两全其美？"

朱瞻基一听，顿时心花怒放，心里说："周忱啊周忱！你不愧是个足智多谋的人才！此计大妙！不仅给朕解了围下了阶，而且还能弄清是非，使朕避免偏听偏信之虞！"于是道："周卿之言正合朕意！都察院行文书着况钟从实回话，不得有误！若有半句虚言，立即严惩不贷！"

一场狂风暴雨，顷刻间云收雨散！成均眼看自己功亏一篑，心中十分恼恨！可三杨是内阁大臣，得罪不起；周忱跟自己一样，也是侍郎兼巡抚，官阶比自己还高半级，也不能得罪，只好把一腔怨怼全放到况钟身上了。他对自己说："成均啊成均，你枉为江南巡抚，却不能扳倒治下一个知府！实在可恼之极！"

原来，成均早对况钟心怀不满了。初选苏州知府人选时，成均曾力荐刑部员外郎姚日新，却被礼部尚书胡濙捷足先登。在金殿面试时，被况钟花言巧语蒙蔽圣听而当选。当时，胡濙因推荐况钟而受奖，洋洋得意之状溢于言表。而自己却落一个竹篮打水一场空！这是头一次与况钟结怨有隙。此后，成均的表兄王琏，担任浙江监察御史，在出巡回京途经苏州府时，和况钟产生了尖锐冲突。况钟为达到报复的目的，到处收集表兄王琏的所谓劣迹准备上疏弹劾。此事被自己获悉，为息事宁人，不惜降阶前去苏州府拜会况钟说情。不料况钟铁面无情，坚持上奏，致表兄王琏被圣上降旨查办，至今尚押在刑部大牢之中！再以后，外甥薛孟真又因与长洲县推官高鹏交恶起衅，谁知况钟偏袒高鹏，捏造种种罪名，把薛孟真押解赴京治罪。此乃杀鸡儆猴之故技，明明是冲着本抚而来，实在欺人太甚！这是三。最令人发指的是大胆妄为，把自己安排的一批圩长、圩老等九千余名全部革除，反而倒打一耙，污蔑本抚对他们放纵不管，并将少许人的违法行为都算在本抚的身上！想这众多的圩长、圩老，全系役过粮长大户，人人都尊敬的人物；本抚巡抚江南，全靠他们帮衬，扶持！要银凑银，要夫派夫，一声百喏，一唱百和！一旦革除，本抚如鸟之失翼，兽之拔毛，岂不痛哉！况钟啊况钟！本抚与你无冤无仇，为何三番两次与我作对？特别是继母七十寿庆盛典时，你竟然对本抚横加指责；还有,在寿庆期间,与甥女薛孟珠一段瓜葛……成均刚想到这里,忽听家人成福来报:"王家姨太太来了!"成均忙站起来整冠理袍,连声说:"有请!"只见王姨妈由王琏之妻贾氏搀扶着颤颤巍巍地走进厅来,一见成均,立刻放声痛哭,谁都劝不住她。好容易等她哭停,成均才上前请安。谁知却被王姨妈狠狠地"啐"了一口,哭着说:"好一个没良心的成均!当年是谁救了你的性命?是谁把你留在家中抚养长大?是谁给你延师苦读?是谁资助你路费赴京赶考?想不到你如今高官得做,驷马得骑,过了河就拆了桥!你表弟王琏,身系缧绁,生死未卜!你却袖手旁观,任凭你的部下况钟飞扬跋扈,为所欲为,却是为何?你……你你你……你真是个忘恩负义的陈!陈!陈世美!"说着,号啕痛哭起来。

王姨妈看过几出戏,最恼怒的就是那个被包公铡死的,不认前妻的陈世美。如今因一时气急,慌不择言,竟把陈世美安到成均头上了!成均一听,却吓出一身冷汗来!还以为自己和甥女薛孟珠那段见不得人的风流韵事,以及为了孟珠,自己吵着要休妻的丑闻,已被王姨妈识破了!

趁着王姨妈正在痛哭之际,笔者腾出手来把成均这件见不得人的风流韵事公之于世:

事情是从成均替继母贾氏庆寿一事说起。

成均从小母亲亡故,十三岁时,父亲成臬续娶贾氏为妻。这贾氏好吃懒做,为人刻薄,对成均视为眼中钉、肉中刺,巴不得把他驱赶出门。为此,她日日在成臬耳畔说成均如何偷盗成性,如何败坏门风……一次,成均因无钱孝敬老师,讨要银钱又遭贾氏一顿恶骂,又不敢向父亲诉说,便拿了家中一只花瓶去换钱。此事恰巧给父亲撞见,立刻震怒,加上贾氏在旁冷言冷语,极力撺掇;成臬一时怒火,竟把成均狠打一顿,成均昏死过去。幸亏王姨妈收留了濒死的成均,把他抬到家中,延医服药救了一命。此后,又请来有名的塾师教王琏和成均就读,二人同榜中了进士。又是十年过去,成均官运亨通,从翰林学士迁升为刑部左侍郎,兼任江南治农巡抚;王琏也升为浙江监察御史。

成均虽十分恼恨继母贾氏,只因父亲成臬年迈,无人服侍,只得把恼恨藏于心中。国朝以孝治天下,对孝道卓著的大臣破格擢用,对不敬父母的大臣,一遇有人弹劾,经查实立即革职追究。因此,成均表面上不得不装出一副对贾氏毕恭毕敬的姿态来。

去年春,贾氏正逢七十诞辰。成均心中就盘算开了:趁这良机,我给继母大张旗鼓地庆贺寿辰一番,我的"孝行"很快就能四处流传?别人以怨报怨,我以德报怨!光这点就高人一筹!其次,一庆母寿,江南各府各县谁不想趁机巴结于我?特别是苏州一地,那九千名圩长、圩老,谁不曾得到过我的好处?有的公然包揽诉讼，横行乡里；有的不纳税粮，不当差役；有的包揽小户，粮草入己；有的放债盖房，造船买马；有的拖欠钱粮，负累官府；有的役使小民，为其种田；有的摇船出入，出事害民……这种种违法行为，早有人告到巡抚衙门。本抚有好生之德，宽恕之心，未曾深究，且给以方便。如此恩德，未必他们都是蠢猪笨牛，泥塑木雕？只要本抚为母庆寿红帖一送，不怕他们不乖乖地送一份厚礼来！常言道："若要发，众人头上刮！"此时不捞，更待何时？至于朝中六部九卿，三公三孤、内阁学士，以及都察院、翰林院、国子监以及各路布政使司、按察使司、都指挥使司、卫指挥使司等衙门上、中、下三等文官武将，少不得也要送一份贺礼来！俗话说"众人拾柴火焰高"，积少成多，集腋成裘，这些人的礼虽薄些，可加在一起，数目一定惊人！光这次庆寿，我还怕不发一次大财吗？古人云："马无夜草不肥，人无横财不发。"可我成均是堂堂皇皇庆寿，正正当当发财！依我看，这古人所言，也得更改一番！把"横财"二字，可改为"机谋"或"权势"才对！

果然，一切如成均所料：贾氏寿辰那天，巡抚衙门门口挂起八盏朱纱大宫灯，就是大白天，也燃起三尺多长的大红蜡烛，照得门前一片红光，十分辉煌璀璨。房檐上悬挂数丈长的大红绸绫，绫上缀一圈金黄色流苏，风一吹来，飘飘洒洒，十分耀眼夺目。红绫上绣有各种戏剧故事：如吕纯阳三戏白牡丹，白娘子断桥会许仙，凤仪亭吕布戏貂蝉，刘玄德甘露寺招亲等等，真是花团锦簇，美不胜收。只是有一位老学究路过这里，看了红绫上这些戏文，竟哈哈大笑不止。别人看他笑得蹊跷，问其所以，老学究忍笑不止，连连摇头说："不可说！不可说！"说完匆匆而去！众人等他走后，聚在红绫下看了半天，忽然都明白过来，也都哈哈大笑不止，其中有几个还不明白，特地向前请教，不料他们也跟老学究一模一样，各各忍笑不止，也连连摇头说："不可说！不可说！"说完都匆匆走散。这葫芦里到底卖的什么药？只好请读者诸君费点神去猜一猜了。

巡抚衙门里面，那些门子、库子、卫兵、差役、家童、丫头、使女、厨子等人，进进出出，来来往往，忙得不亦乐乎。忙什么？忙着收礼呢！那前来送贺寿礼的光是苏州府的圩长和圩老就有九千名之众！怕不把巡抚衙门挤破那才怪呢！幸喜成均早有远见卓识，把收礼的地点划分了范围：如长洲县送的礼，就把礼品一直抬到挂着"此处专收长洲县各地礼品"的木牌的房间内，自有人接下礼单，检点礼品，书写回帖，发送赉金等事项。好在巡抚衙门空房甚多，这些空房今天都被礼品堆得像小山一般，乐得成巡抚大人合不拢嘴了！

光是长洲县一名姓陆的圩长，他送的一份礼品可值多少，有礼单为凭。计开：

苏绣二幅：麻姑上寿一，八仙庆寿一。南京绣缎十匹；杭州纺绸十匹。鹿茸一对；虎鞭半钱。蟒袍一套；玉带一副。

看官！这份礼看来并不起眼，因礼品中并无珍奇古玩，金银器皿。其实，这是一份价值数千两的厚礼。其中只说虎鞭一项。原来，虎鞭乃是老虎的‘牡具’，成均好色，这位陆姓圩长就用这珍奇贵重的壮阳之物来投其所好！这虎鞭最为稀罕，各县如捕获雄虎，制成虎鞭后，是作为贡物，敬献给皇帝受用的。平常百姓别说试一试，就是看一眼也是十分难得之事！据说，只需服下少许虎鞭，便能一夜御上十女！那些皇帝为满足淫欲，求之不得！却因此而送掉了性命！明官一十六朝，即一十六位皇帝；其中短命夭折的就有八人！竟占了50%！虽不是全因服用春药而夭折，但皇帝拥有三宫六院七十二妃嫔，数百成千的宫娥彩女，日夜风流，其短命夭折乃属必然！因而如此众多短命皇帝也就不足为怪了！这是闲话，表过不提。

且说成均看到这堆积如山的礼品，乐不可支。谁知这天，贾氏却因饮酒过量，乐极生悲，得了中风之症。当时就半边瘫痪，大小便失禁。从此卧病在床，再也不能动弹起身了。

这时，来探病的络绎不绝，其中就有薛孟真和薛孟珠兄妹。

成均对多年未见的甥女薛孟珠不禁暗暗称奇：小时候的孟珠是个丑妞，皮肤黧黑，手脚粗壮，还常常挂着两行鼻涕，令人望而生厌，不愿接近。如今的孟珠，已长得亭亭玉立，苗条婀娜，十分可爱。特别是那已经成熟的一对乳房，如奇峰突起，起伏有致，百看不厌。

当下成均就存心不良，对薛孟真说：“你外婆的病亟须有人在旁照料，才能很快治愈。孟珠甥女几年不见已长大成人。我想请孟珠暂留几日照看外婆，不知你俩意下如何？”

薛孟真对当江南巡抚的成均，一直十分敬重。有了这座靠山，他在长洲县虽是一名典史，却比县丞、主簿、推官都高人一等。因此立刻应允道：“这是理该如此！妹妹，娘舅既然要你留下，你就在此多住几天何妨？”

孟珠虽不情愿，却无法推托，只好点头答应了。

成均见计已售，十分高兴，立刻吩咐丫头，在贾氏住房隔壁收拾一间卧室，让孟珠居住。

为了博得孟珠欢心，成均亲自指挥丫头，使女把卧室布置一新，然后请薛孟珠进房歇息。薛孟珠闻悉丫头来请，此一去有分教：做就玉笼关彩凤，开成宝窟锁金龙。毕竟薛孟珠如何上成均的圈套，且听下回分解。

第五十一回

甜言蜜语啼笑皆非　逞性妄为出乖露丑

薛孟珠跟着娘舅成均来到特地为她准备的绣房一看,不禁目瞪口呆,十分惊奇!只因这间闺阏,里面的铺陈摆设,不但是堂皇富丽,简直是穷奢极侈,美奂绝伦。你看,刚走近门首,就闻得一阵异香,扑鼻而来。细寻,那股香气来自窗台上那只古铜色的、雕塑着凤凰展翅形的香炉中。炉内焚烧的到底是沉香,是麝香,是藕花香,还是桂枝香?却分辨不清了!从半启的绿纱窗外,可以望见绣房内绣幕珠帘,牙床锦帐。陈设的精美,是薛孟珠生平目所未睹的。

成均把孟珠带进房中,但见地上铺着红缎的毡子,人走在毡上软绵绵地了无声息,十分舒适。桌椅物件都是十分讲究,全系白玉为几,紫檀作案。椅上披着用金线绣花的大红锦披,鹅黄色的绣花坐垫。最最显眼的是那张光滑闪壳螺钿屏风床。这床国内罕见,不是来自东瀛扶桑,定是来自波斯天竺!床顶挂着红罗圈金杂彩绣帐。床边有一架紫檀木雕花的梳妆台,正中嵌一面大铜镜,镜面光亮,背面铸有钮和纹饰,钮作柿蒂形,镜背用金银箔和螺钿制成喜鹊和梅花纹饰,取"喜上眉梢"谐音的吉祥口彩。此时,阳光正好照在镜面上,与镜面相对的墙上映出了"喜上眉梢"的图画来!这种巧夺天工的透光作用,竟把孟珠看呆了,娇声问成均道:"舅舅!这'喜上眉梢'的画是怎样来的?"成均笑眯眯地过来,轻轻拉住孟珠滑嫩柔软的纤手,把她拉到镜子背面,指着镜背的纹饰说:"瞧,就是从这里反射出来的!"

薛孟珠一看,果然一点不错,镜背上的花纹和图画跟照在墙上的纹饰和图画完全一模一样!她又惊奇又高兴,紧紧倚在成均身边撒起娇来:"舅舅,这样奇妙的镜子,你就舍不得给我买一架呀!"成均乘机伸出手抚摸着孟珠白嫩滑腻的粉脸说:"好好好,等你出嫁那天,舅舅就把这张梳妆台送给你做嫁妆可好?"孟珠高兴极了,紧拉着成均的手说:"舅舅,你说话要算数,可不能到时反悔呀!"成均乘势把手从粉脸上滑下来,轻轻地去抚摸孟珠那滑如凝脂,白似汉玉的脖子,渐渐地又把手滑了下去,似乎是无意中触动了孟珠那高耸的乳峰。孟珠却蓦地发觉了,脸上一红,娇声嗔道:"舅舅,你不老实!等会我告诉舅妈去!"说着,赶紧挣脱了成均的手,站在离远一些的地方。

成均的心狂跳着，恨不得把孟珠一把搂在怀中……可门开着，那些丫头、使女正在门前来往走动，要是被她们看见……想到这里，成均不无遗憾地咽了一口唾沫，望着微嗔的孟珠说："来啊，舅舅是喜欢你呀，给你开开玩笑的，怎么，你当真了？"

孟珠嫣然一笑道："舅舅真坏！我不跟你玩了！"

这时，孟珠已来到那张紫檀木雕花的书案前。只见书桌上放一只青瓷彩绘仕女花瓶，瓶中插一枝含苞欲放的海棠花。正中放着薛涛书笺和玉镇纸一枚。镇纸呈圆球形，下平上圆。圆球上嵌有一只色彩斑斓的孔雀，孔雀正在开屏。镇纸边上放着文房四宝。哪四宝？澄心堂纸，奚廷圭墨，龙尾砚，兔毫笔。孟珠一看，顿时观看赏玩，爱不释手。成均乘机卖弄学问说："这文房四宝，均为稀世珍品。四宝可谓天下之冠，均系南唐后主李煜珍爱之物！尤以龙尾砚，造型雄浑侈丽，细腻多姿。其状如巨卵，水槽起伏奇特，隆翘处篆有二龙戏珠，龙尾薄如蝉翼，玉纹精细绵密，隐隐成山水、星斗、云月等象。此砚性极温润，却又质地坚密，叩之其声清越。有人作诗赞之，诗曰：

玉质纯苍理致精，锋芒都尽墨无声。
相如闻道还持去，要索秦皇十五城。

由此可见它乃稀世珍品，价值连城了！"孟珠听罢啧啧赞道："甥女读过李后主不少词作，那词实在妙极！读了令人掉泪！"

成均为讨好孟珠，让她有个卖弄才学的机会，故意道："是的是的！可惜舅舅年纪大了些，记性差了些，记得有首《相见欢》和《浪淘沙》写得缠绵悱恻，回肠荡气，十分出色！不知甥女还记得否？"

孟珠歪着头，得意地笑着说："这还能忘呀？《相见欢》有两首，不知舅舅指的哪一首？"

成均忙说："好像头一句是'无言独上西楼'……"

孟珠立即应声背诵道："'无言独上西楼，月如钩。寂寞梧桐深院、锁清秋。剪不断，理还乱，是离愁。别是一般滋味在心头。'舅舅，另一首《相见欢》写的是即景抒情的小词。李后主善于描绘春残花谢的自然景色，抒发人生失意的无限怅惘之情！我还记得几句：'林花谢了春红，太匆匆。无奈朝来寒雨、晚来风。胭脂泪，相留醉，几时重？自是人生长恨水长东！'舅舅，我没有背错吧！"

成均极力夸赞道："背得一字不差，你真好记性！要不是个女儿家，又是一名进士及第呢！不知那首《浪淘沙》还记得吗？"

薛孟珠兴奋至极，脸色越发绯红，朗声背诵起来：

"帘外雨潺潺，春意阑珊。罗衾不耐五更寒。梦里不知身是客，一晌贪欢。独自莫凭栏，无限江山。别时容易见时难。流水落花春去也，天上人间。”

成均听完，连连叫好！仿佛这词不是李煜所作，而是薛孟珠的大手笔似的！赞得孟珠不好意思起来。娇嗔道：“舅舅！你该称赞南唐后主才对！夸我干什么？”

成均忙笑嘻嘻地说：“不但李后主词写得好，甥女背诵更佳嘛！”

哎，那成均身为三品侍郎，兼任江南巡抚之职，为达到不可告人的目的，不惜卑躬屈节，学唱喏送劝之流，对甥女孟珠百般奉承，逢其所喜，投其所好，做起帮衬的勾当来！

看官，何谓“帮衬”？说穿了就是没骨气的人，赖以飞黄腾达的本领，或是爱情场中击败对手，获取美人欢心的手段！这本领或手段，无非是：谄媚胁肩，溜须拍马，说假话，吹大牛，放空炮而已！闲话不提。

薛孟珠来到紫檀木虬龙腿雕花书案前，去坐在万花献瑞蹲式的磁鼓上。这只磁鼓夏天十分凉快，冬天上铺黄缎绣花坐垫，坐在垫上又暖又柔软。抬头看时，墙上悬一幅王羲之的真迹字帖，铁画银钩，字字珠玑！左侧墙上挂一幅唐朝韩滉的《文苑图》，右侧墙上挂一幅宋代李公麟的《昭君出塞图》。

那成均笑微微地指着孟珠正在观看的《昭君出塞图》说：“孟珠，你猜猜，这画上的王昭君像谁呀？”

薛孟珠听了，果然认真地看了半晌，摇摇头说：“我看不出来！你说像谁呢？”

成均拍手说：“像谁？远在天边，近在眼前！”

孟珠故作不知，笑道：“莫非这马上的王昭君像舅舅不成？”

成均哈哈大笑道：“该打，该打！你竟取笑舅舅我来了！这画上的美人儿，依我看，倒有点像你呢！”

孟珠红了脸说：“瞎说！王嫱，人称明妃，因不肯贿赂画工毛延寿，入宫后不得见帝。后自请嫁与匈奴。临别，帝方知其貌美绝色，大悔，杀画工。这样的绝色美人，怎么会像我这个丑妞呢！”

成均忙道：“不不不，你一点也不丑！瞧，你的眉毛，你的眼睛，你的鼻子，你的嘴巴，何处不像昭君呢！可惜你自己看不见！”

孟珠听了，心里喜滋滋的，便去铜镜里细看。那成均也凑了过来，把脑袋靠近了孟珠的乌丝，把鼻子微触到孟珠的蛸蛴，只觉得一阵阵少女的香气直往鼻孔里钻去，便感到心荡神迷起来，指着镜中的孟珠道：“镜花水月，徒增惆怅！可惜！可惜！”

孟珠把成均一推道：“咬文嚼字的，叫人听了莫名其妙哩！”

成均乘机捉住了孟珠的手，稍一用力，便把孟珠拥进怀中，低下头在香腮上“吧”地亲了一口。谁知，孟珠竟哭了起来不依道：“舅舅欺侮我！我告诉舅妈去!”说着挣脱了身子向外就走,一晃眼就走出房外去了。吓得成均出了一身冷汗,连声喊:“孟珠,孟珠,舅舅是跟你开玩笑的!你……快回来呀!”

这时,只听得妻子的说话声自远而近,也不知孟珠对舅妈说了些什么?心里七上八下地惴惴不安,唯恐孟珠把事揭露了。

当成均踱步出房,来到继母贾氏房中时,却见孟珠和妻子刘氏二人正在有说有笑。自己进去后,孟珠连瞧也不瞧自己一下,故意噘着嘴不理。

成均笑着过去对妻子刘氏道:“你不是多年不见孟珠了吗?她长得快不认识了!”

刘氏拉着孟珠的手,细细地观看了一番,啧啧夸奖道:“果真变了!跟早先比像变了两个人似的!活脱脱是个美人儿了!

成均说:“一点不错,孟珠是越长越漂亮了!等明儿我帮她物色一个又有才,又俊俏的官宦子弟当东床快婿,不知孟珠怎样谢舅舅呀?”

孟珠趁机向刘氏不依道:“舅妈,你快管管舅舅吧!刚才就欺侮我!如今又来取笑甥女!我可要回家了!”

刘氏笑道:“这是你舅舅喜欢你呀!”

孟珠嗔道:“我才不稀罕这种喜欢,叫他喜欢你好了!”

成均怕孟珠揭出刚才之事来,忙说:“好了好了!刚才甥女看中了那只梳妆台。我答应了,等她出嫁时,就送给她当妆奁吧!”

刘氏有些不高兴,口里却说:“你喜欢的人,就是金山银山也会送哩!还问我做甚?”

孟珠一眼就看破了两人的心思,就说:“我才不要呢!是舅舅自己要送的!哼!”说着,气呼呼地闷坐一旁,再不说话,恰好丫头来请吃饭,才把这个小小的纠纷冲散了。

从这天起,孟珠就留下来服侍外婆贾氏。其实,说服侍,也并无很多事可做,只不过吩咐一下丫头使女们做事而已,留给孟珠的只是喂饭喂水罢了,有时就来催促丫头们炖些参汤、燕窝之类的补品,孟珠就用汤匙一口口地喂给外婆吃。

成均一直在等候机会,可孟珠自那天以后,老是提防着他,不让他有接近的机会。弄得成均挠耳摸腮,心痒难忍。

成均知道此事不能硬来,更不能急于求成。就又装出做舅舅的不苟言笑的正经样子来,轻易不跟孟珠说笑、打闹。果然,孟珠也渐渐地放松了警惕。

这天,成均故意拿了一本《南唐二主词》,要孟珠帮他抄录一遍。

孟珠一看这本书,如获至宝,高兴地说:“我寻找这本书已很久了,想不到在这里见到了!”

成均说:“你知道二主是谁吗?”

孟珠故意说:“我不知道!舅舅你快告诉我吧!”

成均说:“嘿,你这个机灵鬼!你要是不知道,会去找这本书看吗?”

孟珠“扑哧”一声笑了,说:“南唐二主指的是李璟李煜父子。李璟被称为南唐中主。也是个词人,一生好文学,喜罗致文人学士,开一代词坛之先风,是李煜的启蒙人,对李煜的词作有一定影响,但成就却不如儿子。这本《南唐二主词》专门收集了他们父子的全部词作!”

成均夸奖道:“可惜你不是我的亲闺女!舅舅真的十分喜欢你的才能呢!”

孟珠道:“又来了!这些话我不爱听,还是留着去给舅妈说去!免得舅妈一听说要送梳妆台就吃起醋来!”

成均急忙解释道:“别管她!这个家我说了算!我要送给谁就送给谁!”

孟珠道:“反正我不要了,随你去送谁!”

成均发起急来:“孟珠,等你回家时,我就让你把梳妆台带走,这总行了吧!”

孟珠笑道:“你不怕舅妈发脾气呀!?”

成均一把去抓孟珠的手说:“小鬼头,就是你的心眼多!”

孟珠滑得像条泥鳅似的,早从成均的胳肢下溜跑了,边跑边扬着手中那本《南唐二主词》说:“我要去抄词了,不跟你玩了!”

成均说:“这书明天要还的,你要快些抄呀!”

孟珠笑着说:“放心好了,耽误不了的!”

孟珠回到房里,把门一关,就贪婪地读了起来。当她读着李璟那首:《浣溪沙》时,不知不觉就娇声地朗诵起来:

菡萏香销翠叶残,西风愁起碧波间。还与容光共憔悴,不堪看。　　细雨梦回清漏永,小楼吹彻玉笙寒。簌簌泪珠多少恨,倚阑干。

读着读着,孟珠的粉腮上也挂上了不少泪珠儿了!接着,她又朗诵起李煜的《长相思》来:

云一緺,玉一梭,淡淡衫儿薄薄罗,轻颦双黛螺。　　秋风多,雨如和,帘外芭蕉三两窠,夜长人奈何!

读到此,孟珠再也抑制不住感情,竟伏在书案上哭了起来。她想到了李后主国破被囚,想到了这位名重千古的词人被宋太宗赐牵机药毒死,同时又想到了自己的悲怆身世及目前的处境,再也忍不住那像急雨般的泪珠。

直到华灯初上,孟珠才猛然醒悟:答应抄录的事,还一字未写哩!这才着急起来,刚取出纸笔书写时,有人在“笃笃笃”敲门了。究竟是谁敲门?且听下回分解。

第五十二回
见色起心巡抚该死　珠胎暗结少女轻生

薛孟珠把自己关在房中，读《南唐二主词》入了迷，只听得有人敲门，开门看时，原来是丫头丁香来请吃饭，这才猛醒：已到掌灯时间，可答应舅舅成均抄录词书之事，八字还没有一撇呢！

吃饭时分，成均果然问起此事。孟珠笑着说："你放心好了，拼却今夜不睡觉，我也会把书给你抄完的！"

成均哈哈大笑道："好吧，那就看你的本领了。我叫丫头不来打扰你，你就放心在房中抄写吧！要纸吗？我会叫人送来的！"

孟珠说："不用，桌上的纸还用不了呢，如不够，我会找丁香来要呢！"

吃罢饭，孟珠把门一关，就埋头抄写起来。

孟珠的字写得很清秀，学的是唐代钟绍京的《灵飞经》。写的字端庄丰腴，精妙绝伦，几能乱真。与玉真公主、卫夫人比，怕也不相伯仲呢！

抄到丑末寅初，实在支持不住了，只觉手酸腰疼，头昏脑涨。正想伏案歇口气，忽听丫头丁香来报："老太太昏过去了，请薛小姐快快过去！"

孟珠听报，赶忙起身来看，只见外婆躺在床上，双目紧闭，不言不语；舅舅成均呆立床前，正在唉声叹气。见孟珠来了，方松了口气说："好了，刚才外婆还在叫你的名字呢，怕她一口气回不过来，才特地要丁香来叫你的！这里有丁香刚炖热的燕窝汤，你就慢慢喂给外婆吃吧！"说着，便叫丁香送过燕窝汤来。

孟珠接过碗，坐在床前；成均过来，轻轻把贾氏扶起，在她背后垫了一床被子，叫贾氏靠在被子上。这时，贾氏已张开了双眼，就在孟珠手里，一口又一口吃起燕窝汤来。

不知什么时候，丁香已走了。此时房中只剩下三个人了。贾氏虽有知觉，却是个半身不遂的病人。她才吃了半碗燕窝，只见外孙女孟珠连连打着呵欠，倦极欲睡；而儿子成均却十分精神，满脸高兴。贾氏不想再吃，正想叫孟珠回房去睡，忽见成均手中拿一块蓝色罗帕，蹑手蹑脚走近正在打盹的孟珠身边，将罗帕轻轻地蒙住了孟珠的鼻端；那罗帕内有一股异香散出，贾氏因近在咫尺，也在鼻子里吸入了不少香味,立时觉得头脑昏晕起来,不知不觉地昏了过去。也不知过了多少时间,贾氏终于慢慢地苏醒过来。床前早不见了孟珠,连成均也不在了。贾氏觉得口渴,正要唤人时,忽听墙边原先丁香陪夜所睡之床,正在发出咯吱咯吱的响声,还以为丁香在床上翻身哩。欲喊丁香,那声音更加响了,侧耳细听,贾氏立刻脸红心跳了:那声音分明是男女交欢的急雨骤风之声。啊,是哪个该死的奴才,竟然如此胆大妄为,在我的榻前干此无耻之事!等我告诉成均,定要把这一对狗男女送官究办,严惩不贷!

正想着,忽听那男的在说:"孟珠,孟珠,你醒醒,怎么?哎,别哭呀!舅舅实在太喜欢你了!我不但要送你梳妆台,连你房中全套摆设一起给你当妆奁!以后,你想要什么,我就给你什么!就是要天上的月亮,舅舅一定去把它摘下来给你!"

贾氏一听,气得两眼翻白!这个无耻的畜牲不是别人,正是儿子成均!想不到你竟卑鄙到如此地步!连嫡亲的甥女也要进行奸污!原以为你当了进士,升了侍郎,变好了!其实是狗改不了吃屎!小时候就偷鸡摸狗,十二三岁时就把邻居的小女孩骗进房中剥掉裤子想猥亵她,被我发觉才没有得逞。你父亲为这气得把你痛打一顿,赶出家门。亏得你姨妈收留了你才保全了一命。想不到你又做出这伤天害理的事来了!真正是白脸狼戴草帽,假充好人!就像封神榜里的申公豹一样,当面是人,背后是鬼!明是阳来暗是阴,外头红来里头黑!那外孙女孟珠,今年才十五六岁,还是个黄花闺女哩。你逞一时之快,把她糟蹋了,叫她以后怎样嫁人?要是有了孩子,她一时想不开,那就是两条人命!成均呀成均!你是蝎子驮马蜂,上下全是毒!砒霜浸辣椒,毒辣到了家!亏你还是个巡抚大人呢,看你今后如何做人!

贾氏正在气愤,忽听孟珠嘤嘤啼哭起来,边哭边骂:"你不是人!你是畜牲!我不想再见到你!"

"你听我说!"

"不听不听!滚!你给我滚出去!"

"好好好,我走!孟珠,这事千万别说出去!说出去你就完了!你还年轻,你还要嫁人呢!"

"滚,你这畜牲!快滚!"

"好好,我是畜牲,是猪!是狗!我们已经好了一场。常言道,一夜夫妻百夜恩,百夜夫妻海样深。我们再好一回吧……"

"放屁!滚!滚!滚!我不要活了!"

"孟珠,孟珠……"

突然,贾氏只听得"嘭"的一声响,像有什么重物碰撞在一起的样子。心想:不好，一定是孟珠用头撞墙了！可是，她喊不出声，更不能从床上起来，只好在心里干着急，干发怒，没法去救护外孙女薛孟珠！

半晌，只听那床竟又响了起来，真是不堪入耳！贾氏气愤填膺，一口痰上来堵在喉中，竟自昏了过去。……

第二天，贾氏醒来，正要去叫孟珠时，只见丁香匆匆来禀说："老夫人，薛家小姐不告而去了！"

贾氏心中早像吞了萤火虫那样洞若观火了。这时，只见儿子成均进房来请安了。他说："母亲身体可好些了吗？不肖儿夜来打扰母亲了！今天想吃什么，尽管吩咐，儿子马上叫人去办！噢，顺便禀告母亲，甥女孟珠，昨夜偶瘿小疾，今日一早，儿已雇就一顶轿子，送她回家去了！母亲若想念她时，再差人去唤她前来就是！"

贾氏装作身体欠佳，未作回答。心里却骂道："这个畜牲！你看他吃柳条拉笊篱，肚子里臭编！满口都是花言巧语，骗得麻雀都会下地来上当哩！哎，可怜我那活泼可爱、好端端的一个外孙闺女，被他玷污了！这件事要是被孟珠的全家知道了，叫我的脸面搁到哪里去！哎，冤孽！这是前世的冤孽！"

话分两头。那薛孟珠受了成均的污辱，却又声张不得，含悲忍泪回到家中。

孟珠父母早亡，家中由兄长薛孟真当家。自从在成均的提携下，孟真在长洲县衙当上了一名典史。这典史原是个未入流的小官吏，比主簿矮一级，比县丞矮两级，可薛孟真因有舅舅江南巡抚成均这座靠山，在县衙里却是个吃香喝辣，藏垢纳污的角色。由于他背景比别人硬，手比别人长，这几年，家道渐渐丰裕起来。除了妻子沈氏外，还讨了三个小妾，其中以第三个小妾叶小梅最受他的宠爱。那叶小梅原是长洲乡下的一个浣纱女，长得十分秀丽。小家碧玉，别有一种不事雕塑之美。有一回，薛孟真下乡催交粮税，恰巧经过叶小梅家门口，见小梅在溪边浣纱，顿时惊呆了。暗想：昔日范蠡大夫选美，路过浙江苎萝，在溪边见浣纱西施，惊为天人。以此献给吴王夫差，终使越国再起。我今有幸在此遇美，说不定也会有意想不到的好运哩！于是，想方设法，把小梅弄到手中，作了第三房小妾；不想大妇沈氏嫉妒，不准叶氏进门。薛孟真无奈，只得另赁新房，安顿小梅居住。从此，孟真就吃在小梅处，住在小梅处，连家也不回了。家中一妻两妾和妹子孟珠，好几日都见不到他的影踪。沈氏也后悔不迭，却又拉不下脸来。

孟珠虽是豆蔻年华，却早与邻里一个名叫史文华的书生，卿卿我我，两心相印了。平时，由于沈氏喜搬嘴弄舌，说三道四，故二人来往都瞒着沈氏的。那兄长薛孟真经常不在家，更是毫不知情。

这天，孟珠正在窗前看自己抄录的《南唐二主词》，忽听窗外沙沙直响，抬头往外看时，那几天不见的心上人儿，此时正痴痴地站在窗外那棵梧桐树下，一边用手摇得树叶沙沙作响，一边正目不转睛地望着自己。

孟珠一见，一股羞惭之色立刻直冲脸上，那脸颊早像擦抹了胭脂一般，分外鲜艳了。那颗芳心，顿时突突地蹦跳不停，就像会从喉咙口跳将出来一般。孟珠欲待躲避已来不及了，只听史文华道："孟珠，你在看什么书，看得这样出神呀！我早来了半天了，你一点都不觉得吗？"

孟珠低下头，忽地哽咽着轻声说："你走吧，以后再不要来看我了！"

史文华一时摸不着头脑，诧异地说："为什么？"

孟珠的泪水早流了两腮，哭着说："不为什么，就是，就是……我求求你，别来了！"

史文华："不！你不对我说个明白，我不会死这条心的！孟珠，你对我说过的话全忘了？不可能！这不可能！"

孟珠："我没有对你说过什么话，即使说了也不算数！你——你快走吧！"

文华："我不走！我从窗口爬进去！我要你说个明白！"

孟珠正怕文华真的会从窗口中爬进来，忽听嫂子在喊："孟珠，孟珠！你在跟谁讲话呀？"

随着话音，那沈氏已跨进房来；再去看窗外，孟珠又气又急，只见史文华不但不走，还真的在那棵梧桐树上打主意，想攀上树再爬进窗口来！

孟珠怕嫂子发觉，急得连连朝文华挥手，示意他速速离开这是非之地；可是晚了，沈氏却看破了孟珠的心事，几步来到窗前，朝文华说："我道是谁？原来是你呀！哼！也不去尿泡尿照照镜子看，别大年三十盼月亮，痴心妄想了！我家孟珠是何等身份，绝不会看中你这个穷酸的！真是赶着王母娘娘叫大姑，那是妄想！快快走吧！莫怪我嘴上没长毛，说出话来寒碜你！都怪你天生的黄鳝成不了龙，老绵羊的尾巴永远翘不了！"

这夹头夹脑的一顿讽刺挖苦，别说皮厚脸老的人受不了，那史文华是个嫩脸嫩皮的书生，早臊得满脸通红，一转身就飞快地跑了，却惹得那沈氏一阵讪笑。

在旁听着的薛孟珠，嫂子的每句话都像刀子剜心那样难受！想跟嫂子大吵一顿，拉破脸皮，出出这口恶气！可一想哥哥薛孟真的脸色，不禁又倒抽了一口冷气！为啥？以前，也曾和沈氏吵过闹过，可哥哥不但不帮自己，每次都袒护沈氏，弄得自己不好下台！一想到父母双亡，在兄嫂手下过活，就像寄人篱下那样天天担惊受怕，忍气吞声地过日子！从前，心里不舒畅，就一乘轿子抬到外婆家去住几天，暂时躲进这世外桃源，待在这避风港里，得到外婆的同情和慰抚。如今，这世外桃源已成了虎狼窝，避风港变成了是非地，再没有地方去诉苦去寻求安慰了！

想到这里，不禁悲恸万分，哀哀地哭个不停！

那沈氏却不肯放过，把嘴一撇说："哭什么？嫂子是为了你好！像这样的穷酸，要是真嫁给他，你可要受一辈子的罪了！你要不信，上他家去看看就明白了！两间茅屋，下雨天到处漏水，锅碗盆瓢都用来装雨水还嫌不够用哩！一个老娘，整天倒在床上，你过去服侍她端尿倒屎呀？别忘了，你哥哥是堂堂长洲县衙的典史！能结这门穷亲吗？孟珠呀，你是聪明人，响鼓不用重锤！你掂把掂把分量就知嫂子我是一片好心啊！还有，男人都是狗性，见了雌狗就迈不动四条腿的，一不注意就会爬上臀哩！到那时，肚皮一天大似一天，那就等着给街坊邻居去嚼舌头吧！我是直性子，有话当面说，李逵扮新娘是装不像的！"

这顿软不软硬不硬冷不冷热不热，明是劝导，暗是训斥的教诲，叫薛孟珠听得又气又恼，又羞又臊，恨不得地下有个洞，一头钻进去躲一躲！

还好，这沈氏想是连珠炮似的说得口干了，一转身回房喝茶去了。

沈氏一走，孟珠立刻扑倒在床上哭了起来。那眼泪泛滥成灾，差点把枕头淹没了！丫头来叫吃晚饭，她也不应。一直等哭累了才沉沉睡去。

两个月以后，孟珠忽觉胃口不好，吃不进饭，见饭就想吐。以为是病了，又不敢声张，怕嫂子又来啰唆。

这期间，史文华来过两三次，孟珠都不愿搭理他。一是自己失了身，再没有脸见他；二是想让他死了心，免得牵肠挂肚。这时，孟珠已暗下决心，如果万一出了事，就一死了结了。

又过了两个月，那肚子竟渐渐地大了起来，特别是两处地方最为明显：一是腰围渐粗，内裤嫌小；二是两乳膨胀了，在胸前耸起，再也掩饰不住了。

那天吃饭，终于被沈氏瞧破了机关。饭后，孟珠回到房里，刚想关门午睡时，沈氏却走了进来，一屁股坐在床前说："孟珠，跟嫂子说实话，你是几时有的？"

孟珠满脸羞得通红，强辩道："你不要乱讲！什么有没有的，我不懂！"

沈氏单刀直入道："你当嫂子是三岁孩童呀？哼，这种事，骗得过别人可骗不过我！你已几个月没晒那条带子！你当我瞎了眼啦！还有，你的肚子已瞒不过人了，再过两个月，怕这房门你都不敢跨出去了！几个丫头都在背后议论你了，你还蒙在鼓里呢？告诉嫂子吧，孩子究竟是谁的？是不是那个姓史的穷酸的？"

"不不不，不是他的！"

"不是他，又是谁的？"

"我……我不知道……"

"哼，这可是笑话了！有了孩子，却不知道孩子是谁下的种？别给穷酸隐瞒了！我去跟你哥说去，不打断这厮的下半截来，我就不是你薛家的媳妇！"

“嫂子，我求求你，别告诉哥哥！千万求求你！他要知道了，我就活不成了！”

“好啊，不告诉也成，只要你放明白点，把这个人说出来，我们再来好商量！”

“嫂子，你别逼我，我……我想一想，明天告诉你……”

“哼，不怕你不说！”

沈氏终于走了。

这天晚上，薛孟珠哭了半夜。她给史文华留了一封遗书。遗书就搁在窗前那棵梧桐树的一个秘密洞窟中。那是她和史文华通信的秘密地点，别人不知道，只有文华知道。

第二天一清早，等丫鬟来唤孟珠起床时，发现孟珠已悬梁自尽。等救了下来，那全身早已僵硬了。

这正是：人间不少伤心事，世上应多切齿人。要知后事如何，且听下回分解。

第五十三回
良药虽好难治沉疴　恶人投讼先声夺人

且说薛孟珠香消玉殒后不久，长洲县大街上，一夜之中张贴了许多张内容相似的无头告帖，城内口、铺门上、茅厕边、粉墙上，抬头就可望见这样的字句：

害民侍郎是祸灾，奸淫甥女结珠胎。

拼却一死赴黄泉，何日才能把冤解。

看的人都纷纷议论，议论来议论去，都在猜测这个侍郎是谁？竟干出这样寡廉鲜耻的缺德事来，连亲甥女也不放过，实在是个天字头一号的大坏蛋！

其中有个经常进出衙门的中年汉子道："不用费神了！苏州府居住的侍郎共有三个，这个奸淫甥女的坏蛋，必定是三个侍郎中的一个！"

听了他的话，有几个人不约而同地问道："哪三个？"

中年汉子屈起三个指头说："第一个是告老还乡，住在原来的菩提正宗寺，即现在的狮子林内的吴纳。他当过礼部侍郎，今年已八十二岁了！"

大家一齐摇头说："不是他，不是他！吴纳是个正人君子，家中只有夫人做伴，连个妾媵都没有的！况且已是耄耋之年，哪里还干得动这风流的勾当！"

中年汉子指着第二个指头说："第二个是现任江南巡抚，工部侍郎衔的周忱。他住在南京秦淮河畔，巡视苏州时就到处为家。前些时候修水利，他骑一匹白马，往来于河堤上，不认识他的人还以为是传送快邮的驿使呢！"

大家又一齐摇头说："不是他，不是他！周忱跟况大人都是一心替老百姓出力办事的好官！上回，设义仓救济灾民，办儒学造福士民，都是周巡抚的一番苦心经营。为了减轻苏州七县百姓的沉重负担，他特地写了《与行在（指南京）户部诸公书》为民请命。他说了两句公平话，记得是：'天下之农民固劳矣，而苏松之农民比于天下，其劳又加倍焉！天下之农民固贫矣，而苏松之农民比于天下，其贫又加甚焉！'这样的好官，极不可能干如此丧失天良的事来！"

中年汉子指着第三个指头说："第三个是现任江南治农巡抚成均。他是刑部左侍郎衔。前不久替继母贾氏庆过七十寿辰，听说是个孝子，朝廷还准备在阊门外为成大人立一个节孝牌坊，旌表他的孝行哩！"

这时,大家忽然沉默不语了。心里大概都在心疼被圩长、圩老、里长、粮长等人,在成均为母庆寿一事,硬向大家摊派的二两银子的寿仪吧!

突然有个外号叫冲天炮的闲汉冒出了一句道:"前两天县里薛典史的妹子,好端端的一个漂亮女子,竟投环自尽了!她不就是叫成大人舅舅的吗?"

大家听了都一齐会心地笑起来说:"就是,就是……"

那个中年汉眼尖,看见对面过来两个旗牌官,像是巡抚衙门的人,忙提醒大家说:"大街通道,莫谈国事!走吧!"说完,脚底下加油,早溜之大吉了。

众人走散了,可这成侍郎的丑闻却已不胫而走。一传十、十传百,半天时间,不但传遍了长洲县全城,有两张告帖,竟被冯信和张彪分别拾得,一齐送到了退思斋况钟观读公文,书写奏本的书案上了。

况钟观看完无头告帖,转向冯信、张彪二位班头,问道:"以你二人之见,上面提到的那位侍郎究竟是谁?"

张彪道:"不是成大人还有谁?"

冯信道:"外面都在传:成大人的外甥女薛孟珠是吊颈而死的,恰好与告帖所揭之事符合呢!"

张彪道:"这件事惹起民怨沸沸,人神共怒了。如不及时处置,恐会埋怨大人是官官相护哩!"

冯信道:"我还听得一首歌谣道:'况青天,况青天,真假青天看今天!官官相护是个假青天,铁面无私才算真青天!'"

张彪道:"我也听到了一首歌谣!"

况钟饶有兴趣地问:"你就唱来听听!"

张彪唱道:"奸淫甥女是昨天,惩办狗官看今天。过了明天又明天,何时才得见青天!"

况钟听后,不禁黯然无语,低头沉思起来。冯信忙向张彪使了个眼色,悄悄地退出了退思斋。

况钟止不住内心激动,就站起身在斗室内踯躅徘徊着,心里暗忖:"那成均位在我之上,如何能捉拿于他?圣上谆谆嘱咐:'毋为权势所胁,毋为奸吏所欺。凡公差官员人等,有违法害民者,即具实奏闻。'对成均这件公案,还须慢慢察访查实,不能率尔操觚,轻举妄动!我不妨先以言挑之,看他如何对待此事!"

当下,况钟派张彪冯信查清了此事来龙去脉,从薛孟珠的情人史文华手中取来了孟珠的遗书,并进一步了解到成均以老母庆寿为名,收下了为数惊人的厚礼!不觉心中怒恼十分。就吩咐备轿,亲往巡抚衙门去拜会成均。

且说成均自那夜在甥女孟珠身上得趣后,念念不忘当时的情景。心里说,女人生来就是男人的玩物！等她尝到了甜头，不用请就会自投怀抱了！嘿嘿嘿，再过几天，保险孟珠会自己找上门来哩！那时，作俏的不是她而是我啦！正在洋洋自得时，忽听薛家来送讣告！成均一愣：是谁亡故了？等接过讣告看时，立刻惊呆了：死的竟是薛孟珠！

这天，他像丢了魂似的，一直关在房中，一会儿喃喃自语；"不可能！不可能！"一会儿叹息："可惜！可惜！"

当消息传到贾氏耳中，她瘫在床上虽不能言语，可心里却一清如水！看到成均来请安时，她流着泪把脸转过一边，再也不愿见他！

成均为了平息薛家的怨恨，也为了自己求得心中的慰藉，特地送了一笔为数可观的奠仪。还猫哭老鼠般亲自来到孟珠的灵前祭奠。谁知，他一出家门，旗、牌、伞、罗开道，早惊动了半个长洲县，弄得人人皆知！

史文华揭露的这件丑闻，早已轰动了县城。如今见成均竟恬不知耻，亲来祭奠，一时引起了公愤！

轿子还未停在薛家门口，成百人就围聚在门前草坪上，人人手里都拿着烂柿子，臭鸡蛋，也有拿断砖破瓦的。一等到成均从轿帘中探身时，只听有人发声喊："打！打这不要脸的臭巡抚！"顿时，那烂柿、臭蛋、断砖、破瓦，像雨点般落在成均脸上、头上、身上！穿一身大红蟒袍的巡抚大人，霎时成了阎罗殿上的黑脸判官！

成均吓得魂飞魄散，赶紧用双手抱住了脑袋，大叫："快回去！快快回去！"

那些执事们见情况不妙，赶紧丢了旗牌伞罗，只恨爷娘少生了两条腿，没命地跟在轿子后面飞奔。

回到衙中，成均刚刚惊魂方定，忽听成福来报："况知府来求见大人！"

成均赶紧重新洗漱束发换衣，才在花厅内迎见况钟。

成福送上香茗就退了出去。

况钟开门见山就说："成大人刚从长洲县来，可知县中近日所传之事否？"

成均一愣，况钟的消息真是灵通！难道刚才被刁民所辱之事，他都知道了不成？于是，以攻为守，故意吃惊道："我在长洲逗留多时，未闻有何传说，不知况大人所指何事？"

况钟心想：成均不愧是官场老手，明知故问，不给他当头一棒，想来难以奏效！于是说道："近日长洲县城到处张贴无头告示。下官也听到了不少不利于大人的传言。难道大人一点不知吗？"

成均一听，心想：这况钟好厉害呀！看来，装聋作哑是不行了！哼，不怕他！常言道，官大一级压死人！我是他的顶头上司！只有我查他的，焉有他查我的？哼，别拿着鸡毛蒜皮的事来当大馍馍！于是，壮着胆打起哈哈道："况大人，我以为是什么大不了的事，原来你指的是几张告帖呀？如今，小民多念了几天书，学会了几个字，手就发痒！那大街上无头告帖真是多如牛毛，什么专治羊痫风啦，包医痔疮啦，还有张铁口、李铁口测字算命看相卜卦等等，全是骗人的东西！要是连这些无头告帖也当一件正儿八经的大事来办，嘿嘿嘿，恐怕况大人就成天忙不过来啦！”

况钟心说：“成均呀成均，任你胡搅蛮缠，本府怎会轻易放过！”接着道：“下官钦奉敕书谕：‘比岁田里之民，鲜得其所，盖守令匪人。或恣意贪刻，剥削无厌；或阘茸庸懦，坐视民患，相为蒙蔽，默不以闻。致下情不得上通，上泽不得下施。’长洲县城众多无头告示，揭露的却是侍郎奸污甥女致害死母子二命一事！如此人命关天的大事，本官如等闲视之，袖手不管，不独有负皇上圣恩，违背敕书；而身为一府之守令，岂不有失察之罪！此其一！曩者，大人为母庆寿，孝思可嘉，只是此事招摇过甚，人言啧啧，有玷大人清名！谚云：‘亡羊补牢，犹未为晚。’此事尚需妥善处置方好！如言官风闻，启奏当今，为时晚矣！此其二！刚才，尊介及衙下诸人均在纷纷议论长洲百姓对大人施暴一事，望大人三思……”

况钟言简意赅，却句句击中要害！若成均知趣，听了况钟的劝告，幡然悔改，还不失为一个从善如流之人；可惜，成均刚愎自用，一意孤行，自以为我是堂堂巡抚，焉能受一府守令之颐指气使？盛怒之下，甩袖而起道：“为母庆寿，人之常情！礼尚往来，古今一例！况送者自愿，并非相逼。说什么招摇过甚！即使圣上圣明之君，曩者就有为张太后庆寿一举！此后望不必多言！送客！”

况钟见成均如此飞扬跋扈，骄纵恣睢，也变色起立道：“良药苦口利于病，忠言逆耳利于行。本府吐胆倾心，言尽于此。听与不听，悉从尊便！告辞了！”

成均昂首他顾：“不送！”

宣德六年三月，况钟接到史文华诉状。状告巡抚成均八大罪行。计开：

一、身为治农巡抚，放纵治下治农县丞吴仲郢贪赃害民；

二、设立害民圩长、圩老九千余名，包庇他们为非作歹；

三、对治农官员不问不闻，虚设旷职，人浮于事，劳民伤财；

四、滥用重刑，非法拷打铺户，索要财物；

五、沽名钓誉，替继母庆寿；实则变相收受厚礼，为大批行贿者开方便之门；

六、奸淫外甥女薛孟珠，迫使其忍辱自尽，一次逼死二命（女已怀孕）；

七、私用粮长，敲诈勒索；做造黑楼坐船一只，供其往返南京应用；

八、大事铺张，索要差役皂隶十余名，为其赴京撑船当差。

正当况钟要修本上奏之时，三月初八日忽接来自靖安家乡讣告：继母何氏不幸亡故。况钟是个大孝之人，怎敢违背大臣之礼，只得把手中一切要务暂时搁起，于三月十二日乘船回家奔丧，丁忧守制。

况钟一走，成均及其同伙莫不喜笑颜开，弹冠相庆，都说："吴地去一虎，苏州除一害。"特别是那九千余名已被革除的圩长、圩老等人以及被派去催粮讨税的治农官员，都纷纷设宴庆贺。已为况钟禁绝的赌博、唆讼、诈骗、诬告、科敛、卖淫、偷盗、打劫、行贿、索礼等诸弊，均一一死灰复燃；那些曾经因事被况钟拿问治罪的囚犯家属亲友等，也纷纷出动，伺机进行反攻倒算，企图翻案。霎时间，苏州府内黑云滚滚，恶雾腾腾，群妖出洞，嚣张非凡！成均看在眼中，喜在心里。心里话：况钟呀况钟，你也有今天呀！总以为桶掉在井里，今天你是井掉进桶里了！从前你何等气焰熏天，竟敢跑到巡抚衙门前来教训我！如今，这苏州府已掌在我的手中，也让你尝尝我的厉害！不是我要害你，而是你不仁，我才不义！你就等着瞧吧！

成均想到这里，忙不迭地要找圩长、圩老中的头面人物，以及苏州各县平时对况钟意见不一的知县、县丞、主簿、典史等人商议，如何趁况钟在靖安守制之时，在皇帝面前告个御状。

却不料被浙江监察御史王琏之母，成均的嫡亲姨妈跑来一顿臭骂，直骂得成均哭不出，笑不得。

原来，王姨妈是成均的救命恩人，王琏是成均的亲如手足的表弟。为了况钟奏劾王琏的事，成均没有少费力气。无奈况钟是个包龙图式铁面无私的人，跟他讨情，犹如对石头叩拜，一点作用也不起的！王姨妈却不知内情，以为成均不肯用心，与况钟一鼻孔出气哩！这真错把银条当白蛇，看错了人！于是，成均只好在心里说：王姨妈呀王姨妈，侄儿正在设法施计为你出气报仇哩。你可是肚痛埋怨灶君爷、错怪我了我！骑驴看唱本，你就等着瞧！等我发动大伙，在皇帝面前扳倒了况钟这棵大树，到那时，王琏表弟的冤情也就一笔勾销了！不过，此事必须保密，不能对你泄漏天机。否则，你是个没有盖的葫芦嘴，要是到处乱讲，可就坏了我的大事了！

要知成均如何对王姨妈嘱咐，以平息她的怒气，且看下回分解。

第五十四回
执法犯法御史逞威　将计就计知府显能

成均的表弟,任浙江监察御史的王琏被刑部逮捕法办。这是一桩伸张正义、维护法纪、大快人心的事。王琏身为负责维护法纪的言官,理应清查官吏人等种种不法行为,然后直接向吏部及皇上提出报告进行弹劾,这才是作为监察御史的应尽职责。然而,王琏却倚仗权势,为所欲为。

王琏来到处州府,知府武全是个两袖清风,一身正气的好官:既没有日日用美酒佳肴款待,也没请歌伎舞女陪饮,只是照常例供应御史的膳食;至于额外的土特产馈赠,更是绝对没有。王琏鉴于处州府是个小府,且不久前还发生了蝗灾,心中对知府招待不周,虽也不满,还未怒形于色。可王琏手下的舍人、老仆、家童、厨子等人,跟着王琏巡视浙江各地,一贯受到优遇:到哪里,都会收到一份礼品。他们对此是受之无愧,习以为常了。如今到了处州府,吃不好,睡不好,什么东西也捞不到,那牢骚就像决堤的洪水,滚滚而出。你也说,我也说,直说得王琏恼怒起来。就罗织了一些罪名,向皇帝上了一个劾罢庸懦无为、尸位素餐之处州府知府武全奏。奏本中说武全耽酒废职,阘茸无为;谋由吏出,事不过问;良民受害,非止一端。以至钱粮军需,累年不完,民务尽行延搁,等等。

常言道:"天高皇帝远。"那宣宗住在京城,日夜陪伴爱妃在花房诸殿饮宴逍遥,哪里会派人前去核实?接到王琏奏本,在本上批了如下几个字:"害民知府,着刑部拿问。"

皇帝的批谕就是圣旨,就是金口玉言。谁敢不遵,谁敢不依?刑部侍郎把批字送给刑部尚书,刑部尚书依样画葫芦,批了个:"速按旨意办!"于是,锦衣校尉骑快马星夜赶赴浙江处州府,一辆木栅囚车就将处州知府武全拿解赴京。此时正是炎夏三伏天气,烈日烤在身上如火烧一般。那武知府被囚禁在木栅笼中,只露出双手和脑袋,一路颠簸,受尽苦楚。等到京时,早已身患重病,岌岌可危了。

余姚县知县黄维看不惯王琏的胡作非为,替武知府说了几句公道话,不料被黄维训斥过的典史张九江向王琏告发。王琏大怒,立即拜会了浙江布政司的参政、他的老乡俞士悦。两人一拍即合,捏造了一个黄维上任以来,事体生疏,问其事务，俱推不知，六房典吏不能拘管，粮长里役不听约束等为由，将他罢斥了事。

王琏连黜二人，气势更加嚣张。每次出行，都是全副执事，比巡抚大人更为显赫。你道是何等气势？有诗为证：

鸣锣喝道官轿到，闲杂百姓快让道。"肃静""回避"红牌亮，大红罗伞放光耀。刀斧剑戟两边排，旗牌皂隶吼声高。中间大轿八人抬，轿顶飞檐镶珠宝。轿内坐定王御史，闭目养神多逍遥！奸似狐狸凶似虎，逆他者死命难保！任你三头和六臂，他有奏本笔如刀！

也是这王琏作恶多端，活该倒运。那天，他回京时，途径苏州府所辖县地，照样索要供应。加上他为了贪舒适，不走骑马驰驿的路程，换了一只官船，沿运河北行，一路都是逆水而行，所至多索隶卒为他拉绳当差。稍有差疏，即加面斥。六品以下的官员，还有遭到鞭挞的！于是，各县纷纷向况知府投诉此事。

况钟不动声色，吩咐况祥、张彪、冯信三人：明日一早去阊门外码头，亲自拜会王御史。原来，况钟不久前曾给皇上写过一个奏本，根据太祖皇帝朱元璋亲自立下的《宪纲》重申御史的职责，以及和布政司、都察司正官，和知府、同知，知州、知县等相见的礼仪规定。揭露了近年来，某些御史骄纵恣睢，蛮横越礼，以及某些贪官因心中有鬼，畏惧纠劾，不顾名分，献谀进谄。有出郭相迎的，有下马路跪的，有跪听发放回答者，有被秽骂凌辱等大失体统的现象。要皇上批复按《宪纲》规定礼仪办理，不得故违礼制。朱瞻基看了奏疏，批了字，同意按《宪纲》规定礼仪办理。

话虽如此，批归批，行归行。有谁会像况钟这样认真去执行《宪纲》？那些惯会溜须拍马、谄媚胁肩的官员，巴不得讨好御史，多送些仪金，好让御史像灶君爷那样："上天奏好事，下界保平安。"卑躬屈膝者依旧卑躬屈膝，蛮横越礼者仍然蛮横越礼！根本不理这一套！

今天的王琏正是这种蛮不讲理、骄纵恣睢的典型！

他此刻正坐在官船上，一面饮酒，一面正在欣赏吴县名妓樊小素的《木兰花慢》，只见樊小素轻拨琵琶，曼声唱道：

拆桐花烂漫，乍疏雨，洗清明。正艳杏烧林，缃桃绣野，芳景如屏。倾城。尽寻胜去，骤雕鞍绀幰出郊坰。风暖繁弦翠管，万家竞奏新声。　盈盈。斗草踏青。人艳冶、递逢迎。向路旁往往，遗簪堕珥，珠翠纵横，欢情。对佳丽地，信金罍罄竭玉山倾。拼却明朝永日，画堂一枕春酲。

那王琏正沉醉在曲中描写的宋代汴京清明节游乐欢笑的盛况中，忽听禀报苏州知府况钟前来谒见。当下因不愿打断美人儿樊小素的呖呖莺声，就挥了挥手，示意家人要况钟在外等候。

此时况钟立在后舱舷板上，只听舱内笑声不绝，却不见王琏出迎，就大踏步闯进了中间船舱。抬眼看时，只气得况钟火冒三丈，气冲牛斗！原来，王琏此时正把樊小素拥在怀中，正就着美人手中的玉杯在饮酒哩！

况钟先高声咳嗽一声："嗯……咳——！"

况钟原叫黄钟，复姓后始称况钟。他嗓音洪亮，声如其名。黄钟者古乐十二律之一，声调最洪大响亮。所谓奏黄钟，歌大吕，舞云门，这是祭祀天神的礼仪。由此可见，况钟这声咳嗽的分量了。

王琏又没有耳聋，焉能不听见之理？只因他眼睛长在额头上，唯我独尊，藐视一切；当然，对四品知府更不在他的眼中了。因此，他假装充耳不闻，仍傲坐不动，照样和女妓调笑饮酒。

王琏的行为，终于触怒了况钟。他大踏步来到王琏面前，高叫一声："圣命在此，王大人速速前来见礼！左右，撤去歌乐！"话音刚落，跟随况钟前来的班头冯信和张彪，早以迅雷不及掩耳之势，一个把奏乐的乐工一齐撵走，一个把陪饮的歌伎全部赶跑。那王琏手下的几名旗牌和家丁，都是些酒囊饭袋，叫他们装幌子吓吓老百姓还可以，真刀真枪动起武来，一个个都缩头缩尾！

王琏也是个软壳鸡蛋，自京师来到浙江，一路行来扯的都是顺风旗，哪曾见过况钟这样的官员。这时，脑子一冷，立刻记起表兄成均的告诫来了："苏州知府况钟是三朝大臣！深为圣上倚重，途经苏州时，切记切记，莫要惹他！"如今果然应验了！欲待摆起官架，把况钟训斥一番，扣上一个蔑视本御史的罪名！怎奈自己的把柄白白地送上了门！要是他奏上一本，安上"挟妓饮乐，蔑视知府"的事由，本御史岂不被同僚耻笑吗？罢、罢、罢！况钟既来谒见，看他来意如何？我在接见时，再用言语奚落他一番，也就雪了刚才撵乐工赶女妓之恨了！

王琏站起身，示意家人把座位搬到船舱中间，正要坐下等况钟参拜时，只听见况钟又高声说道："圣上圣谕：御史知府相见礼按太祖亲自制定的《宪纲》办事！王御史未谙《宪纲》，况祥，命尔宣读一番！"

况祥应声，早拿出随身携带的《宪纲》朗读起来："国朝太祖高皇帝……"

此时，王琏坐也不是，站也不是，局促不安，自讨苦吃。

况钟拱手道："请王御史这边站立肃听！"

王琏只得讪讪地离了座位，去站在况钟上首。况祥又接着念："……御史所至之处，博采诸司官吏行止，廉勤公谨者，礼貌之，荐举之；污滥奸佞者，威拒之，纠劾之。劝惩得体，人自畏服。及相见礼仪……知府、同知相见，御史在上手立，对拜。"

念到此处，况钟喊停。然后，拱手道："王大人请上手立。行对拜相见礼！"

王琏此时像个木偶一样，一切听从况钟指挥。两人对向站立后，况祥高唱：

“行礼如仪：一拜！二拜！三拜！礼毕，请坐！”

于是，王琏坐了主位，况钟坐了客位。

坐定后，家人端茶毕，况钟朗声而言：“王大人路经苏州，下官未曾远迎，望大人海涵！”

王琏只得说起了客套话道：“本御史假道贵地赴京，来得匆忙，望况大人见谅！”说完后，心中未免自责道：“王琏啊王琏，你不是要好好奚落况钟一番吗？因何话到口边又变了卦，真是个窝囊废，软壳蛋！”

刚想着，忽听况钟道：“王大人，下官此来有句肺腑之言相告，不知大人愿不愿听？”

王琏不知况钟的葫芦里究竟卖的是什么药？不答应显见自己缺少雅量，答应吧却不知况钟会说出何等令人吃惊的话来。于是，只好打起哈哈道：“本御史所至之处，博采诸司官吏行止。正要洗耳恭听知府大人真知灼见哩！但说不妨！”

况钟立即抓住话柄道：“既然御史大人博采群议，下官就掬诚相告了。”

王琏：“请讲！”

况钟：“近日各县官吏纷纷投诉，言大人门下诸介，不守《宪纲》，公然索要。稍有缓慢者，竟招致训斥鞭挞！当与尊介理论时，即说系奉大人之命行事者！如此不肖之徒，本府原应立即查办严惩，以免有玷大人清名！且万一引起众怒，据实去御前告上一状，恐与大人深为不便！为此，下官特来告明：如再有类此行止发生，本官立即代大人严惩不贷，以儆效尤！不知大人意下如何？”

王琏一听，顿时出了身冷汗，心忖：今天碰到了白虎值日了！这不是指着和尚大骂贼秃吗？那些违法之事，全是我一手造成的！其中严重违法事件，还是我干的哩！这况钟真个是铁面无情的家伙！还是敷衍一番，让他快走为妙！多留一刻，就多惹一刻的是非，多听一刻他的教训，我可不做这样的孙子！

于是，王琏说道：“如此甚好！我若知道后，也要严加训斥的！”

况钟道：“正该如此。下官告辞了。”说着就站了起来。

王琏也随之起立，拱手相送，说：“大人请，恕不远送！”

这次会见，王琏的如意算盘全部都落了空。不但没能动况钟一根毫毛，反而事事被动、受制，被况钟牵着鼻子跑。真是大大失了体面！

那手下一班人员，看到本官在况知府面前低声下气，事事掣肘；也就在对待苏地各级官吏上再不敢仗势压人，恣意妄为了。

况钟对此却并不甘心。根据苏地各官投诉的事实，特地写一个奏疏，向皇上如实反映了王琏的所作所为。

朱瞻基接到况钟的奏章时，龙案上正放着一份浙江余姚县数百名老百姓为御史王琏擅自无故罢斥卓有政绩的知县黄维而鸣不平的诉状。这诉状是由浙江布政司、按察司联名上送御览的。

就在此时,浙江处州府知府武全也向吏部提出了申诉,要求伸张正义,查核冤情。

皇帝看了这一连串的奏本、诉状和申诉,不由得龙颜大怒!朱瞻基立刻提起朱笔批道:“害民御史,着刑部拿问。”

看官们定还记得:前不久朱瞻基曾在王琏奏本上批过同样几个字:“害民知府,着刑部拿问。”

那回是对处州府武全说的,惹得武全在炎夏酷暑的烤炙下身患重病,差一点在押送途中身亡!

这回是对浙江察御史王琏说的。如今已是寒冬腊月,风刀霜剑之时,王琏也得亲自尝尝坐在木栅槛车中享受北风吹、雪花飘,受寒挨冻的滋味了!

不过他和武全性质不同:一个是被王琏诬告陷害;一个是自作自受,罪有应得!

那个一心在花房的亭台楼阁中左拥右抱,听歌饮酒,逍遥享乐的宣宗皇帝,尽管颟顸糊涂,可在历史上却还被史家称颂为“仁宣之治”哩!想想实在有趣之极哩!(注:“仁宣”指仁宗和宣宗父子两代皇帝)

要知后事如何,且听下回分解。

第五十五回
急病投医王瞎走运　非刑拷捞薛逊倒霉

且说侍郎成均一连遭遇厄运，在花厅内闷坐不乐。忽听隔墙传来“叮叮当！叮叮当！”的声音。成均心中一动：啊，这是“报君知”在敲！便叫过家人成福，悄声叮咛一番。成福点头就走，须臾引进一个算命的瞎子，手中正拿着一副两块铜片做成的“报君知”。

成福安排瞎子坐定，便说：“王瞎子，我家老爷特请你进来算上一命，你要是算得不准，老爷一发怒，你就有好果子吃了！你要是算准了，老爷一高兴，你也就交上了财运，几两银子是少不了送你的！你可要小心算命！”

王瞎子低声笑道；“哪一次算命我都准！要不，我连西北风也喝不上了！既然要我算得准，老爷须先赏些酒菜吃吃，待我吃饱喝足，算起来不但十分应验，连月份日子都丝毫不差哩！”

成均忖道：“这瞎子倒也作俏，未算先要吃喝！要待不给，他给我胡乱算上一通，岂不误了我的大事！想我贵为江南巡抚，吃遍苏松常湖等四大府二十多县，想不到倒被这瞎子吃了冤枉去了！”也罢，吩咐成福去取酒菜来。

巡抚家中，事事好办。一会儿，成福便操办齐全。在王瞎子面前搁张小儿，放下两碟菜来：一碟是卤鸡翅膀，一碟是火腿炒蛋。一壶甘露酒，一只酒杯，一双竹箸。王瞎子闻到酒香菜味，那馋虫早从喉咙口爬了出来；便摸着酒杯酒壶，一点不漏地斟了满满一杯酒，一口就喝干了。然后咂着舌头，摸着竹箸吃了起来。眨眨眼工夫，两碟菜就一扫而光；摇摇酒壶也毫无声息。这才擦了擦油晃晃的嘴巴，问了起来：“请问老爷贵庚多少？”成福道：“老爷今年刚满四十岁。”“请问老爷生辰八字？”成福道：“老爷四十平头，正是丙寅年。生于腊月初八午时三刻！”“这样说来，老爷是丙寅年壬子月癸卯日丁午时。六岁行运。初运庚辰，就入午运。上五年入辛字，辛与癸合，运行通顺。今年入午字运，丑午相刑，主有口舌。不知这口舌可见过了？”成福见侍郎正闭目点头，便说：“已应验了！”“口舌还是小事，自今年正月初八日仇星入度，白虎当值，需一百三十二天方退。”

刚算到这里，那成均忽地睁眼一拍书案说：“准！算得准！目前可有办法治治仇星吗?”

王瞎心中暗喜:来了！赵元帅送元宝来了！待我激上一激,便说:“仇星怎么不能治？就怕老爷不肯多破费几个钱!”

“多费钱就能治仇星了?”

“这钱是我替老爷代买诸等法事用品的！等诸物齐备,等我作法起来,不出旬日,保管应验就是!”

“你要多少?”

“我也不多要,老爷先付二十两吧。多退少补,见效算账如何？不灵,我连这算命钱也不收,算是我白送老爷的！唔……”

“王瞎子,你休要胡嚼！这命岂能白送的！莫惹老爷生气!”

“该死！是我瞎子说漏了嘴！这样吧,老爷就先赏二两银子好了,加上买办用品,一共是二十二两!”

“成福！带他去后房领银。”

成福自去办理了。这王瞎子平空白得了二十二两银子,留下了一个七八寸长的小木偶来。临走嘱咐道:“这小木人儿便是仇星。用朱笔写上老爷仇人的出生年月日。每天辰初,用三枚绣花针儿插进木人儿双目及心窝,不出十天,定有应验。”说罢,怀里揣着银子,欢天喜地地走了。看官！常言道:“病急乱投医。”这成均原是孔夫子的门徒。信奉“子不语怪力乱神”,怎么忽然信起迷信来？只因他事事被况钟掣肘,处处受况钟约束,无法解开这个死结,才死马当作活马医,孤注一掷。那王瞎子看出其中奥妙,趁机敲了一笔竹杠而去。至于小木人儿的作用,那是梦里娶个美人儿,一场空欢喜！那二十二两银子,要是去打水漂,还能见到几个旋涡儿,如今却是葱叶炒藕全是空！

俗话说:“福无双至,祸不单行。”目前的成均正是如此的处境！表弟王琏被提拿在刑部大牢,吉凶未卜;自己是泥菩萨过江,薛孟珠那件公案尚未了结。听说有个叫史文华的少年,竟在知府衙门告了我一状,还罗织了什么八大罪状横加在我的头上。这小子不知是从哪里钻出来的小毛神,不知天高地厚,吃了老虎胆豹子心,竟敢到太岁头上动土！实在叫人笑掉大牙,气破肚皮！可是,苏州府的徐照磨却关照过我不要等闲视之！要是状纸落在况钟手里,那才叫吊死鬼打飞脚——上下两难了！听说,这张状纸正在张录事手中,只要不往上送,再把那个史文华收买或除掉,一切事情就掩盖过去了！我已要薛孟真去处置这件事,不知他干得怎么样了？

成均正在焦灼不安,忽见外甥薛孟真不待成福通报,径自走了进来,一屁股坐在椅子上,端过一大碗冷茶,咕咚咕咚喝了个够,才开口说:“舅舅,史文华这小子已被我收拾了，你尽管放心好了，那张状纸早不会起作用了。只是钻子碰到了锉子，又遇到了一个对头星啦！"

成均忙问："有话慢慢说，这对头星究竟是谁？你说收拾了史文华究竟是什么意思？是死了还是活着？要是你把他杀死了，那可是人命关天的官司，有没有留下痕迹？这不是像喝燕窝汤那样轻而易举，毫无挂碍的事！你可要说个明白，别稀里糊涂的叫人提心吊胆！"

孟真道："舅舅你尽管放一百个心！不是我吹的！我要么不干，干时保你连阎王老子都抓不到我的辫子哩！告诉你，史文华被我用计打昏了脑壳，到现在还认不清谁是他爹，谁是他妈呢！别说写状纸，就是叫声亲爹娘怕也不能够了！他既未送命，我就不用吃官司了；这打昏史文华脑壳的又不是我，我更用不着担惊受怕！至于那个打人者，只有我那对头星——推官高鹏知道。正巧，那天他跑过史家附近那条小巷，史文华就是在这里挨打的。高鹏认得打人的是我家帮工裘福全！"

成均吃惊地问："高鹏一向好管闲事，他岂肯放过裘福全？若是追查到底，你我都脱不了干系！此事如何是好？"

不想孟真却哈哈大笑起来："舅舅，我早料到了这着棋！高鹏虽爱管闲事，可他找不到打人凶手了！"

"什么？莫非你了结了裘福全的性命了？"

"非也！我让裘福全去杭州游玩去了。等他一走，我便上长洲县递了一张'请求追回帮工裘福全席卷财帛私逃'的禀帖。舅舅，你看我做得利索不利索？干净不干净？'"

成均一听，立刻高兴得拍着薛孟真的肩膀说："你真是我的子房啊！"

谁知，薛孟真的如意算盘，这回却没有算准！苏州府推官高鹏，专管一府刑狱，俗称刑厅，是个刚强正直的人，眼睛内进不得一粒沙子，遇事总是要打破砂锅纹(问)到底。那些心中有鬼的人，老远见到他就绕道而走。这叫作邪不胜正！有一回，高鹏去长洲县查询一件案子，正巧看到有人在县衙的签押房中鬼鬼祟祟的贿赂银两，被高鹏当场抓获。一问方知收受银两的名叫裘福全；一追查，裘在薛孟真家中当帮工。高鹏断定此事与典史薛孟真有关。可是那行贿的却死不承认，只说是买了裘福全的红曲药材，还款时被高鹏误认为行贿了。裘福全起初吓得要死，承认是接受贿赂；后来又推翻了口供，他说是收的是红曲钱。高鹏因事出有因，查无实据，加上两人串供，遂无法追问下去，而使幕后的薛孟真溜掉了。虽然如此，薛孟真在高鹏的心中留下一个极坏的印象。

这次，高鹏路经一条小巷，竟碰到裘福全白日行凶打人事件。为救治伤者史文华,高鹏顾不上去抓凶手。事后,高鹏特地来到薛孟真家要他交出裘福全来。薛孟真不但不交,还恶言相詈,说高鹏私闯民宅,企图非礼。高鹏平时虽能言善辩,却不似薛孟真活像市井小民,动不动就放泼撒野,要奸使滑,只得一走了事。可是高鹏却没有放弃一查到底的决心。终于,高鹏从史文华的姐姐口中得知:史文华伤前跟薛孟真的妹妹孟珠相恋,而孟珠却于不久前突然自尽而亡。孟珠死前留有遗书一封,这是一首遗诗,诗中藏着一个哑谜。高鹏听后,便问此诗的下落。史文华的姐姐从箱箧中取出一张薛涛笺来,上面赫然是一首七言集句:

金屋妆成娇侍夜,
横刀杀贼千里别。
言迟更速皆应手,
十生九死秋霜洁!

高鹏连念数遍,又反复观看,仍不得要领。文华之姐说:"此诗只有文华悟出其中之谜,可惜他被人击伤头部,至今昏迷在床,不能说话!只是他看了此诗,拍案而起,怒发冲冠,一连写了数十张无头告帖,亲自趁黑夜无人之际,拿着糨糊筒和刷子,把告帖贴到各处。你看,这糨糊筒和刷子就放在他的床下,可人却……"说到这里,哽咽哭泣,再说不下去了。

高鹏望着床上头缠白布的史文华,心中甚觉凄然。暗暗说:"这是对他张贴告帖的报复行为!凶手既是裘福全,岂能排除薛孟真在外?记得那张告帖自己也曾看过,揭露的是侍郎的丑行!莫非薛孟珠之死与侍郎有关?由于触动了痛处,才买通裘福全进行杀人灭口!如今只要破译这首诗谜,抓住凶手裘福全,事情就能水落石出了!"

高鹏另用纸抄下诗句,将原诗交还文华之姐,嘱她遣医为史文华治伤。一俟文华能开口说话,立刻到苏州府报知。

高鹏回到府中,便立即向况钟禀告了自己在长洲的所见所闻,并呈上了薛孟珠的遗诗。

况钟虽是书吏出身,但自幼读过《诗》《书》《春秋》《论语》《孟子》《史记》等,尤爱读曹子建的《洛神赋》、蔡文姬的《胡笳十八拍》、左思的《三都赋》、陆机的《文赋》等,对唐诗宋词也手不释卷,诵读不辍。因此,在京城时常和一些大臣们唱和。

今天,他接过这首遗诗再三读后却不得要领,只好暂时放过一旁。恰好况夫人亲手做了莲子羹送来,见况钟面对诗句,正在苦思冥想。便笑着说:"老爷平日写诗,瞬息而就。今日为何苦思不得?"况钟道:"此诗中间藏有哑谜,下官一时未能领悟,故此踌躇!"况夫人笑道:"妾身闻得宋朝苏学士之妹,善解'联珠诗'。老爷何妨一试!"况钟忽然顿开茅塞道:"莫非这是一首藏头诗不成?"于是前后,横竖、颠倒、左右一一试解起来。一直解到每一句的第四个字，便'豁然贯通'了。原来，这藏头诗甚为秘密，不是藏在首位，而在第四个字内。连起来便是："成贼速死"四个字！

况钟解开了哑谜，立即召唤推官高鹏一起商议如何弄清此案。

高鹏道："成均势大，又得圣上眷宠，新授侍郎正职，一时恐难扳倒。如今，先搜集典史薛孟真的违法行径，徐图良策。只是凶手裘福全已外逃，如不能捕获真凶，此案颇为棘手了！"

况钟道："薛孟真虽系典史，可他依仗成均权势，在长洲县骄横恣睢，无所不为。可有劣迹反映？"

高鹏道："怎么没有？长洲知县汪士铭曾被他当众辱骂；县丞徐景贤见薛孟真把自己桌椅无端摆列在县衙正厅和知县对坐，向他提了意见，不但不听，反而口出恶言，气焰万丈，人皆侧目而视，敢怒而不敢言！"

况钟道："如此行径，实属罕见！我倒要见见他！"

高鹏道："如此甚好，我立即要张彪传他前来便是！不过，闻听他已下乡都去了！"

"去乡都作甚？"

"名为催粮，实则带着小妾，坐船到处吃喝游乐？"

"高推官，此事还得你亲自前往，传薛孟真速来见我！"

"遵命！"

当下推官高鹏，告辞了况知府，立即向长洲县而来。到县衙一问，都说薛典史带着第三房小妾叶小梅，雇了一只官船，去了招贤乡。于是，高鹏骑了一匹快马，加上一鞭，便朝招贤乡驰去。

那招贤乡离县城十八里，有水路贯通。一路行来，只见两边群山连绵，绿树成荫，四时有不谢之花，八节有长生之果。真是田连阡陌，鱼戏青溪，鸡犬相望，鹅鸭成群。虽是山区小镇，却是鱼米之乡！

高鹏赞不绝口，与陪同去找寻薛孟真的里长边走边谈。

那里长姓陈，一提起薛孟真，脸色就阴沉下来。当听到高鹏是苏州府的刑厅，专来调查了解有关官员作为时，立刻回嗔作喜，滔滔不绝地说了起来。

他说："薛典史是三月初三日来招贤乡的。一来就要乡里长为他准备食宿事宜。稍不合意就骂詈不止。他的小妾叶小梅，据说是个浣纱女。自从被薛典史纳为三房后，早忘记了过去的穷苦日子。住的房子，要她经目，她说不行，立时调换！锦被绣帐，妆奁梳具，样样都要精致新奇。稍有欠缺，就大发雷霆；燕叱莺啼，无所不至！更有甚者：叶小梅专爱古玩珍宝，只要入目，便巧取豪夺；如不允诺，薛典史就翻转面皮不认人。本乡有个名唤薛逊的粮长,算来还是他的近亲,照样不能幸免!那回,不但被他非刑拷打,事后还扬言要把薛逊捆绑起来,送到江南治农巡抚、他舅舅成大人那里去法办!薛逊一听就吓破了胆,苦苦哀求,仍不管事。后来托我求情。我被迫送了典史一百两银子私了,才算罢休!哎,似这样害民典史,高推官,你身为刑厅,怎不管他?任他横行不法,究竟何时才能绳之以法呢?"

高鹏听了脸上顿时红一阵白一阵。这害群之马,玷污了国朝官吏的清誉。只好说:"陈里长,你放心,似这等酷虐之徒,朝廷法典岂能让他逍遥法外!不过,到刑审之日,还得请你做证呢!"

陈里长一拍胸脯说:"高推官!死人不过少口气!有什么不敢的!就怕他的靠背山太硬了,你扳不倒他!"

刚说着,陈里长指着河中远远驶来的一只官船说:"来了!这就是薛典史的游船!"不争陈里长指点游船,有分教:成巡抚痛失股肱,况知府严惩猾吏。毕竟来的可是薛孟真,且听下回分解。

第五十六回
恣行无忌乐极生悲　片言折盗正能压邪

且说薛孟真以催粮为名，带着小妾叶小梅在招贤乡游山玩水，逍遥自在，既有吃又有拿，比起在县城时要快活得多！记得那次因事迟到了个把时辰，叵耐那小小的七品县令竟打起了官腔，虽不敢指名道姓指责，却也叫人听了起火。为了让他知道薛典吏的厉害，薛孟真当场就放泼撒野，骂得他两眼翻白，手脚发抖，狠狠地出了一口恶气！还有那个县丞，竟不自量力，连薛孟真放张桌椅在正厅也要干涉，被薛孟真骂了个狗血淋头！痛快虽然痛快，可在县城却处处掣肘，时时担心，只怕有人去况知府面前告黑状！这个自命为包龙图的况钟，听说是个江西老表，出身低微，还是个土包子！办起事来却雷厉风行，六亲不认！要是撞在他的手中，那可是拄着拐棍下炭窑——处处倒霉（捣煤）了！为了避避风头，薛孟真这才借催粮为名，到招贤乡来游玩一番，倒也别有一番滋味哩！可惜小梅嫌脏，怕红绣鞋上沾了牛屎猪粪；嫌乡下的苍蝇多蚊子凶，吵着要回去！不过，她见了古玩珍宝又舍不得走了。乡里人哪里识宝？拿着宋代的青花瓷盆当潲盆用，把唐朝的钱币给孩子当玩物！这回下来，收获不小！光是青铜饮酒器就搞到了两个！一个叫觚，一个叫觯。这两个拿到京城，少说也要卖三百两银子一个！最珍贵的要算薛逊那厮家中藏着的那套十二生肖俑头。它代表地支的十二种动物俑，作人身、鸟兽头。哪十二种动物？即子鼠、丑牛、寅虎、卯兔、辰龙、巳蛇、午马、未羊、申猴、酉鸡、戌狗、亥猪。这些生肖俑，不但做得精细生动，而且色彩斑斓，叫人爱不释手！小梅一见这些就不放手了。叵耐这薛逊不识抬举，说这是他的传家宝，绝对不卖的！惹得我上了火，就找个岔子把他整了一顿，还吓唬他要捆他送到巡抚衙门去！这下他吓破了胆，不但把生肖俑拱手相送，还叫陈里长说好说歹送我一百两银子才了事！这不是意想不到的收获吗？尝到了这次甜头，下次我就去广安乡、南山乡、桃源乡……等我在全县跑一圈，荷包里装满了，还能再娶一房美人当四姨太太，那才叫美哩！

薛孟真坐在船上，正在胡思乱想，忽见前面有人在高声喊叫："薛典吏！有人在找你！"薛孟真从舱内探头来看，只见岸上站着两个人。那喊话的是白送一百两银子的陈里长，另一个有些面熟，一时却想不起是谁，便叫艄公把船划了过来。

等近前看时，薛孟真不禁倒抽了一口冷气：那面熟的不是别人，正是对头星推官高鹏！俗话说："对头相见，分外眼红。"当下，薛孟真就没好气地问道："你来找我做甚？"高鹏道："此处不是说话处，等我进了舱细说！"薛孟真心想："黄鼠狼给鸡拜年，他准没安好心！"便说："有话就当面说！"高鹏道："我奉况知府之命，特来请你去府衙走一遭。"薛孟真一听就火了，说："我又没有犯法，叫我去干什么？我奉治农巡抚大人之命在此催粮，没有空！"高鹏道："况知府有事与你相商，一定要去！"薛孟真道："知府有事找知县，与我有何相干？不去，我就是不去！"高鹏看请他不动，便踊身一跳，跳到船上，正要开口时，谁知那薛孟真竟蛮横无理，趁高鹏立脚不稳，猛地用手一推，竟把高鹏推入水中。高鹏不会游水，一连喝了几口河水。幸亏陈里长跳入河中把他救起，才避免了一场祸事！

薛孟真不但不救人，反在舱中哈哈大笑；他的小妾叶小梅也掩着樱唇"嗤嗤"地笑个不停。直气得高鹏七窍生烟，恨不得立刻把薛孟真锁了，解到府衙法办。

事后，高鹏在招贤乡各都又收集了不少薛孟真为非作歹的行为，就骑马回县向知县汪士铭通报了，并传了况知府就地拘捕薛孟真的命令。

知县汪士铭、县丞徐景贤，本来就对薛孟真的胡作非为十分恼怒，只是碍着成巡抚的面子不敢动手。如今见有况知府手令，哪有违拗不办之理！不出两天，就将薛孟真就地抓捕，一副铁叶枷钉了，派两名皂隶连夜解到苏州府。

况钟怕夜长梦多，便亲自审讯了薛孟真。薛孟真哪里肯招？口中还出言不逊，骂不绝口，在知府面前想撒泼！况钟大怒。查实了他的种种不法行为后，使用了重刑。

况钟在上任知府之初，曾写了一篇"座右铭"原文如下：

> 卑而不可不牧者民也，迩而不可不察者吏也，严而不可不用者刑也，微而不可不崇者德也。不植其德，难施乎刑；不施乎刑，难以正吏；不正乎吏，民曷由安之。

通篇论述了吏与民、德与刑之间的相互关系。为了整饬吏治，就不能不使用刑法，否则就不能让百姓安居乐业。对薛孟真之流顽劣不化的官吏，在证据确凿面前拒不招供者使用重刑，这是完全可以理解的。但况钟并不是滥用重刑的人。

在嘉定县至今还保存着一块《郡守况侯政绩之记》碑。其中有一段碑文。记述了况钟在吏治中采取了"治病救人"的处置方式："去其奸而宥其过，且谕之曰：'汝等速改犹可及也'。"

此碑立于宣德十年，时况钟在位。笔者曾亲见碑文的影印件，这是闲话，表过不提。

薛孟真也是个“银样镴枪头”，行刑前咆哮跳嚷像头疯豹，行刑后哀告求饶又活似一只耗子！把所犯罪行一一都招认了。只是牵涉到成均身上的事，却不敢揭露。

况钟当即写了《拿解县佐贪官奏》差典吏袁刚等赍捧奏本，押解罪犯薛孟真，送刑部法办。况钟处置完薛孟真事件，正要向皇帝上本弹劾江南治农巡抚、刑部侍郎成均时，不想就接到了继母何氏亡故的讣告，于是，连夜向同僚们交割了一切政务，急急忙忙回籍奔丧守制去了。

按明例：丁忧制共为三年。这三年内要结棚而住，在墓旁守孝。

且说况钟要况祥去雇了一只船，带着一家大小，连同况祥一共五口人，选择在三月十二日夜出发。为何要在夜间开船？况钟一怕送行的人多了耽搁时间，引起招摇；二怕有人馈送礼物，不好收拾。他走的那天，连府衙内还有很多人不知道呐！要是被苏州百姓知道了，那鞭炮店，香烛店肯定会生意兴隆，赚一笔大钱哩！

撑船的艄公是况祥的朋友，名叫吴老三，是个爱说爱笑的小老头。一见况钟全家人上了船，随身带的行李却不过是两只箱笼，两捆被褥。便笑着说：“况大人，还有行李吗？我的船大着呢，不怕装不下的！”

况钟也笑着说：“老人家，我的行李都在这里了！那些桌椅板凳都是公家的，总不能也搬到船上带走吧？”

吴老三捋着几根胡须说：“你况大人是两袖清风的清官，苏州三岁仔崽也都知道的。不过，你当了一年的知府，来的时候就这几件行李，如今回家也是这几件行李，倒是我老三从未见过的！”

况钟笑眯眯说：“老人家你记错了！我记得是在镇江搭的你这条船。那时只有我和况祥两个人，现在变成五口人了；那时，只有一只箱笼，一捆被子，如今都加了一番了！哈哈哈，你说对吗？”

吴老三也被况钟逗笑了，便说：“我是怕船大货少，路上要是碰到风浪，船就压不住呢？”

况钟道：“这倒也是。不知道有没有法子可想？总不能叫我为了压住风浪去弄几只箱笼来吧？”

吴老三道：“办法倒有一个，不知行不行？”

况钟道：“你说行就照你的话办就是！”

吴老三道：“除非像三国时那个清廉太守陆绩用过的办法——在船上放一块大石头，这样船的吃水重了，也就压得住风浪了！”

况钟笑道：“也好也好！我没有银子去买苏州的土特产带回靖安送人，如今就多带块石头回去，它也是苏州的土特产哩，留个纪念也不错嘛！”

于是,大家动手,真的搬了几块河滩上乱放着的大石头来到船上。吴老三叉开双腿,在船板上晃了几晃,看看船的自重比以前重多了,就点点头说:“好了,大家坐稳,开船了!”说着把篙一点,船就离开了码头,直向南昌府方向前进。

话说,在赣江转弯的一个滩头上,时常有一伙强盗出没。他们拦船抢劫,杀人夺货,甚是猖獗。其中为首的名叫聂鑫森和他的弟弟聂鑫淼。手下喽啰也有六七个之多。有时隐伏在河汊港湾之中,有时藏身于悬崖巉岩之下。望风的远远望见有船只经过,只要是三只两只船,他们便一声呼哨,蜂拥而出。那船上的财物,全成了他们的了!过往客商以及卸任的官员们碰上他们也很难幸免的。

这天,望风的远远看见了一条中等模样的客船,就向首领聂鑫森报告了,问道:“老大,动不动手?”

像这样单独一条客船,要在平时,老大是看不上眼的!可最近往来的船只大都是成群结队,前联后接地驶过,船上有时还有手拿武器的兵丁。因此,这利市已很久没开了,大家的腰包也空了,口里也早淡出鸟来了,正等候时机呢!因此,老大聂鑫森就开口道:“干!”于是一声呼啸,眨眨眼功夫,七八个人早把那船堵截在河滩水浅处了。

老大大吼一声:“停船!给老子留下买路钱来!”

吴老三早听得这条水路不安稳,可也知道海盗的规矩:单独一条客船,他们是不屑一顾的!而且又在夜里,出不了事的!谁想竟碰到了鬼!于是赶紧躲在后舱不敢露脸了。

况钟一听来了强盗,心中也吃了一惊。可转而一想:强盗也不是不可理喻的,他们铤而走险,定有一番隐情苦衷!我又没有金钱财宝,怕它做甚!想到这里,胆子一壮,便挺身而出道:“是哪里来的强徒?况钟在此,有话就对我说!”

聂鑫森一听,哈哈大笑道:“你叫什么?况钟是干什么吃的?”

况钟道:“我是苏州府知府!”

聂鑫森听了,便大声道:“好呀!常言道:‘三年当知府,十万雪花银!’他既然是个知府,快进舱去搜!看他刮了多少赃银?”

于是发声喊,带着众多强盗,纷纷跳进舱内搜寻起来。片刻,一个个垂头丧气朝着况钟吼道:“贪官!你搜刮来的银子呢?”

况钟微微一笑道:“你以为天下的官都是贪婪无耻,搜刮银钱的吗?”

聂鑫森一愣道:“怎么?‘当官不为财,饿死姨太太。’这话你没听说过?”

况钟冷笑道:“那是对贪官污吏说的!他们把百姓抛在脑后,整天陪着姨太太饮酒作乐,没有钱就没法过日子了!对我并不适合!”

聂鑫森道:“原来你是个清官!怪不得船的吃水不重,舱内行李不多哩!哎,晦气,晦气!”

这时,艄公吴老三走出来说:“列位好汉!你们可是有眼不识泰山!眼前这位况知府,可是苏州百姓人人称颂的况青天呀!他是丁忧回靖安县奔丧去的。这位是他的太太况夫人!他的俸银倒有大半去救济穷苦百姓的,哪有多余银子娶姨太太呀!你们算是交了红运啦!碰到了青天大人,将来有什么冤枉官司要况大人审讯,他是连一钱银子的贿赂也不收的哩!”

聂鑫森瞪大眼睛说:“此话当真?”

吴老三道:“我活了七十岁了,怕还会哄你不成?”

聂鑫森一把拉过兄弟就跪下叩头说:“恕我有眼无珠!我全家被巡抚成均所害,弄得家破人亡,没奈何,我和兄弟只好逃了出来干了这个打劫的勾当!我求求知府大人,要是能帮我申冤雪恨,从今以后,我就坚决洗手不再当强盗了!”

况钟忙扶起两人说:“苦海无边,回头是岸!多行善事,方能遇难成祥。我相信你的话!也一定想法帮你。只是我因继母身亡,回家奔丧守制,恐怕你等不得的!”

“不不,等得等得!要是皇上要你夺情复任,岂不马上又官复原职吗?到那时,我弟兄两人再来告状不迟!”说着,对那伙强盗说,“你们听了:从今天起,我和兄弟决定另谋出路,再不干这伤天害理之事!告辞了!”

众强盗也是一齐嚷道:“我们本是当地良民,只因贪官污吏欺压凌辱,才铤而走险的。如今大哥洗手不干,我等兄弟也跟随大哥另谋出路就是!”

况钟听了深为感动,命况祥封了二十两银子赠予众人。众人坚决不收,一一叩谢而去。

艄公不胜嗟叹,认为这是从未碰到过的怪事!此后逢人就谈起这件况知府片言服众盗的故事来,好事的还把它编成戏文到处演唱。况钟的名声也就越来越大了。

况钟在路旬日,三月十九日回到故乡江西靖安县,迎接他的是留在家乡的长子况宁和次子况寰。

况钟为继母举办丧事,一切从简。除了请几个和尚念经做佛事外,并无更多铺张。一个现任知府,如此节俭,曾引起家乡族人们不同的议论。有的说况钟不孝的,认为这是继母之丧才如此简朴,如果是亲生父母,未必会如此小气;有的说况钟吝啬的,认为留着银两不用,将来大概想讨三妻四妾吧?有的说况钟奸猾,认为故意装穷,怕穷亲苦戚想向他借银子用;有的说况钟会算计的,将来准备在家乡买田地做新屋呢!

从三月到八月,看看过了半年时间;况钟在家什么也没有干,只是闲来拜望一些年老的乡亲,了解一些民情而已;有空就闭门读书写字,倒也十分自在。这一日,正在家中课子,忽报靖安知县周鼎来拜!况钟一听是知县来到,立刻倒屣相迎。不知周鼎此来有甚话说?有分教:金銮殿上,短兵相接;崖口村中,谈笑鸿儒。毕竟周鼎来此何事?且听下回分解。

第五十七回
奸徒告状先发制人　好官断事两不得罪

靖安县知县周鼎，直隶贵池县人。举人出身。宣德四年来任知县。慕况钟之为人清廉正直，刚强不阿，是当代的包龙图，恨未识荆。听得说钟丁忧回崖口村守制，就想登门拜谒，一直不得空闲，曾修书致意。今天特从县城赶来。当下二人相见寒暄一番，分宾主坐下。周鼎开言道："况大人，都院有公文在此，上有皇上圣谕，请大人一阅！"说罢，呈上一纸公文。况钟拆开封缄，奉读之下，双眉紧锁，怒容满脸，不觉长叹一声。

周鼎满腹狐疑，又不好问得，正不知怎么才好。只见况钟道："周大人，你是本府父母官，尽看不妨！君子坦荡荡，无事不可对人言！想不到棋慢一着，被他先发制人！"

周鼎看了都院公文。原来是成均纠集一伙人，连同在押的薛孟真，在宣宗面前告了御状。幸得三杨缓颊，因此力保，圣上才勉强同意命况钟辩诬。

公文上抄写了皇上圣谕：

前日成侍郎奏况知府违法等事，已着他回将话来。如今又这等奏，都察院行文书着况知府一发从实回将话来，钦此。

周鼎劝道："况大人不必忧虑，是非曲直，是有公论！满朝文武，谁不知大人为三朝大臣，忠心耿耿。岂能以区区几件琐事，便使白璧蒙尘？况大人一介不取，两袖清风，苏民中虽三尺孩童，争相传颂。清者自清，浊者自浊。蚍蜉岂能撼大树耶！"

况钟道："话虽如此，只是身在守制，不能面圣……"

周鼎道："今圣上圣明，并未光听一面之词，而是要大人辩诬，这事就好办多了！盼大人立即起草写疏，奏明圣上，本县就此告辞！"

况钟送客回来，吩咐长子况宁，不准闲杂人等进书房打扰。自己就关门闭户，伏案疾书。自申末酉初写起，一直写到翌晨天色破晓，方始写成。

且说况钟从京城被提升到苏州任上后，就雷厉风行地惩办了一批贪赃枉法的官吏，当时的确起到了"震动一府"的作用。可时，时过境迁，那些迫于情势，暂时收敛的少数老手们，看看风头已过，不久又蠢蠢欲动。古人说，百足之虫，死而不僵！可见，反腐倡廉之事，并非一蹴而就！

况钟经过深入调查，发现苏州七县绝大部分百姓十分穷困，每逢青黄不接之时，就有大批百姓扶老携幼，去外地逃荒！一时哀鸿遍野，路有饿殍。不但城中十室九空，乡村百姓们更是全村出动，去外地乞讨谋生！况钟看在眼中，急在心间，却想不出一个好办法来为百姓解困救难，日日忧心如焚！经过一个月的深入调查，弄清了问题的症结，于是毅然冒着触怒皇帝之罪，上了一道《请减秋粮及抛荒粮》的奏疏。在本上，况钟详细地说明了苏地粮税之重的原因，并与浙江一省的税粮作了比较。奏疏上去后，却如同石沉大海，毫无动静！况钟不顾一切，一月之后，又接着写了一道奏疏：这就是有名的关于《再请减秋粮及抛荒秋粮抽取船只奏》！皇帝看了奏章后，虽然心痛从此苏地就会减少很大一笔税粮，国库将会因此损失一笔巨额银子！可是况钟写的事事都有根据，句句都是实情，作为一国之君就不能再默不作声，不表态不答复，于是，就在况钟的奏折上批了一句话："此事由户部调查酌处，再报朕知。"奏疏像踢皮球似的被踢到了户部。户部尚书黄秋风，是个十分狡黠又以处世老练著称的人，一看御批，就知道皇上的意思是暂时放一放，等到调查以后再议！嘿，这一调查，不知要查到哪年哪月呢？这就是官样文章，绕来绕去，结果还是在原地踏步！户部尚书黄秋风以为只要拖上一两个月，户部不予答复，况钟就会心领神会，偃旗息鼓，不再纠缠了！没想到况钟却是个碰了南墙也不肯转弯的死脑筋，只认死理，不顾性命，顽固不化的人！当他知道皇帝批了字，就把矛头对准了户部，三日一催，五日一问，非要户部来个答复不可！他振振有词地说："圣上已有了御批，户部为何至今不来苏州调查？这岂非有渎职之罪？如若再不办理，我要直接上疏奏户部一本了！"户部尚书黄秋风坐不住了，想向皇上回报，又怕圣上怪罪自己办事不力！正在忐忑不安时，想不到况钟得不到答复，第三份奏疏又接着用八百里快马送到了皇帝面前了！这份奏疏，更加出名，那就是《再请免抛荒粮及夏税科派奏》！况钟为了苏州百姓，不顾自身安危，一连上了三道求减苏州粮税的奏折，这不但在明朝是绝无仅有的事，就是在历朝历代如此与皇帝较真，也是十分罕见的！今天况钟以为这封快马送来的急件，一定是圣上批准奏疏了！立刻喜上眉梢了！谁知拆开一看时，不觉倒抽了一口冷气！这不是什么批复，却是一道要自己赴京辩明为何纵容家丁贱买二十余石红曲（药材）及私买私盐官船一只等情的圣谕！况钟大吃一惊，这分明是故意栽赃诬陷！我要立即赴京当面向皇帝辩白！否则就要在皇帝心中留下一个贪污枉法的恶名！这绝对不是一件小事！

况钟打算起身去京辩白时，忽然又接到了来自京城的一封快信。信是朝中首辅杨士奇写的。信中说，他知道况钟为人，那三道奏疏就是最好最有力的证明！朝中那位刑部侍郎成均，摸着了圣上的心思，特地半腰里叫人进行诬告，给你施加压力，好打下你的锐气来！最后，他要况钟别泄气，经过自己和江南巡抚周忱共同力保，圣上已同意你不必赴京了，可以就地写一封分辩的奏疏上来，以澄清是非曲直！对于减粮之事，圣上原则上已经同意，可以放心吧！杨士奇首辅这封信给了况钟极大鼓励。他立刻拿笔给皇帝写了一道《遵旨辩明诬陷奏》的文本，快马送给皇上。皇帝看了，果然再不追究此事，关于苏州减免税粮一事也准奏立即按实情处理了。

这篇《遵旨辩明诬陷奏》被收在《况太守集》第十一卷内。全文共计一千三百八十四个字。言简意赅，字字有根有据。把成均、顾忠、张琳、沈恒吉、金升、朱阿佛一切诬陷捏造之事，一一驳斥罄尽！

且说江南巡抚成均告了况钟御状以后，实指望皇帝在盛怒之下，将况钟拿解到刑部审理。这就好比羊入虎口，有来无还了。自己身为刑部侍郎，想怎么干就怎么干，把三十六套刑具全试个遍，不怕你况钟不承认！想当初，秦桧只用三个字的罪名，便让指挥数十万貔貅的岳元帅饮恨于风波亭。难道我连这样的事都干不了吗？谁知半中腰杀出个程咬金，一连三斧头把个皇帝老子的火气压了下去，只叫况钟回话了。这真是狗咬尿泡空欢喜！下步棋还不知道该怎么走呢？要是况钟在回话中把我的老底全部抖了出来，岂不是偷鸡不着蚀把米，铁打葫芦难开口了？这件事还得把顾忠找来，好好商量一番。俗话说，长添灯草满添油，做好准备，万无一失。

那顾忠一喊就到，一见成均就唱了个大喏，恭恭敬敬站立一边。成均叫他坐，他才敢把半边屁股搁在椅沿上，说："大人呼唤小人，不知有何差遣？"

原来，这顾忠本是招贤乡的粮长大户，只因催逼交粮，一顿鞭子，竟把佃农朱老大活活打死了。朱老大兄弟朱老二，合适在巡抚衙门当了一名厨司，闻悉兄长被人打死，立刻赶回长洲县来打官司。知县汪士铭亲自审理了此事，按大明典律：杀人者死。顾忠的性命眼看就难保了。他老婆哭哭啼啼，埋怨顾忠平时交的都是酒肉朋友，一旦有事，一个个缩头藏尾，再见不到影子；又埋怨顾忠，过去常给这个烧香那个送礼，这些菩萨到急时为何不来救你一把？一句话提醒了顾忠：治农巡抚成均下乡时，顾忠曾经几次大摆筵席款待他；他走时，又花了不少银两买了大包小扎的土特产相送。这样一个现成的菩萨偏偏把他忘了！于是，就准备了厚礼，加上一百两银子，叫老婆亲自去送给成均的夫人刘氏，顺便求刘氏在成均面前求情。只要成均一句话，他手下的厨子朱老二就不能不买这个账。那时，再送几十两银子给朱老二，这场人命官司就了结了！

果如顾忠所料。在成均的干涉下，朱老二撤回了诉讼，知县汪士铭也就不再过问。顾忠不但无安无事，还被成均看中提拔了。

顾忠没有别的本事，最擅长的却是阿谀奉承，谄媚胁肩。成均说这朵花好香，他便把这朵花夸到天上去；成均说这女子好美，他便把这女子根根苗苗全弄得一清二楚。总而言之，在成均眼中，他是一刻也离开不了的人物！便干脆把他从长洲县弄到巡抚衙门里当了一名吏员。名为吏员，却无事可办，整天跟在成均身边，给他出谋献策，捧臀赞屁。从此，成均把他当作了心腹。今天要设法制胜况钟，就把顾忠叫来商量。

这顾忠诡计多端，长得也鬼头鬼脑，你看他怎生模样：

倒装葫芦脑瓜，头顶稀疏头发。两只三角小眼，时刻不停眨呀眨；一根瘪塌鼻梁，双管朝天打哈哈。两排黄板大牙，七长八短参差。狐狸嘴巴一张，不是吃香便喝辣；老鼠胡须一掐，必定使奸要耍滑。

当下顾忠坐定，成均便把心事和盘托出，要顾忠想个好办法来对付况钟。

顾忠眨了眨三角眼说道："想当初，铺户金震就不愿出首状告况钟家仆强卖红曲药材之事；医户张琳也不肯出首状告况钟家人强卖建独活药材之事。被我用计：一顿吊打下全都乖乖地改辕易辙，俯首听命，一起书写诉状出首状告了况钟。后又用计叫粮长沈恒吉等为招承在况钟丁忧回乡时送了纱罗等物。虽是况钟坚拒，但送礼时特地敲锣打鼓招摇过市，谁不知道是送给况知府的奠礼。收与不收，别人哪里得知？这一告岂不占了便宜！就是派人前来调查，只要沈恒吉等人一口咬死，况钟纵有十张嘴巴也难说清了；何况他丁忧在家，鞭长莫及哩！等刑部把罪行坐实，还怕他反咬一口吗？"

成均听了半天，不得要领，忙截住话头道："以前事暂时不提！听说圣上要况钟辩诬，下步棋如何走法呢？"

顾忠掐着几根鼠须笑道："我有个小计在此了！此计一行，管教况钟死无葬身之地！"

成均大喜道："快快讲来！"

顾忠道："天机不可泄漏，还须防隔墙而耳，走漏风声！"说完，去成均耳畔细声说了一番，直喜得成均连声称妙。

第二天早朝，成均正要按计出班启奏，赶在况钟辩诬之前，再呈上一张诬陷况钟私买船只的首状。再在皇帝面前添油加醋，把况钟写的几首诗，掐头去尾，牵强附会，罗织罪名，说成是况钟自部郎出任苏州知府，对不定实授职俸，心怀怨恨，因而在诗中影射发泄等等。只等皇上龙颜一怒，这辩诬一事，立成泡影了。谁知，未及成均开口，皇帝就命内侍将况钟送来的那份《遵旨辩明诬陷奏》交给成均去看。

成均心里打着鼓，暗骂：况钟呀，想不到你是阎王爷出主意，鬼点子真多！又跑到我的前面去了！不知道奏本里胡嚼些什么名堂？不用看，里面肯定全是石灰里掺墨，混淆黑白，颠倒是非！你是阎罗殿上卖狗皮膏药，只能去骗鬼！我可不管你这一套！

成均边忖边看，越看那脑壳上的汗珠就越多。心胸里像揣了一团火，直烤得一身官袍全是外干里湿，臭汗淋漓！脑袋一晕，差点在玉阶前昏了过去。

这时，只听内侍传达皇帝圣旨道："着侍郎成均速速回将话来！钦此。"

成均一听，心想完了！我这是搬起石头砸了自己的脚！如今不是秃子头上的虱，明摆着我从原告变成了被告了？怎么办？我可不能做上了套的猴子任人耍弄，想骂就骂，想打就打！对！刚才顾忠还教了我最后一着棋，差一点忘了！于是就装作诚惶诚恐、十分委屈的样子，伏地跪奏道："臣侍郎成均奏万岁。想那况钟外忠内奸，外直里刁！况他又是刀笔小吏出身，巧言令色，是他专长；能言善辩，是他惯技。臣本愚拙，不善辞令，只知忠谨二字。今臣冒死启奏，望圣上派刑部大臣赴苏州实地访察，如臣奏有一句出入，臣甘万死不辞！且况钟奏本中说：'彼时是臣着令同处客人谌孟礼于本县依价出钞一千八十贯，买船一只。用钞三百贯与客人姚枢，照依时价买小杉木三十根修理，载送故妻棺木，差皂隶朱何佛等撑回原籍安葬。等因。'他并承认：'臣当有罪！'可见，臣所奏并非捏造了！如蒙圣谕准奏，不胜惶悚待命之至！"

朱瞻基早就听得不耐烦了，一心想退了朝去和爱妃饮酒作乐，哪有心思来弄清这场糊涂官司，便立刻点头，算是批准了。

成均大喜，正中下怀！刑部派人，等于在自己的势力范围内办事，这场官司不用打就赢了一大半！正要跪地谢恩，不想杨士奇又出班启奏道："启禀万岁！成均现为刑部侍郎之职，理应另委别官赴苏，以免有徇私之嫌！"

成均一听，心想糟了！这杨老头狗咬耗子，专管闲事！不知会派何人前去？此去究竟是凶是吉呢？正在忐忑不安时，听杨士奇又奏道："周忱今为江南巡抚，可派他兼理此事，不必另派他人了！"

朱瞻基想："太好了，这周忱是个好官，朕信得过他！"便说："准卿所奏，着吏部即日行文通知便了！"说毕，连"退朝"两字也忘了说，便先走了。

当下大臣各自散去。

成均眼睁睁看着必操胜券之事，被杨士奇一奏搞黄了，心里如何不气？就蹑足跟在杨士奇背后，故意咳嗽一声说："杨阁老！看你为国操劳，连眉须全都白了！可要多保重身子呀！"

杨士奇回头，见是成均，知他话中有话，哈哈一笑说："死生有命，富贵在天。

能为国解忧而死，死得其所，我无憾矣！”

成均一听，心里不是滋味，只好也打个哈哈道：“杨大人不愧为三朝元老！下官有事，先走一步，告辞了！”

杨士奇望着成均的后影，不无感慨地说：“成均呀成均，只恐你：‘周郎妙计安天下，赔了夫人又折兵。’”

成均回到苏州，周忱也接到吏部行文。这周忱虽是一个好官，却是个息事宁人，多一事不如少一事，少一事不如没有事的好好先生，外号叫作周东郭，取战国时东郭先生遇狼的故事。

周忱接到追查况钟和成均二人在苏一切违法事的圣命，立刻就坐立不安起来。他自忖：成侍郎与我是同僚。他在刑部，我在工部。低头不见抬头见，何必结怨于他？况钟是我老乡。我任江南巡抚，许多事要他操办。亲不亲故乡人，怎能落井下石？这两人最好都不得罪，不招惹。还不如做个和事佬，与他俩说合说合免得有伤和气。如若两败皆伤，岂不是朝廷的损失？至于皇帝那里，事情就好办多了！况钟是圣上亲自选中的大府知府！成均最近还提升了正职，这说明圣眷正隆呢！只因事情被成均捅了出来，皇帝才不得不办，如果我来一个息事宁人之计，他哪里还会追究？最多把成均调走另行安排就是了！

看官，别看周忱是个活东郭，他对朱瞻基的心思却猜透了！这场官司的结局，果不出周忱所料：成均并未受到任何惩处，而是调任为浙江巡抚了。这是后话。

周忱既然存了这个想法，就没有认真追查下去；况且况钟远在靖安守制，决不会来催逼他。乐得能拖就拖，得过且过。

俗话说，“树欲静而风不止”，这里周忱按兵不动，那边成均却不甘寂寞。

原来顾忠一计不成，又生一计：他看准周忱是个东郭先生，就想装“狼”来迫使他为我所用！如何装“狼”呢？顾忠的办法是：要成均收买一伙人，结群成队地去周忱的巡抚衙门请愿，制造事端，进行威胁。

那伙人还贴出了无头告示，控告周忱包庇况钟，并把周忱和况钟平时唱和的诗句抄录在上，证明他俩早有勾结，是沆瀣一气的一丘之貉！

确实，周忱和况钟都是江西人，两人私交也不错。周忱在赠况钟的诗中，写了一段“跋”其中有一段说：

> 余与况太守伯律(况钟字伯律)因为豫章人，有桑梓之旧。同仕于朝，俱为六卿之属，又同受知少师东里杨公(指杨士奇)。宣德庚戌朝廷以中吴之地官政失平而民生未遂，特降玺书，命伯律守姑苏，而以予巡抚东南诸郡……

可见，周忱与况钟的交情决非一般可比了。当况钟得知周忱被任命为江南抚民巡抚，十分高兴，无比激动，立即写了二首祝贺诗：

忆昔长安忝列班，清言如屑订余顽。
鸾声初振金陵地，早已神驰铃阁间。
吴江凋瘵最堪怜，敢不披诚吁九天。
原借春膏频广注，万家歌续召郇篇。

无头告帖一上街，观者纷纷议论。这事传到周忱耳中，他吃不住了。唯恐这张告帖被人传到皇上哪儿，那就说不清了！朱瞻基喜怒无常，碰到他不高兴时，自己岂不倒了霉？思前想后，进退两难，忽听禀报成侍郎来拜！周忱急忙将无头告帖藏在袖中，不想匆忙之间，堕于地上；正要弯腰拾起，那成均已迈着八字步踱了进来，一眼就看到了地上那张告帖，立刻哈哈哈地笑了起来。成均对周忱说了什么话？有分教：姑苏城中，风波迭起；金銮殿上，剑拔弩张。要知周忱如何处置这事，且听下回分解。

第五十八回

一夫断指周忱易辙　万民联名况钟复任

且说周忱把无头告帖不慎失落于地，被成均一眼看破，正觉尴尬之极，忽听成均哈哈大笑道："周大人，下官袖中也有一张告帖，请与大人同观如何？"说着，在袍袖中果然拿出一张告帖。周忱一看，竟和自己那张一模一样，不由得满脸通红，嗫嚅着说："这……这是造谣！"

成均黯然一笑道："造谣？恐怕未必全是捏造吧？比如说，这些诗句……"

周忱心虚道："成大人，难道你也相信吗？况钟任部郎时，曾与朝中多人唱和，岂独周某一人？"

成均道："不错！可他与大人关系可不一般啊！即使下官相信大人一贯秉公办事，从不徇私，可这告帖要是传到圣上那里，可就……"

成均一语正好击中周忱心事，看他坐立不宁，心中暗喜。正在此时，门外喊声大作，一个皂隶，急匆匆跑来报告："周大人，赶快躲一躲吧，不少刁民正在喧闹生事，要找大人理论哩！"

此时，成均道："刁民闹事，激则生变，恐非善策！"

周忱愕然而言："然则将何以处之？"

成均道："孟子曰'君子引而不发，跃如也。'只要大人善于引导，做好准备，待机行事，必能灭爇于燎原之前。此乃万全之计也！愿大人三思。"

周忱离席作揖而言："承教了！下官方寸已乱，计将安出？"

成均道："愿与大人同去会会首事者。下官愿以三寸不烂之舌，说退刁民如何？"

周忱大喜称谢，遂壮着胆子，打开了门，和成均一起来见闹事刁民。

来到门前，只见黑压压地围了约有一二百人。喊声此起彼落，声嘶力竭。看见周忱出来，那气焰更为嚣张，有人还指名道姓谩骂况钟，指责周忱包庇！那些话语，几乎同无头告帖中所写的大同小异。其中为首的却是一个倒葫芦脑瓜，留着两撇鼠须的人。众刁民一个个都看他眼色、举动行事。刁民中而有人席地而坐，有人边吃糕点边大声呼喊。那些糕点全用纸盒装着，奇怪的是几乎人手一盒；盒上的招牌表明，全系在苏州玄妙观前一家名叫“黄裕源”的糕点店中买来的！

周忱正要开口，那葫芦脑瓜就带头起哄：“严惩害民知府况钟！况钟不死，苏民不宁！不准包庇况钟！”葫芦脑瓜一喊叫，那些吃着“黄裕源”糕点：有的是云片糕，有的是芝麻牛皮糖，有的是赤豆定胜糕，有的是桂花白糖切糕，也有嚼猪油糕的，也有咬黄松糕的，便一边吃一边胡乱地跑着叫喊，那一片乱糟糟的声音，谁也听不清谁究竟在嚷什么？

成均见时机成熟，便抢先一步来到人群面前，大声说：“各位乡亲！周大人亲自来听你们的意见来了！大家不准无礼，不准乱骂，有理讲理，有话说话！周大人一定会照办的！”

“我来说！”还是那个葫芦脑瓜！他把光脑壳晃了晃，说，“我们全是被况钟迫害的良民！有的家破人亡，有的妻离子散，有的亲人被监在牢，有的老母病倒在家。这都是况钟犯下的滔天大罪！如今他躲到江西老家守孝去了，却把我们全都害苦了！”

成均说：“‘长话短说，莫要啰唆！这些事周大人早就调查清楚！如今你想提什么条件，尽快说来！”

葫芦脑瓜说：“条件有三条：第一，要求当今皇帝立刻派一位清廉爱民的新知府来；第二，立刻捉拿况钟送刑部审理，不得姑息养奸；第三，成大人是个清官好官！加在他头上的不实之词全都必须推倒，再不准有人对他诬陷污蔑！大家说这三条意见要不要兑现？”

众刁民一齐喊道：“要！要！要！”

周忱被迫只得当场表了态，答应立刻写成奏本，把大家的意见送给圣上御览。

这时成均面有德色，心满意足地一挥手道：“好了，各位乡亲回去吧！周大人已经亲口答应，本巡抚可为他作保！”

于是，这场由成均和顾忠一手导演的闹剧终于草草收场。

成均告辞走后，周忱把自己关在书房中，举笔起草奏本时，忽听皂隶又来敲门禀报：“周大人，不好了，打起来了！”

周忱听得摸不着头脑，急忙问：“谁跟谁打起来了？”

皂隶道：“刚才那伙在门口聚众闹事的人，刚离大门，准备去观前街鸿运酒楼庆贺时，却被数百名来自长洲、吴县、吴江、常熟、嘉定、昆山、崇明七县暨太仓州的农民兜头截拦。双方一言不合，立刻动起手来。这些来自四乡的农民，有的手拿扁担，有的肩扛锄头，身体又壮，力气又大，手中还有不少家伙。刚才在门口耀武扬威的一二百人，哪里是他们的对手，一顿打，个个都吃了大亏：有的喊爷，有的叫娘，四处乱窜，八方奔逃。只恨地下没有洞可钻进去暂躲一躲，又恨爷娘只生他一双腿跑不快！那为首的名叫顾忠的倒葫芦脑瓜，原来是成大人手下的一个幕员。他的脑瓜当时就开了花，幸喜尚未丧命，已被成大人派人抬进巡抚府请伤科郎中贴狗皮膏药去了！”

周忱一听，不禁呆了半晌，方问道：“这伙农民，可知是哪个为首？”

皂隶道：“小人已打听到了：此人姓顾名荣，却是长洲县人，与挨打人顾忠还是堂弟哩！”

周忱道：“有这等事！你速速找到这个顾荣，对他悄悄言道：‘本抚想见他一面。’如不愿意来，也不用勉强。要他约个时间、地点，容本抚自去找他便了。此事务须保密，切勿泄了消息！”

皂隶答应自去。不到一顿饭的工夫，皂隶前来禀报：“已将顾荣带来，正在厅外相候。”

周忱立命顾荣相见。

那顾荣生得如何？有诗为证：

凛凛浩然正气，昂昂七尺身躯。两眼炯炯有神，顾盼好比电光击；手脚粗壮无比，皮肤黧黑赛如漆。说话直进直出，犹如牵牛拉犁。肚里自有账本，谁好谁坏心里知；只认一个死理：爱民知府人人喜！

周忱见了顾荣人物轩昂，气宇不凡，不觉肃然起敬。

顾荣见了周忱，揖而不跪，开言道：“不知巡抚大人呼唤小人，有何吩咐？”

周忱道：“适才听人言道，在观前街发生了一次争斗。本官身为抚民巡抚，未能及时制止，深以为憾！为防微杜渐，特来请教耳！”

顾荣一听，浓眉一拧道：“刚才各县农民数百人，揍的乃是害民蠹贼收买的一些走狗而已！怎说是争斗呢？这批走狗，口口声声詈骂爱民如子的况大人，句句夸的是害民蠹贼成侍郎，如此颠倒黑白，混淆是非，凡是苏民，人人得而诛之！今只一顿痛打，还算便宜了他们呢！周大人唤我到此，如欲加罪，即请就缚；如欲使刑，斧钺不避。我顾荣乃堂堂七尺奇男，能为爱民知府而死，虽死犹生！可惜，有人食国之禄，享君之恩，不施报效，反而为虎作伥，岂不有愧立于天地之间乎！”

这一番辞正义严，情切意真的话，句句打中了周忱的胸臆，使得他脸上红一阵，白一阵，不好对答了。

顾荣接着侃侃而言：“某虽山野村夫，却也知道天理公道。试为巡抚大人一陈：窃思本府七县，赋税浩繁，民风凋敝。近岁来钱粮不清，人民疲困。加上有等官吏贪婪枉法，作势长奸，使数十万百姓流离失所，无法苟活。乃宣德五年，得蒙圣恩，选擢况钟为姑苏知府，奉敕来牧。本官到任，公勤廉直，平易抚民，祛奸革弊，苏困惠穷。未经三月，体擒同僚贪赃通判赵忱、经历傅德及所属昆山等县知县任豫等人拿解赴京。以致奸暴畏改，良善得安，似此之威德杰然独出者实鲜！虽田野细民，无不仰戴。今因丁忧守制去官，百姓骇然，如失父母；奸党弹冠，置酒欢庆。骅骝驽骀，如此分明，岂独偶然？愿大人辨贤识奸，秉公办事，则国家幸甚！苏民幸甚！”

周忱听到这里，再也坐不住了。他霍然起立，拱手而言：“听君一言，如醍醐灌顶，如霹雳震耳！某虽是樗栎之材，不堪充栋。今日事当为民请命，再不当墙头草矣！”说着，将刚才写了一半的奏本，当着顾荣的面，立刻扯成碎片如蝴蝶飞舞。

顾荣跪一膝道：“周大人，请受顾荣代表二百余万苏民一拜！”

周忱连忙双手扶起道：“愧煞周忱了！”

顾荣正要告辞，不料周忱一把拉住道：“稍停片刻，我尚有要事相商，请坐！”

顾荣只好坐下。

周忱道：“如今万岁正盛怒之下，要挽回此事，我倒有个计较在此，不知你能办到否？”

顾荣慨然道：“只要保况钟知府平安无事，刀山火海，我也敢闯！”

周忱道：“你可将适才所讲之言，写成一纸连名告状，要求圣上俯允况钟夺情复任。此事必须有数百人连名，方显得声大势众。本官当即亲自转呈御览。只要圣上圣谕一下，大功告成矣！”

顾荣听了大喜，屈双膝跪谢了周忱，转身就要走。不料周忱又再次叮咛曰：“此事千万小心在意，必须秘密进行，万勿声张；更不能泄漏此是周某之意，切切牢记！”

顾荣一听，“刷”地在靴筒中拔出一把雪亮锋利的匕首来。周忱大惊失色，连退几步，正不知顾荣要干什么？

说时迟，那时快，只见顾荣右手紧握匕首，将左手小指搁于桌上，砉然一声，手起刀落，那节小指，应声落地，立刻血流如注。顾荣脸不改色，奋然言道：“我顾荣如有泄漏此言，犹如此指！”说罢，头也不回地出门而去。留下周忱独自一个在厅上呆立，犹自脸红心跳，半天方惊魂方定。

顾荣回到住处，那时七县百姓数百人尚聚在空地上专等顾荣从巡抚大人处回来。当时，大家早与顾荣约定：万一周忱怪罪顾荣，并加以拘押后，大家立即去向周忱要人。今见顾荣平安返回，且脸有喜色，大家知道必有佳音，就七嘴八舌动问起会见周忱的情况来。围在前面的几十名长洲百姓，见顾荣手指断了半截，包扎的那块手帕全是血污，以为受了周忱的刑法，也纷纷怒形于色，问这问那。

顾荣记住周忱叮嘱，不便多言。只是说：“要保况知府平安无事，须立即写一份连名告状。要各县来的百姓，火速返回本县，连夜串联签写姓名于长幅白帛之上。人数不拘，越多越好；时间紧迫，越快越妙。其余之事，由我来办！”

众人一听，虽未解开心中疙瘩，听得要签写姓名连名告状，都心甘情愿。数百人的队伍，一时半刻，早散得干干净净。

这天晚上，在苏州玄妙观前竟拥挤得水泄不通。有被挤掉了鞋靴的，有被挤散了缠脚布的，有父母找寻孩子的，有子女呼唤爷娘的。这热闹的情形比起苏俗“轧神仙”来有过之而无不及！

只见街上一排摆了十多张八仙桌。每张桌上点了两支红烛。红烛灼灼，红光闪闪，煞是好看，如同办喜事般。红烛照射下，可以看到桌上放着文房四宝：砚、墨、笔、纸。不过这纸乃用长幅的白帛替代。围聚在桌旁的人，挨个都在白帛上书写下自己的名字。那不会写字的老婆婆，小伢崽，就请人代笔，然后在名字下按一个红指印。

这就是夜写连名状的奇观！苏州城内当然不止玄妙观前这一处，而是几十处！在其他七县一州内，也正在同时连夜举行此事。

等到签字全部告成，一齐送到顾荣手中时，那白帛连起来竟能绕姑苏城三匝还恐怕不止哩！总共在上面书写下自己姓名和按下手印的，据历史上确凿记载，共为三万七千五百八十人！周忱接到了顾荣书写的连名状，连同三万余人签名的白帛，果不食言，亲自写了奏本上呈御览。与此同时，直隶巡按御史张文昌、苏州府同知杨粟、嘉定县知县祖述等也联名上奏请求起复况钟。另一直隶巡按御史金濂到苏州府公干，又有苏民二千余人向他称颂况钟在苏的种种政绩，请求起复况钟。金濂返回北京时，特地向皇帝朱瞻基启奏了百姓的要求。

这一天，正值朱瞻基的爱妃怀了孕。皇帝有了传代的龙种，心中无限欣喜。清晨，启明星还在空中闪烁，几对红纱宫灯就引着皇帝来到了宝华殿上朝。

杨士奇内阁大臣带领文武百官三呼既毕，宣宗首先开口道：“各地可有本章上奏？”

周忱一听，抓住时机，立刻伏地叩奏道：“臣周忱有本启奏！”

宣宗和颜悦色道：“周卿不必呈本，口述便了！”

“遵旨！”周忱心想：今天可是黄道吉日了！万岁从来上朝，都是紧蹙双眉，喜怒无常的。谁要奏本，首先要看看他的眼色，如是怒容满脸时，切勿去碰鼻子。俗话说：伴君如伴虎，稍有不慎，便会惹出杀身大祸来！历代均有此例！前不久都御史徐弼，劝谏皇上停宴罢乐，结果圣上大怒，即刻驱逐出宫，挂冠回家了。那前朝的教训就更多了！可喜今天皇上龙颜色霁，还要我口述奏本，这是难逢的良机！我何不再锦上添花一番。只要龙颜大悦，况知府复任一事，易如反掌了！

周忱不失为一代名臣。不但善于理财，更善于察言辨色！顺水推船，顺风扯篷。他先把皇帝恭维一番,把况钟到苏后的种种德政都归功于皇上选用良臣。听得皇帝十分高兴时,便趁机呈上顾荣等三万余人的连名状,要求皇帝起复况钟。

此时,直隶御史张文昌和金濂一齐跪奏,跟着周忱开的道路,依样画起了葫芦来。果然不出所料,皇帝朱瞻基开了金口道:"众卿所奏,正合朕意!民之所欲,与之!着吏部立即下文:令况钟复任,不必赴阙。"

原来,皇帝下令夺情复任,原任官吏须到北京来朝见天子谢恩。"阙"是泛指帝王的住所。"不必赴阙"就是说况钟可以从家乡靖安直接回苏州复任。

况钟复任。消息传来,苏城欢声雷动,到处传唱称颂况钟的歌谣。

只有成均郁郁不满。不过他占了老大便宜。皇帝正在高兴之时,就没有再去追究成均等人的诬告。不久,就将成均调往浙江,仍任巡抚之职。

周忱心中也十分愉快,因为他总算没有对不住这位老乡。在乡民顾荣的感化下,还做出了一件对况钟十分有利的事。

周忱为了表示对况钟复任的祝贺,特地赠诗一首:

受命同承宠渥优,江湖岁月叹悠悠!
旬宣愧我行千里,抚字劳君镇一州。
露冕昨闻趋魏阙,朱轮今喜驻江楼!
重来要比黄丞相,岂独芳名继马周。

况钟自己心情也十分激动。他感谢圣恩浩荡;更感谢姑苏百姓对他的厚爱和期望,也写诗明志,诗曰:

闻讣家居秋始阑,夺情有诏又加鞍。
别帷只为君恩重,抚印重看士庶欢。
报国一心何日尽,哭亲双泪几时干?
作忠移孝纲常重,业业兢兢殚寸丹。

究竟况钟复任后又在姑苏干出何等惊天动地的事来?且听以后分解。

第五十九回
拒邻女不愧鲁男子　赔好梦难煞狗奴才

话说江西靖安县龙冈洲，乃苏州知府况钟的故里。

靖安县属南昌府管辖，在江西的西北部，位于流入鄱阳湖的潦水上游沿岸。境内群峰耸翠，双溪夹流，山川秀丽，人杰地灵。县内有闻名中外的宝峰寺，为唐代高僧马祖募化修建。龙冈也为靖安名胜之一。其中如龙冈烟树、鹰岛春云、屏风叠翠、玉尺凌霄等合称为龙冈八景。

况钟虽不是仕途出身，但从小在父亲的教诲下，读书写字，吟诗作对，颇有文才。读书有暇，以山水自娱。他有一首《游山》诗，至今尚在故里流传：

缓步崔嵬万嶂间，轻云如幕去仍还。
鸟声宛转调清管，树色菁葱拥碧鬟。
采药山人自锄荷，唪经僧子户常关。
斜阳催我抠衣下，一派银涛俯北湾。

靖安知县俞益，是进士出身的七品官，十分看重人才。他到靖安不久，就访问当地贤才。况钟当时二十四岁，不但人品高尚，且写得一手好字。有人向俞益推荐了况钟。俞益便亲自骑马到离县城四十余里之遥的龙冈洲来造访况钟。

俞益见到况钟，见他身高体壮，仪表堂堂，心中就有三分欢喜。吃罢点茶，俞益和况钟纵谈天下大事。况钟侃侃而言，切中时弊，深使俞益惊叹。征询本县农事等，况钟直抒己见，并提出不少建树，颇受俞益赞赏。俞益有心试试他的文才，就笑着说："听说你常为邻人书写对联，我有个上联在此，请你答对！"

俞益此时手中正摇着折扇，就触景生情念道："一扇千须动。"

况钟不假思索，脱口就答："三梳发长齐。"

俞益一听，感到十分惊喜。想不到这位年轻人才思如此敏捷，可说是对答如流了。

于是，俞益当面就与况钟一家商定，请况钟到县衙当一名"礼曹"。也就是六房之一的礼房任书办。

况钟在靖安家乡一共当了九年的礼曹。循例到京城吏部考核。想不到际遇来了。当时被礼部尚书吕震一眼看中,特地向成祖皇帝推荐。经过殿试,成祖十分满意,破格擢升况钟为礼部仪制司的主事。

看官,这主事却是个六品的京官!进士出身的俞益,才是个七品知县;况钟却后来居上了。这是成祖慧眼识人才,不拘一格提拔贤良之臣!九年后,况钟又照例进行考核。这回又被破格提升为正四品的礼部仪制司郎中。七年后被任命为苏州知府。

况钟自从任苏州知府,因公务忙碌,无暇返里奉养亲人、扫祭祖坟。便要长子况定观长期住在靖安故里,代父克尽孝礼。

原来况钟此时正是五十岁。已有五子二女。除二女已先后出嫁外,这五个儿子,个个都敦厚正直,且对况钟十分孝顺。况钟教子十分严格,他有一首《示诸子诗》一直流传至今,诗曰:

吾家诗书胄,况坊名阀阅。
奈何遭元季,群盗肆猖獗。
阖门殒锋镝,惟父脱虎穴。
赖彼黄氏泽,鞠养不令绝。
我生际承明,幸厕春官列。
虽无经济才,尚守清白节。
汝曹俱长成,经史未明彻。
岁月不汝延,努力无暂辍。
圣学苟能穷,斯克续前烈。
非财不可取,勤俭用无竭。
非言不可道,处默无祸孽。
临下必简严,事上务和悦。
持心思敬谨,遇事毋灭裂。
惟能思古道,方与禽兽别。
国家彰宪典,圣言良谆切。
书此为庭训,各宜踵先哲。

他课子甚严。在流传下来的况钟家书中,勉励子侄的诗竟有两首,其中《又勉子侄》诗中写道:

存心立品贵无差,子孝臣忠两尽嘉。惟有一经堪裕后,任贻多宝总虚花。膏腴竟作儿孙累,珠玉还为妻女瑕。师俭古箴传肖者,取之不竭用无涯。

况钟教子有方,身教重于言教。子侄辈有了过错,他并不以训斥了事,而是令其闭门读书思过，且谕之道："昔圣人之教臣道也，曰：'进思尽忠，即继之以退思补过。'盖无心之失，贤智所不能免，但贵能改过。尔等宜从圣人言行中进对退照，俾可知何事可为、何事不可为，孰善孰恶、孰是孰非，知警明戒，方无错失矣！"

长子况定观，读书明理，隐居龙冈，代父行孝，不求名利，为乡里称道。一日游山，忽遇有恶少欺凌砍柴少女。少女惊怵呼救。定观闻声趋前，见恶少正欲强行非礼。定观大怒，奋不顾身，与恶少搏斗，身负重伤，仍扭住不释。幸乡人赶来，方脱险。

少女获救，万分感谢定观，定观却不以为意，自回家养伤。

少女名唤春姑，乃邻媪之女。年方十六，姿容秀丽。因家贫常上山砍柴换米赡家。偶逢况公子奋身相救，并负重伤，心感不已。便要母亲经常去看望况公子，送药送物，以表寸心。况定观推辞不得，只好收下。伤愈后，知春姑家境贫寒，遂在青黄不接之时，常以谷米接济。

春姑见况公子人品高尚，待人诚恳。虽是知府大人长子，却无丝毫纨绔子弟恶习；为人温文尔雅，谦谦君子，且风度翩翩，举止倜傥。不禁一缕芳心，不能自持，已暗自相许了。

一夕，定观挑灯夜读。风吹灯灭。迨灯复燃时，一稚龄女子，翩然而入。灯下视之。年可十五六，弹袖垂髫，风姿秀曼，真绝色也。

定观正在惊愕间，女子趋前万福，呖呖而言道："公子勿惊，我即邻女春姑。蒙君相救，感恩难忘。今窥见公子夜读，特不避羞涩，前来做伴！"

定观忙拱手肃立，正容而答："夜深人静，男女同室，恐非所宜。若为人所见，必有损春姑清誉！此万万不能从命者！"

春姑笑道："公子是年轻人，怎么学那道学先生所为？我非鬼魅，不为君祟。因感君高义，不嫌鄙陋，遂作毛遂自荐。愿侍枕席，幸能垂盼！"

定观大惊道："春姑之言差矣！当时救助，非为求报。若如此，是陷定观于不义之地了！春姑且归，勿复再言！"

春姑含羞道："古有柳下惠坐怀不乱，鲁男子不纳嫠妇。我只是耳闻而已。今日公子所为，可谓今之柳下惠、鲁男子了！谨闻命矣，焉敢不从！"遂扃门自去。此后再不复至。

《古城记》一书有言："俺自有鲁男子雅操，待学取柳下惠同班；一个坐怀不乱，一个闭门无干。"况定观可算是鲁、柳二人的学生了！

根据况钟规定：定观每隔两年去苏州省父一次。此时，正逢春暖花开之际，正是探亲之期，遂告辞了家人，携带一些况钟平时爱吃的家乡土产，如辣椒酱、辣腐乳、腌辣椒、酸泡菜、竹笋干等，搭船由水路出发。由靖安潦河启程，进入赣江，经鄱阳湖入长江而下,沿当年隋炀帝为了出游而开凿的运河,直向苏州府而行。

船行一路,景色如画。江南风光,果然不同凡响。

定观在船上凭舷眺望,不禁念诵出声。他念的不是别的诗句,正是自号香山居士的唐代出色诗人白乐天的《忆江南》:

江南好,风景旧曾谙。日出江花红胜火,春来江水绿如蓝。能不忆江南?

忆江南,最忆是杭州。山寺月中寻桂子,郡亭枕上看潮头。何日更重游?

江南忆,其次忆吴宫。吴酒一杯春竹叶,吴娃双舞醉芙蓉。早晚复相逢?

且说况定观对景触情,正念得十分得意时,忽听舱内一个人大声呵斥道:"喂,兀那穷酸,大清早就在摇头晃脑念什么劳什子诗,吵得人死!要是吵醒了我家少爷,你就吃不了兜着走,有你好瞧的了!"

定观回头一看,那个高声吼叫的人,却是个穿着家童服装的一名小使!看他这趾高气扬、威风十足的样子,可以想见他平时的锋芒,及其主人的气焰了!

况定观并不回答,也中止了念诗,索然回舱,拿了一本书,又去靠舷观看。

"喂喂,让开!让开!我要泼水了!这里不是你读书处,要读上舱里去读!"

定观见这小使,手中拿一盆脏水,也就不与分辨,回到舱中躺下了。小使泼了水,自去。定观因舱中光线黯淡,读不成书,便放下书,放眼四顾。只见身边那个高铺上,有个人犹自拥被而卧。身上盖的那床锦被,却是云霞灿烂,耀目夺睛。被料系五彩冰纹块式博古图锦缎;褥料是天青地织金喜相逢蝴蝶。定观一家从未用过如此名贵的锦被,看得眼花缭乱。心忖:这位谅必就是小使所说的主人范少爷了!不知他是谁人的子弟?他服用之物,奢侈之极,未免暴殄天物吧?

这位范少爷是半途上的船。记得他穿一件藕湖色镶边绣花绸袍,戴一顶天青色新盔软顶的玄罗帽,脚蹬一双云头白绫高底靴,手摇一把泥金山水画折扇。上船过跳板时,那样子实在又狼狈又可笑。那小使倒退着在前面领路,伸出一只右手让范少爷拉着壮胆。可是那位范少爷,走一步,晃两晃;走两步,摇三摇。那脚下踏的仿佛不是跳板,而是一块烫脚的烙铁!又像是个吃观音素的老婆婆,一心怕踩死脚下板上的蚂蚁,因此战战栗栗地踮着脚尖走路。好容易走完跳板,看的人刚松了口气,谁知道这位大少爷,不小心把额头碰在船篷上,他"哎呀"一声,站脚不稳,险些栽到河中。亏得那小使眼疾手快,一把揪住他的衣领,才免当一只落汤鸡!

那小使忠心耿耿,本当领赏;谁知范大少爷却并不感谢他的救命之恩,反怪他扶持不当,未曾提醒船篷会碰到额头。便怒生胸臆,伸手就给了小使刮拉松脆的一记又重又响的耳光。直打得小使眼中金星直冒,耳畔钟磬响亮。正想申辩时,又听得大少爷口中不干不净地骂道:"我入你的祖奶奶!你瞎了眼么?害得少爷我险些掉进河里！要是喂了鳖，你便是有十二个脑袋，也不够少爷我砍的！幸亏少爷我命好福大，手快脚健，眼明心亮，才未曾当落水鬼！以后务必注意，要不，就送你进吴县大牢！”

嘿，原来此人是吴县的头面人物！要不，他怎能把吴县大牢当作自己的家门一样，可以随便送人进呢？

这小使听了这夹头夹脑的一顿臭骂，竟连个屁也不敢放，只好用手摸着红了半边，犹自火辣辣的半边脸孔，低头哈腰，打躬作揖地说：“少爷骂得好，训得对，是小人该死，下回再不敢了！”

这会儿，也是这个小使，竟狗仗人势，狐假虎威，对我呼三喝四起来。要是他知道了我的身份，怕就会捧臀赞屁，百般奉承呢！正是：胁肩谄媚小人态，宽宏大量君子心。我且忍下这口气，休与他一般计较！

况定观想到这里，便从铺上起来，绾好头发，束紧头巾，穿上那件半新不旧的墨绿色绉纱绸袍，蹬上那双家常黑面白底布鞋，跑到船头去盥洗去了。谁知脚步重了些，竟惊动了那位正在酣酣大睡的范少爷！

那范少爷被脚步声吵醒，便十分恼火，把锦被一掀，开口就骂：“是哪个该死的奴才，吵了老子的好梦！妈的，刚刚搂住一个娇娥要亲嘴，‘嘭’的一声掉下一只老鼠来吓我一跳，原来是你吵醒了我！好家伙，快赔我的梦来！”

况定观一听，心中又好气又好笑：天下哪见过这样不讲理的人？做梦也能赔吗，怎么赔法？是代你另做一个梦呢，还是花钱给你买个梦来？说给人听，把人的大牙都会笑掉呢！欲待不理，可他是冲着我说话呀！正在迟疑，只听那个小使急急赶来，一把拉住了况定观的衣袖，因用力过猛，也是衫袍旧了些，竟“刺啦”一声，撕开一个裂口。这小使却不管撕破了衫袖，而是满口喷唾说：“我们少爷说了，要你快快赔一个梦来，你如何装聋作哑，不愿回答！难道就这样罢了不成？不行！就是少爷宽宏大量，我也绝不能放过你！快说，你到底赔不赔，赔什么？”

况定观心痛那只衫袖，却又脱身不得。听了小使的话，便故意调侃他说：“赔！我赔你！你不是要我赔梦吗？今天晚上，我就赔给你少爷再做一个好梦如何？”

小使一听大喜，忙道：“行行行！这个赔法挺好！就这么办！”

小使话音刚落，谁知那范少爷又大吼起来：“范阿狗！你这个奴才，好大的胆子，竟敢替少爷我做起主来了！你是活够了，想找死是不是？梦能赔吗？”

范阿狗不等范少爷说完，忙不迭颠着脑袋说：“对对对，梦不能赔的！”

范少爷接着说：“要是真能赔梦的话，他赔我的是个噩梦怎么办？找谁算账去，找你算账是不是？”

范阿狗：“我的妈，找我算账呀？我，我，我……”

范少爷:“不找你找谁?是你答应要也赔梦的!”

范阿狗:“对对对,是我说的,是我说的!现在,我马上把话改过来:呔,你这个穷酸听好了,我刚才说的话不作数了,梦不要你赔了!你走吧!”

“混蛋!”范少爷又骂起来,“你不要他赔了,那少爷我的梦就这样算了不成?啊?”

“是呀!”范阿狗弄糊涂了,“难道就这样算了不成?又不能算,又不能赔,这……这便怎么办呢?”

正是:恶死的街上疯狗,寡毒的富家奴才。要知况定观怎样赔梦,且看下回分解。

第六十回
浪荡子惊艳状元桥　织锦女遭险糕饼店

且说范少爷名唤范秉正。其父范琎正是吴县知县。

这位范琎，今年五十刚好出头。他四十八岁那年，才交上了“文曲”运，被“魁星”那支朱砂笔点中额头，考中了二甲第二十一名进士。琼林宴罢，恰逢苏州府吴县知县升调，才被吏部补了这个缺。吴县盛产米粮，又是个靠水吃水的地方，水产丰富，运输畅通，且是全国著名的丝绸、刺绣的产地。城内水巷纵横穿于街市间，河道与街道并行。河道笔直，两岸都砌有陡直的石驳岸，岸上设有木、石栏杆。许多店铺前门面街，后门临河，沿河向外突出，或跨溪而建。这种建筑，粉墙照影，蠡窗映水，富有江南水乡特色。

水港小桥多。大都为拱式环洞，弧形的桥拱，宛如长虹雄踞水上。有“画桥四百”之称。著名的五十三个环洞的宝带桥，是苏城中闻名中外的长桥。每逢中秋后两夕，无数游人来此观看“串月”奇观。据说这夜月亮照在水中，每一个环洞都有一个月影。在上方山上远望，好似一串明月，真是美妙绝伦！范琎能到此上任，为此大家都纷纷恭贺。

可范琎听了恭维的话，却紧蹙眉尖说：“人怕出名猪怕壮。越是肥缺，越有人觊觎。索要者穿梭织锦，攫取者川流不息。在吴县为官，能有一日之宁乎？”

上任后果如所言。可范琎却能左右逢源，应付裕如。他处处和气生财，事事唯命是从。把来往吴县的皇家太监、达官贵人，奉承得喜笑颜开，招待得心满意足，无不满载而去。范琎自己更不吃亏：上面大捞，他就小捞。来捞的人多，名目多，范琎就像雁过拔毛那样，积少成多，且不露痕迹。上面对范琎，几乎都称他一声：是个“能”人！

范琎身边只有一子，即是范秉正。他与其父却大相径庭。一个是日进斗金，视钱如命；一个却是一掷千金，视金如土。

范琎心疼银子，便把不肖子叫来一顿责打。谁想惊动了如夫人。这如夫人比范琎要小十多岁，长得十分美貌，外号玉芙蓉。被范琎弄到手中，像看珍宝那样：百依百顺，无话不听。日子一长，范琎在如夫人面前就像矮了一截似的，说话不敢大声，进房要看眼色。自从生下范秉正后，如夫人更是颐指气使，飞扬跋扈。而范琎成了名副其实的怕老婆角色。

如夫人一见范琎要举板责打儿子，便急步而来，劈手夺走了范琎手中的板子，朝范琎背上连连打了几下，边打边哭道："叫你打叫你打！我知道了：你想先把儿子打死，再来打死我！我们娘俩死后，你便可再娶一个比我更年轻的美貌女子进来！你这没良心的，快说，是也不是？"

范琎挨了几竹板，背上火辣辣的，看到蛮不讲理的如夫人，只好赔着笑脸说："夫人息怒，下官绝无此心！责打孩儿是为他好！"

如夫人发作道："放屁！你每天坐堂打板子，原来也是为那些罪囚们好吗？你说、你说！"

范琎顿时语塞了，只好垂头丧气说："好好好，从今以后，教诲儿子的事由你来管，我再不过问了！"自那以后，范琎再不敢责打范秉正。范秉正洋洋自得，愈加放肆，仗着父亲在吴县当知县的权势，便横行乡里，无恶不作。每日里闲居无事，就有一帮赶趁的、帮闲的篾片、师爷等人来，引诱他去斗蟋蟀。

吴地斗蟋蟀之风甚炽，连皇帝也风闻其名，并把此风一直传到皇宫中去。皇帝闲得发慌，就与大臣、宦官、后妃、彩女等人，一起来斗。蟋蟀居然都有封号：有的称"黑头元帅"，有的称"常胜将军"，等等。皇帝还特地派出亲信太监到苏州采办蟋蟀。一道圣旨就要送一千只蟋蟀进宫，还要好的！为了进贡蟋蟀，这任务就层层分派，由县到乡，由乡到都，由都到里，无一幸免。被派到任务的百姓，受到差役勒索盘剥，甚至有倾家荡产、妻离子亡者！

范秉正另一个爱好却是追蜂扑蝶，寻花问柳。他只要碰到姿容秀丽，身材婀娜的女子，便千方百计打听她的住所，或在身后一直尾随到居处。更使人气愤的事，发生在某次上元夜赏灯节。这日千家万户门开不夜，男女老少，全都上街逛灯市，走桥摸钉，凑个热闹。

看官，你道何谓走桥？何谓摸钉？原来，明代吴俗：元宵之夜，妇女着白绫衣去桥上走过，言可去百病。于是，妇女们有病无病都要去状元桥、八仙桥走上一遭，也叫"走百病"。那摸钉者，则是游女们到城门上摸铜钉之举。一次摸中，以为吉兆。摸时要低下头或闭上眼，就像瞎子摸象一般，甚是有趣。

这天晚上，范秉正带着家童范阿狗，也夹杂在妇人丛中，名为走桥，实则趁机调戏女子。他只见状元桥畔，人头攒动，妇女云集，三个一伙，五个一群，相跟着走过桥去。那走桥的女子，皆身着葱白绫衣，或米色绸裙，素净淡雅，别具风韵。月光照处，仿佛是嫦娥下凡，仙女降尘。那呖呖莺声，款款笑语，使人百看不厌，分外有趣。

范秉正看得心痒，就往人多处挤去。谁知走得急了，一脚正好踩在前面一个女子的后跟上，痛得那女子娇声喊痛，回头来看。这一看让范秉正魂灵儿飞上了半天空，飘荡了半晌竟回不了身躯！

原来，回眸含嗔而视的乃是个二八年华的女郎，窈窕秀弱，风致嫣然。秉正被瞧，顿时骨软体酥，正欲上前一吐款曲，忽听女子嗔道："何处狂生，走路不长眼，专踩人脚后跟耶！"

范秉正笑嘻嘻答道："踩痛了吗？待我与你摸上一摸！"说着，竟恬不知耻地俯身弯腰，果真要去动手。吓得女郎立刻花容失色，连忙躲避，可桥上人多，哪里去躲去藏？正在着急时，忽见那个无赖子刚一俯身，就被后面的人一挤，一个踉跄就歪到一旁去了；旁边是个孔武有力的汉子，被范秉正一碰，立刻大怒，就势用手一推，把范秉正推向另一边去了。那边多半是妇女，见范秉正过来挤挤摸摸碰碰，都十分气愤。人众势大，一齐动手：有的掐，有的抓，有的捅，有的扎……把个范秉正当作活靶子来打。痛得秉正怪声叫了起来，帽也歪了，鞋也掉了。亏得范阿狗赶来，才把范大少爷救出了重围。

范秉正喘息方停，便喝令范阿狗查询那个二八女郎，究竟是谁家的女儿？可是人海茫茫，穿白的妇女何止数百，哪里去找？哪里去寻？只好把范阿狗臭骂了一顿了事。

自从上元夜后，范秉正一直念念不忘这位秀靥芳姿，玉立亭亭的少女；特别是一想起她被自己踩痛脚后跟那种含颦忍羞、楚楚动人的神态时，他就呆坐不动，像得了骇病一般！

元宵后不久，一天清早，范秉正手提鸟笼，往近郊遛鸟，范阿狗尾随侍候。

途经一条小街，忽地眼前一亮，只见前回见过的那位二八佳人，此刻正坐在一家名叫"莫盛记"糕饼店的柜台前在卖糕点哩！

莫盛记是家老店，已经祖传四代了。如今的店主名唤莫金才，是个五十岁的老头。老伴冯氏，也已五十靠边。三十四岁那年得了梦，梦见一只金凤落在房中，不久就身怀有孕。十月满足，产下一女。当时一片红光，异香满室。邻居们还以为莫家失了火。等赶来一问，才知生下一位千金，都以为这是祥兆。莫老头格外高兴，便取名为瑞凤，如今已有一十六岁。长得千娇百媚，十分伶俐。莫老夫妻把她当作掌上明珠。真是：含在嘴里怕融，放在地上怕风。家里一些杂事都不让她沾手。做糕饼是一件苦活，要半夜起来揉面粉，煮豆馅，炒芝麻，熬米糖，包馅子……一天下来，常常累得腰酸背痛。

莫瑞凤却不愿闲着，爹妈不让做糕饼，就跟隔壁的秀姑学会了织锦。她所织的海马、云鹤、宝相花、方胜之类的锦缎，不但花样新颖，五色炫耀，而且精巧细致。这五彩锦缎，很受皇家欣赏。举凡皇家结婚、嫁公主、布置皇宫，赏赐国戚都需要它，因此销路特别好。除了织锦外，有时两老有事忙不过来，便要端凤坐店内柜台后面照顾一下买卖。只因瑞凤姑娘长得雪肤玉貌，婀娜多姿，每当她代父做起买卖之时，顿时门庭若市，你拥我挤，都想来看看这位瑞凤姑娘的绰约风华。

这天合该有事。莫老头压好模子，蒸好糕点，端上柜台待卖时，忽觉肚疼起来。便唤瑞凤去招呼顾客，自己就急忙去了茅厕。瑞凤来到店堂，只见天色尚早，来买糕点的人还不多，有几个赶早上街的行人，都是来买枣泥糕的。这些活好在瑞凤已是熟手，一面收钱，一面付货，干得干净利索，一丝不乱。

就在这时，瑞凤一抬头，看见过来两个人。凭穿着猜测：一个华丽，一个黯淡；一个鲜美，一个素净，想是主仆两个。凭经验：这是早起路过，特来喝豆浆的。原来，莫家老店服务周到，店内特设喝豆浆的桌凳，还供应油条、麻圆等点心。可以买回家吃，也可坐下来慢慢吃。

瑞凤姑娘见主顾上门，正要招呼进内就座，只见那主人穿戴的男子，早一步跨进店堂，笑嘻嘻地望着瑞凤说："嘿嘿，我踏破铁鞋无觅处，谁知得来全不费功夫！你就是元宵晚上那位佳人呀，害得我好找呀！"

瑞凤一听，定睛细看，果然认出正是那天晚上踩了弓鞋，后来又想动手动脚的浪荡公子。忽然想起那天晚上他被众妇女推来搡去，收拾一番，弄得他十分狼狈，抱头而逃的怪模样时，忍不住瓠犀微露，嫣然失笑。

谁想，这一笑却使范秉正误解了意思，还以为这位美人对自己一笑留情哩！当下，便厚着脸皮说："小生姓范名秉正，乃本县人氏。今年正好一十八岁，尚未婚娶。不知姑娘姓甚名谁，青春几何，家中还有何人？"

瑞凤尚未对答，范秉正身后转出一名家童，插言道："我家少爷今天路过这里，特地照顾你生意，可有豆浆油条，快快端来！"

瑞凤正为不好回答范秉正的提问感到尴尬。听小使一说，顺水推舟道："有有有，二位请里面坐，我马上叫娘送豆浆油条来！"瑞凤说完，不管柜前主顾已排成长龙，便转身朝里房走去，以避免范秉正的纠缠。

范秉正一见事情被阿狗三言两语搅黄了，立刻大怒，伸出腿朝阿狗臀上猛踢一下，气冲冲地说："你干得好事！等我把那姑娘追回来。你赶紧把买糕点的人全都赶跑，就说，今天的买卖都叫我少爷包了！快去！"说完，自己就紧追不舍，跟在瑞凤后面就跑。

瑞凤来到里房，用目四顾，却不见娘的身影，不知去了哪里？回身去找时，不料竟和范秉正撞了个满怀，顿时羞得花容失色，芳心乱颤，急急挣脱出来。

那范秉正无意中抱住了瑞凤，顿觉软玉温香，蛮腰丰臀，分外得趣，不禁喜出望外。正欲再次动问，不料那位可人的姑娘竟蛾眉倒竖，杏眼圆睁，怒气冲冲地说：“青天白日，你竟然闯入内室，就不怕王法吗？”

范秉正正要回答，不料那不识时务的阿狗又闯了进来，并又抢着说道：“你休要胡言乱语，满口放屁！我家少爷是知县范大人的公子！今天到这里来吃豆浆是你们天大的面子，地大的荣耀。你不去端豆浆招待少爷，反躲进房中不肯露面，究竟是何道理？竟然倒打一耙，诬蔑我家少爷没有王法！难道这王法是你莫盛记糕饼店独家的吗？”

范秉正忽见阿狗又要半路插一杠子，怕他又会把事情弄糟，就想狠狠地再赏他一巴掌。不料这回他说的比唱的还动听，把瑞凤姑娘弄懵了，呆在那里不知该怎么办？便立刻过去笑眯眯地安慰她说：“姑娘，别听他瞎嚷嚷，我知道你是来找娘拿豆浆的！你娘不在，我们就自己来好了！阿狗，还不快动手！”

阿狗心想：“我做恶人，你做好人。还不是为了讨好这个女人！哎，天下的女人真害人！”口里却忙着答应：“是！少爷！我马上就去拿！”谁知忙中有错，阿狗端了一大钵往桌上放的竟不是豆浆，而是下脚水！气得范秉正连钵带水一起往阿狗脸上泼去，来补偿刚才没有赏给他的一巴掌！阿狗自知理亏，更不敢分辩：哎，这奴才比狗还不如，下世投胎还不如当条狗，还自由自在哩！

不说范阿狗暗自流泪，自去把脸上身上的下脚水擦干净。再说那店主莫金才已从茅厕回到店堂，见门口买糕点喝豆浆的竟跑得一个不剩，深感诧异；又只见女儿瑞凤两眼红红的含泪欲滴，在里房门口朝自己招手，正不知店里发生了什么事情？过去一问，才知是知县大人的公子来吃豆浆油条惹出一场风波来。

莫金才是个老实本分的小本经纪人，心中最怕的就是官，就是吃公事饭的人，这些人是万万得罪不起的！有一回，一个班头来吃豆浆油条。不想吃完抹抹嘴就走。莫老头上去要钱却碰了个鼻子，不但分文未付，还把装豆浆的瓷缸一拳一脚，打得粉碎，流了一地的豆浆，事后反骂不绝口扬长而去。第二天就带了几个兵来封铺子，说豆浆里掺水，糕点不干净，坑害百姓，不准开店了！莫老头无法可施，只得自认晦气，请人说和，在太白楼请了一桌酒，还送了十两银子，才算了结此事。从此，莫老头一见吃公事饭的，心里就“怦怦”乱跳，就像碰到了瘟神一般！刚才听瑞凤说，来的是知县大人的少爷，这知县可是个管官的官！比起上回那个班头来，不知要厉害多少倍哩，可不能得罪他的少爷呀！想到这里，便亲自端来最浓最好的豆浆和炸得又粗又长又松又脆的油条，恭请范秉正主仆两个受用。欲知后事如何，且看下回分解。

第六十一回
寅旋风怒惩急色儿　桃花疯羞煞亲生母

且说莫盛记糕饼店的掌柜莫金才，明知来吃早点的吴县知县范大人的衙内是个品行不正的人，让闺女瑞凤受了委屈，可敢怒不敢得罪他，马上换了一副笑容，恭敬地说："原来是范公子光顾小店，照顾小人生意，请坐，快请坐！这豆浆油条要是不配胃口，小店还有刚出笼的各种糕点，可供公子挑选哩！"

范秉正眼睛骨碌一转，便说："噢，还有啥糕点，你报上名来听听！"

莫金才说："小店是百年老店，四代相传，祖传有名的糕点就是枣泥山药糕和枣泥定胜糕。别的名目也不少，有蜂糕、雪糕、衣糕、米糕、方糕，还有生糖糕、糖松糕、焦热糕、甑儿糕、赤豆糕、桂花糕、骰子糕……除了糕，还有饼。这饼的名目也不少，有苎头饼、芝麻饼、饴条饼、葱油饼、生糖饼、桂花糖饼……"

"好了好了！"范阿狗此时，在莫老头面前又成了一只狼，瞪着眼喝道，"讲那么多干什么？你想撑死我少爷啊！少爷没带两个肚子来，吃得下这么多的糕饼吗？"

莫老头忙打着躬说："是，是。范少爷，我去拿两块枣泥山药糕给你尝尝新，要是不甜、不松、不糯、不韧、不香、不软、不酥、不脆、不肥润、不细腻、不鲜美、不可口，小人情愿白送给范少爷吃，不收少爷的一文钱！"

范秉正一听，那口水就在嘴里涌动，差点会流出来，便一挥手说："好吧，你快去拿来！"

莫老头转身正要走，只听范秉正道："回来！还是要你那个标致妞儿去拿吧，你年纪大了，脏手脏脚的，我见了就恶心得没有胃口啦！"

莫老头不敢违拗，只怪自己为了推销糕饼，说漏了嘴，惹来的是非！便去里屋动员瑞凤端一盘枣泥山药糕出去给范少爷吃。谁知瑞凤死活不答应。

莫老儿无法可想，只好悬着一颗心，自己用一个小托盘，盘中放个碟儿，碟上放两块枣泥山药糕，抖抖擞擞地来到范秉正面前，刚把托盘往桌上一放，只听"咣当"一声，托盘早飞到了地上，盘中的碟子"乒乓"一响，在地上砸得粉碎，那两块枣泥山药糕也成了乌泥拌灰糕！

打翻托盘的不是别人，却是那个摇尾乞怜的奴才范阿狗。可此刻他却像个凶神恶煞一般，扯起嗓子吼："老头子，少爷是怎么吩咐你的？你这脏手脏脚拿过的枣泥山药糕是给少爷吃还是给我吃呀？快去！叫你那个头脸整齐、手脚干净的漂亮妞去端来！快去呀！"

莫老头战战栗栗地说："她……她不……不在……"

老头话未落音，那衣领早被范阿狗抓住："妈的！你想骗老子呀！快叫她来！她要不来，我先揍得你筋断骨折，再叫你这个店铺底朝天！"说着就举拳要打！

"不要打我爹！"突然，随着一个甜润的嗓音，那位久未露脸的糕饼西施莫瑞凤，手端一只装枣泥山药糕的盆子，袅袅婷婷地走了出来。

范阿狗刚才作张做致，目的就是想叫瑞凤姑娘出来；如今见如愿以偿，早就放了手，收了拳，笑眯眯地对瑞凤说："我早知道你是躲在里面哩！瞧，可把我家少爷等急了！"

那莫老头自认倒霉，找把扫帚把一地狼藉扫干净，自去招呼生意。

这里瑞凤姑娘怯生生，羞答答，气愤愤，恼兮兮，把手中那盆枣泥山药糕往桌上一放，正要缩回手就离开这是非之地时，忽地觉得自己那只手竟被范秉正一把抓在手中了，不由得心儿猛跳，脸儿绯红，挣又挣不脱，跑又跑不了，一时竟六神无主了！

秉正刚才十分赞赏范阿狗的所作所为：这个奴才，看来还不笨！他猜透了我少爷的心思，知道在节骨眼上该怎么说怎么干，回去后还得赏他几两银子哩！后来，见莫瑞凤果然被阿狗吓得跑了出来，立时心中大喜。这下就有机会跟瑞凤姑娘接近一番了！等瑞凤送糕点来到跟前，只见她的那只端盆子的纤手，软、白、嫩、香，近在咫尺之地，便忘乎所以，伸手就抓住了她的手腕。啊，这是一只手吗？不，简直是一块玉！白皙、纤细、柔软、滑嫩，是一只真正的闺阁千金、豆蔻少女的芳手！它是人间的珍美，它是世上的宝贝。瞧，那五指尖尖涂着艳红的凤仙花瓣粉汁的长长指甲，宛如雨后出土时嫩笋的笋尖，仿佛晨露飘洒后青翠的葱芽……

面对这只无比美丽的手，范秉正不能自制了。他色胆包天，不顾众目睽睽，竟然用自己那只皮粗掌厚，筋络突起的无耻的手，去抚摸，去捏搓起来。这还不够过瘾，这个恬不知耻的花花公子，浪荡少爷，竟不顾一切，低下脑袋，用那张臭嘴，在瑞凤又白净又粉嫩的手背上狠狠地亲了一下。

"啪！"一记响亮的耳光！

"啪！"又是一下重重的耳光！

这是怒火冲天、怒不可遏的瑞凤姑娘用她的另一只纤手送给范秉正的一件不可多得的礼品！接着，她就大声地叫了起来："爹！快来啊！抓坏人啊！"

莫老儿听见女儿喊叫，便丢下手中的扫帚，三步并作一步地赶到店堂，见范秉正正在对瑞凤无礼，连忙上去劝解、求情。谁知那范秉正是骄纵惯了的范衙内，调戏个良家女子，对他来说是家常便饭，小菜一碟！在他眼中，那莫老儿只不过是芥粒大小的尘埃罢了，哪里把他放在眼中？见莫老头伸手来拉，便转过头去朝范阿狗努努嘴，范阿狗狗仗人势，早就心领神会，急忙过来，伸手一推，就把老人从店堂中间，一直推到壁角里。立刻伸出拳头，正要朝他身上打去的时候，听得耳畔响起一个炸雷："狗奴才，休得行凶！"随着吼声，范阿狗举在空中那只伸出右拳的手已被一个赳赳武夫一把攥住了手腕：随着他一用力，范阿狗痛得眼泪直流，两条腿不由自主地跪了下去，嘴里就连声喊将起来："爷爷饶命！爷爷饶命！小人再也不敢打人了！其实，刚才我是吓唬莫老板的，不是真打是假打！"

那个武夫哼一声，猛一甩手，范阿狗竟"扑哧"跌扑在地，额头碰在壁角上，立刻鼓起了一个大红包，痛得他龇牙咧嘴，用手揉了半天。这正是他狐假虎威、狗仗人势、一心想欺侮人的活报应！

那范阿狗的遭遇，站在旁边的范秉正看得一清二楚。照理，他该早有自知之明，好汉不吃眼前亏，三十六着走为上，就该放开莫瑞凤，打飞脚逃跑，那才是个识时务的"俊杰"。可是，范秉正一仗自己是知县大人的公子，二是色迷心窍，舍不得放下那只纤手，因此，身没有移，脚没有动，就像被什么定身法定住了身子，又似被武功高深的人点了穴道，竟愣睁着一双金鱼眼，呆呆地望着那个满脸现朱、怒气满膺的武夫，就像想尝尝老拳的滋味哩！

那个武夫见了范秉正依旧紧抓瑞凤姑娘的手腕不放，便毫不客气地照刚才惩戒范阿狗的办法，伸出那只盘根错节、指壮皮粗的手来，朝范秉正的右手腕上这一掐，"啊唷妈哎！"直掐得范秉正痛彻心扉，连鼻涕眼泪都一齐流了出来。

范秉正这才明白：刚才范阿狗为什么会双膝跪地，连连求饶的缘故了。可是，目前自己该怎么办呢？也学阿狗的模样吗？这太丢人了，也不符合少爷我的身份！要是也这样干，将来被阿狗传了出去，岂不叫人笑话？不能干！那怎么办，跟他来硬的？不行啊！人家只用区区两个手指，就痛得我屁滚尿流，要是拳脚一齐来，我只好先躺在地上当死狗了！对！我跟他来一个硬中有软，软中有硬，叫他乖乖地放开手！

于是，范秉正便涨红了脸说："掐得好！我们是不打不成相识！请好汉留下姓名，我们后会……哎唷唷，有……哎哟喂……有期啊！"

"妈的，你竖起耳朵听好了！老子坐不改姓，行不改名。我叫赛旋风陈大刚是也！记住了没有？嗯！"

"喔唷，喔唷！记住了！"

"去吧！"陈大刚跟惩办范阿狗一样，猛一甩手，范秉正的身子，就像背后有人猛推一把似的，直朝前面飞去。前面是八仙方桌，方桌前面是条长凳。范秉正身子先被长凳绊倒，然后又重重地碰到方桌上，那额头上也像阿狗一样，突起了一个大包。痛得范秉正不断跳脚，半晌说不出话来。

“还不快滚！难道还想再尝尝拳头的滋味不成？”

“不不不，就滚，就滚，马上就滚！”

还是范阿狗见机行事，该装鬼孙时，他就赶快装鬼孙。连连点头哈腰，赔礼道歉，一面就赶紧过来扶起了范秉正。二人一瘸一拐，还用一只手捂着额头的大包，走出了莫盛记糕饼店的大门。

从莫盛记糕饼店回来，范秉正一则受了惊吓，二则思念瑞凤，起先日间在书房发呆，后来夜里在床上做梦。梦里全是刚刚见到瑞凤姑娘，正要上前亲热之际，突然就跳出那个赛旋风陈大刚来，往往在梦中惊叫醒来，浑身全是冷汗。如此几天后，病情渐渐严重起来，饮食不思，茶饭不想，整天都说些不三不四的话语，有一天，他妹子范湘玲来看望哥哥，谁知范秉正一把搂住了湘玲亲起嘴来，吓得湘玲惊叫起来，丫鬟们都拥进房中来救，湘玲却被范秉正紧抱不舍，两个丫鬟来拉也拉不走湘玲。正在着急，范琎闻声赶到，大喝一声，仍无济于事，正要去拿竹板来打时，不料如夫人赶来了，立刻夺过竹板骂道：“你这个老东西，又想打儿子？俗话说，阴天打儿子，你是没事干是不是？要真闲着没事，去大牢里替囚犯捉虱子去！”

“好好好，都是你有理！儿子都快疯了，连自己的亲妹子也亲起嘴来，还不该教训他吗？要是像你这样宠儿子，他还会上天哩！到那时，连你都……”范琎说到这里，连忙把话煞住，因为说出来实在不雅，实在难听……

如夫人眼一瞪，嘴一撇，说道：“你就知道用板子！这里又不是公堂，你儿子也不是罪犯！哼！等着瞧，看我的！”

如夫人说完，一把推开湘玲说：“你走开！谁叫你打扮得花花哨哨的，脸上又搽脂抹粉，能怪你哥吗？”

湘玲不服，赌气说：“好吧，看你能折服他！”

如夫人伸出手，轻轻地给范秉正理齐头发，又去摸摸他的额头、脸颊，然后脸对脸地轻声说：“儿啊，你想要干什么？娘替你去办！”

话音刚落，谁知范秉正这个宝贝儿子，竟一把搂住了亲娘，在她的腮上鼻上嘴上乱亲乱啃，口里说：“莫姑娘，你想死我了！我喜欢你，我要娶你当老婆！”

宝贝儿子当着众多的人，干出这样七颠八倒的事来，直羞得如夫人无地自容，正不知该怎么办时，忽见范琎朝着儿子的屁股，就是重重的一竹板，打得范秉正赶快松了手，如夫人才脱了身。

这时，范秉正一抬头瞧见了父亲范琎，立刻吓得大叫起来：“不好了！赛旋风打进来了,快跑！快跑！”说完,就赤着脚从床上跳了下来,就往门外跑去。众人发声喊,都跟在后面去追。谁知范秉正跑得比兔子还快,一跑进后花园,眨眨眼竟不见了。

大家分头去找,最后总算被范阿狗从一个狗洞中找了出来。大家只见范秉正头发披散,上面沾着不少灰尘;衣衫不整,上面东一块西一块全是湿泥巴,连脸上也涂满了。那两只赤脚,恰像从烂泥堆里拔出来一样！范秉正像是个疯人一般！

一个年纪稍大些的嬷嬷对旁边的丫鬟说:“少爷是得了桃花疯啦,也叫‘花痴’。是想女人想的啰！”

这句话恰恰被如夫人听到了,心中不觉一动。她一面招呼人替儿子洗浴,换衣;一面把范阿狗叫到房里,细细地盘问起来。

阿狗因这件风流案子是由自己陪同少爷到莫盛记糕饼店而起,起初不敢讲实话,后来吃如夫人软硬兼施,威赏交加,便只得把前情和盘托出了。

范琎从如夫人嘴里得知详情,心里便有些埋怨如夫人过分宠爱儿子,才造成今天的尴尬局面。正想发作几句,一抬头看见如夫人的脸色,心就怦怦乱跳,话到口边,又咽了回去。便说:“事到如此,就请夫人你看着办吧！”

如夫人啐了一口唾沫说:“你呀,真是白当了这个县太爷,连个主意都拿不出来！哼,要我办,也容易！不过还得你下命令！”

范进忙说:“夫人只管吩咐就是,下官保证照办不误！”

究竟如夫人想出什么妙法来,且看下回分解。

第六十二回

如夫人妙计安天下　范知县损兵又折将

且说吴县知县范琎问如夫人有何妙计能治好儿子范秉正的“桃花疯”时，如夫人伸出两个指头来说：“第一，想我儿之病，不过是想女人想疯了。这也难怪他，他今年已经一十八岁，正是‘窈窕淑女，君子好逑’的青春年华。看到漂亮美貌的女子，心里难免会蠢蠢欲动，跃跃欲试，这是男人的通病。连一千多年前圣人孟子也惊叹过：‘食色天性’！可见，这病是从老祖宗那里带过来的，能怪你儿子吗？再说，你那时年纪一大把，家中还有老婆，可一看见我，你就像猫儿看到鱼，趁别人没瞧见，就偷偷摸摸地来调戏我。我骂你，打你，抓你，推你，唾你，甚至咬你，你都不恼，不怒，不气，不改，厚着脸皮跪在地上又是恳又是求又是发誓又是许愿。也是我没骨气，被你的甜言蜜语弄昏了头，才答应你那个……那个……”说到这里，快近四十岁的如夫人竟红起脸来。范琎见如夫人粉脸酡红，羞赧满面，情不自禁地调侃道：“那个那个的，究竟是怎么那个呢？快说下去呀！”

如夫人啐他一口道：“你这没正经的老东西！谁像你这样厚脸皮呀！有你这样的老子，才生出见了女人就会疯的儿子来！”

“好了好了，说了半天，净是拿我当出气筒。究竟什么好办法，还没听见一个字哩！”

“都怪你半腰里总爱打岔！我说到哪里了？”

“你说，‘食色天性’，这是男子的通病！”

“是啊，治病就得对症下药嘛！你儿子既然喜欢女人，我们就明媒正娶给他娶一个过来，岂不能治好他的病了？”

“啊！你是说，替他娶那个开糕饼店的女子呀？不行，不行！我是堂堂吴县知县，御授七品堂官，怎能与贩夫行商结缡？岂不被天下人所笑！不行！万万不行！”

如夫人生气道：“又来了！你这个脾气一辈子也改不了啦！人家的话还未说完哩，你就把头摇得像，像……”

“像什么呀？”

“格格格，不说也罢！”如夫人笑了一阵，才言归正传说：“数日前，听魏师爷说起，长洲县知县王大人有一个千金待聘。这倒是一门‘门当户对，旗鼓相当’的好姻缘，好姻亲哩！不如叫魏师爷去跑一次。凭师爷这张利嘴快舌，就是山里的老虎，也会被他哄进笼里呢！何况区区一个知县的女儿！这是手到擒来，马到成功的事！”

范琎听了连连摇头说：“不妥，不妥！这位王知县是个孤高寡欢的人。对人老是一副冷脸孔，就像欠了他二吊钱似的！他还曾在别人面前造过我的谣，说什么我从向圣上进贡中捞了几千两银子，全是无中生有的事！是他吃不到葡萄嫌葡萄酸，犯了眼红病！这样的人能做我们的亲家吗？”

如夫人嗔道：“看你这鸡肠鼠肚，也忒小气了！又不是娶他来当媳妇，是娶他的千金小姐呀！你没听古话说‘冤家宜解不宜结’，要‘化干戈为玉帛’么！我们要是跟王家结了亲，今后便是两亲家了，他还会来造你的谣不成？说不定还会主动替你说话，替你辟谣呢！这样的好事，为什么不去干？再说，听传：王知县宦囊充裕，膝下只此一女。要真说合了，那陪嫁的妆奁一定十分可观，你就是不想要，我还想要哩！我们岂不是不花一点心思，就白白增添了一笔意处之财吗？”

范琎一听，立刻称赞道：“夫人所见，妙极，高极！使下官茅塞顿开，不愧为贤内助。俗话说，家有贤妻，招财进利！信然哉！”

“嘿，谁要你赞，谁要你夸呀！不是我张兰馨吹牛，要不是你娶了我，能有今天这样腰缠千金万银呀！”

“唷唷唷，小点声，你就不怕隔墙有耳呀？要是被他们听到此话传了出去，还以为我是个贪婪之官哩！”

“你放心！连况知府也知道你是个清官，还怕人家造谣呀！”

“不不不，这况知府究竟对我态度如何？我至今还捉摸不透哩！要是有朝一日，真的有了他当我的靠山，那就不用再一夜数惊，担惊受怕了！”

“你就不会做人！俗话说，官不打送礼人。你早该动动脑筋啦！”

“不行，不行！听说那王大人托厨子送了一只红烧蹄膀，一只清炖甲鱼，这都是况知府爱吃的东西。谁知被况知府全部退了回来，还对厨师老张狠狠地责备了一通，吓得老张再不敢做这种顶着石臼唱戏的吃力不讨好的事了！你想想，我还敢再去碰壁吗？哎，话扯远了，夫人只说了一条妙计，还有这二呢？”

夫人笑道：“第二条越发容易了。我儿爱的可不是那个王小姐，也不知这人长得怎么样？是马脸还是牛脸？反正娶过来当个摆设就是。我儿的病因是被那个糕饼店的小妞引起的。听阿狗说，那个小妞长得人间少有，世上无双。秋波如水，粉脸似桃，姿态秀曼，娇婉可掬。这样标致的女子，别说是秉正，就是被你这个老不正经的看到了，怕不也会垂涎三尺，心猿意马呢！因此，我想只有多花点聘金，多办点妆奁，想那干糕饼店的莫老儿，还怕沾我们这个知县大人的光吗？自然是千依万肯的了！只要把莫姑娘抬进门，做妾做婢，那就听我的，就由不得她了！当然，阿狗去时，先不要捅破这层窗户纸。等人抬进门，生米煮成了熟饭，就不怕她不依！要是莫老头来吵，那时，你那常用的板子就可以逞威了！这事就这么办！你说说，有什么不对劲的地方呢？”

“没有，没有！一切就照夫人之命去办！”

“好！你去把魏师爷和阿狗分别来，等我来吩咐他们就是！”

“遵命！”

当下，二人先后来到。如夫人各自细细叮咛一番，叫阿狗上街买办了两份礼品，一份厚些的叫魏师爷差人送到长洲县王知县家中说亲；一份稍薄一些的礼物，叫人挑了跟在范阿狗身后，径去莫盛记糕饼店说亲。

如夫人就在家中坐等好消息。

第二天，谁知能言善辩、口似蜜糖的魏师爷，竟先抱头而归。一见如夫人，就连连喘息而言：“厉害！好厉害！不是我脚板上搽油跑得快，险些被王大人手下的捕快、皂隶、门子、厨师等人打破了头，打折了腿！”

如夫人忙问内中缘由。魏师爷拍着胸口说：“好险，好险！我见了王大人，刚刚坐下，茶还未喝一口，一提起替范少爷做媒的事，王大人就浓眉一竖，双目一瞪，气呼呼地说：‘你回去对范琎说，我和他冰炭不同炉，水火不相容。我们是南辕北辙，黑白分明。他过他的独木桥，我走我的阳光道。绝无相同之处！何况犬子焉娶虎女？叫他别做梦了！’我一听此言，十分气恼！俗话说，打狗还看主人面。他实在无理至极！正要和他理论，谁知他竟一声命令，将送去的礼品全都掷到大门外面。小人要是慢走一步，早被乱棍打中了。如此蛮横恣睢，实在出人意料之外！因此只得如实禀告，尚请夫人见宥！”

如夫人听后，正在生气。忽见范阿狗头上扎着布，臂上缠着带，一瘸一拐地走了进来，一屁股坐在地上，哭丧着脸说：“夫人，承蒙你抬举我当了大媒，谁知我家祖坟不贯气，白虎星当值，才碰到一个丧门的太岁。此人姓陈名大刚，绰号赛旋风。上次在糕饼店喝豆浆，就是这个蛮子一言不合就动手打了少爷和小人。这旧账还未清，却又添了新债！我头上、臂上全是他打的……”

如夫人不耐烦了，便截断话说：“你把话说清楚！他是谁？为什么要打你？莫非你没有去说媒，拿了银子礼品找赛旋风去呼幺喝六去了。因你赖债不还，故而挨了打。是不是？”

“夫人，冤枉呀冤枉！这半路上杀出来的白虎星，可是当地一霸，专爱管闲事。

兴许是他看中了糕饼店的那个风流妞，一心要娶她为妻。今天看我上门说媒，才怒气勃发，迁怒于我了！”

“怎么？你额上写着‘媒妁’两个字了？他是如何知道的？”

“这个……”阿狗一时答不上来了。其实，他隐瞒了如下一些事实：

范阿狗接到夫人的命令，便把鸡毛当作了令箭。叫皂隶雇来一顶花花轿子，又请来一班鼓乐，又放鞭炮，又敲喜锣，浩浩荡荡地来到莫盛记糕饼店门口。把银子和礼品在店堂内一放，就对莫老头说：“老头儿，我奉知县相公范大人差遣，特来替范公子包做媒人。今天是黄道吉日，就请你这姑娘上轿吧！”

莫老儿一听，立刻惊得说不出话来。从古至今，哪有像这样娶亲的？八字还没有合，庚帖还没有换，聘礼还没有收，喜日还没有定，特别是我二老还没有点头同意，竟然花轿来抬新人了！于是，断然拒绝道：“这位管家，想来是走错地方弄差了人。我家没有什么喜事，也没有女儿要出嫁的！”

范阿狗正要说话发威。这时糕饼店内的许多买糕点的人都纷纷说起话来。

“这人莫非是个疯子，说的满口都是疯话！哪见过这样来娶亲的？稀奇！稀奇！”

“喂，你是喝多了酒吧？这儿不办喜事，也没有姑娘出嫁！你要是有妹子就坐了这顶花轿抬了去拜堂，你岂不白白得了这份彩礼了？”

“如今真是贪官当道，污吏满街。专干些缺德事！前些日子派人催要蟋蟀，诈了我五两银子去，听说也是这个什么范大人下的命令！如今又干出这等没头脑的缺德事来，真该向知府衙门去告上一状了！”

“妈的，事情就坏在这些狗官身上，只知搜刮民脂民膏，供他挥霍受用！这些银子礼品，说不定就是我们的血汗钱！众位，像这样的害民狗官，留着银子礼品叫他去干坏事呀？上！跟我一起上！不能留着它害人！”

众人正要上前抢走银子和礼品时，范阿狗立刻急红了眼，朝着来抬亲的一些皂隶差役门子外郎夜夫库子弓兵等人大喊一声：“还等什么？给我动手！”

众人都是些膀圆腰粗，拳大臂壮的男子。那些打抱不平的闲人，哪里是他们的对手，有的着了拳，有的挨了腿，有的倒了地，有的打破头，看看要败下阵来。这时，一个黑李逵似的武夫，忽然从天而降。眨眨眼，只见一阵旋风过处，那些皂隶差役门子外郎夜夫库子弓兵等人，倒地的倒地，逃跑的逃跑。范阿狗早已领教过赛旋风的厉害，一心想逃出这是非之地，谁知那两条腿竟像是别人身上长的，一步也休想移动；只是粘在原地簌簌簌地抖个不住，仿佛得了摆子病一样！

那赛旋风走了过来，用指头朝阿狗额上一点，立刻就是一个窟窿，还流了红；又用脚尖在他臂上一勾，立刻又是一阵剧痛。吓得范阿狗赶紧趴在地上学狗爬，连连叩头求饶说："好汉爷爷饶了奴才这一回吧！奴才是奉命而来，要打要骂，请爷爷找我老爷去！奴才不过是条狗，万望好汉爷爷饶我这条狗命！"

"饶你不难。不过，借你嘴巴，回去对范琎说，休要再作恶！要是不听，我亲自来收拾他！"

"是，是，一定转告！"

那好汉这才放走范阿狗，看他带着众人抬着空轿，狼狈而回才罢！

范阿狗回来，不敢如实诉说，便隐瞒了自己这段极不光彩的经历。可是，纸包不住火，不久，早有嘴快的当事人，把当时的详情一一讲述了。弄得街头巷尾全知道了，当作一件新闻来传。有好事的还编了几句顺口溜传唱。一时，在吴县县城内外都有人在唱着：

范大人，来抬亲，披红挂彩喜盈盈，铜锣当当鞭炮鸣，一乘花轿迎新人。八字没有合，聘礼没有送；庚帖没有换，吉日没有定。"亲家亲母"被他蒙，身在鼓里不知情！犯众怒，抱不平，店堂变作演武厅：皂隶差役拳脚硬，门子夜夫逞威风。打得糕饼像雨淋，打得顾客叫救命。忽地来了赛旋风，为民除害真英雄：用手一点额头破，使脚一勾臂膀肿；打得阿狗地上爬，连声大喊叫饶命！结果一场空欢喜，偃旗息鼓回衙门！

俗话说，"好事不出门，坏事传千里"。这歌谣连范琎也听见了，害得他坐不住，吃不好，睡不着，叫人查问是谁起的头？可谁也不肯讲。只得罢了。

要知后事如何，且看下回分解。

第六十三回
魏师爷垂涎玉芙蓉　范公子亲尝瓷茶壶

且说如夫人见两起说媒的都告失败，范秉正的“桃花疯”却愈益严重。只要一见是个女的，不管年幼年老，不论丫鬟嬷嬷，他兼收并蓄，紧抱不放。弄得合衙女人，见了范秉正就像见了瘟神一样，赶紧逃跑。范琎的老外婆打老远来看他，刚进房门就被范秉正发现目标，就从后面追来。如夫人急人，忙喊：“外婆，快跑！快跑！”

老外婆今年已近八旬，腿脚有些不便。听得如夫人一喊，以为是狼来了！她虽已老了，可命还是要的，便赶紧迈腿向房外走去。谁知被门槛绊了一下，一头栽了下去，再也爬不起来。那范秉正却哈哈大笑，跑过去骑在老太婆身上兀自手舞足蹈，十分得意。等阿狗等人把他从老外婆身上拉扯下来看时，那老太婆已经气绝身亡。气得范琎大骂：“孽障！孽畜！”又要去拿板子来打。可一想他是个疯子，只得把竹板一掷，连连叹息而已。

等办完外婆丧事，经魏师爷找来一位游方郎中，不知他用什么妙药，三下五除二，这范公子的疯病竟有了好转；不过尚不能断根，一个月还要发上一两次疯。不发病时，就跟常人一般：不痴不傻不聋不哑，吃喝拉撒，样样正常。如夫人虽然花去了一百两银子，却是心甘情愿。由于魏师爷荐郎中有功，如夫人对他另眼相看，慰劳、奖赏，每日不断，使得魏师爷不免受宠若惊。

这魏师爷名唤魏朝卿，乃浙江绍兴府人氏。绍兴是个文人荟萃之地，读书人如仕途命蹇，就去给当权的当幕府做西席。因此，绍兴师爷的名声也就遐迩皆知了。

这魏朝卿也是个屡试不第的穷儒。家中人口单薄，无人接济，就走了当幕府这条路。他今年刚满四十，仍是光棍一个。只因他脸上长得疙疙瘩瘩，坑坑洼洼，便特意注重修饰打扮。那扬州的宫粉，抚州的胭脂，德州的蔻丹，徐州的香囊，是他常备不懈之物。特别是香袋，那是妇女专用之物：外用五色彩线绣成，内装麝香熏香等物。妇女们都把它挂在裙带上。他却要挂两个，而且把它挂在帽子两侧，当流苏用。走起路来，那两个香囊就像两个耳坠子一样不断摇晃，又是像拨浪鼓似的前后摆动，老远就能使人闻到一股扑鼻的异香。因为他打扮得不伦不类，合衙的人便送他一个“美男子”的外号，意在讽刺。他却受之无愧，十分得意。

魏师爷在女人身上最喜下功夫，而且常常慷慨解囊，毫不心痛。可是，那些婆娘们不过是跟他开个玩笑，吃个冤家。等他当真时，便一个个溜的溜，跑的跑。弄得他吊死鬼打飞脚，上不上，下不下，干着急。

今天，他因推荐郎中治好了范少爷的花痴，深得如夫人的青睐，赏赐有加。特别是如夫人一口苏州话，糯是糯来软是软，几句迷汤一灌好话一赞，那魏师爷竟错会了意，心中暗想：看样子玉芙蓉对我有些意思了！想那范知县，马脸猪耳金鱼眼，一对虎牙真难看。老夫少妻共枕眠，同床异梦难交欢。比起范琎来，我比他长得好看多了，也比他年轻多了。俗话说，哪个猫儿不偷腥？哪个女人不偷汉？这玉芙蓉料想难耐衾中寂寞，故此对我特别亲热！我必须加把油添把劲，叫她加倍喜欢我，那时……想到得意处竟嘿嘿地笑出声来。阿狗刚巧从旁路过，笑着问：“嗨，魏师爷，想是吃了笑药了？这么高兴啊！莫非是梦中娶媳妇了吧？”魏朝卿也不分辩，径自进后厅去找如夫人。

如夫人见师爷来了，忙叫丫鬟倒茶、拿糕点，又端出亲手腌制的五香瓜子来招待师爷。

师爷在如夫人对面坐下，一面嗑着五香瓜子，一面用眼睛盯住了如夫人的粉脸瞧了个畅快。如夫人觉察了，显得有些不好意思，便讪讪地问道：“魏师爷来此，有什么事吗？”

魏师爷咽下一口唾沫，忙说：“没事，没事……嗯，有，有件小事想找夫人当面谈谈……”

“噢，那就说吧！”

魏师爷嘿嘿一笑，朝站立一旁的小丫头一努嘴说：“人多……怕不便说话……”

如夫人心里一动，就说：“梅香是我身边的人，有事尽说不妨！”

“不！让她走吧，要不改日再谈！这事关系到少爷的病情，可不是小事啊！”说着，他欲擒故纵，装出起身要走的样子。

“既是如此要紧事，梅香你先下去，就在外面房中歇着，有事叫你，可要就来！”如夫人只得走这一步棋了。梅香应声出了门。

魏师爷忙起身去关了门，然后笑嘻嘻地过来，倒使如夫人吓得心儿乱跳，看他在老位子上坐下，才放心地说：“师爷，快说吧！”

魏师爷却不慌不忙，先又把如夫人饱看了一番，然后转身搬起座椅，向如夫人靠拢放下，然后又转身坐下。这时，他跟如夫人靠得更近了，连如夫人粉脸上有几粒小雀斑也看得清清楚楚。帽上左右两个香坠儿，稍一摇晃，就碰到了如夫人的颈项上了。下面一双膝盖竟然跟如夫人的膝盖合在一起。稍为动弹，便能感到如夫人腿上的热气和软、滑、柔、润的感觉。这比起软玉温香抱满怀来，更富诱惑力！

如夫人的心也像在打鼓。这个短命师爷，故意搞得神秘兮兮的，不知他葫芦里卖的什么药！他身子靠得那么紧，会不会不老实？要是真动起手来，我便怎么办？梅香虽在外面，只要我一声张，她就会进来；就是进不来，她也会去喊人的！可是，这事弄得合衙都知道了，我的脸往哪里搁？

如夫人正在胡思乱猜，忽听师爷咳嗽一声，说了起来，这才把一颗悬在半空中的心放了下来。只听师爷道："少爷这病还没有断根，要是光治标不治本，将来如果旧病复发，后果就会更加严重！夫人，你想过没有？"

如夫人"啊"了一声。这事正是她的心病。现在却被魏朝卿一拳打在伤口上，正是痛上加疼了，便瞧他一眼道："师爷一贯关心我们母子，定有妙计相救了，请快讲吧！"

师爷又把身子挪了挪，让自己更挨近夫人一些。现在已变成肩碰肩，臂靠臂了，便开口说了起来。

如夫人觉得不好意思了，赶紧把身子朝旁边挪了挪。可是没有用，如夫人刚离远一些，那师爷又靠近一些。他就像牛皮糖一样，黏手贴脚地推也推不开了。

师爷道："少爷想的要的就是糕饼店那个小妞！明抢暗夺都会引起一场轩然大波。上次在糕饼店大打出手就是证明。我们不但占不到便宜，反而对大人官声大有妨碍！俗话说，擒贼先擒王！只要先把莫姑娘她爹抓进牢中，他家就少了当家人，母女两个成了没脚蟹，事情就好办了！等到莫姑娘牢里探望她爹时，就如此这般，叫少爷跟她成了美事。到那时石头雕成了王八，想改也难改了。还不是乖乖地听我们摆布了？此计万无一失！成功了，少爷的病保险再也不会复发，从此一劳永逸了！夫人，你说怎么样？"说完，趁机用手在夫人的臂上摸了一下。

如夫人听得入迷，对师爷越靠越近，并动起了手来，却浑然不觉。随口夸赞道："妙，妙妙！师爷真不愧为智多星！事成之后，我要重重谢你哩！"

师爷此时实在忍耐不住，大着胆，一把抓住夫人的手说："夫人拿什么来谢我呀？"

如夫人吃了一惊，可又怕惹恼了他，便若无其事地把手抽了出来说："这要禀报范大人知道才好做主！梅香，梅香！"

魏朝卿眼睁睁地望着如夫人翩然而去。那袅袅婷婷的后影，更叫他出神入迷！没奈何，只好又"咕嘟"一声咽下了一口唾沫，跟在梅香后面，出后厅而去。

魏师爷果然十分能干，事情办得干净利落，了无痕迹。三天后，莫金才被一条铁链关进了吴县大牢。罪名是：坐地分赃的窝主！并且在众目睽睽之下，皂隶们在糕饼店楼上，莫老头的房里搜出了几件赃物。经失主指认，都是日前被窃走之物。一顿板子，显出了范大人的威风！莫老头吃刑不住，只好招认了。他被关进死囚牢中，只等行文申报了。

莫家母女二人哭得死去活来，却想不出解救的办法。

有人对莫瑞凤说："不如去求求范少爷，或许还有个办法。"

瑞凤斩钉截铁地说："我情愿替爹去死，也不做这无耻的勾当！"

瑞凤娘一贯胆小怕事，只会流泪伤心，几次昏迷过去，看着就病倒了。

邻居们都来看望瑞凤母女，宽宽她俩的心，又给出主意说："该去牢里使钱了，要不，你爹爹会挨打受罪呢！"

瑞凤已六神无主了。便请邻居相帮做了几个菜，装了饭，提着一只篮子，来牢中探监。

瑞凤来到监中，向提牢主事送了银子，主事才派了一名禁子把她领到一间单身牢房。这是一间四周全是长方青石砌成的石头房子，是专关死囚犯的。即使是武艺超群的江洋大盗，一关进这石牢也无法脱身的。

禁子开门，说："你爹就在里面，进去就是！"

瑞凤刚走进石室，身后的铁门就被关闭了。当下，瑞凤用目一看，只见房中搭一张铺，铺一张新的篾席。床旁一条长凳，凳上放一把精致的景德镇产的瓷茶壶，却没有茶杯。房中空无一人，并不见爹爹莫金才。

瑞凤心想："房里没有便桶，爹想是去解手了！"便坐在席上等着。忽听铁门响处，以为是爹进来了。抬头一看，立刻大惊失色！来的却是那个来糕饼店肇事的范秉正！

范秉正把铁门"哐当"关死，转身嬉皮笑脸地说："瑞凤姑娘，我们真有缘呀！想不到今天在这间石屋成亲！来吧，我的心肝！我的宝贝！良宵一刻值千金！你还迟疑什么？你怕呀？嘿嘿嘿，凡是女人都要过这个关哩！你不过来，我可要动手啦！"

"求求你，别这样！我，我，我还小……"

"小什么？都二八年华啦，还小吗？你呀，就像是一只挂在树上的苹果，早红透熟透啦，再不让人摘，就会掉在地上发霉变烂呢！人生在世，及时行欢。还等什么？我可等不及啦！"

"救命，救命啊——"

"叫吧，叫吧！这石屋就像一只铁桶，四壁密不透风！你就是喊破喉咙也是白费神的！你还是顺从了我，自己把衣服脱了，带子解了，那才像洞房花烛夜，同赴襄阳梦哩！过了今天，你就是我的人了，你爹再不是窝主了，他就是我的岳父，泰山，丈人！我要帮他把糕饼店开得更大些：单间变双间，双间变四间！把苏州城里里外外的糕饼生意让你爹来经营，成为苏州最阔的糕饼老板！怎么样？这条件可以了吧？我的心肝妞！"

"不！不！不！你是个禽兽！原来我爹坐牢全是你害的！我，我跟你拼了！"

"哐当——"瑞凤随手拿起那把瓷茶壶就向范秉正掷去。范秉正忙一歪头，茶壶砸在石壁上，顿时砸得粉碎。那纷飞的碎片，有几块正落在范秉正的脸上。范秉正用手一摸，沾了几滴血在上面，立刻大怒道："好你这小妞，敬酒不吃吃罚酒，看少爷我收拾你。"

范秉正正要扑过去，忽见瑞凤已把长凳抢在手中。两眼圆睁，闪射出仇恨之光，举着长凳，只等范秉正近前，就会当头劈下。

范秉正手中空空，看见高举的长凳和怒气冲冲的瑞凤，倒也有些心慌，心想：这时，要是阿狗在旁就好了，叫他上前去挨打，我就趁机抓住她的手……可干这件风流事，只能一个人来。如今该怎么办呢？对了，让我哄得她大意麻痹了，再想办法……

于是，范秉正立刻又换了一副笑脸，连连摇手说："瑞凤姑娘，何必生这么大的气呢？我们可以慢慢谈么，你要是不愿意，我也不能强迫！俗话说，强扭的瓜不甜嘛，这件事，两相情愿才有味哩！你先把凳子放下，有话慢慢说……"

"你站住，你不要过来……"

"我……我是为你的安全着想。老举着凳子，手都累酸了，我看……"

说时迟，那时快，瑞凤姑娘究竟稚嫩，一个疏漏，长凳已被范秉正抢在手中了。一个拿这边两条腿，一个拿那边两条腿，你拉过去，我拉过来，像拉锯似的。谁知，狡猾的范秉正，猛一松手，一声"哎唷"，瑞凤没站稳，正好仰面倒在床沿上。就趁这机会，范秉正"腾"地跑过去，趁势骑在瑞凤身上，用嘴用手就百般无礼起来。……

瑞凤又羞又急，这时手中抓的那条长凳反倒成了累赘，只得放了它，腾出双手来对付范秉正。正是：一个如饿虎扑羊，一个似惊兔拒狼。要知后事如何，且看下回分解。

第六十四回

害良善朝卿定毒计　纵恶子范琎徇私情

话说如夫人正在房里等儿子范秉正得手的好消息，忽听丫鬟梅香来报："魏师爷来了，太太要不要见他？"如夫人笑道："你说呢？"梅香说："他见了太太，两眼就像定住了一般。像他这样的丑八怪，是癞蛤蟆想吃天鹅肉呢？太太不见也罢！"夫人道："话虽如此，可如今还有用他之处，先别给他闭门羹吃，你去叫他进来就是。"梅香答应自去。

须臾，魏朝卿被带了进来。满脸是笑的见过如夫人。梅香端了茶来便走了。魏朝卿见了心中暗喜。

魏师爷见如夫人今天打扮得更加清雅脱俗。那一身蝉翼般的衫裙，把身上丰腴粉嫩的肌肤衬托得更加隐隐约约，如掩似露。叫师爷看了一时心旌摇荡，恨不得一口把这个玉芙蓉吞下肚去。转眼一望，只见梅香还在门外徘徊，只得暂且收了心猿意马。于是，满面赔笑，无话找话，说道："夫人，怎么不见范大人呀？"如夫人道："他忙着呢，整天价一早就出去，要到傍黑了才回来呢！"师爷一听，便饧了眼笑起来："哎哟，要是换了我，才舍不得离开夫人呢！"如夫人说："当了官的男人都是这样的！像你这样的人，哎，太少了！"师爷笑道："其实，当官不当官，也不能一概而论。要是我当了官，我绝对不会这样！整天抱还抱不够哩！"如夫人故意笑道："你良心好！将来不知哪个有福气的姑娘媳妇，能找到像你这样的好男人哩！"

魏朝卿听了，喜得心痒难熬，忙又把椅子往前挪了挪，偷眼去觑门口，梅香已不见了，便把胆子放大了一倍，望着如夫人的粉脸说："夫人，我这条计，今天是马到成功了！这会儿，想必大少爷已得了手呢！"如夫人说："那都靠师爷的神机妙算。事情成功后，我一定叫范大人重重谢你！"

魏师爷听到这里，便又往前凑了凑，笑着说："夫人天天说要谢我，却未见行动。今天天缘凑巧，这房里再没有第二个人，梅香也走了。你就……"说着便上前来拉如夫人的手。

如夫人忙向门口一指说："轻声些，梅香还在外头侍候呢！别让她知道了！"

师爷一听，如奉了娘娘懿旨一般，忙放开了手。坐到椅上去了。他又转眼一望，伸了一下舌头，悄声说：“好险，差点被梅香……”

如夫人笑道：“你来了好久，如今也该走了，省得被梅香疑心！”

这时，魏朝卿被如夫人撩拨得早就按捺不住，忙过去到门口看，见梅香确实离去了，便伸手把门一关，快步来到如夫人面前，一把搂住她说：“菩萨，我不要你谢，我只要你救我一救！”

如夫人本想跟他开个玩笑，逗个乐子，谁知这丑八怪竟不识人间有羞耻事，当真动起手来，不禁大惊失色。这时又不敢高声呼救，只好拖延时间，等待救兵了。便用力把师爷一推说：“你真是个急性子！大白天就干这个，也不怕有人来呀？梅香想是方便去了，一会儿就回来，要是被她发现，我这脸往哪里搁？”

“她绝对不会这么快就回来的！你就依了我吧！我一辈子都忘不了你！只要你答应我这一次，我情愿一辈子替你效劳尽力……来吧，来吧……说着，便动手去解如夫人的带子……”

正在纠缠时，忽听门口响起脚步声，接着是梅香的声音：“太太，老爷来了！”

正上了火的魏朝卿，一听此言，立刻天灵盖上走了真魂，顿时像泥塑木雕似的僵在地上，一步也挪移不动了。

倒是如夫人像是个行家里手，急忙把衫裙整理一下，几步来到门边，开了门迎上前去，对着从楼梯口上来的范琎说：“大人来得正好，魏师爷正在等你呢！”

范琎猛地一愣，心想：“这魏朝卿来干什么？要是有事找我，该上前厅书房才是！为何偏偏趁我不在家时，到如夫人房中来坐等？抬眼一看如夫人，只见她云鬓散乱，衣衫不整，脸色红赧，说话吞吐，啊，莫非他二人背着我在干那苟且之事？又一想：不可能！如夫人是县衙出名的美人，玉芙蓉之名谁个不知，哪个不晓？等闲的男子，哪里在她的眼中！何况这魏朝卿好色成性，异想天开，仗着替范秉正治病以及出谋献策之功，便想来占此便宜！这人实在无耻又可恶！妄想送我一顶绿帽子戴戴，我可不能轻易放过他！”想到这里，也不理睬如夫人的招呼，气冲冲地跨进房中，也不和师爷打招呼，先往太师椅上一坐，斜眼观看身旁那个人来。

魏朝卿此时恨不得钻进桌下躲进床底。那脸上红一阵白一阵；心脏狂跳不止，那咚咚咚的跳跃声都听得一清二楚。平日的利嘴快舌，这时全用不上了，只低着头，准备挨打挨骂了！

范琎突然变了脸色，大声道：“好个魏朝卿！本县待你不薄，你竟敢胆大包天，趁我不在家中，竟然，竟然……”

魏朝卿自知理屈，被范琎一吓唬，以为他已知道自己刚才的胡作非为，便吓得两腿簌簌发抖，说话成了结巴道：“大人息怒，小人没……没干什么，我只……只是想，想……”

“快讲！你想干什么？”

“我想……想来打听一下大少爷的消息……”

不提起范秉正还只罢了，一提起范秉正的事，范琎立刻唾了魏朝卿一脸，说：“你还有脸提这件事！都是你的‘妙’计！把我儿可害苦了！”

“什么？”如夫人一听猛吃一惊，忙问，“我儿怎么样了？”

“他如今已成了杀人凶手，眼看就会凌迟处决了！”

“啊！老爷，你快说个清楚！到底是怎么回事呀？”

“哎，都怪我没有及时制止这件事！如今悔之莫及了！事情是这样的，我也是刚从提牢主事那里得到的消息！”

原来，范秉正听了魏师爷的“妙计”算定瑞凤姑娘到牢中探监，便叫范阿狗知会了提牢主事，等瑞凤一来，便把她诳进那间石屋里，专供范秉正进去淫乐。

一切安排就绪，瑞凤果然中计。在石屋里经过一场交锋，范秉正占了上风，趁瑞凤跌倒在床沿上，便腾地压到瑞凤身上，用嘴在瑞凤脸上乱亲。瑞凤极力抗拒，却力不从心，眼看上衣被扯碎，裙带被扯断。就在危急之时，范秉正的嘴巴又不老实起来，使劲去吻瑞凤。瑞凤左躲右闪，范秉正却势在必得，一心要找那个又香又温的檀口。谁知死靶易打，活靶难瞄。在乱中，一时竟把鼻子对准了瑞凤的嘴巴。

瑞凤此时恨死了范秉正，一心想保全贞操，绝不能让禽兽得逞。她早已把生死置之度外，情愿以一死相拼！这当口，突然感到有个硬邦邦软酥酥的东西撞进口中来，也不知是啥物事？就不管三七二十一，狠命一咬，竟把鼻子咬下一块肉来！那块肉连同血都塞进了嘴中，顿时一阵恶心，便“呸”的一声，把它吐出老远去了。

范秉正被咬去了半个鼻子，痛得他“哇”的一声怪叫！那鼻子顿时成了一个窟窿，血就像决了口似的直喷出来。

此时的范秉正竟一点也不觉得疼痛，只有无限的愤怒和恼恨！心里话：妈的！老子好好地抬举你，想和你结成一对夫妻，将来让你和全家都有好日子过！谁想你狗坐轿子不识抬举，好心来个恶报，竟狠狠地咬下我的鼻子来！将来我少了鼻子，说话会漏风，香臭分不清。这且不说，人面前一站，却比别人少了一个零件，这不是要我出乖露丑吗？是可忍，孰不可忍！你对我不仁，我岂能对你有义？来而不往非礼也！反正今天搞不成把戏了，我就送你上西天去吧！

好个狠毒的范秉正，他不顾一切，跳起身来，抓住瑞凤的头发，将她的头用力朝墙壁上乱搡乱撞。几十下下来，瑞凤起初还在怒骂，接着就骂不成声，再接着就默然无声了。细一看，她的头发黏糊糊的，全是血，伸手一探她的鼻息，竟然已毫无感觉——已经死了！

范秉正见瑞凤已死,并不惊慌,而是若无其事地在瑞凤衣服上擦净了自己手上的血,然后,整了整衣服,打开了铁门。

门外范阿狗已等得不耐烦了。一见范公子出来,便迎上去笑着问:"完了吗?恭喜少爷,贺喜少爷!阿狗向少爷讨赏哩!"

范秉正顺手给了他一巴掌,说:"这就是赏你的!快去,把里面收拾干净!"说完,就转身扬长而去。

范阿狗走进石屋,立刻吓了一跳。那个"新娘"直挺挺地躺在床上,脸上头发上全是鲜血!过去一看,早已死去了。

范阿狗不愧为范秉正的得力奴才。家主杀了人闯了祸,他却毫不慌张,立刻编了一个谎话去对提牢主事说:"瑞凤姑娘在探监时碰到了范公子。她向公子求情,替爹开脱罪行。范公子不答应,告诉她说,她爹已判了死刑,秋后就要处决了!瑞凤姑娘一听,绝望之余,便撞墙自尽了!"

提牢主事明知这谎言漏洞百出,难以服人。可自己是在范大人手下当差,胳膊肘还能弯得过大腿来?便多一事不如少一事,叫来两名禁婆,把莫瑞凤的尸体抬到了专埋瘐死罪犯的后墙边,草草地埋葬了。

范琎把这件事一说,如夫人便吓了一跳。心想:糟了!大明典例:杀人者死。我儿如今做将出来。只要这件事被传了出去,事情就棘手了!她立刻想到了魏师爷!他的肚子里藏着的全是计谋策划,此事非他不可!想到这里,便朝范琎望去。只见他为了魏朝卿擅入卧房,还在那里吃醋哩!便走过去,在范琎的耳畔悄悄地说了几句话。经如夫人一席话,范琎竟然马上换了一副脸孔,笑哈哈地朝着师爷拱了拱手说:"魏师爷,刚才是我鲁莽了,万望不要见怪!这件事不知师爷有何妙计教我?"

魏师爷刚才还在心悸,忽见范大人变成前倨后恭的模样,便放下了那压在心头的一块石子,一屁股坐了下来。

如夫人亲自端来一杯茶,递到师爷手中说:"你是赛诸葛!什么事到你这儿便逢凶化吉,遇难成祥的,你便给我出个主意吧,我是不会忘记你的!"

魏师爷本无一丝责怪夫人之意,怪只怪自己运气不好,在节骨眼上来了白虎丧门星,要不,自己那条小船,早就进了港了!见如夫人如此殷勤,如此多情,心早软了,气早平了,便接过茶盏,呷了口茶,定了定神,一个计谋已在胸中酿就。便放下茶盏说:"此事易办。莫家姑娘已死,知道这件事的,无非是狱中几个人。大人必须先把他们稳住。先用银子封口,再使权威钳嘴,这样就万无一失。其次,最怵头的是姑娘的爹莫金才!他要弄清其中根源,出面首告,事情就复杂了!俗话说,量小非君子,无毒不丈夫。留着这个莫金才,终究是个祸害!夜长梦多,日久生变，不能不防！”

如夫人插嘴道：“那怎么办？”

范琎也皱眉道：“莫金才罪不当死！他只不过是个窝藏赃物的窝主而已，充其量，我只能判他个充军罪……”

魏师爷大笑道：“范大人聪明一世，懵懂一时！充军边地，长途跋涉，生杀之权，尽在大人手中！到那时，只要派两个心腹弓兵押送，从中取事，岂不易如反掌！”

范琎喜得抓耳挠腮，连连像鸡啄米似点头说：“妙！妙！不愧为智囊！”

如夫人笑道：“大人别先光是口头称赞，也该弄些实惠送给师爷了！”

范琎连声道：“该！梅香，快去取五十两银子来！”

等梅香把银子取来，魏朝卿从如夫人手中高高兴兴地接过，趁范琎不注意，又暗地抚摸了一下玉芙蓉的纤手。那玉芙蓉却若无其事地笑了笑，弄得魏师爷差点掉了魂！他不敢久留——怕控制不住失了态。便推说有事，心满意足地告辞回去了。

魏朝卿一走。如夫人便“呸”地在地上唾了一下，撇着嘴说：“这个不得好死的丑八怪，给他风就是雨了！”

范琎道：“这个该死的东西！他是不会死心的！夫人可要当心！”

如夫人鼻子里“哼”一声道：“我是想留着他怕还有用处！等事情全都办妥了，那时，准叫他死无葬身之地！”

范琎一把搂住了如夫人，“吧”地在那桃腮上亲了一口，说：“想不到夫人竟如此能干，连智多星也被你玩弄在股掌之间！正是：棋高一着，缚手缚脚！”

如夫人嫣然回眸一笑，用手指尖端戳着范琎的额头，嗔道：“我还不是你教会的！你可是我的师傅呀！”

范琎忙道：“不敢当，不敢当！如今夫人是‘青出于蓝而胜于蓝了’！下官望尘莫及，甘拜下风呢！哈哈哈哈！”

“咯咯咯咯——”如夫人也畅然大笑起来。

正是咬人的狗不露齿，吃腥的猫儿不吐骨。强中更有强中手，恶人须服恶人磨。

欲知后事如何，且看下回分解。

第六十五回
害痨瘵情痴玉芙蓉　设陷阱活捉赛旋风

且说绍兴师爷魏朝卿，自从迷上了知县的如夫人玉芙蓉后，朝思暮想，不能释念。白天还好过，不过把自己关在房中，独自一人默想玉芙蓉的标致模样，动人体态；逢到有人来找他办公事，这胡思乱想，也就拦腰打断。一到晚上，常痴痴冥想，不能成眠。一合眼，如夫人似嗔如喜，亦庄亦谐的逗人样子，就出现在眼前。一会儿含颦噘嘴，像在埋怨自己为何失约；一会儿低鬟欲涕，像在怪自己胆小怕事。他是个四十岁的汉子，至今尚未婚娶，正是阳盛火旺无处发泄的年岁。想着玉芙蓉，却不得同枕共衾，其情何堪？于是经常噩梦不断。梦中就看见玉芙蓉在前面对自己招手。魏朝卿喜不自胜，连忙三步并一步跑了过去，一把搂住了她。她也不恼不拒，两人紧抱一起，魏朝卿这番总算遂了心愿。等一觉醒来，底下湿漉漉的像是尿了一床的尿。用手一摸，却又不像，才知是出了事！魏朝卿年轻时听人说："那精液是人的命根子，是男人的珍宝，极不可随便糟蹋的！要是无端的泄出，重则送命，轻则得病。千万大意不得！"他听了牢牢记住，至今未忘。也不加辨别，把它当作了金科玉律。如今得了这梦遗症，立刻忧心忡忡，神经异常紧张：又悔又怕，自怨自责，后悔莫及！及至到了明夜，噩梦又作。那玉芙蓉又在对他盈盈微笑，那秋波一转，百媚俱生，魏朝卿又身不由己地跑了过去与她云雨一番。等倏然醒来时，早又一泄如注。如此反复循环，折腾了一个多月，那魏师爷看看饮食锐减，面色蜡黄。求神拜佛，赶妖驱鬼，都无济于事。请医治病，服药发散，也如石沉大海，毫无作用，看看病情日益沉重。

魏朝卿病重时，还指望玉芙蓉会来看望他。谁知连梅香也未派来一看！于是由爱怜转入怨恨！俗话说：病来如山倒。他这病——心中发闷，口内无味，两眼酸楚，脚下松软。白天昏睡，夜里低烧，咳嗽不断，气喘发哮。重价请来一位名医，说是得了色痨，不肯开方，摇摇头说："准备后事吧！"

魏朝卿自知不起，对服侍他的一位皂隶说："我这病不行了！这是我自作自受。也是害人反害己！只有一件事，至今未明，我死不瞑目！"

皂隶忙问何事？他咳着说："请……请你问……问梅香。夫人对……对我……究竟是真……真心？还是假……假意……”可是，他等不及答复就咽气了。这也是他诡计多端，专门害人的报应！

不说魏朝卿已死，那知县范琎果然依照师爷献的妙计，先把莫金才判了充军沙门岛，派了丁万、李千两个弓兵，押着老头儿启程。可怜女儿已死于非命，家中老妻又长期卧病不起，更无一个前来送行，莫老头就凄凄惨惨，伶伶仃仃地上了路。那沙门岛远在海南，离吴县足有千里之遥。闻听那里是个瘴疠遍地，蛇蝎横行之处，到那里充军的人，十个有九个客死在异乡。不免一上路就心怵胆战，可是事到临头只好听天由命了。

于路不到半日，看看来到一处秃岭黄土所在，四望无人，连一棵小树也不长。

莫老头早已脚上走起了血泡，走一步挨一步，慢慢地爬上岗来。只见坡上竖着的石碑上写“黄土岗”三个字。

那丁万、李千在后拿着棍子，像赶羊似的喝道：“莫老儿，到了！”

莫老头战战兢兢地回头一望，只见丁万倒竖八字眉，李千圆睁老鼠眼，就像两个恶鬼正望着自己，心里不觉发了毛，双腿一软，跪倒在地叩求道：“两位爷爷有何吩咐？”

丁万狰笑道：“俗话说，识时务者为俊杰。此去沙门岛也是个死，倒不如就死在这里干脆！你也莫怪我们，我们是奉了知县相公的钧令，在此结果你的性命，须得棍上验血才能放过我们，你就算成全我们去领赏了！”

李千道：“莫老头不必啼哭！人生自古谁无死？你须记住：明年此日，就是你的忌辰！歹活不如快死。我在这里向你道谢了！”

莫老头至此才如梦初醒，大恸道：“天啊！你怎不睁开眼睛啊！瑞凤我儿慢走，爹也来了！”说完闭目受棍。

丁万、李千双双举起棍子，正要向莫金才脑袋凌空劈下，忽听耳边“嗖嗖”声响。不知从哪里飞来两支飞镖，两人应声中在咽喉，连一声“哎哟”也未喊出口来，便倒毙于乱石堆中了。

莫老头虽紧闭双目，耳朵却十分灵便。那飞镖声，以及木棍落下声，丁万、李千两个扑倒于地声，都听得一清二楚。等他张开眼来一看，只见身前站着一个赳赳武夫，细认，原来就是前曾路见不平、拔拳相助的大好人：赛旋风陈大刚！立刻惊喜交加，跪地相谢。

赛旋风陈大刚原是江湖好汉。他单身一人，来无踪，去无影，行迹飘忽不定。自从那回在莫盛记糕饼店，路见范秉正调戏民女，横行霸道，出于义愤，便力敌众人，保护了瑞凤姑娘和莫家糕饼店。后来又碰到范知县派人强娶瑞凤，又一次把那些狗仗人势的帮凶们打得落花流水，抱头鼠窜。事后，陈大刚因事离开了吴县。

不久前，大刚又返回家乡，偶听路人传说，瑞凤姑娘暴亡，莫老爹被狗官诬陷判了充军沙门岛。

说来也巧。那天在杏花楼喝酒时，瞥见范秉正的狗奴才阿狗在鬼鬼祟祟与两个弓兵耳语，并从袖中取出两封银子送与两人说：“事成之后，再有重谢！”

陈大刚看在眼中，记在心中。等阿狗一走，便尾随两个弓兵后面。只听一个说：“这莫老头也是该死！我们落得做个人情，就是银子少了些，这位范大人也忒吝啬！”另一个说：“正是！须知这杀人的勾当，却担着天大的干系！区区几十两银子，还不够赌上一夜哩！老兄，你说在哪里动手最好？”“我已思考过了。此去六十里远，有一处地方，名叫‘黄土岗’，方圆十里地内是渺无人烟之处，在此下手最好。”

陈大刚听完心中大怒，却不动声色，自去准备，赶在两个弓兵前面，预先伏在那块石碑背后。正赶上丁万、李千动手杀人，便用两支飞镖，结束了两条狗命。

当下，陈大刚扶起了莫老儿。莫老儿还以为是在梦中，使劲捏了一把大腿，觉得还有些疼痛，方知一切全是真的！连忙伏地拜谢陈大刚救命之恩。

陈大刚把两具死尸拖到背阴处，自有秃鹰饿狼去一饱口福。随即不容莫老儿推辞，把他背下岗子，在有居民处雇了一辆独轮车，请人一直推到吴县莫老家中。到家已是半夜，且喜无人发觉。老伴冯氏一见，惊喜万分，这病也就好了三分，忙挣扎起来要做饭给恩人吃。谁知左右一瞧，恩人陈大刚已不知去向，连推独轮车的人都推车走了。夫妻两口感激不尽，只好对着大门，磕了几个响头，以表心意。

再说陈大刚打发独轮车夫走后，自己寻思道：“叵耐这范知县，枉为父母官，却一心戕害百姓，欺压良善。这样的狗官，留在世上作甚？我已杀了两个解差，再杀一个也不过是死！不如夤夜去吴县县衙之内，杀死狗官，替民除害，岂不干净利索？”打定主意，便找个夜店饱吃了一顿，便朝县衙而来。

此时已交三更，一轮明月，悬挂中天，照得大地一片银白。陈大刚运用飞行之功，眨眼间已来到吴县县衙。围墙虽高，怎挡得赛旋风的轻身功夫？他一个旱地拔葱，双脚离地，向上轻轻一耸，已是身在墙上了。正好有一个更夫，手拿竹梆铜锣走了过来。赛旋风飞身跳下，正好落在更夫面前，拿刀在他脖子上一搁，低声喝问：“你要活命还是想死？”

更夫魂飞九霄，两排牙齿格格地抖个不住，结巴着说：“活……活……不……不想……死！”

“我问你！范知县住于哪间房？若有谎言，便先砍下这家伙来！”

“别……别……别砍！我……我说。就，就是前……前面有……有灯光的房……房子！”

陈大刚不愿多杀无辜,便解下更夫裤腰带,把他捆在一棵树上,再撕下他的半截衫来,塞进他的口中说:“伙计,委屈你一下,等天亮了自有人救你!”说完,朝只顾翻着一双白眼却说不出一句话来的更夫笑了笑,便拿着刀径往有灯光的房间而去。

原来,范琎和玉芙蓉住于县衙后厅的楼房内。些刻,两人云雨已罢,正点了灯在喝燕窝汤。喝完燕窝汤,余兴未尽,便躺坐在床喁喁而谈。

范琎道:“这魏师爷倒是个人才！他想的计谋真是绝！这会儿,那莫老头想是一命归阴了！从此,我才高枕无忧了！”

玉芙蓉笑道:“还亏得我把他留着,他才想了这条计来。要是按你这个醋坛子办事的话,十个魏师爷也都被你断送了！”

范琎把玉芙蓉的粉颈一搂说:“谁叫你长得这般漂亮？我能放得下心吗？”

玉芙蓉用指一戳范琎的鼻尖说:“你这个醋坛子,真拿你没办法！你成天价在外吃花酒,偷野食,当我不知道呀？我是懒得管你！可我……跟男人多说几句话,你就气得吹胡子瞪眼睛……好好好,从今以后,我俩订个君子协定:我不跟男的来往,你呢,再不准去找什么赛杨妃呀,小飞燕呀……怎么？能不能做到呀？”

范:“嘻嘻嘻,能,能,能！不过,要是京里来了人,要我陪他们去吃酒,这种应酬可不在内呀！嘿嘿嘿,这叫作逢场作戏,偶一为之嘛！夫人,你说对吗？”

“讨厌！你们男人找女人,总有一万个一千个理由！我们女人呢？只要稍想散散心,帽子就是一大堆！什么荡妇啦,淫妇啦,不贞啦,无耻啦,等等等等。男人偷女人,从未听说过会犯死罪要杀头;可是女人偷男人,那就不得了,了不得,不但判死刑,还要骑木驴,游四门,真是狠极恶极！不知是哪个断种绝代的狗东西定下的规矩!”

范:“好了好了,谁叫你少了那个东西呢？要不,你也可以三妻四妾,左拥右抱了!”

“不要脸,谁稀罕你那个东西？没有它,我还能安安稳稳睡个定心觉！有了它,天天吵得我不能睡！等把人家的火烧了起来,它又蔫不拉儿的没有用了,真叫人扫兴!”

范:“哼,就因为这,你才去逗那个死鬼吧？”

“什么？我会看中魏朝卿呀？说实话,要不是他长得三分像人,七分像鬼,我倒是会看中他的！他呀,人倒不错,对我挺有意思,就是没有找面镜子去照照！白天鹅死活也不会去爱上癞蛤蟆的！何况我还是玉芙蓉哩！不过,话还要说回来,魏朝卿这个人虽然有些色迷迷的,不自量力。可他对我却是忠心耿耿的!”

范:“怎见得呢？”

“你忘了？他死之前,还对我叮嘱了又叮嘱:千万不能放跑了那个赛旋风陈大刚!”

范:“他说的这陈大刚才是我们的心腹大患呢! 千万不能把他轻易放过!”

“他说得不错! 此人专好管闲事! 听阿狗说:‘上回曾两次在莫家糕饼店大打出手,娶莫家姑娘那回,他一个人就打伤了全衙十多个人!’确是一个祸害,不能不防!”

范:“对呀,要不是魏朝卿的提醒,今天晚上,陈大刚要是来找我们算账,岂不是坐以待毙了吗?”

“轻点声! 小心被人听到了!”

范:“放心吧,哎,瞌睡来了,哈——欠,我……我要睡了!”

“等一会嘛,急什么,再来一趟怎么样?”

范:“呸! 你怕明天会死呀? 一大把年纪的人,也不害臊! 一躺到床上就想那件事!”

“好好,睡就睡!”

范:“把灯熄了,有光我睡不着!”

“嗯。”

“扑哧——”灯熄了,月光却从窗格子里射了进来。

有个黑影,正跟着那片月光,拉长在地上了。这黑影正是赛旋风陈大刚! 他在房外檐下已偷听多时;怕惊动床上这对男女,故一直倒挂着像个蝙蝠似的一动不动。倏然灯灭,他就从檐上下来,用刀尖轻轻挑开门闩,几步就向床前奔去,口里大喝一声:“狗官! 你恶贯满盈了! 爷爷今夜特来替瑞凤姑娘报仇来了!”

赛旋风陈大刚话音一落,举起刀,向前再跨一步,正要去杀人时,突然脚下一软,床前那块活络门板松动了。陈大刚想飞身上纵,可是来不及了,随着那块掉下的门板,连人带刀一齐掉进了那个新挖的,深有四五丈的陷阱之中了。

这时,范琎赤身裸体赶忙从床上起来,移过方桌,翻倒后盖在陷阱上,一面就大声喊叫梅香起来打锣报警。在房外附近警戒的弓兵都纷纷赶来。此时,玉芙蓉已点燃了灯,穿好了衫裙,忙把衣服掷给范琎。范琎匆忙间怎么也穿不上裤子,细看,原来错把衫袄当作裤子来穿了。

不一会儿,众人已齐集在房内。有的拿挠,有的拿钩,有的拿绳,七手八脚地把陈大刚从陷阱中弄了出来,把他绑得结结实实。赛旋风陈大刚骂不绝口,把二人刚才的丑事都揭了出来。范琎赶紧用手掩了耳,叫人把他关进死囚牢中。一面又连夜叫人把莫老头重新抓进牢内。

二人都被判成死罪。范琎把书办叫来,立时写成申文上详。不知二人性命如何,且听下回分解。

第六十六回
况定观三让受闲气　张老大一语转乾坤

且说范琎活捉了赛旋风，消除了心腹之患，十分高兴，儿子范秉正虽未能在莫瑞凤身上得到满足，可母亲玉芙蓉怕他旧病复发，便把贴身丫鬟梅香分拨去服侍秉正。一则免得范琎像猫儿偷腥那样，常在梅香身上动手动脚；二则秉正有了梅香，阴阳调和后，病情就可彻底断根。

俗话说，家和万事兴。那范琎最近在审问一件遗产纠纷案件上，左右逢源，两边讨好，捞了一大笔外快。正可说是喜上添喜了。如夫人为此特地摆了一桌酒，与范琎庆贺。正在饮宴之间，忽然阿狗领进一个送信的人来，说是从金陵江南抚台衙门来的。

范琎心想：一定是老上司江南抚台衙门的乔佥事来的信！拆开一看，果然是乔佥事亲笔所写，上面写着：

范琎贤契惠鉴：

上次承贶厚礼，愧领心感！有一急事，特先告闻：

今有人在周巡抚面前告了令郎一状，内情尚不得而知。风闻巡抚不日将行文苏州府处理此事。知府况钟，素以铁面无私名闻朝野，如亲自查询，则令郎岌岌可危矣！

望善自处置！特告

知名不具

某年某月

范琎看了，不禁目瞪口呆，举止失措，几次把杯中之酒，倾在衫袍上，犹浑然不觉。

如夫人便命收拾了筵席，赏发了来人，扶着范琎进房歇息去了。

如夫人见范琎愁眉不展，闷闷不乐，便献计道："老爷不必焦虑。我想此事未必像信上说的那样严重！想那况钟，并非有三头六臂，也不过是不爱钱罢了。其实，世上的官，哪个见钱不喜的？便是忠臣，嘴里说不要钱，心里还是想要钱的。要不，朝廷上那些大官们，住的是富丽堂皇的显赫官府；吃的是山珍海味时鲜菜肴；出则八人大轿，威风凛凛；穿则绫罗绸缎，杭纺苏绣；家中美女如林，童仆似云，堂上一呼，堂下百诺；他们的银子在库房里堆成了山；古玩珠宝，应有尽有。这些难道是从天上掉下来不成？皇家赏赐只是很少一些，还不是别人孝敬他的！就拿你来说，为了保住这顶小小的乌纱帽，每年要送多少礼品到省里到京里去？那些受礼的官，有几个把礼品退回来的？今天你送，明天他送，一级巴结一级，说穿了还不是为了这个'官'当得牢靠一些！记得有人唱过一个曲子，说是：'知县是扫帚，太守是畚斗，布政是叉袋口，都将去京里抖！'我就不信：那个不爱钱的况钟，会两手空空去京城考绩！"

范琎听得心烦，便说："你就少说几句好不好！如今是儿子的事摆在眼前，须得快想办法才是！"

如夫人笑道："办法我早有了一个！"

范琎急道："哎，真是急惊风碰到了你这个慢郎中！你快说呀！"

如夫人道："俗话说：三十六计走为上！如今莫瑞凤已死，莫老头和陈大刚都在我们手中，并已申文上报。只要批文下来，人头一落地，就有天大本领，这案也翻不过来了。况大人如派人来问，你就一推六二五，一问三不知。他找不到秉正，就无法定罪。到那时，理都在我们这里，还怕怎的？况钟要是死咬不放，我们拼着送一千两银子给巡抚大人。如果他收了银子，自会撤销追查的命令。此事岂不就烟消雾散了！你看如何？"

范琎喜得抓耳挠腮，连声喊好。当下计议已定，就唤来范秉正，命他带着范阿狗速去吴江县城郊舅公家暂时藏身。等风声一过，再做道理。

范秉正和梅香打得火热，舍不得离开；那梅香也在秉正面前撒娇撒痴，不让他走。弄得范秉正左右为难。

范琎和玉芙蓉天天催促儿子动身，儿子却拖一天算一天。看看实在拖不过了，只好和梅香抱在一起，痛哭一番，才恋恋不舍去了。临行，梅香小声叮咛：半月为期，早日归来，秉正满口答应了。

主仆两个从繁华热闹的吴县县城，一下子来吴江县城郊一个名叫柳丝村的偏僻地方居住，怎么住得惯？正是：食不甘味，睡不成眠。白天苍蝇成群，晚上蚊子肆虐，可谓度日如年了！舅公问了阿狗，才备知来此的底细，心中便很不高兴；见秉正这不惯那不合，更是心里有气。十天后，主仆二人外出游玩，不料秉正被蝎子蜇了手指，被咬之处，立刻红肿起来。舅公找来草药，涂在患处。秉正以此为借口，再不想住在这穷乡僻壤受罪吃苦，便执意要回家。舅公正中心怀，也不挽留，就准备了些当地土产，叫阿狗带回家送给范琎夫妻。

于是，范秉正就带着范阿狗从水路返家。他在岸上看到有条船正朝吴县方向划行，便让阿狗叫唤船老大过来，要搭船前往吴县。

这条赴苏州府的船，正是况公子定观从靖安出发到苏州探望父亲况钟的那条船。况定观本不愿中途搭个陌生人上船来，可又一想：与人方便是件好事。既是好事，何乐而不为？而且，这主仆二人，看样子像是有钱人家的人，搭了船，少不得出些船资，增加艄公张老大的收入，岂不也好？于是，当艄公征求他的意见时，他欣然同意，将船靠了岸。

谁知，这一主一仆却不识好歹，上船后不但颐指气使，神气十足，竟反客为主，发号施令起来。

当时，况公子正在晕船，躺在铺上休息。阿狗竟来摇动他的身体，大声嚷着说："起来，快起来！把你的铺位让出来！我家少爷会晕船的！"

况定观本当不让，可听到小使的主子会晕船，就想起自己晕船时痛苦不堪的情形。刚上船后不久，曾在赣江遇到一次大风浪，船颠簸得十分厉害，况定观曾连连呕吐，后来又昏睡不醒，像得了一场大病那样！以后慢慢习惯了，才减轻了不少痛苦；可至今尚未完全脱离晕船的状况。推己及人，况公子心一软，就坐起身来准备相让铺位了。不料，那阿狗更不客气，见况定观坐起身子，便来动手把定观强拉起来离开了铺位，并把被褥搬到他处。随即打开行李包，将范公子的那条锦被铺在铺位上了。

况定观被阿狗一拉一推，那呕吐的毛病又发了，对着船舱外面就吐了起来。由于风向关系，那呕吐物余沥，被随风吹在舱板上。这时，范秉正刚好过来，看见况定观在吐，立刻就紧蹙双眉，用手掩住了鼻子，口里连声说："臭不可闻！臭不可闻！"这时，一阵大风吹来，那余沥竟溅到了他的脸上了。他立刻勃然大怒，高声斥责道："你这人是灌多了黄汤了？撒尿也得找个尿桶哩，竟敢对着少爷我这身新袍就吐！想是活得不耐烦了！阿狗，把我的袍子脱了，叫他赔！"

阿狗一听，跷起屁股连声答应，就过来脱下范秉正身上的袍子，冲到况定观跟前说："这件新绣袍，连料加做工，一共三十六两银子！有银子的，快赔来！没有银子的，别怪我不客气啦！"那气势汹汹的样子，就像个凶神恶煞一般！

况定观从未遇见过如此惫懒无理之人，气得竟说不出话来。幸亏艄公张老大过来劝道："常言道：'有缘千里来相会！我们同坐一条船，风雨同舟，患难与共。难得的事！何必为一件小事红了脸呢？"

阿狗道："这是小事吗？你看看，他吐了少爷一身，还不该赔呀？"

张老大顺手接过袍子，去光亮处细细一看，原来，根本未曾有一点污迹！心想：这不是存心讹诈人吗？等我来对付他。便笑着说："这事好办！我刚得了一包海外带来的洗涤粉，只要撒在污迹上，转眼就除污变新。你们稍等，我去洗净了马上送还！”

张老大进后舱去打个转身，低声对后舱内一个女子说了几句话，那女子“嗯”了一声，随即就把袍子递给了张老大。

张老大兴冲冲地捧着袍子，来范公子面前说：“这洗涤粉真行。少爷请仔细检查，要是还有污迹，我来赔你！”

范秉正把袍子抖开，果然找不出一点污迹来——原本就未曾沾上过——只好点着头笑道：“什么样的洗涤粉，肯卖吗？”

张老大吃了一惊，怕露了馅，忙说：“这可是稀世的珍宝呢，是别人送的，才一丁点儿，已经用光了！”

阿狗插嘴说：“看你这个小气样子！你怕我家少爷出不起银子吧？”

张老大：“不不不，委实没有了！等下次我再碰到他，我一定向他多买些来孝敬少爷！”

这件风波就这样结束了。

自这事以后，况公子就不愿搭理主仆二人。管自读书，吟诗，或是观赏沿途风景。那范少爷却耐不住旅途寂寞，几次向定观搭话，定观总是不睬，弄得他无法可施。

谁知今天一早，定观定是碰到了黑道凶日：在念白乐天的几首《忆江南》词时，碰到范阿狗的干涉；后来，在舱里走路，脚步重了些，惊动范秉正的好梦，竟又遭到他的无理取闹——要我赔梦！想来，古人的“忍”为先，“和”为贵的训诫，在这里要行不通了。我抱着息事宁人的态度，对这个范少爷处处忍让，就是对那小使，也是“打狗且看主人面”，不予过多计较。可事实上是：我越忍，他越凶；我越退，他越进！也罢，让我教训他们一顿，看看这二人到底有何能耐？

正想发作时，忽见张老大笑嘻地对自己说：“况公子，前面快到吴县了，苏州府马上就到了！令尊况知府况大人一定在盼望了，说不定已派人去码头上接你去了，况大人可是苏州百姓的救命菩萨！谁不要喊他一声况青天啊！”

况定观上船时曾吩咐过张老大，莫要说出父亲来，以免招摇。如今，他竟故意一再提及父亲，想来是要杀杀这主仆二人的威风，免得他俩无事生非。这样也好，省得我来教训他们了！

说也真怪，那范阿狗一听张老大的话，霎时变了脸色，赶忙到主了面前禀告：“少爷，听说那个穷酸……不不，那位公子是苏州府况知府况大人的少爷！可得罪不起呀！”

范秉正听了，霍地从铺位上跳了起来，来不及套上那双粉靴，光着脚就过来朝况公子连连作揖，口里谦恭地说道：“在下实在惶悚之极，惭愧之极！我真是天地间最痴呆最无知之人，有眼无珠！苏州府况大人的公子就在身边，我却有眼不识泰山！都是这狗娘养的家童，多嘴多舌，挑唆是非，叫我几乎得罪了况公子！幸亏我为人忠厚，很少惹是生非，才没有让况公子难堪！即使我那袍子被玷污了，我也没有计较嘛！阿狗，愣着干什么？我早吩咐过你，休要占别人的好铺位，你偏不听，自作主张！快，马上把况少爷的被子搬过来，把我的铺位让给况公子睡！”

况定观忙推却道：“船马上就到了，不必劳动尊介了！”

范秉正这才松了口气，又接着说：“家父范琎，现任吴县知县，乃况知府治下。你我可算是世交了！阿狗，还不去准备酒菜，待我与况公子洗尘，不不，是接风……”

阿狗插嘴道：“也是祝贺两位少爷萍水相逢，相亲相爱吧！”

范秉正频频点头说：“说得好！萍水相逢，相亲……相……不不，什么乌七八糟的亲呀爱呀的，况公子又不是女子，能对得上号吗？妈的，你老是出差错，又得罪了况公子，还不过去赔礼。”

阿狗立刻趴在地上，连连叩头说：“况公子。你是宰相肚里好撑船，将军肩上好跑马，大人不记小人过！我是胡言乱语放狗屁，千不看，万不看，看我少爷的薄面！要是你不肯饶恕，我就自己来打自己！”说着竟左右开弓，连着打了自己好几下耳光。

况公子看了，觉得实在不堪入目，却又不愿去劝。想起刚才阿狗凶神恶煞的模样，对照眼下卑躬屈膝的面貌，不觉又可笑又可怜起来！哎，人活着就该有骨气，就该做个正儿八经的正直刚强的人！像阿狗这样活着，实在太窝囊了！至于那个范秉正，也是一路货！他不过仗着父亲是个七品知县，就如此骄横恣睢，飞扬跋扈！可一见到官阶比他父亲大的，立刻就从一丈青变成了矮脚虎！这种人是光认衣衫不认人，光看官阶论重轻的。与他交朋友，倒该小心为是！不过，船马上就到苏州，我们立刻就分道扬镳，各奔东西。他走他的路，我走我的道，我再不搭理他也就是了。

想到这里，就把手一拱道：“范兄少陪，小弟要去读书了！”

谁知，范秉正却一把扯住况定观的衣袖，再不肯放手。

这时，范阿狗早在舱内席上端上了酒菜。

况定观无法脱身，被范秉正按在坐垫上坐下。秉正早伸手拿起酒壶来给况公子怀中斟满了酒。欲知后事如何，且听下回分解。

第六十七回
口对口公子救娇娥　男亲男主仆传笑柄

且说范秉正听说同舟的那个穷酸,竟然是苏州府况大人的公子,心里就打算开了:听我爹说,有人在周巡抚那里告了我一状,肯定是撞死瑞凤的事漏了风声!不知是哪个狗养的专门跟我作对?查到了非要叫他趴倒在地不可!这件事要是追查起来可不是玩的!若是把脑袋搬了家,叫我怎么喝酒吃饭?我爹吓坏了,才叫我去舅公家避风的。他还说,周巡抚准备下文叫苏州知府况钟查案,这便更糟了!听说这况钟就像当年的包龙图,是个十分厉害的人物!嗨,天缘凑巧,今天恰巧他的公子与我同船。我要是笼络了他,借这条线把后面的大鱼牵住,我的事岂不就万全了?对!我爹总是说我笨,说我只会吃喝嫖赌,今天我要让他见识一下我这个宝贝儿子并不是光会享受的酒囊饭袋!等我把况公子拖下水,那时,还怕他不乖乖地听凭我的摆布?

范秉正打着这个如意算盘,才恭恭敬敬,诚诚恳恳地要请况公子赏脸喝酒。

况定观本待不理,终是心软面嫩,挡不住范秉正死缠活拉,范阿狗一吹一唱。便想:同坐一舟,难以峻拒,我只需虚与委蛇便了。这时,范秉正见况公子还不肯答应,便激他说:“况公子如此推辞,想是对兄弟刚才的唐突仍耿耿于怀吧?”况定观不及回言,旁边的阿狗早“扑通”一声跪下磕头说:“况少爷,这都怪我,不能怪少爷!你要不肯原谅我,奴才就把头磕破,再也不起来了!”说着,真个在地上,“砰砰”地磕了几个响头,也不怕额头碰痛!

定观见此情形,只得答应道:“起来吧,我答应就是!”

于是,两位公子分宾主盘腿而坐,喝起酒来。

况定观因父亲治家甚严,庭训时常教诲自己:“择友务慎,处默少祸。”因此就光喝酒,不说话。

范秉正为了笼络况公子,就把市井中的耸人新闻,勾栏里的风流勾当,都搬将出来,还加油添醋,渲染一番。

况定观秉承严命,长期住在靖安乡下龙冈洲老家,哪里听过这些奇闻怪谈?起初很不入耳,后来却渐渐地被这些奇闻怪谈吸引住了,随口问了几句。范秉正鉴貌辨色，知对方已入彀了，便更加卖弄起来，专把那些争风吃醋的艳闻，关门闭户的丑事，当作故事来说，听得况公子脸上绯红，心里乱跳。正在这时，从后舱中忽地传来一阵嘤嘤的哭声，打扰了范秉正的谈兴。范秉正不觉怒气勃发，对阿狗说："是谁在哪里啼哭？船上又没有死人！快把哭的人给我抓来！"

阿狗听了答应一声，捋袖揎拳，就要过去。定观忙说："且慢！这啼哭的乃是一个苦命的女子！俗话说，不到伤心处，怎会泪淋淋？那女子正是有难言之隐，才如此悲伤呢！"

范秉正诧异道："况公子对这女子如此了解体贴，想是老相识了吧？"

况定观一听，嫩面"腾"地红起来了，却喜张老大在旁插嘴道："老相识倒未不，况公子是琴姑的救命恩人却是事实哩！"

范秉正对此大感兴趣，忙问："船家，你快说说，别把我憋坏了！"

张老大就说了起来。

原来，那天船到赣江，天色已近黄昏。船老大正想找个码头停泊时，忽见水上漂来一个人，两手抓住了一块木板，正在随波逐流，向下游漂去，眼见会被巨浪吞没。

那人一见前面来了只船，正是绝处逢生，便喊起救命来。这声音又尖又细，仿佛是个女子。

况定观正在船舱里卧躺，一听呼救声，便到舱口来看，正巧，那落水者就在离船几丈远的地方漂荡。况定观从小在河里戏耍惯了的，水性很好。如今眼看着有人遭难，顿时把自身安危抛到一旁，迅速地脱了外衣，就"扑通"一声跳进江中救人了。

这时天色已暗，风浪却越来越大。况定观几次被浪尖淹没，又几次奋力浮起。划呀，用力再划，终于靠近了落水之人。

定观救起人来一看，才知是个年轻的女子。可她躺在前舱板上，已是昏迷不醒，呼吸仅存了！

况定观知道一些急救溺水者的方法，可少年面嫩，对方是个年轻的女子，就显得缩手缩脚，踌躇不前。

船老大看看情况危急，便大声对况公子说："公子已把人救起，索性救人救彻，把她衣衫解开，做些对口呼吸才是！"

况公子红着脸说："老伯，还是你来吧，我……实在不好意思……"

船老大批评他说："你呀，实在太迂腐，太保守了！这是什么时候？她要是你的姐妹，你要不要救活她？快，我来帮你！"他不由分说，先解开了女人的衣领，然后拉着定观，让他跪坐女子身上。定观推辞不得，只好闭着眼，口对口地吹起气来。好一会儿,那女子才微微地张开眼来,一见自己被一个陌生的年轻男子压在身下,并口对口的在……不禁羞涩得无地自容,便挣扎着要起来。

船老大一见,忙说:"好了好了,姑娘有救了!快谢谢这位况公子,是他冒着大风大浪,从赣江中把你救上来的!"

姑娘一听,不禁对况公子无限感激地看了看,点了点头,算是感谢了。因此刻她刚才恢复知觉,身子起不来,想说话却无力张口呢!

定观早就站了起来,对船老大说:"老伯,你可有旧衣服,借给她一穿,也好换下这一身湿衣!"

张老大一拍腿说:"嗨,你提醒得好!瞧,你光顾想着别人换去湿衣服,你自己也得换一换呢!衣服倒有,只是旧些,是我老头穿的,不知你们会不会嫌弃呢?"

姑娘忙摇了摇头。

定观忙说:"老伯,你先扶她进舱去换衣吧,我……不要紧的!"

张老大:"你就在这里等,我先扶姑娘换了衣服就来!"

当下,二人都换下了湿衣,船上有现成的姜片、红糖。张老大特地烧了两碗姜糖水给二人服用,以驱寒气。

等三人都回到舱里坐下,张老大望着两个穿着自己的旧衣衫、正在喝姜汤的年轻人,不禁哈哈大笑起来。笑得两个人有些莫名其妙了。

张老大笑定后说:"你们穿了我的衣服,就像我忽然变得年轻了!"

二人听后,互相看望了一眼各自的怪模样,也忍不住笑了起来。

于是,定观就慢慢地问起女子为何投河。

原来这女子姓周,名唤爱琴,小名就叫琴姑。因家遭瘟疫,一日之内,父母双亡。因无力葬亲,就卖身殡葬。那个出钱的寡老却是个骗子,是专门替安徽乡民来买媳妇的。买来的人口就拐到安徽乡下转手货卖与当地的光棍汉一次就可到手几十两银子。

琴姑却不知就里,随着出钱的骗子坐船离了故土远去安徽。船到赣江时,琴姑无意中听到人贩子在跟人讨价还价,准备半路上把琴姑出手。琴姑闻听之下,便去与骗子吵闹:可她哪里是他的对手?一顿拳打脚踢,使琴姑负了伤。就在追打退逃之时,琴姑脚下一滑,堕入江中。幸喜漂在江中的一块木板,被琴姑在无意中抓住,才得以苟延残喘。正当她无力漂浮,力尽下坠之时,得到况定观的救助,上了船。又是况公子不顾羞涩把她救活过来!

张老大说到这里,范秉正心里就想:这好事如何全叫况公子赶上了!要是我,那该多好呀!那个年轻姑娘不知漂亮不漂亮,跟她口对口……啊呀,这可是艳福不浅啊!

正想着，那船老大已扶着琴姑出来，盈盈地向况公子深深万福。

定观忙还了一礼，开口问道："姑娘刚才又在啼哭，不知为了何事？"

琴姑哽咽着说："此去苏州投奔姨妈，万一姨妈不在，或是她不愿收留，小女子今后的日子就不好办了。想到此，不由不伤感起来！

琴姑的话语声甜润柔软，十分动听，早把那位范秉正听呆了；当他细看时，只见琴姑身穿玄青褂子，内衬粉色上衣，系一条藕色长裙，穿一双绣花弓鞋——鞋尖上却缝了块孝布。等她抬头，只见挽一个盘蛇发髻，发间绾只簪儿，鬓边插朵小白花儿。显得清丽秀曼，十分可人。俗话说："若要俏，须带三分孝。"那琴姑的穿着打扮，以及她的模样：桃腮粉脸，冰肌玉肤，宛如芙蓉带羞，牡丹含颦！加上人前一站：临风翩然，婀娜轻盈、实实在在是个无可挑剔的天上神仙，人间美女！

这时，况公子取出一锭银子，约莫五两光景，送给琴姑道："这银子且先收下，说不定将来遇到困难时，还可暂时救急！"

范秉正一看急了，忙叫阿狗："取十两银子来！我也要学况公子行善哩！"

阿狗得令，立时取了银子，一并交给了琴姑。琴姑谢了又谢，向二人行了礼，自进后舱去了。

当下，况定观和范秉正尽欢而罢，各自安置去睡了。

夜里，范秉正转辗不能成眠。白天那个啼哭的琴姑，对他的诱惑力太大了。特别是她那楚楚动人的姿态，便是一幅极妙的《美人怀春图》，也是一首缠绵悱恻的好词。范秉便寻思开了："记得有首词，好像是写一位美人怀念情人的，倒是可以拿来赠予琴姑的。可惜，可惜，当时曾听塾师讲解过，他还要我背诵出来呢，现在却大半还给他了；只留下几句了，让我想想看：这词牌好像有'美人'二字！什么美人？忘了！第一句是：'多少恨，'不对，不对，是'往事知多少？'也不对，这是第二句。对了，肯定是：'往事莫凭栏。'下面呢？好像是'小楼夜来又刮风'，错了！是'昨夜在梦中'。也错了！对了，这回一定对了！是'花月映东风'！还有呢？噢，还有是'一江春水向东流，一晌贪欢！'哈哈哈，总算全背出来了！瞧，我这脑瓜子还真管用呢，像爹那样中名进士那是不成问题的，就像荞麦田里捉王八——手到擒来了！对，等天亮后把这首《美人》词写出来，当面送给美人！这该多么有味呀！哎，不过，这样就太叫人操心了，要花那么多的心思，那么多的时间，实在等不及了！眼看明天就要到家了，就得跟美人分手了，还等什么？俗话说，先下手为强，不如就在这个时候，趁大家都睡熟了，我当面去念给她听……"

范秉正正想到这里，就轻手轻脚起了身，也不穿靴，光着脚，向后舱琴姑睡铺摸去。

无独有偶，这时有个人也正想着范秉正想的事，他就是范阿狗！

白天,他就对琴姑的容貌垂涎三尺;后来,少爷要他送银子给她,就故意把银子放在琴姑手中时,自己的手却一直没有放开。这样,一送一接之间,手与手就摩擦生了磁力!当时阿狗的心在狂跳,眼在射火,恨不得……

这事他一直放在心中。睡到铺上后就想:琴姑原是个乡下人,我也是生在无锡乡下的。我们是一条藤上的两只瓜,葫芦配冬瓜,正合适!她卖身葬亲,我也是卖身进府。不过,我是被狠心的阿叔卖给范府的!她未嫁人,我也独身;她十六,我十七;我们个头一样高,身子一样瘦;一个半斤,一个八两;王八看绿豆,正好对了眼!明天就要和她分手了,可一句心里话还没功夫、也没机会对她说呢!哎,常言道,错过了这个村就找不到这个店了!我得抓住时机,亲自对她说说心里话……

范阿狗想到这里,忙蹑手蹑脚起来,也不要穿鞋了,光着脚,向琴姑的睡处摸去。

范阿狗刚刚摸进后舱,只见黑魆魆的,站着一个人,便料定是琴姑半夜起来小溲。哈,真是机会难得,不管青红皂白,一把搂得铁紧,口里喃喃嚷着:"好心肝,想死我了!"不料,那琴姑比自己还要猴急,不等伸手,先来为强,如饿虎碰到羊羔一般,猛地扑上来,抱住就亲嘴扯裤子……

范阿狗心里倒有些害怕起来了:妈呀,这女人原来是个荡妇!将来要是弄到家,像今夜这样的作为,怕不送我几十顶绿帽子戴才怪呢!正在疑惑不定,忽然有人提着灯来了。来的不是别人,是船老大!他听得一阵窸窸窣窣的脚步声响,起先以为是老鼠,后来一听不像,便提灯来看。不看犹可,一看却乐了:原来范秉正主仆二人,不在自己铺上好生睡觉,却来到后舱厮抱着打架哩!

这时,范秉正羞得无地自容,连忙溜跑了。那阿狗想跑,那条被解开腰带的裤子,早不掉,晚不掉,偏偏在张老大面前掉了下来,害得阿狗赶忙用手去掩……

这件丑闻,后来被张老大加油添酱一番,当作一段精彩的故事在船上开讲。凡是搭乘张老大的船,客人们都能得到开心的大笑。这是后话不提。

正是:

先下雨哟后生云,
石头轻来棉花沉。
民压官哟牛骑人,
狗报晓来鸡看门。
世上一切颠倒颠,
男人搂住男人亲!

要知以后范秉正如何笼络况公子,况公子又如何上当受骗,下回自有分解。

第六十八回
见慈父更添敬仰情　会诗友误闯风月楼

船到吴县码头了。

范秉正依依难舍地和况定观告别：作揖又作揖，叮咛复叮咛，那惜别之情溢于言表，很使况定观感动。而且，使他想起唐代诗人王维那首脍炙人口的《渭城曲》一诗来：

渭城朝雨浥轻尘，
客舍青青柳色新。
劝酒更尽一杯酒，
西出阳关无故人！

况定观是个重感情的人。他站立船头，久久伫立向后眺望，直到望不见范秉正主仆二人的背影时，方回舱中。

苏州城终于到了！定观这次省亲，带的行李不多。除几本书和一条旧被外，就是带给父亲在家时爱吃的酸泡菜和腌辣椒。定观想：父亲在外为官二十多年，不论官职大小，对家乡的土产却常念念不忘。带去的东西值不了多少钱，可父亲却视同珍宝，每天只吃少许，一坛腌辣椒，他要吃上几个月，可说是俭朴之极了！依定观之意，行李不多，借条扁担，自己挑了去府衙就是。可张老大执意不肯，要亲自挑着相送，定观只得再三谢了。两人才离了码头，一路同行。

定观在后厅拜见了数年不见的父亲和继母，见父亲况钟十分高兴，脸色红润，身骨尚健。只是两鬓添了不少白发，还时时咳嗽几声，吐几口痰出来。

定观担心父亲的咳嗽，是病情的朕兆，况钟却笑着捋起胳臂让定观看了说："你看我像有病吗？很多跟我同庚的人，身体还没有我好哩！"定观见父亲神采奕奕，豁达乐观，也就放了心。

况钟详细地问了家中各事和亲友们的情况，又查询了定观的功课。定观都一一答了。

在查问儿子功课时，况钟颇为认真。况夫人怕定观旅途劳顿，对答失当，便要定观先去休息，有话留着慢慢说。

定观住处是一座旧房，就在父亲居室的旁边，每天请安，颇为方便。

定观告辞父亲回到住所。房中的设备十分简单。除一张床，一张桌，一把椅子，就是地上搁着的那担尚未打开的行李了。

定观在心里和父亲的居室，暗暗地作了一个比较：父亲房子除稍大一些外，其他都跟这间住房相似。一样的是已经泛黄的墙壁，一样的是已经会吱嘎作响的地板。这种房子年代久远，外貌陈旧，冬凉夏热，阴暗潮湿。定观暗忖：父亲已是四品显贵，却仍住在如此陈旧不堪的房子，堪作儿孙楷模！那间房的石灰很多地方已经剥落，露出了青砖。父亲就用条幅把它巧妙地遮盖起来。几上放一盆万年青作为装饰，再无珍奇的古玩足资欣赏了！房中唯一的奢物，那是架上的《范文正公集》和《资治通鉴》，这些线装书是父亲化了一笔可观的薪俸购置的！父亲对范仲淹特别敬仰。他的文集是父亲时时要翻读的！那条幅上写的那句格言：‘先天下之忧而忧，后天下之乐而乐。’这是父亲的手书：字迹恭正，笔墨酣畅，行笔豪放，笔力遒劲。可以想见父亲当时握管疾书时无限敬仰之情，至今还跃然纸上！

定观知道：父亲别无所好，读书之余，酷爱书法。他幼年时学王学柳，及长师颜师欧。经数十年不懈努力，他的书法已能自成一家，既有王羲之的端庄秀美，又有颜真卿的饱满浑厚！别人常把能得到父亲的手迹视同拱璧，父亲却来者不拒，有求必应，光花费在买在徽墨宣纸上的银子已难算数了！那张书案上就放着于阗白玉砚，象管兔毫笔，独草龙香墨，五色薛涛笺。这些珍品并不是父亲出高价买的，而是皇上御赐之物，因此显得更加珍贵！除文房四宝外，桌上还放着不少名人字帖：如王羲之的《兰亭序》，颜真卿的《多宝塔感应碑》，欧阳修的《醉翁亭记》，柳公权的《玄秘塔碑》等。有的是真迹，有的却是后人临摹的！

父亲起居如此，饮食更是十分节俭。这种作风，与苏地崇尚奢侈来说，可说是南辕北辙了！父亲对苏地此风极为厌恶。宣德五年他上任之初，就发布一个《戒奢侈榜示》。指出：奢侈太甚，实乃暴殄天物，召灾致咎。而节俭者乃裕财之源。留有余之财，以防不足。并要求缙绅乡宦，以身作则，劝官化民，永革陋俗！父亲之心良苦，然苏地之奢侈风，如锦绣铺张，梨园燕饮，仍依旧故我，可叹可惜！但父亲却身体力行，从不懈怠！即使当天为我接风，桌上菜肴也只一荤二素：红烧干菜肉，粉丝豆芽和炸豆腐干。况夫人怕怠慢了定观，另外添了一碗辣椒炒蛋，却受到了父亲的埋怨，说是破坏了规定。况夫人只好收了回去改作晚上的菜肴，另外叫况祥装了两个小碟：一碟酸泡菜，一碟腌辣椒——俱是从家乡带来的土产。父亲这才回嗔作喜，还多添了半碗饭，赞不绝口地说：“过瘾！过瘾！好久没尝到家乡风味了！”继母听了笑道：“看你，儿子一来，你连胃口也变好了！”父亲听了哈哈大笑，饭桌上充满了欢乐的气氛。

饭后,定观料定父亲会午休一会儿,谁知他漱了口,喝了茶,就去“退思斋”小阁中批阅公文。继母说:“这是你爹的习惯！他总是这样兢兢业业,殚思竭虑,生怕检察不周,上负帝恩,下招民怨。在他阅卷时,连我都不敢去打扰他……”继母之言,使定观对父亲更加敬佩,心中暗想:这次省亲,能在父亲身边多看多学,一定会获得很大教益呢！

定观正在思忖,忽听一阵咳嗽,转头一看,原来是父亲进房来了。

定观忙站立恭候,况钟却走过来按住定观的肩,跟他一起坐在床上,问起离家后沿途的情况,以及路经吴江、吴县耳闻目睹的民俗风情。

当定观说到在船上遇到范秉正主仆时,况钟忽然变得关心起来。

正在这时,况祥来禀:“有长洲知县王大人特来拜谒。”况钟就打住了问话,匆匆走了。

第二天,定观正打算去看看苏州的名胜古迹,也好长长见识。正巧,忽听况祥来告:“有个姓范的少爷,指名要见公子呢！”

定观忙亲自迎到府衙门前。只见范秉正笑容可掬地正站在门前东张西望,身后范阿狗手中提着两包礼品,沉甸甸的不知何物。

秉正一见定观迎出,立刻上前卑恭地作了个深揖,说:“况世兄,别来无恙耶！小弟却在日夜思念。真叫作:分别一日,如隔三秋！故今天特来探望！”

定观逊谢道:“何劳世兄牵挂,请到家奉茶！”

秉正道:“不必了！我想今天风和日丽,岂能辜负良辰美景！兄弟想邀请世兄同游虎丘,共赏灵岩,登北寺塔,游玄妙观,在太白楼尝尝松鼠鲑鱼、虾仁锅巴;到洞庭山品品白枇杷,碧螺春茶……尽一日之欢,何如?”

定观正愁出游无伴,此话正合心意,欣然答应。便去禀知继母,便和范公子携手同行。

阿狗把礼品交给了况祥。他已在一家糕饼茶食铺中借了一担食盒,内装酒菜糕饼果品等物,做一肩挑了,跟随在后而行。于是,说说笑笑,迤逦朝虎丘而去。

定观是初来,事事都觉得新鲜,处处都感到好奇。只见一路上红男绿女,络绎不绝,车辚辚,马萧萧,好不热闹。那顶顶绿纱软轿内,时时能隐约窥见头戴钗钿,身穿彩衣的女眷;有时,偶尔挑起纱帘,露出半边粉脸来,使人见了大有惊鸿一瞥、倏然而逝之憾！

这时,范秉正就趁机卖弄起来。他口沫四溅地向定观介绍道:“虎丘素有‘吴中第一名胜’之称。这里古迹名胜,指不胜数。”他遥指一座耸立半空,雄伟壮丽的七层宝塔说:“这就是虎丘塔。看去已经向北倾斜,可建塔至今五百年仍巍然屹立！塔下就是虎丘了！我们过去再细细观赏！”

快近虎丘时，即看见路旁有块巨石，可中间却有一缝。仿佛一个刚被一刀切成两半的大西瓜！

定观刚要询问，范秉正笑指巨石道：“这是有名的‘试剑石’。相传吴王阖闾命干将、莫邪炼成雌雄宝剑。剑成，吴王在石上轻轻一试，石即分为两半，一直保留至今。”

接着，他们来到“别有洞天”圆洞门，便觉寒气逼人。触目便见两片陡峭的石崖拔地而起，锁住了一池绿水。水中照见一道石桥的影子，抬头望去，顶上一座拱形石桥像彩虹飞悬半空，蔚为奇观！

秉正指道：“这就是古剑池遗迹！”

这时阿狗忽然插嘴说：“奴才上回来游，曾听人讲过一个传说，特来为二位公子助兴。这崖壁上有‘剑池’二字，都说是一位姓王的所写。他是个神仙，字写得活透了！当时，他看池中有两只鹅，一白一黑，十分可爱，便想买回去养着玩赏。鹅主人却不肯卖，硬要姓王的神仙写‘剑池’两个字，就白送他两只鹅。神仙听说能白得两只鹅，便提笔写在壁上了。后来，两只鹅变作了一龙一虎，踞在山上，就成了今天的虎丘！”

阿狗的故事倒引起了定观的兴趣。他细看了壁上刻的篆书“剑池”二字，问阿狗道：“这位会写字的王神仙，可是名唤王羲之吗？”

“对对对，”阿狗连忙点头说：“况公子真了不起，你又没听人讲过这个传说，怎么记住了神仙的名字？”

定观呵呵失笑道：“他不是神仙，而是晋朝的一位有名的书法家。我从小就学他的字帖，故此知道！”

秉正趁机恭维道：“世兄满腹经纶，又从小练字，想来一定写得一手好字了！小弟斗胆恳求世兄写一幅扇面，以便兄弟好手不离扇，日夜欣赏学习！”

定观欣然同意了。

于是，又游兴勃勃地游了千人石，白莲池，孙武亭，勾践洞、洗发池和塔影桥等胜迹。

看看近午，阿狗便在“生公讲台”上摆列酒菜果品糕点，服侍两人饮用。饭后在绿荫下小歇。阿狗却去雇了轿子，抬着二位公子去枫桥一观寒山寺的胜景。

寒山寺在枫桥镇，建寺至今也有九百余年历史。它以唐代诗人张继的《枫桥夜泊》一诗而名垂千古。

寺内有一巨钟，高悬于钟楼上。定观和范秉正登楼击钟，钟声清越，声闻数里外。此外寺内碑刻甚多，可算是琳琅满目，集众家于一隅，其中不乏得古朴风雅、娟秀雄奇者；其佼佼者当推《枫桥夜泊》诗碑了。这是宋代王郇公书张继诗原刻，确实写得雄浑苍劲，可算是稀世珍宝了！

游罢归来，早已日影西斜。秉正一直把定观送到府衙门口，又订了明日之游，方才告辞回去。

接连数日，那范秉正陪同定观游遍了苏州胜地，还请他到太白楼尝了正宗苏式名菜。还陪定观到玄妙观，买了许多苏州特产相赠，叫阿狗提着，直送到府衙门口。

如此来往，已非一日。

况钟在忙于公务，未曾过问此事。继母因定观初来苏州，正该外出散心，也未加以阻止。

一日，阿狗奉命又来相邀。说范少爷近日结识一伙诗友，都想见见公子风韵，领教公子文采！

定观少年好胜。近日光游未吟，不禁技痒，也正想借机抒发，一吐积愫，便欣然随同阿狗前往。

阿狗在前领路，走过热闹的观前街，左弯右转，串街转弄，尽是从未路过的地方。最后，阿狗指着一座小楼道："到了，范少爷就在楼上，待小人前去禀告！"

定观抬头一望，原来是一座砖木结构的二层楼房。门前飞檐斗栱，雕梁画栋，倒也有些气派。此时，楼台上忽然传来一阵阵笑声，间杂着燕吒莺詈，打情骂俏，倒叫定观吃了一惊。正在踌躇不前之时，忽见范秉正探身在楼台上高喊："世兄快快上来！众位诗友俱在等候多时了！"

话音刚落，阿狗和一对中年男女早笑盈盈地迎了出来，对着定观就跪地请安，慌得定观连忙还礼不迭。旁边阿狗却连忙扯住定观道："还什么礼！公子尽管生受就是！走吧，范少爷在坐等哩！"

正说着，范秉正已迎了出来，拉着定观进了大门，来到厅内坐下。这时早有两个袅袅婷婷，打扮得妖娆艳冶的年轻女子，过来拜见况公子。定观吃了一惊，欲待起身还礼，却被秉正拉住道："世兄到此已是天大的面子，受她们几个磕头礼算得了什么！"

正在这时，这两个女子竟浪笑着向况公子频送秋波，微露瓠犀，随即毫不羞涩地几步来到况公子身边。一个女子抓住况公子的左手，一个女子捉住况公子的右手，异口同声地尖着嗓子喊："况公子，倷末头一趟到迭搭（吴语意为此地），还是让侬替倷带路吧，走娘！倷快走娘！"

当时，吓得定观脸色变白，心儿乱跳。不知这两个女子是谁？为何竟如此不顾羞耻，在大庭广众之处，竟和一个陌生男子拉拉扯扯起来？哎，范秉正呀范秉正，你葫芦里究竟卖的什么药，为何把我带到这种地方来呢？

到底定观来到了什么地方？且看下回分晓。

第六十九回
帮闲汉劝酒意切切　仗义女送别情绵绵

且说两个妖冶艳丽的年轻女子,不由分说,一边一个就把况定观往里面拉。定观欲待不去,却敌不过两个女子的气力,便被拉拉扯扯地进了大门。抬头看时,原是个布置华丽的花厅。花厅两边是左右厢房,门上都贴着红纸泥金黑字对联。右边:客来酒当茶共话风流快事,夜暖琴做媒同效于飞欢乐。左边:更深漏尽再续新梦赴阳台,天明欲晓当学古人惜寸阴。

厅中间放一张仿古雕花黑漆八仙桌。上首靠墙是一张红漆长条高几,上置福禄寿三星瓷像。靠左首是一个大理石画屏;右首是一只景泰蓝剔花大瓷瓶,瓶中插着一把拂尘。壁上既不挂画轴,也没有屏对,而是挂一面似匾非匾的长方形木牌,牌上写着四个泥金大字"蓬莱仙境"。八仙桌上摆着时鲜果品,各色糕点,有用高脚盘装的,有用瓷碟装的。

定观看了不觉十分纳闷:此地究竟是哪里?便忍不住问范秉正道:"你邀我来赋诗会友,怎么竟到此地做甚?"

秉正哈哈大笑:"莫急莫急,诗友都在楼上相候哩!如今,先请你会一会你的老相识如何?"

定观忙说:"我刚到苏州,哪来的老相识?世兄不要取笑了!"

秉正拍手大笑:"来了来了,你一见就知是哪个老相识哩!"

一语未了,屏风后早传来环佩叮当,裙衩窸窣。随着一股沁人的异香传来,袅袅娜娜地转出一位千娇百媚的年轻姑娘来。

你看她长得:

眉似初春柳叶,脸如三月桃花。眼若水晶,嘴胜樱桃。含颦时我见犹怜,微笑间灿若云霞。莺声呖呖,俏声软语似春暖;举步款款,莲钩弓鞋夸吴娃。仿佛织女来赴约,疑是嫦娥回娘家。

定观细看,竟是琴姑!立刻又惊又疑,正想问个明白,那琴姑早推金山倒玉柱一般拜将下去。定观忙把琴姑扶起,一瞥之下,发现琴姑眼下尚有泪痕。脸色悲戚,似有难言之隐!定观在众目睽睽之下,只好把要问的话,暂时忍住。

这时，刚才拉扯定观的两个女子，又过来重新行礼，各自报了姓名。才知一个穿红裙的名呼绿妹，另一个穿花裙的叫红娘。

正忙乱间，只听范秉正说："别光顾得行礼！快上楼吧。楼上几位朋友已等急了！况世兄这下该好好地做几首诗，来庆贺与琴姑重逢吧？"

众人来到楼上，果见楼上已有数人在等候。这些人都是秉正拉来作陪的帮闲、赶趁的人。一个叫孙甲，一个叫贾乙，一个叫周丙，一个叫郑丁。

这些人看见苏州知府况大人的公子来到，都赶紧起来拱手作揖，极尽拍马溜须，谄媚胁肩之能事！

这时，酒席早摆在桌上。况定观方知此处乃是名叫"风月楼"的一所勾栏。起先在大门口相迎的是龟子和鸨母，那绿妹和红娘就是鸨母手下的粉头。但不知琴姑因何也落到风月楼中接客？

酒过三巡。范秉正就嚷着要听曲子。绿妹和红娘只得拿来琵琶和瑶琴弹将起来。

绿妹顿开珠喉，先唱了一曲：

梁燕惊残梦，长日消融，烟花春秋夏复冬。独自凭栏，谁问珠泪重？郎有主，落花流水转眼空！想也无奈，思也无奈，镜花水月各西东。

范秉正用箸击节，摇头晃脑说："不中，不中！唱一首叫人听了过瘾的！红娘，你来，可别再来一个孔夫子的包脚布——文绉绉的。更不要孔夫子放屁——文气冲天！"

孙甲凑趣道："对对对！我们大家别学王八敬神——假装正经！"

贾乙拍手说："爽快，爽快！来一段荤的！越荤越好！这里不是王八中解元——讲规矩（龟举）的时候！"

周丙指着红娘说："红娘，你是乌龟爬门槛——但看此一番（翻）了！"

红娘正坐在周丙的身后，便把指头朝周丙的后脑勺一戳说："你才是乌龟哩！"

郑丁立刻拍手起哄："好呀，红娘，他是乌龟，是不是你逼他戴绿帽子？"

范秉正见大家打扰了唱曲，便把碗儿敲得叮当响，说："别闹了，还是听红娘唱吧！"

那红娘拨动琵琶，果然脆声唱将起来：

檀郎喜寻桃源路，探幽奇，洞深不知处。钢枪黑缨勇如虎，杀得奴奴暗叫苦！云散雨收竟未足。紧贴酥胸，又把香唾索。夜短情长莫自娱，再赴阳台且把余勇鼓。

红娘唱罢，众人都怪声叫起好来。那范秉正更为得意，一把搂住了红娘就亲了起来，又引起了一阵喝彩声。

况定观家教甚严，从未步入勾栏，哪里见过这等淫乐的场面，惊得脸红耳赤，吓得小鹿乱撞。正不知怎么处时，范秉正却吩咐琴姑来给他斟酒。原来，他在“风月楼”偶遇同舟的琴姑，因投亲不遇，被人骗入勾栏。鸨母逼琴姑接客，她抵死不从。秉正见了琴姑大喜，喝醉酒后要对她非礼，被琴姑抽出利剪便要自刎。范秉正吓出一身冷汗，酒也醒了，气恼之下，定下一计，欲用琴姑作饵，好拉况定观下水。便假说请他会诗友，哄他来到了风月楼。秉正心忖：只要定观和琴姑春风一度，他便声名狼藉。那时只要抓住这个把柄，便可叫他乖乖听我摆布！即使况钟铁面无私来查我的案子，他心疼儿子，岂不要投鼠忌器，放我一马？当下算计已定，就设下这个圈套，专等定观来钻。

定观乃是世家子弟，哪晓世路崎岖，人心险恶？加上心软面薄，敦厚老成，过分相信了甜言蜜语、处心积虑的范秉正，才步步陷入深渊泥淖，险些难以自拔！

当下，范秉正要琴姑斟酒唱曲，琴姑因感况公子救命之恩，也不推辞，收起愁容，换上欢颜，用手拨动琴弦，唱了一曲《清平乐》：

别来春半，触目柔肠断。砌下落梅如雪乱，拂了一身还满。　雁来音信无凭，路遥归梦难成。离恨恰如春草，更行更远还生。

一曲甫终，范秉正便嚷了起来：“琴姑该罚酒三杯！今日欢聚，何言离恨？你说该不该罚酒？阿狗，快快斟上酒来！”

琴姑尚未答话，定观为之辩解道：“触景生情，人皆有之。琴姑此曲，不过是借他人之酒杯，浇自己的块垒罢了！”

秉正听了大叫：“还未圆房，你就护她了！好好好，我不罚琴姑，只要你代她喝一杯就是！”

说完，不容分说，就举起杯来灌定观。

定观涨红了脸，推脱不了，只得饮了一杯。

秉正立刻向红娘、绿妹使了个眼色。二人会意。那红娘执杯，袅袅娜娜来到定观身前，一手搭在他的肩上，一手就将酒盅儿凑近定观唇边，娇滴滴地笑道：“况公子倷倒是洪量格！奴与倷末是初次见面，就请赏脸喝了这杯吧。”

定观从未与年轻女子如此接近，赶快起身让开道：“红娘姐姐不必动手，我喝就是。”忙接过酒盅一饮而尽。红娘刚走，绿妹又来。她更为放肆了，竟将半边身子都贴在定观背上，嗲声说：“况少爷，倷末要是不喝完这杯酒，今天我就勿走哉！”说着，竟一屁股坐到定观膝上去了！吓得定观连声说：“我喝，我喝！”连忙把绿妹推开，“咕噜”一口把酒喝干了。

这时，孙甲、贾乙、周丙、郑丁，在范秉正的授意下，轮番朝定观敬酒、罚酒、灌酒、劝酒，每个人都有充足的理由和不容抗拒的招数。看看定观败下阵来，直吃得酩酊大醉,被范秉正扶着进了琴姑卧室。

那鸨母特地把琴姑找来劝说:“听得范少爷说,这位苏州况知府的大公子还是你的救命恩人呢!对你早有意了的!我知道你性情孤高,一般的客人都不在你眼中,来这里一个月,从未接过客,我都忍住了,也从未打你骂你,而是把你当作亲生女儿看待。如今有此机遇,你休得错过了!今夜好生侍候况公子,只要和他相好了,将来从良就有了着落。我看况公子要人品有人品,要相貌有相貌,手中有钱财,肚中有文才,是百里挑一的人才!你嫁了他,须没有辱没了你,强似在这里朝秦暮楚,送往迎来,终究不是个了结!等会我把房门反锁了,省得他临阵逃脱。你要拿出些手段来,哄得他高兴些。目前他喝醉了酒,干不成这活儿,等他酒醒,你就脱光了偎着他搂在一起,不怕他不动心!这种事不学就会,你自拿主意就是!”

一席话说得琴姑脸上红一阵白一阵,羞得抬不起头来。她对况定观虽也愿意,却不想如此草率成事。而且,他又是救命恩人,万一他不愿,我岂不是……想到这里,便对鸨母说:“女儿自然知道怎么办,你不必叮嘱!只是房门不须锁住,万一半夜里况公子要茶要水,要吃要喝,我到哪里去叫人?”鸨母一想不错,也就点头同意了。

琴姑回到卧房,将门一关。见桌上红烛已暗,便剪去残芯,拨亮烛光,然后走到床前来看。只见况公子两颊酡红,像芙蓉含春,牡丹展瓣。那俊秀粉白的脸庞,真是我见犹怜!当下,琴姑看得心儿乱跳,脸儿发烧,忙定了定神,移步去梳妆台前拂眉掠鬓,卸簪除环。然后来到床前,换了睡鞋,正要脱衣解裙,忽见况公子“嗯”了一声,以为他酒醒了,正要去扶,他却翻个身,又睡熟了。那鼻鼾声声,宛如夏夜蛙鸣;又似闷雷滚动,撩人情思。

看官,这打鼾却是人人都有的,并不是男子的专利!常言道“鼾声如雷”。其实是夸张之谈。那鼾声有大有小,有快有慢,有抑扬顿挫,有激越高亢。因人而异,因情而变。早晚都各不同,秋冬也有差别。有的如洪钟,有的似余音绕梁。夫妻同床共眠,假如一方突然停止打鼾,那听惯耳熟的一方还会忽忽若有所失,睡不安眠了!这是闲话,表过不提。

琴姑心想:他酒醉后想必口干舌燥,要想喝水,我不免先准备下一壶不冷不热的浓茶,省得临时慌张。便取了茶壶来,斟满了半壶浓茶,放在床头备用。

又想:醉酒之人多数会吐。得先找个脸盆来装。急切间房中却没有脸盆,便把身上那件粉裙解下,把它叠作两层,铺在枕下待用。

等一切就绪,这才脱了外衣,只穿一件红色小衣,一条衬裤,上床来,挨着况定观正想并排躺下,便见他睁眼醒来了,一面打干哕,一面喊:“水!水!”

琴姑连忙把他一把扶起,刚将茶壶送到他的口边,不料“哇”的一声,定观张口就吐了琴姑一身。一半吐在红色小衣上，一半落在那铺着的裙子上。等定观吐尽，琴姑屏住气，忍着脏，帮定观擦拭干净，再送上茶壶去。定观这时就像在沙漠中行走，突遇清泉，放口就喝，一会儿早把大半壶温热的浓茶喝得精光。喝毕，放倒头，竟又睡去了。

琴姑也不去惊动他，便在烛下把身上小衣脱去，只剩一件肚兜，索性解下肚兜，就用它将双乳间残沥擦拭干净，另找一件小衣穿上了，然后穿上了外衣。系上了一件新的干净裙子。再把床上的裙子兜起，清理了床铺。等一切都收拾完毕，再看况公子时，只见他睁大一双眼睛，正一眨不眨地望着自己呢！也不知他什么时候醒的，刚才在换内裤和肚兜时，他难道……想到这里，琴姑不禁羞得想钻进被中躲起来了。

定观连忙坐起身来，向琴姑拱拱手说："琴姑，得罪你了！"

琴姑红着脸说："公子休如此说，你的大恩我一辈子也报答不尽！何况这区区小事！"

正说间，忽听梆打三更。定观一听大惊，忙一骨碌爬起来说："我得马上回去！家教甚严，此时要不回家，父亲定有重责！"

琴姑本不舍公子离去，此刻慨然道："公子不必担心，我送你一程！"

定观大喜，深感琴姑厚意，便跟随她开门出来。

此时，勾栏院内静悄无声，连龟子老鸨都已睡熟，只剩一个打杂的小丫头在下面打盹。

琴姑轻轻抽去门闩，带公子出去复又把门关上。便挽着公子的手，七转八弯，穿巷过弄，不久就来到了观前街。

公子心想：要不是她，我是万难找到归路的，便握住琴姑的手，似有许多话要说。

琴姑却催促道："此去府衙俱是大路，恕我不再远送了！"

两人依依不舍。

那况定观急急如漏网之鱼，忙忙似丧家之犬。要知他回到府衙，将会得到怎样遭遇，且听下回分解。

第七十回

说教训诲子有义方　送厚礼瞩目于沛公

且说况定观在风月楼蒙琴姑仗义相送，急急回到府衙时，幸喜还未交四更。

此时，府衙旁的耳房内亮着灯火。定观忙上去向守门的官兵打个招呼，就想溜进门去。谁知那兵望了望定观说："况大人有命，若公子回来，着立即去见大人！"

定观一听，立刻如雷轰顶。心想：此事若被父亲知道，必遭严责，后果不堪设想。这便如何是好？正在发愁，忽见况祥带了一名彪形弓兵走来说："大公子，你来得正好！老爷等你不回，至今未睡！快快随我去见！"

定观料想不能脱身，今夜这顿打骂是逃不了啦！便含泪求况祥说："老伯，烦你告禀继母一声。她若肯来缓颊，我才能平安无事呢！"

况祥点头答应后，定观才硬着头皮，跟在弓兵后面来到后厅。

厅内灯烛辉煌，只见父亲况钟，面含愠色，果在坐候！

此时，况定观心头像揣了只活兔子，不停地在那里蹦跳。头上一阵发麻，背上突然冰凉，双腿打战发软。"扑通"一声，便跪在父亲面前了。

况钟双目炯炯有神，射出一腔怒火，厉声问："宁儿，何故深夜方归？"

定观素来敦厚诚实，从未在父母前撒谎扯白过，便战战兢兢把范秉正如何相约去会诗友，如何误入了风月楼，如何被灌得烂醉，如何被送进琴姑卧室，如何蒙琴姑相送到观前街等情，一一都细说了。最后顿首道："孩儿该死！不该违背父训！走错了这一步！该打该罚，但凭父亲！孩儿保证，今后永不再犯！"

况钟听后，怒容渐霁，长叹一声道："此事也不能全都怪罪宁儿！常言道：'子不教，父之过；教不严，师之惰！'我平时对你训导不力，管教不严，致有今日之谬！你能身入污泥而不染，学柳下惠坐怀不乱，乃是你平日读书明理所致。古人云：'人孰无过？过则毋殚改。'你既有悔过之心，这顿责打，权且寄下，下次重犯，严惩不贷！"

定观原以为今晚难逃一顿家法，轻则伤，重则死。不想自己说出了真话，父亲颠倒夸奖了我，实在大出意料！这次教训良深，今后以此为鉴，决不再犯了！

况定观正在自忖，忽听父亲说："宁儿，你且坐下。为父也有一桩教训，细说你听！"

定观忐忑不安地遵命坐下，心想：父亲办事，一贯严谨果断；父亲审案，从不主观轻信。他有什教训？非要今天深夜说与我知？可见此事非同小可，也必然与我有关了。

正想着，父亲接连咳嗽了几声，端起杯子饮了口茶，才慢慢说了起来。

正在这里，继母火燎火急地赶了过来，一进门正要开口就嚷，忽见父子俩却似乎没发生什么一样，正坐着谈话哩，不禁心里一愣。况钟见此情景，不禁失笑道："夫人深夜赶来何事耶？"

况夫人也笑道："我特来看看你们父子俩深夜不去睡觉，却在此'守岁'，是不是记错了时间？把今夜当作除夕来过了？"

况钟哈哈大笑："我们记错了日子，夫人怎么也记错了同来守夜呢？"

夫人笑了起来说："我倒没有记错日子，只是怕宁儿受责，故急急赶来，如今没事了，我还要回房睡觉呢！"

况钟忙说："既来之，则安之。我与宁儿要长谈，烦劳夫人为我准备一顿宵夜如何？"

夫人答应一声，这才回身去厨下准备了。

夫人一走，况钟开始讲道："本府原有经历姓傅名德。为父上任之初，他事事恭顺，处处谦让；并大胆揭露了通判赵忱种种不法行径，颇受为父信任。当时，本府各县贪污横行，民怨沸腾。为整顿吏治，使百姓安居乐业。为父私行察访，并设立善恶两簿，记录在案。为善者以礼相待，请来参加乡礼饮酒；为恶者依法惩处，为民除害；并撤换了一批平庸无能的官员。其中有一名赵济，乃是吴县县丞。经傅德揭露，他是个骄纵恣睢，胡作非为之人。他与知县范琎处处掣肘，不服调拨，致范琎难以服众。为父轻信此言，曾给圣上写了《劾罢阘茸十一员》奏本，要圣上准奏，敕吏部派员另任，将赵济等收回等情。后来，有吴江、长洲等县的粮长、皂隶等数十人先后揭露，傅德曾用酷刑拷打粮长里老，追取银两，前后数十次，脏银共达五百七十余两之多。经为父一一查核，傅德在人证物证面前也被迫承认，为父将他递解进京处理了。至此，吴县县丞赵济才敢上告申冤。过去的许多罪名，全系傅德捏造诬告所致。都院因我有失察妄奏之罪，特向圣上奏明要给为父处分。这是我过于轻信而犯下的过错！至今思之，尚有愧色！"

定观听到这里忙问："此事圣上是否允奏给父亲处分了？"

况钟摇了摇头，笑说："圣上曾下谕说：'此乃傅德欺骗况钟，钟未过细核对，率尔轻信罢了。暂先记下这次过错，不必过责！'事后，圣上曾将都院奏本叫我过目，使我今后处置此等事时,更知慎重!"

定观道:"圣上英明!不知那赵济后来怎样了呢?"

况钟道:"他的冤案立刻得到了平反昭雪,并官复原职。为父做官二十余载,平时兢兢业业,夙夜不敢懈怠,正是为此之故耳!稍有不慎,即铸大错,能不敬谨慎严乎?"

定观听到这里,憬然而悟,向父亲跪下叩禀道:"父亲所教,宁儿将永生不忘!以后绝不轻信恭维阿谀之言。立身处事,务当以父亲为楷模。"

况钟笑着扶起定观,道:"汝父并非圣贤,只是一心报国殚寸丹而已!如前贤范文正公,断齑而画粥,志在秉衡钧。立朝展奇抱,父子并元臣,这才是我们应该奉为楷模而作表率的!"

定观听了,大受教益。自此,他严遵父命,大门不出,二门不迈,终日在后院读书。其间,范秉正接连要阿狗来邀定观出游,都被拒绝而去。

况夫人怕定观会闷出病来,就请平时与况钟有交往的一些文人墨客,来府中讲经论史,作诗写赋。定观经名家指点,诗赋与日俱进,兴趣更浓。

看看已交秋日。况钟有事离苏去了金陵。把勘察莫老儿、陈大刚一案暂时搁起。这日刚自金陵回来,况夫人亲自捧巾服侍况钟洗漱。况祥手捧一份礼单,前来禀告道:"刚才收到范秉正少爷送来礼品一担。这是礼单,请老爷一阅。"

况钟觉得奇怪,一则,自己从未要人送过礼物,即使有人来送,也必如数退回;二则,家中并无喜庆诸事,有甚缘由好来送礼的?

打开礼单一看,只见上面开列四色名贵礼物,计开:

名画一轴。

丝绸两匹。

美酒四酝。

糕点八盒。

上写:

贺况世兄定观返回靖安,区区不腆之敬,聊表寸忱,务请笑纳!

世弟范秉正拜具

况钟猛然记起:赴金陵前曾嘱宁儿秋后回家。想不到这吴县知县范琎的儿子范秉正消息竟如此灵通,一遇机会,就来钻营讨好,其中必有蹊跷!

当时吩咐况祥把礼品抬了上来,看看送的究竟是何等礼品?

这一看,更觉得所料非虚!原来,美酒、糕点及绸缎,均为市上常见之物,唯独那幅名画,却是稀世珍品!画轴是卷着的,上有标题名:唐吴道子《天王送子图》。

打开看时,只见此画果然非凡:形象丰满,姿态各异,笔法生动,衣褶飘逸。着色于焦墨痕中，略加微染，自然突出，有的人物则是淡淡几抹墨踪，然形神俱备，意态已足。况钟本有爱好书画之癖，今见此画，爱不释手。一直看了半个时辰，还意犹未尽。正在赞赏时，忽听衣裙窸窣，香气氤氲，回头看时，夫人已盈盈站在身后了。

况钟道："夫人何时来的？下官怎未看见？"

夫人笑道："老爷目中只有天王，哪会看到妾身呀？"

况钟笑道："夫人可知此画来历？"

况夫人道："近墨者黑。在老爷熏陶下，才对书画刚才入门呢！"

况钟道："如此，请夫人一谈此画如何？"

夫人粲然一笑："妾身如若遵命，岂不是班门弄斧了？还是老爷先说吧！"

况钟道："不不，我今天倒要考考夫人，究竟黑得是否已似张飞、李逵之流否？"

夫人大笑不止："若是妾身像了张飞、李逵，怕不要把老爷吓坏了吗？"

况钟也笑道："不会，不会！夫人忘了！你只是'黑'罢了，下官却是一锭'徽墨'呢！"

一句话说得夫人笑不可支了。待笑停了，夫人犟不过况钟，只好说起天王图的来历来："吴道子乃盛唐一代著名画师，世人誉为'画圣'，然起初学的是字，不是画。他初学书法于张旭、贺知章。学字不成，乃改学画。居蜀时，专绘蜀道山川，雄峻奇伟，自成一家。开元时，玄宗召他入宫，命他画佛教、道教人物以及神鬼及龙等。学有所成，独树一帜。此《天王送子图》即为此时所画。惜真品已毁，此乃后世画家所仿。其仿吴道子画几可乱真者，推北宋之郑介夫。妾身疑此乃为郑介夫所仿。郑介夫亦一代画师，曾画《流民图》献神宗，以讽讥王安石之变法。故这幅《天王送子图》虽为赝作，也堪称稀世珍宝。"

况钟听了，拊掌赞道："夫人博闻强记，下官愧不如矣！"

夫人正色道："如此珍品，范家竟肯割爱，大人可知其用心否？"

况钟故意问道："还望夫人相教。"

夫人笑道："你呀，总是让我来说，其实，老爷早就像吞了萤虫，肚中雪亮雪亮了。"

况钟也笑道："夫人且慢说出，你我一起写在纸上，然后同观如何？"

夫人笑着就背对况钟在书桌上用张笺纸写了几个字。况钟也依样画葫芦，然后两人同来观看。

原来，两张纸上，写的却是一样的话：

夫人写的是：舍宝救子。

况钟写的是：以宝易子。

两人相视，不觉哈哈大笑。

况夫人笑罢问道："不知老爷如何处置此画？"

况钟笑道："夫人忘了下官赴京时曾写下的诗了吗？"

况夫人笑吟道："'清风两袖去朝天，不带江南一寸绵。惭愧士民相饯送，马前注酒密如泉。'老爷，不知妾身记得可全？"

况钟呵呵大笑，上前紧握夫人纤手道："知况钟者，夫人也！"

正在两情缱绻之时，况祥又来报告："又有人扛着一担礼品来了！也有礼单一份！"

这天，竟接二连三地收到许多礼品。有的派人扛抬而来；有的亲自登门来送的。一时，府衙门口往来送礼的不绝于途。

这些礼品，一件比一件稀罕、昂贵！

计有：象牙雕刻的龙舟，翡翠琢成的观音，珊瑚磨就的奔马，白玉嵌镶的天鹅。

还有：祖母绿帽顶，汉白玉如意，夔龙脂玉带，金凤珠头面。

又有：绸缎绫罗，黄金白银，灵芝人参，鹦鹉骏马。

况钟看了礼品，不觉大吃一惊。

况夫人指着礼品说："宁儿初次来苏，所交也只是老爷相知的几位文人墨客而已。可这送礼的并非是他们，而是那些并不相识，素未谋面的人。所送礼品，也非宁儿所需，而是十分贵重的东西！可见，他们是项庄舞剑，意在沛公了！"

况钟道："夫人所见极是！他们送礼的，绝不是因为库房银子太多了，会发霉！而是一心以子易母，以少换多；妄想舍卒抢车，一本万利耳！我儿只要收下这些礼品，我在苏州府就只能俯首帖耳，听凭他们摆布了！"

况夫人道："老爷如何处置这些礼品呢？"

况钟道："礼是送给宁儿的，此事还得由他做主处置！我想宁儿定不会辜负我意！"

况夫人立即吩咐况祥，速速唤公子前来。

要知况宁如何处置这些礼品，且听下回分解。

第七十一回
况定观有心退礼品　陈大刚无意结良缘

况定观看到素不相识的人,为自己返回靖安老家一事而送如此厚礼,早已心中明白。又受父亲况钟之命,要自己处置此事,当即胸有成竹地告禀道:“启禀父亲!儿承父训,严守家规,定不辱命!三日之内,处置完毕后再来回禀!”

况钟听了,拈须微笑,表示信任,当下各散。

第二天,况定观在苏州府衙门口贴出了一张红纸告白。上面写着几个龙飞凤舞的擘窠大字。一看就知是学的怀素的行书:

奉父严命,即日返里。日前蒙赠厚礼,愧不敢受。敬请各位领回原物!切切谨告!

况宁敬启

某月某日

下面一一开列着送礼人的姓名和礼品名目。

头一名就写着范秉正的名字。

在“礼品:名画一轴”的下面,还有一行小注:“唐代画圣吴道子稀世珍品《天王送子图》。”

这一招果然灵验,那些想钻营的,想请求的,想谋事的,想提拔的,想开脱的,想捞财的,全发了急,全傻了眼。自己的大名和那变相的贿赂被红纸黑字公布在府衙门口,岂不是大煞风景吗?这下,岂不要在大庭广众之前暴露自己的假正经吗?岂不是要被亲朋好友以及苏州百姓指着鼻子骂杀千刀和断子绝孙的缺德鬼了吗?哎哎,这里子可以不要,可面子却万万不能丢的!不能惹人笑骂!不能被人戳脊梁骨!唯一的办法是:赶快把礼品收回!赶快把大红纸上自己的名字涂抹掉!涂得越干净越好!

于是,那些过去急急忙忙来送礼的人,又急急忙忙赶到府衙,急急忙忙把送的礼品收回,急急忙忙借支毛笔,急急忙忙把自己的大名涂掉!涂成很大很大的墨团团,连个字影也看不清了,这才算放了心,然后又急急忙忙回去了。

范秉正得知这个消息已经很晚。当他知道了自己的名字在府衙门口的“红榜”上挂了老半天的榜首时，就气得把范阿狗找来，一顿臭骂，怪他不及时通知。一直把阿狗的祖宗三代都骂遍了！骂得阿狗却像丈二金刚——摸不着头脑！他想：“送礼不是你自己要我送的吗？干吗又要骂我呢？哎，还是偷书信的蒋干说得对：‘曹营的事嘛，难办得很呐！’我不知是哪代祖宗干了缺德事？如今是累我把挨骂当饭吃了。实在窝囊！”

阿狗只能在心中埋怨，挨了臭骂，还得装出高兴的样子，答应少爷马上去府衙把礼品收回。可不料竟又挨踢了一脚！少爷交代：“不能光收回礼品！要紧的是赶快去把我的大名在红纸上划掉，不不，涂掉！涂得越干净越好！明白了吗？”“明白了！”哈，鬼才弄得明白呢！曹营的事，我永远弄不明白的！

不说阿狗去领回礼品，包括那轴范家搜刮来的稀世珍宝《天王送子图》。

再说况定观略施小计，一天之内就把堆在府衙前厅，宛如小丘般的各色礼品都清除一空了。

那些送礼之人，原想借此机会大献殷勤，不料竟闹了个老大没趣，暗地里都在埋怨：说定观是个书呆子！送上门的贵重礼品，难道还怕多吗？不要白不要！这年头，有权有势，就有金山银山，到没权没势时，你十个况定观也无人理睬呢！你偏不信呀？这儿有歌谣为证：

有你万事易，无你寸步难，一旦握在手，鸡犬也升天！

能使鬼推磨，是非反掌间，能叫神下凡，生杀遂我愿！

还有一首歌，说得更透彻：

掌了权，门若市，客常满，笑语声喧不夜天。

丢了权，庭罗雀，身孤单，除了冷眼是白眼！

当然，常言说得好：说东说西说好说歹都在别人两片嘴唇边！有骂况定观是傻瓜蛋的，也有夸况定观不愧为况青天的儿子的。那骂的大都是有求于况钟而被退了礼的人。那夸的多数是平民百姓。他们称赞况定观没有官宦子弟的恶浊习气，而是能是非分明，洁身自好！他们更赞扬况知府教子有方，以身作则！

经过这场送礼、退礼的风波，倒引起了那些经常跟定观在一起吟诗写赋的文人们的雅兴！

他们都是一些囊中并不充裕的人，知道况公子不日要回请安故乡的事后，都聚在一起商量送一件最珍贵的礼品，让他带回去，作一个永久的纪念。

其中有个姓何名澄的文人提议道：“我们没有余钱去买贵重礼品相送况公子，即使送了他也不会收的。我们日日和况公子相聚，情笃意深，不送他礼物，实在心中有愧，诸兄不知有何妙策，来一个两全其美呢？”

另一位名叫徐万镒的诗人点头说:“我倒有个办法,不知能行否?”

大家一听,立即催他快说。

徐万镒便道:“范秉正送了一幅名画,据说况大人爱不释手,况公子也难舍难分。他们原来是最爱书画的人!我等何不请定观的知交苏性初先生画上一幅画,大家都在画上题诗一首相送,既不用花钱,又表达了我们的心意,岂不是两全其美吗?”

大家一齐拍手说:“妙妙!苏性初是当代画师,有他给画,定然价值连城!加上徐万镒先生诗名卓著,有他带头题诗,我等也一起沾光不少。”

徐万镒和苏性初都谦让了一下,最后都答应了下来。

苏性初沉吟一番道:“况公子返回故里,千里送君,终须一别,为了永志今日友情,我想画一幅吴江山水长轴,让他带回家去作纪念,大家意下如何?”

众人又一齐喊起好来。

苏性初铺好纸,磨好墨,取过笔,蘸饱墨。眼前那秀丽的吴江山川,一一都再现笔端下了!真是个胸藏丘壑,心有灵犀,匠心独具,体察幽微。集吴山之灵秀,聚吴江之清涟。峰险岫峻,溪清泉澈。小小的画卷上,有“寒江独钓”,有“疏林夕照”,有“柳溪晚归”,有“秋山萧寺”。可说是:巧夺天工,独领风骚了!

画既竣,众人齐推徐万镒先写。徐万镒推辞不脱,略一思索,遂在画上先留一空白,留待名家写“诗”,然后挥笔题诗一首。

一棹西风倚碧浔,嗟君去住两关心。
正欣调膳追曾养,天为怀乡动越吟。
飞旆重经千里道,行囊那有四知金。
到时或问黄堂政,细语英民被泽深。

下面落款:训导严陵徐万镒。

(注:四知:指天知地知你知我知,乃指贿赂也。)

接下来众人推出姚江邵怀义来。他也写了一诗:

省亲千里到吴邦,此日重看返故乡。
泽国风寒归兴切,关河雁杳客途长。
心悬寸草难为别,目断孤云不暂忘。
江右到时秋未老,东篱佳菊正芬芳。

何澄躲在众人后面,却被大家不由分说,推到画前,只得提笔写道:

觐省还家促去装,西风桂子正飘香。
严亲素秉冰霜操,孝子宁辞道路长。
行李全无金半寸,诗囊维有字千行。

故乡有问尊翁事,为说忧民两鬓霜。

总计在画上题诗的不下数十人,不能一一列举。恰好国史馆承务郎张洪前来苏州。他是个有名的书法家,且又是况钟的世交好友。大家齐去请张洪写“跋”以增行色!张洪也不推辞,挥笔而就。

众人细看:他的字潇洒秀丽,媚而不俗。具苏东坡的豪放,有米南宫的清峭,的确是不同凡响,不愧为大书法家!

为传真迹,供诸同好,特不辞冗长,录以存照。

下面是张洪《秋江送别图》诗叙原文:

礼部郎中况公,奉敕书出守吴郡。子定观每于岁时以田园水土物自靖安来省其父。留侍未久,受命辄归。其来也,惟郡中谨厚人深沉有学之士得与交往,余人罕识其面。惟归也亦然。余处属邑,虽景慕之,老病不能。即询仪表于所知,佥曰:‘伟乎其容,肃乎其恭。辞简而礼备,举止详而不烦。与人和而不失于流,持己严而不越于礼。绰有父风。’称其为名家子。况国文简公德泽二伯高尚之风,沨沨乎未已也。余曰:‘况公福吴郡,子孙将食其报,岂止金绯被体,德化流行,荣其身名而已?自况公言之,为其所当为,无所觎觊;自吾于静处观之,知其人事不能外乎天理也。’今闻定观之为,自谓其言必信。定观既来省,秋将告归。郡人苏知州性初,以谨厚文学与定观游。于其归也,绘《秋江别意图》,哦诗以赠之,属余为之序。余谓省亲者,人子之至情,不深原其理,无以慰其思,老者不可无言;赠别者朋友之高义,不动荡其心,无以通其志,诸公不可无诗。于斯时也,蒹葭之露未晞,青枫之叶沃若。棹歌激扬,鸥鸟散乱。再觞再咏,且笑且歌。洲渚之间,于画图中无异,亦乐事也。序而引之。诗凡若干首。致翰林国史修撰事承务郎东吴张洪叙。

况定观带回靖安的这幅《秋江送别图》,至今已历五百六十余年。经况定观后裔献于江西省博物馆珍藏,被定为一级文物,现仍完好如初。江西博物馆为笔者拍摄了原件照片,使笔者一睹为快,顺此略表谢忱。这也是闲话,表过不提。

当下众人将这件礼物,亲手捧着,簇拥到定观居住之处,送与公子。

定观收下礼品,珍藏在箧。

众人别去,定观独留何澄,嘱托道:“澄兄,你是我的挚友,今有一事相托!万望勿辞。”

于是将琴姑之事,一一细说,要何澄加以关切照拂。

何澄笑道:“原来有这段故事!真是:自古红颜多薄命,碧海青天夜夜心!不过,宁兄尽可放心归棹,如今这位美人已经名花有主了!”

定观惊问道:“此话当真?”

何澄道:“我有一友,名唤陈大刚。乃是一名血性男儿,常路见不平,拔刀相助,虽洒热血,抛头颅,也在所不惜!一日,他路遇一个女子,被龟子叫来两名彪形大汉,当街羞辱痛打,陈大刚激于义愤,奋力上前,打走了龟奴和帮凶,把女子救回店客。细问之下,才知她是被人骗卖到风月楼中,鸨母强逼她卖笑接客,她誓死不从。趁龟子不防,逃了出来。谁知龟子同打手一起赶至,才遭到他们的羞辱、毒打。陈大刚十分同情女子的不幸遭遇,慨然赠金要送女子返里。女子大哭道:‘你叫我返里,不是又要我进狼窝了?家中只有一个毫无天良的堂叔,如果回去,必然又被他卖与人贩子!我不如死在这里,留个清白吧!’陈大刚不料女子有如此烈性,又知她是个出淤泥而不染的玉莲,自己又不曾婚娶,不如收留了她,送她到吴县家中,慢慢有了感情,再论婚嫁。如她不愿意,便为她物色一位合适的伴侣,了却这件心事。当下把心事一说,琴姑立刻答应了下来。后来,陈大刚因事系狱,闻说琴姑曾特地去省按司投诉哩!真是:一个侠士,一个奇女,天成一对,地造一双。可惜陈大刚至今含冤在狱,不得团圆!你托我照看琴姑,一定不负使命就是!”

何澄一走,定观心下倒又掀起层层波澜。心忖:要是我不走,还可以在父亲面上代琴姑与陈大刚说个情……再一想,又自责道:“不妥,不妥!父亲平时教导我:立身处事,务必一心为公,决不可废公徇私。我怎么又忘了?听说父亲正在查核陈大刚这桩案子,是非定有公论!是黑不会变白,是清不能变浊!我岂能以一己之私情,去干扰父亲办案呢!”

于是,他收起杂念,整理行装,即日起程返里。

况钟夫妻一直把定观送到码头,才依依分手。随同送行的,唯何澄、苏性初、徐万镒等数人。其余好友,都被况钟辞谢了。

正是:

秋来忽起还家兴,又促行装领亲命。
青云豪客总交游,锦轴新诗为相赠。

要知陈大刚这场官司是吉是凶,且听下回分解。

第七十二回
申冤案夫妻来两团圆　结案情父子双伏法

且说苏州知府况钟，送长子定观返里后，便立即着手审阅有关莫老儿、陈大刚一案案卷。

况钟刚从吴县范琎手中要来此案全部审讯记录，便接到一张无头诉状。展开看时，只见上面写的不是诉状，而是一首文句不通的歪诗：

风月楼中风月好，公子醉酒搂娇娇。
春风一度珠胎结，未知何日续鸾胶？
一棹顺风公子走，徇私废公手段巧。
枉叫青天民怨沸，不是龙图是草包！

下面有一行小字："切莫多管闲事，谨防后院着火！"况钟看了不觉一愣。这首诗是冲着我来的！诗中说的风月楼，乃是吴县有名的勾栏院，那娇娇指的就是琴姑了！常言道，解铃还须系铃人。我只要找琴姑一问，黑白自然分明！想到这里，便要夫人取来便衣一换。

况夫人道："老爷换衣，想是又要去私行察访了？"

况钟："正是。"

况夫人："老爷要去哪里？可要况祥相随？"

况钟笑道："下官今天要去风月楼一游！"

况夫人忙劝道："使不得！"

况钟："却是为何？"

夫人道："老爷刚才接到无头歪诗，极尽造谣惑众之能事。这是有人蓄意诬蔑所致！如今，老爷又去勾栏院一行，岂不是给人以口实吗？"

况钟大悟道："不是夫人提醒，险些误了大事！"

正说之间，何澄不请而至。原来，他是况钟世交，熟不拘礼，故而随意进出。

当下何澄听了况夫人介绍适才之事，拍手道："我来得正好！况年伯要找琴姑，我正为琴姑之事来找况公哩！"

况钟忙问缘由，只见何澄拿出一张状纸，铺在桌上，与况夫人同观。只见上写道：

为替夫申雪奇冤事：

夫君陈大刚，因路见不平，拔拳相助，严惩了羞辱糕饼铺莫金才及其女瑞凤的恶棍范秉正主仆二人，触怒吴县知县范琎。范琎袒护其子秉正，设计捉拿了陈大刚，并诬以擅杀命官罪，判处死刑。瑞凤因其父系狱，前往探监，竟遭横死，至今含冤九泉。其父被充军边地，不想竟被范阿狗奉命买通解差丁万李千，于路上要对莫金才下毒手。此事为拙夫所闻，救出了莫金才。未几，莫金才又以杀死解差逃遁罪被判死刑。民女为替夫申冤，为无辜辩屈，特不避斧钺，直陈积愫！冀希拨云见日，得申沉冤！

吴县民女方琴姑跪呈

某月某日

况种大喜道："我正要见琴姑，世侄来得正好，可算是雪中送炭了！"

况夫人道："为防范琎算计琴姑，不如着人把琴姑接入府衙，方才万无一失！"

况钟点头道："此言有理！快快派人前去！"

何澄道："此事不劳费心，世侄亲自前去，雇上小轿一乘，立即送琴姑进府便了！"

况钟道："如此有劳世侄！"

何澄告辞，匆匆自去。

不到一个时辰，只见何澄满头是汗，急步进厅，大声嚷道："琴姑失踪了！"

况钟和夫人忙问其故。

何澄道："我赶到大刚家中，只见门户洞开，空无一人。进内刚见箱笼狼藉，犹如被人抢劫一般。我到处寻找琴姑，却不知下落。问左邻右舍，都装聋作哑，不讲真话。我无法可想，正欲来府相告。偶遇一名孩童，坐在墙隅哂笑。我心中一动，便去买了两包瓜子送与孩童吃。他才告诉我：琴姑被一伙人用软轿抢走了。临上轿时，琴姑啼啼哭哭，口中大骂不止。我问孩童，骂的是什么话？孩童说，听不分明，好像是在骂狗。想不到琴姑竟遭此大难！大刚托我照看琴姑，叫我如何向他交代！哎！"说到这里，何澄竟急出眼泪来了。

况钟沉吟半晌道："琴姑平日可有仇人？"

何澄道："她到大刚家不满一月，有什么仇人？"

况夫人道："除非这事是范秉正所为！"

何澄道："我也曾想到这点，可听说范秉正近日又去了吴江县柳丝村其舅公家了！"

况钟应了一声："哦！"

这时,大家默不作声,苦思冥想起来。

况夫人忽道:“妾身以为范琎绝不会冒天下之大不韪,亲自出马,参与此事!”

况钟点头表示同意。

忽然,况钟又拿出琴姑的状纸念了起来。念着念着,他猛地用手在桌上一拍道:“有了!定是此人所为!”

夫人和何澄同声问道:“谁?”

况钟指着诉讼状上那一行字念道:“……不想竟被范阿狗奉命买通解差……不是他,还有谁?”

何澄频频点头说:“不错,据孩童所说:琴姑在被抢上轿时,曾大声骂‘狗’。这狗,肯定就是狗奴才范阿狗了!”

况夫人道:“如此,速速差人去捉拿范阿狗来!”

况钟将手一拦道:“慢!如派人去抓,乃是促范阿狗之死了!范琎知事情暴露,必然会先发制人,杀人灭口!”

何澄和况夫人齐声发问:“如此怎么办才好?”

况钟笑道:“有了!即以其人之道,还治其人之身!”

况夫人大喜:“范琎会哄骗琴姑上轿,如今老爷也如法炮制,要哄阿狗进府吗?”

况钟笑道:“不是请君入府,乃是请狗入瓮耳!哈哈哈!”

大家也一齐笑了起来。

况钟等大家笑罢,正色道:“我想:一面诱阿狗出来,一面还要保护琴姑,免遭毒手!”

何澄道:“徐万镒与范琎曾有诗词来往,我托他去范府一行,见机行事,以保安全!”

况钟点头依允。大家遂分头去办事了。

先说徐万镒受何澄之托,慨然来见范琎。

范琎与徐万镒曾有诗文来往,闻报欣然出迎笑道:“徐仁兄久违了!是什么风把你吹来的?”

徐万镒拱手道喜说:“无事不登三宝殿,今天特来向父母官大人道喜来了!”

范琎诧异道:“此话从何而起,喜从何来呀?”

徐万镒呵呵大笑:“你把喜事封得铁桶也似,连我叨在知己,也被你瞒过了!”

范琎连忙分辩:“绝无此事!绝无此事!”

徐万镒道:“闻听多人传说,大人新得一名绝色女娇娥,乃苏州名妓,青楼之翘首。闻得此女诗词歌赋,琴棋书画,样样俱会,色色都精。更令人销魂神往的是她美貌绝伦，身姿出众，乃西施王嫱貂蝉玉环之流人物也！今为大人捷足独占，椒房获宠，岂不是一件值得庆贺的大喜事吗？”

范琎大惊道：“你听何人嚼舌？纯属谣言惑众！”

徐万镒道：“绝非乌有子虚吧？此女乃誉满苏城的行首，其名声之大，可与唐代的吴盼盼、薛涛、小蛮，宋朝的李师师、苏小小著名歌妓相媲美。如今被大人纳为爱宠，岂是无风掀浪乎？”

范琎只得说道：“日前，下官夫人想听方琴姑鼓上一回瑶琴，故而请她到府一献技艺。想不到轰动市井，引起物议。其实是一场误会，连仁兄也信以为真了！”

徐万镒故意放低声音说：“老公祖不必再瞒。你我相交不浅，此事岂能瞒得过我？大人接琴姑鼓琴是假，怕她出面首告是实，是与不是？如今弄巧成拙，势成骑虎。倘若苏州知府况大人追查起来，看你怎样搪塞呢？”

一番话说中范琎心病，脸上顿时白一阵红一阵，显得惊慌失措，局促不安。忙拱手请教道：“徐兄所言极是，有何妙策相教？”

徐万镒笑道：“我倒有个办法。”

范琎：“快快请讲！”

徐万镒道：“风闻京城有位王公公，现已潜来苏州选美。老公祖何不乘机把她献给圣上。圣上喜得美人，论功行赏，你首推第一。此事又能邀宠获擢，又可堵了况知府之口，岂不一举两得？此事小弟当为大人效劳，尽管放心吧！”

范琎一听，眉结顿开，连连称谢不止。特地留徐万镒喝了酒，才送出县衙。

徐万镒自去知会何澄不提。何澄知琴姑得安，才放下心来。

且说范阿狗自从奉范琎之命，去陈大刚家中赚来方琴姑后，就二门不迈，大门不出，每天关在自己的一间小房里胡思乱想。自从上次在船上遇见了琴姑，阿狗心中就一直丢舍不下。那回不约而同和少爷摸黑来到后舱，演出了一曲《三岔口》后，挨了少爷一顿臭骂不算，还罚他跪了三炷香！等香燃完，船就到了苏州。眼望着琴姑上了岸，却没有机会向她说上一句心里话！后来，听说琴姑投亲不着，被人强卖到风月楼当了粉头，心头顿时一喜！自忖：常言道：鸨儿爱钞，姐儿爱俏。我长得不算难看，比起少爷来还强得多呢！不怕琴姑看不上我！若说银子，这几年我也积攒下几十两银子，如能和琴姑一夜销魂，拚着这几十两银子，我也舍得。因此就想去风月楼一游。不料，此事竟被少爷捷足先登，在风月楼对琴姑威胁利诱，竟为琴姑所拒！我只道是她心中有我哩！谁知半夜里又钻出个况公子来，由少爷当红娘，把况公子灌醉送进琴姑房中。说实话，这天夜里，我恨不得一头撞死！却喜琴姑并没有爱上况公子，而是把他从房中赶跑了。我听到这消息，整天高兴得就像西园寺里的笑弥陀那样——笑口常开！哎，琴姑呀琴姑，你真是个了不起的女子,不爱少爷不爱公子,偏偏爱上了我阿狗了,怎么叫我感恩不尽呢!谁知才高兴不了几天,风云突变。你从风月楼逃了出去,事先为什么不告诉我呢?要不,我就把你接到乡下去住。我这个奴才也不想当了,就回家与你相亲相爱,男耕女织,做个患难夫妻吧!哎,怪只怪那龟子心狠,老鸨手毒,叫几个无赖,追赶琴姑,并在大街上当众羞辱!我阿狗要是在场,非拼上性命保护琴姑不可!可惜,那天我陪少爷去了赌场,真是晦气!这样的好事,偏偏叫那个赛旋风的碰上了。这家伙的本领,我可是领教过的:两个指头,就让我跪地叫他爷爷!那几个无赖怎会是他的对手?结果,无赖打跑了,琴姑也就归他所有了!哎,完了,我的希望全完了!不料前两天少爷一走,老爷又出了个歪点子,要我把琴姑骗到县衙里来。这道命令,我本不愿服从。可是,吃人家的饭,服人家的管,胳膊肘怎么弯得过大腿来?没法子,只好昧着良心做起了缺德事!现在想起琴姑当时对我的眼神来,我的心就会打战战哩!琴姑呀琴姑,别怪我吧,阿狗对你是一片真心啊!哄骗你的那个阿狗,是混蛋,是害人精!而我这个阿狗才算是个人,是真心诚意爱着你的阿狗!琴姑啊琴姑,你能原谅我阿狗吗?

范阿狗躺在床上正在胡思乱想之际,忽听门口有人叫:“阿狗,有人找你!”

阿狗怪他打断了自己的遐想,在床上没好声地说:“我没空见他!告诉他,我不在家!”

那人说:“是个女的!我就对她说去!”

阿狗一听是个女的,便一个鲤鱼翻身,从床上蹦了下来,忙说:“就去,就去!”

范阿狗来到门口一看,立刻就泄了气。原来是个老婆婆!嘴也瘪了,牙也掉了,背也驼了,发也白了。阿狗回转身正要走,那个老婆婆却一直从县衙大门口追了进来。一面紧追不舍,一面数说:“你就是范少爷的小管家吧?我们老头子还给你们少爷撑过船呢!你别走哇,老太婆腿脚不便,追也追不上,你等等,听我有事告诉你!”

阿狗瞪起眼来说:“我又不认识你!我根本不想听你的话!快走!不要惹我发脾气!”

老太婆:“啊唷唷,架子这么大呀,你忘记求我老头子搭船的时候了?”

阿狗不耐烦了:“你老头子是谁?你找我又有什么事?”

老太婆:“我老头子姓张,人家都叫他张老大。那回在吴江县柳丝村口不是搭了你家范少爷和你到吴县码头的吗?怎么,贵人多忘事,全忘了?那回一起来的,不是还有一个叫琴姑的姑娘吗?怎么也忘了?还有……”

阿狗一听提到琴姑,立刻答道:“记得,记得!对对,有一个琴姑……”

老婆婆:“她是我的远房亲戚呀,如今,琴姑的妹妹也来了,就暂时住在我家中……”

阿狗的耳朵立刻直竖起来,急忙问道:“什么?琴姑还有一个妹妹呀?我怎么没听琴姑说起过……”

老婆婆:“她是琴姑的堂房妹子,又不是嫡亲的,当然不会对你说的!她堂妹听说琴姑在外头做事能赚不少银子,特地来投奔琴姑要她介绍做事呢!”

阿狗立刻咽了一口唾沫问:“她堂妹人长得怎样?”

老婆婆:“那还用说,水汪汪的眼睛,水灵灵的身子,肉团团的胳膊,肉嘟嘟的奶子,瘦袅袅的腰肢,长悠悠的大腿,哪样不是百里挑一的!人家要不是金刚钻,怎敢上外乡客地来揽瓷器活呢!”

阿狗赶紧“吱溜”一声,把流下的口水缩了回去,急急地问:“她比琴姑长得如何?”

老婆婆:“依我看,还要强哩!即使超不过琴姑,也说得上一个半斤,一个八两!”

阿狗急不可耐地问:“她在哪里呀?”

老婆婆:“就在我家里。”

阿狗:“你家在哪里?”

老婆婆:“前面不远,过几条街就到了!”

阿狗:“你带我去见她!”

老婆婆:“你去干什么?她找的是琴姑呀!我听说琴姑是被你接走的,我才来找你的。”

阿狗:“我跟琴姑熟得很,见我就跟见琴姑一样。有什么话先告诉我,我去对琴姑说!”

老婆婆:“那好吧,走吧小管家,要不要对你家少爷说一说?”

阿狗:“用不着,这事我来做主。”

老婆婆:“也不用对你家老爷说?”

阿狗:“你真是个婆婆嘴,啰里啰唆的,还不快带路呀!”

老婆婆:“我走不快,还是你走前吧!”

阿狗:“我走前?我又不认得你家?”

老婆婆:“不要紧,你尽管走就是,走岔了路,我会讲的!”

阿狗:“那好吧!”

范阿狗把老爷令他不准出门的交代全忘了,恨不得一步就到老婆婆的家里,好早些见见琴姑那漂亮的堂妹。她一定是个乡下妹子,年纪一定比琴姑还小。我只要多花些功夫,不怕她不……想到这里,忍不住一边走一边唱了起来:“小娇娇生来赛杨妃,孤王一见龙心喜……”

才转过一条街,迎面来了两个彪形大汉,见了阿狗就说:“你就是范阿狗?”

“是呀!”

“我家大人有请!”

“你家大人是谁?”

“休要啰唆,见面就知!”

大汉说罢,一人抓住阿狗一只胳膊,不由分说,拉了就走。

阿狗这时才想起了范琎的吩咐。情知中了计,便死乞白赖地要起死狗来:

“放开我!你们想干什么?青天白日想绑架呀!救命啊!救命……”

“嘭!嘭!”阿狗背上早狠狠挨了两拳。

“想死吗?再喊喊看!”

“救……”

“梆!梆!”阿狗的身子早重重受了两脚。

“不想活的话就喊吧!”

阿狗不作声了,心里说:“光棍不吃眼前亏!看你能把我怎样?”

于是,就老老实实地被两个班头——冯信和张彪带进了苏州府衙内。

况知府已在后厅等候,阿狗被推进厅里跪下。

况钟:“你可是范阿狗?”

阿狗答:“正是小人。”

况钟:“你把方琴姑诳到了何处了?”

阿狗赖道:“小人不知方琴姑是谁?也从未诳过她!”

况钟道:“有左右邻舍作证,他们亲眼看见是你带人抬了轿子诳走的!”

阿狗道:“青天老爷!这是混赖小人了!确实无有此事!小人一贯安分守己,从未在外生是惹非!不信,可问我家老爷吴县知县范大人!”

况钟喊:“带朱阿虎!”

邻童朱阿虎被带进厅里。

朱阿虎:“认得!那天就是他来骗走琴姑的!琴姑不愿意,是他强拉琴姑上的轿!琴姑气得哭了,骂他是狗……”

阿狗:“你乱讲。”

阿虎:“你才乱讲呢!你是一只害人狗!羞羞脸!”

况钟:“好,阿虎你先回去吧!”

阿狗:“大人,别听他乱讲!小孩子的话是不能算数的!”

况钟拍了下桌子:“范阿狗,你助纣为虐,作恶多端。强娶莫瑞凤有你,调戏方琴姑又有你，蓄谋企图杀害莫金才又是你！姑念你乃是范家一个奴才，只要老实说出情由，本府秉着惩办首恶为主的典律，还能放你一条生路！若依旧执迷不悟，可知律法无情否？"

阿狗依然不语，半晌抬头说："我确实不知琴姑下落！我也正想找琴姑呢！实不相瞒，在船上时我就对她有意了！要是知道琴姑下落时，我情愿把她带走呢！"

况钟冷笑道："好个利口！带下去！"

阿狗一走，况夫人从屏风后面走了出来，笑着问："老爷，这条狗很狡猾，还惯会耍赖皮呢！"

况钟也笑道："这叫不见棺材不落泪！在审案中，这也是司空见惯的事了！不知夫人有何妙计叫阿狗开口？"

况夫人道："妾身有个想法：听刚才阿狗所言，以及他在船上的那一回表演，他确是钟情于琴姑呢！老爷何不将计就计，用琴姑作饵，让他说出实话来！"

况钟拊掌道："好计！只是琴姑难找！"

况夫人道："此事不难，只要去风月楼找一个与琴姑相似的行首，教她扮作琴姑，必定成功！"

况钟道："此事就有劳夫人安排！"

况夫人果然派人去风月楼找来叫绿妹的行首。她的身材与琴姑相似，只是相貌平平而已。

况夫人教了绿妹许多对答言语，便要绿妹根据琴姑平时的穿戴打扮起来。

一切就绪，只等天色昏黑下来。

这天傍黑，范阿狗在牢中意外地看见禁子送来了一壶酒，两碟菜。一问，竟是范府送来的。便美美地吃了个酒醉饭饱，醉醺醺地倒地就睡。

一觉睡到半夜，只见狱窗外一钩冷月，寒气袭人。这时，四周一片静寂：只闻秋虫瞿瞿，秋风飒飒。忽听身旁发出一阵阵凄厉的尖叫，似人非人，毛骨悚然！正在冷汗直冒，头皮发麻之时，忽听"咿呀"一声，那早被铁锁锁着的牢门竟被人打开了。一阵阴风过处，一个披发及肩的"女鬼"飘进牢来，吓得阿狗两排牙齿捉对儿咯咯打架，额上冷汗乱滚。正在发颤，忽听女鬼开口道："阿狗，你好狠心啊！"

阿狗："你……你……你是谁呀？"

女鬼："我是谁你还不认识吗？"

阿狗："你不……不是琴……琴姑吧？"

女鬼："你连我都不认识了，还口口声声说是想我，喜欢我，原来你全是假的！"

阿狗："不不不，我是真的喜欢你！不过，你到底是人是鬼？"

女鬼："都是你害了我！"

阿狗:“怎么又怪起我来了?”

女鬼:“要不是受了你的骗,我会到县衙里去吗?要不到县衙,我会被范琎所害吗?”

阿狗:“那不能怪我,我是奉老爷之命去请你的!”

女鬼:“什么请?是你强拉我上轿的!”

阿狗:“我也是没办法,你要不肯走,老爷会剥我的皮哩!”

女鬼:“哼,你呀,心里就只有老爷和少爷,从来就没有我!”

阿狗:“我可以对天发誓,我要是忘记了你,天打五雷轰!”

女鬼:“不要发誓赌咒了,你们男人,要起女人来什么咒都会说;等到了手,就什么都忘了!”

阿狗:“不不不,我不是这样的人!”

女鬼:“你要是真的喜欢我,你就告诉我实话,老爷为什么叫你来接我进衙门?”

阿狗:“说就说!谁叫你去告状呢!眼看况知府要来查案了,要是叫你去一问,他们父子两人还有好命活吗?”

女鬼:“原来他们想杀人灭口啊!”

阿狗:“不不,不是杀人,而是想把你卖到安徽去……”

女鬼:“这全是真的?”

阿狗:“半句谎话都没有!琴姑,这下你总明白我的心了吧?来啊,趁这里四下无人,我们亲热亲热……”

女鬼:“我是鬼,你就不怕呀?”

阿狗:“不怕,不怕!俗话说:‘牡丹花下死,做鬼也风流’嘛!快快过来呀!”

正在这时,牢房里霎时燃起了几十支蜡烛。那擎烛的全是苏州府的皂隶捕快弓兵禁子。再看那女鬼,却是“风月楼”中的绿妹。

范阿狗再想要赖皮,已无人理睬了。

范阿狗全线崩溃,终于举旗投降了。

况知府立刻乘胜追击,在吴江县柳丝村抓获了正要外逃的范秉正。拘捕了吴县知县范琎,并在范府救出了方琴姑。

至此,在审问中不消几个回合,立刻真相大白。

消息传出,万众欢腾,都拥到苏州府衙前来瞻仰况钟的神韵风采。

况钟审案已毕。提笔判道:

“范琎纵子行凶,企图杀人灭口,押解赴京,听候处置。范秉正因奸不从,杀死莫瑞凤一命,判处死罪,秋后处决。范阿狗助纣为虐,拒不认罪,判充军边地,永不准返回。莫金才无罪释放，赏给库银，回家养伤。陈大刚行侠仗义，救死护善；然连伤二命，理应发配他地。此判。”

后来，陈大刚发配到淮阴县。知县和大坤乃是况钟的好友。他接到况钟一封推荐信后，就提拔大刚在县衙当了一名捕快班头。琴姑得知消息，就千里迢迢赶到淮阴，两个有情人终于成了美满眷属。这是后话不提。

正是：

教子有方话况钟，庭训谆谆传遗风。

秋江送别留佳话，一轴画卷古今颂！

第七十三回
玄妙观万众轧神仙　群仙楼独自访隐士

吴地习俗:农历四月十四日,相传是八仙之一吕纯阳的诞辰。这位曾经三戏白牡丹的风流神仙,在苏州各县却是家喻户晓的。到处都建有纯阳庙,庙内供着泥塑彩绘的纯阳像:头戴纶巾,身穿鹤氅,肩背宝剑,脚踏粉靴。面如敷粉,唇若涂朱,眉似卧蚕,目胜流星。确是长得潇洒倜傥,仪表堂堂!据说,吕纯阳对苏州的百姓特别青睐,每逢他的诞辰,便降落在人间来度世人,普结善缘。要是谁碰见了他,谁就会立地成仙,白日飞升!这话,一传十,十传百,从唐代开始,一直传到宋、元、明,便成了人人皆知的秘密。谁想当神仙,谁就想在四月十四日这天面对面碰到这位乐善好度的活神仙吕纯阳!于是,苏州一地便有了"轧神仙"的盛举。

可是,吕纯阳不是容易认出来的。他要是露出本相,大家一见就认得,岂不要把他围得水泄不通,寸步难移了!因此,他常常变成一个普通的百姓,叫人对面碰到,也绝不会想到他就是吕纯阳神仙!不过,传说中遇到吕纯阳成仙得道的人却不少。言之凿凿,且有名有姓,不能不使人不信!于是人人都想试一试,要是额角头发亮,交上了红运,便能拾个神仙当当。

"轧神仙"这天,苏州古城可说是盛况空前:大街小巷,人头攒动;那平时热闹的玄妙观,更是摩肩接踵,人山人海,磕磕碰碰,拥挤不开。孩童们有的骑在大人的脖颈上,有的抱在怀里,有的牵着手,叫嚷着要买块神仙糕吃。买来一看,原来是用白糖赤豆做成的定胜糕,吃起来味道挺不错哩!年轻的少女、媳妇们,则喜欢戴神仙花。那是用五色彩线做成方胜草笠并插上诸样花卉,有的自己巧手做成,有的在摊上买现成的。青少年郎君则喜欢戴神仙帽,那是剪裁五色彩绫为笠,饰以锦绣孔雀羽毛。这种彩帽,做工精致,色彩斑斓,花样新颖,戴在头上更显得漂亮俊逸,神采不凡,故买彩帽带的人特别多。据说,吕纯阳是唐朝人,当过县令,炼过丹,修过道,在医学上有很多贡献。所以,那些中医郎中,每年在他生日这天,都要到纯阳庙来祭祀他,还请来戏班子演戏。演的是《八仙过海》《吕洞宾得道》等戏文。更为热闹的是"花市",也叫"品兰会"。来自阳山、虎丘等地的花农,远至数百里外的能工巧匠,都在这天把异种花卉运到苏州城里叫卖。最上等的花是金兰，其次是素馨，还有梅瓣、荷花、水仙等品种，牡丹、月季也十分引人注目。除了各式花卉，还有榆树、椿树、枫树。少数花摊上摆着假山盆景，望一下标价，令人咋舌！但也有人买去作为室内摆设，不是富室豪门，谁有那么多的银子去买它呢！神仙庙一带还有叫卖"神仙乌龟"的。那是劝人花钱行善，买来放生用的。还有一种传说，说吕纯阳生得鹤项龟背，足上有隐隐的龟纹。那"神仙龟"说不定就是吕纯阳的前身哩！

且说今日玄妙观内外，嚷嚷闹闹，人声鼎沸。那算命的、卜卦的、卖药的、拔牙的、烧香的、还愿的，你推我搡，呼爷觅子，好不热闹。在熙熙攘攘的人流中，有主仆二人也来此地趁热闹。那主人，年约五十开外，白面黑须，方额大耳，头戴文生巾，身穿青锦衫，身材高大，体态丰盈，举止稳重。跟随身边的仆人，发如银丝，须若染霜，虽已年过花甲，却步履矫健，毫无龙钟之状。

他们挤在人丛中，想快快不得，要慢慢不成，只好随波逐流，边走边谈。那仆人不断发问，主人却对答如流，侃侃而言，引起了周围人的极大兴趣。只听那老仆人问道："老爷，你说说，那位吕纯阳神仙今天真会显身度人吗？"那主人笑道："吕纯阳今天会不会来？我不敢打包票。不过听说有一年四月十四日，也像今天这样很多人都来'轧神仙'。当中有一个有钱的员外，平时喜欢施舍衣物粥饭做善事，这天也到玄妙观来碰碰运气，想见见吕纯阳。他轧过来，轧过去，一直来到庙门口。只见里面有座三清殿，重檐复宇，雕栋画梁，十分雄伟壮观。它用三十六根平头柱，七十二只斗栱造就，更显得精巧绝伦，独创一格！殿门上那块写着'妙一统元'金字匾下面，有一个衣衫褴褛、鸠形鹄面的叫花子，正坐在那里旁若无人地捉虱子、晒太阳。员外望见后心中不觉一动。心想，这个长相与众不同的叫花子，莫非有什么来头不成？我何不送些铜钿给他，也算行善积德一番。要真是吕纯阳，我可是交上红运哉！"

老仆听到这里，忙问："后来怎么样了？是不是吕纯阳呀？"

主人笑道："你莫急，听我慢慢说。那员外就挤进了庙里，来到叫花子跟前，仔细一看，不觉吓了一大跳。原来，这叫花子长得实在丑陋。数一数身上至少有十样毛病。哪十样毛病？歪嘴、偻臂、斜肩、斗鸡眼、招风耳、瘌痢头、瘸腿、鸡胸、驼背，外加塌鼻梁。浑身上下还发出一阵阵令人作呕的臭气来。那叫花子抬头看了一眼挤到身边的员外，便向他伸出一只手来乞讨。员外因臭气难忍，赶紧用手捂着鼻子，想快步离开。可周围都是人，挪不动脚步。那叫花子的污手，却一直伸到员外的鼻子底下。员外想早些脱身，急忙抓了一把碎银，也不知多少，扔到叫花子的身前。叫花子冲员外哈哈一笑，咧着嘴说，'你这人还算不错？就看你有缘没缘了！'说完，就朝地上'呸'地吐了一口浓痰，说，'把它吃了！包你交红运呢！'员外一见就想呕吐，哪里还会去吃？就在这时，一只黄狗从人丛中钻了出来，看见那口浓痰，就像见到美味佳肴一般，伸出舌头就舔吃了。说也怪，眨眨眼，那黄狗在地上打了个滚，便变成一个黄衣童儿，叫花子变成了吕纯阳真身，把手中拂尘一扬，平地飞来一片瑞云，带着那黄衣小童，竟冉冉升天而去！”

众人听到这里，都倒抽了一口冷气，纷纷替那位员外惋惜起来。有的还用眼到处搜寻，看有没有叫花子，准备去尝尝那浓痰的味道，好学那条升天的黄狗！

只听那主人说：“我再讲一个吕纯阳的故事，也发生在玄妙观门口。那时，门口摆着很多摊子，其中有个卖汤团的摊子。摊主是个老头。这老头很怪，头上扎块方头巾，脚下穿双方头鞋。更奇怪的是：他摊上有两种汤团：一种大，一种小。大汤团他卖三文钱一个，小汤团却要卖五文钱一个。‘轧神仙’的人都想贪便宜，谁也不愿吃亏，都吃三文钱一个的大汤团。没有一个人吃五文钱的一个的小汤团。这时来了个两岁的孩子，吵着闹着要吃汤团。带他出来的大人买大汤团给他吃，他不吃，偏偏要吃小汤团。大人犟他不过，只好多花了二文钱，买一个小汤团给孩子吃。谁知孩子吃后，肚子就饱了；大人买糖买糕，他都吃不进了。大人这下慌了手脚，以为吃坏了肚子，就急忙来到摊上找老头评理。那老头叹了口气说：‘这孩子没缘！’便伸手朝孩子背上一拍，只见孩子口一张，口中有一粒圆溜溜的红色丸子掉了出来，一会儿就滚进河里。原来这是吕纯阳炼成的度人的仙丹！正好被一只癞蛤蟆一口吞进肚中，那只癞蛤蟆摇身一变，变成了一条龙，立刻飞上空中，腾云驾雾而去！”

大家都听得出神，一齐伸头去庙门口寻找卖汤团的摊子。这时，大家都心甘情愿地吃亏了，想尝尝那卖五文钱一个的小汤团呢！等到大家回过头来找那一主一仆时，却失去了目标，正不知他二人挤到哪里去“轧神仙”了。

看官，这主仆二人不是别人，正是苏州知府况钟和老仆况祥。他俩到此做甚？是来“轧神仙”碰运气吗？不是。今天况钟到此为了两件事：一是为了寻找一个隐士；二是为了了解一件案情。

要找的这位颇有清誉的隐士，姓尤名文度，字安礼，进士出身。因他刚正不阿，不畏权贵，被升任为贵州巡按御史。出巡贵州时，有人送黄金给他，他拒而不受。行贿者说：“请收下就是。此事无人知晓，不用顾虑。”尤文度变色而起道：“此事你知我知，天知地知。何谓无人知晓耶？”行贿者被说得满脸羞涩而去。有个县丞，勾结库子，盗窃了几百两库银；事发后，他又用贿赂买通了主簿、典史等人。知县要追查也查不下去了。有人写信给尤御史，揭发了此事。尤御史查实了此事，把贪污盗窃以及收受贿赂的大小官吏几十个人都一一惩办了。此后，那些贪官污吏，一听说尤文度来巡视，都吓得半死，甚至有弃官潜逃的。后来，尤文度的名声越来越大，不少官吏对他又恨又怕。就有人想方设法捏造罪名，参了他一本。由于他结怨甚多，受到上司的嫉恨，被贬职到贵州当了一名参议。气得尤文度致仕回苏州隐居，从此杜门不出，以诗酒自娱。尤文度回家后，不久就阮囊羞涩，连买酒钱也拿不出了。可是他毫不为意，狷介自守，乐天安贫。有一次，况钟赴京述职，特地去谒见内阁大臣杨士奇，言谈之中，杨太师突然问道："尤文度安好否？"况钟猝不及防，不知所答，只好涨红了脸垂下头去。于是杨士奇说："君为廉吏，不识尤文度耶？"杨士奇是提携、支持况钟的朝中大臣之一，又是同乡，素为况钟敬重。这次谈话，虽表面上还算客气，其实含义很严厉。言外之意是：况钟啊况钟，你枉称青天，竟连在你苏州治下清誉卓著的尤文度也不知道，还配称作廉吏吗？这次谈话，给况钟震动很大。回到苏州后，立即打听这位尤文度，并决定要亲自去拜访请教，也算礼贤下士。可是，问遍全府上下以及七县官吏，谁都说不出个实信来。有的说好像有这个人，不过已有好多年没听说了，想是早死了；有的说姓尤的倒有一个，那是卖肉的屠夫，人称尤葫芦，不知是不是他？一个多月过去了，连尤文度的影子也没找到，况钟心里烦恼。今天恰逢"轧神仙"的日子，老仆况祥就建议况钟去人最多的玄妙观走一遭，说不定会打听到尤文度的下落哩！

况钟想想这个主意不错。最近他回到苏州府后就接到了一张状子，告的是亲母勾结奸夫谋杀年仅十三岁的儿子一事。那奸夫不是别人，正是玄妙观的道士清虚。清虚和谋杀亲子的七娘已关在死囚狱中，但况钟披阅案卷时发现不少疑点，就未申详察院，想再作一次调查。今天听况祥提出去玄妙观"轧神仙"，便触动胸怀，正好趁机去观中察访询问，以便最后定案。为了这两件事，况钟便兴致勃勃地换了便衣，偕同况祥来到玄妙观来轧闹猛来了。

且说况钟主仆二人，走得腿酸，讲得口干，正好被人流挤到一家挂着"群仙楼"的茶楼门口。况钟便说："况祥，我们去这楼上歇歇腿，喝碗茶，解解渴如何？"况祥一早跟着老爷出来，还没有吃早点，这时肚子里早在唱空城计了。一听大人之言，立刻点头答应，抢先一步，从人丛中挤出来，走进了"群仙楼"的店门，况钟也随后进来。

主仆二人上了楼，早有茶博士过来招呼。楼上喝茶的早已坐满，茶博士却有办法：他向几位熟客打声招呼，便挤出两个座位来。等况钟坐好，热毛巾也就送到，并满脸堆笑问："两位用什么茶叶？红茶，绿茶，雨前还是香片？"况祥道："有碧螺春吗？""有，有！"边说，茶博士早取出一小包色如碧玉，状如曲螺的茶叶来，置于两只带盖的茶盏内，就用手中提着的长嘴紫铜茶壶，往上一抖，忽地一线白练从茶壶长嘴里吐出，不偏不倚，从高处落下，正好流进况钟面前那只茶盏里！哈，这可是个绝活！要不是天长日久练就，旁人是学不会的。当下，况祥又点了几样点心，无非是神仙糕、小笼包子之类。况钟呷了口茶,感到一股清香流入肺腑,涤肠洗肚,分外舒坦,不觉赞道:“好茶!”

这时,同桌有位老者,白发白须,年约七旬,操一口吴侬细语,朝着况钟开口道:“客官,看倷倒像是个吃茶的行家。不过,倷阿晓得碧螺春的头头尾尾吗?”

况钟便拱拱手道:“我是江西老表,江西出名的茶叶叫云雾茶叶。这碧螺春嘛,倒要请教老丈了。”

老人一听,便捋着几根山羊胡,喜滋滋地说起来:“看倷还蛮虚心格!要是换个人问我嘛,我还勿愿意讲呢!今天就跟倷讲几句吧!这碧螺春产在苏州太湖洞庭东山和西山,老底子是专门进贡给皇帝阿伯吃格,伲苏州人也呒没福气尝尝味道呢!采摘迭种茶叶,要心灵手巧,都是标致的姑娘媳妇小心地摘下一旗一枪,当中以叶尖翠嫩、长着细白毛的算是最好。采起茶叶来,好是好看得来,那一双双纤纤又嫩又白的手,上下跳动,活像粉蝶飞舞,凤凰点头。焙制碧螺春勿用别啥工具,全靠炒茶师傅一双手在锅子里一歇不停焙弄茶叶来掌握温度,适时去团呀揉呀搓呀炒呀。高手师傅炒出来的是头等极品,三等四等的炒茶手炒出的就是三四级的次品次货。刚才客官喝的就是三级货!”

况钟也略知碧螺春茶的来龙去脉,却不知其中还有如此讲究,不禁十分钦佩老人的渊博知识,便说:“多谢老丈指教。我只知一杯在手,清香扑鼻,沁人心脾,回味无穷。却不知这片片绿叶,浸透着众多汗水心血!这和‘谁知盘中餐,粒粒皆辛苦’诗句同一道理了!”老人频频点头道:“倷讲得蛮有道理!越发对倷说了吧!那碧螺春还有个俗名,叫作‘吓煞人香’。相传当初头一回采到这种野茶,因它香得特别厉害,那采茶人大叫:‘香得吓煞人哉!’后来因它呒没名字,大伙就叫伊为‘吓煞人香’哉!有位大臣,嫌这个名字太俗,由于它产在碧螺峰上,就把它改名为碧螺春哉!”

况钟听后连声道谢。老人道:“勿要谢,勿要谢,伲也是听别人家讲的!”

况钟道:“老丈知识渊博,听你一番话,胜读几本书,多谢了!”况祥见老人正在高兴,便一旁提醒况钟道:“老爷不是要找一个苏州的名人吗?说不定这位老丈知道呢!”

老丈一听,便笑着说:“伲是老苏州哉,找啥人?尽管讲。只要有名有姓,包倷一寻就着!要不,人家会送我‘万宝全书缺只角’的美名吗?哈哈哈哈——”

况钟道:“我要找的人叫尢文度,字安礼,曾当过贵州巡按御史,致仕回苏州前是贵州参议。”

老人一听,不觉哈哈一笑。这笑笑得蹊跷,笑得稀奇,有分教:络丝巷中三顾蔽庐,姑苏城内一尘不染。欲知这位老茶客知否尢文度的下落,且听下回分解。

第七十四回
田婆婆指点陌生客　怪老头拒见况知府

且说那喝茶的老人对况钟说："傢真是眉毛上生跳蚤——好眼色(虱)。要不是问到我,你就是跑遍苏州城也寻勿到迪个怪老头呢!"况祥在旁插嘴说:"我家老爷要找的是尤文度,不是什么怪老头!"老头忙说:"是格是格,尤文度就是怪老头,怪老头就是尤文度。老底子伊就住在伲屋里贴隔壁,后来搬了家……"

况钟忙问:"他搬到哪里去了?"

老人说:"搬到一个叫络丝巷的小弄堂里,再也勿曾见伊出过门。到底是死是活,连伲也勿晓得哉!"

况祥道:"络丝巷在哪里呢?"

老人道:"伲来画张地形图给你,寻起来就便当哉!"

老人果然去管账那里要来一张纸,借来一支笔,画了一张图,交给了况钟。况钟连声道了谢,收起了图,顺便又问道:"老丈既然被人誉为'万宝全书缺只角',想必是无所不知的了!我再向你打听一个人,不知老丈是否知道?"

老人乐呵呵地说:"傢说出来说是,我要是勿晓得,这里还有好多包打听呢!老李,小张,傢说阿对?"

同桌另外两位茶客一齐点头说:"对格,傢万宝全书的话勿会错格!迪位先生就问吧,傢究竟要打听啥人?"

况钟道:"这人是个道士,名唤清虚,就住在玄妙观里,因吃官司关在苏州大牢里了!"

那叫老李的说:"迪个清虚,是不是跟周寡妇有花头的道士?"

小张接口说:"对格!就是那个杀死亲儿子的田七娘!这个寡妇,心是毒得来!俗话说,虎毒不食子。她竟连亲儿子也杀脱哉!真叫作:'青竹蛇儿口,黄蜂尾上针;两般皆不毒,最毒妇人心'啊!"

老人道:"话不能格样讲!说勿定周寡妇是冤枉呢?"

小张不服道:"冤枉?要是冤枉,寡妇就勿会偷人嘞。有了野老公,啥事也会做出来格!"

况钟道:“听说周寡妇的儿子是个火暴性子,常跟他母亲吵吵闹闹,倔倔强强,可有此事?”

老人道:“你听啥人瞎嚼舌头的?人家周寡妇的儿子还是个孝顺儿子呢。呒没影子的事,倷勿要瞎三话四。周寡妇迪趟吃人命官司,就因有人说她儿子忤逆不孝,得罪了娘,才把他杀脱格!其实,根本勿是迪码事!”

“倷听啥人讲格?”老李问了一句。

“嘿嘿,伲是听玄妙观的老道士王连生讲格。伊跟清虚到过周寡妇屋里做道场,超度伊格老公,还能勿清楚啊?对格,迪位客官,你要打听清虚道士的事情,去寻王连生好哉,伊是清虚的师父,保险勿会错!”

况钟连忙谢过。这时,只听有人喊了一声:“神仙来哉!”大伙一听,都拥到靠街的窗口去望。只见许多人围在一起,围了个大圈子。圈子中间却是个手拿讨饭棍,鹑衣百结,满身污秽的乞丐。奇怪的是:那乞丐嘻嘻地笑着望着众人,一面伸手接过送上门来的铜钱和碎银,一面就用手在身上搓,搓出一粒脏兮兮的黑疙瘩就朝地上一抛,于是,许多人就上去乱抢。一时弄得鸡飞狗跳,人仰马翻。有的人跌倒在地,后面的人就压到他身上,痛得他哇哇直叫。楼上的茶客也纷纷跑下楼去,钻进人堆里去抢那粒黑疙瘩——据说那是吕纯阳的仙丹,要是吞进肚去,就会成仙哩!

况钟不愿再看,就朝况祥使个眼色,付清了茶钱和点心钱就下楼而去。

看看天色尚早,况钟主仆二人下了群仙楼,按照老人的指点,按图索骥,七弯八拐地寻找那条叫络丝巷的小巷子。苏州的小巷子特别多,名称也千奇百怪,什么筷子巷,神仙巷,太监弄,状元坊,还有一个小巷,竟叫作裤裆巷,其狭窄仄隘也就可想而知了。这个络丝巷不但小得可怜,而且坐落在十分冷落的偏僻之处。况钟虽有老人给他画的一张图,也花了九牛二虎之力,问了不少人,才算寻到的。

况钟来到络丝巷,向人打听尤文度,结果却是一问三不知:不是摇头,就是摆手,气得况祥胡子直翘,可又不知道向谁去发火。正在羝羊触藩,进退两难之时,况钟猛然想起:喝茶的老人曾把尤文度叫作怪老头,我何不问问怪老头看,或许有人知道哩!正好有个老婆婆从另一家后门出来,况钟就迎上前去,拱了拱手,笑脸相问道:“这位老婆婆请了。这巷子里可有一个姓尤的怪老头吗?”老婆婆也笑着答道:“倷是啥人?寻怪老头做啥?伊曾经关照过的,任何人都勿见格,除非是伊侄子来看他!你可是伊格侄子呀?”

况钟急中生智,漫应道:“正是,正是。我就是他的侄子。”

老婆婆一听,立刻走近几步,细细地端详起况钟来,说:“勿像勿像,你一点也勿像怪老头!连口音都变了,苏州话也勿会讲哉,一口官腔,你勿会冒充的吧?”

"不是,不是。老婆婆,我有要紧事,请你指点指点吧。我们叔侄已有多年不见,好不容易才找到这里呢!"况钟忙说。

老婆说:"好吧,你跟我来吧!"

于是,老婆婆把况钟领到一个后门口说:"怪老头就住在里面,你自己去敲门吧,勿要说我领路的,省得伊又会怪三怪四的。"

况钟:"多谢老婆婆。"

那婆婆自去了。

况钟起先轻扣后门,可半晌无人答应。况祥急了,就抢着上前,重重地叩响后门。

"嘭!嘭嘭!嘭嘭嘭嘭!"

里面还是没有回音。

况祥干脆像擂鼓似的接连不断地敲门了。

又过了半晌,只听到里面有人在问:"啥人在敲门呀?"

"是我!"况钟忙应。

门开了一条缝,一个白须白发的老头探出半个脑袋来。况钟一见,连忙拱手行礼说:"尤先生,不才况钟特来拜见!"

老人注目而视,忽然把头摇了又摇,表示并不认识,正要关门时,被况祥抢前一步,用手撑住了门说:"尤老先生,我家老爷就是如今苏州府知府况钟况大人,今天特地来拜望你的!"

老人不听犹可,聆听况祥说完后,竟将头摇得更厉害了,说:"姓尤的早死了,埋了。这里没有姓尤的,到别处去问吧!"说罢,"哐当"一声,竟把门关上了。

"开门!开门!我的话还没有说完呢!"况祥气得高声喊了起来。可是,那老头确实怪,任你喊破喉咙,里面再不作声。

这时,况钟主仆二人弄得进退两难,无计可施了。正巧,刚才那位老婆婆回来,一见况钟还在门口发呆,便过来问道:"怎么?门敲勿开是伐?"

况钟苦笑道:"他不愿意见我!"

老婆婆诧异道:"倷勿是伊格阿侄吗?哪能会不愿见倷呢?除非倷是冒牌货?"

况祥口快,直截了当说了出来:"门是开了,不过,这尤老先生听说我家老爷是苏州知府大人,他又把门关死了。"

老婆婆嘻嘻地笑起来道:"原来果真是冒牌货!啥个阿侄,是骗骗乡下人格!怪勿得怪老头勿肯开门哉!勿要讲是知府大人来看伊,就是皇帝阿伯来寻伊,伊照样勿会开门格!"

况钟道："老婆婆，请你转告尤老先生一声，我是诚心诚意来拜望他，请教他的。这次没见到，下次一定还要来的！"

老婆婆道："好格，只要功夫深，铁杵磨成针嘛。从前刘备还三请诸葛亮呢！你要是真有耐心，总会见到迪个怪老头的！"

当时，况钟只好和况祥怏怏地回来了。

五天后，况钟不要况祥陪伴，独自一人又去了络丝巷。

这一天正好刮大风，走到半路，就下起雨来了。况钟没有中途退回，而是冒雨直奔。这次认得路径了，因此不费很多力气，就来到了络丝巷。

刚到巷口，又见前回见到的那个老婆婆，打了一把油纸伞，正要出门。一见况钟淋雨而来，全身早湿透，不禁"啊"了一声，开口道："啊唷，倷勿是上趟来过的知府大人吗？今朝落大雨也来，倷倒是真心诚意格，但勿晓得格位怪老头会勿会见你噢？"

况钟拱手道："还要请老婆婆帮衬帮衬！"

老婆婆笑道："迪个老头脾气又强又怪，越是劝伊伊就越勿买账！来来来，先到伲屋里烤烤火，换件干衣裳，再来帮你想办法。能勿能成功，那要看你额角头亮勿亮哉！"

况钟正冷得打战，一听喜出望外，连声称谢。那老婆婆收起油纸伞，也不出门了，一迳领着况钟进了自己的家。

房里有个炭盆，老婆婆用火钳一拨，炭火就旺红起来。她进房取来一件旧衣袍，要况钟换下了湿衣；又拿来一只烘笼，罩在炭盆上，就把湿衣铺在烘笼上烤起火来。

况钟见老婆婆忙进忙出，待人热情周到。正要动问时，老婆婆又从厨房里端来一碗姜汤，递给况钟道："快趁热吃了，好驱驱寒气。要是着了凉，可勿是小事情！"

况钟接过姜汤，咕嘟嘟喝了个罄尽。只觉一股热气直奔丹田。心里一热，那冷战就立刻停止了；加上室内有个火盆，暖和舒适，和刚才淋雨的滋味大不相同了。于是，便开口道了谢，然后问道："老婆婆，你家里还有谁呀？"老婆婆叹了口气说："勿瞒你讲，伲是命苦呀，嫁了个老公，得了痨病死脱哉！老头留下一个女儿，总算嫁了人。谁晓得吪没过几年太平日子，也当了寡妇哉！哎，伲囡囡格命跟伲一模一样格！"

况钟道："你女儿身边可有孩儿？"

老婆婆道："也死脱哉！"说着说着触动了伤心事，竟掉下眼泪来。

况钟见此光景不敢再问。摸摸烤的衣裳已半干了，忙拿来换过，然后又道了谢,说:“多谢婆婆,我告辞了!”

老婆婆:“你勿是要去见怪老头吗?”

况钟道:“正是。”

老婆婆:“伲来陪你去。”

况钟:“你就不怕尤先生责怪于你?”

老婆婆:“伊是伲格老邻居了,怪伲也勿要紧格!伊是个好人,心直口快,敢说敢为。老底子伊当官格时光,还真正是个清官哩!走吧,伲帮你去碰门!”说着就先走出门去,一直来到尤文度家门口。

“嘭嘭嘭!”

“你是啥人?”

“连伲格声音都听勿出啦?伲是老田屋里呀!”

“来哉来哉!田家嫂子,落雨天还来串门呀?到底有啥子急事?”

“勿是伲有急事,是人家有急事来寻你!快快开门呀!”

“啥?是啥人有急事?”

“就是上回来过格江西人,还是个知府大人呢!人家冒着大雨特来寻你格!你到底见是勿见?”

“勿见!”

“为啥勿见?”

“伲跟伊无亲无眷,黄牛角水牛角,各归各,有啥见头?”

“话是勿能咯样讲格,人家已来仔两趟哉!这趟来连衣裳都淋湿哉,刚才在伲屋里烤衣裳呢!”

“嘿嘿,是伊自家要来格,又勿是伲下请帖请来格!倷倒会拍马屁格,还请伊到屋里烤衣裳!是不是想伊帮倷打赢倷囡囡的官司?告诉倷吧,判倷囡囡死刑的就是伊!倷去求伊,真是吃素碰着月大,当心困扁了头做梦呢!”

“死老头子,倷就会瞎嚼舌头。倷看见伲求伊啦?桥归桥,路归路。伲是看伊淋得像只落汤鸡,怕伊受了寒气生病呀?”

“好好好,倷格一片好心肠,人家怕未必会领情呢?”

“伲管伊领情不领情。又勿是想在伊身上发横财。人家等在门口,倷到底见勿见?”

“勿见勿见勿见!倷叫伊回去就是!伲要写字,勿跟倷啰唆哉!”

“喂喂喂——”

“……”

“倷讲话呀!”

“……”

“死老头！真是天下少见的怪人！”

况钟在旁早听得清清楚楚，见尤文度不肯相见，只好谢了田婆婆而去。幸喜此时雨已小了些，可田婆婆硬是把油纸伞送到况钟手里说：“带上吧，省得半路上又落起雨来。淋湿身子可勿是小事情啊！”

况钟正要推辞，田婆婆又说：“伲晓得倷见不到伊是勿会死心的！等下次再来，带还给伲就是！迪格老头的话，倷听了勿要生气，什么官司不官司的，全是伊在自说自话，勿要听伊格！”

况钟临行又问了一句：“要是我没猜错的话，你女儿叫田七娘是不是？”

田婆婆一愣，随后点点头，眼眶一湿，几颗晶莹的泪珠已滑了出来，却不再言语，转身进了门，接着“砰”的一声，那门就关上了。

要知后事如何，且听下回分解。

第七十五回
好邻居闻急显真情　歹无赖见色起淫心

原来,况钟遇见的那位好心的老婆婆,正是被拟定为死罪的,与道士清虚通奸谋杀亲子的田七娘的母亲。

田七娘从小就长得聪慧秀丽,只因父亲亡故,家道中落,靠母亲田氏替人做针凿度日。七娘长到十岁,就学会了刺绣。她心灵手巧,织出的虫鸟鱼虾,竟像活的一样;她绣出的花草树木,能引来彩蝶蜂儿。枕巾上鸳鸯戏水,绸衫上露滴牡丹,几乎都能乱真,看的人无不啧啧称赞!七娘手艺虽好,因是个姑娘家,母亲又是个足不出户的寡妇。那些绣好的东西,只好三钱不值二钱地贱卖给那上门收货的货郎。几年过去,母女俩常常为此唉声叹气,却又无可奈何。幸亏邻居中有个鳏夫,名叫杜进。妻亡后遗下一子,名唤杜为康,比七娘大三岁,少年长得英俊,为人又热情忠厚。杜进见田家寡母孤女,无依无靠,时时遭人欺侮,就一心想帮帮母女二人。可是,一个是鳏夫,一个是寡妇,怕来往多了,难保别人不会飞短流长,说三道四;要是给母女二人平添麻烦,岂不是弄巧成拙,好心成了坏事吗?他考虑再三,总算想出了个办法来。当下就把儿子为康唤到身旁,细细叮嘱一番,要他主动跟七娘说明,今后七娘就把绣好的成品,悄悄拿过来,然后就由杜进拿到观前街上专收绣品的铺子里去卖钱。杜为康从小就跟七娘相熟,两人青梅竹马,常在一起戏耍游玩的。七娘听为康一说,正中心怀,立刻又跟娘说了此事。田氏当然也十分愿意,于是,就叫七娘把一批绣品交给了杜为康,为康又交给了父亲杜进。

杜进把绣品用包袱包了,径直来到观前街一家名叫端泰祥的绣品铺里请朝奉过目。

朝奉解开包袱一看,不觉吃了一惊:这是头等高手绣的!像这样的绣品完全可以卖给专门到苏州采办的内监公公的。于是问道:“东西我全要了,价钱就由你开个价好了!”

杜进一听有门,怯怯地说:“你就给一两银子一件吧!”

朝奉又吃了一惊说:“啥?一两银子一件?”

杜进还以为自怀说高了价,忙说:“朝奉,你看着办吧!”

朝奉笑着指指门口那块写着:“百年老店,童叟无欺”的金字招牌说:“我们是百年老店,信誉第一。不管你识货不识货,决不会让你吃亏的!你这个绣品是高等货,三两银子一件!有多少,我们收多少!要是大件绣品,价钱还可以面议呢!”

杜进一听,立刻喜出望外,一迭连声地感谢朝奉先生,喜滋滋地捧着两绽银子,看了又看,才用包袱包了,把它紧紧地缠在腰里,打着飞脚,跑回了家。

等杜为康把两绽银子送给了七娘,七娘竟不敢收下,忙把娘喊了出来。田氏一见白花花的两绽银子,竟愣住了!忙问为康究竟是怎么回事?等为康把父亲去端泰祥绣品店遇到那个童叟无欺的朝奉的事一说,母女俩竟抱在一起流着泪哭了起来,弄得杜为康不知该怎么办才好!正在发呆时,田氏却急步走了过来,竟把为康一把搂在怀里,在他那俊俏白嫩的脸蛋上亲了又亲,把泪水都沾在为康的腮上去了。田氏亲够了,才眉飞色舞地说:“康哥儿,多亏了你爸爸,要不是他帮了我们母女俩,这些绣品哪能换这么多银子回来呢?”

七娘见娘高兴得有些忘形,又见为康哥红着脸,羞得低下了头;那神态,那姿势,活像一个腼腆的姑娘,不禁打心里对他又爱又怜。想到母亲刚才那种疼爱为康的模样,立刻嘟起嘴说:“娘,你……”下面的话竟再也说不出口来。田氏一见女儿娇嗔的样子,立刻明白道:“娘亲了一下康哥儿,你就舍不得啦?好好好,娘只亲这一回,以后就让你去……”田氏刚想说下去,那嘴巴早被七娘用手捂住了,再不让她把话说完。田氏趁机哈哈一笑,去厨房给为康煮水汆蛋去了。

此时,房里只剩下他们二人。为康偷眼瞅了一下七娘,只见七娘满脸嫣红,用手摆弄着衣带,也正在偷觑自己哩!四目相对时,如电相传,一时对方都忽觉心中“怦怦”乱跳,全身都热烘烘的发烫了。突然,为康忽听“噗”的一声响,抬眼一看,原来是七娘手中绣花用的刺绣竹圈架失手落地,刚好掉在为康的脚下,便俯下身子去捡;谁知,七娘也蹲下身子来捡,两只手恰好碰到一起。

为康只感到七娘的纤手滑凝如脂,嫩白似玉,特别是那尖尖的手指,就如葱花一样挺拔可爱。细细看去,还能看清在嫩白的皮肤下面还有纵横交错的青色的纤细血管。为康跟七娘常在一起玩耍,亲密无间像兄妹一样;但他是个胆小又忠厚的男孩,从不敢去碰一碰七娘身上的一处地方。可今天他再也忍不住了,壮起胆子,陡地用自己的手去握住了七娘的手。

七娘起初一惊,本能地把纤手一缩,可却没有缩成。那被男孩握着的手,只是微微地颤动了一下,便软软地偎在为康那只强劲有力的手中。

为康抓住了七娘的纤手,再也舍不得放下了。他未曾感到七娘有拒绝的意思,胆就更壮了,便伸出另一只手,用双手把七娘的纤手握在手中,一面还轻轻地抚摸着,沿着手掌心,一直到每个纤细可爱的手指尖。只见每个手指上都留着又长又尖的指甲，指甲上还用凤仙花瓣染成的胭脂色，更显得鲜艳可爱、纤细挺拔！

为康抚摩良久，用小指尖轻轻地去七娘的手掌心挠痒痒，惹得七娘笑得花枝乱颤，那头上的钗钿，顿时上下左右摇摆晃动，更显得那一头油光黑亮的发髻秀丽绝伦，十分妩媚。

两人正沉醉在甜蜜的爱河中，两颗心都在“怦怦”乱跳。七娘此时已是十三四岁了，情窦已开；为康比七娘大三岁，也略懂风情了。趁房中只有他们两人，七娘情不自禁地偎靠在为康的胸前，为康趁机便把七娘搂在怀里，正想低下头去亲吻时，忽听一声咳嗽，田氏端着一碗水汆蛋从厨房出来了。

这声咳嗽把两人都羞得满脸通红，赶紧分开。七娘是个机灵聪敏的女子，她红着脸连忙跑过去，从田氏手中接过碗来说：“娘，你真是偏心眼，水汆蛋只给为康哥吃，我就没有啊！”

田氏刚才早把他们相依相偎的情景一一看在眼里。她十分喜爱杜为康，心里早有把七娘许配给为康的意思。只是身边只一个女儿，舍不得马上嫁出去；而且他俩年龄还小，要成婚少说也得等上三四年呢，因此迟迟未曾跟为康的爸爸杜进谈及此事。如今见他俩相亲相爱，心中真有说不出的高兴；见自己撞破了他俩的秘密，也就只当没看见刚才那一幕戏，笑着说：“七娘，看你真像只贪吃的馋猫！这是专门给你康哥准备的，谢谢他为我们办了件好事！从今以后，我们再不会愁穷叹苦了。只要多绣几件，一口茶饭总是有吃的！你的水汆蛋，娘早就给你准备了，去厨下吃吧！”

“哎！谢谢娘！”七娘说着，回头朝为康嫣然一笑，像只粉蝶似的，转身就飞进厨房去了。

为康接过碗吃了起来，边吃，那双眼却一眨不眨地朝厨房方向望去，恨不得那眼光能转弯抹角，一直随着七娘的身影转动。唉，初恋时的青年男女，真个是百看不厌哩！

俗话说：郎有心，姐有意，两心相印身相许。不用媒妁不换帖，背着亲娘睡一起；待等洞房花烛夜，枕着大肚听儿啼！

那杜为康和田七娘正像俗语所说一般。他二人见田氏没有一丝反对的意思，反而处处成全他们，平时就把为康早当作女婿一样看待，有什么好吃的东西，一半给七娘，一半总要留着给为康吃。为康是个勤快人，田家的各种杂务事，力气活，他全包了，劈柴、挑水、砻谷、磨面，样样抢着干。只喜得田氏乐开了嘴，整天总是笑呵呵的。那杜进也巴不得让儿子娶了七娘过来，因七娘聪明贤惠，又有一双巧手，不但绣花数第一，就是下厨房做几样菜也很出众。有一次过中秋，田氏把杜家父子请到家里一起过节，七娘亲手做了几样苏州本地拿手菜：蟹粉鱼唇、翡翠虾球、菊花鱼丸、松子东坡肉、虾仁锅巴汤。一道道端上来的菜，不但颜色搭配鲜艳悦目，而且味道特别可口：甜酸咸辣，软糯松脆，简直赛过了苏州府有名的“太白楼”厨师的手艺。

就从这天开始，杜进不但尝到了真正的苏式菜肴的滋味，也品尝到了人生中难求的家庭温馨的乐趣。

杜进是个鳏夫，妻子因得传染病已死去多年，是他又当爸又当娘把杜为康抚养大的。一个男人家，又顾外又顾内，艰难辛苦是可以想见的了。过去，因手中拮据，家道贫穷，加上两张嘴巴见光就要吃东西，一心扑在养家活口上还来不及，哪里有心思去想续弦的事。可如今却不同了。特别是看到田氏待人热情，秉性善良，还能体贴人，而且人也长得整整齐齐。虽说岁数大了一点，也不过五十挂零，比自己还年轻好几岁！越想越觉得要是和她结成一对，以后的日子就像芝麻开花节节高，前途旺火得很哩！

杜进自从有了这个心思，言语行动也就有了不同的表现。过去，只要有事就叫为康过去传言、接头。如今，索性自己一马当先，径直去找田氏打交道了。田氏是个骑驴看唱本的过来人，时间一久，早把杜进的举动一眼看穿了。她睡在床上，对着蚊帐也想起心事来了：杜进这个人是个直性子，在邻里是出名的好人。谁家有困难，用不着说话，杜进就会来帮忙的。虽然五十几的人了，但长得魁魁伟伟的，身粗体壮。特别是他的胸脯，厚得像城墙，不但能挡风霜雨雪，还能依靠终身哩！看他的心思，是对我蛮有意思的，只是不好开口罢了。真的跟了他，以后的日子……想到这里，田氏只觉得身上发烫，脸上发烧，再也不敢想下去了。

谁知好事多磨，在络丝巷不远的一条名叫风流巷中住着一个无赖，诨名叫混水蛤蟆，是个唯恐天下不乱，无风也要掀起三尺浪的角色。他经常路过络丝巷，又住在咫尺之遥，对络丝巷中的居民都十分熟悉，时不时还到络丝巷各家来串门，好诈吃一顿酒食。后来，看到田七娘一天天长大，而且越长越标致好看，便存下了不良之心。要是七娘一个人在门口，混水蛤蟆就涎着脸去乱搭讪，问东问西，说三道四。也是七娘不该兜答他，他竟以为七娘有隙可钻，起初讲些街头巷尾的怪谈奇闻，七娘听得津津有味，混水哈蟆也越讲越起劲了。后来，又渐渐地讲些男女之间的风流韵事，听得七娘脸红耳热，心里乱跳。混水蛤蟆见七娘中了计，动了心，瞅中时机，趁四下无人，便猛地搂住了七娘，把那张臭嘴重重地压在七娘的樱唇上。

七娘猛吃一惊，欲待挣扎，怎奈混水蛤蟆力大如牛，哪里挣得脱身？便急中生智，张口把混水蛤蟆的鼻子狠狠地咬了一口，疼得混水蛤蟆恼羞成怒，就势一抱，把七娘拦腰抱在手中，就向小巷深处走去，去干那见不得天日的无耻勾当！

七娘急了，便拼着命乱抓乱打，高声喊起救命来。

这时，一个白须白发的老人，拄着一根龙头拐杖闻声开门出来了。他一见是混水蛤蟆在调戏田七娘，不禁怒气勃发，大喊一声："放下！快把七娘放了！"

混水蛤蟆一见是尤文度老先生，身上顿时起了鸡皮疙瘩，心里已在打战发冷了。为啥？上一回也是为了调戏一个过路女子的事，被尤文度看见，要他放人他不放，结果惹来了一场官司。尤文度去县里告了一状，知县立即拘捕了混水蛤蟆，被当堂打了二十大板！要不是自己见风使舵，保证改过自新，永不再犯，就得在大牢中蹲上几年黑笼子了。

这次真是冤家路窄，又碰到了这个克星！光棍不吃眼前亏，混水蛤蟆见尤文度已把手中的龙头拐杖高高举起，心里就在发毛，要是打中了脑袋瓜，这可不是玩的！而且，那二十大板的青竹批的味道也实在不好受，三十六计走为上，就赶紧放下了田七娘，脚板上抹油，一溜烟地逃跑了。

尤老先生见混水蛤蟆已走，也不去追赶，忙过来扶起了田七娘，替她拍去身上的灰尘，抹干了脸上的泪痕。柔声说："七娘啊，以后见了他别再搭理他了，他是个无赖，什么事都干得出来的！你不答他，他就不敢来欺侮你的！记住了吗？"

七娘点了点头，感激地望着尤文度说："尤伯伯，我记住了！以后我再也不跟他讲话了！"

尤文度抚摸着七娘的黑发说："好孩子，这才对了，快回家吧，你娘在等你了！"

"嗯！"七娘这才回家去了。

谁知混水蛤蟆这回虽然被尤文度吓跑了，可他却不肯就此罢手，又起歹念。有分教：络丝巷中风波陡起，杜家门里祸事层出。要知后事如何，且听下回分解。

第七十六回

田寡妇钟情孤鳏汉　黄道日偏逢白虎星

俗话说:“寡妇门前是非多。”这田氏与杜进二人,一个是感恩图报;一个是同病相怜。往来多了,在行动上未免出现有失检点的地方。一天也正合当有事。田氏听说杜进昨日因帮自己捡漏,冒雨上屋时着了凉,正躺在床上哼哼呢!田氏就忙开了:做姜汤,下面条,切腊肉,煎鸡蛋。先打发女儿七娘送去姜汤,叮嘱她一定要亲自服侍杜伯伯一口喝完,才许回来!自己就端了一碗鸡蛋面,兴冲冲地随后进了杜家的后门。因走得匆忙,进门后竟忘了随手把门关上了。

田氏来到杜进房中,却不见七娘的影子,桌上见放着那只装姜汤的空碗,心知七娘已服侍杜进喝完了姜汤,此时一定跟杜为康去哪里说话游耍去了,便放轻了脚步,一直来到床前。

杜进刚才吃完七娘送来的姜汤,一问,果然是她娘亲手做好了叫七娘送来的。立刻心里感到甜滋滋的。越发对田氏感激不尽。想到田氏平时体贴入微,照应周到的情景,不由怨起自己来。哎,这层窗户纸,什么时候才能捅破呢?都怪自己怕这怕那,几次见了田氏,话到口边,结果又咽进了肚中,总是没有勇气把心事说出来!倒也不是怕田氏一口拒绝,而是自己年纪一大把了,儿子也长大成人,可我还想着那件事!要是被邻居亲友们知道了,该有多少人拿去当话柄,指脊梁骨哩!我杜进活了一辈子从来都是受人夸赞称颂的;如今为了这事,被人背后议论,我这老脸往哪搁?就为这个,他错过了不少对田氏表达心意的机会。可是,每到夜里难以入眠时,那田氏亲切的笑容,温柔的话语,时时涌上心头,显在脑际,怎么也忘不了,放不下!今天吃了碗姜汤,这不是:刚合上眼,田氏又盈盈地出现在眼前了。她笑着望着自己,仿佛在说:“都怪我!我不该让你冒雨上屋去捡漏的!瞧,这不是病了!下次再不许你这样拼命了!”“不不,不是的!”

杜进正说到这里,突然听见田氏说:“喂,你在跟谁说话呀!”

杜进一愣,睁眼看时,那心上人正端着一碗香味扑鼻、热气腾腾的鸡蛋挂面,站在自己床前,微微地笑着在问自己。杜进才知自己刚才不知不觉地说出的话已被她听到了,不由得满脸绯红,十分不好意思起来。他是个老实人,不晓得扯个谎,掩饰过去,而是直通通地说:“刚才,我才合上眼睛,就看到你来了……”

田氏笑道:“嗨,大白天还做梦呀,你是故意哄我的吧?”

杜进一听,立刻急了,忙说:“真的！我是看见你了,你还对我说……”

“说什么呀?”

“你说……反正是怕我受凉的事……”

田氏一听,脸上立刻发起烧来。心想:奇怪！刚才在路上我就想好要说这句话的,他却在梦里先听见了！难道他和我真是有缘……一想到这里,心里就怦怦直跳起来。她为掩饰内心的不宁,忙把那碗面搁在桌上说:“别胡思乱想了！我给你下了一碗面,不知合不合你的口味,快趁热吃了吧!”

杜进忙说:“好吃,好吃,你煮的面就是好吃!”

田氏“扑哧”一笑道:“看你,又说起胡话来了！面还没进口呢,你就知道好吃呀！说不定刚才多放了一把盐,当心把你咸坏了!”

杜进也笑道:“不会的,我就爱吃咸东西,盐多不坏菜嘛!”

一句话惹得田氏笑个不住。

杜进看她笑得揉肚子,只好用手挠着头皮说:“怎么？难道我说错了?”

“嘻嘻嘻嘻！我只听说油多不坏菜,哪听过盐多不坏菜的！哈哈哈哈……”

杜进一听,才知道自己说走了嘴,也不禁哈哈大笑起来。笑罢,正想起身下床去拿那碗面时,田氏把他身子一按说:“你跟我好好躺着吧,让我来端!”

谁知,她用力过猛,杜进又没提防,加上病中身子虚弱,竟猛地一歪,掉到地上了。

田氏吃了一惊,连忙俯身去拉杜进起来。不料,杜进身子沉重,不但拉他不动,脚下不小心,竟歪了一下身子,扑倒在杜进的身上了。

那杜进却因祸得福,跌了一跤,竟抱了一个肉元宝:虽说他是个老实人,可是个久旷的鳏夫,送上门来的馍馍,哪个饿汉舍得抛掉？杜进趁机伸出手轻轻一抱,就把田氏肉团团、软绵绵,又富有弹性和黏性的身子,胸贴胸,肚对肚,紧紧地搂在一起了。

田氏虽是过来人,但这种出人意料之外的事情,却尚是头一回经历;那脸色立刻变成血红血红的。欲待挣扎,却又全身无力,只得索性闭上了眼,让老天去安排以后的事吧!

两人正沉醉在甜甜蜜蜜地贴身搂抱之中,忽听房门口一声大叫:“好啊！这下可叫我抓住了！别动！等我把四邻八舍都叫来再说!”

杜进和田氏这一惊,直惊得魂儿出窍,魄儿四散,赶紧放开手把身子分开,定睛瞧时,立刻像当头被人泼了一盆冷水,从头一直凉到了脚！原来,那不声不响地溜进门来叫喊的不是别人，正是那个曾调戏过七娘的无赖汉混水蛤蟆。

杜进忙站起身说："你别乱讲！是我跌倒了，她好心来拉我起来的！"

混水蛤蟆哈哈大笑说："嘿嘿，杜进呀杜进，你真是人不可貌相，海水不可斗量。实在看你不出，还是个偷鸡的惯汉，摸狗的老手！把大门一关，就将一个寡妇拖进自己的屋里！嘿嘿嘿，你们一个是鳏夫，一个是寡妇；一个像干柴，一个像烈火。偷起情来急煞哉，连衣裳也来不及脱哉，连床也不用哉，就急得这个样子，在地板上干了起来！要不是我亲见目睹，说出去别人还以为我混水蛤蟆又在造谣言，打乱语了！好好好，我算成全你们两个，你们继续干！我在旁边歇一歇，闭上眼睛听壁脚总可以吧？来呀，怎么不干了？你不干，我来！"混水蛤蟆真是个恬不知耻的无赖，说着，竟一把拉过田氏，腾出另外一只手，来扯田氏的裙带。

田氏急坏了，拼命地捂住带子，叫道："不要，不要！"

混水蛤蟆狰笑道："嘿，你不愿意？说老实话，我也没有这个胃口！不过，今天这事却不能轻放，我问你们，是要私了还是公了？"

杜进怯怯地问："只要你不说出去，我都依你！"

田氏也说："你尽管说吧！"

混水蛤蟆笑道："量你们两个穷光蛋，砻糖里也榨不出二两油来！老鼠尾巴熬汤，油水不多！我不稀罕银子！"

杜进吃惊地问："那你想要什么？"

田氏哀求道："刚才你不是说过公了和私了吗？不知怎么了法？"

混水蛤蟆搬条凳子坐下，又倒了一碗茶，咕嘟嘟地喝了个够，然后摸摸嘴巴说："公了嘛，我就去叫来里长，上县里去说，这件事让知县相公决断，他说打板子，你们就去各挨四十大板；他说游四门，你们就准备出丑吧！"

"不不不！我们不愿公了，情愿私了！"杜进和田氏几乎异口同声地喊了起来。

"私了嘛，这事就好办了！就怕你们舍不得！"

"舍得！舍得！但不知你要什么东西？屋里有的，尽你挑，尽你拿吧！"杜进忙说。

田氏也补充道："要是这屋里没有我屋里有，我马上就去拿给你！"

混水蛤蟆诡秘一笑道："好！我要的就是你这句话！这屋里的东西我一样也不要，我要的东西就是田家屋里有！"

田氏忙问："究竟是啥东西？"

杜进忙道："你快说吧！"

混水蛤蟆跷起二郎腿，一抖一抖，得意地说："我啥也不要，就要七娘！"

"啊！"杜进和田氏立刻像电触似的呆了。

“怎么,不愿意？好,我去叫人来!”混水蛤蟆说完就站起身子往外走。

“不不不,你别走!”杜进说。

“让他走！我们又没有干见不得人的坏事！怕他什么?”

“话不能这样说！他这张臭嘴,比大粪臭多了！什么脏话都编得出来,到那时,岂不害了你们一家!”

“那怎么办？难道叫七娘嫁给这个混账王八蛋,去受一辈子的罪吗？天哪！我的命真苦哇！偏偏碰到了这个丧门白虎星!”

“这…还是再商量商量…”

“商量什么？七娘是我身上的一块肉！你不心疼我心疼！这事都怪你！你要是不动手动脚,这杀千刀再造谣我也不怕。如今是跳进黄河也洗不清了！全是你惹的祸!”

“这……”

混水蛤蟆冷眼观看后心忖:看样子这两人被自己吓住了,暂时先放它一马。这个把柄攥在我手掌心里,不怕他们飞上天去！就势说:“好吧。世上是没有后悔药买的！你们原本是相好的一对,我算是成全你们了,这事再不向人提起,就算我没看见！七娘的事限三天里给我答复！第四天夜里我来做倒插门女婿！我混水蛤蟆的大名,谅你们都清楚！我是说话算话,说一不二的！到时候要是让我吃个空心汤团,你们就等着知县相公下拘牌来传吧!”说完竟扬长而去了。

混水蛤蟆一走,田氏越想越害怕,越想越委屈,那眼泪再也忍不住,“吧嗒吧嗒”地往下掉,她埋怨数落起来:“这叫我母女俩怎么办呢？这狠心的贼子什么都做得出来的！要是依了他,岂不坑了七娘？再说,七娘也不会答应的！要是不依他,他加油添醋,到处乱讲,叫我还能出门见人呀？我……我不如死了算了!”说着就用头在床柱上乱撞,等到杜进赶忙去拉住她时,左边额上早碰破了皮,殷红的鲜血也流了出来!

杜进吓坏了,忙把田氏抱在怀里,正要去门后找止血的尘土灰时,却被田氏猛地一推,瞪圆双眼,气愤愤地说:“放手！你又想怎么样？是不是想叫第二个混水蛤蟆来捣鬼呀？从今以后,我们井水不犯河水。我再也不来找你,你也不要再来找我!”说完,一头哭着,一头踉踉跄跄跑出门去。

“七娘她妈——”杜进边喊边追出门去,只见田氏头也不回地朝自己家里跑去了。

杜进回到家中,把房门一关,直挺挺地躺倒在床上。经过刚才的一番折腾,出了一身热汗,那感冒倒是好了;只是脑子里翻来覆去乱成一团麻,竟想不出一个好办法来帮助田氏解开疙瘩!

杜进知道，跟混水蛤蟆这样的无赖是无法说理的。辫子抓在他手里，是无法脱身逃走的！要是跟他来硬的，更是占不到一丝便宜！最多把他揍一顿，打完了，他还是死乞白赖地要七娘嫁给他！软不吃，硬无用，我究竟该怎么办？难道眼睁睁地就让混水蛤蟆造谣污蔑把田氏活活逼死不成？一想到死时，又想：她死了，我一个人活着还有什么意思？要死一起死吧！活着不能成为夫妻，到来生，不，到阴曹地府去成双做对吧！七娘她妈，你要是先走，我一定跟着你一起走！这样的世道，我也看够了，活够了！人死了要是真会投胎转生的话，我一定要投到一个有钱的人家去，这穷滋味实在尝够了！想到这里，突然又转念道："不，我们不能这样白白去送死！我们死了，混水蛤蟆这个害人精却逍遥法外，得不到一点惩罚！我不能轻饶了他！我要是去死，也要叫他吃这场官司，让他狠狠挨一顿板子，蹲几年黑牢，不死也要剥他一层皮！——那么，怎样才能让他吃官司呢？"杜进忽然用手一拍大腿，狠心地说："有了！他不让我吃饭，我就不让他拉屎！一报还一报！我就死到他房门口去！我就不信知县相公会不管这事！等那时，你就是浑身长嘴也保险说不清了！就这么办！"

这天夜里，混水蛤蟆买了几样卤菜，沽了一瓶好酒，一个人关起门来独酌。只要一想到"捉奸"这件事，就情不自禁地浮一大白！

"嘿，这两个乡巴佬，愣头青！被我用三斧头吓倒了！其实，我这冒充的程咬金，却是个没有真本领的假李逵！等三天后，我就上门去当新郎！七娘呀七娘，只要你娘怕出丑，你就是插翅也飞不出我的手掌心啦！哈哈哈哈！"说着，又灌下了一杯酒！直吃得酩酊大醉，一头躺倒在地，呼声大作，酣然入梦。

第二天他醒来去买早点，刚开大门，蓦然看到一个男子，直挺挺地吊死在自己门口，立刻吓得大叫起来。

此事惊动了四邻八舍，马上聚拢了十多个人。平时，众人对混水蛤蟆的无赖行径，看在眼里，恨在心中，早就想把他告官惩办一番。今天见是人命关天的大事，就有几个为首的，一把揪住了混水蛤蟆的衣领，不管他百般辩解，就推推搡搡地朝县衙而来。这里属吴县管辖，吴县知县谭霜林，听见有人敲响堂鼓，立刻坐堂问事。要知混水蛤蟆在县衙大堂如何发落，且听下回分解。

第七十七回
吃螃蟹无赖施诡计　说梦魇倩女投郎怀

且说吴县知府谭霜林，是个疾恶如仇，执法如山的清官。生平最恨的是两种人：一种是积年罢闲的吏典。这种人出入衙门，包揽词讼，趁机从中敲诈勒索，生事害民。一种是流氓地痞，无赖光棍。这种人无事生非，酗酒赌博，逼良为娼，无恶不作。今天他正在后堂与夫人饮酒谈心，忽听堂鼓咚咚，扰乱了自己的雅兴，心里就有些不快。可是大明法典：凡父母官者，不论是无等要紧的事，堂鼓一响，就必须坐堂问事，片刻也不能延挨的！

当他急匆匆放下手中酒杯，赶到大堂，放眼一望，立刻认出：那跪在阶前的被告不是别人，正是上回被尤文度老先生告到衙中的无赖混水蛤蟆！原来，这混水蛤蟆的尊容活像一只癞蛤蟆：一双外突的金鱼眼，一脸凹凸不平的肉疙瘩。阔嘴大牙，鹰鼻猪耳。看过一眼就很难忘掉！今天一见，立刻就想起上回他无端在大白天调戏民女的事来了。心里就想：这个害群之马，一定是贼心不改，又恣意妄为，为非作歹了！

果然，只听来告状的里长和风流巷的几个居民把发现一个男子自缢在混水蛤蟆门前的事一说，谭霜林立刻大怒，把惊堂木在公案上连连拍响，喝道："混水蛤蟆，快快把害死人命的事从实招来。若有半句谎言，休怪本县刑法无情！到那时再说，你就悔之晚矣！"

混水蛤蟆在软的面前是铁板一块；在硬的面前却是一个面团。上回他曾经亲自尝过谭知县的板子滋味，痛得哇哇地叫爹喊娘，硬是被打得皮绽肉烂，血肉横飞。那臀上的棒伤不久因天气炎热而溃疡，治伤不但花费了不少银子，还足足趴在床上卧伏了二十多天。这个苦头至今还记忆犹新。因此，一见到谭知县，就像小鬼见到阎王一样地胆战心惊，十分害怕！如今听知县老爷严厉鞫问，忙趴在地上连连磕头说："青天老爷！小人今朝起来上街去买糕点，开门后忽见门口有个男子自缢在那里，便吓得喊叫起来，惊动邻里，把我拉扯到这里。我实在不，不知死者是谁？更不知他，他为何要自缢在我的门口？"

混水蛤蟆平时利口滑舌，死的也能说成活的，扯起谎来随口而出，能把天上飞的麻雀哄到他的手里！可今天却像得了口吃病，说话结结巴巴的，话不成句起来。

谭知县听到这里，立刻截断了混水蛤蟆的话头说："胡说！你竟敢当面撒谎，一派胡言。这自缢的男子，远不去，近不来，为何偏偏选在你家门口上吊而死？分明是此人生前定然受你所害，被你逼得走投无路，才横下一条心，以死泄愤！快快说出此人姓名，交代清楚你害人逼命的真实情况，本县尚有好生之德，视情节轻重，饶你一条生路！如仍执迷不悟，等尸亲前来认尸，把你所作所为一一揭露，那时本县一顿板子能将你当堂毙于杖下！混水蛤蟆，你要是想免受皮肉之苦，快快招认吧！"

混水蛤蟆原想咬紧牙关，闭口不承认这死的男子就是络丝巷的杜进，这样也许可以逃过这一关。不曾想谭知县料事如神，揭出了根抵，切中了要害。欲待隐瞒，又怕田氏出首说出真情，到那时，惹恼了谭知县，定然是死路一条了！想到这里，只得像挤牙膏似的，避重就轻地说："只要老爷能板下留情，小人愿招了！这死者我认得，他叫杜进，家住络丝巷。只因他调戏邻居田寡妇，正好被小人撞破。小人不合要将此事告到县里，办它一个有伤风化罪；他闻听此言，又怕又恨，故而死在小人门口，以报私仇。小人所言句句是实，是杜进自己心胸狭窄，自寻短见，与小人无关！"

谭知县点头道："原来如此，待问过田寡妇后，自有分晓！"

随即将混水蛤蟆押在牢中，命立即传田氏来见。

那田氏正因杜进一夜未归，杜为康急得四处寻找不着而在发急，忽听差役来传讯，不知为了何事？等问了差役，才知杜进已自缢身亡在混水蛤蟆门口，立刻就流下泪来，心里说：杜进呀杜进，你真糊涂呀！你以为一死就了？谁知此事已惊动了官府！虽然，这伤天害理的混水蛤蟆必定受到惩罚，可你却赔上了一条性命！还连累我抛头露面，对簿公堂！这一来叫我今后如何见人呢？可转念一想，这样也好：我将当时情况如实讲清，也就证明我是个清清白白的人，省得被人背后飞短流长，说黑道白；再说，要不是杜进舍生报仇，那万恶的混水蛤蟆，不知要怎样来折磨我们母女两人哩！想到这里，反而心中坦荡起来，便叮咛了女儿七娘和未来的姑爷杜为康，要他俩好好看家，自己去县里对质，三两天便可回来了。

田氏来到堂上，把当时情况一五一十地讲了出来。谭知县弄清了案情，知道杜进虽不是被混水蛤蟆直接迫害而死，起因却在这个无赖身上！便当堂把混水蛤蟆打了四十大板，打得混水蛤蟆一佛出世，二佛涅槃，那屁股和两腿被打得鲜血淋漓，寸步难行。知县还罚了他十两银子，替杜进买棺葬殓了事。

混水蛤蟆偷鸡不着蚀把米，被人抬回家中，又在床上将息了一个多月，棒伤才慢慢地好了。事后，他越想越气，越气越恨，决心要报此仇！

混水蛤蟆原是个赌棍，在赌场里认识了一个名叫周永年的阔少，便是观前街端泰祥绣品铺朝奉周心照的独生儿子。这位阔少经常外出游荡，全然不务生理。平日里或是彻夜赌博，乱闯戏馆妓院；或是鲜衣怒马，淫酗撒赖；或是擎鹰斗鸡，引类呼群。那周朝奉是个软弱无能之人，每日忙于事务，哪有空闲来管束儿子？且一向纵容放任，漫无稽察，因此，周永年的胆子越来越大。

那混水蛤蟆是何等乖巧之徒，一眼看中了这个阔少。有时便用甜言蜜语，胁肩谄媚来笼络周永年，带着他往来于秦楼楚馆，干那些无聊的勾当。周永年和混水蛤蟆臭味相投，便视为知己。这天在大街上，两人不期而遇。周永年立刻上前一把拉住了混水蛤蟆说："老弟！许久不见，听说你花开后庭，发福多了！"

混水蛤蟆脸一红，说："休得取笑，我正要找老兄哩！"

周永年哈哈笑道："找我？嘿嘿，我可比不上田寡妇的美貌呀！你是不是找错人了？"

混水蛤蟆见被揭了疮疤，连脸上的肉疙瘩也变红了，摇着头说："老兄，这可是个冤枉官司！你要是愿意听，我们去'太白楼'边吃边讲如何？"

"好啊，我就爱听偷鸡摸狗的事！不过话说在头里，要是你把与田寡妇风流勾当瞒下不说，这酒菜得叫老弟做东的！"

"好好好，走吧！"

两人厮跟着直奔"太白楼"。酒保抹了桌子，放下杯箸，问了酒菜，一会儿便端上桌来。那下酒的菜肴，无非是鱼、肉、鸡、鸭，其中具有特色的却是一大盘阳澄湖的清水大蟹。原来，阳澄湖是苏州东北部的一个大湖。湖水明净，质地甘美，湖中到处是浮游的小生物，为螃蟹的生长发育，提供了优良的环境和条件。因此，每逢菊花开放时节，此处的螃蟹也长得格外肥美丰满。此蟹远在唐代就列为朝廷贡品，因此，阳澄湖大蟹，是遐迩闻名的美味佳肴，素有"九月团脐十月尖，持螯饮酒菊花天"美誉。当时，周永年一面要混水蛤蟆讲那场官司的前后情形，一面持蟹大嚼。那阳澄湖蟹不仅个头大，分量重，而且蟹黄肥厚，肉质细嫩，营养丰富，十分腴美。当周永年剥开蟹壳看时，只见那橘红色的卵块，白璧似的脂膏，连同那雪白嫩软、十分可口的蟹肉，在放着姜、醋、辣、酱的小巧味碟中一蘸，放在口中用来佐酒，真正是人生一大快事！有人咏螃蟹诗云："螯封嫩玉双双满，壳凸红脂块块香。"真是十分传神哩！

混水蛤蟆今天请周永年喝酒，有一个不可告人的阴谋！原来他一直垂涎七娘的姿容，却打听到七娘早已钟情于杜进的儿子杜为康。杜进吊死在自己家门口，害得自己挨了四十大板，这且不说，还要拿出十两银子当孝子，按吴地习俗，为杜进披麻戴孝，手执丧棒，一直送到墓地。这是奇耻大辱！为报此仇，他便想出这条毒计来:把七娘说给周永年,活生生地拆散这段美满姻缘!

于是,混水蛤蟆便在喝酒中间,鼓动如簧之舌,把七娘的姿容吹得天花乱坠,简直能和历代著名的四大美人:沉鱼的西施,落雁的王嫱,闭月的貂蝉,羞花的玉环相比美!周永年本是一个好色的浮荡子弟,听后不觉手舞足蹈,抓耳挠腮,心痒难搔,恨不得马上把田七娘娶到手中,睡在一床。

等到螃蟹吃完,酒壶罄空,混水蛤蟆装模作样去袖中拿银子付账时,早被周永年一手按住说:"这顿酒算是我请客!等事情办成了,我还要好好谢你哩!"

混水蛤蟆马上顺水推舟,笑嘻嘻地谢过,一面用竹签剔着牙缝里的残渣,一面扶着醉醺醺的周永年下了"太白楼",把他一直送到家中,这才吹着口哨,得意扬扬地回到风流巷。

花开两枝,单表一朵。且说那田氏去了县衙后,家中只剩下一对青年男女——杜为康和七娘。这天夜里,杜为康和七娘分手后,独自一人看守着偌大一个家,想起父亲无端死在风流巷中,觉得十分纳闷。平时父亲虽也说起过混水蛤蟆是个坏蛋,但与他却无深仇大恨。除此以外,父亲一贯忠厚老实,与人从不争斗,却这样不明不白地死去,撇下自己一个人,从此孤苦伶仃,日子就格外凄凉难堪了!幸喜和七娘十分相爱,田妈妈对自己也另眼相看,当作儿子一样!要是能和七娘结成婚姻,两家合成一家,方称心意!田妈妈因父亲之死,被县衙传去讯问,不知是祸是福?但愿她平安无事,早早回家,也免七娘和自己惦念!刚才吃饭时,七娘就为娘亲之事心神不宁,只吃了一碗饭就搁下了筷子,劝了半天也无济于事。只要田妈妈能回来,一切也就好了……

杜为康想东想西,耳听更鼓递响,就是辗转难眠。就在此时,耳畔忽听一阵急促的敲门声传来,还隐隐听到一个女子的啼哭声音,不觉吃了一惊,赶忙爬起床,趿着鞋,跑去开门。门刚开了一条缝,黑暗中一个女子扑了进来,一把就搂住了为康,而且越搂越紧,再也不肯放松了。为康凭感觉立刻知道是谁了,忙用手推上门,轻轻地问:"七娘,你,你到底怎么啦?"

七娘浑身战栗着说:"我,我……怕……"

为康:"你怕什么?"

七娘:"我怕混水蛤蟆!"

为康:"什么?混水蛤蟆来了?人呢?他在哪里?他调戏你了?"

七娘:"嗯……他从窗子里跳了进来,就上了床!"

为康:"真的?"

七娘:"嗯!"

为康:"后来呢?"

七娘:"后来我拼命地喊你,你却什么都没听到!"

为康:"唉,都怪我!那……这个坏蛋怎样了?"

七娘哭道:"还有怎样呢?他脱掉了我的裙子!呜呜呜呜——"

为康吃惊道:"难道你就被他?"

七娘边哭边打为康的胸脯说:"都怪你!你为什么不答应?为什么不赶快过来?我,我……"

为康:"他真的侮辱了你?"

七娘:"嗯!"

为康立刻两眼冒出火星,把牙咬得格格响。一把推开七娘,大喊一声:"我跟他拼了!"说完就去开门。

七娘连忙过来,从背后抱住了为康,用嘴对准为康的耳朵,轻轻地说:"傻瓜!你去哪里找他拼命呀?"

为康道:"他不是在你房里吗?"

七娘"扑哧"一声:"你真是的,刚才我讲的是做梦呀!"

为康一听也乐了,可仍装出生气的样子说:"不,就是在梦里,我也不允许这个坏蛋动你一个指头!"

七娘笑道:"我的哥,他没有得逞!我把他一掌打下床去了!"

为康也笑道:"原来你是吓我的呀!"

七娘道:"嗯,我睡不着,我想你呢!我还想试探一下你是真心爱我还假心爱我!"

为康转过身子,紧紧地搂住七娘说:"所以你就来吓唬我了!你知不知道,刚才,我差点被你的话气死哩!你说,该怎样惩罚你?"

七娘:"就罚我变成一只小猫,天天偎在你的身边!或是变成一只小狗,夜夜陪你,陪你……"

"说下去呀!陪我做什么呀?"

"我不说了,我不说了,你坏,你真坏!"

杜为康听了这话,不由分说,弯下身子,拦腰把七娘抱起,急步跑进了卧室,就把七娘放倒在自己的床上了。就在这天夜里,两人初次尝到了那个人人都已经或是将要享受的人生最甜蜜、酣畅、销魂荡魄的乐事!欲知后事如何,且看下回分解。

第七十八回
黄鼠狼拜年为偷鸡　猪鼻子插葱竟装象

话说周永年自从在“太白楼”听了混水蛤蟆的介绍,每天夜里都梦见了七娘对自己含情脉脉,掩口微笑,一会儿像捧心的西施,一会儿像出浴的贵妃,一会儿像拜月的貂蝉,一会儿像出塞的昭君,弄得他夜夜神魂颠倒。为了解渴,未免干起那男人家无聊的勾当来。几天后,竟变得脸黄肌瘦,茶饭无味。大白天呵欠连连,没精打采,就要病倒的样子。这种情况被周朝奉发现了,不觉心痛十分,便把一直服侍周永年的童儿禄寿叫来问个明白。禄寿不敢隐瞒,便把那天永年和混水蛤蟆饮酒回来之事说起,一直听见少爷独自一人在卧室里长吁短叹,口中不停地唤着七娘的名字,就像失魂落魄一般。后来,自己又跟少爷多次在络丝巷中徘徊踯躅,为的是想看看七娘一眼。那七娘也真生得美丽非凡,虽是小家碧玉,穿戴不如大户人家太太小姐,可她皮肤白嫩,容貌秀丽,特别是笑起来更加迷人!少爷自从见了她,回来就茶饭无心,想入非非,看来像是得了相思病!

周朝奉一听,大吃一惊道:“要真是得了相思病,有个三长两短,周家列祖列宗叫谁祭祀?岂不耽误了传宗接代,这便如何是好?”

禄寿跪禀道:“老爷不必心焦,奴才听说:谁打结,谁来解。这事全是因混水蛤蟆起,只要把混水蛤蟆找来,要他设法治病。若是治不好少爷的病,就把他告到知县相公那里,叫他吃不了兜着走!”

周朝奉点头道:“想不到你年纪轻轻,倒有主见。以前我未曾重用你,要是少爷的相思病得到治疗,我要好好提拔你!”

禄寿连忙叩谢,立即去叫混水蛤蟆前来。

混水蛤蟆听禄寿说周永年得了相思病,周朝奉要自己马上前去,心里就暗喜不已:这下好了,不但叫七娘晦气为康倒霉,自己还能在周永年身上发一笔小财。这不,朝奉命禄寿来请,分明是送银子上门。便换了一身干净衫袍,把门一锁,就跟随禄寿来到周家。

周朝奉接着,先敬清茶,后上点心,然后提起永年生病之事。

混水蛤蟆笑道:“少爷这病乃是个心病。俗话说,心病还须心药治。老朝奉不必担心！”

朝奉忙问：“那心药向哪个药铺去买？”

混水蛤蟆诡秘一笑说：“药铺里是买不到的！”

朝奉吃惊道：“那怎么办？”

混水蛤蟆一拍胸脯说：“这心药全在我肚里！少爷的病包在我身上了！”

朝奉连忙拱手道谢道：“多劳先生费神了！”

混水蛤蟆说：“好说好说！不过，治病消灾还得买些香烛牲品之类的东西，少说也得花上十几两银子才成呢！”

朝奉道：“这有何难？”立刻吩咐禄寿去账房领二十两银子来，亲手交与混水蛤蟆。混水蛤蟆收下银子说：“我先去看了少爷，然后再对症下药！”

朝奉便叫禄寿领路，把混水蛤蟆带到周永年的卧室。

周永年原来没有什么大病，只因无法把田七娘弄到手中，故郁郁不欢；如今听到混水蛤蟆来了，知道有了希望，便坐在床上等候。

混水蛤蟆进得房来，只见周永年光景大不如前。先前是容光焕发，唇红齿白，风度翩翩。如今成了面黄肌瘦，弱不禁风，时不时还咳嗽几声，就像得了肺痨病一般，就开口说：“老兄，几天不见，怎么病得这个样子了？你对我实说，究竟是什么病？”

永年叹口气道：“我也不晓得是什么病？只是从那天太白楼回来，心里就像塞了块大石头一样堵得难受！后来，我去了络丝巷，亲眼看见了田七娘的容貌举止，端的是个绝色女子。回来后，说出来不怕老弟笑话，那七娘仿佛像个幽灵，无时不在左右晃荡。照镜子时，七娘就在镜中对我痴笑；洗脸时，她就在洗脸水中朝我招手；睡梦中，她……她竟来和我……哎，反正我的魂都被她勾了去，再不在我的身子里。就这样，每天恍恍惚惚，没精打采……你说说，我得的到底是什么病呢？”

混水蛤蟆说：“这是相思病呀，也就是单相思！日里想，夜里梦。你要是真正想把田七娘弄到手，我倒有个计策在这里，保险与你成就此事。不是我吹，要是不能马到成功，我甘愿卖身进门当你身边的童儿，每天给你倒夜壶！”

周永年一听大喜，忙问：“倒夜壶不怕折杀了我呀？不敢当，不敢当！还是说说你这个计谋吧，也好让我宽宽心。”

当下，混水蛤蟆就永年耳畔这般如此说了一遍，喜得他手舞足蹈，眉开眼笑。立时吩咐禄寿去账房里领取五十两银子送给混水蛤蟆照计购买所需物品，不够再领。

禄寿一听，嘟着嘴说：“刚才老爷已给了二十两，八字还未见一撇呢！怎么又要给银子了？”

永年喝道："休要啰唣，叫你去拿你就去！刚才是刚才，现在是现在，懂吗？"

禄寿一头走，一头嘴里啰啰哩哩地不服气，却也无可奈何，只得照办。

混水蛤蟆不费吹灰之力，平白地得了两笔银子，得意扬扬地出了周家，立刻去买了几式礼品，亲自拿了，来找田氏。

那田氏一见混水蛤蟆上门，心里就大吃一惊：上回在县衙大堂把他一口咬定，结果叫他挨了四十大板，听说在家里还将息养伤了一个多月；知县相公还罚了他一笔银子，要他出面埋葬杜进。

这件事，混水蛤蟆谅必不会忘记，今天上门是来寻衅报仇来了！为康和七娘又不在家，我一个寡妇人家，是个软不拉几的没脚蟹，怎能够对付得了这只恶狼！他要是大白天撒野乱来，叫我今后哪有脸面见人？

田氏想到这里，脸色大变，匆忙起身去关门时，谁想混水蛤蟆抢先一步把一只右脚伸进了门槛，那两扇门刚好轧住了他的小腿，疼得他龇牙咧嘴喊起娘来。

田氏也觉好笑，只好收住了手，说："你来干什么？"

混水蛤蟆举起手中的几式礼品道："巴掌不打笑脸人，好官不打送礼客。我是特地来赔礼来了。"

田氏道："不不，我没有什么礼要你赔！"

混水蛤蟆笑道："大嫂，你还在为上回的事生我的气呀？再说，杜进是自己上吊死的，怎能怪我呢？这事早过去了，也不必再提起了！俗话说，多一个冤家多一堵墙，多一个朋友多一条路。我思谋着，我跟大嫂一家，本没有什么过不去的疙瘩，要说有，那也是杜进他在里面搞鬼！反正他已死了，冤家宜解不宜结，我也看穿了，更不怪你！你在知县相公面前讲我的那些丑话，我知道你也是没法子，箭在弦上，不得不发；鱼在釜中，不能不泣嘛！我怕你老是为这事想不开，见了我像防贼那样东躲西藏，叫我见了心里真不是滋味！我想了好几宿，整宿睡不着！本来我们都是一条街上的左邻右舍，抬头不见低头见。事情早已过去了，何必还像两只乌骨鸡似的，碰到一块就想斗咬一番呢？这不，我主动上门请罪来了。戏文里有一段'负荆请罪'，是说古时将军廉颇和相国蔺相如不和，后来想通了，便特地脱光了上衣，背了一捆带刺的荆条向相国请罪求和的事。我今天来请罪，怕脱光上衣不好看，因此没有背荆条来，而是换了几样不成敬意的礼物。大嫂，你要是不再记仇于我，就请收下了吧！要是不收，那就是说要跟我干到底，我也没法子。你就看着办吧！"

混水蛤蟆生就一张利嘴，说得田寡妇进退两难。欲待不收礼物，分明就与他势不两立；如若收下礼品，这个恶狼般的东西，从此又会上门来兴风作浪了！正在迟疑不决时，忽见一个小厮跑来，对着混水蛤蟆喊道："我到处找你不见，原来却在这里，快去快去，老爷在等急了，有要事和你商量哩！”

混水蛤蟆一听，忙把礼品往田氏手里一放，说：“周朝奉派人来叫我有事，等会再来！”说完，不管田氏肯不肯收下礼品，早大踏步随着那个小厮走了。

混水蛤蟆一走，田氏对这几式礼品发起愣来。终究是个妇道人家眼浅，把礼品打开看时，都是一些补药补品之类的东西：人参啦，燕窝啦，阿胶啦，灵芝啦，还有乌鸡白凤丸，六味地黄丸，云南白药，虎骨酒，麝香，鹿茸等。

田氏心想：这些贵重的东西，少说也要值好几两银子，不能平白无故地收他的！可把这些东西一样一样拿来看时，竟觉得每一样正是想买而没有买的东西。而且，正是自己需要的物品。这几年，人老了，各种病也随之而生：腰酸，肩疼，贫血，头晕……听别人说：立冬后吃补药最有效，而今刚交立冬，加上自己身体虚弱，这些礼品就像雪中送炭一般。送上门来的东西把它推出去，这不是太傻了吗？听他今天这番话，倒是一片诚意哩！冤家宜解不宜结，我还是收下为好，免得他不高兴；万一因此又惹出是非来，岂不是自找麻烦？俗话说，宁可他不仁，休要咱不义。今天他热脸要是碰到了冷屁股，说不定我就会闭门家里坐，祸从天上来！这种光棍无赖，可是得罪不得的！

田氏越想越觉得还是收下为妙，就转身把礼品郑重地放进了柜子里。就在这时，七娘和杜为康气喘吁吁地回来了。一进门就气呼呼地说：“娘！气死人了！那端泰祥绣品店的周朝奉，这回竟不要我们绣的东西了！还说什么，以前收的那些绣品都是次货，被京城太监公公退了货罚了银子，还准备要跟我们算账呢！”

田氏吃了一惊，“我们绣的东西一直是一针一线，认认真真做的活，从来没有偷工减料，投机取巧的。你为什么不跟他说个明白？”

七娘一推杜为康说：“你问他去，我连嘴皮子都磨破了，周朝奉就是不听！”

为康说：“七娘不但跟他讲清道理，还用带去的绣品做证，根本都是头等货，可朝奉偏偏说是次货。还说，这是太监公公的意见，连他也没有办法！”

七娘说：“真倒霉！这批货他不收也就算了，可他还要算老账呢！娘，要是他叫我们退银两，叫我们拿什么来还呢？”

田氏一听，就像霜打的茄子，默默无声地流下眼泪来。

七娘：“娘，你快拿个主意吧！周朝奉说，他赔不起银子，端泰祥绣品店的老板要是知道了这事，他的饭碗会砸烂呢！他还说，马上派人来算账退银子呢！”

正说着，外面有人在敲门：“田寡妇在家吗？快开门！”

田寡妇胆战心惊地去开门一看，只见门口站着两个浓眉大眼，腰圆膀粗的彪形大汉，都穿着黑色对襟排扣短衣，扎脚裤腿，一个是络腮胡，一个是麻子脸，高高大大地站在那里，仿佛是两个凶神恶煞一般。田氏一见，心就怦怦地乱跳，知道今天正逢黑道凶日，恶鬼上门了！

“噢，你就是田寡妇？我是端泰祥派来算账退银的！阿四，你快把账拿出来给她看，一共是五批货，每批都有细账，当面清算过目，当面退银清账！那个络腮胡的先开口说。

“晓得哉！田寡妇，你要看账吗？噢，你不识字，没关系！我算给你听！”那个叫阿四的麻子脸，像变戏法似的变出了一把小巧玲珑的小小算盘来。他噼里啪啦地一拨弄，报数道：“一共五批货，该退本银四十三两，利息十二两，共计五十五两正！”

田氏大惊失色道：“你算错账了吧？哪有这么多？”

络腮胡狞笑着把账簿往田氏面前一丢，说：“你自己算算！这白纸黑字，谁还能骗你的银子不成？”

为康过来拾起账簿，可他也是只识得扁担大的几个一字，面对账本，也是个睁眼瞎。可他实在不服气，大声说：“你们说退货，那货呢？拿来看！到底毛病在哪里？也叫人看了心服口服！”

络腮胡一听火了，过来猛地一推，竟把为康推出一丈多远，要不是被扇门挡着，早跌到门外去了。“你是谁？要你来嚼舌头？你要看退货，去京城看吧！这退货是皇帝阿伯传下的圣旨，太监公公亲自带来的，还会有错么？”

田氏忙上前去赔笑脸，说：“有话好说！账本上写得明明白白，谅是不会错的，只是我们早把银子花了，一时凑不出这么多的银子来，还请两位多多包涵，在老板面前多说几句好话，等我们借来了银子慢慢地还就是！”

麻子脸听了，立刻‘呸’地吐了田氏一脸唾沫，说：“你说的比唱的还好听！端泰祥是你开的？银子是你亲手拿走的！我们今天是立等就要。拿不出银子来，我们就拆屋搬东西！”

络腮胡说：“阿四说的一点不假！限你在一个时辰内凑齐银子。一个时辰后，拆屋搬东西的人马上就来！”这一下可把田氏说急了，这伙人说干就干，真把屋子拆了，东西搬了，叫我们母女俩去哪安身活命？求恳不成，硬顶不行，急得母女俩像热锅上的蚂蚁，团团乱转。眼看时间一点一点过去，办法都想不出来。正慌乱之间，忽见一伙人跑进了络丝巷，有的手拿挠钩，有的手执撬棍，也有带扁担麻绳的，推架子车的……果真是端泰祥派来拆屋搬东西来了！

田氏母女这时吓得面无人色，杜为康急得冷汗直冒。只听那络腮胡将手一挥，对来人大喝一声：“给我搬！”

来人一拥而上，纷纷来搬家什东西。田氏眼看拦不住了，立刻“扑通”一声，跪在络腮胡面前哀求道：“求求你了，再等一等，等我去借……”

“借？你向谁借？有谁会借给你这个穷婆子？”

“住手！欠你们多少银子？我来还！”

这话一出，所有的人都把目光“刷”地投向了他！嘿，他不是别人，正是刚才送礼的混水蛤蟆。

络腮胡似乎认识混水蛤蟆，把手一拱说：“六爷，原来是你呀？”

混水蛤蟆也抱拳说：“原来是三哥！都是自家兄弟，田大嫂是兄弟的紧邻，又是相好的远亲，有什么事尽管对我说！”

络腮胡说：“我也是得人钱财替人跑腿。这位田寡妇交给端泰祥的贡品全是次货，被皇家退了货，要追还货银五十五两。可田寡妇不肯拿出银子来，兄弟不得已只好拆屋抵债了。”

混水蛤蟆道：“不过是五十五两银子，好说，就包在我身上就是，明天这个时辰，我亲自送到端泰祥柜上，若是少了一钱一分，你就来找我算账好了！”

“好！就凭六爷这句话，我就放宽一天，明天此刻要是没有银子，哪就莫怪我老三手下无情了！”

“领情领情！”混水蛤蟆把手一拱说。

“好说，我们走！”络腮胡老三把手一挥，带着一伙人扬长而去。此一去有分教：朝奉家中平添喜事，络丝巷里又闻哭声。正是：自古良善受人欺，从来慈悲生祸患。欲知后事如何，且听下回分解。

第七十九回

登徒子好色害相思　生身母忍心剪红线

且说端泰祥绣品铺派来要账的人虽已离去，可留下的那句话，却像一块沉重的石头压在田寡妇的心坎上。一宿易过。吃罢早点，田寡妇就和女儿七娘分头去亲朋好友处商借银子，杜为康也自告奋勇去找当道士的舅舅借贷。企图拼拼凑凑来渡过今天下昼讨债的难关。

看看已到午时，母女陆续回来。可一碰头，却是张飞穿针——大眼瞪小眼，全都两手空空而回。俗话说，世态看冷暖，人面逐高低。不但没借到钱，反都受了一肚子气！马走黑路藤绊脚，人走霉运鬼摸头。那杜为康没借到银子，反被舅舅教训了一顿。回来路上越想越气，在路过一座独木桥时，心一慌，脚一滑，竟从几丈高的桥上跌了下去，把左腿跌折；幸亏碰到一个熟人，才请人扎了一副竹架抬了回来。七娘见为康伤得不轻，眼泪就涌了出来，赶紧张罗着把为康安置在床上躺下，央求娘亲去请伤科郎中来治伤。

田氏见为康为自己还债的事跌坏了腿，心里也有些过意不去。便打开柜子，先找出那天混水蛤蟆送来的一包云南白药，嘱咐七娘先给为康敷上；自己急忙拿了鹿茸、麝香、灵芝、阿胶等贵重补药，先去当铺里走了一遭，却碰了壁！随后就把它们贱卖给药铺，换来了一两多银子，就用这笔银子请了个伤科郎中来给为康治伤。

伤科郎中赶来一看，眉头皱得像打结，上了伤药，贴了膏药，趁四下无人，悄悄地对田氏说："他是你家什么人？"田氏说："是邻居。""噢，那就不妨告诉你实话！他这条腿就是治好了，走起路来也不会利索了！"田氏说："啊，那不成了拐子？""差不多！要是在大热天，伤口发炎溃疡，说不定还要截掉哩！"田氏说："这么严重啊！""哎，好端端的一个年轻人就这样毁了！"田氏说："郎中先生，你高抬贵手，多用些好药，把他的腿保住吧！""我们当郎中的哪能见伤不救啊？这要看他的造化了！哎，可怜，可怜！听说他刚死了父亲，如今自己又落了个残废！"

正说着，七娘闯了进来，一听郎中的话尾，立即叫喊了起来："娘，快告诉我：谁落了个残废？是康哥不是？娘，你别瞒我！康哥是为了我们跌伤的，要是他真成了残废,我就服侍他一辈子!”

田氏忙把七娘拉走,悄悄地埋怨她说:“你还是个未出嫁的闺女,怎么信口胡说起来?要是被郎中先生到外面一传,岂不叫人笑话?”

七娘撒娇道:“我不管?要是康哥真残废了,我马上就跟他成亲!我,我……”

田氏厉声呵斥道:“你疯了,你上街去喊叫吧!你不害臊娘还替你害臊呢!一个大姑娘家的,说话要有分寸,别胡来!”

七娘号啕大哭:“娘,我不是胡说!女儿已经是他的人了!女儿我……我已经有了……”

田氏一把捂住了七娘的嘴,扭头一看,见郎中已走了,方始放下心来;可听了七娘所言,恼恨七娘太不自重,竟背着自己做了出来,并且有了身孕,这便如何是好?况且,杜为康穷得叮当响,眼看就是个拐子,将来母女不但失了依靠,还得服侍他一辈子,这个沉重的包袱千万不能背!想到这里,一时火起,见七娘还在胡言乱语,便伸手打了七娘一巴掌。七娘被打,哭得更凶了,跑进房里,关上门就再无声息。田氏有些害怕起来,便从门缝中张望,只见七娘拿了根绳子要吊颈,吓得田氏在门口拼命叫喊,等邻居赶来破门而入,才把七娘救了下来。

正在乱糟糟之时,逼债的络腮胡老三又来了,后边还跟着一伙人。

田氏急得自己也要上吊了,正没法应付时,恰好混水蛤蟆赶到了。

田氏像溺水者捞了一根稻草似的,连忙过来哀求他说:“大兄弟,求求你了,你再跟他们说说,再请他们宽限几天……”

混水蛤蟆道:“怎么,银子还没有借到手吗?这就难办了?那老三是看我的面子才宽放一天的!再说,恐怕……”混水蛤蟆话未说完,那边络腮胡却叫起来道:“六爷!今天不必再开口了!是你打了包票要我来拿银子的!要是没有,你就走远点!我们好动手拆屋!”

田氏此刻恨不得一头碰死。那边躺着受伤的杜为康,这边躺着刚醒的七娘。真是祸不单行!眼前这逼债的又像虎狼一样凶狠,连混水蛤蟆也再无办法可想。屋漏偏逢连夜雨,船破又遇顶头风。看来是死路一条了!正想豁出命来,一死了事。忽听混水蛤蟆一拍脑袋说:“我真混,怎么一下子就忘得一干二净了!田大嫂,你别急,我有办法!”

田氏一时像丈二和尚摸不着头脑,正不知混水蛤蟆说的办法是什么,只见他对络腮胡一拱手说:“老三兄弟!好人做到底,你再等一会儿,我马上去拿银子来!”

络腮胡大喝一声:“老六,你别在三爷面前耍花招了!我可不听你这一套花言巧语了!弟兄们,给我上!拆掉她的屋!拿砖头木料顶账。”

众人应一声，正要动手，混水蛤蟆抢先一步阻止说："等一等！三爷，你要是信不过，叫四爷和我走一遭。要拿不到银子再拆屋不迟。"

络腮胡沉吟不语，片刻方抬起头说："阿四，你跟老六走一遭，快去快回！立等回话！"

"哎！"麻子脸老四，这才跟着混水蛤蟆走了。

等了一会儿，只见老四笑吟吟地来了，手里捧着一包沉甸甸的东西，背后是混水蛤蟆。

络腮胡急急地问："拿到银子了？"

老四："拿到了，一两不少。刚好是五十五两银子！"

络腮胡这才回头对田寡妇拱了拱手说："田大嫂！得罪，得罪！我是受人钱财，替人讨债！一切请多包涵！后会有期！"说着，带着一伙人气势汹汹地走了。那些看热闹的人，也渐渐地各自走散。络丝巷又重归于宁静。

田氏好像从一场噩梦里醒来，乱糟糟的场面，气汹汹的骂詈，似乎还在四周晃动、回响。一抬头，忽见混水蛤蟆正蹲在一旁看着自己。这时，她如梦初醒，恢复了记忆和知觉。忙着打招呼道："六兄弟，快进屋坐。"

混水蛤蟆走进屋子，不见七娘影子，忙问："七娘妹子呢？"

田氏掩饰道："她有些头晕，正躺着呢！"

混水蛤蟆关切地说："不要紧吧？要不要我去请个郎中来看看？"

田氏："不要紧的！躺一会就好，六兄弟，你喝茶！"

混水蛤蟆接过茶，就慢慢喝了起来。

田氏："六兄弟，这回多亏了你帮忙，这银子，我是一定会还你的。"

混水蛤蟆放下茶碗说："我正要告诉大嫂哩，这银子不是我的。"

田氏吃了一惊，忙问："那是哪个的银子？"

混水蛤蟆道："是一位姓周的财主的！他要我替他办一件事，我还没有替他办哩！"

田氏急了："那怎么成？岂不是连累你了？"

混水蛤蟆叹口气说："哎，我这个人就是心软，看到大嫂哭哭啼啼，实在于心不忍啊！"

田氏："这……六兄弟，你的心真好，可是，那财主要是问起银子来，你便怎样答复他？五十多两银子，可不是小事啊！"

混水蛤蟆："这我知道。我想过了：这位财主姓周，年方二十挂零，家里有房屋有田地，钱财万贯，平时吃油穿绸，呼童唤婢。更且相貌英俊，满肚学问，只是有一件欠缺：房中还少一位称心如意的伴侣。他跟我是忘年交，知道我这个人忠实可靠,为朋友两肋插刀,义字当先。故请我为他物色一个才貌双全的女子。家境贫富不论,只要人品好,性格好,他就满意。前几天送来了一百两银子,是用来作聘礼的。要是有了中意的人,马上就再送三百两银子托我代购嫁妆用品。你和七娘妹子不是会刺绣吗？我想,以后说妥了人家,置办嫁衣和新房用品正用得着,就先把银子给你当急用,以后再慢慢绣花来偿还他也就是了。”

田氏仿佛在黑洞中摸索时,忽地见到了一线光亮,忙谢过混水蛤蟆。

从这天起,田氏母女就日夜刺绣,凡是新房用品:被、褥、衾、巾以及衫、袄、裙、裈等凡是要绣花的,都一一赶做。

七娘一面绣花,一面照顾为康。幸喜为康腿伤渐渐好转,只是尚不能下床走动。

田氏过去从不禁止七娘与为康来往。有时两个年轻人当着田氏的面,情不自禁地做出了一些亲密的动作,田氏只当没看见,从未严厉责备过七娘。可自从为康受伤后,田氏一见七娘去杜家心中便不高兴,话中免不了露出几句来。七娘为此顶撞过几次,每次都被娘狠狠地骂一顿。此后,七娘要见为康时,干脆避着田氏,独来独往,这种情形,也不止一日。

这天,七娘正在厅堂低头刺绣,忽见混水蛤蟆带着一个身穿鲜衣华服,头戴纱巾的年轻男子进来。

七娘害羞,不敢抬眼看,只顾自己低头去绣那对鸳鸯鸟儿。

田氏听见混水蛤蟆的声音,急急忙忙从厨下出来,边在围兜上擦着手,边笑着说:“六兄弟,什么风把你吹来了！叫人好想！”

混水蛤蟆指着那摇着折扇,走着方步的少年说:“他就是我给你说过的周公子！是个大大的好人啊！今天特地来看绣品的！我对他说,大嫂母女俩绣的东西,在苏州城再找不出第二个来！可恨京里的那些太监,有眼不识金镶玉！这样极品货,却要退货！周公子听了气得不得了！不是我极力拦阻,他要替你母女俩找有眼无珠的太监算账哩,周公子,是不是这样啊？”

那周公子连连点头说:“要不是被你拦住,我早冲进采办局了！那些太监,都是嘴上无毛,跨下无物的阉骗子,黄老虎,狐假虎威,欺压百姓。六兄讲起大娘之事,实在令人发指,那天正巧有事,要不,我就会来打抱不平的！”

混水蛤蟆忙捧哏说:“一点不错,周公子急公好义,常打抱不平,替人受过。这样的好人,可惜还是独身一人！以后,不知是哪个有福气的闺女,钓上你这个金龟婿呢？”说着一面就去看七娘,只见七娘依旧声色不动,飞针穿线,兀自绣着鸳鸯。

混水蛤蟆故意把周永年一拉,一起走到七娘身边,指着正在刺绣的花样说:“周公子,你不是想来观看绣品吗？这对鸳鸯绣得如何呀？”

周永年故意挨近了七娘，鼻孔里立刻钻进一阵兰馨香味。这是少女肌肤特有的香气，早使他心旌摇荡，不能自持。当混水蛤蟆第二次又问他绣得如何时，才啧啧称赞道："好！好极了！绣得不但好，这绣花人更好！"

混水蛤蟆道："公子别光夸赞。大侄女还没有婆家，公子正好想择偶，两好成一对，我就讨杯喜酒喝喝吧！"

一句话羞得七娘丢了针线，像穿花蝴蝶似的飞进卧室里了。

田氏在旁看了笑着说："都是我把她宠坏了，一点礼貌也不懂，公子休要见笑。"

周永年说："哪里，哪里！令爱不但绣得出色，人品更加出众哩！"

混水蛤蟆趁机撮合道："公子如果有意，何必他求呢？就作成我当个现成月老如何？"

周永年说："我是求之不得，就怕大娘嫌弃，高攀不上！"

混水蛤蟆："大嫂，你听，你听，公子说你嫌弃他呢，他怕高攀不上哩！"

田氏猝不及防，不知该怎样回答才好？俗话说，吃了人家的嘴软，拿了人家的手短。如今这两者皆全了，当面要是拒绝，这混水蛤蟆翻起脸来，我拿什么来还他的礼？那些补药，用的用了，卖的卖了。论起理来，为康是为我而受的伤，花钱治疗完全是应该，可这钱却是卖掉了礼品得来的啊！另外，要是惹恼了周公子，更是糟糕！那五十五两银子，虽说是从混水蛤蟆手中借的，可那是周公子用来作聘金的，他说要还，我怎么办？再说，这些绣品的料子衣物等，也全是周公子花的钱。要是说声不要了，我们母女马上得去上吊！想到这里，决定先答应下来再说，免得当场难堪！以后怎么办？只好船到桥头舟自直，走一步，看一步再说！总不能老鼠钻进牛角尖——自找死！还是扁担上睡觉——想得宽些。俗话说，有缘千里来相会，无缘对面不相逢，七娘跟周公子或许前世有缘，因此，这样俊俏体面，有财有势的少爷会亲自上门求亲。而为康与七娘是命中注定不能成亲，才事事都不顺利！杜进啊杜进，不是我变了卦，而是老天安排好了的。我要不答应这门亲事，别说我们母女俩全完了，为康治伤的事也成了问题！请别怪我忍心狠心，我是万不得已，身不由己啊！田氏想到这里，决然地对周永年点了点头说："周公子说颠倒了。倒是我们家境贫寒，不敢高攀，哪会嫌弃公子呢！"

混水蛤蟆花费了多少精力与心血，就在等这句话。听田氏开了金口，立刻木板上钉钉，一锤子敲定说："好好好！这里是一百两银子，是七娘的聘礼，大嫂快快收下再说！"

田寡妇没料到事情发生得这样快！可是，放在眼前那白花花的银子却是千真万确的事！想待推辞，可自己话已出口，难以反悔。欲待收下，不知七娘这关怎样去过？可一想到有了财主少爷做靠山，后半生再不跟穷字打交道，也就认命了！

当下田氏收下了彩礼，又把其中的六十两银子送还给混水蛤蟆。五十五两是本金，另加五两算是谢礼了。

混水蛤蟆连连推辞，最后还是收下了。

周永年喜出望外，轻而易举地得到了美人。回家后又谢了混水蛤蟆二十两银子，混水蛤蟆照收不误，心里却怏怏不乐：埋怨周永年太悭吝，没有兑现许诺的数目。

要知七娘是否答应这门亲事，且听下回分解。

第八十回

包姨妈舌吐莲花瓣　田七娘重做新嫁娘

且说田氏收下了周永年的聘礼,心里却不踏实。俗话说:“知女莫如母。”对七娘的脾气秉性,田氏摸得一清二楚。她从小失去了父亲,田氏便用双倍的爱来作为补偿。家务活:做饭、炒菜、洗碗、涮锅、挑水、劈柴、洗衣、扫地,从不叫七娘沾手。有什么好吃的,留给七娘吃;有什么好衣服,先给七娘做。七娘从小就被娘宠坏、娇惯,动不动就对娘耍脾气,顶嘴,撒娇,田氏也总是一笑置之,毫不计较。至于斥责,打骂,更是罕见少有的事。久而久之,七娘就养成了一个怪脾气:任性、娇气,还好走极端,过分偏激,稍不称心,就会噘起嘴半天不理人!

田氏自从知道七娘和为康有了暧昧,并怀了他的孩子后,心中虽十分气愤,却不敢过分对她进行责备。特别是那回七娘自杀后,更是对她小心谨慎,唯恐七娘旧调重弹,老病复发。可是,事情明摆着:要是七娘嫁给了为康,那就是全家跳进了火坑,再也脱不了身!为这事,田氏几宿未曾睡着,想来想去,却考虑不出一个好办法来。七娘就像一头犟牛,不碰南墙,不撞得头破血流,她是决不会回头的!如今,事情已迫在眉睫,周公子的聘礼也收下了,必须说通七娘回心转意,同意周家的婚事才好!每天跟七娘相对,话到口边,硬是开不了口。哎,真急死人了,怎么办才好呢?

事有凑巧,那天七娘借口买丝线走了——其实是去看为康了。家中只剩田氏一人,忽听有人叫:“姐姐在家吗?”

田氏一听,知是嫁在翠花村的同胞妹子来了,急忙迎了出来道:“嗨,今天喜鹊喳喳叫,我道有什么喜事?原来是姨妈来了!快进屋坐!”

姨妈夫家姓包,大家都叫她包姨妈。因为离得远,故很少上门。今天上玄妙观烧香,特地弯道来看望姐姐田氏和七娘的。

田氏见包姨妈搁下几样糕点,忙说:“又要姨妈破费了。”

包姨妈说:“一点小意思,送给七娘吃的。咦,七娘去哪里了?怎么没见到她呢?”

田氏诉说道:“莫提她,人都被她气死了,这会儿,多半到隔壁去了!”

包姨妈吃惊道:“隔壁就是杜家吧?听说杜家老头子死得不明不白,他儿子又跌断了腿,可有这事?”

田氏道:“别人家的事,不提也罢;只是七娘……哎,她太不听话了!”

包姨娘:“怎么?她看上那个拐子了?那可是她一辈子的事呀!姐姐,不是我说你,平时你把她宠坏了!什么都依从她。可这件事无论如何不能由她使性乱来!等生米煮成熟饭,就后悔莫及了!”

田氏长长地叹口气说:“谁说不是呢。我就为这件事连头发都愁白了,可就是对她没办法!你今天来得正好,就帮我劝劝她,让她死了这条心!再说,有一家财主少爷,看中了七娘,已送了银子来。要是说得七娘回心转意,姨妈,你就算帮了姐的大忙了!我知道你是个能言快语的人,又和七娘说得来,她又肯听你的话。这事非你出马不可!你又姓包,就包下这件好事吧!事成后,我叫财主家送一份媒礼谢你,七斤重的蹄膀,十斤重的母鸡,你要多少就送多少,还有银子……”

包姨妈笑道:“先别许愿,还是现烧香吧!姐,我肚子饿了,有什么好吃的,快端了来!光叫我喝茶,害得我多跑几次茅厕,我可划不来!”

田氏忙应:“有有有!家里有陈年状元红,一斤两斤够你喝足就是!我马上给你做菜去!”

包姨妈笑着说:“我也不爱吃熊掌、鱼翅,有鸡就杀一只,有腊肉就切两斤,有咸鱼就炒辣椒,有蛋就煎几个荷包蛋!嘿嘿,妹子爱吃什么!反正姐都知道,用不着我说了是不是?”

田氏忙不迭地答应:“晓得,晓得,这里有瓜子,你就坐着慢慢嗑,酒先烫热,菜马上就好!”

田氏转身去厨下准备。包姨妈刚嗑了几个瓜子,只见七娘眼红红地走进门来。

包姨妈一把拉过七娘,叫道:“大甥女,姨妈正找你呢!你去哪里了?瞧,眼睛都哭红了!快告诉姨妈,是谁欺侮你了,是谁吃了豹子胆?姨妈找他去算账,给你出气!”

七娘不语,只是哭泣不停。

包姨妈抽出一块绸巾,一面亲自替七娘擦干泪痕,一面说:“我知道了,刚才你娘给我说了,你跟杜家的儿子相好是不是?他跌坏了腿,伤很重,你心疼是不是?要不,刚才又跟他拌了几句嘴,他不肯让你,你感到委屈是不是?”

七娘哭道:“倒不是拌嘴,是他不让我去看他!”

姨妈说:“那才好呢!杜家的儿子已经成了拐子,难道你还要守他一辈子不成?”

七娘："可他待我好……"

包姨妈："傻侄女！天下的男人全一样，想女人时都是蜜糖嘴，糯米心。女的说黑，他不敢说白，女的说圆，他不敢说方。样样百依百顺，就是要天上的月亮，他保险会去借天梯去哩！可一到了手，在家二郎腿一翘，就当起大爷了：要茶要水，嫌甜嫌咸，一不如意，就一把揪住头发狠揍一顿；女人却只有流泪求饶的命！姨妈是过来人，男人这些玩意儿全都见过尝过……"

七娘："可他不是这种人！"

姨妈："屁！别听蝼蛄叫。花言巧语的男人就像河里的鱼虾，太多了！"

七娘："男人都是这样，为什么女的还要嫁人？"

姨妈："哈，十指伸出有长短，人可不一样！嫁人有嫁人的道理。可你知道不知道该嫁哪样的男人？"

七娘："我……不知道。"

姨妈说："今天姨妈没事，你娘的菜还没炒好，我就来讲讲这事：女人嫁人要挑好选好，不是见一个就爱一个，或是搁在篮里都是菜。挑男人有四种讲究。哪四种？一是终身有靠。俗话说，要吃要穿嫁老公，没钱没银屙啥空？男人有钱女人用，这是天经地义的事。嫁个穷光蛋，一生都遭难！别人穿绸着缎，你却布衣裙衩，岂不在人前矮了一头？别人吃鸡吃鸭，你天天一碗酸菜，面黄肌瘦像个痨病鬼，人家看了都嫌你躲你，岂不耽误了你锦一般的前程，花一般的容貌？"

七娘听了沉吟不语，半晌抬起头来问："第二种呢？"

姨妈见她入了套，便接着说："二是堂堂仪表。俗话说，人要衣裳，佛要金妆。话虽不错，可是长得像个丑八怪：秃头没有毛，盲瞎独眼龙，驼子躬着腰，拐子缺掉腿，再穿绸着缎，也讨人厌叫人嫌！嫁个老公，白天吃饭面对面，晚上睡觉头靠头，一年三百六十五天，见天到夜都和丑八怪待在一起，你说啥滋味？要是嫁个残废，别人背后就会说：'一朵鲜花插在牛屎上！'你说难受不难受？要是嫁个俊俏少年，一对玉璧，一双鸳鸯，多么叫人艳羡！这是一辈子的大事，千万要慎重！"

七娘听了默默无声。

姨妈见说动了她的心，忙趁热打铁道："三是能说会道。有人喜欢忠厚老实，爱他听话，爱他服从，爱他蹈规守矩。可老实人全是闷葫芦，三拳打不出一个屁来。整天寡言少语，比死人只多一口气！守着这样一个老公，成天跟哑巴一样，不气煞也会闷煞！要知道，一个爱说爱笑爱唱爱跳的老公，日子才过得甜蜜哩！有句古话：年轻夫妻老来伴。年轻时，老公常出门在外做些买卖生意，回来亲亲热热在一起，话少一些，还不要紧；等到老了，两口子守在一起，你看我，我看你，一天说不上半句话，那才叫惨呢！所以有人说，宁可嫁个说嘴鹦鹉，决不找个闷嘴葫芦。

就是这个道理！”

七娘叹了口气说：“你说得也有道理，只是老实人有老实人的好处。”

姨妈马上反驳道：“有甚好处？你家隔壁杜老头，算得上是个忠厚老实人吧？他的日子过得怎样？老实人是死脑筋，不开窍！一条道路走到黑。要不是老实人，他还不会去人家屋前吊颈哩！”

一顿话说得七娘七上八下的，心里真不是滋味。欲想替杜伯伯分辩几句，可又没有充分的理由，只好傻傻地问：“姨妈，那第四呢？”

姨妈笑嘻嘻地把双眼眯成一条线，说：“这第四本不该和你说，因为你还是个黄花闺女家，听不得的呀！”

七娘偏要听，便滚到姨妈怀里说：“不嘛，我就要听嘛！”

姨妈用手指在七娘额头上一戳，笑着搂住她说：“讲就讲，可不许对别人说。”

七娘赧然一笑，支起耳朵细听。只听包姨妈说：“四是鱼水相交。男女相悦到情浓时，你欢我爱，少不得干那云雨事。道学先生把夫妻间的这件秘事，叫作‘敦伦’；普通百姓把它叫作交媾；弄笔舞墨的美其名是云雨之情。反正就是那件事！许多夫妻十分恩爱，必然是阴阳调和，鱼水和谐。可要是有一方在这方面有缺点：该热却冷，该硬却软，恰像急惊风碰到了慢郎中，多情女遇上了鲁男子。这样的夫妻怎能家庭和睦，白头到老？男的有病，免不了就会戴上一顶绿头巾；女方有事，少不了以不孝有三，无后为大的古训，犯了七出之罪而遭驱逐回家。至于男的娶妾纳婢更是名正言顺的事了。当然，男婚女嫁，姻缘注定。谁有病，谁没病，试后方知。可有的对一目了然的残疾暗症却仍漠然相待，这就实在太蠢了！”

七娘听得入了迷。姨妈的话句句切中要害，打中心窝。刚才，她和为康见面，因许久没干那件事，抱抱搂搂亲亲吻吻之时，两个都按捺不住，忘了为康腿伤未愈，身体虚弱，竟干起那云情雨意之事来。谁知，刚要入港却先软了；半天也无济于事，只好草草收场。为康羞得无地自容，捶胸打床，唉声叹气；七娘却伤心流泪，难释愁怀。如今听姨妈一提，这事又陡地引起了伤心来，一时眼眶润湿，盈盈欲泪。包姨妈眼尖，早已瞧透，便抚摸着七娘的秀发说：“傻侄女！俗话说，男怕输笔，女怕输身。幸亏你跟杜家的儿子还没成亲，丢开他这个残疾人还来得及，何必为这件事伤透脑筋?!”

七娘哭道：“姨娘，我和他已经有了……”

姨娘道：“有了怕什么？吃包药打下来就是！神不知鬼不觉，没什么了不起！姨妈年轻的时候，一样的干过这事，如今还不是儿女成群，夫妻相好吗？乖甥女啊，听你姨妈一句话：从今以后，别再去找隔壁那人了！他姓杜，你姓田，桥归桥，路归路！他是残疾人，有暗病，这不能怪你心狠，只怪他命不好！你娘为了这件事,头发都愁白了好多!她呀都是为了你好呀!"说到这里,姨妈也动了感情,流出泪来。七娘触动心事,那眼泪如同溪流汩汩流淌,再也止不住了。

二人正哭成一堆,田氏端着酒壶出来看见,还以为姨妈的话说重了,伤了闺女的心,心里就有些舍不得,正要开口,姨妈一见她却连连使起眼色来。田氏才知大事已成,忙说:"姨妈难得来一次,高兴还来不及呢,哭啥?快到后面舀盆水来,让姨妈洗把脸好喝酒!"

七娘果真舀了盆温水,用自己的毛巾给姨妈擦脸。

姨妈笑着打趣田氏道:"侄女的事我包了,您可得谢媒呀!"

一句话羞得七娘赶紧端着脸盆逃到厨房去了。

当下,在酒桌上商量妥当,姨妈做女媒,男媒是混水蛤蟆。混水蛤蟆亲口许诺三百两礼金不能少一两。婚事就定在下月十五。要是有冲克再改期。

七娘死活不肯打胎,要姨妈想法子瞒过周家。姨妈拍胸说:"好办!等那天夜里先把他灌个八九分醉,醉中再干那事,保险他稀里糊涂发现不了!等到要生孩子时,我会提早到你家去。只要找个借口中,说是闪了腰,早产了,事情就瞒过去了。只是隔壁杜家那人难办,得想办法把他气走,免得现眼碍事!"

田氏也觉得妹子说得有理,可她总觉得有愧于为康,说不出口。姨妈又拍起胸说:"这事包在我身上了!缺德事我只干这一回!损阴骘就由我去损吧!"

田氏对姨妈感激不尽,临行时送了她五两银子,一对绣花枕套。可姨妈还嫌不足,出门时又随手把七娘刚绣成的绸帕塞进袖子里带走了。姨娘出门就去寻混水蛤蟆。打定主意要在他身上发注小财!正是:利口胜如剑,说得罗汉也思凡;快舌赛似刀,哄得嫦娥想嫁人。欲知田七娘如何过得新婚这关,且听下回分解。

第八十一回
洞房夜七娘做手脚　大白天泼皮探隐私

且说第二天一早包姨妈见了混水蛤蟆，满想从他手里榨点油水尝尝，谁知混水蛤蟆是个一毛不拔的铁公鸡，专吃八方的多嘴鸟，哪里会上包姨妈的当！

包姨妈眼看芝麻里榨不出半钱油，只好说："你带我去见新郎官，我有话要对他说。"

混水蛤蟆打了个呵欠，摸着肚子说："行！只是我昨晚打了半宿牌，输了个精光。到现在还没吃早点哩！俗话说，皇帝不差饿兵，包姨妈你就买点早点来我吃。吃饱了，我带路！那周公子好说话，包有你的好处哩！"

包姨妈掂掂分量，觉得还是请他吃一顿早点上算。就去买了油饼、麻圆、馒头、包子一大堆来请混水蛤蟆。混水蛤蟆更不客气，一阵风似的把那些东西全吃了，这才又咕嘟咕嘟喝下半壶冷茶，摸着撑得滚圆的肚子说："走吧！"

两人来到周家见了周永年，永年十分高兴。当问起田家这头亲事时，包姨妈却把它说得千难万难；又说后来凭着自己一张嘴巴，好不容易说服了姐姐田氏。可是，如今七娘却坚决不同意，正闹着要寻死觅活。田氏眼看没有法子，特地上门来向自己借银子，准备退彩礼呢！

周永年一听，就像头上倒下了一盆冷水，顿时人都蔫了，眼都呆了。混水蛤蟆却早看破了包姨妈的心思，便说："那好吧，包姨妈想是把退彩礼的银子带来了，就当面交割好了！前几天有李家的千金，张家的小姐，差人上门说媒。我们周公子正在考虑呢！"

包姨妈一听，心里骂道："这个无赖，我请你吃了早点，反给我唱起对台戏来了，真可恶！哼，我包姨妈可不是熟透了的柿子任你捏的！"便笑着说："周公子，我是专门来讨这句话的！你要是开声口不要七娘这门亲事了，我就马上回去取银子来！"

永年不等混水蛤蟆开口，便急急地说："不不不！要要要！这头婚事还望姨妈多费些口舌，在七娘面前多讲几句好话，把她的心说活了，我会重重谢你的！"

混水蛤蟆一听，心里说："这雏儿又上当了！禁不住包姨妈利嘴一吓，便急成这个样！真是个扶不起的刘阿斗！”就插嘴道：“包姨妈，这下你有事做了，要真把七娘说通了，公子就重重赏你！”

包姨妈：“那还用你说！周公子，只是我大老远跑来，早晨才喝了一碗粥，这时候肚子早饿瘪了！俗话说，皇帝不差饿兵，等我吃顿饱的才好去办事呢！”

永年忙说：“好办。老六兄弟，你就陪包姨妈去厨房吃吧。我还有事要出去呢！”

混水蛤蟆心想，这包姨妈还真厉害，一下子就把我那哄吃的本领学会了！她请我吃顿早点，如今马上要周公子请还她一顿酒饭，不但没损失，还净赚有余哩！可惜刚才我吃得太饱了，好鱼好肉只好留着归包姨妈一个人享受了。

等到包姨妈吃饱喝足，从周家出来，去玄妙观一带游逛一番，又去了一次周家，这时恰好周永年已回来了。

包姨妈又运用三寸不烂之舌，把如何说动七娘之事，加油添酱地说了一番。末了，说：“事情已成了八成；就是她母女俩相依为命，舍不得七娘离家，最好要公子入赘，当个倒插门的女婿。”

永年一听傻了：周家也只他一个独苗，父亲无论如何不会答应的！这便如何是好？

包姨妈原本想用这条计来弄些银子的，见周公子竟然信以为真，便说：“公子不必发愁。我却有个计较在此，保险说得我姐姐点头答应。不过，我这次来城，少带了些银子，想在观前街买些东西回去，可手头却……”

周公子忙说：“这好办，去拿二十两银子给包姨妈。”

包姨妈眉开眼笑，忙说：“用不着这么多，怕我还不出哩！”

周永年说：“不用还！这算是我的谢媒钱，事情办成后，我还要赏你呢！”

包姨妈喜得双眼眯成一条缝，说：“以后我们是一家人了，还用得着谢呀！”

禄寿把银子取来时，包姨妈一见，眼都花了，赶紧伸手接过。怕撞见混水蛤蟆，忙忙地告辞出门而去。

在包姨妈的一手包办下，转眼到了迎亲的日子。

包姨妈带了几个女儿到田氏家里帮助张罗一切。

包姨妈亲自动手，帮七娘梳妆打扮，涂脂擦粉，并在七娘的发上插满了金银珠翠，耳朵上挂一对金耳坠子，手指上戴上了宝石戒指，穿上了红绣襦，百褶裙。最后在头上盖了一块大红绸帔。

田氏和几个外甥女在厨下蒸馒头，捞米粉，煮鸡蛋，准备果盒肴馔；又在堂前桌上点起了红蜡烛，熏香草；把场地扫得溜光。只等娶亲的花轿到来。

包姨妈刚好招呼得七娘拜过了家堂和祖宗牌位，只听门前鼓乐喧天，笙歌聒耳，人声喧哗，鞭炮齐鸣，原来是迎亲的车马和花轿来到门首。

只听包姨妈请来的张宅先生念道："高卷珠帘挂玉钩，香车宝马到门首。花红利市多多赏，富贵荣华共白头。"

包姨妈赶忙叫田氏包了红包，赏给来迎亲的人。然后簇拥着七娘上了花轿。直奔周朝奉家而来。

幸喜隔壁杜为康已于数日前被包姨妈一顿话气走，至今不知去向。故七娘方能安心去当新娘。

花轿来到周家，那里挂灯结彩，鼓乐盈耳，更有一番热闹景象。那混水蛤蟆穿一身新衣新鞋；新帽上还插了朵红花，像苍蝇似的飞进飞出，忙得脚不点地。见花轿已到，便上前迎接，也张口念道："吉日良辰结鸾俦，好比织女配牵牛。恭喜新郎来接宝，明年添个万户侯！"

早有喜娘上前，从轿中扶出新人，众宾客一齐拥着来到堂前站定。先拜香案，再拜诸亲。合家大小见罢拜毕，混水蛤蟆又念道：

"新人移步过厅堂，一根红绸送洞房。今日神女会天台，明年生个胖儿郎。"

于是请新人双双入房，坐床撒帐。永年在前，七娘在后，混水蛤蟆捧着五谷：黍、稷、菽、麦、稻，随进房中。新人坐床，混水蛤蟆一边用五谷撒帐，一边念念有词。

这时，包姨妈一直跟定了七娘，寸步不离。却喜七娘虽怀胎两个多月，只因已交秋季，有衫裙遮掩，未曾露出破绽。

这时，永年被拉去劝酒，至晚席散，喝得醉醺醺回新房来。

包姨妈忙上前扶住永年，到桌前坐下。桌上已摆了一桌酒菜。包姨妈亲自斟酒来劝新郎。永年不好推辞，连饮三杯，正要去揭红绸盖面时，包姨妈拦阻："我们那里有规矩，新娘敬酒三杯后，新郎才能揭盖面的！"

永年早大了舌头，话不成句地说："好……好……拿，拿，拿酒，来……"

包姨妈又连灌了三杯酒，看看新郎已经醉倒，便把他先扶在床上躺下，立刻从怀里抽出一块白色绸巾交给七娘道："我在绸巾上已做了手脚。等会你服侍他干那活儿。他又醉又累，定然顾不得当场验看。第二天他不问便罢，问起时就用此搪塞，万无一失！以后的事，姨妈自有安排，不用担心。"

七娘听了，一颗心才算放了一半。

包姨妈一走，七娘把房门关紧，换了睡袍，里面脱得一丝不挂，挨挨擦擦地爬上床来。看那新郎时，只见他脸色酡红，双眼微闭。耳边鼻息如雷，鼻端酒气冲天，眼见是醉倒了，便含着羞涩，侧身过去，轻轻地替他宽衣解带，剥成个光皮鸡蛋一般；然后，又脱掉自己身上的睡袍，忙拉过一床棉被，遮盖了两个身子。

睡到快四更天时,永年酒劲已过,醒来讨茶喝。七娘就起身去取来。红烛下,永年乜着眼,瞅定了七娘玉一样白,粉一样嫩的胴体,忙把茶喝完,就一把抱住七娘,行了周公之礼。正如包姨妈所料:云散雨收之后,永年疲乏之极,立刻转身睡去。

七娘便把姨妈给的白绸巾轻轻铺在身下,也纳头睡去。

第二天,永年睡到日上三竿方醒,见身边七娘果然美貌非凡,那一身曲线更是勾魂摄魄,忍不住又云雨一番。

起身时瞥见身下那块绸中,上面点点梅花瓣,十分醒目,忙拿来藏起。

等他穿戴整齐,步出新房,只见混水蛤蟆笑嘻嘻地朝他拱手道喜,少不得又赏了他几两银子。

等七娘起来,早有丫鬟服侍她梳头插花。这时,忽见混水蛤蟆笑嘻嘻地进来道喜,七娘也赏了他二两银子。谁知混水蛤蟆把银子一搁说:"七娘,你也忒吝啬了。为成全这件婚事,我跑断了腿,磨破了嘴。没有功劳,也有苦劳辛劳!二两银子值什么?就想打发我了?"

七娘一直怀恨混水蛤蟆。当初要不是他从中作祟,杜伯伯也不会自尽而死;自己与为康的亲事也不会劳燕分飞,各自东西。如今,为康落了个残疾,又不知去了哪里?万一有个三长两短,我如何对得他起?我虽不杀伯仁,伯仁为我而死。归根结蒂,祸首却是混水蛤蟆!今天赏给你二两银子,还是给你面子呢!如今居然给脸不要脸,到姑奶奶面前张牙舞爪起来!你算什么东西?不过是永年身边捧臀掇屁的一个帮闲罢了,只要我在永年面前讲句话,要你滚你就得赶快滚!

七娘想到这里,那任性的脾气立刻发作,顿时沉下脸说:"不要啊?好吧,留下来赏人也好!你,你就走吧!"

混水蛤蟆原先想来个程咬金三斧头,先把七娘将一军,然后可以多得些银子;谁知竟碰了一鼻子灰,气得鼻子都歪了,垂头丧气地跑出新房,正好迎面碰上包姨妈。包姨妈也看不得混水蛤蟆:上回偷鸡不着蚀把米,被他骗去一顿早点心,至今还耿耿于怀,愤愤不平哩!今天大清早就见他往新房里跑,就没好气地说:"六兄弟是找少爷呀?请到厅堂去找!这里是七娘的房间,可不兴男人进进出出!你还以为是在以前的络丝巷呀,随你的便爱上哪就上哪?以后,你那双拐棍可要管牢些,有事没事别往这里跑。少了银子失了物,你可担当得起吗?"

这夹七夹八一顿抢白,说得混水蛤蟆脸上红一阵白一阵,气得两眼翻白,便来到厅堂到永年跟前告了一状。谁想永年冷冷地说:"老六,不是我说你,包姨妈讲的一点不错,自古以来,谁家朝奉屋里不是男女有别,内外分隔。没有事你少去找少奶奶!"

混水蛤蟆这下就像被抽掉了筋，全身都软瘫了！他咬牙切齿地发誓说："好吧，君子报仇三年不迟！骑驴看唱本，走着瞧！"

俗话说：天下无难事，只怕有心人。那混水蛤蟆一心想在七娘身上做文章，不让她在周家当上少奶奶，便经常留心打听七娘和杜为康的隐私。事有凑巧，一天上街回来。混水蛤蟆忽见自家的门锁已被撬开，那门半掩着；侧耳一听，屋里传来了'咔嚓嚓'的响声。混水蛤蟆知道屋里进了贼！反正他是个光棍，家徒四壁，并无值钱东西，不怕偷！只是这个小偷太气人了，也不去打听打听混水蛤蟆是干什么吃的，竟胆大包天偷到我头上来了！便蹑手蹑脚地从门缝中挨身而入，便听见那贼正在卧房里开柜子哩！

混水蛤蟆快步奔到门边，将门口堵死，高声喊道："是哪个吃了老虎胆，偷到六爷家来了！"

那贼被堵在房中无法脱身，将身一缩，就钻进柜里躲了起来。

混水蛤蟆大喜：这下正好瓮中捉鳖，手到擒来，再也跑不了啦！

混水蛤蟆从柜中把小偷一把抓住。定睛一看，原来是住在络丝巷的一个唤作四六的小哥儿，年约十三四岁，因为家穷，瘦得像个猴子似的。混水蛤蟆常到络丝巷走动，四六曾向他讨过饼吃，故而认得。

当下四六被抓，只好哀求放了他。混水蛤蟆知道这个瘦小猴，三锥子扎不出一点血来，可白白放了他又不甘心，眉头一皱，计上心来，便说："四六，要我放你也容易，只要你告诉我一件事就行！"

四六道："啥事？只要我知道的，我都告诉你！"

混水蛤蟆道："你家隔壁那个拐子可认识？"

四六道："怎么不认识？他待我可好呢，常常送白米饭给我吃！有一回还放了块好大的红烧肉，味道可好哩！"

混水蛤蟆道："他以前跟谁家闺女好？"

四六道："我知道，可康哥不让我说！"

混水蛤蟆："你不说我早知道啦！是七娘吧？"

四六："嗨，你知道了还问啥？"

混水蛤蟆："我是试试你，是不是说老实话！我再问你：他跟七娘怎样好法？"

四六："嘿，这我更不能说！说了康哥会生气哩！"

混水蛤蟆诈他道："你不说我又早知道啦！他跟七娘睡在一头，一个在上，一个在下，说打架不是打架，说不是打架又好像打架，弄得床板咯咯咯咯响……"

四六吃了一惊："啊，那天你也看到啦？我还真以为康哥跟七娘在打架哩！可后来只听得七娘格格地笑个不停，才知道不是打架是在玩相扑哩！"

"你还听到见到什么?一起对我说了,我马上放你走!"

"真的没有了!"

"你不老实!全是我自己讲的,你一句实话都没说。哼,我就抓你去衙门出首!"

"别别别,我说我说。有一回,我打康哥的窗下过,听见七娘对康哥说有了。康哥听了笑了起来。我不晓得有了是指什么?便爬上窗口一看,只见康哥的耳朵正贴在七娘雪白的肚皮上在听肚里的声音呢!就这些,再也没有了!"

"妈的,给我滚!下次再来偷,我抽你的筋,剥你的皮!"

四六得了命,就一溜烟地跑了。

混水蛤蟆得了这个消息,就像捡了一只金元宝,高兴得多吃了半斤酒,一碗饭。一个报仇的奸谋又在脑子里酝酿成功。正是:算定计策夸自己,排成阴谋害他人。欲知混水蛤蟆如何陷害七娘,且听下回分解。

第八十二回
耍奸谋七娘遭厄运　送礼品老六碰鼻子

且说混水蛤蟆弄清了田七娘的隐私，便胸有成竹地去找周永年，把他拉到了“太白楼”要了酒菜。几杯酒下肚，混水蛤蟆知道周永年所好，便专门谈起风花雪月，以及青楼中一些粉头们的风流趣闻。听得周永年津津有味，十分高兴。

混水蛤蟆故意说了一件新闻事：悦春楼有个粉头，名唤青凤，长得甚是标致。鸨母认为奇货可居，就狮子大开口：若要见青凤一面，喝杯茶就走，价银二两；陪酒唱曲，价银五两；外出陪酒的，价银十两。后来青凤的名声越来越大，很多王孙公子，道台知府，都想见上一见。至于想青凤陪夜的就更多了，只是鸨母管得严谨，加上定价的梳栊费三百两太高，所以至今是个处女身。

有一天，一个京里来苏州的富商，闻名求见，并要青凤陪游虎丘剑池等地。鸨母见他用银十分散漫，便一口应了下来。

那富商与青凤游了一趟虎丘胜景，借口要喝茶，便来到一处偏僻的庵堂内讨茶喝。不想那富商趁机在茶水中下了春药，等青凤迷乱之时，扶到无人之处便把她奸污了。

等青凤醒来发现异状时，那富商早已不知去向。

青凤吃了这个大亏，回来向鸨母哭诉一番。鸨母气得把青凤打了一顿，心痛那飞走的三百两梳栊费。

那鸨母不愧为偷汉的班头，养龟的老手。她为了把这笔梳栊银子赚回来，便想了个绝妙的主意：用偷天换日，以假乱真的办法，让青凤接头一个留夜的客人。居然干得天衣无缝，赚回了三百两银子。

周永年听到这里说：“我却不信。别的事可以隐瞒，这件事如何作假呢？”

混水蛤蟆夹了个肉丸下酒，笑道：“起初，我听了也不信。后来去了一次悦春楼，打听得翔实，才确信了！”

周永年说：“你说说，究竟是怎么回事？”

混水蛤蟆故意卖关子说：“此事是悦春楼中我那相好悄悄告诉我的。她要我守口如瓶，千万不能泄密哩！不过对你说也不妨，却传不得！”

周永年急不可耐了:“那就快说吧!”

混水蛤蟆道:“办法却也简单,大凡梳栊的客人,花了几百两银子破身,怕只怕鸨儿弄虚作假,将假闺女充作真处子,便吃了大亏。因此,每逢梳栊,都是鸨母预先准备下一条白色绸巾,等事完后擦拭检验用。如无杜鹃啼红乃是假的了,就会凭巾退银。那鸨母也自知理亏,只好乖乖地退了银子。”

周永年道:“既是这样,那青凤又怎样骗过客人的呢?”

混水蛤蟆哈哈大笑道:“俗话说,任你奸如鬼,也吃老娘的洗脚水!古往今来,唯三姑六婆最为厉害!那鸨母本属六婆之一,是六婆中最厉害的角色!她要要奸使滑,谁都会上当受骗呢!原来‘悦春楼’那个老鸨,在梳栊之夜,先串通了一班粉头,把出钱的富老灌得烂醉,然后把他抬到床上,脱光了衣服。等半夜酒醒时再叫那个假处女主动相扰。弄得富老疲惫不堪后,他哪有精力再去检验真假?等他睡熟后,便将预先洒了鸡血或狗血的白色绸巾铺在床上,作为事后的证据。这样的事,谁还分得清真假?这叫作挂羊头卖狗肉,又叫作大红纸包煤块——外头红里头黑!”

周永年听后,沉默了半晌,问道:“难道就没法子弄个水落石出了?”

混水蛤蟆要的就是这句话,忙说:“当然有!那人血到底和鸡血、狗血不同。”

周永年打破砂锅问(纹)到底:“有何不同呢?”

混水蛤蟆道:“我也是听人说的!当年宋朝时有个叫宋慈的提刑官,他写过一本名叫《洗冤集录》的书。其中关于验血,曾说过:人血味咸,禽血味淡。鸡狗血为禽兽之类,其血必淡。”

周永年道:“原来如此!”

接着二人又对饮了几杯。混水蛤蟆见周永年忽然神色恍惚,言语杂乱,便知自己说的那件事触痛了他的神经,心中暗喜。

周永年不等终席,便匆匆告辞回家。混水蛤蟆也不强留,只是日日去周府打听消息,一心想得知七娘被痛打的传闻,以求一快!

第二天,果然不出所料,从童儿禄寿口中得知:“少爷他从太白楼回来,就去验看了‘珍藏’的白绸巾。等他了解到这是鸡血时,便勃然大怒,当夜将田七娘吊打逼问。起初,七娘死不承认,等少爷拿出绸巾作证时,七娘才无话可说。原来,七娘未嫁时已与邻居杜为康有了关系。后来,杜为康跌瘸了腿,又嫌他家里贫穷,七娘这才反悔了,嫁给了少爷。这是女子水性杨花之故,本不足为奇。只是不该阴沟里洗澡,假充干净!弄得少爷气愤难当。本想花笔银子娶个大闺女,谁知却戴上了一顶绿帽子!这种事又不能到处去说,只好打落牙齿肚里吞,硬是有苦说不出口来!”

混水蛤蟆道:“你家少爷准备如何处置这件事呢?”

禄寿说："听说少爷再不愿跟七娘睡在一起了。一见七娘，就像见了冤家似的，不是骂，就是打。还用脚踢七娘的大肚子，骂道：'这里面一定是个孽种，以后生下来不准进周家的祠堂门！周家不承认这个野种！'七娘用头撞墙，皮都破了，血都流了。幸亏少爷怕打人命官司，才要丫鬟们轮流看住她，还请了医生来治伤……"

混水蛤蟆说："七娘长得标致，你家少爷怕一时气愤，终究是舍不得她的！"

禄寿道："不不不！这回少爷是吃了秤砣铁了心。他说过：'好马不吃回头草！到外面去租间房子。过些时候，叫她搬出去住。'就从那天起，少爷再没有进过七娘的房。连吃饭都分开吃了。后来，少爷干脆不回家了。"

混水蛤蟆道："去哪里了？"

禄寿笑道："这你又不是不知道，还用问吗？不是赌场，就是妓院。我就怕他弄虚了身子，或是得了风流病，那就麻烦了！"

未几，周永年果然把七娘从家中搬了出去。幸亏周朝奉心善，暗中送银子给七娘，作为生活费用；又替七娘雇了一个婆子，帮助做家务活。就在这年，七娘产下一子，取名周猛。周永年从未来看过周猛，不认这个野种。倒是周朝奉不时差人送东送西。他膝下只一个儿子，怕断了后代，并不计较周猛是谁下的种。

七娘本想回家和母亲同住。后来一想：再回络丝巷去，徒然遭四邻白眼。俗话说，冷饭冷粥好吃，冷言冷语难听。当时要不是娘叫姨妈来劝，我也不会走到这一步！对不住杜为康且不说，还落了个这样悲惨的下场！想来想去，这个结解不开，便决心不回络丝巷了。

田氏得知七娘的消息，曾看过七娘几次，七娘却连眼泪也没有流一滴，淡淡地招呼娘吃了饭，就把她送走了。那包姨妈自知干了件缺德事，心中有愧，也不再上门来看望七娘。

七娘只有一件事放不下：那就是心上人杜为康的下落。有一天，偶遇小哥儿四六，才知杜为康为自己嫁给永年的事哭了好久，后来被包姨妈气走。四六说，为康到杭州府一个道观里出家当了道士，但说不出确实的地址来。

七娘是个女人，又带着一个婴孩，去哪里访问一个道士的踪迹？只好把这件事默默地搁在心里。只盼有一天能和为康重新相见，对他好好解释一番，了却这桩心病！

可是，天下的道观像星星那么多，光是杭州府，少说也有几十处。上哪去找？如此过了几年，一直音讯全无，只索罢了。

谁知，有一天，噩耗传来：周永年身患重病，医治无效，竟一命亡故了。

七娘虽恨永年薄情，但因自己行止有亏，才遭此践踏。听到此信，还念着永年往昔的好处。到周家吊丧、送灵，七娘是万不敢去的，也不愿去做众人的笑柄，遭受周家的白眼！于是，便央人去玄妙观请几个道士来家做道场、追亡魂，也算跟他夫妻一场。玄妙观有个老道士叫王连生，却是杜为康的舅舅。可他也不知道为康的下落。一来二去的，七娘跟他熟识后，以后每年永年的忌日，总要请王连生来做法事，一来超度永年，二来也为为康消灾祈福。

自从永年死后，周朝奉就打算把七娘母子接回家中，继承自己的产业。不想周朝奉有个侄子极力反对。朝奉一气之下，因年高体弱，中风而亡。

田七娘听到凶信，号啕大哭。朝奉在世时，母子曾经常得到他的照顾：送银送物。一年四季，从未间断过。如今朝奉一死，由侄子主持丧事，一切产业均被他独吞了。

七娘气愤不平，正想去和朝奉的侄子说理，忽然多年来未曾见过的混水蛤蟆竟手提礼品上门来了。七娘一见，心就怦怦乱跳，忖道：他是老虎持念珠，又来充善人了！看他有什么好说的？

果然，混水蛤蟆装作对七娘母子十分同情；对永年的薄情行为，大加非议；最后说，"周猛已经长大，他是永年的亲骨肉，朝奉在世时曾跟自己商量过要把母子接回去，可恨被他侄子横加阻挠，致使朝奉被他活活气死的！这件事，到处都在传说，说周猛是周永年的儿子，理应继承遗产！如今，竟被隔房的侄子吞没了！自己和永年是忘年交，好朋友，是周猛的长辈，决不能眼看着别人来欺侮寡母孤儿！"

混水蛤蟆说这番话时，义形于色，慷慨激昂，活像个侠义之士！

听了混水蛤蟆一席话，七娘也有所感触；可对混水蛤蟆实在信不过，不知他又要借这件事做什么文章？做故意问道："六兄弟话是不错，只是我一个寡妇人家，是个没脚蟹，该如何办才是？望大兄弟教导于我！"

混水蛤蟆一听，立刻眉开眼笑，以为七娘上套了。便皱眉说："跟他们来硬的是不成的。他得了产业，有的是银子，要是雇几名打手来扰事，就麻烦了！有个办法不知七娘愿不愿干？"

七娘问："什么办法？"

混水蛤蟆道："听说县里的谭大人是个铁面无私的清官。你就去县衙里告他一状，把那个侄子告倒了，这笔产业岂不是你们母子两人的了！"

七娘吃惊道："去打官司呀？不不不，我害怕打官司！"

混水蛤蟆道："这有什么好怕的！要知道，这是一场包赢不输的官司！你是永年明媒正娶的妻房，你包姨妈是女媒，我是男媒。我们都可以上堂做证的！周猛是你嫁到周家后生的，又不是拖油瓶！虽说八个月落了地，可是，早产的事多的是！你随便找个借口，比如打水滑倒了，搬箱子用了力，等等。谁还来查这笔账？如今永年也死了，当年洞房里的事是死无对证了。要是怕谭知县不判，我帮你找路子,衙门里熟人多的是。只要用礼品搭桥,用银子铺路,这场官司就赢定了!”

七娘问:“那得多少银子破费呢?”

混水蛤蟆说:“这就说不准了。少则三百五百,多则一千两千。越多越好!”

七娘道:“我穷得天天上当铺,哪有银子去塞狗洞?”

混水蛤蟆笑道:“舍不得儿子,打不得狼啊!银子又不是你自己造的,去了三百五百,一千两千,官司一赢,那周家的产业全归了你,那是上万两银子啊!”

七娘道:“要是官司打输了呢?”

混水蛤蟆道:“你怎么光说泄气话!我给你写包票,决不会输!”

七娘道:“不见得!”

混水蛤蟆道:“这话什么意思?”

七娘:“他侄子难道就不会去送银子给谭知县了?他的银子比我多得多呢!”

混水蛤蟆说:“哎,你真是个死心眼?银子多,管什么用?他是歪理,你是正理。公道在你这边哩!”

七娘:“公道?这世上还有公道吗?”

混水蛤蟆:“怎么没有公道?周猛是周永年的嫡亲骨血,这就是正理,这就是公道!”

七娘不动声色地说:“要是不是亲骨肉呢?”

混水蛤蟆叫起来说:“你怎么老跟自己过不去?难道你要在大堂上讲真话吗?”

七娘:“不是我要讲真话,而是人家会证明我讲的不是真话!”

混水蛤蟆:“不可能!绝不可能!”

七娘:“你听说过滴血认亲的话吗?我就听说过!到那时,当场开棺滴血验亲,岂不要把在九泉之下的周永年再让他不得安生吗?”

“如此说来,周猛不是周永年的亲生儿子了?”

“不错!”

“那么是谁的儿子呢?”

“这与你毫无关系,用不着你知道!老六,这礼品我不要,留着你自己吃吧!我和你不是一条道上的人,以后请不用再来了!请吧!”

混水蛤蟆这才领教了田七娘的厉害。经过多年生活的磨炼,她已变得沉稳、老练,再不是当年任包姨妈、混水蛤蟆等人任意摆布的田七娘!

正是:人在世上练,刀在石上磨。不经风霜苦,哪有梅花香!欲知后事如何,且看下回分解。

第八十三回

绣龙袍绝处逢生路　做法事破镜得重圆

周朝奉一死,断绝了接济。田七娘和儿子周猛二人生活就更加艰难。幸喜七娘有一手刺绣的绝活,勉强糊口。自从端泰祥绣品店拒收绣品后,七娘就去找另几家绣品铺试试。后来,有家叫瑞和祥的绣品庄,是专门替皇家绣龙袍凤服的,一眼就看中了七娘。七娘就替瑞和祥绣龙绣凤,母子两人的生活才慢慢地安定下来。

原来。苏州的刺绣历史悠久,它与湘绣、蜀绣、粤绣并称为中国四大名绣。

相传三国东吴孙权的夫人赵氏擅长刺绣,能在方帛上绣出五岳、河海、城邑和行阵,当时被誉为"针绝"。从此,民间的刺绣也盛行开了,几乎有户户刺绣的风气。如前面所说城里如绣线巷、滚绣坊、绣花弄、锦绣坊等坊弄的名称出现,正说明苏绣的兴旺发达。

七娘从小就跟娘学刺绣,学会了许多针法,如正抢、铺针、施针等。她还能用记针的方法代替打结,藏去线头。因此,她绣出来的山水、楼阁、花鸟、虫鱼以及人物等,无不栩栩如生,十分逼真。她最拿手的是绣小动物,如小猫、小狗、金鱼、松鼠等等。那小猫姿态可爱,毛色松软,平光匀贴,丝缕分明,色彩和顺;特别是两只眼睛,十分传神,可称为一绝。她绣的金鱼,宛如能摇头摆尾漫游水中,连旁边的那丛水草也仿佛在随波摇曳,掀起丝丝水纹。

由于七娘技艺精湛,让她绣皇帝穿的龙袍和皇后穿的凤帔,正好能发挥她的特长了。开头,瑞和祥绣品庄的掌柜对七娘还有些信不过。对她说:"绣龙袍凤服可不比寻常啊!这些龙袍,有的是黄缎平金彩绣袍,有的是黄缂丝五彩袍。这些凤服,有的是绛色纳纱彩袍,有的是宝蓝色缂丝五彩袍。每做一件龙袍凤服,要求十分严格,绝对不能有半点差错。做一件,共需用熟练的缂丝工匠九百九十六个工,花银子三百一十七两,如发现不合要求或偷工减料,就犯了欺君大罪,轻则流放充军,重则斩首示众!如今由你来袍上绣龙绣凤,这可是一件十分荣耀的事!绣得好,皇帝和皇后一高兴,问起绣花的人来,你还可能得赏哩!可是万一绣坏了……"

七娘听后,毫无畏惧地说:"让我先绣一件看,要是看中了,以后继续绣;要是绣得不好，我甘愿受罚！”

瑞和祥掌柜道：“受罚？你罚得起吗？”

七娘说：“就罚我替你白绣一辈子好了！我不要你工钱，只要赏口饭吃就行。”

掌柜道：“好，一言为定！”

七娘道：“绝不反悔！”

于是，七娘就把一件宝蓝色缂丝五彩袍拿回家中，照着花样，在袍上用五彩丝线绣上了一只神采生动的飞凤。飞凤的两只眼睛，她又用特殊的绣法使它看上去像突出一样，可说是栩栩如生，十分逼真！

七天后，七娘把凤袍送到掌柜手里时，竟把掌柜吓了一跳！还以为七娘是有神仙在暗中相助呢？为啥？若在平时，别人绣这只五彩凤，少说也得一个月哩！等仔细观看时，那只飞凤，不但针法细腻，而且看不出一点结头。无论是凤头凤尾以及色彩斑斓的凤身，无不侍神逼真，评它为精、细、雅、洁，是毫不过分的！立刻点头认可了。

从此，七娘就成了瑞和祥绣品庄的台柱子。除了龙袍凤服外，平时绣戏袍，绣屏条，绣中堂，绣屏风等难活，都来找七娘。出的价银也日益增加，七娘的生活才逐渐好了起来。

光阴荏苒，不知不觉周猛已长到一十二岁，田七娘对儿子十分疼爱。前几年虽然生活艰难，但仍千方百计送周猛进了学塾，跟随一些同龄的孩童念些诗经之类的书籍。周猛读书不行，不惯久坐；却专喜舞棍弄棒，举锁击袋，由于他性格刚强，好与邻儿争强斗胜，群童均奉他为头。周猛日长夜大，七娘渐渐管束不住他了。每常有孩童的父母来七娘处告状，说是周猛把人打伤了，七娘只好向邻里赔笑脸、道歉。等周猛回来，就对他一顿斥责！有时祸闯大了，七娘就气得把他痛打一顿。说也怪：周猛在外桀骜不驯，天不怕，地不怕；可回到家，只要看到七娘流泪，便一声不响地跪在七娘面前，任凭七娘责骂痛打，他从不还嘴还手。因此，邻居们都夸七娘生了个孝顺的儿子，将来必有后福！七娘只有苦笑而已。

这一年又到了周永年的忌日。事前，七娘已托人去请玄妙观的老道士王连生前来做法事，也叫作“坛醮”，念些玉皇经忏等。

第二天一早，一个梳双髽髻的小道童，挑着一担做法事的乐器、用具等，先来到七娘家中说：“禀告周大婶得知，今日我们王连生师父不得闲，特地换了个新来的清虚师兄来做醮。”

七娘问：“那新来的清虚道人是哪里人，从哪座寺观转来的？”

小道童道：“听口音像是杭州人，却又带着苏州腔，是从杭州府转来的。”

七娘一听，心中不觉一动，忙问：“他长得怎样？”话刚出口，便觉得不妥，忙补充道："我是问他的腿有没有毛病？"

小童道："这清虚师兄年纪不大，约莫三十来岁，嗯，跟周大嫂的年纪差不多。若说长相，那可是一表人才。他把崭新的道袍一穿，瓦盖绣帽一戴，粉底乌靴一穿，降妖宝剑一拿，可神气呐！活像当年龙虎山上清宫第一代祖师张天师哩！怎么，你笑什么？不信呀？"

七娘道："不是不信。我是说，他要是个拐脚道士，难道也像张天师不成？"

小道童道："你听谁说的？清虚师兄好端端的两条腿，怎么会是拐脚呢？"

七娘一听，立刻感到十分失望，便"嗯"了声说："原来他不是拐脚，那肯定不是他了？"

小道童偏爱问根究底："周大婶，你说的这个人是谁呀？"

七娘自知失言，忙掩饰道："没，没有什么！听说杭州来了个道士是个拐子，原来不是他！"

刚说着，小道童指着门口道："瞧，师兄他们来了！"

七娘抬头看时，不觉猛吃一惊：那走在前面的道人，面貌、身材，活脱脱就是自己日思夜想的心上人杜为康！只是，他走路时，步履轻便，姿态飘逸，风采不凡。要不是他双腿齐整，七娘差一点会扑上去抱住他痛哭一场，诉一诉多年来的相思苦，说一说满肚肠的怀念情！

当下，那清虚道士猛地见到了七娘，也顿时一呆，不久就回过神来，笑着问小道童："师弟，这位就是……"

小道童指着七娘说："她就是周大婶，今天是特地给她先夫来做醮的。"

清虚忙过来行礼道："原来是周大婶，贫道清虚稽首了！"

七娘一听清虚说的是一口杭州话，又见他走路跟正常人一般，心忖："世上的人千千万，面貌相似的人有的是。他绝不会是杜为康！要真的是他，他为什么见了我就像陌生人一样？难道他至今还恨着我吗？哎，看我，今天怎么搞的？是想为康想昏了头了，弄得神魂颠倒的，岂不叫人笑话吗？"

七娘越想越觉得自己不该胡思乱想。便收了心，正了神，忙着张罗搬桌子，摆香烛，上供品，一面又去厨下煮了蛋、点心，端出来安排众道士吃了，好做法事。

原来道教的始教主是骑青牛的太上老君，即写《道德经》的老子。坛醮是道教活动的主要方法。其内容很多。除了醮事、清事、延生、亡事、放戒外，还包括做法事。法事的内容也很多，如召孤魂、大小十献、解冤结、上供、召饭、望乡台、颁赦、行香放灯、送丧等。小型法事则包括还受生、送鬼、暖材、开路、设召、招魂、起灵斩煞、接神、净宅、预告等等。还有经忏法事，包括早晚功课、玉皇经忏、雷祖经忏、三官经忏等。今日的法事，却是做经忏法事，超度亡灵，解冤结……

当下，清虚把法坛布置就绪，与同来的师弟们一齐打动鼓钹，歌咏赞扬，高声诵经，发牒请神，伏章申表，朝三清，叩玉帝，诸多关节，不必细述。七娘叫周猛拈香磕头，自己也款款跪拜，默默念诵。清虚摇动法器，手仗宝剑，口中喃喃地念动真言，喝一声疾，喷一口水，撒一把米。

七娘正在跪拜，猛听此言，心中立刻一震。啊！原来他真的是杜为康！记得最后一次与为康欢会后分手时，七娘哭得像泪人儿一样。为康苦劝，却止不住七娘泪如泉涌。后来，为康说过这句话："早知今日苦，当初便该休。"这话只他知我知，再无第二个听到。如今这清虚道人念的最后两句话，虽不是全文，却并无更多的变动！抬头去看清虚时，只见他也正在瞧自己呢！七娘一时触动心机，借着祭奠亡灵之机，放声大哭起来。

清虚仿佛也看出了什么，一面画符书篆，一面用手去揉眼睛，仿佛眼中落进沙子一样，揉得眼儿竟红红的了。

当下二人都未说穿，等到法事结束，众道士吃了酒饭，领了银子，散了道场，作谢回去了。

周猛年幼，折腾了一天，又是拈香，又是叩拜，身子疲劳，就一头睡倒，早已入梦。

七娘清理了厅堂，在厨下洗洗刷刷，忙了一会儿，正打洗脚水洗脚，忽听有人敲门。

七娘正不知是哪个来了？急忙擦干了脚，趿着鞋，到门边来问。只听门外一个男子声音道："七娘，请开门来。"

七娘："你是谁？"

"我就是清虚。"

"来此作什？"

"来寻一件物事！"

"什么物事？"

"十多年前失落的一件无价宝！"

"这宝早沾满尘灰，失了灵性，不要也罢！"

"岂不闻谚语说：'愿把千金抛，难舍心中宝。是宝不沾尘，一拂闪光耀'吗？"

七娘听到这里，再也管住自己激动的心情，把门一开，让清虚进来。

等七娘把门闩住，两人相抱痛哭不已。

七娘问道："这几年你音讯全无。我托人到处打听你，只知你去了杭州当了道士，如何一去十几年，毫无下落。难道你真把我忘了不成？"

清虚道："不瞒你说，当年被包姨妈连讽带刺气走，先到了杭州，在清寿观当道人，打听得你已嫁了周朝奉的儿子，我便死了这条心。几番想一死了之，可又舍不得我那亲生的骨肉。便苟延残喘，念经忏悔，以修来世。不料一日清寿观失火，道观成了一片灰烬。我无处安身，便到处云游，去了金陵密云观，京城万庆观，后来又到了洪都万寿观，四川碧霞观……浪迹天涯，到处漂泊，就像一叶浮萍，随波逐流。每当夜深人静，月明星稀，心里就想着你们母子二人。去年病了一场。病愈后便决心跋山涉水来寻找你们！可万万没想到周朝奉之子早已亡故！早知如此，我就是披星戴月，历尽艰险也要早日回来看望你们母子呢！”

清虚说到这里，早已哽咽不成声了。那泪水簌簌地掉了下来，连衣襟也湿了一大片。

七娘用手擦去清虚脸上的泪痕，无比歉疚地说：“哎，都怪我！当时不合听了包姨妈一番言语，鬼迷了心窍，答应了周家的亲事。谁知一入周家，就像身入狼穴，不是挨骂，就是挨打，吃的是猪狗食，干的是牛马活，求生不能，求死不得；几番自尽，都被人救活了。后来，想到给你留下一缕香烟，只得忍辱含羞苦受熬煎，直到如今，万万想不到还有与你重逢之日，真正是菩萨保佑，谢天谢地。”

清虚道：“过去的事也不能全怪你！这是我们二人前生结下的罪孽，才有今世的折磨！那混水蛤蟆作恶多端，岂无报应？幸喜我儿已经长大了，刚才我见他举止乖巧，说话伶俐，倒是一个可造之才。将来好好教导，其前程定然无量！我在旁细细观看，他长得虎头虎脑，与小时候的我倒十分相似哩！”

七娘笑道：“不但相似，分明就是你的翻版！那双眼睛与你简直像一个模子里铸出来的！你额头有颗痣，他额头也有一颗小痣。一生下来，我就觉得奇怪，父子竟如此相似！”

清虚听到这里，情不自禁地要去卧室看一下儿子。

七娘道：“急什么？以后见面的时候多着哩！先去房里吧！还有许许多多的话要对你说呢！”

七娘说：“你先去我房里吧！我还有许许多多的话跟你说呢！”

清虚趁机把七娘搂住道：“你留我在此过夜吗？”

七娘笑道：“你快走吧！你是个道士，当心被人看见了！”

清虚道：“我早些回去就是！”

当下二人携手进房，说了半夜的话。直等四更将尽，清虚方匆匆离去，正是：曾经沧海难为水，除却巫山不是云。这番重新会面，谁知又风波迭起，死里逃生。欲知后事如何，且看下回分解。

第八十四回
见亲子清虚暗伤神　听闲话周猛陡生疑

第二天夜里,清虚和七娘又来相会。七娘怕儿子发觉,就早早地打发周猛去睡觉。周猛已逐渐长大,在另室居住。七娘推说要熬夜刺绣,在房中坐等清虚。

这天夜里,七娘和清虚睡在一起,忍不住问起那条伤腿的事。

清虚道:"自从杭州清寿观失火后,就云游四海,到处飘荡。一日,来到江西信州龙虎山上清宫。这上清宫乃历代祖师居住之所,果然与众不同。但见:门悬敕额金书,户列灵符玉篆。殿上供着三清祖师。哪三清?上清太上老君,玉清元始天尊,太清天上道君。还有二十八宿,三十二帝。上清宫有位须发皆白的住持真人,乃是个有道行的人,一见我就稽首顶礼说:'善哉,善哉!看你骨格清奇,颇有仙缘。只是你这条腿破了相。可惜!可惜!'我见他说得蹊跷,认定他是一位异士,就长跪不起,恳求真人大发慈悲,救治伤腿。真人道:'治却不难,就怕你忍痛不住!要治好腿,先要把它打折了方可!'当时,我福至心灵,毫不犹豫地保证决不喊痛。正说之间,不料那真人大喝一声:'着!'一个旋风似的扫堂腿,猛地朝着我的瘸腿扫个正着。只听'咔嚓'一声,腿已断折,痛得我昏了过去。但我牢记誓言,咬定牙关未曾哼过一声。那真人随即取来一节狗骨,接在短缺处,随即又把断腿重新接上。真人为我敷了伤药,又要我吞下三粒红色小丸。说也怪,十日后竟完好如初,再也不瘸了!"说着,伸腿让七娘来看。七娘只见清虚那条腿在齐膝处略有小陷窝外,再看不出有什么不同。用手扪之,其骨似略小一些的地方,方知即是那块填补的狗骨了。七娘笑道:"今后再不怕跌跤了!断骨再生,其术真神!虽华佗复生不过如此!"

二人说说笑笑,不觉到了四更时分。清虚怕被人发觉,慌忙穿衣起来。七娘犹自不舍,搂住清虚颈项说:"如此偷偷摸摸,终非长久之计。万一被猛儿发觉,岂不难堪煞人!"

清虚道:"别担心,到时候把从前之事向他一一告知,我就名正言顺地认了这个亲生儿子便了!"

七娘忧虑道:"就怕猛儿性情刚强,不信此言,如何是好?到那时,岂不欲速不达，弄巧成拙吗？”

清虚道：“这话也有道理。可是除非我们不相往来，事情就不会揭穿。这是万难办到的！”

七娘略一沉吟，笑说：“我有个办法，不知行不行？你我何不认作表亲，有了这层身份，你便可常来常往了！”

清虚道：“亏你想得出来！我这个父亲，只好暂作表舅了！”

七娘道：“这是权宜之计，一等时机成熟，再告诉猛儿真相就是！”

七娘照计行事。一天，趁周猛在家时，七娘对儿子说：“猛儿，你可认得上回来做法事的清虚道人吗？”

周猛想了想说：“就是那个额上也跟我一样有颗黑痣的道士吗？”

七娘道：“正是他！他跟你还真像哩！前些天我问了他，才知道他就是我的表哥。十几年前就离家外出当了道士，最近才回来的！按照辈分，你还要叫他一声表舅哩！”

正说着，只见清虚手提几式礼品，兴冲冲地走进门来。七娘忙指着清虚对周猛说：“表舅特地来看你来了，快叫表舅啊！”

“表舅！”周猛脆声地喊了一声。喜得清虚忙把他一把搂住，紧抱不放，不知不觉那泪水就流了出来，沾湿了周猛的脸颊。

许久，清虚才把周猛放开了手，抬着一看，见七娘正在旁拭去泪痕，可脸上却充满了喜色。

这是父子初次会见，只有周猛浑然不觉。他接过七娘递给他的糕点，便蹦跳着去找伙伴玩耍去了。

自从认了表亲，清虚便在七娘家常来常往了。有时，七娘烧了几样好菜，清虚必然前来吃饭；有时，清虚携带一些时新菜品，如螃蟹啦，鲳鱼啦，猪蹄啦等等，七娘便拿到厨下烹调加工，端出来给父子加餐。这样的情形已不止一回。

周猛对清虚不甚亲热。一则，他是个道士，不是替人打醮捉鬼，就是为人占卜画符，周猛看作是低三下四的事；二则，清虚一来，七娘就为他忙进忙出，有时问她的话也不答。对自己也不像以前那样关心了；三则，七娘处处想着清虚，有一回，周猛玩得肚子饿了，跑到厨下一看，锅里正放着一只甲鱼，那香味直往鼻子里钻，弄得口里馋虫都爬了出来。正好，七娘不在厨房，周猛就找双筷子，在锅里夹了几块鳖肉来吃。正吃得津津有味，七娘回来看见了，竟夺下他的筷子，狠狠地责骂了他一顿，说这是特地留给表舅吃的！表舅还没有回来，谁也不准吃！周猛听了十分反感。等清虚来了，就装作失足滑倒，把手中的那一大碗甲鱼连肉带汤全泼在地上了。因这，七娘又狠狠地打了他几下，幸被清虚拦住。可周猛不但不感激清虚,反对清虚更加加深了隔阂和成见。

事有凑巧。一天,周猛和邻童玩两军作战的游戏。周猛当将军,带领一队“官军”进剿敌军。另一个唤作朱勇的孩童,充当敌军都督,防守在一个小山坡上。周猛很有指挥天才:他叫几个“官军”从侧翼佯攻,虚张声势,吸引敌军注意;自己带着“主力军”绕到敌军背后,悄悄地爬上了小山坡。等敌军都督朱勇发现时,周猛的军队已经来到面前了。

周猛大喊一声,手拿树棍去抢敌阵。朱勇眼看失利,却不顾一切,冲了过来。不想被周猛的树棍打倒在地,立刻流血不止昏了过去。

群童见闯了祸,立刻一哄而散。周猛却不走,口里说:“孬种!流点血有什么了不起?哭鼻子算什么?”

恰好朱勇的父亲路过,见儿子被打出血,立刻赶来问个明白。“敌军”们纷纷告状,说是周猛行凶!朱勇之父便来找周猛算账。周猛不服道:“两军对阵勇者胜!谁叫他脑袋不经打!流点血就哭了,还当什么都督呀!”

朱勇之父一听,更加恼火起来,便骂道:“你这个没娘教训的杂种!怪不得说话不知轻重!”

周猛更不示弱,回口骂道:“你才是杂种哩!你娘教你随便骂人,随便欺侮小孩子吗?”

一句话呛得朱勇之父火冒三丈,扑过来揪住周猛头发就打了两个爆栗,口里骂道:“我打你这个杂种!你娘偷人知不知道?还有脸在这里充英雄哩!”说完,把周猛猛地一推。周猛年幼力小,被推倒在地,大哭起来。朱勇之父拉了朱勇就走,再不理睬。

周猛回到家中,也不向娘提起挨打的事,可心中对朱勇之父说的话,却捉摸开了:他为什么骂我是杂种?他还说我娘偷人,她偷的是什么人?周猛究竟是个十二岁的孩子,这些话似懂非懂,却又不好去问娘,只在心中纳闷。

这天刚吃完饭,还有功课未曾做完,正想点灯夜读,只见母亲进房来了。她把灯一口吹灭道:读书也该挑个时间,白天不读,偏偏晚上念书。如今油价又涨了,莫费油熬夜了,早早睡吧!说完,就关门而去。

周猛噘着嘴,哪里睡得着觉。可是手边没有火种,点不得灯,只好睁着双眼,躺在床上。

夜深人静,渐渐地双眼交睫,正要蒙眬入睡;忽听隔壁娘屋里传来有讲话的声音,嘁嘁喳喳,听不甚清;时断时续,忽高忽低,起先以为是娘在梦呓,后来听听又不像。想起来去敲门问个清楚,又怕被娘责骂;也不忍半夜三更把娘吵醒!娘为了养家活口,经常熬夜刺绣,该让娘多睡一会儿才是。想到这里,瞌睡来了,呵欠连连,正要合眼。猛听娘的房门吱呀一响,仿佛有人出去。侧耳听时,大门响了,正要起来问时,娘的房门又响了,接着便“怦”的一声关上了。

周猛忍不住喊道:“娘,你在干什么呀?”

七娘吃了一惊,没有作声,装作睡熟了。

周猛又敲起板壁来:“娘,是谁来了?”

七娘知道坏了事,一定被儿子发现了秘密,便掩饰道:“没有谁来啊!”

周猛:“我听见你在跟人说话!”

七娘:“那是娘在做梦,是说梦话吧!”

周猛:“我听见你开门出去的!”

七娘:“噢,娘去出恭了!今天吃多了,拉肚子呢!睡吧,明天一早还要上学堂呢!”

周猛是个孝顺儿子,从小母子相依为命,是娘一手把他抚养大的。因此,娘的话,周猛绝不敢违拗的。有时见娘伤心哭泣,劝她不听,周猛便一直跪在娘的面前,直到娘停止哭泣方才起来。平时,七娘总把好吃的东西,给他留着;问起时,娘就推说吃过了。后来,周猛发现了这个秘密,便再不肯先吃。即使娘一定要他吃,他就把食物分成两份,自己一份,娘一份,并且,非要娘先吃完那一份后,自己才吃。

跟邻童们在一起玩时,一些邻童,有时也取笑周猛,说周猛是个私生儿!周猛不服,与之辩论。邻童却说:“我娘说的:你不是周家的儿子!”

周猛道:“我不是周家的儿子,为什么姓周叫周猛!”

邻童说:“羞羞脸!周家是个有钱的财主,你呢?财主的儿子会住在这间破房里呀!”

周猛无话可说,便来找娘问个明白。

七娘听了,泪水就如下雨一般,竟说不出话来。周猛大吃一惊,忙双脚跪地说:“娘,孩儿错了,孩儿以后再也不问你了!”说着也哭了起来。

七娘流着泪把周猛搂在怀中说:“儿啊,你没有错!是娘对不起你呀!你该问,娘也该让你知道这一切,可是,现在你年纪还小,等你长大了,娘再慢慢地告诉你好吗?”

周猛在娘怀里,含着泪水点点头。从那以后,就再没提起过此事。可他幼稚的心中,却滋生着一个未知的秘密:我一定另有个爸爸。那姓周的爸爸不好,就把我们赶了出来。可是,姓周的是不是我的爸爸呢?既是我的爸爸,为什么不要我呢?

今天被朱勇的父亲一骂,这些疑问又在心里生了出来,没法解决。可又不敢问娘,怕引起娘伤心。

夜里发生的疑团,又使周猛迷惑不解起来。他睡不着,又想了起来:朱勇他爸爸说娘偷汉子,这一定是指娘干了不正经的事！别人是不是乱讲呢？可今夜明明听到有人在娘屋里说话、笑。明明听见娘开了房门,又去开了大门,是不是送谁出去呢？娘对我说,开门是去出恭的。出恭该去后面的茅厕才对,前门又不是拉屎撒尿的地方！这是娘骗我的。那么,娘为什么要骗我呢？哎,想不出来了,再一想,娘如果要是偷汉子的话,她究竟偷哪一个呢？突然,周猛心里一亮:是那个叫清虚的道士！对！就是他！他长得一表人才,对娘挺好的,对我也很好,有一次还搂住我哭鼻子呢！

记得给爹做法事时,清虚也来了,娘叫我拈香、磕头。那时娘并没有要我叫他表舅呀！可过了两天,娘竟说清虚是娘的表哥,一定要我叫他表舅,我不肯叫,娘还骂了我！再后来,这个表舅就经常来了。他一来,娘就高兴,有说有笑的,好像年轻了好几岁;他要是这天不来,娘就像上了心事。那次,清虚表舅说好来的,却没有来。娘做了不少菜等他,过了吃饭的时候还没有来。我的肚子都饿瘪了,娘却不让吃。后来不等了,却又不让吃那碗红烧蹄膀。说是留着表舅晚上来吃！那天下午,娘绣花都没有心思了,一双眼睛老是瞅着门外;一有脚步声,就马上抬头去看。可都不是表舅！娘从来都没有在绣品上出过差错,可那次两回刺破了手指,把血滴在绸缎上,幸亏是块绸巾,值不了多少钱,要是换了件龙袍,这下就闯下大祸了！

周猛想到这里,突然明白过来:对,这个清虚道士,一定是娘的相好了！娘啊娘,你为什么偏偏要找一个道士做相好呢？怪不得朱勇他爸说娘偷汉子,说是杂种。不,要想办法制止这件事！不能再让他来害娘,害我们一家！他不来以前,我们不是过得好好的吗？谁都夸娘的为人,说娘有志气,对财主家的东西丝毫不动心,甘心吃苦,养育儿子成人！那时,大伙也都夸我聪明伶俐,夸我是娘的好儿子。可现在,不但不夸了,反而背后说我们的坏话！这是谁的错？都是那道士的错！不能放过他,要他尝尝我的厉害,知道周猛是不好惹的！不过,这件事千万不能让娘知道,娘要知道了,又会哭鼻子了,那时,又得跪在娘面前赔罪了！哎,这实在不好办啊！

周猛想东想西,不知不觉地睡着了。他做了一个梦,他把一桶水悬空靠在门框上。正好,那个坏道士推门进来了。门一开,那桶水不偏不倚,正好倒在坏道士的头上,把那件绣着许多八卦的新道袍弄得湿漉漉的,地上全是水。周猛看了十分开心,便哈哈大笑起来。正在这时,娘在喊:“起来！太阳都晒屁股了。还睡呀！”周猛睁眼一看,才知刚才是做了个梦。正是:日有所思,夜有所梦。欲知后事如何,且听下回分解。

第八十五回

周寡妇怒责亲生儿　田婆婆喜见小外孙

周猛年纪虽小,却颇有心机。自从对清虚产生了怀疑,便日日伺机意图报复。

周猛平时喜爱饲养猫狗等动物。家中一头花猫产了一窝小猫,一共七只。四只是花的,二只是白的,一只是黑的。七只小猫,每一只都长得十分可爱。老花猫十分爱护小猫,谁要来抚弄小猫,它就怒目相视,甚至张牙舞爪,嘴里发出呜呜的警告声。除周猛能靠近小猫外,连七娘也受到老花猫的"抗争"。

老花猫为了保护小花猫的安全,不受外来的侵扰,有一次还用嘴把一只只小猫先后都叼到阁楼上去藏了起来,害得周猛找了半天。周猛对小猫也倍加爱护,经常钓些小鱼小虾来给小猫吃,还用稻草扎了一个小草墩作为小猫的窝。每天搬进搬出,从不厌烦。

这天夜里,又听得隔壁母亲房中响起了笑语声;便用事先准备好的绣针,在板壁上戳了个小洞。用眼张望时,却因房中未曾点灯,看不清楚。

看看打过三更,周猛便悄悄起来,摸索着出了门;随后又把那窝小猫,连同老花猫一起搬了起来,向大门口走去。那扇大门却未关死,而是虚掩着的;稍一用力,门已开了。周猛就把草墩轻轻放在门外咫尺之地。此地是必经之路,从门口往外走,再无他径的。

周猛把一切安排妥帖,悄悄回到房中后,突然高声喊叫道:"有贼!有贼!快捉贼呀!不要让贼跑了!"

清虚与七娘正在欢会,忽听喊叫捉贼,立刻吃了一惊:要是四邻齐来捉贼,发现了自己的踪迹,事情就麻烦了!心一慌,手就抖,加上七娘也在催他快走!就慌里慌张地披上衣服,赤着双脚就跑出房来,把大门一拉,就急步奔出门来。清虚刚跑了几步,一脚踩进了放在路上的猫窝里。只听一个声惨叫,有两只小猫被踩死了,其余的都乱叫乱窜。这时,那只老花猫恼怒已极,从背后追上了清虚,就猛地跳到清虚身上乱抓乱咬,痛得清虚眼泪直流,却不敢喊出声来,只顾低一脚高一脚地往前飞跑。只因仓促之间,未曾穿得鞋袜,一路的碎石、断砖、蒺藜、荆棘,把清虚的脚板都划破了,鲜血淋漓,痛彻心扉!却又不敢告人,只得找了些香灰,把它撒在伤口上，用些破布包扎起来。不料，香灰和破布都是不洁之物，不上两天，伤口就发起炎来，好端端的清虚道士，竟又变成了一个拐道士了！

当清虚来见七娘时，七娘吃了一惊，以为治愈的腿，又断裂了！听了清虚诉说，七娘心里明白：必然是猛儿搞的名堂！因为，家中那窝猫忽然死了两只，还有几只负了伤……

七娘越想越气，等清虚一走，便把周猛叫到跟前，也不问根由，将他一顿痛打。

周猛俯首帖耳接受母亲的责打，毫无一句怨言，而且，直挺挺地跪在七娘的面前，既不喊叫，也不啼哭。这样一来，反叫七娘不忍心了，就放他起来了。

到了下昼，周猛忽然不知去向，到处寻找，就是不见踪影。七娘以为他去了外婆家哭诉，也就不再寻找了。看看天色已晚，仍未见周猛回来。七娘急了，去邻里处探问，群儿均说未曾跟周猛在一起玩耍。七娘无法，只好睡下，准备明天去络丝巷问娘去。

原来，昨晚清虚逃走时，周猛一直暗暗尾随在后，直到清虚进了玄妙观后方始回家。

周猛以为清虚受了伤，就会绝足不至。不想阴魂不散，又来找娘。娘又狠狠责打自己一顿，使周猛心中愈加仇恨清虚了。

于是，他心生一计，要再次惩戒清虚，务必使他不敢再来！

这天下午，他未曾告知母亲，就外出购买了一些物品，动手准备起来。到了黄昏后，他就去潜伏在玄妙观外那只铁香炉后面。

那玄妙观建于西晋咸宁年间，距今已有一千一百七十余年。那时叫作“真庆道院”。此后屡经兵燹火灾，又屡得修建。正殿即三清殿，十分雄伟壮观。殿为重檐歇山顶，面阔九间，进深六间，月台周围均有石雕栏杆。三十六根平头柱，七十二根斗栱木，是它独特的风格。殿高十二丈，有两重屋顶，四面有翘起的飞甍，屋脊饰有砖刻的大龙头，殿的下面是用青石叠砌的露台，露台甚高，稍有不慎，从台上失足下坠，不是跌得头破，便是骨折脚崴！

三清殿的后面，就是十分壮丽的弥罗宝阁，有三层九开间，用六十根大青石柱支撑，每根石柱有六面，共有三百六十面，上面凿雕三百六十位天尊像。它建成不久，是苏州府知府况钟和江南巡抚周忱监造修建的！

闲话表过，言归正传。且说周猛一直潜伏在铁香炉后面。看看天色已经全黑，打更的已敲响了梆锣，一递一和地走了过去。

周猛略无倦意，取出随身携带的纸衣纸帽，假发髯口等物一一戴上，把脸用朱笔墨水等一涂，把一根红绸剪成了一条长舌含在嘴里，只等那清虚从三清殿出来。

半个时辰后，果见一个黑影闪了出来。从颀长的身形判断，来的正是清虚！

当清虚来到高高的露台，正要向旁边的台阶跨步下来时，突然听得一声凄厉的尖叫，吓得他汗毛根根直竖，全身都起了鸡皮疙瘩。正在这时，他见到了一个头戴高帽，颈挂长锭，手执蒲扇，口吐红舌，青脸蓝靛，十分吓人的鬼怪！

这个鬼怪，见了清虚，又高声尖叫一声，举着那把破蒲扇，竟向他扑来！

清虚猝不及防，正想拔腿逃走；不料错迈了腿，身子一歪，一跤从高高的露台上，一个倒栽葱就跌了下来，当时，额头就撞了个洞，人也昏了过去。

周猛见惩罚了清虚，知道这跤跌得不轻，他要是见机的一定不会再来纠缠娘亲了。便把纸帽纸衣扯了下来，在回家的路上把它抛在暗处，自己悄悄地回家睡觉。第二天七娘问起时，推说去了外婆家，轻轻搪塞过去。

这天起，果然不见清虚前来。周猛暗喜，随即去玄妙观探听情况，小道童告诉他："清虚昨夜碰到了邪，平地走路跌了跤，伤势不轻，现正卧床养伤哩！"

正当周猛高兴之时，不料，几天后一个夜晚，清虚头上扎着纱巾，又到娘屋里窃窃私语。周猛心中有鬼，就用耳朵贴在板壁上，去听他们说些什么。只听娘说："这样下去如何是好？不如把真相告诉了他吧！"那道士却说："不行！这时候再提起这件事，他一定以为是故意哄骗于他的！不但不会相信，还会变本加厉与我作对！"娘说："那怎么办？"道士说："他讨厌我，见我就恨，不如暂时不来也罢！"娘说："那……什么时候再相见呢？不不不，不如找这个孽障算账去，狠狠打他一顿，要他以后不再……"清虚忙道："使不得，使不得！他的脾气你是最清楚了，越打他，他越不服气！对你是不会怎样的，可对我呢，那就……""哎，真是前世的孽障，拿他一点办法也没有！"接着就听到床板格格作响……周猛不愿再听了，拿被子将头一蒙，假装睡去。

可他哪里睡得着，一心扑在如何再惩戒这个死不悔改的恶棍！突然，他想到了一个妙计，立刻悄悄爬起了身，溜到门外，把家里的那只看门狗从狗窝里牵了出来，便和大黄狗一起伏在屋前那棵大树后面，只等清虚出来。

三更时分，清虚不敢逗留，便整衣出门。七娘刚把门关上，便听得门外一阵狗叫。

"汪汪汪！汪汪汪！"

接着便听得像是清虚在呼救。七娘不顾一切，开门来看。只见那只看门狗已将清虚扑倒在地，正在向清虚狂吠乱咬。清虚见有人来，更不回头，一瘸一拐地向前跑去，一会儿已不见了踪影。

七娘还以为大黄狗是被弄断了绳子才从狗窝里窜了出来。可是，忽见有个黑影从身边跃起，三蹦两跳就进了大门。

七娘这才知道：又是周猛弄得鬼！那狗肯定是他放出去的了！顿时心中

大怒。

七娘进来，把门关死，便厉声喊道："猛儿，你过来！"

周猛刚在床上躺下装睡。可一听母亲叫唤，不敢怠慢，低着头走进了七娘的卧房，见母亲满面怒容，脸色青白，知道闯了大祸，便跪在地下请罪。

七娘见了周猛，不觉流下泪来。她欲言又止，终未将自己过去那段往事说出口来。寻思良久，才说声："冤家，你真不懂事啊！"

周猛说："娘，孩儿不是，该打该骂，凭娘处罚吧！"

七娘挥手道："我不打你！你去吧，总有一天，对你自己所做的事，会后悔莫及的！去睡吧！"

周猛回到房里，一直在咀嚼着娘刚才那句话：对你自己所做的事会后悔莫及的！这是什么意思呢？我为什么要后悔呢？我不这样做才对不起死去的爸爸哩……想着想着，渐渐地睡着了。

再说清虚被大黄狗咬伤，又怕人发觉，负伤而逃。谁知，黑洞里走岔了路，一脚踩空，竟掉进了一个大粪窖里了。那粪窖奇臭难闻，清虚全身及头脸均沾满了粪水，爬满了蛆虫。身子渐渐支持不住往下沉，无奈之下只得大声喊道："救命，救命啊！"

幸喜有个赶早来挑粪的汉子，听得有人呼救，忙将肩上粪桶放下，取挑粪用的扁担来救清虚。清虚用手抓住扁担，亏那汉子力气大，才把他从粪窖中救起。问起原因，清虚只得扯谎道："半夜求医，路过粪池，失足跌落！"谢了汉子，忙忙如丧家犬，奔归观中。连夜打水洗浴，换了衣服。谁知，那大粪浸过后，皮肤都起了一层红疹，起初奇痒难忍，用手搔破后，变成溃疡，流出脓水，痛苦万分。又因受了惊吓，染了风寒，竟病倒在床了。

七娘在家久候清虚不至。放心不下，便以到玄妙观烧香为名，去打听清虚消息，恰遇王连生提着药回来。见七娘来问，便领她去病榻旁看望清虚。

清虚见了七娘竟流下泪来。见四旁无人，悄声对七娘说："差点与你永诀了！"

七娘惊问："这话怎讲？"

清虚遂把夜来之事，细细说了一遍。七娘察看了清虚伤痕，不觉大恸，可又不敢啼哭。怕被人听闻，只好暗暗饮泣而已。

自玄妙观回来，七娘思虑再三，决定送周猛到络丝巷外婆家暂住。那田婆婆独自一人寡居，这几年虽老了许多，可眼不花，耳不聋，还能撚线飞针，刺出的绣品，仍不逊往年。因此，生活倒也能够维持温饱。她十分疼爱周猛，逢年过节就买糕点食品来看望外孙儿。只是七娘恨娘当时拆散了与杜为康的这段婚姻，至今仍耿耿于怀，不让周猛去络丝巷陪伴外婆。

今天,周猛听娘要他去跟外婆居住,立刻雀跃蹦跳,高兴十分。他知道外婆疼爱自己,又不会责骂他,还会买来许多糖果食品来,特别是芝麻牛皮糖,松子糖,全是自己爱吃的东西,这回一定能吃个痛快了!

七娘把周猛随身替换衣服收拾好了,用包袱包了,等一切准备就绪,就带了周猛上络丝巷来。

络丝巷还是原来的样子:窄小、冷落。真所谓:小巷深深深几许,夜阑吹笛雨簌簌。花落杜鹃啼,小窗残梦迷!哎,景依旧,梦难圆。想起如烟往事,触动七娘的心境,不禁悲从中来。

周猛却早已叩响了外婆家大门。一会儿,田氏开门探出头来一望,见是周猛与七娘,立刻喜出望外。忙把他们请进屋里,端茶拿水,忙个不停。一会儿又特地煮两碗鸡蛋盖面给七娘母子吃。

七娘边吃边把周猛在田氏身边住些日子的事一说。田氏巴不得田猛能来做伴,立刻满口答应。

七娘推说要绣一件重要的活计,无暇看顾周猛才送他来的。田氏说:“你放心好了!他在这里,我天天一个蛋半斤肉,保管叫他长一身肉回来就是!”

当下,七娘又交代了周猛几句,无非是不要顽皮闯祸,要听外婆的话等等。周猛一一答应,七娘才独自回去了。

自此,周猛就在外婆家住下。小孩儿不认生,一来二去,早与络丝巷中一些孩童熟稔了。大家在一起打闹玩耍,竟把家中之事全抛到脑后了。

那清虚经过治疗,不久伤病均愈。听说周猛已去了络丝巷外婆家,就放下心来。每逢夜里无事,就来看望七娘。两情缱绻,如鱼得水,谁知好景不长,忽地又生风波。正是:一朝否运来,半点不由人。欲知清虚又碰到哪些磨难,且看下回分解。

第八十六回
抚外孙田婆说根苗　抱死尸周猛哭亲父

周猛在外婆家住了几天，好生想念家中邻童。一日，在络丝巷口玩耍，忽见朱勇路经此地。孩子们之间，一言不合，就会拔拳打架；可事过境迁，早把打架之事忘得一干二净。此时周猛见了朱勇，仿佛他乡遇故知一样，显得格外亲热，勾肩搭背，抱腰拉手，说个不停。孩子们的话题，无非是谁又新买了图册，谁又养了一盒蚕，谁家的姐姐嫁了，谁家的哥哥游泳时淹死等等。说着说着，朱勇忽然装出诡秘的样子说："你那个对头星又来找你娘了！""什么对头星不对头星，别瞎说！"朱勇说："哼，你想瞒我呀？那回，你装无常鬼，半夜里吓得那个道士从台上跌下来，当我不知道呀？""你听谁说的？"

朱勇说："小三亲口对我说的。有没有这事？说呀，怎么，成哑巴啦？其实，你娘的事我都听别人说了？"

周猛那次吓唬了清虚，心里十分得意，曾将此事对最要好的伙伴小三说过，想不到小三把它告诉了朱勇！于是，只得默认了。

朱勇道："这不能怪你娘，是那个臭道士太坏了！你把他捉弄得也够他受的！那一天，他被你家的大黄狗咬了以后，一跤跌进了大粪窖里，差点淹死；要不是挑粪的赵叔叔救起，怕早就没有命了！"

朱勇对周猛深表同情，因此，就悄悄告诉他清虚坏道士最近的动态，并献计道："再叫他尝尝苦头！这种人是不见棺材不磕头的！"

朱勇走后，周猛就又思谋起惩罚清虚的办法来：猫、狗，都用过了。捉条蛇来吓他吧？可是，自己不会捉，也怕被蛇咬一口会中毒！想到中毒，忽地把额头一拍说："对，去买包老鼠药，把它搞到他吃的东西里面，让他肚子疼！"

于是，推说要买包子吃，在外婆那里骗了些零钱，就去街上小摊上买来了一小包老鼠药。并向外婆扯个谎，说是回去看一下娘就回来。外婆立刻答应了。

周猛刚望见自己的家，便见门口站着两个人在有说有笑。原来是娘送清虚出来。分手时却舍不得，说了又说，笑了又笑。周猛看得心里火冒三丈，顾虑娘在那里，又不好发作，眼睁睁望着那坏道士转身而去。

周猛哪肯罢休,也不回家了,尾随着清虚,向玄妙观而来。

清虚进了三清殿,从弥罗阁出来,回到房中。这时,正是晚饭时分,他便从房中端了碗去厨下盛饭取菜。

说也凑巧。那清虚取菜回来,将碗放在桌上,自己转身又拿着钵子去打汤了。

这是天赐良机!周猛趁房中无人之际,闪身进房,急忙从怀中掏出那包老鼠药来。将一半倾入在那碗煎鸡蛋中了。怕清虚看出破绽,便用筷子一搅,那药粉早溶进酱色的汤汁中,哪里还看得出一点痕迹来。

周猛见清虚尚未回来,便赶紧溜了出来,打起飞脚,又到络丝巷外婆家住宿。

清虚不知菜里下了鼠药,连汤带水,把一碗煎鸡蛋吃得罄尽。至晚,忽地腹疼如裂,上吐下泻,连神智都昏迷了。幸亏王连生发现得早,赶忙请来医生诊脉服药,等到残肴吐净,剧毒已消,才沉沉睡去。

病甚时,清虚怕自己不行了,特地请小道童去周家报讯。七娘顾不得嫌疑,亲自提了食品来探望清虚。当问起得病原因,七娘心中明白:定又是周猛所为。

回到家中,七娘怒不可遏,便把周猛捆绑了吊打。周猛不言不语,任凭责打,更没有流一滴泪,叫一声痛。

七娘恨周猛太不懂事,又怕清虚一病不起。就把周猛放了下来,流着泪,终于把过去那段故事,都给周猛说了。

周猛一听,哭喊道:“不信!不信!这不是真的!这是你编出来骗我的!”

七娘流着泪说:“儿啊,别的可以假冒,这亲生儿子还能假冒吗?你爹跟你长得多么相像呀!你额上有颗痣,他也有!不信,你问你外婆去!”

“不,不!问外婆,也不信!他不是我的爸爸,他是个坏道士,很坏很坏的道士!我恨他!恨他!恨他!是我在他的菜里放了老鼠药,叫他不得好死!”

七娘大惊失色:“什么?你放的老鼠药?老鼠药是从哪里来的?”

周猛:“是在外婆那里拿了钱买的!”

“啪!啪!”

七娘实在恨极了,忍不住打了周猛两个巴掌!这是周猛出生后从未经受过的事!

“你打我?哼,我再也不认你是娘了!你不是我的娘!”

“不,不!猛儿,娘错了!你回来!你回来呀!……”

可是,周猛头也不回地向前飞跑着,一会儿就望不见他的身影了。

周猛急匆匆地跑到外婆家。田婆婆见外孙哭成个泪人儿似的一头冲进门来。不觉吃了一惊,忙问:“究竟发生了什么事?是不是谁欺侮你了?外婆给你出气去!”

周猛一头滚进外婆怀中，边哭边问："告诉我！我爸爸究竟是谁？快说呀！外婆，你快说呀！"

田婆婆一时竟愣住了！这事该怎么办？不能把真相告诉他！便说："你姓周，你爸爸就是周家的大少爷周永年！"

周猛摇着外婆的手说："不是不是，他家是财主，我是我！"

外婆说不下去了。是呀，自己在扯谎！这样简单的道理，连小孩都知道的道理，怎么说得通呢？

周猛却一点也不放松："外婆，每年上坟，娘从来没带我去周家的坟上磕过头，这是为什么？"

外婆哑巴了。是呀，要是周永年真是周猛的爸爸，每年为什么不去上坟呢？这又是说不通的！

周猛又在问了："外婆，我去周家祠堂玩过，可大人小孩都不让进！我跟他们吵，说我姓周，姓周的为什么不能进周家祠堂？可他们不理我，小孩们还羞我，骂我是'杂种'！这又是为什么？"

外婆语塞了。是呀，姓周的不能进周家祠堂，这可是件不寻常的事，除非是旁支他姓，除非杂种和野合的子孙才不准进去！可这怎么对他说明呢？

"外婆，你不说？我都知道了！我是娘没有嫁以前生的是不是？周永年就是娘以后嫁的那个人，那以前那个人叫什么？他为什么当了道士？"

田婆婆越来越吃惊了：啊，别看孙子还小，他什么都懂，这件事他竟然知道了！是不是有谁对他讲了？要是再不告诉他这件事，他一定会恨我的！也罢，迟讲不如早讲，这件事，反正总要告诉他的！

"好吧，外婆对你说！"田婆婆被迫把当年的真相都一一说了出来，只瞒下杜进跟自己相好的那段往事！她把杜为康和七娘从小如何亲如兄妹，长大后如何相亲相爱，如何有了身孕，端泰祥如何退货要银，包姨妈如何说媒，混水蛤蟆如何使奸，周永年如何娶亲，婚后又如何虐待七娘，杜为康如何为筹退绣品的银款而跌断了腿，包姨妈又如何气走了杜为康，杜为康如何出家当了道士，如何改名清虚云游四方，到处漂泊，吃尽了千辛万苦，又如何治好了拐腿回到玄妙观，又在做醮时如何与七娘重逢等等。

周猛听得心如刀绞，泪如泉涌，最后，颤声说："外婆，那清虚道士真是我的生身父亲？"

田婆婆："不错，他就是你的生身父亲！"

刚说完这些话，只见门口有个孩子正在那里探头探脑，一会儿叫道："周猛，周猛！"

周猛一见是朱勇，忙擦干了眼泪，走了过去。

只听朱勇在他耳边小声说："告诉你一个好消息：你那个对头星这下活该倒霉了！听说他的事被玄妙观的老道士知道了，把他清除出去了！他吃了老鼠药中了毒，病还没有好，就被赶出了玄妙观，这下可是死路一条了！刚才在大街上看见他穿了一件破道袍，瘸着一条腿，一拐一拐地在讨饭吃呢！他的脸蜡黄蜡黄的。就像一张黄纸那样！看样子很快就会死的！这下你该高兴了吧？"

朱勇话未落音，谁知周猛竟用拳朝朱勇胸前猛击一拳，痛得朱勇龇牙咧嘴，正不知他为什么生气时，只见周猛把自己猛一下推开，飞奔着出门而去。

朱勇忙追了上去，大声喊道："周猛，你去哪里？"

周猛就像疯了似的，更不回话，朝着玄妙观方向跑去了。

且说周猛气急败坏地跑到玄妙观，为的是找回自己的生身父亲杜为康！他要向父亲请罪，请父亲饶恕他的无知，饶恕他的任性，饶恕他的种种恶作剧！他要跪在父亲面前，请父亲骂他打他！

"哎，我太混了！像我这样的混蛋是世上少有的！我叫猫抓的人是我爸，我叫狗咬的人是我爹，我装作无常鬼吓的还是我的父亲！世上竟有这样对待老子的儿子吗？这样的儿子是要受千人骂万人唾的！爸！爹！父亲！你要是能够原谅儿子，可儿子怎么能够原谅自己呢？朱勇告诉我：你吃了老鼠药中了毒！万一有个三长两短，我也决不想再活了！要是再活在世上还有什么面目见人呢？还有什么面目见我的娘、我的外婆呢？她们都会恨我的！而那些邻居们一定会指着我的后背脊说：'瞧，那个亲手毒死爹的坏小子来了！躲着他些，别让他沾坏了运气，沾上了霉气！'这样活还不如死了好！爹！你要是死了，就在前面等儿子，儿子马上赶来了，儿子一定要向你请罪。"

周猛就是这样无比内疚地想着，朝玄妙观跑来。这时，玄妙观熙熙攘攘的闹市，却已经收市，购货买物的人也都逐渐散去。只有那讨饭的乞丐却三个一伙，五个一群，在路边坐着、蹲着，低着头用手在破碗破钵里掏饭吃。

周猛举目四望，寻找自己的生身父亲杜为康，也就是清虚道士。可哪里也没有他的踪迹！便逢人就问："大伯，你看见一个叫清虚的道士没有？对，他就是玄妙观的道士！"或是："大娘，向你打听一个人！他是我爹，在玄妙观当道士的，法名叫清虚！"

可是，大伯摇摇头，大娘摆摆手，都说不认识，没看见他。

有一个浑身污垢的瘸腿乞丐，坐在路边却对着周猛痴痴地笑。周猛心一动：莫非他认识爸爸？便跑过去，恭恭敬敬地行个礼，还未开口，那乞丐笑起来说："你找爸爸呀？"

周猛忙道："对呀，是找爸爸！"

乞丐又笑道："你爸爸是个道士？"

周猛点点头说："对，一点不错，是做道士的！"

乞丐用手向身后不远处一指说："他在那里躺着哩！快去吧！"

周猛回头一看，果真，那儿躺着一具尸体，上面用一块破烂不堪的芦席覆盖着，身子看不见，却露出一双赤脚。

周猛急忙过去，用手掀开芦席看时，那乞丐头发散乱，面目浮肿，皮肤苍白，样子十分吓人。说不像吧，分明额上也有一颗黑痣，说像吧，记得每次见到清虚时，他都穿得整整齐齐，跟眼前的男尸毫无相似之处。

周猛正在疑惑，那个乞丐拍手大笑道："好好好，了了了。一好百好，一了百了。有子不如无子，无子胜如有子。是是非非，非非是是。无是哪有非，无非哪有是。寻寻找找，找找寻寻。找了却不认，认了不用找。纷纷乱乱，乱乱纷纷。天下本无事，庸人自召之。"

乞丐说完自去，留下周猛独自在尸旁发呆。

突然，周猛发现男尸两只赤脚，一长一短。拉起芦席细看，左腿上还有一个狗咬的伤疤。

周猛大恸，认定这伤疤就是那次夜间被自家的大黄狗咬的！立刻扑向尸体放声号哭起来！边哭边说："爹！是孩儿害了你呀！你在前面路上等着孩儿，孩儿见娘一面后，马上就来跟你一起走！"

周猛急急忙忙跑回家中时，却不见娘在屋里。原来，七娘发现周猛神情不对头，怕出意外，就到处去找他。此刻，七娘正在络丝巷田氏那里寻问哩！

周猛等不及娘回来了，就关上自己的房门。按照戏文里看到的样子：一根绳子，了结此生。

可惜呀可惜！这个聪明伶俐的孩子，就这样离开了世间！看官，这个惨绝人寰的悲剧，是谁作的孽？又该由谁来负责呢？正是：人生自古总遗恨，好梦由来最易醒。周猛一死，又生出什么风波？且听下回分解。

第八十七回
报信息厚脸吃早饭　出拘票伸手捞外快

话说混水蛤蟆自从“摇钱树”周永年一死，就失去了哄、骗、欺、诈的目标，断绝了一注大财路，生活顿时拮据起来。想周永年在世的时候，混水蛤蟆摸准了他的脾性，日日投其所好，只需用一张甜嘴，三寸利舌，哄得他高兴，骗得他快活，要银有银，要酒有酒，混吃混喝，又拿又用，那每天的开销，不但足够，还有剩余！那时的生活，何等逍遥，何等自在！谁知好景不长，好花难留，不想那周永年与七娘闹翻脸后，被混水蛤蟆与常乐园的鸨母串通，叫几个粉头轮流陪宿取乐，夜以继日，旦旦而伐。那周永年本是少年纨绔，哪里经得起如此摧残，不久便得了一个色痨之疾。每逢房事，便软成一堆，再也不能尽兴欢乐了。

倘在此时，悬崖勒马，急流勇退，回去请医治疗调养，犹未为晚。谁想那可恶的混水蛤蟆，竟不分青红皂白，只顾捞扒抠搜，不知从哪里弄来一包春药，用高价卖与了永年。永年不知厉害，反把混水蛤蟆看作知心朋友。这春药竟成了永年丧生的毒物，送命的克星！不久就因纵欲过度，一命身亡。

混水蛤蟆自永年一死，再未找到第二个这样混沌糊涂的寡佬，日子就一天天难过起来。他原本就是个无业的闲汉，靠的是溜须拍马，谄媚胁肩，仗的是捧臀掇屁，吮痈舐痔。家里既无恒产，又无田地，开门七样事：柴米油盐酱醋茶，样样都要费钱。以往在周府每天好酒好肉吃惯了，如今买酒要酒钱，割肉要肉钱。俗话说，坐吃山空。加上混水蛤蟆又嗜赌如命。从周家搜括来的几十两银子，哪经得起他在赌场里呼幺喝六，一掷千金？不过一年，日子就十分艰难了。可他还是要赌！于是，当的当，典的典，罗掘俱尽，还欠了一屁股债！有支曲儿单道赌的害处：

赌、赌、赌，催命灵符。多少人，被你误。倾家荡产，妻啼子哭。入彀终生恨，毁家一世苦。妄想一掷致富，谁想卖田货屋。债台高筑难应付，一条绳索黄泉路。

那混水蛤蟆近日又输得精光。一件装门面的半新衫袍，也被赢家当场剥走。回到家中，四壁皆空。早起看一看灶前，没半点烟火；晚上摸一摸米瓮，无隔宿之炊。平日已是连薄粥尚且艰难，更说不上白米饭、黄滕酒，五花肉，红烧鱼了。正是：世情看冷暖，人面逐高低。此时，混水蛤蟆就是有三头六臂、通天本领，也施展不开了。只见:亲朋白眼,邻里侧目,当面指戳,背后吐唾,唇寒齿冷,哪个理睬?归根结底,乃是一个“钱”字在作怪!也有一支曲儿,单道“钱”的妙用:

孔方老兄本姓钱,朝来晚去一溜烟。
妻儿有你眉笑弯,父子为你把脸翻。
钱多亲朋笑语喧,钱少居家门庭闲。
有钱不知无钱难,无钱方晓有钱甜。

那混水蛤蟆穷极无聊,正在度日如年之际,忽听得田七娘的儿子自缢而死。初闻此讯,他觉得有些愕然、惘然、黯然。后来一打听,知道了一鳞半爪,一星半点后,立刻又变为恍然、哑然、欣然了!混水蛤蟆立刻想道:哈,俗话说,否极泰来,斗转星移。看来,青龙白虎两个灾星要双造退归位而去,紫微北斗两个福星要应运相降而至!这些年,七娘和田寡妇靠绣龙袍发了大财,我何不如此这般在她们身上去捞一注小财发发。

混水蛤蟆打定主意去找田寡妇母女,可又怕七娘伶牙俐齿,能说会道,一时未必如愿以偿;就选定了田婆婆这个面慈心软的软骨鸡来作为目标和突破口!

于是,这天一清早,就饿着肚子来找田婆婆。

田婆婆正在家中吃早饭,听得门响,就放下筷子去开门。一见是混水蛤蟆,心里就觉得一阵发冷,但碍于是街坊邻居,又不便把他拒在门外,只好说:“啊,原来是老六兄弟,有什么事吗?”

混水蛤蟆满脸是笑,像条泥鳅一样“吱”的一声就从田婆婆身边溜进了大门,然后说:“有件事来和你商量呢!”

田婆婆只好跟在后面,往厅堂里让了。

混水蛤蟆来到厅堂,见桌上放着早饭:糯米粥香喷喷,炸油条黄澄澄,花生米脆生生,霉腐乳白花花,腌咸蛋圆溜溜,卤酱肉肥油油,不觉垂涎欲滴,饥肠辘辘了。

原来,田婆婆这几年的生活好了。又无儿女需要,手头颇为宽裕,于是,平时吃的用的,也就比过去强多了。

谁知田婆婆却没有请吃的意思,管自坐在桌旁,一头吃一头问:“你有什么事打商量的?说吧!”

混水蛤蟆一听田婆婆的咀嚼声,恨不得从肚子里伸出一只手来,把那些炸油条、花生米、霉腐乳、腌咸蛋、卤酱肉,连同那锅糯米粥,一起拽进肚子里才好哩!于是涎着脸,咽着口水,陪着笑容说:“田大婶,这么多的东西,你怕吃不完吧?不瞒你说,今天为来给你报信,起得早了些,直到如今还未曾吃呢!嘿嘿嘿,一个人吃饭,太冷清了,不如我来陪你吃吧!”说完,双眼盯着桌上不放。

田婆婆是个菩萨心肠,虽对混水蛤蟆恼怒不满,可看到他这副饿鬼模样,又心软了,便起身到厨下拿来碗筷搁在桌上:“吃吧,吃了少干些没头没脑的事！多积点阴德才是!”

“对对对！是是是！好好好！行行行!”

混水蛤蟆一迭连声答应。

他不等田婆婆再说,早自己去锅里盛了碗香气扑鼻的糯米粥,也不管烫痛舌头,狼吞虎咽地喝了起来。等到碗光粥罄,才记起还没有夹一筷子的菜吃！于是,把筷子一放,左手抓来油条,右手拿起咸蛋,不到半晌功夫,就把桌上的东西一扫而空！看得田婆婆目瞪口呆,半天说不出话来。心里暗忖:这个混水蛤蟆,活像是从饿鬼道放出来的一般！像这样吃法,金山也要空,银山也要光哩！

混水蛤蟆把粥碗用舌头舐得一干二净,把掉在脚旁的一粒花生米,也拾起来吃了,似乎意犹未尽,腹尚未饱！

田婆婆皱了一下眉,然后说:“老六兄弟,你到底有什么事找我?”

混水蛤蟆道:“有件急事,被我听到了。想到你和七娘母女都是我的好邻居,好朋友,平时抬头不见低头见。我不能眼看着你们母女二人遭罪受苦,故特地不避危险,前来相告!”

田婆婆道:“说了半天,到底是什么事？你就直说吧,别再转弯抹角的叫人猜谜!”

混水蛤蟆道:“事情关系到你和七娘的名声大事哩!”

田婆婆:“到底什么事?”

混水蛤蟆道:“永年不是留下一个儿子吗？听说前几天上吊自杀了！可有此事吗?”

田婆婆:“有是有,可这是他自己上吊的。你又想干什么?”

“嘿嘿,不是我想干什么？而是你最好伸长耳朵听听,别人在背后嚼些什么舌头?”

“大路上打草鞋——有的说长,有的道短。嘴巴长在别人鼻子底下,怎么封得住？我们有什么办法！只好由他们说去好了!”

“不不不！如今已不是光说的问题了!”

“怎么？你又听到了什么?”

“我听到说,这事连知县相公都知道了！他正在追查此事呢!”

田婆婆:“追查就追查,难道还能查出杀人凶手来?”

混水蛤蟆道:“大婶子,这可是你自己说的啊！我特地上门报信,为的就是这件事。有人说,周猛不是自己吊颈的!”

“什么什么,不是自己吊颈,那又是什么呢?”

“嘿嘿嘿,知县相公听别人说,周猛是给别人吊起来打死的!”

“啊,谁?谁说的?断子绝孙的才胡言乱语,这是要下拔舌地狱的啊!”

“大婶子也别动气,也别骂人。倒是先要想一想:这吊周猛的究竟是谁?这打周猛的又究竟是谁?”

“这……”

“瞧,这下发怵了吧?我猜,除了七娘,再没有第二个人了?”

“不不不,七娘绝对没有打死过周猛!”

“现在不是打包票的时候,是不是真的打死了周猛,还要到县衙门大堂上审问后才得出结论呢!”

“天杀的!是哪个血口喷人呀!他这样狠毒,一定不得好死的!”

“大婶!先别骂人,我特地来告诉你这个消息,就是让你知道了好早做准备,否则,稀里糊涂地到了堂上,稀里糊涂的答话,到那时,懊悔就来不及了!”

“六兄弟,谢谢你!”

“别谢别谢!我们是谁跟谁呀?一笔写不出两个田字来,何况还是咫尺邻居呢!”

“是呀是呀!要有消息,请你马上来告诉我!”

“那还用说!不过,这衙门里的事,谁也吃不准的!俗话说:‘两扇衙门八字开,有理无钱莫进来。’典史、主簿、县丞、知县要钱,书办、录事、班头、主事要钱,连那皂隶、捕快、禁子、看守也是‘火到猪头烂,钱到事好办’的伸手将军!我老六别的啥本事没有,平生就是爱交朋友。这吴县县衙上上下下里里外外,少说也有十几个叩头换帖的兄弟,义同金兰的朋友。他们以前有难,我老六都曾拔刀相助过!如今,大婶家有什么官司的话,只要我去说一声,没有不关照的!嘿嘿嘿,有钱能使鬼推磨!我是义字当先鬼相助!我走了,记住,我还住在老地方,风流巷三号,天天在家,有事找我就是!”

混水蛤蟆说了一大套,田婆婆听得耳朵起茧,很不耐烦,巴不得早些送鬼出门。见他走了,赶快关死了门。

谁知才隔一个时辰,一个身穿黑衣,吃公事饭的隶卒来找田氏。进了门二话不说,从腰间掏呀掏,掏出一张盖着豆干大小的红印章的拘票来,说是有人在知县相公面前递了诉讼状,告的是田氏和七娘共谋,吊打亲生儿子致重伤,然后自缢而死一事。现在知县相公在大堂上立等田氏前去回话。

田婆婆这下惊惶万分。她上回上过公堂,吃过苦头,一想起被提到大堂审问的事,就满身发冷打战。想不到混水蛤蟆那番话并不是空口白舌,乱嚼舌头的!

果然被他说中了！想去风流巷找他，可眼前的差人等着传人就要走路，这便如何是好？正自着急，忽听混水蛤蟆公鸭嗓音在巷口响起，像在与人争吵一般，声音大得吓人。

田氏仿佛绝处逢生，大喜过望，忙对差役说："我的兄弟来了，这事得跟他说一声！"

田氏本想：自己的要求，差役未必会答应，打算送些碎银作为通融之用。不想那差役竟一口答应了。

田氏连忙迈出大门，高喊一声："老六兄弟，快来快来，我有事找你！"

混水蛤蟆一喊就来。

他一进门见了差役，就像见了老熟人一般，跟他打躬作揖，分外热络。

那差役却冷冰冰地爱理不理，摆着架子。

混水蛤蟆问："老八，什么风把你吹来的？到此何事！"

老八道："我是公事公办，有知县相公拘票在此！"

混水蛤蟆看完了拘票吃惊道："真快！果然告了状了！"

田婆婆着急道："六兄弟，你跟他说说，我有病呢，不去行不行？"

老八瞪着鸽蛋眼道："开什么玩笑？知县相公的拘票，谁敢抗命呀？不去肯定不行！"

混水蛤蟆做好做歹，在老八耳畔说了好久。起先，老八坚决不肯，混水蛤蟆就用右手指表出数量，从五到六，从七到八，最后用两手加成一个"十"字，老八才勉强地点头同意了。

混水蛤蟆便过来对田氏说："老八兄弟担着被知县相公打板子的干系，推说你大婶有重病缠身，暂时不能到堂。已答应去回报知县相公了。我已答应他十两银子，快去拿来吧！"

田婆婆以为是真的，连忙往房中秤了十两白花花的银子出来，亲手交给了混水蛤蟆。混水蛤蟆恨不得把银子全装进腰包。只是事先已跟老八商妥四六开分成的，只好先把银子交给了老八，老八自去了。

混水蛤蟆忙随后赶来，对老八说："你先到太白楼等我，我随后就到，这银子……"

老八笑道："银子你放心好了，你还怕信不过我吗？"

等老八一走，混水蛤蟆忙又来找田氏道："那老八死活还不肯走，说是一早出来还未吃饭哩！是我答应他去太白楼吃一顿，这才走了，这吃饭的银子就由我来请客好了……"

田婆婆忙说："不不，怎么能要你花钱呢？不知一顿饭要花多少钱？"

混水蛤蟆道："三两五两都可以，这是没有凭准的！"他看到田氏有些不愿的样子，便让步道："就三两吧，多了我来贴补就是！"

田氏忍痛又给了三两银子。

临走时，混水蛤蟆又补了一句："大婶，你去通知七娘一声，她也有一张拘票，等老八吃完饭就去，叫七娘先做好准备！"

田氏急道："我都送了银子，七娘的票子就不要送了吧？"

混水蛤蟆道："那怎么成？你是你，她是她。代替不得！不过，我知道七娘的脾气，一句话能把人撑死！别看老八好说话，翻起脸来可是个六亲不认的角色！莫惹翻了他，把事情弄糟了！"说完，一阵风似的走了，剩下田氏独自在门口发呆。正是：才交华盖运，又遇蓬头鬼。不知这场官司是真是假，且看下回分解。

第八十八回
追借银糠里也榨油　送讼状狗急就跳墙

且说混水蛤蟆匆匆赶到“太白楼”,早见老八已在独酌。桌上的白斩鸡的鸡腿不见了。两只鸡翅膀也只剩了一只;那鸡头、鸡脚倒完好无损！另一盘是酱鸭,也被他啃掉了一半！混水蛤蟆看了十分心痛,心里骂道:“妈的！三两银子倒被他吃掉了五钱！真不是东西！”

老八见混水蛤蟆来了,一边啃着最嫩最肥的那一块靠胸的鸡脯,一边用点头算是打招呼。混水蛤蟆刚坐下,跑堂的正好把热炒端了上来:炒虾仁,炒腰花,炒时鲜,炒三件。混水蛤蟆暗说一声:“惭愧!”幸喜来得早,要不,这四大炒,少说也得让他扫掉一大半呢！当下,也不说话,更不客气,筷如雨点般吃了起来。谁知老八也不示弱,尽管肚中已塞满鸡鸭,可手中那双筷子,就像穿梭似的,从盘到嘴,又从嘴到盘,来回飞快地晃动,再也不肯停歇。

等桌上成了一片残局时,混水蛤蟆才停住筷子说:“老八,你今天这出戏演得不错!”

老八却还在打扫战场,边吃边答道:“本来么,想当年我玩票的时候,一出‘群英会’,一赶三,得过满堂彩哩!”

“嘿,戏虽演得不错,可要知道:今天看戏的却是个外行。任你乱唱乱叫,她是瞧不出来的！要不,这十两银子能这样容易到手呀！再说,你演得最好,没有配角配戏,保险得砸牌子是不是？还有,我这个师傅……”

“好啦,别老王卖瓜,自卖自夸啦！到底谁的功劳大,我心中有数！今天要没有我出场,那个老婆子会心甘情愿拿出银子来吗?”

“嘿嘿,闲话多了没人听。老八,把银子拿出来,按规定来分吧!”

“什么规定?”

“不是说好了四六开吗?”

“四六开？行！你四我六！我把银子錾成两半才好分哩!”

“老八,你是不是吃醉了?”

“吃醉了？笑话,再喝两斤也醉不倒我,不信,我们来打个赌!”

“不不不,我不是这个意思!我是你说过的话,总不会忘记吧?”

“你这是什么意思?不是说得好好的四六开吗?怎么会忘记呢?”

“老八,别装糊涂!当时言定的是四六开是你四我六,怎么成了你六我四了呢?”

“打你个乱话,我会同意你六我四吗?你去打听打听,我老八是干什么吃的?凭我老八在苏州府的牌子,也得拿六成!没什么说的!四六开,我六你四!或者你四我六!要就拿走,不要就算!”

“你这算什么话?你想吃唬我老六呀?告诉你,我老六也是在外面跑跑的头面人物,绝不是好吃果子!况且事先你亲口答应的:事成后四六开:你四我六,或者你六我四,不不不,我四你六,不对不对,我六你四!”

“妈的,你这人真不识相!别惹你八爷生气!四六开,你四我六!要就要,不要就算!老子还有事,不干啦!”

老八霍地站起来,抓起桌上的酒杯,咕嘟一口把酒喝光,一推椅子,就站起来要走。

混水蛤蟆赶忙站起来拦住:“老八,何必为了一两二两银子伤了和气!这样吧,这出戏还没有唱完哩!我们还要找七娘呢,就对半分吧,两下都不吃亏!”

老八又坐了下来,双眼盯着那把酒壶,仿佛酒壶里藏着什么答案似的,忽地,伸出手去抓起酒壶摇了摇,听得有声音,干脆仰起脖子,把酒壶中的剩酒,全倒进了口中,然后用手抹抹嘴巴说:“好,对半就对半!不过,这顿酒得归你付!还有,田七娘那里也照此办理,得了手,你还得请我上太白楼吃一顿!”

“老八,你也太精了!今天这酒该是你请才是!下回,我再还请你!”

“老子可不上这个当!这样吧,还是对半分!叫小二过来算账,我们二一添作五。”

混水蛤蟆暗喜。心里话:妈的,饶你奸似鬼,也吃洗脚水。

当下二人分了银子,付了酒钱,说好下昼一起去找七娘。遂在楼下分了手。

混水蛤蟆在分成上,少分了一两银子,可付账时却赚了一两五钱银子,一进一出,不是亏,而是盈!银子虽不多,可却占了老八这个光棍的便宜,心里高兴十分;加上多喝了几杯酒,便一路唱着“一马离了西凉界”,摇摇晃晃地打观前街经过,谁知一不小心,一脚踩在迎面那个来人的鞋子上,一只雪白的袜子,立刻印上了一个黑鞋印。

混水蛤蟆却毫无察觉,仍然摇晃着走路。刚到那人身边,立刻被他一把抓住衣领,恶狠狠地骂道:“瞎了眼啦?大路朝阳你不走,偏偏朝我新袜子上踩一脚,是何道理?”

要是混水蛤蟆知趣的话，上去打个招呼，赔个礼，等对面那人气消了，也就大事化小，小事化了啦。谁知混水蛤蟆却是个无事也要生非的角色，被那人一抓一骂，立刻撒起泼来，他不问三七二十一，就伸手朝那人打了一巴掌，口里不干不净地骂道："妈的！也不去撒泡尿照照镜子，你六爷是你抓的骂的吗？放开手，快滚远点，小心惹恼了我六爷，叫你头朝下，脚朝天，爬回去！"

话刚落音，那人早飞起一脚，把混水蛤蟆踢了个狗吃屎，躺在地下，半天动弹不得，可口里还在硬："打得好！儿子打老子！"

那人听了，立刻又朝混水蛤蟆添上一脚。这下混水蛤蟆竟在半空中翻了个身，"嘭"的掉于地上，成了一只两头翘的元宝！

"哎哟！痛死我了！"

那人却不理睬，一脚踩在混水蛤蟆的小肚子上，痛得混水蛤蟆直叫娘。

"说呀，打得好！儿子打老子！"

"不不不，好汉饶命！你是老子打儿子，该打！该打！"

这时，观者如堵，都哈哈大笑。也有认得混水蛤蟆，知道他平时为人的，就幸灾乐祸地跟旁人说悄悄话，对混水蛤蟆指指戳戳。

经过苦苦哀求，那人终于收了脚，放了手，然后扬长而去。

混水蛤蟆爬起来，拍拍身上的灰尘，见围观的人还未散去，便愤愤地说："笑什么？有什么好看的？老子是学当年的韩信，能屈能伸么！"说完，笑声又起，混水蛤蟆不敢再惹起众怒，赶紧走了。刚跑了几步，路上一块石头挡住去路。他一不小心踏上去，伤了筋，崴了脚。真叫作'祸不单行'了。

回到家中，他伸手去袖中摸时，只叫得一声苦！原来，刚才分得的五两银子，连同付酒账剩余的一两五钱，竟不翼而飞了。

混水蛤蟆这下比刚才挨了两脚还要痛上十分！他回想刚才一切细节，肯定这银子是被刚才打人的那个趁机摸走了！哎，强盗碰到了贼爷爷！大水冲了龙王庙，都是自己人呐！

混水蛤蟆原想用这笔钱去买米买油买盐买柴的，现在可好，买不成啦！下昼要是在七娘那里诈骗不到银子的话，晚上只好饿肚子了！哎，人要倒霉运，就是喝口冷水也会塞牙哩！这是命中注定的！赵公元帅不上门，得了黄金也会飞呢！

下昼，混水蛤蟆等齐了老八，便一起到七娘家来。

七娘早已得到娘的通知，在家等混水蛤蟆和"捕快"老八登门。

听见门响，七娘就去开门。二人正想进屋，却被七娘堵在门口说："有什么事就在这里说。我是个寡妇人家，俗话说，妻无夫，家无主。你们两个大男人，青天白日朝寡妇屋里跑，也不怕人家戳脊梁骨呀？"

混水蛤蟆以为田氏早把二人此次来的企图对七娘讲过了。谁知，七娘却讲出这番没头没脑的话来，便说："周家嫂子，我们是公事来找你的！"

七娘："老六，你什么时候进了衙门当起差来了？可你明明穿戴得跟老百姓一个样！你是想假冒公事进行诈骗吧？"

混水蛤蟆被说中要害，脸上顿时红一阵白一阵的，期期艾艾地说不成话了，只好连连朝老八丢眼色。

老八虽对混水蛤蟆要他付酒钱不满意，可关键时刻却没有出卖朋友。于是就抢先一步说："你就是田七娘？你的事发了！有人把你告到知县相公那里了。知县相公发了脾气，现在正在公堂上等你去回话呢！"

七娘立刻反驳说："我有什么事发了？是谁告了我？说话要有凭证，不能像你这样：张着臭嘴，乱放响屁！"

老八吃了一惊，暗忖：混水蛤蟆说得一点不错，她是个利口快舌的辣婆子！一句话能把你撑到壁上去！脑子里乱糟糟的，正不知怎样对答才好？那七娘却又连珠炮地说开了："你别大白狗长角——装羊！我认识你，你是北门棺材铺的老八！衙门里也没有挂你的号！识相的给我快滚，免得我一声喊叫，说你们二人合伙来强奸我，那时可容不得你说了！大明法典：只要我一口咬定，你就是浑身长嘴也休想说得清！"

老八被骂得脸红耳赤，忽然想起腰里还有一张王牌，便急忙掏出来说："我有一张知县相公亲手写的拘票。"

不想被七娘劈手抢去，扯得粉碎，骂道："这张东西只能哄骗我老娘！不提还罢，如今快快拿十两银子来还我娘！"

田婆婆在旁插嘴道："不是十两，是十三两！还有三两是老六拿走吃酒的！"

老八一听，立刻暗骂一声："好你老六！你竟瞒了我又骗了三两银子！你真不是东西！"

混水蛤蟆见不是头，趁七娘在跟老八算账，赶紧就溜。早被老八一把拖住道："老六，跑什么？你一跑，让我一个人抵押在这里呀！"

混水蛤蟆无法可施，只好又装韩信了。连忙向田婆婆求救道："田大婶，都是我不好！是我鬼摸了头，不该来骗银子。你行行好，高抬贵手，银子么，等我有了马上还你！"

田婆婆说："你不是才拿走银子就花光了？"

混水蛤蟆道："是……是被人扒走了！还有五两，是在老八那里！"

老八："放你的狗屁！我分了五两，在太白楼花了一两半，还剩下三两半！"

混水蛤蟆说："三两半就三两半，先还给田婆婆再说！等七娘去告状，我俩可就完了！”

老八老大不愿地退还了三两五钱银子，说：“没我的事了吧！这件事全是老六想的歪点子，要算账，你们就找他算去！我走了！”说完垂头丧气地走了。

七娘却揪住混水蛤蟆不放，要娘取来纸笔，叫混水蛤蟆写下一张欠银九两半的借据。混水蛤蟆没法推托，只得照写了，才得脱身。

不想七娘做事太绝，不留一点情面，持着混水蛤蟆亲手写的借据。三日两天上门讨要。要不到，就坐在门口撒泼大骂，骂混水蛤蟆欺骗老娘田寡妇的银子。七娘一骂，立刻有不少人围拢来看，问事情的来龙去脉。七娘就一五一十地揭混水蛤蟆的短，并拿出借据给众人看，惹得看热闹的人，纷纷唾骂混水蛤蟆缺德，损人！混水蛤蟆躲在屋里不敢出头，可外面的声音却听得一清二楚，又臊又恼又气又怒，却又无法可施。要是碰巧被七娘瞧见，她便揪住不放，拉拉扯扯，推推搡搡，非逼着混水蛤蟆拿钱不可。后来，混水蛤蟆一听见七娘的嗓音就怕，一看见七娘的身影就躲，弄得连家也不敢回来了，整天在外游荡。晴天还有地方去，茶馆里去孵豆芽，书场里去打瞌睡……还可以到玄妙观、到有园林的地方逛荡一番。碰到下雨，那才叫苦不堪言！躲到别人的屋檐下避雨，一身淋得精湿，活像只落汤鸡！

混水蛤蟆把七娘恨得牙咬齿切，一心要伺机报复！一天碰到在县衙当录事的老孙，混水蛤蟆谈起这件事，又把七娘如何与玄妙观道士清虚通奸，如何被儿子周猛发现，周猛如何惩办奸夫，奸夫如何与七娘商理，七娘如何吊打周猛致死等事，加油添醋地讲了一番。听得孙录事把桌子一拍，大叫道：“如此可恶的奸夫淫妇，竟然打死亲生儿子，至今逍遥法外，实在可恶！老六，你为什么不告她一状？”

混水蛤蟆苦笑道：“不瞒你说，上回被知县相公打了板子，至今还有余痛哩！我怕……”

孙录事说：“你怕出头露面吗？那好办，我教你一个办法：你联络几个人，一齐在状纸上签下名字，递一张控告七娘有伤风化，杀子灭口的公诉状来，我替你直接送到谭知县那儿去。谭知县最恨三教九流，最恼奸夫淫妇，加上又是杀害亲生儿子，这状一告就准！那时，就不用你一个人出头露面了！”

混水蛤蟆听得连连点头，回去立刻去找几个臭味相投的狐朋狗友，向他们许下愿，哄得他们一个个在状纸上签了字。然后就带着这张诉讼状来见孙录事。正是：树怕剥皮，人怕伤心。那泼皮混水蛤蟆原是只牛角蜂，没人惹他，他还想叮人哩，何况如今狗急跳墙，孤注一掷！要知诉讼状是否起到作用，且听下回分解。

第八十九回
孙录事递状泄私怨　谭知县判案凭重刑

这天,吴知县谭霜林正在书房圈阅公文,忽见录事老孙递来一纸诉讼状,展开看时,只见上面写着:

为替被害邻童周猛申冤事:

邻童周猛,年方十二,生前活泼伶俐,人见人爱,素为邻里所夸赞!其母田七娘寡居在家,不守妇道,竟与玄妙观道士清虚通奸。两情渐炽,日夜往来,曾被周猛撞破。奸夫淫妇便怀恨在心,本月初三日晚,周猛因故触怒其母,竟被其母吊打致死。周猛猝死,亲朋邻里,舆论哗然。均愤愤不平,指责七娘。不料七娘恬不知耻,撒泼骂街,十分嚣张。谚云:'虎毒不食子。'夫七娘者,固禽兽不如之流也。她与奸夫密谋,丧尽天良,亲手杀害其子,致周猛暴夭!如此恶毒之妇,实为圣朝所罕见!吾等为乡邻,对此目不忍睹,耳不忍闻!为严惩淫妇奸夫,明正法典,特不甘缄默,不顾利害,具状上告,伏乞昭察!

吴县治下黎民张三、李四、林五、田六、姜七、王八等跪呈。

当下,谭知县看罢诉状,立刻怒形于色,把纸一掷道:"天下竟有此人此事!非重办不可!"

录事老孙趁机道:"这个恶妇丑名远扬,邻里侧目。她仗着是个刺绣高手,专替皇家绣袍,皇家少不了她,因此胆大包天,胡作非为!此事已引起公愤,大人为民除害,必受黎民拥戴,此正扬名播声之时也!"

一番话,说得谭知县愤愤不平,恨不得立刻把奸夫淫妇一条铁索拘捕到堂。到那时,处决告示一贴,万人空巷来看骑木驴游四门的淫妇,看凌迟处死的奸夫,必然人人拍手,个个称快!我这谭青天的名字,将永远刻在吴县碑林之中,置于群贤之列!要是有个巡按御史路过苏州府,回京替我奏上几句褒词,嘿嘿,我谭霜林蓝袍换红袍,圆翅变长翅,乃指日可待了!

谭霜林想到这里,忍不住吩咐老孙道:"速叫王书办开张拘票,将奸夫淫妇立即拘捕到案,等候审问,不得有误!"

原来,孙录事的妻子也是个以刺绣为副业的人,她也住在绣花弄。这条小巷内的居民中,大半的妇女均以刺绣为业,赚来银子贴补家用。孙录事妻子刺绣工夫不及七娘,可她巧言令色,擅长交际,仗着孙录事在衙门做事,拉上了瑞泰祥这层关系,常常以次充好,骗取高价。田七娘绣龙袍,她也逞强好胜揽瓷器活!秦氏绣的龙袍被掌柜的检查出来,要秦氏返工!秦氏重绣了两回,均不能过关,她急了,便求助于七娘,要七娘相助重绣。

当时,七娘手中正赶绣一件皇后大寿穿的万寿彩凤袍,克日要交货的,便婉言推辞了。

不想,此事触怒了秦氏,回去便向孙录事诉说一番。后来,秦氏因绣品不合格,被罚了银子,秦氏夫妇不怪自己,反怨田七娘故意看笑话,留着绝活不传人!

今天,孙录事便借题发挥,公报私仇。他拿了鸡毛当令箭,亲自去找王书办写了拘票,又找到刑事班头嘱咐一番,要他立即前去绣花弄和玄妙观,分别拘捕淫妇田七娘,奸夫清虚到衙!

刑房班头老蒋见有谭知县手谕,孙录事叮嘱,哪敢迟延,便点了两个捕快赵信、吴用,一起便上玄妙观来。

玄妙观住持真人接待了三人,看了拘票,先上了茶点,然后赔着笑脸说:“三位辛苦了。这个清虚,原非本观的道人,乃是从杭州清寿观转来的。只因为他不守清规,经常深夜外出不归,已于旬日前被清除出观了。今特据实以告,请三位多多包涵!”

刑房班头正要发作,忽见一个道童从里面取来一锭银子,悄悄地交与了住持真人,便知有油水可捞了,便回嗔作喜道:“既然真人已经清除此人出观,可见贵观道规森严,真人教导有方!我等系奉命而来,多有相扰了!”

真人取过银子道:“些许银子,送给三位买碗茶喝吧!”

刑房班头口里推辞,手早接过银子,掂一掂分量,不过三两多些,心里盘算:这真人也忒小气,要是四两五两就好分了,如今叫我如何处置?

看官,三人分三两,不是正合适吗?原来人心都是不足的!刑房班头正是这种人!闲话表过。他三人步履轻松,来到观前街上,逢人打听清虚的下落。有好事的指道:“他与田七娘相好,这时多半在绣花弄七娘家中!”

三人又匆匆赶到了绣花弄,只见孙录事的妻子站在门前,一见三人走来,便丢个眼色,用嘴向隔壁七娘家一努,便嗑着瓜子,与邻居说话去了。

刑房班头便去敲门,半晌才见一个妇人开了门探出头来看。

刑房班头道:“你就是田七娘?有人告了你!知县相公传你回话呢!”

七娘虽见来人都穿着皂隶服,仍以为是来讹诈的,便大咧咧地说:“我又没犯法,有什么好问的!”

刑房班头一听便有了气,说:“犯法没犯法,到堂上方见分晓,走吧!这是拘票,你看仔细了!”

七娘接过一看,跟上回那张差不多的,正想撕时,却被班头一把夺了回去,大声道:“我们是公事公办,没时间跟你泡蘑菇,快走吧!”

七娘道:“走就走!不过,话可要说清:究竟是谁告的状?告我什么罪名?”

班头把铁链一抖,早把七娘锁了,说:“这事去问知县相公好了,他会告诉你的!喂,赵信、吴用,愣着干吗,给我搜!把奸夫抓住!别让他跑了!”

说着,把七娘锁在廊柱上,自己就带头进房去搜寻起来。

这伙捕快、皂隶,原是一伙嗜血的蚊蝇,见了银子钱物,那眼睛就红了。如今趁机浑水摸鱼,一起翻箱倒箧,见银就藏,就物就拿,无不满载而归。

那清虚在七娘与刑房班头对话之际,便吓出一身冷汗,藏躲于米缸中,终于被抓了出来,也用一条铁链锁了。

刑房班头拿出封条,找些米饭,把来贴在大门上,然后带着二人走出巷来。此时,巷子里看的人不计其数,有的站在各自楼窗口,有的挤在巷子里,叽叽喳喳,说个不停。其中嗓子最尖最响的要数孙录事的妻子秦氏。只听她说:“这是报应啊!这样恶毒的女人,是世上少见的!这是她的儿子在阎王那里告准阴状了,俗话说:善有善报,恶有恶报。如若不报,时辰未到。时辰一到,什么都报!”

旁边一个年轻少年不服气:“她儿子告阴状,是你亲眼看见的?”

那秦氏道:“这还用看呀?要不,好端端的周猛,为什么要上吊呢?”

这时一个细崽过来,从嘴里冲出一句话来:“你没看到,我可是亲眼见到的,周猛是自己上吊的!”

那个少年问:“是真的?”

那个细崽答:“骗你我就是这个(做了个王八爬行的手势),那天真的被我撞见了!”

少年说:“好啊,你为什么见死不救呀?”

细崽说:“我怎敢说?我一出声,人家就把我当小偷抓起来了!”

少年:“原来是这样!”

事情说过就完,谁知说者无心,听者有意。偏偏让一个须发皆白的老人听见了,他点头叹息自去。

刑房班头把人犯带到县衙,晚饭后,谭知县就急不可待地升堂问事。

当谭知县升了堂,七娘和清虚被带到,跪于堂下,审问便开始了。

谭知县:“下跪何人?”

田七娘:“小妇人夫家姓周,娘家姓田,小名七娘。”

谭知县:“家住哪里?”

田七娘:“家住县城南门绣花弄。”

谭知县:“你丈夫做何营生?”

田七娘:“丈夫周永年,十二年前病故。生前未曾操业,守着田庄过日。”

谭知县:“如此说来,你乃是一个有钱的寡妇了!”

田七娘:“启禀大人,自丈夫一死,遗产为其堂兄霸占,我母子二人分文未得,故以刺绣为业,苟延残喘,赡养家庭!”

谭知县把惊堂木一拍道:“胡说!听你之言,你夫遗产竟为堂兄霸占,如此不法行为,你为何不来上诉?”

七娘:“这……”

知县:“尚有何说?”

七娘:“小妇人其实句句都是实话,并无半点虚言!”

知县:“我再问你:你与玄妙观清虚道士,可有奸情?讲!”

七娘:“这个……”

知县:“你这刁妇,不打不招,给我掌嘴!”

七娘:“大人不必动怒,小妇人愿招!”

知县:“讲!”

七娘:“小妇人有下情相告……”

知县怒道:“我只问你可有奸情,从实讲来!”

七娘:“有的!”

知县:“有了多久?”

七娘:“一年有余。”

知县:“原来通奸已久了!我再问你:你家中还有何人?”

七娘:“家中再无别人了!”

知县又猛拍惊堂木,喝道:“胡说!”

七娘忙改口道:“有一个十二岁的儿子,不过,一个月前已经死去。”

知县:“他叫何名?”

七娘:“儿名周猛。”

知县:“你与清虚有了奸情,周猛他可曾发现?”

七娘:“这个嘛……”

知县:“来啊,掌嘴!”

七娘:“被他发现了!”

知县:“后来怎样?”

七娘:“后来……”

知县:“讲！后来你儿子如何报复清虚的?”

七娘:“小妇人并不知道。”

知县:“你这刁妇,不是不知,而是不讲。来啊,传清虚。”

众差役:“传清虚——”

清虚被带上堂来。

知县:“你是何人?”

清虚:“小人是玄妙观的道人清虚。”

知县:“你与田七娘通奸一事,田七娘已经直认不讳,你还有何话可说?”

清虚:“小道还有下情相告……”

知县:“我只问你通奸这事可是事实?”

清虚:“是。”

知县:“田七娘之子周猛发现奸情后,如何对你报复的?”

清虚:“并未报复。”

知县大怒:“既未报复,因何将他吊打致死?”

清虚:“小道并未参加吊打……”

知县掷下竹签,吩咐皂隶:“速传田七娘左邻右舍来见!”

皂隶:“遵命!”

须臾,孙录事之妻及另一陈姓老妇被带到堂上。

知县:“你二人是田七娘的邻居吗? 各自报上姓名。”

秦氏:“小妇人名唤秦桂花,乃本衙孙录事之妻,现住南街绣花弄,为田七娘左邻。”

陈氏:“小妪陈氏,乃七娘右邻。”

知县:“周猛生前为人如何?”

陈氏:“阿猛生前,十分活泼聪明,只是秉性不驯,好恶作剧。”

秦氏:“一点不错,这个阿猛,常爬墙摘桃偷李,我说他几句,他竟把屎拉到树上,等我去摘果子时,弄得手上都是屎！我告诉七娘,七娘不加责备,还与我吵架……”

知县:“如此说来,周猛是个顽童了?”

秦氏:“正是,正是。”

知县:“周猛发现其母奸情,有何举动?”

陈氏:“这个小妪不知。”

秦氏:“有天晚上,我一觉醒来,听得隔壁门响……对了,自从七娘和道士有了奸情,晚上她家的门经常响的！吵得人死！那天也这样。我想,一定是那个道士幽会后走了。不久，就听见周猛唤狗的声音，狗叫的声音，一个男人惊叫的声音——想是被狗咬到了。以后又听得七娘开门的声音，接着听得七娘叫唤表舅的声音——那表舅就是道人。嘿嘿，这是掩人耳目的表亲吧？后来，又是关门的声音——想是七娘没找到人，回屋去了。”

知县：“所言可有虚假？”

秦氏：“小妇人不敢撒谎。”

知县：“叫她画押！”

书办过来叫秦氏在记录上画了押。

知县：“大胆清虚，你有何话可说？”

清虚低头不语。

知县：“唤仵作验伤！”

仵作过来，验伤后报告道：“验得清虚身上多处有伤：狗咬一处，猫抓多处，皮肤上有不少红斑，伤疤，有的已经愈合，有的尚在流脓。”

这时，陈氏作证说：“清虚道人曾掉于粪窖，为我外甥救起。这流脓处想必中了毒！——听说大粪最毒，沾着皮肤便会起疱发痒，抓破了便流脓水……”

知县：“清虚！你为何掉入粪窖，速速从实招来！若有支吾，可知本县刑法厉害吗？”

清虚料想瞒不过去，只得招道：“那天从七娘处出来，被狗咬伤，奔逃间，迷失路径，一脚踏空，跌落粪窖内……”

知县：“此事可曾对七娘言讲？”

清虚：“小道伤后卧床不起，七娘来探望问及，曾提及此事。”

知县：“田七娘！”

七娘：“小妇人在！”

知县：“你速将吊打周猛从实招来！”

七娘：“小妇人其实未曾吊打我儿……”

知县：“胡说！我来问你，你既未吊打周猛，周猛因何而死？”

七娘：“周猛乃自缢身亡。”

知县大怒：“如此利口刁妇，实为可恶！来啊，用刑！”

刑房班头与皂隶一齐动手，放翻了七娘，上拶子，打板子，把七娘折腾得死去活来。可七娘被水喷醒过来，仍是不肯招认。

谭霜林无法可施，便趁七娘昏迷之际，在供词上取了手印，把清虚和七娘分别押进死牢，写了一纸判书，送苏州府备案。

要知七娘和清虚性命如何，且听下回分解。

第九十回
况伯律举笔重千钧　尤文度移居芳百世

且说况知府自宣德五年七月到苏州府上任，至宣德六年三月因继母何氏亡故丁忧回靖安县守制，到任前后九个月，共勘问轻重罪囚一千五百一十八名。做到有错必究，有冤必雪。凡有告人，无不分辨是非。由于他工作十分认真，对疑难不决、是非难辨之案，必定亲自察访，深入茶馆、酒楼、街道、里巷进行调查，虽毫末细节，也要尽情核实。由于掌握充分证据，虽不用重刑，也尽得其实。并能分别罪犯不同情况，对应从轻该宽者给以悔过自新，改恶从善的机会。该赦的赦，该放的放。对罪行严重，民愤较大者，分别处以绞、斩、徒、流等罪。罪犯亲属妄想送金银行贿买通，以求开脱者，或是求朋友托友，请况钟的上司说情赦免者，均为况钟峻拒不受！自此，铁面包公重生之传说不胫而走，四处流传了。

况钟闻听百姓传说后，一则以喜，一则以惧。

何喜？他想：这是百姓对我的为官做人的肯定！是对我秉公办事，不谋私利的赞赏和鞭策！做官难，做清官更难！想那在国朝当官的数以万计，多如牛毛。并非个个都是德才兼备者方能为官。哪些吹牛拍马，溜须舐痔之人，反而当了朝廷股肱、国家支柱！这些人一旦当上了高官，必然结党营私，索贿要赂，官愈大，心愈狠。一旦权在手，便把令来行，什么典律、法规，一概抛在一边！顺我者昌，逆我者亡。谁能俯首帖耳，唯命是从的，便是好下属，谁能不惜金银珠宝的，不吝书画古玩的，便是提拔的对象，推荐的栋梁！如今，我要当个好官、清官，必然有悖于这些老爷官。我便会成为他们的眼中钉、肉中刺！过去巡抚成均屡屡与我作对，直至告御状诬我为贪官，就是最突出的例证！岂是成均一人与我有隙吗？不，他正是这类官的总代表而已！要不是当今圣上英明，朝中大臣扶持，才要我当面辩诬，不然，我早被当作贪官严惩了！幸喜百姓眼明心亮，识好知歹，才使我有今天之喜！

何惧？一个人名声一大，毁谤也就随之而来。所谓“树大招风”，出头的椽子必先烂！你一当清官，便有千眼万眸盯着你瞧！走一步，就得看看这一步有没有走歪了？你走一百步，走一千步没有歪，依旧是赞一声好官，清官；要是偶尔走失了脚，歪了一步，你便砸了牌子，失了面子，丢了里子，苦了今后的日子！于是，成天价办事审案，都得“战战栗栗”，如履薄冰。唯恐出差错！可是，人生在世，只有两种人不会有错：一是尚未出生的人，二是业已盖棺论定之人。即使是婴孩出生不久，也难免有错呢，何况日日与百姓打交道的父母官呢！可话又说回来：只要问心无愧，有过则改。百姓是会理解，是会原谅的！有此一惧，反过来又是件好事：促使我更加谨慎，更加敬勉，把错失减到最小的可能上，当好这个清官！

况钟自此夙兴夜寐，孜孜屹屹，兢兢业业，特别对审案一事，更是不敢稍有疏忽。

日前，他看了吴县谭霜林呈的一宗关于淫妇田七娘串通奸夫清虚道士杀害亲子周猛的案卷，觉得其中有许多疑点难以解开。如田七娘守寡已十多年，年轻时未有风流韵事，为何近年来竟和一个道士勾搭成奸？据证人陈氏说，清虚并非周猛的表舅，可见乃是新近才相识的，七娘和清虚都曾说，有下情相告。可惜谭知县没有听。这下情到底是怎么回事呢？其次，周猛虽是个喜恶作剧的孩童，可他究竟年纪尚小，且又是七娘的亲生儿子，岂能在一怒之下，便将他活活吊打致死？审问时，七娘声声喊冤，未曾招认，后来虽有画押，却并无殴打亲子的细节交代。如此草率了事，是问官的大忌！何况，重刑拷问之下，不患无招供与画押！从古以来，屈打成招，冤死于掺棍淫威下的囚犯比比皆是，其中难道就没有冤屈了？

况钟对此案递送上司审批，曾数次举笔，又数次停笔沉思，终于掷笔而叹道：“事非经过不知难，船到桥头方晓直！不入虎穴，焉得虎子。我仍需这般如此，到下面去察访一番，方知究竟。”

于是，他趁四月十四，吴地有“轧神仙”的习俗，来到观前街一行。一则打听内阁学士杨士奇提醒在苏州隐姓埋名的尤文度先生，二则察访田七娘案情中的有关事情。

当况知府带着老仆况祥，打扮成商人模样，二次到络丝巷拜访曾当过贵州参议的尤老先生时，却接连遭到了闭门羹，碰壁而回。可却意外地遇见了尤先生的邻居，田七娘之母田婆婆。这位婆婆面慈心善，并不知况钟是知府大人；见他被雨淋湿，又见尤老先生闭门不纳，出于同情，把况钟请进家中。不但给况钟更换湿衣，用炭火烤干；还亲手做了姜汤给况钟驱寒解渴。一个萍水相逢的老妪，有如此好心，使况钟深受感动！更可贵的是：当田婆婆知道了况钟的身份后，她没有趁机提出叫人为难的要求。直到把况钟送出门，还特地借伞相送，却一点不说案情始末。田婆婆越是这样，况钟心中愈是难以放下。打定主意，第三次来拜访尤文度时，借还伞之由，一定要从田婆婆口中弄清此案的前后始末。

第二天是个晴天。况钟拿了伞，也不要况祥相随，依旧独自一人，来络丝巷。

他先见了田婆婆,还了伞,道了谢,就转身去敲尤老先生之门。

须臾,门内一个苍老的男子嗓音问道:“何人敲门?”

况钟在门外肃立而答:“晚生况钟,特来拜谒!”

半晌,门内复又言道:“你三番两次来找我,到底为了何事?”

况钟毕恭毕敬答道:“晚生来自苏州,未识尊颜。特来问候请教,望不吝赐见,以慰渴念。”

又过了半晌,门“咿呀”地开了,一个童颜鹤发骨瘦嶙峋的八旬老人,身穿布衣,脚踏芒鞋,颤巍巍地拄着拐杖站在门口说:“如此请进吧!”

况钟见了尤文度,先作了一个深揖道:“尤老先生不吝教诲,使况钟心感万分!老先生先请!”

尤文度也不逊谢,以杖触地,转身向里屋走去。况钟关了门,跟随而入。

说是里屋,却十分狭窄。靠墙放着方桌,三面搁三条长凳,就只剩能搭一张卧床的方寸之地了。

况钟见了,不觉心中十分不安起来:尤老先生清誉满朝野。如今致仕回故乡,我作为知府,却毫无所知,受窘于杨恩相。今日见尤老先生蜗居陋巷,安于斗室,实为我况钟之罪了!想到这里,恭立而言:“尤老先生居住湫窄,不堪容身,使况钟惶悚之至。今有一处空房,较此处宽大明亮,进出市廛,也较方便。晚生明日派员前来为老先生迁居,望先生俯允!”

尤文度拈须笑道:“我闻:颜回身居陋巷,而不改其乐;刘禹锡居住斗室而作《陋室铭》。此乃先贤前辈之韵事也!安礼(尤文度字)不敢掠美,但能师古耳!”

况钟肃然起敬:“然则,老先生也太苦了!”

尤文度大笑:“我不觉其苦,但觉其甘。昔先儒虽居穷巷陋室之下,而内不足以充虚,外不足以盖形,无置椎之地,明察足持天下。我俭约自持以明志,何苦之有?”

况钟愈益敬重,道:“适才迁以公房,先生不受不纳,足见高义。今晚生欲以己俸赠白金稍资茶果之需,望先生勿却!”

尤文度正容而言:“己所不欲,勿施于人!闻况知府一贯以清廉自许,即寸绵两金亦拒之于门外。今以阿堵物贶我,欲陷我于何地耶?实不敢从命!”

况钟大惭,叹息敬礼欲辞而归。忽听尤文度道:“蒙况知府三顾蔽庐,足见高谊。不可无一言相赠!”

况钟道:“晚生当洗耳恭听!”

尤文度道:“我有一诗,聊博一粲。诗曰:‘爱国忠君,心存百姓。为民父母,笔重千钧。’”

况钟："况钟谨受教矣，当永记不忘，络丝巷田七娘一案，先生将何以教我？"

尤文度道："问得好！我也有诗相赠：'真中有假，假中有真。问四询六，定知实情。'"

况钟谨记谢过，遂告辞而出。尤文度也不相送，关了门，自去读书。

田婆婆正在门口，笑着说："这怪老头，此番总算接见了你，你好大的面子哩！"

况钟也笑道："多谢婆婆指点！我正口渴，不知婆婆能赐茶一饮吗？"

田婆婆道："要喝茶，有的是！冷的热的听你的便！喝上一茶壶我也招待得起！"

况钟随田婆婆进了屋，饮了茶，慢慢问道："听说田七娘是你女儿？"

一提起七娘，田婆婆的眼圈就红了。

况钟看了于心不忍，劝道："婆婆想开些。祸福无门，唯人自召。既已犯了事，只好听凭处治了。"

田婆婆说："话虽如此，只是此事不能全怪七娘，是我害了她了！要杀该杀我才是！"

况钟诧异道："此话怎讲？"

田婆婆遂将七娘和杜为康的一段私情，从头一一细说。连自己与杜进之事，也毫不隐瞒地讲了出来。讲完后，田婆婆如释重负，哀求况公说："况大人，你身为苏州知府，吴县知县大人必定听你的话，求你将刚才所言相告与他，重新改判！我是风烛残年，一只脚早已跨进棺材里了。判我死刑，我死而无怨，留着七娘和杜为康他们一对苦命的鸳鸯吧！"说到这里，泪如雨下，泣不成声了。

况钟也感到恻然，说道："原来其中有这段隐情，当时在吴县堂上为何不讲？"

田婆婆叹口气道："堂威森严，刑法无情。七娘和为康几次想对谭大人讲，可谭大人无心听取，小民哪敢讲呀！"

况钟听后不禁默然良久，心里说："原来，这稚童周猛，乃杜为康和七娘的私生儿。想这为康定知端详了。'虎毒不食子。'他二人如何舍得下此毒手？刚才尤老先生相赠一诗，内藏哑谜。想来他定知内情了。"遂暗暗把诗句背诵一遍。反复想着"问四询六"这一句的意思。

况钟有个习惯：凡有疑虑难决之事，爱与周围之人商讨，博采众议，找寻答案。

此时，只有田婆婆在旁，便向她请教道："田婆婆，适才时尤老先生有一诗相赠，内藏谜语。说出来帮我揣度如何？"

田婆婆道："我一个老婆子，怎能猜诗呀？别把人家的大牙都笑掉了！不行，不行！"

况钟道："猜不着不要紧，猜中了对七娘一案可有好处哩！"

田婆婆道："如此，我就试试看。"

况钟遂念道："'真中有假，假中有真。问四询六，定知案情。'此话怎讲？"

田婆婆果真动起脑筋来了。原来，田婆婆年轻时是个猜谜的能手。每年元宵灯节猜灯谜，她都要得许多彩品回来。许多别人猜不着的灯谜，田婆婆一到，无不一猜中的！什么"卷帘格""谐音格""白头格""求凰格"都难不倒她。有个谜面："相思病"。猜中药名。别人在灯谜下苦思了一个多时辰，还猜不着，她一到就拍手说："谜面出得好极了！"接着就说出了谜底是'没药'二字！大家一想，立刻哄地笑了起来说："相思病——没药治！真是贴切之极！"

今天宝刀未老，听况钟把诗念完，她也有了谜底啦！便说："况大人，怪老头要你去找寻一个人哩！"

况钟不解道："找一个人？此人姓谁名甚？家住何处？苏州城老大的地方，人口数十万，寻个人比大海里捞针还难哩！"

田婆婆道："不难不难，此人远在天边，近在眼前。他名唤四六，乃是一个孩童。不过，手脚欠干净，常常干些偷鸡摸狗之事。他去的地方多，说不定看到听到一些内情也未可知！"

况钟恍然大悟，急急问道："他住于何处？"

田婆婆："他就住在络丝巷中。不过，你去找他，他心中害怕，未必肯对你说出内情呢！"

况钟道："你提醒得好，我自有道理。"

当下，况钟告辞自回苏州府。

第二天吃过早饭，那四六方始出门。想去观前街人多处碰碰运气，也好混一顿丰盛的中饭吃吃。刚出络丝巷，便见一个卖糖葫芦的男子掮着一根扎有草掮的木棍儿——插着许多冰糖葫芦，边走边喊道："卖冰糖葫芦哎！大的三文钱一串，小的五文钱一串哩！"

四六一听心内便纳闷道："大的反比小的便宜，这却为何？管他呢！反正有便宜便沾！"于是，忙喊道："来来来，我买一串！"

那个小贩笑嘻嘻地过来，把草掮靠墙一放，从草掮中取下一串最大的糖葫芦递给四六说："小哥，这串是最大的，给你！"

四六数出三文钱来，放在小贩手中。正要张口就吃糖葫芦时，却被小贩一把拉住道："小哥，你算错钱了！"

四六一惊，心想："原来是个骗子！哄我买下了糖葫芦，却来敲我一下，必定是要我补钱了！哼，你也不撒泡尿去照照镜子！我四六是干什么吃的？竟搞到我头上来了！"便瞪起眼问："怎么，不是说好大的三文钱一串，小的五文钱一串吗？我又没少你的钱，拉我作甚？”

那小贩道：“小哥你弄错了！刚才你给我多少钱？”

四六道：“不是三文钱吗？”

小贩道：“三文钱是买大的，可你这串是最大的！”

四六道：“最大的又怎么样？难道还要我添钱不成？”

小贩道：“不是，我要还你一文钱！”

四六呆了：“什么什么？你莫非是疯了？给我最大的那串糖葫芦，你已经够吃亏了；如今还退还一文钱，岂不更吃亏了吗？”

小贩笑道：“世间的奇事多着呢！‘轧神仙’那回，有个小孩偏偏要吃价钱贵的小汤圆，他爸爸偏偏要把儿子吃到肚里的小汤圆吐出来，后来让一只癞蛤蟆吞进肚里了。结果，癞蛤蟆成了龙，上了天。”

四六听呆了，忙把手中的冰糖葫芦向小贩手中一塞说：“这故事我也听说过！嘿嘿，我不吃这串最大的，我情愿再多出二文钱吃那串最小的糖葫芦！”

小贩笑道：“那不成！已经买了的不准反悔了！除非你也对我讲一件奇事怪事，我就把那串最小的给你吃！”

四六想了想便说：“有一家子，住在阊门外的杨柳湾。老婆怀了孕，等了十四个月才要生。可是，肚子痛了三天三夜，孩儿还没生出来。这时，有人喊：‘桃园里桃子熟了！’说也怪，那女人哼了一声，一连生了个三胞胎。三个都是男孩，一个白脸，一个红脸，一个黑脸。生下来都会走路，三个手拉手出了门。他们的爸爸到处找。后来找到桃园一看，他三人正在拈土为香，磕头结拜兄弟哩！你说奇不奇？”

小贩说：“不奇不奇，再说一个奇的来听听。”

四六反正闲着没事，又说了一个：“有一家子，家住本县北门外。家里太穷了，出不起嫁妆，以致儿子三十好几岁了，还是个庙门前的旗杆，光棍一条！这天，儿子正要脱衣上床睡觉，忽然眼前一亮：房里床沿上坐着一个年轻标致的女子，身穿红衣红裙，儿子是个老实人，吓了一跳，忙大声喊：‘爹，来了个新娘子！’他爹以为儿子想老婆想疯了，便跟他开玩笑道：‘这是我特地替你娶来的！省得花钱办酒，今夜就算是洞房花烛吧！’儿子一听，以为是真的，便来拉新娘子，新娘子也不推拒，就双双睡了一夜。

从这天起，这家子就发了。新娘子很能干，纺纱织布，飞针绣花，样样都来，样样都精。不过几年，就富了起来。

有一天，新娘子病了，死了。父子二人哭成一堆，买口棺材装了尸体，放棺材在屋里，准备以后埋葬。

因为新娘子一死，父子二人坐吃山空，家中又渐渐穷了下来。儿子想念新娘子,这天晚上,抚棺大哭一场。忽听棺中好像有声音,便叫爹过来,一起打开棺盖来看。只见棺中放着一条扁担,再找不到新娘子的尸体。

后来,父子悟出一个理来:新娘子是个仙人,她留下一根扁担是要丈夫好好劳动,才能脱贫致富哩!”

四六刚讲完,小贩就嚷道:“不奇不奇!如今要讲一个发生在你身边,是你亲眼所见,亲耳听闻的奇事,我就把这一棒子的糖葫芦送给你吃!”

四六道:“此话当真吗?”

小贩道:“你要不信,我把这根草捎先交到你手上,由你拿着,边吃边讲如何?”

四六:“好好好!”

于是,四六就想了一想,边吃糖葫芦边讲道:“有天夜里,我出门去做生意。嘿嘿,这生意么,其实不过是趁别人睡着了,就顺手牵羊拿些小东西罢了。那天,正好来到绣花弄田七娘家里。我知道她这几年靠绣龙袍发了财,拿些碎银子用用,是不伤脾胃的!我摸错了门,一摸摸到了她儿子周猛的房里。就在这时,忽听周猛在门口边哭边开门。我一急,赶忙躲进床下面藏了起来。周猛进来后,一面哭一面说:‘爹,是我害了你了!你在前面路上等我,我跟你一起走!’我在床下听到后十分着急:这个浑小子一定以为他的生身父亲——那个玄妙观的清虚道人已经死了,以为是他自己恶作剧放出大黄狗来咬他,害得他跌进粪窖中了毒才死的!他也不活了!别人不了解他,我和周猛在络丝巷他外婆家住时曾一起玩耍过,我了解他!他是个孝顺儿子,对七娘是百依百顺的,七娘打骂他,他从不还嘴还手的!这样的孝顺孩儿,认为自己害死了生身父亲去寻死是完全会做到的!当时,我就想起身劝阻他。可又一想:我来这里干什么来了?我一喊,周猛能放过我吗?我更了解他:他最恨小偷。有一次我在偷一个大娘的银子,被他看到,不但狠狠地揍了我一顿,还逼着我还银子哩!就为了这,我不敢动一动了。这时,我又听见周猛大声说:‘生为不孝子,死为不孝鬼;杀父者周猛,一死谢父恩。’接着就听见:‘哗啦’一声响,当我钻出床来一看,那只垫脚的凳子倒在地上,周猛悬在梁上,舌头吐出老长,双眼突得滚圆。我吓得要死,不敢再看一眼,赶紧逃了出来!这件事千真万确,你说奇不奇?”

小贩道:“奇!奇!小哥,这一大串糖葫芦全归你了!我姓况,名叫钟。过几天我再来听你讲奇事!”

四六道:“好呀!别忘了多带些糖葫芦来!”

当下,苏州知府况钟弄清了田七娘一案的根根苗苗枝枝叶叶后,便和吴县知县谭霜林一起复审了此案。因他对此案了解得清清楚楚明明白白,所以一审定案,使谭霜林也口服心服,深感惭愧!最后,况钟提起如椽大笔,将各犯分别定罪。

判道：

“田七娘、杜为康（即清虚）杀子一案，事出在因，查无实据。诬告杀害亲子周猛乃莫须有事也，周猛系自缢身亡。故当堂开释；田六（即混水蛤蟆）挑拨离间在前，聚众诬告在后，造成后果严重，理合充军边地；张三、李四等人曾在诬告状署名者，罚银各二十两入官，为好讼者戒。小偷四六，见死不救，但能提供周猛致死真相，功过相抵，从宽发落。包姨妈、田氏包揽婚姻，拆散鸳鸯，致酿成恶果，理应杖责，念二人已有悔改，且年老多病，故予训斥；吴县知县谭霜林，主观断案，草菅人命，念事后尚有悔过之意，特罚俸一月，以儆效尤。”

且说况钟判毕，众皆心服。遂申文上详。

布告一出，观者如堵，均称况钟为况青天！有人还做了歌谣传唱。田婆婆一家还为况钟供了长生牌位，日夜焚香祝祷。

况钟审案后，又一次去了络丝巷拜见尤文度。叩门许久，未见人应。班头冯信、张彪破门而入，只见是座空屋，尤文度早已不知去向。况钟不禁久久站在门前，嗟叹不已。

后来，有个文学家，名唤尤侗，乃是尤文度的后裔，曾作诗记其事。诗曰：

况青天，善恶簿。投奸胥，空中扑。

我亦吏也除其蠹，苏州刺史称独步。

生平不识尤文度，络丝巷中曾一顾！

后 记

写完最后一篇《太守况青天》故事时，已是深夜时分了。我揉了揉酸痛的腰，擦了擦昏倦的眼睛，不禁想起唐代李珣的《定风波》词来：

雁过秋空夜未央，隔窗烟月锁莲塘。往事岂堪容易想，惆怅。故人迢递在潇湘。 纵有回文重叠意，谁寄？解鬟临镜泣残妆。沉水香消金鸭冷，愁永。候虫声接杵声长。

此时此刻，这首写秋色怀人之情的诗作，其惆怅悱恻，难以抑制的无穷思念之情，何其与我此刻心情如此相似乃尔？

况钟卒于明正统七年，即公元1442年。这位被史家称为"封建王朝时代的改革家"的况钟，不但生平事迹充满传奇色彩，而且在他死后五百五十年也发生了一桩桩咄咄怪事！先说一件往事：笔者在"文革"初的旧记事本中翻到一则批判况钟的座谈会记录，本着晋陶渊明《移居》诗："奇文共欣赏，疑义相与析"的精神，特抄录在下，供读者诸君一粲：

时间：1966年5月18日晚上。

地点：江西省靖安县（况钟故乡）××部。

召集者：同上。

主持者：×书记，省里来人。

×书记发言：当前正在声讨邓拓的三家村黑店反革命集团。吴晗的《海瑞罢官》这支毒草，就是以清官出面的。况钟也是如此。《十五贯》电影和戏剧的演出，放了不少毒！大家来座谈一下，很有必要！

省来人：邓拓一帮反党分子抬出了历史上的僵尸。其中美化了的况钟，是靖安县西头崖口大队人。吴晗于1960年写过《况青天》一书，宣扬他为民减免欠粮，请求官田减租，这是借古讽今，指桑骂槐！完全是个骗局。

吴晗宣扬况钟廉洁无私，事实是怎样呢？他父亲是小地主，况钟进京，特地为他买田六亩，说成是以后赴京专用的路费。做知府后，他就买房买田。光祭田有70多亩，还有茶山。况钟死后，其妻为儿子捐官花了一千六百担谷。在苏州还有70多间房子。

所以说，吴晗捏造历史。

就拿《十五贯》来说：故事发生在宋朝，况钟却是明朝人。这是封建统治阶级为了迷惑人，把它张冠李戴，强加在况钟身上的。这是在放毒！

×××：我听说邓拓、吴晗借古讽今，反党、反对毛主席，很生气。都说况钟是况青天，名字早晓得的，小时候还去过况钟故乡崖口。知道是个大地主，房子相当大，可惜那时已没有了。县城有个况公祠，现在也没有了。看了《十五贯》中了毒，受了骗，是我觉悟不高。其实，钱权相连，有官就有财，哪里有清官！过去只知道况钟家有10多亩田，现在才知道他有不少田地，还有茶山。

×××：大地主有财有势，可以讨好多老婆。听说况钟也有五个老婆！（笔者注：其中前四个都是妻亡再娶的继室）县城的况公祠，过去每年春秋两季有伪县长和大学生来祭他。如果是清官，贫下中农为什么不祭呢？什么清官不清官，光是减租放粮，不给农民修水利有什么用？旧社会的官没有一个不要钱的。

×教师：全国在反三家村，吴晗是历史学家，把历史上的死人都搬出来，是借尸还右倾分子的魂！况钟是《十五贯》引起的，那是宋朝的事，怎么能安得上去？因为况钟是清官，人民爱戴他拥护他，寄托了人民的理想和愿望。他为人民做了不少好事，人民就写文章、刻碑文纪念他。吴晗却是美化官吏，这种卑鄙目的很明显。这是歪曲历史，捏造历史。

吴晗说况种一心为民，其实是一心一意为皇帝服务。而且，他还很会拉拢各方面的关系。他干的那些好事，也全是为了窃名、收民、更好地让封建王朝对百姓进行无穷尽的剥削。

他是个伪君子，清官并不清。试看，他当知府，回家就大兴土木，建造“承恩坊”，供他养神休息。后来，听说做寿时把房子烧了。

×教师：我们学校包场看过《十五贯》电影。如今才知那是大毒草，是借古讽今。要我们学习况青天，这是说如今的官不如况青天，这不是放毒是什么？当时正是肃反镇反，提出平冤狱，是发泄对党不满嘛！如今同学们都觉悟了，四年级班,56 人有 42 人写了文章驳斥。

×书记:通过座谈后头脑更清醒了。不管哪个清官,都是坏蛋!是封建地主的走狗。吴晗搬出死人来,其目的毒辣阴险也更清楚了!《十五贯》放的毒不少。为了保卫党、保卫毛主席,必须更好地清除这些毒,还要考虑下一代如何去清毒!

…………

这个座谈会记录,现在重读后,至少给我这样的启示:

一、历史是人创造的书写的,人就可以随心所欲地去篡改历史,而且还可以通过各种手段,把历史改得十分真实。让头脑简单的或是头脑复杂的人全都信以为真。二、人民是可以进行愚弄的,历史却不能愚弄。随着时间的流逝,历史终究会恢复它的本来的面貌。

随着这场闹哄哄地批判《十五贯》及况钟的开场锣鼓敲响后,就在这年的秋天,一伙打着保卫×保卫×××旗号的造反派和红卫兵,以破四旧、批贪官为名,在一个凄风苦雨的日子,竟成帮结队拥到靖安县西头崖口大队神洲山上的况钟墓地上,他们一口咬定况钟定是个贪官,墓内棺中必定殉葬了不少金银财宝以及价值连城的文物。把这些宝物掘出来,马上就可证明从江青、姚文元那里贩卖来的"革命"理论了!当然,想借此发一笔横财,那是他们决不肯承认的。

于是,况钟沉睡了五百二十四年的墓地,顿时人声喧嚣,铁器叮当。入晚打起火把点上灯,挑灯夜战。连续挖了两天一夜之后,方才挖到了况钟的子女千里迢迢从苏州府好不容易运到家乡安葬的那口况钟长睡于地下的棺材。他们先砸开外层的石棺,又用绳子把木质棺材从深达一丈多的墓穴中吊上来。棺木质地牢固,保存完好,棺盖上还刻有"七星"图案。这伙人瞪大眼睛,虎视眈眈注视即将揭开的棺盖,以为发财致富即在眼前了!然而,事情却正相反,况钟以自己清廉一生的铁的事实,反驳了横加在他身上的污蔑!原来,棺内除一具用白帛缠身的尸体外,并无一件殉葬物,更没能发现任何金银财宝!打开缠尸的白帛,放掉棺内酱色的防腐药液,一具栩栩如生的况钟尸体,立刻呈现在众人面前!况钟丰颐长须,纱帽袍带,皮肤尚有弹性,连胡须都不易拔落。

面对这位五百年前身材魁伟、满脸正气、刚正不阿、光明磊落的况钟尸体,那伙侏儒们胆怯了,战栗了,泄气了!特别是发财无门,大失所望!然而,其中还有几个丧心病狂的人,并不甘心就此罢手!他们又编出一个新的谎言说况钟不是死于哮喘病,而是"吞金"而死。他腹中一定还留着这块吞下去的金子!他们的行为实在太无耻太卑劣了!找不到金银财宝文物古玩,竟又看中了这块根本不可能存在的金子!在那个没有是非,不分黑白的年代,这找金子的谎言,竟成了他们残酷行动的指令!于是,他们找来一把锋利的砍柴刀,在众目睽睽之下,把这位受到苏州府七县一州二百四十余万百姓奉为父母的况青天，竟然惨无人道地进行了一场剖腹搜肠，史无前例的浩劫！吁嗟乎！此时此景，观者能不酸鼻？能不叹息？能不称之为现代史上一件比伍子胥鞭尸还更为惨绝、惨酷、惨厉、惨烈的暴行乎？搜肠结果，仍然是一无所获！

数年后，笔者曾去崖口村访问了况钟后裔况为玉。据告：况钟尸骨，现由他保存。这是他冒着被造反者批斗处分的大罪，在一个黑夜里偷偷地捡回来的。他还拿出一个小小的金箍——约有小指指甲那么大，说："这是在捡骨时在棺底摸到的。"至于它的用途，众说纷纭：有的说是腰带中的扣子，有的说是绾发用的金环，总之，这位"两袖清风去朝天，不带江南一寸绵"的况青天，留给子孙后代的遗产就是这枚不到半钱重的小金环！

历史老人是慈祥而公正的。到1983年农历八月初七日况钟诞生六百周年纪念日这天，一座雄伟壮观的况钟新墓，在万木葱茏，百鸟啁啾，繁花似锦，绿草茵茵的江西省靖安县城郊外的森林公园内落成。该处今已更名为况钟园林，并塑有栩栩生动的巨型况钟铜像，供游人瞻仰和凭吊。

笔者恭逢盛典，亲临墓前，献了一朵小白花来祭奠这位"况青天"！在敬仰缅怀后，立下了一个心愿：在有生之年，决心写作一部况青天平冤救民，惩奸除害的文稿，以慰英灵。

为完成这个心愿，笔者曾三度到苏州，收集采访况钟当年治苏13年留下的政绩、轶事、手迹、墨宝、诗词、文章，以及流传民间的各种鲜为人知的许多传说。同时，笔者又在况钟故乡——江西省靖安县高湖镇崖口村，访问了况钟的后裔，捧读了况氏的宗谱，数次到况钟下葬的墓地——神洲山进行考察祭祀，述诸文字。经反复修改，历十年耕作，终成此篇。由于笔者才疏学浅，寡闻陋见，以致挂一漏万，错讹良多。现值书稿即将付梓之时，心怀惶恐，敬请有识之士，不吝赐教、指正！并谨将此书以飨爱读历史故事，敬慕况钟为人之读者诸君焉！

严霞峰

图书在版编目(CIP)数据

太守况青天 / 严霞峰著. —南昌: 江西人民出版社, 2014.4
ISBN 978-7-210-05264-7

Ⅰ.①太… Ⅱ.①严… Ⅲ.①章回小说-中国-当代 Ⅳ.①I247.4

中国版本图书馆 CIP 数据核字(2014)第 057467 号

太守况青天
严霞峰 著
责任编辑:邓丽红
书籍设计:同异文化传媒
出版:江西人民出版社
发行:各地新华书店
地址:江西省南昌市东湖区三经路 47 号附 1 号
编辑部电话:0791-86898702
发行部电话:0791-86898815
邮编:330006
网址:www.jxpph.com
E-mail:jxpph@tom.com web@jxpph.com
2014 年 4 月第 1 版 2014 年 4 月第 1 次印刷
开本:787 毫米 × 1092 毫米 1/16
印张: 32.5
字数:596 千
ISBN 978-7-210-05264-7
赣版权登字字-01-2014-76

定价:58.00 元
承印厂: 南昌红星印刷有限公司
赣人版图书凡属印刷、装订错误,请随时向承印厂调换